*Sabine Fisch*

atb aufbau taschenbuch

*Sabine Fisch*, geboren 1970, ist Medizinjournalistin. In ihrer Freizeit schreibt sie Romane und liest alles, was ihr unter die Augen kommt. Egal, ob historischer Roman, Thriller oder Horrorstorys – die Welt der Bücher ist ihre Leidenschaft. Sabine Fisch ist verheiratet und lebt und arbeitet in Wien.
Im Aufbau Taschenbuch ist bereits ihr Roman »Die Ärztin – Eine unerhörte Frau« erschienen.

Berlin, 1914: Von nichts und niemandem lässt sie sich aufhalten – das hatte sich Dr. Amelie von Liebwitz einst geschworen. Doch als ihr im OP ein schwerer Fehler unterläuft, verliert sie den Boden unter den Füßen. Auf der Suche nach einem Neuanfang stößt sie auf eine Zeitungsanzeige, die zu Beginn des Ersten Weltkrieges um Ärztinnen wirbt, die in Bosnien für die medizinische Versorgung von Musliminnen in den Feldbordellen gebraucht werden. Amelie meldet sich kurzentschlossen zum militärischen Dienst. Als immer mehr Schwerverletzte in das Lazarett in der Romanija transportiert werden, muss auch Amelie mit anpacken. Und eines Tages entdeckt sie unter den vielen verletzten Soldaten ein bekanntes Gesicht …

*Sabine Fisch*

# Die Ärztin

*Der Weg einer unerschrockenen Frau*

*Roman*

atb aufbau taschenbuch

ISBN 978-3-7466-3834-8

Aufbau Taschenbuch ist eine Marke
der Aufbau Verlage GmbH & Co. KG

1. Auflage 2021

Umschlaggestaltung www.buerosued.de, München
unter Verwendung von Motiven von
© Arcangel / Malgorzata Maj und
© Getty Images / L. Toshio Kishiyama
Satz Greiner & Reichel, Köln
Druck und Binden CPI books GmbH, Leck, Germany
Printed in Germany

www.aufbau-verlage.de

*Für meinen Seelengefährten*
*(und den besten Koch der Welt)*
*Walter, immer.*

*Für Renate Musil-van Oyen,*
*(m)eine Jahrhundertfrau.*

*Für Julia, eine sehr liebe und tapfere Freundin,*
*die sich von den Steinen, die ihr das Leben in den Weg*
*schmeißt, nicht unterkriegen lässt. Respekt!*

# PROLOG

## WIEN, SEPTEMBER 1950

Draußen versank an diesem wunderschönen Spätsommertag in Wien bereits die Sonne, als Dr. Amelie von Liebwitz sich zum berühmten Wiener Griechenbeisl aufmachte. Sie war vom Hotel Sacher zu Fuß gegangen, weil der Abend warm war. Aber die vielen Bombenschäden und der immer noch halb zerstörte Stephansdom hatten ihre Laune auf dem Weg ins älteste Gasthaus Wiens ein wenig getrübt. Die schöne Stadt, die Amelie von früheren Besuchen kannte, zeigte noch deutlich die Spuren der Zerstörung, die der Zweite Weltkrieg hinterlassen hatte. Versonnen schritt sie über den Fleischmarkt zu jenem mittelalterlichen Turm der Stadtbefestigung, der wie durch ein Wunder – trotz des Krieges – unversehrt geblieben war, auf das Griechenbeisl zu. Ernst hatte ihr erzählt, dass dieses Lokal schon im Mittelalter urkundlich erwähnt worden war und deshalb »Griechenbeisl« hieß, weil einst das ganze Viertel um den Fleischmarkt so benannt worden war. »Ich glaube nicht, dass ich schon einmal griechisch essen war«, hatte Amelie gesagt. Aber trotz seines Namens, so hatte Ernst ihr erklärt, wäre im Lokal seit seiner Eröffnung immer nur »Wiener Küche« serviert worden.

Die Gasträume des Lokals waren in einem Turm der mittelalterlichen Stadtbefestigung unter der Adresse Fleischmarkt 11 untergebracht.

»Ich hab im ›Mark-Twain-Raum‹ für uns reserviert«, hatte Ernst Szabo gesagt. »Da können wir uns in Ruhe unterhalten und ein Wiener Schnitzel genießen.«

Ernst Szabo, einst Amelies große Liebe, war inzwischen ein

weltberühmter Komponist und Dirigent. Ganz zufällig hatte das Schicksal die beiden nun, fünf Jahre nach Ende des Zweiten Weltkriegs, in Wien wieder zusammengeführt. Während Ernst in den vergangenen drei Tagen mehrere Konzerte im wiederaufgebauten Konzerthaus dirigiert hatte, war Amelie nach Wien gekommen, weil sie als erste Frau auf den Lehrstuhl für Gynäkologische Chirurgie an der medizinischen Fakultät der Universität Wien berufen werden sollte.

In diesem Jahr war sie bereits das zweite Mal in der schönen Stadt an der Donau. Schon im Frühling hatte man sie anwerben wollen, letztlich hatte man sich aber für einen männlichen Bewerber entschieden. Da sich das allerdings als ganz schlechte Entscheidung herausgestellt hatte, hatte das Ministerium sie erneut gebeten, den Lehrstuhl einzunehmen. Amelie war nicht so schnell umzustimmen gewesen. Sie hatte sich Bedenkzeit erbeten, zumal ihr auch in Berlin eine Stelle offeriert worden war, und zwar an jenem Krankenhaus, an dem sie ihre Ausbildung zur Chirurgin absolviert hatte.

Als sie im Frühling in der Walzerstadt gewesen war, hatte sie Ernst Szabo wiedergesehen, der vor Jahrzehnten ihre erste große Liebe in Berlin gewesen war und den sie in den Wirren des ersten Weltkriegs im Lazarett wieder getroffen – und kurz darauf erneut verloren hatte.

Zu allem Überfluss hatte Ernst ihr auch noch während dieses letzten Wienaufenthalts einen Heiratsantrag gemacht. Amelie war sich nicht sicher gewesen, ob sie ihn annehmen sollte, ja, ob sie das überhaupt konnte. Denn zu Hause in den USA, genauer gesagt in Boston, gab es noch Katherine, ihre Lebensgefährtin. In ihrer Beziehung hatte es vor Amelies Abreise nach Berlin heftig gekriselt, dennoch konnte sie ihre langjährige Partnerin nicht einfach Knall auf Fall verlassen.

All dies hatte Amelie in tiefste Verwirrung gestürzt. »Ich bitte dich um Bedenkzeit«, hatte sie Ernst geantwortet. Er hatte sie verstanden. »Im August bin ich in Berlin«, hatte er gesagt. »Dann treffen wir uns wieder – und du sagst mir, wie du dich entschieden hast.«

Doch aus dem Treffen in Berlin war dann nichts geworden. Ernst hatte einer kurzen Konzertreise zugesagt, und Amelie war von einem Besuch Katherines in ihrem Elternhaus in Berlin überrascht worden. Es war keine schöne Zeit gewesen. Amelie hatte Katherine alles über ihre Liebe zu Ernst erzählt, hatte erklärt, sich verteidigt und war letztlich zu der Erkenntnis gekommen, dass sie Ernst immer noch liebte. Katherine hatte das – verständlicherweise – nicht sehr gut aufgenommen und war Hals über Kopf wieder nach Boston abgereist.

Die Entscheidung schien gefallen zu sein. Zumindest was Amelies Liebesleben betraf. Beruflich gesehen jedoch hatte sie noch immer die Qual der Wahl. Die Stelle in Berlin am Curias-Krankenhaus, Amelies »Heimatspital«, war auch sehr verlockend gewesen. Der neue Krankenhausdirektor wollte sie als Leiterin einer Station für gynäkologische Chirurgie einstellen, eine Abteilung, die sie eigenverantwortlich aufbauen und führen sollte.

Amelie hatte Tag und Nacht gegrübelt und überlegt. An einem Augustabend saß sie in ihrem Elternhaus im ehemaligen Salon ihrer Mutter und hatte es sich mit einer Tasse Kaffee und ihren Zigaretten auf der rotsamtenen Chaiselongue gemütlich gemacht. »Und wenn du beide Stellen annimmst?«, hatte ihr ihre innere Stimme zugeflüstert, die sie schon ihr ganzes Leben lang begleitete. »Mit dem Flugzeug ist die Entfernung zwischen Wien und Berlin kaum der Rede wert – und wäre es da nicht möglich …« Ruckartig hatte Amelie sich aufgesetzt. »Das könnte wirklich die Lösung sein«, hatte sie gemurmelt. »Die in Wien wollen mich unbedingt, vor allem nach dem Fiasko mit der ersten Bestellung.«

Sie war aufgestanden und ruhelos im Salon auf- und abgewandert. Schließlich war sie in die Diele gelaufen, hatte den Hörer vom Telefon genommen und eine Verbindung nach Venedig verlangt, wo Ernst zu dieser Zeit gastierte. Verschlafen klang seine Stimme an ihr Ohr. »Ja, bitte?« Erschrocken blickte Amelie auf die Uhr, es war zwei Uhr morgens. »Entschuldige bitte, mein Liebster«, sagte sie leise. »Aber ich glaube, ich habe eine Lösung für meine Probleme gefunden.« Ernst hatte laut in den Hörer gegähnt. »Und welche wäre das? Und du weißt schon, wie spät es ist, oder?« Aber in seiner Stimme hatte ein Lächeln gelegen.

»Ja, tut mir leid, es ist spät, aber ich weiß nun, wie ich all meine potenziellen Verpflichtungen unter einen Hut bringen und mit dir zusammen sein könnte.«

Ernst lachte auf. »Aber das ist ja wunderbar.« Amelie hörte, wie er sich eine Zigarette anzündete, und ärgerte sich kurz, weil sie ihre eigenen Glimmstängel im Salon hatte liegen lassen. »Du, Amelie, ich gastiere Mitte September in Wien. Wollen wir uns dort treffen und alles besprechen?«

Amelie passte das gut. Sie würde ihren Termin mit dem Wiener Ministerium für diese Zeit verabreden und vorher noch ihre Bedingungen für die Annahme der Stelle in Berlin besprechen können. »Dann sehen wir uns in Wien!«

»Ich rufe dich später noch einmal an.« Sie hatte Ernst die Freude in seiner Stimme angehört. »Und heißt das jetzt, du willst mich heiraten?«

»Warte es ab«, hatte sie gelächelt, »das werden wir alles bereden, wenn wir uns in Wien treffen.«

Und nun war sie hier, in Wien. Es war Mitte September, es war ein lauer Spätsommertag und Amelie war auf dem Weg zu ihrem Treffen mit Ernst – im Griechenbeisl –, um über ihre Zukunft zu sprechen. Ob es eine gemeinsame Zukunft sein könnte, würde sich noch herausstellen, hatte sie doch noch so einige Geheimnisse, die sie Ernst anvertrauen musste, bevor all dem nichts mehr im Wege stand.

Es war dämmrig im Eingang des Lokals, Amelie musste aufpassen, um nicht über die »Grube« zu stolpern, die dem lieben Augustin gewidmet war und sich unmittelbar beim Eingang befand.

»Werfen's an Schilling in die Gruabn, gnä' Frau«, erklang eine Stimme aus dem Schankraum, »des bringt eana Glück!« Amelie lächelte, kramte in ihrer Börse und entnahm ihr einen österreichischen Schilling, um diesen in der Grube des lieben Augustin zu versenken.

»Guten Abend, gnä' Frau«, ertönte wieder die Stimme, die Amelie jetzt, da sie in den beleuchteten Schankraum getreten war, als die des Oberkellners identifizieren konnte. »Hama reserviert?«

»Guten Abend«, antwortete Amelie freundlich. »Ja, es müsste ein Tisch auf den Namen Szabo bestellt worden sein.« Das Kellnerlächeln wurde breiter. »Ah«, vernahm Amelie, »der Herr Dirigent Szabo, selbstverständlich, kommen's mit, der ist schon da.«

Mit einer servilen Verbeugung winkte der befrackte Kellner tiefer in das uralte Lokal, um dann flink an ihr vorbeizuschlüpfen und ihr ins Mark-Twain-Zimmer vorauszugehen.

Der »Mark-Twain-Raum« im Griechenbeisl war etwas ganz Besonderes. An der Gewölbedecke des niedrigen Zimmers hatten sich viele Künstler mit ihrem Autogramm verewigt. Wer genau hinsah, erblickte etwa die Unterschriften von Wolfgang Amadeus Mozart, Franz Schubert, Rainer Maria Rilke, Otto von Bismarck oder Egon Schiele und dem namensgebenden Mark Twain.

In dem kleinen Raum fanden auf dem abgeschabten, dunklen Holzboden nur einige wenige Tische Platz, die mit sauberen weißen Leinentüchern gedeckt waren. An jedem Tisch standen zwei schöne alte Thonet-Stühle, mit dem typischen Geflecht in Lehnen und Sitzflächen. Man ließ sich nicht lumpen, es war edles Silberbesteck aufgelegt und das Porzellan trug das Wappen der lange versunkenen Habsburgermonarchie. Edle Kristallweingläser warteten auf den besten Tropfen, den das Haus zu bieten hatte.

Ernst sprang auf, als er Amelie den Raum betreten sah. »Meine Liebe«, begrüßte er sie. »Wie schön, dass du gekommen bist.«

»Derf i eana a Glasl Champagner bringan?« Der Kellner verneigte sich vor Ernst.

»Aber natürlich, Franz. Den besten des Hauses, wenn ich bitten darf.«

»Wird gemacht.« Der Kellner enteilte.

»Guten Abend, Ernst.« Amelie war an den schön gedeckten Tisch getreten. »Was ist das hier für ein zauberhafter Ort?« Ernst rückte Amelie den Stuhl zurecht, küsste ihr die Hand und setzte sich dann selbst. Der Raum mit seiner Gewölbedecke war nur schummrig mit vielen Kerzen erleuchtet. Von der Decke hing eine Öllampe, die einen Lichtkreis auf die vielen Autogramme warf. Amelie lehnte sich in ihrem Stuhl zurück und blickte hinauf. »Faszinierend«, murmelte sie und versuchte, die vielen verschiedenen Unterschriften von Künstlern aus aller Welt zu entziffern.

Der Kellner Franz riss sie aus ihren Bemühungen. Er hatte ein schneeweißes Leinentuch über dem Arm und schob ein kleines Tischchen, auf dem sich ein Eiskübel, der bestellte Champagner und zwei Sektschalen befanden. Mit einem lauten »Plopp!« löste er den Korken aus der Flasche, der hinauf zur Decke sprang und die Öllampe zum Schaukeln brachte. »Waun i des wü, schaff i des nie!«, gab der Kellner ungerührt von sich und schenkte die Gläser voll. »Wünschen die Herrschaften schon zu speisen?«

»Aber mit dem größten Vergnügen«, freute sich Amelie. »Bringen Sie uns doch bitte die Speisekarte.«

»Wollen wir auf unser Wiedersehen in der Walzerstadt anstoßen?«, fragte Ernst, seine Sektschale erhoben. Amelie hob nun ebenfalls ihr Glas und leise klangen die Schalen aneinander. Noch bevor sie mehr als einen kleinen Schluck trinken konnten, stand bereits wieder Franz am Tisch. »Hier bitte, die Herrschaften, die Speisekarten.« Er reichte ihnen zwei große, in dunkelgrünes Leder gebundene Karten. »Wir empfehlen natürlich das Schnitzerl«, sagte der Kellner. »Aber auch der Tafelspitz is heit wieder ganz vorzüglich.«

»Was ist denn ein Tafelspitz?«, fragte Amelie. Der Kellner blickte sie indigniert an. »Gnä' Frau«, sagte er dann. »A Tafelspitz, des is des, was unser Kaiser Franz Josef jeden Tog z'mittag gessen hat.«

»Das ist ja schön«, meinte Amelie. »Aber ich weiß noch immer nicht, was das ist.«

Ernst beugte sich zu ihr, bevor Franz erneut das Wort ergreifen konnte. »Das ist ein Stück vom Rind, gekocht und mit Apfelkren serviert, schmeckt sehr gut!«

»Gut«, sagte Amelie. »Ich bin neugierig und bestelle also das kaiserliche Mittagessen.« Sie lächelte Franz freundlich an.

»In Ordnung, gnä' Frau, amoi Tafelspitz, und Sie der Herr?«

»Ich möchte ein Wiener Schnitzel«, antwortete Ernst. »Darauf habe ich mich heute den ganzen Tag gefreut.«

»Sehr wohl, amoi Schnitzl, amoi Tofelspitz«, sprach Franz und entschwand Richtung Küche.

»Ein lustiger Kerl«, Amelie blickte dem Kellner nach. »Und sein komischer Dialekt«, sie grinste. »Ja, das gefällt mir hier in Wien«, antwortete Ernst und nahm noch einen Schluck Champagner. »Die Sprache klingt ein bisschen wie Musik.« Er zückte seine silberne Tabatiére und bot Amelie eine Zigarette an, die sie dankend annahm. Mit dem dazu passenden Feuerzeug zündete er zuerst ihr und dann sich die Glimmstängel an.

»Sag«, fragte Amelie nach einem Schluck. »Was hat es eigentlich mit dieser Grube vor der Tür und dem Augustin für eine Bewandtnis? Ich wurde aufgefordert, einen Schilling in die Grube zu werfen, weil das Glück bringen soll?« Fragend hob sie die Stimme.

»Ach ja, der liebe Augustin.« Ernst griff nach seinem Champagner. »Das war ein Bänkelsänger im Mittelalter. Damals herrschte in Wien die Pest. Viele, viele Menschen starben und wurden in Massengräbern beerdigt. Und der Augustin, der dem Wein ausgesprochen zugeneigt war, machte sich eines Nachts auf den Heimweg und torkelte so vor sich hin, als er in eine solche Pestgrube fiel und einschlief.« Ernst legte eine dramatische Pause ein. »Ja, und als er am nächsten Tag aufwachte, stand er auf, als wäre nichts gewesen, und ging gesund und munter seiner Wege. Das ist die Legende vom lieben Augustin.«

Amelie lachte. »Eine gute Geschichte, und die Grube vor der Tür soll wohl die ›Pestgrube‹ darstellen?«

»Ganz genau.« Ernst warf einen Blick zur Tür, wo eben der schwer beladene Franz wieder den Raum betrat. »Ah, schau, da kommt unser Essen«, freute sich Ernst. Es begann himmlisch zu duften. Ganz klassisch wurde Amelies Tafelspitz in Rindssuppe, mit Erdäpfelschmarrn und Apfelkren serviert. Ernst erhielt ein Schnitzel, das von der Größe her auch für drei Personen gereicht hätte, und machte sich tapfer ans Werk. Auch Amelie nahm das schwere silberne Besteck in die Hände und schnitt sich einen Bissen vom Tafelspitz ab.

Eine Stunde später saßen sie, inzwischen bei Kaffee und Cognac angelangt, entspannt an ihrem Tisch und tauschten Erinnerungen aus. »Bitte entschuldige mich eine Minute«, bat Ernst schließlich und erhob sich. Amelie blickte ihm nach und bemerkte ein ganz leichtes Hinken, das ihr an ihm zuvor nicht aufgefallen war.

»Deine alte Beinverletzung plagt dich offenbar immer noch«, stellte sie fest, als er wieder Platz nahm.

»Je älter ich werde, desto mehr spüre ich die alte Narbe«, gab Ernst zurück. »Aber im Großen und Ganzen komme ich wunderbar damit zurecht – und das habe ich dir zu verdanken, mein Bein und mein Leben. Erinnerst du dich noch?«

»Meine Güte, das ist wirklich eine Ewigkeit her.« Amelie strich sich eine silberne Haarsträhne aus der Stirn, die sich aus ihrem Knoten gelöst hatte. »Aber natürlich erinnere ich mich noch. Dieses Abenteuer werde ich wohl nie vergessen.« Versonnen blickte sie vor sich hin. »Das war eine schwere Zeit damals, aber ich hatte mich ja nicht davon abbringen lassen, im Großen Krieg als Ärztin zu arbeiten. Damals wollte ich einfach nur weg aus Berlin. Und das so schnell wie möglich.«

»Ich weiß ja kaum etwas über diese Zeit«, sagte Ernst. »Das Wenige, das du mir berichtet hast, als ich damals im Lazarett lag, hab ich schon längst vergessen.« Er lächelte. »Erzähl doch mal«, forderte er Amelie auf. Unbewusst tastete diese nach der Tabatiére, die auf dem Tisch lag, und entnahm ihr eine Zigarette. Ernst zückte sein Feuerzeug. Mit der Zigarette in der Hand lehnte Amelie sich zurück und begann zu erzählen. Früher oder später würde sie all ihre Geheimnisse ohnehin mit ihm teilen müssen, sollten sie tatsächlich eine gemeinsame Zukunft haben.

## *Kapitel 1*

BERLIN 1914

Amelie von Liebwitz war vierundzwanzig Jahre alt, hatte erst wenige Monate zuvor ihre Ausbildung zur Chirurgin am Berliner Curias-Krankenhaus abgeschlossen und arbeitete nun als Assistentin unter ihrem Chef und guten Freund Dr. Friedrich Görtz an der chirurgischen Abteilung des Curias, als ihr während einer Operation ein fataler Fehler unterlaufen war.

Sie war an diesem Tag unaufmerksam gewesen, weil ihr Vater, der nach dem Tod seiner geliebten Frau Luise zum Trinker geworden war, sie einmal mehr die ganze Nacht wachgehalten hatte. Er war mit der Schnapsflasche in der Hand gestolpert und hatte sich dabei beide Hände zerschnitten. Natürlich war sie sofort aus ihrer Wohnung ins Vaterhaus geeilt, hatte die Schnittwunden versorgt und die Hände verbunden. Hatte Blut und Scherben beseitigt und danach die ganze Nacht seinen selbstquälerischen Vorwürfen gelauscht, die er mit lallender Stimme vorgebracht hatte. Erst in den frühen Morgenstunden war er eingeschlafen, und sie hatte sich noch zwei Stunden auf der Chaiselongue im ehemaligen Salon ihrer Mutter ausruhen können.

Völlig übermüdet war sie um sieben Uhr im Curias angekommen, wo gleich die erste Operation des Tages anstand. Eigentlich ein Routineeingriff für Amelie. Der vierundzwanzigjährigen Patientin Lise Grund sollte der entzündete Wurmfortsatz am Blinddarm entfernt werden. Diese Operation hatte Amelie schon etliche Male durchgeführt. Diesmal aber ging alles schief. Und danach war nichts mehr so gewesen wie vorher. Wenn sie einen Operationssaal nur von Weitem sah, begannen ihre Hände zu zittern.

Noch beim Händewaschen hatte Friedrich Görtz sie angeblickt und gesagt: »Du siehst müde aus, ist alles in Ordnung?«

Amelie, die sich gerade die Finger schrubbte, hatte nur kurz aufgeblickt und gemurmelt: »Aber ja, alles in Ordnung, ich war nur die ganze Nacht bei meinem Vater, er hatte wieder viel zu viel getrunken und sich verletzt.«

»Amelie, das muss aufhören«, schalt Friedrich. »Du kannst nicht rund um die Uhr für deinen Vater sorgen. Stell doch bitte jemanden an, der sich um ihn kümmert. Geld hast du schließlich genug.«

Amelie hatte nur geistesabwesend den Kopf geschüttelt, sich die Hände mit einem sterilen Tuch abgetrocknet und war noch vor Görtz in den Operationssaal getreten. Tatsächlich war Amelie recht wohlhabend, was ungewöhnlich für eine Assistenzärztin war. Ihre Tante, Elisabeth von Radestock, hatte ihr zu ihrer Volljährigkeit einen Treuhandfonds zugänglich gemacht, der Amelie ein sorgenfreies Leben ermöglichte.

»Vater fremden Händen überlassen?«, fragte sie nun, als Friedrich ebenfalls den OP betrat. »Wie stellst du dir das vor? Er vertraut nur mir. Außerdem glaub ich nicht, dass irgendjemand es mit ihm aushalten würde.«

Isabella Haller, die jahrzehntelang als Haushälterin bei den von Liebwitz tätig gewesen war, hatte inzwischen frustriert das Haus verlassen, ebenso wie Else, das Hausmädchen, das nun bei Amelie ihren Dienst tat. Die unbeherrschten Wutausbrüche ihres ehemaligen Dienstherrn und sein unmäßiges Trinken hatten sie vertrieben. Schließlich hatte auch der Kutscher Robert das Handtuch geworfen. Michael von Liebwitz war letztlich also allein in dem hübschen gotischen Haus am Alexanderplatz zurückgeblieben.

»Aber Amelie, du siehst doch selbst, dass es so nicht weitergehen kann. Du bist viel zu dünn, deine Augenringe sind beängstigend, und irgendwann wirst du, übermüdet und überfordert, wie du bist, einen Fehler machen.« Görtz ließ nicht locker.

»Schau«, sagte Amelie, die inzwischen Operationskittel, Mundschutz, Haube und Handschuhe angelegt hatte, »im Augenblick kann ich nichts anderes tun, als die vor uns liegende Operation durchzuführen. Lass uns später darüber reden!« Friedrich entging jedoch nicht, ganz gleich, wie entschlossen Amelie klang, wie erschöpft sie sein musste, und hatte sich vorgenommen, ihr bei der Blinddarmoperation genau auf die Finger zu schauen. Daraus wurde aber leider nichts. Gerade als Amelie den ersten Schnitt im rechten Unterbauch der Patientin setzen wollte, wurde die Tür zum Operationssaal aufgestoßen und der Kopf einer Krankenschwester war erschienen: »Dr. Görtz, Dr. Görtz, Sie müssen bitte sofort kommen. Soeben wurde ein Mann mit einem zerschmetterten Bein eingeliefert, er ist von einem Gerüst gefallen. Ich glaube, Sie müssen amputieren!«

Görtz hatte alarmiert aufgeblickt. »Amelie, kommst du hier zurecht?«

»Aber ja«, hatte sie geantwortet. »Es ist ja nicht die erste Appendektomie, die ich durchführe.«

Görtz eilte aus dem OP und Amelie betrachtete kurz das Gesicht der Patientin, die vor ihr lag. Lise Grund fürchtete sich vor dem Eingriff, und Amelie hatte sich, bevor Lise in Narkose gelegt wurde, über sie gebeugt und beruhigend gesagt: »Sie brauchen keine Angst zu haben, Frau Grund. Sie werden tief und fest schlafen und nichts spüren. Und wenn Sie aufwachen, sind Sie den lästigen Quälgeist los.«

Amelie setzte den ersten Schnitt, bis sie durch die Bauchmuskeln zum Appendix vorgedrungen war und den entzündeten Wurmfortsatz sehen konnte. Als sie eben beginnen wollte, den Blinddarmfortsatz zu präparieren, wurde ihr – wie aus dem Nichts – auf einmal schwindlig. Alles begann sich zu drehen. Mit der linken Hand suchte sie Halt am Operationstisch, doch es half nichts. Ihre rechte Hand, die das Skalpell hielt, rutschte plötzlich ab und traf die Arteria appendicularis. Blut, viel Blut spritzte aus der Wunde. Die OP-Schwester, die Lise Grunds Narkose überwachte, stieß einen leisen Schrei aus. »Der Blutdruck der Patientin sinkt, Fräulein Dr. von Liebwitz!«

Amelie versuchte verzweifelt, im Bauchraum der Patientin die angeschnittene Arterie zu finden. Es gelang ihr schließlich, und sie probierte, das blutende Gefäß mit den Fingern zu verschließen. Aber ihre Finger zitterten so sehr, dass immer weiter Blut aus der Wunde quoll. Amelie war leichenblass vom Operationstisch zurückgetreten, als die Narkoseschwester leise sagte: »Frau Grund ist soeben verstorben.«

»Was ist genau passiert?«, hatte Friedrich Görtz sie nach der katastrophalen Operation gefragt. Amelie saß wie ein Häuflein Elend auf ihrem Schreibtischstuhl im Ärztezimmer. »Ich …«, begann sie. »Weißt du, mir war auf einmal so schwindlig, wie aus dem Nichts ist das gekommen. Und dann war es schon passiert. Das Messer war abgerutscht und plötzlich war da so viel Blut.«

»Und was ist dann passiert?« Görtz wollte es ganz genau wissen.

»Ich weiß es nicht, in mir hat sich alles gedreht, ich hab noch versucht, die Arterie zu verschließen, aber da war so wahnsinnig viel Blut, ich habe überhaupt nichts gesehen. Und dann hat die Narkoseschwester gerufen, dass das Herz von Frau Grund nicht mehr schlägt.« Sie schüttelte den Kopf, nahm einen Schluck aus ihrer Kaffeetasse und blickte Görtz an. »Ich habe versagt«, stellte sie mit rauer Stimme fest. »Das ist passiert.«

Görtz erwiderte nichts. Was sollte er auch sagen? Der Tod der Patientin war Amelies Schuld. Da gab es nichts zu beschönigen. »Weißt du was?«, fragte er nun und nahm Amelies Hand. »Du gehst jetzt für ein paar Tage nach Hause, ruhst dich aus, dann sprechen wir noch einmal darüber.«

»Hast du es den Eltern schon gesagt?«, murmelte sie.

»Ja, ich habe ihnen erzählt, es hätte unvorhergesehene Komplikationen gegeben, an denen Lise verstorben wäre. Sie haben sich damit zufriedengegeben.«

»Wirklich?« Amelie war erstaunt, hob den Kopf und blickte Friedrich an.

»Ja«, antwortete Görtz. »Sie haben mir geglaubt und akzeptiert, dass wir nichts mehr für Lise tun konnten.« Amelie senkte den Kopf. Schon wieder kamen ihr die Tränen.

»Geh nach Hause, Amelie«, sagte Friedrich Görtz. »Ruh dich aus, in den nächsten Tagen will ich dich nicht hier sehen. Du musst endlich zur Ruhe kommen. Vorher lasse ich dich nicht wieder in den Operationssaal.«

Amelie schaute Friedrich traurig an. »Na, denkst du denn, ich will in den OP?«, fragte sie. »Damit ich noch mehr Patienten umbringen kann?«

Friedrich hatte nichts erwidert, also war Amelie aufgestanden und nach Hause gegangen.

Einige Stunden später weinte Amelie sich in ihrer Wohnung in der Bauhofstraße 7 in Berlin Mitte die Augen aus. Wie hatte ihr das nur passieren können? Und – noch schlimmer – was, wenn es wieder passierte? Wahrscheinlich wird es wieder passieren, wenn du so weitermachst, dachte sie bitter. Und das durfte einfach nicht sein. Die Stimme in ihrem Kopf ließ sie auch nicht in Ruhe: »So wie du zurzeit lebst, ist es fast folgerichtig, wenn so etwas wieder passiert.«

»Ach, halt doch die Klappe!«, schrie Amelie und hielt sich nun mit beiden Händen ihren schmerzenden Kopf fest. »Ich weiß doch auch nicht, was ich tun soll.«

Die Stimme blieb unbeeindruckt: »Na, wie wäre es dann mal mit ein bisschen mehr Schlaf, regelmäßigen Mahlzeiten und weniger Sorgen.«

»Ha!«, machte Amelie. »Du hast gut reden. Soll ich etwa meine Arbeitsstunden reduzieren, die Probleme mit meinem

Vater vergessen und einfach dem Nichtstun frönen?« Sie ließ sich in einen ausladenden Sessel in ihrem Wohnzimmer fallen. Die Stimme schwieg nun endlich. Amelie war klar, dass es so auf gar keinen Fall weitergehen konnte. Sie schlief kaum, aß nur zwischendurch ein paar Bissen, lebte im Wesentlichen von Kaffee und Zigaretten und teilte ihre Zeit zwischen Krankenhaus und der Sorge um ihren Vater auf. So hatte sie sich die Arbeit als Chirurgin nicht vorgestellt. Aber was sollte sie denn nur tun?

Immer noch stand ihr das stille, weiße Gesicht der Patientin Lise Grund vor Augen, die sie – daran ließ sich nichts schönreden – umgebracht hatte. Weil sie einen Fehler gemacht hatte, weil sie unkonzentriert und überfordert gewesen war. Sie wusste das alles. Und sie ging hart mit sich ins Gericht. Stundenlang rang sie mit sich. Sollte sie den Eltern von Lise Grund sagen, was wirklich passiert war? Wie konnte sie jemals wieder einen Operationssaal betreten? Dabei waren gerade Chirurgen derzeit so gefragt wie nie zuvor. Der Krieg, der vor ein paar Monaten ausgebrochen war, brachte in die Spitäler Berlins praktisch täglich verletzte Soldaten, denen mit dem Skalpell geholfen werden musste. Aber was, wenn mir so etwas wieder passiert?, fragte sich Amelie. Wie soll ich mich wieder in den OP wagen, wenn ich mir selbst nicht mehr trauen kann?

Die Stimme in ihrem Kopf meldete sich wieder, leise diesmal: »Du musst etwas ändern! So kann es nicht weitergehen.«

»Na, vielen Dank«, sagte Amelie laut, »aber das weiß ich selbst.« Gedankenverloren schweifte ihr Blick durch ihr Wohnzimmer und fiel auf die *Berliner Morgenpost*, die auf einem Rauchtischchen neben ihr lag. Die Titelseite berichtete in großen Schlagzeilen, dass die deutschen Soldaten und ihre Verbündeten einen Sieg nach dem anderen errängen und beteuerten, dass es ohnehin nur noch eine Frage der Zeit sei, ehe dieser Krieg zu Ende gehen würde. Amelie ließ die Zeitung sinken. Oh ja, sie hatte sie noch gut im Ohr, die Parole, mit der vor einigen Wochen die ersten Soldaten aus Berlin marschiert waren. »Bis Weihnachten sind wir wieder zu Hause!«, hatten sie gerufen und waren mit Blumen im Haar in die Schlacht gezogen. Mittlerweile waren einige Wochen ins Land gegangen – und es gab erste Gerüchte, nach denen der Krieg wohl nicht ganz so schnell vorüber sein würde. Im Gegenteil. Amelie griff erneut zur Zeitung. Sie überflog nur die Schlagzeilen, während sie durch die Seiten blätterte, bis ihr Blick an einem Aufruf hängen blieb.

*Aufruf! Ärztinnen, kämpft mit uns an der Front in Bosnien! Ihr werdet gebraucht, um Frauen und Kinder zu versorgen! Meldet Euch noch heute beim Militärkommando in der Leipziger Straße 5/Militärärztliche Abteilung! Kommt und kämpft wie unsere tapferen Soldaten!*

Verwundert las Amelie den Aufruf gleich ein zweites Mal. Es gab keine Frauen beim Militär, sah man einmal von den Krankenschwestern in den Lazaretten und Verbandsplätzen ab. Von Ärztinnen, die im Krieg Dienst leisteten, hatte sie bislang noch nie etwas gehört, war dies doch ein reiner Männerberuf. Was sollte nun anders geworden sein? Sie legte die Zeitung zur Seite und lehnte sich zurück. Könnte das die Lösung sein?, fragte sie sich. Es schien ihr nicht so, als würde das Militär Chirurginnen suchen. Vielmehr suchte man offenbar Frauen- und Kinderärztinnen.

Was soll's?, dachte sie, sprang entschlossen auf und eilte zu ihrem Sekretär, der vor dem Fenster des hübschen Zimmers stand. Sie nahm einen Bogen Briefpapier, elfenbeinfarben, mit ihrem Titel, Namen und ihrer Adresse links oben leicht erhaben aufgedruckt, und warf rasch einige Zeilen aufs Papier. Vor allem wollte sie wissen, wo Ärztinnen in Bosnien eingesetzt werden sollten, welche Aufnahmebedingungen es gab und wann, vorausgesetzt, sie würde angenommen, sie abreisen können würde. Sie versiegelte den Brief, adressierte ihn und läutete nach Else. Wie immer mit einem Lächeln betrat das Dienstmädchen das Zimmer. »Was kann ich für Sie tun, gnädiges Fräulein?«, fragte die kleine, rundliche Berlinerin, deren Gesicht von Sommersprossen übersät war und die ihr rotes Haar unter ihrem Häubchen ordentlich aufgesteckt trug.

»Bitte bring diesen Brief zur Post«, bat Amelie und reichte Else das Schriftstück.

»An die preußische Militärverwaltung«, las Else vom Kuvert ab. »Wieso schreiben Sie denn dem Militär?«

Else und Amelie waren praktisch gemeinsam in Amelies Elternhaus aufgewachsen, die beiden Frauen betrachteten sich als Freundinnen, auch wenn die eine diente und die andere befahl.

»Ach, weißt du«, begann Amelie. »Das erzähle ich dir, wenn ich eine Antwort erhalten habe.«

## *Kapitel 2*

Nur zwei Tage später hielt Amelie das Antwortschreiben der Militärverwaltung in den Händen. Sie war tatsächlich tagsüber in ihrer Wohnung. Wie von Friedrich Görtz empfohlen, hatte sie sich für einige Tage krankschreiben lassen und in den vergangenen beiden Tagen viel nachgedacht, aber sich auch ausgeschlafen, gut gegessen, kaum Kaffee getrunken und weniger Zigaretten geraucht. Auch ihren Vater hatte sie nicht besucht. Sie hatte sich von allen isoliert, um sich in Ruhe zu überlegen, wie ihr Leben weitergehen sollte. Nun hatte eben der Postbote an der Wohnungstür geklingelt und ihr den Brief überreicht. Amelie ging ins Wohnzimmer und setzte sich an ihren Schreibtisch. Automatisch griff sie nach einer Zigarette, brannte sie an und schlitzte dann das Kuvert mit dem Brieföffner auf.

*Sehr geehrtes Fräulein Dr. von Liebwitz,*
*wir haben Ihren Brief gestern erhalten und freuen uns sehr über Ihr Interesse. Der Aufruf in der Berliner Zeitung war eine »Amtshilfe« für die k. u. k. Militärverwaltung in Wien. Die österreichischen Militärs, die derzeit in Bosnien stationiert sind und sich dort wacker schlagen, könnten Ihre Hilfe gut gebrauchen. Es ist ein delikates Problem, was es nicht einfach macht, Ihnen, sehr verehrtes Fräulein Doktor, den Sachverhalt zu erläutern. Kurzum, die tapferen kaiserlichen Streiter in diesem Landstrich brauchen in ihrer kargen Freizeit eine gewisse Unterhaltung, die zu besagten Problemen bei den dabei anwesenden Frauen führt.*

Amelie ging ein ganzer Kronleuchter auf. Aha, dachte sie. Ihr habt also dort Prostituierte, und die sind wohl häufig geschlechtskrank. Laut sagte sie: »Das hebt die Moral der Soldaten wohl nicht gerade, wenn sie an Tripper oder Syphilis leiden.«

*Die Frauen in dieser Gegend hängen dem muslimischen Glauben an und wollen sich deshalb nicht von männlichen Ärzten untersuchen lassen. Um des Problems Herr zu werden, hat die k. u. k. Militärverwaltung sich entschieden, weibliche Ärzte in die Romanija in Bosnien zu entsenden, die die betroffenen Frauen behandeln. Wenn Sie, liebes, verehrtes Fräulein Dr. von Liebwitz, an dieser Tätigkeit Interesse haben, wenden Sie sich bitte an die k. u. k. Militärverwaltung in Wien. Ich habe Sie Herrn Generalstabsarzt Dr. Leopold von Traun bereits avisiert. Er erwartet Ihr Schreiben.*

*Mit ausgezeichneter Hochachtung*
*verbleibt Ihr Diener Generalstabsarzt*
*Jochen von Ingelheim*

Mit der Grußformel endete der Brief. Nur unter der Unterschrift des Generalstabsarztes war noch die Anschrift der Wiener Militärverwaltung angegeben, damit sie ihre Antwort an diese richten konnte.

Amelie lehnte sich in ihren Schreibtischstuhl zurück. Da soll sie also in den Krieg ziehen und geschlechtskranke Frauen behandeln. Warum eigentlich nicht? Sie sprang auf und fing an, in ihrem sonnendurchfluteten Wohnzimmer auf und ab zu gehen. Operieren müsste sie da ganz sicher nicht, und die Frauen bräuchten jede Hilfe, die sie bekommen könnten. Amelie setzte sich wieder hin und nahm einen Schluck aus ihrer Tasse. Der Kaffee war kalt geworden, doch das war ihr gleichgültig. Probeweise sagte sie laut: »Ich gehe nach Bosnien und kümmere mich dort um kranke Frauen.« In ihren Ohren klang das richtig. Schon während ihres Studiums und in ihrer Ausbildungszeit im Curias-Krankenhaus hatte sie sich neben der Chirurgie auch immer für die Frauenheilkunde interessiert. Außerdem konnte sie den Gedanken kaum ertragen, was diese armen Frauen in der Etappe in Bosnien wohl durchzustehen hatten, wenn sie den Soldaten zu Diensten sein mussten. Bestimmt waren die Frauen nicht alle freiwillig zu Prostituierten geworden.

Das brachte die Entscheidung. Amelie holte, wie schon vor zwei Tagen, einen Briefbogen aus der Schreibtischschublade, nahm einen Füllhalter in die Hand und schrieb an den Wiener Generalstabsarzt Leopold von Traun. Sie zitierte aus dem Antwortschreiben des deutschen Generalstabsarztes und hielt fest, dass sie sehr gerne als Frauenärztin in der Etappe in der Romanija tätig sein wollte. Sie fragte nach den wichtigsten Daten wie Abreise, Gehalt und Unterbringung, versiegelte dann auch diesen Brief und machte sich diesmal selbst auf den Weg, um den Brief zur Post zu bringen.

Es war ein wunderschöner Spätsommertag in Berlin. Die Sonne lachte von einem wolkenlosen Himmel, auf den Straßen herrschte reger Betrieb. Die Kriegsbegeisterung war nicht zu übersehen, fast alle Häuser waren beflaggt. Überall fuhren Truppentransporte und mit großem Hallo wurden allenthalben Soldaten verabschiedet. Täglich wurden neu ausgehobene Truppen in die Schlachten gesendet – auch das machte sich im Stadtbild durch die fehlenden Männer bemerkbar. Amelie spazierte gemütlich in Richtung Postamt. Als sie den Brief mit dem Vermerk »eilig« aufgegeben hatte, spazierte sie langsam zurück in Richtung ihrer Wohnung, kam an einem hübschen Café vorbei, das Tische und Stühle aufs Trottoir gestellt hatte, und suchte sich einen gemütlichen Platz unter dem Sonnenschirm. Sie bestellte Kaffee, lehnte sich zurück, rauchte eine Zigarette und dachte zur Abwechslung einmal an gar nichts.

Ein paar Tage später, Amelie war gerade aufgestanden und saß an ihrem Esstisch beim Morgenkaffee, läutete es an der Haustür. Amelie hörte, wie Else die Tür öffnete und ein paar Worte murmelte. Kurz darauf klopfte es an der Tür und das Dienstmädchen trat ein. »Fräulein Amelie, ein Telegramm aus Wien!«, rief sie erstaunt und überreichte Amelie das Schreiben. »Die haben es aber wirklich eilig«, staunte Amelie, die sofort sah, dass das Telegramm von der k. u. k. Militärverwaltung kam. »Danke, Else«, sagte sie und riss das Kuvert mit einem Fingernagel auf.

*Sehr geehrtes Fräulein Dr. von Liebwitz, erwarten Sie am 25. August in der Romanija, Frauenspital Katarina Kosača-Kotromanić in der Etappe. Stopp! Zugticket liegt bei. Stopp! Alles Weitere am Zielort. Stopp! Freuen uns sehr über Ihre Anfrage. Stopp! Sie werden dringend gebraucht. Stopp! Mit militärischem Gruß! Stopp! Generalstabsarzt Dr. Leopold von Traun*

Der 25. August war bereits in einer Woche! Gut, dachte sie. Dann wollen wir uns mal ans Werk machen. Sie läutete nach Else und beauftragte sie damit, ihre Koffer vom Dachboden ihres Wohnhauses zu holen. »Wollen Sie verreisen, gnädiges Fräulein?«, fragte das Hausmädchen.

»Na, ohne Grund werde ich die Koffer nicht brauchen, oder?« Amelie war sehr aufgeregt, und in solchen Situationen neigte sie zum Sarkasmus. Else, die das schon kannte, sagte nichts mehr und lief, um die Koffer zu holen.

Während Else und Amelie anfingen zu packen, schellte es an der Wohnungstür. »Es ist Dr. Görtz, gnädiges Fräulein«, meldete Else kurz darauf.

»Friedrich?« Amelie war erstaunt. »Nun, dann bitte ihn ins Wohnzimmer und frage ihn, ob er etwas trinken möchte. Ich komme sofort.« Sie legte einen Stapel Unterwäsche in den Koffer, blickte sich kurz im Spiegel über ihrem Toilettentischchen an, fand ihr Äußeres für einen Besuch Friedrichs ausreichend und ging mit schnellen Schritten ins Wohnzimmer. Friedrich stand am Fenster und blickte auf die Straße.

»Friedrich«, begann Amelie. »Was um Himmels willen machst du denn hier?«

»Nun, es ist wohl nicht so überraschend, wenn ich eine sehr gute Freundin besuche, um mich nach ihrem Wohlbefinden zu erkundigen, oder?« Friedrich trat auf Amelie zu, küsste ihr die Hand und blickte ihr ins Gesicht. »Du siehst besser aus als zuletzt«, stellte er fest.

»Es geht mir auch besser. Ich habe Neuigkeiten.« Da Friedrich nun einmal hier war, wollte sie ihm gleich berichten, was sie vorhatte.

»Ich auch«, meinte Friedrich. »Magst du beginnen?« In diesem Moment klopfte es an der Tür. Else trat ein, brachte Kaffee und Kuchen und deckte mit raschen, geschickten Bewegungen den kleinen Esstisch unter dem Fenster. Die beiden nahmen einander gegenüber Platz und schwiegen, bis Else den Kaffee eingeschenkt und den Kuchen verteilt hatte. »Danke, Else«, sagte Amelie dann, »du kannst jetzt gehen.« Als sich die Tür hinter dem Hausmädchen wieder geschlossen hatte, blickte Amelie Friedrich erneut an. »Nein, ich möchte zuerst deine Neuigkeiten hören«, entschied sie. »Meine können noch ein wenig warten.«

»Ich habe nachgedacht«, begann Friedrich. »Dieser Zwischenfall im Operationssaal gibt mir immer noch sehr zu denken. Ich glaube, du solltest vorerst nicht operieren, sondern einer Tätigkeit nachgehen, die ein wenig anspruchsloser ist und dir die Möglichkeit gibt, die Sache mit deinem Vater zu regeln.«

Amelie seufzte. »Und wie soll das vonstattengehen?« Sie nahm einen Schluck Kaffee und eine Zigarette aus der silbernen Dose, die auf dem Tisch stand. Friedrich beeilte sich, Amelies Zigarette zu entzünden, nahm ebenfalls einen Schluck Kaffee und setzte erneut an. »Ich habe mit Oberschwester Renate gesprochen. Sie wünscht sich schon lange eine kompetente Ärztin als Lehrerin für ihre Schwestern. Du weißt ja, die Florence-Nightingale-Schule am Curias-Krankenhaus hat einen exzellenten Ruf, den sie unbedingt verteidigen will.«

Amelie lachte. »Ich soll Krankenschwestern unterrichten?« Nachdenklich zog sie an ihrer Zigarette. Der bläuliche Rauch stieg zur Decke empor. »Eigentlich gar keine so schlechte Idee.«

Friedrich lehnte sich erleichtert zurück. Er glaubte, Amelie bereits für seinen Plan gewonnen zu haben. Dennoch war er unsicher, so leicht ließ sich seine Kollegin normalerweise nicht überzeugen. Da kam doch sicher noch etwas nach. Und es kam.

»Du weißt«, fing Amelie an, »ich schätze Schwester Renate sehr. Als Oberin der Krankenpflegeschule leistet sie hervorragende Arbeit.«

»Und sie schätzt Ärztinnen«, unterbrach sie Friedrich. »Das ist durchaus nicht bei allen Krankenschwestern der Fall, zumal bei denen, die sich eine leitende Funktion erkämpft haben.«

»Das ist richtig«, antwortete Amelie, »aber Krankenschwesternschülerinnen zu unterrichten? Soll das meine Zukunft sein?«

»Natürlich nicht«, gab Friedrich rasch zur Antwort. »Aber es wäre eine Möglichkeit für dich, dein Wissen zu vermitteln und gleichzeitig ein wenig Erholung zu finden. Der Unterricht wäre nur an drei Tagen in der Woche von acht bis zwölf Uhr, das Gehalt ist in Ordnung, und du hättest viel Zeit für dich und deine Angelegenheiten.«

Amelie lachte leise. »Du hast wirklich an alles gedacht«, meinte sie. »Aber leider kann ich das nicht tun.« Energisch dämpfte sie die Zigarette im Aschenbecher aus, trank ihre Kaffeetasse leer und öffnete den Mund, um Friedrich zu erklären, dass sie in der nächsten Zeit mitnichten Krankenschwestern unterrichten, sondern bosnische Prostituierte in der Romanija medizinisch versorgen werde.

»Aber wieso denn nicht?« Auch Friedrich hatte sich inzwischen eine Zigarette angezündet und blies den Rauch aus den Nasenlöchern, was ihm den Ausdruck eines freundlichen Drachen verlieh.

»Die Idee ist ganz und gar nicht schlecht«, meinte Amelie. »Aber ich habe bereits andere Pläne.«

»Und welche Pläne könnten das sein?« Friedrich wurde misstrauisch. »Du weißt schon, dass du im Curias-Krankenhaus als Ärztin angestellt bist und von dort nicht einfach wegkannst, oder?«

»Natürlich weiß ich das«, antwortete Amelie, die aufgestanden war und auf dem Perserteppich, der in der Mitte des Wohnzimmers lag, auf und ab spazierte. »Es gibt allerdings eine Ausnahme von dieser Regel.«

»Und was soll das sein?« Friedrich schwante Übles. Er kannte Amelies Wesen, er wusste, dass sie zu schnellen Entschlüssen neigte und dabei manchmal nicht gleich überblickte, welche Konsequenzen diese nach sich ziehen konnten.

»Ich ziehe in den Krieg«, sagte Amelie munter. »Ich gehe nach Bosnien. Dort gibt es ein Frauenspital in der Romanija, das ist in der Etappe, weißt du, und dort soll ich prostituierte Frauen im Feldbordell versorgen.« Amelie blickte ihm offen ins Gesicht. »Mir tun die Frauen leid«, erklärte sie. »Ich will ihnen helfen, sie lassen sich nämlich von männlichen Ärzten nicht behandeln. Und außerdem muss ich dort nicht operieren. Ich kann mich ganz und gar auf die Behandlung dieser Frauen konzentrieren. Und du weißt ja«, Amelie blieb stehen und holte tief Luft. »Die Frauenheilkunde hat mich schon immer interessiert.«

Friedrich blieb der Mund offen stehen. »Du willst was tun?« Er schüttelte ungläubig den Kopf. »Sag einmal, bist du etwa verrückt geworden?« Friedrich drehte sich auf seinem Sessel um, um Amelie anschauen zu können. »Du willst in den Krieg ziehen? Weißt du eigentlich, was …« Eine Sprachlosigkeit ergriff ihn.

»Ich bin nicht verrückt«, stellte Amelie als Erstes klar. »Ganz und gar nicht, aber ich habe nachgedacht, und dann ist mir dieser Aufruf in der Zeitung aufgefallen.«

»Was für ein Aufruf denn?« Friedrich hatte sich nun ebenfalls erhoben.

»Das preußische Militär – so habe ich geglaubt – suchte dort Militärärztinnen zur Arbeit in der Romanija. In der Nähe dieses Gebiets ist die Front, und es gibt dort ein Frauenspital.«

»So viel habe ich auch schon kapiert.« Friedrich hatte Mühe, ruhig zu bleiben. »Aber warum um Himmels willen willst du dich freiwillig in Gefahr begeben?«

»Ich begebe mich ja nicht in große Gefahr«, versuchte Amelie ihren Freund zu beruhigen. »Ich werde in der Etappe tätig sein und mit den Soldaten eher wenig zu tun haben.«

»Na, das ist ja beruhigend.« Friedrich schnaufte. »Kann ich vielleicht einen Cognac haben? Deine Neuigkeiten sind schwer verdaulich.«

»Aber natürlich.« Amelie ging zur Hausbar, entnahm ihr eine Flasche besten französischen Cognacs, goss ihn in einen bauchigen Schwenker aus Kristallglas und reichte ihn Friedrich. »Danke«, sagte dieser, setzte den Schwenker an und leerte das Glas in einem Zug.

»Langsam«, mahnte Amelie. »Du willst doch nicht am Vormittag schon betrunken sein.«

»Natürlich nicht«, antwortete Friedrich. »Aber du musst zugeben, dass deine Neuigkeiten schwer zu begreifen sind.«

Amelie zuckte nur mit den Schultern. »Ich kann mir vorstellen, dass das schwierig für dich ist. Aber wollen wir uns nicht lieber wieder setzen und alles in Ruhe besprechen?« Sie wies mit einer Hand auf den Kaffeetisch und begab sich zu ihrem Stuhl.

Friedrich dagegen wollte nichts weniger, als sich wieder setzen. »Nein, Amelie, ich will das alles nicht in Ruhe besprechen. Das ist doch eine Schnapsidee!«

Jetzt wurde auch Amelie ärgerlich. »Das ist ganz und gar keine Schnapsidee. Ich habe lange nachgedacht, na ja, für meine Verhältnisse lange. Man wird mich dort mit offenen Armen empfangen, ich komme für eine Weile weg aus dieser schwierigen Situation hier in Berlin und kann bedürftigen Menschen helfen. Das sind doch wohl genügend Gründe, meinst du nicht?«

Friedrich meinte nicht.

»Du kannst doch hier nicht einfach von einem Tag auf den anderen alles im Stich lassen? Wie stellst du dir das überhaupt vor? Was, wenn ich dich nicht gehen lasse, weil wir dich im Krankenhaus brauchen?«

»Leider, mein lieber Freund, kannst du da gar nichts tun.« Amelie verlor so langsam die Geduld. »Kriegsangelegenheiten haben Vorrang vor allem anderen. Ich kann also – wie du es nennst – alles im Stich lassen und nach Bosnien gehen.«

»Und deine Patienten?«, fragte Friedrich zunehmend verzweifelt. »Und dein Vater? Ich verstehe dich wirklich nicht, Amelie. Du könntest dort sterben, ist dir das überhaupt bewusst?« Friedrich hatte die Hände auf die Sessellehne vor sich gestützt und blickte Amelie ernst an.

»Sterben kann ich überall«, meinte diese flapsig. »Und wegen Vater werde ich heute Abend mit Elisabeth sprechen. Vielleicht weiß sie einen Rat. Das Beste wäre wohl, er würde eine Heilanstalt aufsuchen, um endlich seine Trinkerei in den Griff zu bekommen.« Amelies Stimme war mit jedem Wort kälter geworden.

»Du sagst das, als wäre dir das Wohlergehen deines Vaters vollkommen gleichgültig.« Friedrich konnte es nicht fassen.

Jetzt wurde Amelie wütend. »Wie kannst du so etwas sagen?«, fragte sie laut. »Du weißt doch genau, wie ich mich in den vergangenen Monaten zwischen dem Krankenhaus und meinem Vater aufgerieben habe. Du bist ungerecht, Friedrich!«

»Ich bin ungerecht?« Auch Friedrich hatte nun seine Stimme erhoben. »Ich bin nicht ungerecht, ich möchte dir lediglich deine Schnapsidee ausreden, mit der du sehenden Auges ins Unglück rennst.«

»Weder ist das eine Schnapsidee, noch renne ich sehenden Auges in irgendein Unglück.« Amelie drückte bestimmt ihre Zigarette aus. »Es reicht mir, Friedrich. Ich möchte, dass du jetzt gehst. Ich hatte wirklich gedacht, du bist mein Freund, aber ich sehe jetzt, wie sehr ich mich in dir getäuscht habe.«

»Ein Freund bin ich also nur, wenn ich alle deine Ideen großartig finde und bejahe? Da kannst du lange warten! Ich halte für falsch, was du tust, und werde dich darin sicherlich nicht unterstützen. Guten Tag, Amelie.«

Laut mit der Tür schlagend verließ Friedrich den Raum. Nur wenig später knallte auch die Eingangstür. Amelie war wieder allein. Sie stand mitten im Wohnzimmer und starrte auf die Tür, die Friedrich soeben zugeschlagen hatte. Wütend war sie und traurig. Friedrich und sie waren schon lange Freunde, er hatte sie – als einer der wenigen Ärzte – während ihrer Ausbildung zur Chirurgin unterstützt. Tränen standen in ihren Augen, zu gleichen Teilen aus Wut und Trauer. Trotzig wischte sie sie mit dem Blusenärmel fort. »Ach, was soll's?«, sagte sie laut. Sie hatte sich entschieden, und dabei bliebe sie.

Eilig machte sie sich wieder auf den Weg in ihr Schlafzimmer, um weiter zu packen. In diesem Augenblick schellte das Telefon. »Was ist denn jetzt schon wieder los?«, stöhnte Amelie. Sie hielt Else, die bereits einen Schritt auf die Tür zu gemacht hatte, mit einer Handbewegung zurück. »Bleib hier, ich nehme selbst ab«, sagte sie und lief in die geräumige, lichtdurchflutete Diele ihrer Wohnung. Ein kleines Tischchen stand rechts neben der Eingangstür, auf ihm das schwere Telefon. Amelie ließ sich auf das Ledersofa neben dem Telefontischchen sinken und griff nach dem Hörer. »Hier spricht Dr. von Liebwitz«, meldete sie sich. »Wer ist da bitte?«

»Generalstabsarzt von Traun«, dröhnte ein tiefer Bass aus dem Hörer. »Guten Tag, Fräulein Dr. von Liebwitz, wie schön, dass ich Sie persönlich erreiche.« Amelie dankte kurz und fragte dann über das Knistern der Fernverbindung hinweg: »Was kann ich für Sie tun, Herr Generalstabsarzt?«

»Ich melde mich, weil ich erstens wissen wollte, ob Sie das Telegramm erhalten haben, und zweitens, um Ihnen einige Dinge mitzuteilen. Vor allem möchte ich Ihnen sagen, was Sie unbedingt zu Ihrem Einsatz mitbringen müssen.« Trauns Stimme klang verzerrt, die Verbindung war nicht besonders gut. Seit Kriegsbeginn war es schwierig geworden zu telefonieren.

»Ja, ich habe das Telegramm erhalten«, sagte Amelie in den Hörer und lehnte sich an die Rückenlehne des Sofas. Die Sonne schien zum darübergelegenen Fenster herein und wärmte ihr Gesicht.

»Und«, fragte Traun. »Werden Sie uns zur Verfügung stehen?«

»Ja«, antwortete Amelie. »Ich bin sogar gerade beim Packen meiner Sachen.«

»Großartig«, freute sich Traun und gab ihr eine Liste mit Dingen durch, die sie mitnehmen musste. Manches erschien ihr logisch und sie hatte selbst schon daran gedacht. Mit anderem, wie etwa einem Chininvorrat, wusste sie dagegen wenig anzufangen. Doch Traun erklärte sogleich: »Im Sommer besteht in der Romanija immer die Gefahr einer Malariainfektion. Das Chinin hilft dabei, die Auswirkungen zu mildern.« Von Traun machte eine kurze Pause. Dann fragte er: »Können Sie Medikamente und Verbandszeug mitbringen?«

»Natürlich«, antwortete Amelie. »Telegraphieren Sie mir eine Liste, dann sehe ich, was ich besorgen kann.«

»Das ist wunderbar.« Von Trauns Lächeln war durchs Telefon deutlich hörbar. »Wir brauchen so dringend Ärztinnen in

Bosnien. Sie können sich gar nicht vorstellen, wie schwierig die Rekrutierung ist.«

Na ja, dachte Amelie sarkastisch, hättet ihr uns früher studieren lassen, würde jetzt kein Mangel an Ärztinnen herrschen … Laut sagte sie das aber nicht.

Ihr Gesprächspartner fragte: »Kennen Sie sich aus? Brauchen Sie noch etwas von mir?«

»Im Großen und Ganzen ist mir alles klar, Herr Generalstabsarzt. Darf ich Sie noch einmal telefonisch kontaktieren, wenn ich Fragen haben sollte?«

»Aber selbstverständlich!« Von Traun gab sich leutselig und ihr seine Telefonnummer durch. »Ich telegraphiere die Liste mit den Medikamenten und dem Verbandszeug noch heute«, rief er noch in den Hörer, bevor er auflegte. Auch Amelie legte den schweren Telefonhörer ab und seufzte. Die Zeit bis zu ihrer Abreise schien wie im Fluge zu vergehen. Und sie hatte noch eine ganze Menge zu besorgen.

## *Kapitel 3*

Für den Abend hatte sie sich bei ihrer exzentrischen Tante Elisabeth angesagt. Sie weilte ausnahmsweise mal wieder im Land und hatte Amelie zu einem opulenten Dinner eingeladen, bei dem sie ihr von ihren neuesten Abenteuern erzählen wollte. Gegen 18 Uhr, als Amelies Koffer bereits fast fertig gepackt waren, läutete schon wieder das Telefon. Else hob den Hörer ab, weil Amelie noch im Schlafzimmer beschäftigt war, und rief: »Gnädiges Fräulein, Ihr Herr Vater ist am Apparat!«

Amelie, die sich einen Augenblick aufs Bett gesetzt hatte, erschöpft von den Ereignissen des Tages, stöhnte laut auf. »Das darf doch wohl nicht wahr sein«, rief sie aus. »Was will er denn?«

Else, die den Hörer abgelegt hatte und inzwischen in der Schlafzimmertür aufgetaucht war, sagte: »Das weiß ich nicht, ich habe nicht gefragt.« Auch sie war müde, war sie doch von Amelie den halben Tag herumgeschickt worden, um noch Ausstehendes für ihre Reise zu besorgen, hatte gebügelt, beim Packen geholfen und schließlich noch das Kleid und die Schuhe für Amelies Abendbesuch bei ihrer Tante herausgelegt.

»Schon gut, ich gehe schon«, Amelie stand auf und lief in die Diele. »Guten Abend, Vater«, sprach sie in den Hörer. »Wie geht es dir?«

»Diese Reise an die Front ist wohl nicht dein Ernst.« Ausnahmsweise klang Michael von Liebwitz einmal nüchtern.

»Wer hat dir denn davon erzählt?«, fragte Amelie verblüfft. Sie stand am Fenster der Diele und schaute auf die belebte Straße.

»Na, was glaubst du denn?« Michael schnaufte empört. »Friedrich hat mich angerufen und mir von deiner Schnapsidee erzählt.«

Amelie verdrehte die Augen. »Friedrich hatte kein Recht dazu, dir davon zu erzählen. Aber ja, ich reise in einigen Tagen in die bosnische Romanija, um mich dort um kranke Frauen zu kümmern. Und von der Front kann keine Rede sein. Das Frauenspital befindet sich in der Etappe, mehrere Kilometer von der Front entfernt.« Sie war verärgert, weil sie sich nach dem Streit mit Friedrich nun auch noch mit ihrem Vater auseinandersetzen musste. »Vater, ich bin eine erwachsene Frau und Ärztin, ich kann mein Leben selbst bestimmen.«

»Erwachsene Frau, papperlapapp«, brummte es aus dem Hörer. »Das sieht man ja, wie erwachsen du bist, wenn du dich in eine solche Gefahr begibst. Jedenfalls möchte ich, dass du augenblicklich hier bei mir erscheinst, damit ich dir diese ungeheuerliche Idee ausreden kann.«

Amelie atmete tief durch. Sie wollte sich jetzt auf keinen Fall provozieren lassen. Schon gar nicht von ihrem Vater, der – seit ihre Mutter Luise gestorben war – jeden Halt im Leben verloren hatte. »Ich bin heute Abend bei Elisabeth eingeladen und gerade dabei, mich für das Dinner bei ihr fertig zu machen. Ich habe also leider keine Zeit, mir deine Ansichten anzuhören.«

Michael von Liebwitz schwieg einen Moment. Dann sagte er: »Elisabeth, natürlich, die wird dich in deinen Flausen noch bestärken. Das passt nur zu gut.«

»Elisabeth ist scheinbar der einzige Mensch, der gutheißt, wie ich lebe und was ich tue. Aber ich brauche auch ihre Erlaubnis nicht.« Amelie sprach immer noch leise und beherrscht, kam aber langsam an die Grenzen ihrer Kraft. Deshalb fügte sie rasch hinzu: »Ich kann jetzt nicht länger mit dir sprechen, sonst komme ich zu spät zu Elisabeth. Ich werde morgen Nachmittag bei dir vorbeischauen. Auf Wiederhören, Vater.«

Mit diesen Worten legte sie auf. Dann seufzte sie tief und ging zurück ins Schlafzimmer, um sich für ihre Einladung zum Dinner bei Elisabeth umzuziehen. Else hatte Wäsche, Kleid und Schuhe schon herausgelegt. Aber anstatt sich anzuziehen, ließ Amelie sich mit einem Seufzer auf ihr Himmelbett fallen und vergrub ihren Kopf im Kissen. Da war sie auch schon wieder, die Stimme, die in ihrem Kopf alles, aber auch wirklich alles kommentierte, was sie tat.

»Na – hast du dir das wirklich gut überlegt mit diesem Einsatz?«, fragte die Stimme. »Bist du da nicht ein bisschen voreilig gewesen?« Richtig naseweis klang sie. »Willst du wirklich einfach wegrennen und dich möglicherweise in Lebensgefahr bringen?«

Amelie drehte den Kopf auf dem Daunenkissen hin und her. »Ich weiß es doch auch nicht!«, stöhnte sie laut. »Bisher hat diese Aufgabe doch sehr gut geklungen. Ich kann weg aus Berlin und etwas Sinnvolles tun. Ich kann Frauen helfen. Dabei bringe ich mich doch nicht wirklich in Gefahr.«

Else war ins Schlafzimmer getreten und blickte Amelie an, die leise vor sich hin murmelte. Das Hausmädchen kannte das schon, Amelie sprach oft mit sich selbst. Sie wunderte sich schon lange nicht mehr darüber. Ebenso leise, wie sie erschienen war, trat sie wieder zurück.

»Wenn du aber so zufrieden mit deiner Entscheidung bist, wieso zweifelst du dann plötzlich daran?« Die Stimme klang lauernd.

»Ich zweifle doch gar nicht«, Amelie setzte sich auf. »Aber Friedrich und Vater machen es mir nicht gerade leicht.«

»Ach so, der Papa und der Chef, na dann musst du natürlich von deinem Plan Abstand nehmen.«

»Nein«, sagte Amelie laut. »Nein, das werde ich nicht tun. Ich werde nach Bosnien gehen und Schluss und Aus!«

Elisabeth von Radestock war die Schwester von Amelies Mutter. Blutjung, mit sechzehn Jahren, hatte man sie mit einem um dreißig Jahre älteren Grafen verheiratet. Ihre Meinung war dabei nicht gefragt gewesen. Der Graf war sehr reich, galt als gute Partie, und die Eltern von Luise und Elisabeth hofften, ihre jüngere Tochter damit gut versorgt zu wissen. Bei Luise war ihnen das nicht gelungen. Sie hatte zwar auch in eine adelige, durchaus auch begüterte Familie eingeheiratet. Ihre Ehe mit Dr. Michael von Liebwitz, der als Armenarzt im Berliner Scheunenviertel tätig war, hatte allerdings dazu geführt, dass Luise Hebamme geworden war und ebenfalls in diesem verrufenen Viertel Berlins Dienst tat.

Elisabeth hatte sich gefügt, es war ihr auch nichts anderes übrig geblieben. Nur ein Jahr nach der Eheschließung allerdings war ihr Mann, Graf Radestock, bei einem Reitunfall verstorben. Die Ehe war bis zu diesem Zeitpunkt kinderlos geblieben und Elisabeth wurde die Universalerbin seines gigantischen Vermögens. Seitdem lebte sie einen exzentrischen Lebensstil, reiste um die ganze Welt, kleidete sich, wie es ihr passte, hatte unzählige Liebhaber und lebte nur wenige Wochen im Jahr in ihrer Villa in Berlin. Gerade erst war sie aus Argentinien zurückgekommen und hatte ihre Nichte sofort eingeladen, um ihr von ihren neuesten Abenteuern zu erzählen.

Das Stadthaus von Elisabeth lag im Grunewald, mitten in einem weitläufigen Park. Von außen war das Barockhäuschen eher unscheinbar. Die Inneneinrichtung in reinstem Jugendstil dagegen ließ keine Wünsche offen. Licht und offen präsentierte sich die Halle, die mit Wandfresken geschmückt war und von der eine breite Treppe ins Obergeschoss führte. Amelie war soeben von Elisabeths distinguiertem englischem Butler Fritz hereingebeten worden. Fritz stand seit vielen Jahren im Dienste Elisabeths, war die Verschwiegenheit in Person und leitete das Hauspersonal unaufdringlich und effizient. »Guten Abend, gnädiges Fräulein«, sagte er nun mit einer leichten Verneigung. »Gestatten Sie mir zu sagen, dass es schön ist, Sie wieder einmal bei uns zu sehen.«

»Ich gestatte«, lächelte Amelie. »Ich freue mich auch, Sie gesund und munter vorzufinden.«

Fritz nahm Amelies leichten Abendumhang von ihren Schultern und geleitete sie dann in den großen Salon im Erdgeschoss. »Ihre Frau Tante wird in wenigen Minuten bei Ihnen sein. Darf ich Ihnen inzwischen ein Glas Champagner offerieren?«

Amelie nickte. »Das wäre schön.« Sie nahm auf einer geschwungenen, mit blauem Satin bezogenen Chaiselongue Platz, legte ihr Ridikül auf ein schlichtes Beistelltischchen und wartete auf ihre Tante. Sie nippte bereits an ihrem Champagnerglas, als sich die Wohnzimmertür schwungvoll öffnete und Elisabeth hereinschwebte. Wie immer war die Tante in die letzte Pariser Mode gekleidet: Sie trug ein fließendes, wasserblaues Kleid, das bis zu ihren Knöcheln reichte. Das tizianrote Haar war in einer komplizierten Frisur hochgesteckt, um ihren Hals lag eine filigrane Platinkette, die einen auffälligen, hellblauen Saphir hielt.

»Herzlich willkommen, liebe Nichte«, flötete sie. »Ich sehe, Fritz hat dich schon mit Champagner versorgt.«

»Guten Abend, Elisabeth«, antwortete Amelie, erhob sich von der Chaiselongue und umarmte ihre Tante. »Es ist so schön, dich wiederzusehen. Wann bist du denn zurückgekommen?«

»Ach, vor zwei Tagen«, antwortete Elisabeth und nahm ebenfalls ein Glas Champagner entgegen. »Ich werde auch nicht allzu lange bleiben. Berlin ist mir im Moment etwas zu kriegsbegeistert, das finde ich gar nicht schön.«

Elisabeth gehörte wie Amelie zu den wenigen Menschen, die sich von den Worten Kaiser Wilhelms II. zu Kriegsbeginn nicht hatten beeindrucken lassen. Am 1. August 1914, dem Tag der Kriegserklärung Deutschlands an Russland, hatte der Deutsche Kaiser – auf dem Balkon des Berliner Schlosses – die Einheit des deutschen Volkes beschworen. »Ich kenne keine Parteien mehr«, hatte der Kaiser verkündet. »Ich kenne nur noch Deutsche.« Zuletzt hatte er eindrücklich festgehalten: »Ich hoffe zu Gott, dass unser gutes deutsches Schwert siegreich aus diesem schweren Kampfe hervorgeht.« Als Amelie die Rede und die Reaktion der Zuhörer darauf im *Berliner Tagblatt* gelesen hatte, war ihr übel geworden. Sie konnte sich dieser Kriegsbegeisterung einfach nicht anschließen. Aus einem Impuls heraus hatte sie den Zeitungsausschnitt mit einem kurzen Brief an Elisabeths Haus im Grunewald gesendet. Die Tante war nur wenige Tage später in Berlin eingetroffen und hatte postwendend ein Telegramm an Amelie gesandt, das lediglich fünf Wörter enthalten hatte: *Was für ein fürchterliches Unglück.*

Die beiden Damen setzten sich. »Das Essen ist in einer Viertelstunde fertig, sagte mir Fritz.« Elisabeth stellte ihr Champagnerglas ab und zündete sich einen Zigarillo an, den sie in eine lange, elfenbeinerne Zigarettenspitze steckte. »Wie geht es dir denn dieser Tage?«

Amelie, die sich ebenfalls eine Zigarette angezündet hatte, seufzte. »Mittelprächtig«, sagte sie dann. »Die letzten Wochen waren schwierig, aber jetzt habe ich eine Lösung für alle meine Probleme gefunden.«

»Ach wirklich?« Elisabeth zog eine Augenbraue hoch. »Welche Probleme? Und welche Lösung?«

Amelies Tante war ihr in den vergangenen Jahren zu einer engen Freundin geworden, die Freud und Leid mit ihrer Nichte teilte. Als Amelies beste Freundin Felicitas einige Jahre zuvor an einer foudroyanten Grippe verstorben war, hatte Elisabeth ihr Trost gespendet, sie auf eine Schiffsreise nach New York eingeladen, um sie auf andere Gedanken zu bringen, und ihr ermöglicht, bei einer Gallenblasenoperation am New Yorker Mount Sinai-Hospital zu assistieren. Die beiden Frauen waren durchaus nicht immer ein Herz und eine Seele, aber mittlerweile verband sie eine tiefe Freundschaft, auch wenn sie sich nur selten sahen.

Als Amelie eben ansetzen wollte, um Elisabeth vom Chaos

der vergangenen Wochen zu berichten, klopfte es leise an der Salontür. Fritz trat ein und verbeugte sich leicht. »Das Dinner ist serviert.«

Die beiden Damen schritten ins nebenan gelegene Speisezimmer. Der lange Tisch war mit weißem Leinen gedeckt. An der Stirnseite und direkt daneben waren zwei schöne Gedecke aufgelegt. In der Mitte des Tisches thronte ein üppiger Tafelaufsatz aus Hortensien, Flieder und weißen Calla-Lilien. Elisabeth bat Amelie zu Tisch.

Als Horsd'œuvre wurden gratinierte Austern serviert. Zum Hauptgang ließen sich die beiden Ente mit Apfel-Calvados-Sauce schmecken und zum Mokka servierte Fritz Himbeer-Meringues. Als der Butler die Dessertteller abservierte und die Champagnergläser noch einmal vollgoss, lehnte Amelie sich in ihrem Stuhl zurück. »Kompliment an die Köchin, Fritz. Ich kenne in der ganzen Stadt niemanden, der so wundervoll kocht.«

Fritz nickte und sagte: »Das werde ich gerne ausrichten, gnädiges Fräulein. Wünschen Sie noch etwas, Frau Gräfin?«, richtete er das Wort dann an Elisabeth.

Diese schüttelte den Kopf. »Vielen Dank, Fritz, wir haben alles, was wir brauchen.«

Fritz verließ das Esszimmer, und Elisabeth wandte sich wieder ihrer Nichte zu. »Wollen wir zurück in den Salon gehen?«, fragte sie. »Dann können die Dienstmädchen hier aufräumen.«

»Aber gerne.« Amelie erhob sich.

Kurze Zeit später hatten es sich die beiden Frauen im Salon gemütlich gemacht. Elisabeth fläzte sich auf die blauseidene Chaiselongue. Amelie hatte in einem Ohrensessel Platz genommen und die Beine hochgelegt.

»Also«, begann Elisabeth. »Was sind denn nun deine großartigen, umwälzenden Neuigkeiten?«

Amelie zog noch einmal an ihrer Zigarette und dämpfte sie dann entschlossen in einem zierlichen Messingaschenbecher aus. »Elisabeth, ich werde Berlin verlassen, zumindest für einige Zeit«, verkündete sie.

»Aha«, machte Elisabeth. »Darf ich fragen warum?«

»Mir ist bei einer Operation vor Kurzem ein schlimmer Fehler passiert, die Patientin ist gestorben, ich kann einfach im Moment nicht operieren. Hier in Berlin herumsitzen kann ich aber auch nicht. Deswegen …«

Elisabeth unterbrach ihre Nichte. »Nicht so schnell, Amelie, ich komme ja kaum mit. Was ist denn passiert?«

Amelie berichtete von der Blinddarmoperation, der Arteriendurchtrennung und dem Tod ihrer Patientin. Sie erzählte Elisabeth, die immerhin ein halbes Jahr lang weg gewesen war, vom Zustand ihres Vaters, von ihrer ständigen Zeitnot und ihrem chronischen Schlafmangel. »Natürlich bin ich schuld am Tod dieser Patientin«, schloss sie. »Aber Friedrich Görtz hat mich herausgepaukt und den Eltern der Patientin irgendetwas von einem schicksalhaften Verlauf erzählt. Und die Eltern haben das ohne Weiteres geglaubt.« Amelie seufzte tief. »Seither konnte ich keinen Operationssaal mehr betreten.«

Elisabeth richtete sich auf ihrer Chaiselongue auf. »Das ist ja furchtbar.«

»Ja«, erwiderte Amelie. »Und deshalb habe ich beschlossen, nach Bosnien in den Krieg zu gehen.«

»Was?« Elisabeth glaubte, ihren Ohren nicht zu trauen. »Sag mal, ist das nicht eine etwas übertriebene Reaktion auf das Ereignis? Soweit ich weiß, sind auch Chirurgen nicht unfehlbar. Du musst einfach aus diesem Fehler lernen und weitermachen.«

»Aber ich kann nicht!«, begehrte Amelie auf. »Es wird mir hier alles zu viel. Ich muss einfach weg, verstehst du das denn nicht?«

»Ja, aber an die Front nach Bosnien?«, fragte Elisabeth fassungslos.

»Ich gehe nicht an die Front«, antwortete Amelie gereizt.

»Ich werde in der Etappe tätig sein, in einem Frauenhospital arbeiten und Prostituierte aus dem dort eingerichteten Feldbordell betreuen. Mit dem Krieg selbst werde ich wohl kaum in Berührung kommen.«

»Das glaubst du doch wohl selbst nicht«, meldete sich die Stimme in ihrem Kopf leise zu Wort.

»Klappe!«, flüsterte Amelie. Lauter sagte sie: »Meine Entscheidung ist gefallen. Ich werde am 22. August abreisen und drei Tage später in der Romanija erwartet.«

Elisabeth hatte sich wieder zurückgelehnt und zog an ihrem Zigarillo. »Hmm«, machte sie. »So langsam verstehe ich, warum du das tun willst.«

»Dem Himmel sei Dank«, rief Amelie. »Wenigstens eine Person in meinem Umfeld, die mein Ansinnen nicht sofort und vollständig ablehnt.«

»Meine Liebe, ich verstehe dich vollkommen. Aber ich schlage vor, du reist nicht allein, sondern in Gesellschaft«, sagte Elisabeth schließlich nonchalant.

»Wie? In Gesellschaft reisen?«, fragte Amelie irritiert.

»Ich werde dich ein Stück auf deiner Reise begleiten. Was hältst du davon, wenn wir gemeinsam nach Wien reisen, deiner ersten Station?«

Amelie wiegte den Kopf. »Hast du denn noch nicht genug vom Reisen? Du bist doch gerade erst aus Argentinien zurückgekehrt?«

»Nun ja«, Elisabeth lächelte. »Vielleicht führt mich ja nicht nur dein Abenteuer nach Wien, sondern noch etwas anderes?« Sie schaute ihre Nichte liebevoll an.

»Und was könnte das sein?«, fragte Amelie.

»Darüber reden wir später, vorerst nur so viel: wenn du wirklich in den Krieg ziehst …«

»Ich ziehe nicht in den Krieg, ich werde in der Etappe …«

Elisabeth fuhr ungerührt fort. »Wenn du also wirklich in den Krieg ziehst, werden wir uns eine lange Weile nicht sehen. Und ich möchte sehr gerne noch ein wenig Zeit mit dir verbringen. Man weiß ja nie, was das Leben so bringt, nicht?« Elisabeth nahm einen Schluck aus ihrem Champagnerglas.

»Hast du nicht auch erzählt, der Leo Traun wünscht, dass du Verbände und Medikamente mitbringst?«

Amelie nickte und schüttelte dann den Kopf. »Sag bloß, du kennst den Generalstabsarzt von Traun?«

»Das sollte dich jetzt eigentlich nicht überraschen,« lachte Elisabeth. »Du weißt doch, ich kenne jeden.«

Amelie schüttelte erneut den Kopf. »Du hast recht, ich sollte es wissen«, sagte sie dann.

»Nun, wie du ja weißt, an Geld mangelt es mir nicht, also werde ich einen Eisenbahnwaggon mit den gewünschten Dingen für das Spital füllen lassen und dich mitsamt dem Material nach Wien begleiten, um dich dort in die fähigen Hände von Leo von Traun zu entlassen, was meinst du?«

Amelie gefiel die Idee ihrer Tante mehr und mehr. Eine Reise mit ihr würde sicherlich ein unvergessliches Erlebnis sein.

»Wir schlagen damit zwei Fliegen mit einer Klappe. Ich helfe meinem lieben Freund, und wir beide können noch ein bisschen Zeit miteinander verbringen.«

»Elisabeth, das ist großartig«, Amelie lächelte ihre Tante an. »Aber bist du wirklich sicher, dass du schon gleich wieder verreisen willst?«

»Du kennst mich, ich bin immer für ein Abenteuer zu haben. Und außerdem werde ich in den kommenden Jahren wohl bei Weitem nicht mehr so viel reisen wie bisher.«

»Warum das denn?«, fragte Amelie verblüfft.

»Das erzähle ich dir gleich. Aber vorerst lass uns auf dein großes Abenteuer anstoßen. Sie griff nach der Champagnerflasche im Eiskübel, nur um festzustellen, dass diese bereits leer war. Sie klingelte nach Fritz. »Fritz, bitte, wir brauchen noch etwas Champagner«, wies sie den Butler an, als dieser den Raum betrat. »Aber natürlich, gnädige Frau Gräfin, kommt sofort«. Fritz dienerte und entschwand, um schon nach wenigen Sekunden wieder zurückzukommen. Gekonnt entkorkte er die Flasche und schenkte den beiden Damen die Gläser voll. »Benötigen Sie mich heute noch?«, fragte er dann höflich.

»Wieso?«, fragte Elisabeth. »Ist es denn schon so spät?«

»Gnädige Frau Gräfin, es geht gegen Mitternacht.«

Elisabeth warf einen Blick auf die kleine Barockuhr, die auf dem Kaminsims stand. »Oje«, sagte sie dann. »Wir haben Sie über Gebühr beansprucht. Wir brauchen nichts mehr, Fritz, vielen Dank. Sie können sich zurückziehen.« Fritz dankte und verließ den Salon.

»Also«, begann Elisabeth, nachdem sie einen großen Schluck Champagner genommen hatte, »der Grund für meinen Wunsch, dich auf dieser Reise zu begleiten, ist eigentlich ganz simpel.« Wieder setzte Elisabeth das Champagnerglas an. »Ich werde heiraten.«

Amelie, die gemütlich im Ohrensessel gelehnt hatte, richtete sich auf. »Du wirst was tun?« Ihre unabhängige Tante und heiraten? Das hätte sie nie im Leben gedacht.

»Ja. Ich werde heiraten«, bekräftigte Elisabeth. »Und nach Argentinien ziehen.«

Jetzt verstand Amelie gar nichts mehr. »Nach Argentinien?«, echote sie.

»Nach Argentinien«, bekräftigte die Tante. »Wie du weißt, habe ich die vergangenen sechs Monate in diesem wunderschönen Land am anderen Ende der Welt verbracht, nicht?« Amelie nickte. »Und auf einer Soirée bei meiner lieben Freundin Elena Maria Roca habe ich diesen wahnsinnig interessanten Mann kennengelernt«, schwärmte Elisabeth. »Sein Name ist Juan Carlos de la Vega, und er ist einer der reichsten Rinderbarone des Landes.«

»Rinderbaron?« Amelie konnte es noch immer nicht fassen. »Argentinien?«

»Er hat mir auf bezaubernde Weise den Hof gemacht«, fuhr Elisabeth fort, als hätte Amelie nichts gesagt. »Mir täglich Blumen ins Hotel schicken lassen, mich zu wunderbaren Ausfahrten eingeladen und mir schließlich seine beeindruckende Farm inmitten der Pampa Húmeda gezeigt.« Elisabeth sah aus wie ein verliebter Backfisch. »Du machst dir keine Vorstellung, wie großartig Juan aussieht und«, sie grinste, »wie unglaublich reich er ist. Jedenfalls hat er mich nach zwei Monaten gefragt, ob ich seine Frau werden will. Und ich habe Ja gesagt.« Elisabeth saß nun aufrecht und blickte Amelie herausfordernd an. »Du findest doch wohl nicht, dass ich zu alt und hässlich für meinen Liebsten bin? Er ist übrigens zehn Jahre jünger als ich.«

Amelie konnte nicht anders. Sie fing an, schallend zu lachen. Sie lachte, bis ihr die Tränen kamen. Elisabeth schaute ein wenig indigniert. »Was gibt es denn da zu lachen, Amelie?«

»Nichts«, prustete ihre Nichte. »Gar nichts, es passt nur einfach so gut zu dir, mit Mitte fünfzig einen argentinischen Rinderbaron zu heiraten und auszuwandern.« Amelie wischte sich die Tränen aus den Augen. »Das ist einfach wunderbar, Elisabeth, ich freue mich für dich, und nein, du bist natürlich weder alt noch hässlich und hast deinen schönen Rinderbaron mehr als verdient.«

Elisabeth war versöhnt. »Na siehst du, du verstehst mich. Ich werde also in ungefähr drei Monaten für sehr lange Zeit zurück nach Argentinien gehen, das ja nun nicht gerade um die Ecke liegt. Schon aus diesem Grund möchte ich diese letzte Reise mit dir machen.«

»Das klingt aber pathetisch.« Amelie lächelte. »Es wird wohl kaum unsere letzte gemeinsame Reise sein.«

»Natürlich nicht, aber wir werden uns lange Zeit nicht sehen, und ich möchte diese Gelegenheit gerne nutzen, noch einmal Zeit mit meiner Lieblingsnichte zu verbringen. Aber genug der Neuigkeiten.« Elisabeth leerte ihr Champagnerglas. »Ich denke, wir sollten uns nun zurückziehen. Du bleibst selbstverständlich über Nacht hier. Hilda hat dir schon das Gästezimmer hergerichtet.« Sie erhob sich und hickste leise.

»Das war wohl etwas zu viel Champagner heute Abend«, lächelte sie und hielt sich die Hand vor den Mund. »Also, meine Liebe, wir sehen uns morgen früh.« Mit diesen Worten entfernte sich die Tante, um ihr Schlafzimmer aufzusuchen.

Amelie blieb noch eine Weile sitzen, trank ihren Champagner aus und dachte nach. Sie merkte allerdings schnell, dass der Champagner und Denken nicht allzu gut zusammenpassten, und dachte kurz daran, doch noch nach Hause in ihre Wohnung zu fahren. Schließlich aber siegten Müdigkeit und Faulheit. Mit einem tiefen Seufzen machte sie sich ebenfalls auf den Weg in ihr Zimmer, um sich endlich zur Ruhe zu begeben.

## *Kapitel 4*

Wie schon so oft in den vergangenen sechs Jahren klopfte Amelie an die schwere kassettierte Holztür, die zum Büro Eberhard von Clausenburgs führte, seit vielen Jahren der Direktor des Curias-Krankenhauses und Amelies Mentor seit ihrem ersten Tag an der Friedrich-Wilhelms-Universität Unter den Linden in Berlin.

»Herein«, drang von drinnen die sonore Stimme Eberhard von Clausenburgs an Amelies Ohren. Amelie drückte die schwere Tür auf und trat ein. Der Direktor des Krankenhauses saß an seinem großen Schreibtisch, der mit grünem Filz bespannt war. Als er seine Wahlnichte erblickte, erhob er sich, kam um den Schreibtisch herum und schloss Amelie in die Arme. »Das ist aber schön, dass du dich wieder einmal zu mir verirrst.« Er löste sich aus der Umarmung. »Was führt dich zu mir?«

Amelie trat einen Schritt zurück und betrachtete ihren Mentor. Der silberhaarige Mann von mittlerer Größe mit dem akkurat gestutzten Vollbart hielt sich sehr gerade. In den vergangenen sechs Jahren war Eberhard von Clausenburg immer dann für Amelie da gewesen, wenn sie seine Hilfe benötigt hatte. Von Anfang an hatte er ihren Wunsch, Ärztin zu werden, unterstützt und sie gegen vehement auftretende Gegner verteidigt.

»Ich habe etwas Heikles mit dir zu besprechen«, sagte Amelie.

»Dann nimm bitte Platz.« Der Direktor des Curias-Krankenhauses wies auf die bequeme Sitzecke, die dem Schreibtisch gegenüberstand. »Möchtest du einen Kaffee?« Eberhard von Clausenburg wartete die Antwort Amelies gar nicht erst ab, sondern läutete eine kleine Handglocke. Kurz darauf erschien ein Dienstmädchen in der Tür. »Sie wünschen, Herr Direktor?«

»Wir hätten gerne Kaffee und Kuchen, Carla.« Das Dienstmädchen nickte stumm, drehte sich um und verließ den Raum. Kurze Zeit später brachte sie ein riesiges Tablett, auf dem eine Kanne Kaffee, zwei Tassen, Milchkännchen und Zuckerdose sowie eine große Platte mit frischem Kuchen standen.

»Ich schenke selbst ein, Carla«, sagte Clausenburg und entließ das Dienstmädchen. Mit vollen Kaffeetassen und einem gut gefüllten Teller Kuchen vor sich forderte Eberhard Amelie auf, ihm zu berichten, was sie auf dem Herzen hatte. Amelie schilderte kurz, was in den vergangenen Wochen passiert war, und eröffnete ihrem Wahlonkel ihren Entschluss, in die Romanija nach Bosnien zu gehen, um dort, in der Etappe, Prostituierte ärztlich zu versorgen. Als Amelie geendet hatte, trat Schweigen ein. Eberhard von Clausenburg nahm einen langen Schluck aus seiner Kaffeetasse, stopfte in aller Ruhe seine Pfeife und setzte sie in Brand. Schweigend schmauchte er einige Züge. Dann wandte er sich Amelie wieder zu. »Wie konnte es denn überhaupt so weit kommen?«

»Was meinst du, Onkel Eberhard?« Amelie verstand nicht.

»Wie konnte es zu dem Fehler bei deiner Operation kommen?«

»Ach, das«, Amelie sank auf dem Sofa in sich zusammen.

»Natürlich meine ich das!«

Amelie richtete sich gerade auf und setzte wieder einmal dazu an, die Geschichte der fehlgeschlagenen Operation zu erzählen.

»Und Görtz hat das Ganze vertuscht?« Eberhard schüttelte leise den Kopf.

»Ja«, musste Amelie zugeben. »Er hat den Eltern der Patientin erzählt, es hätte einen schicksalhaften Verlauf genommen, die Patientin wäre nicht zu retten gewesen.«

»Und die haben das natürlich geglaubt.«

»Ja, das haben sie.« Amelie hatte den Kopf immer noch in ihren Händen vergraben.

»Nun, ich kann es zwar nicht gutheißen, aber ich verstehe, warum Görtz das getan hat.« Eberhard stand auf, ging um den kleinen Tisch herum und setzte sich neben Amelie. »Es hätte wohl nichts geändert, wenn Görtz den Eltern die Wahrheit gesagt hätte.« Vorsichtig nahm er Amelie in die Arme.

Amelie weinte jetzt. Ein letztes Mal ließ sie ihren Tränen freien Lauf. Einige Minuten später schnäuzte sie sich lautstark in Eberhards Taschentuch. Sie zerknüllte es in der Hand und sah ihrem Wahlonkel in die Augen. »Seither konnte ich keinen Operationssaal mehr betreten. Ohnehin hatte Görtz mich einige Tage auf Urlaub geschickt. Ich sollte mir darüber klar werden, wie ich mein Leben so ordnen könnte, dass Derartiges nicht mehr passieren kann. Ich war vollkommen verzweifelt. Ich saß in meiner Wohnung, heulte und sah keine Möglichkeit, wie ich mit all den Anforderungen, vor die mich das Leben stellte, zurechtkommen sollte. Und dann fiel mir die *Berliner Morgenpost* in die Hände.« Amelie seufzte. »Der Aufruf erschien mir wie meine Rettung. Strich darunter und einfach neu anfangen.«

»In den Krieg zu ziehen erschien dir wie die letzte Rettung? Ist das nicht ein bisschen extrem?«

»Ich ziehe nicht in den Krieg«, stellte sie wieder einmal richtig. »Ich werde in der Etappe arbeiten. Ich werde nicht operieren müssen und bestimmt viel über Frauenheilkunde lernen.« Amelie lehnte sich zurück. »Darf ich rauchen?«

»Aber natürlich«, Eberhard öffnete die Tabatiére, die auf dem Tisch stand, und reichte Amelie eine Zigarette. Mit einem hübschen Tischfeuerzeug aus Messing zündete Amelie sich den Glimmstängel an.

»Sieh mal«, begann Amelie. »Die Situation hier in Berlin ist total verfahren. Friedrich Görtz hat mich dazu aufgefordert, in der Krankenpflegeschule zu unterrichten. Er wollte mir entgegenkommen, weil ich derzeit nicht operieren kann. Aber das ist nicht das, was ich will. Außerdem weiß ich ganz und gar nicht, wie es mit meinem Vater weitergehen soll. Ich bin derzeit die Einzige, die sich um ihn kümmert. Das ist einfach zu viel Verantwortung. Wie du ja weißt, waren schon die letzten sechs Jahre nicht einfach für mich. Das Studium, der Tod von Felicitas, die Intrige, die Alexander von Stein gegen mich und Mutter geschmiedet hat und die letztlich zu ihrem Tod geführt hat. Die wilden Auseinandersetzungen, die ich mit Professor Hauptmann führen musste, und all die geheimen Ränke und Verschwörungen, die Friedrich Görtz und seine Freunde schmieden mussten, damit ich überhaupt Chirurgin werden konnte.« Amelie gestikulierte mit ihrer Zigarette. »Ich bin am Ende meiner Kräfte, Eberhard. Ich habe das Gefühl, mir wächst hier in Berlin alles über den Kopf. Ich war mir immer so sicher, genau das zu tun, was ich wollte. Nun weiß ich es nicht mehr. Und die Arbeit in der Etappe in Bosnien scheint eine Möglichkeit zu sein, etwas Neues zu lernen, den Kopf frei zu kriegen und alles einmal etwas aus der Distanz betrachten zu können.«

Lange Zeit sagte der Direktor des Curias-Krankenhauses nichts. Er blickte aus dem Fenster und schmauchte sein Pfeifchen. Als er schließlich das Wort ergriff, klang seine Stimme mitfühlend. »Ich habe nicht gewusst, oder wollte es nicht wissen, wie anstrengend die vergangenen Wochen und Monate für dich gewesen sein müssen. Ich hab ein schlechtes Gewissen. Ich hätte dir viel mehr zur Seite stehen müssen.«

»Nun ja«, gab Amelie zurück. »Es war ja auch nicht so, dass ich dir viel davon erzählt hätte.« Eberhard schüttelte den Kopf. »Ich hätte es wissen müssen, schließlich ist Michael einer meiner ältesten Freunde. Mir hätte auffallen müssen, wie schlecht es ihm geht. Aber in den vergangenen Wochen, als der Krieg ausbrach, hatte ich unfassbar viel zu tun. Die Hälfte meiner Ärzte hat sich zum Kriegsdienst gemeldet. Wir haben alles daran gesetzt, den Betrieb im Krankenhaus halbwegs aufrechtzuerhalten. An Michael habe ich daher kaum gedacht.« Wieder schüttelte Eberhard den Kopf. »Ich habe dich im Stich gelassen.«

Amelie wehrte ab. »Das hast du nicht. Du leitest eines der größten Krankenhäuser in Berlin, wir haben Krieg. Das ist eine Ausnahmesituation.«

Eberhard nahm Amelies Hände in die seinen. »Das ist lieb von dir. Aber es spricht mich nicht frei. Jedenfalls kannst du dich darauf verlassen, dass ich mich in den kommenden Wochen und Monaten um deinen Vater kümmern werde. Irgendwie werde ich ihn schon dazu kriegen, dass er von dieser unseligen Sauferei ablässt.«

»Na, da wünsche ich dir viel Erfolg.« Amelie klang sarkastisch. »Ich habe in den letzten Monaten alles versucht, um meinen Vater von der Flasche wegzubringen. Aber alles blieb ergebnislos. Es ist natürlich trotzdem sehr freundlich von dir, wenn du dich in meiner Abwesenheit um meinen Vater kümmern würdest. Das würde mir eine große Last von den Schultern nehmen.«

»Ich weiß auch nicht, ob ich das schaffen werde. Aber ich werde jedenfalls mein Bestes tun. Und du möchtest wirklich nach Bosnien gehen?« Eberhard war noch immer nicht überzeugt. »Du weißt, ich traue dir viel zu, aber ob du dich da nicht übernimmst?«

Amelie war aufgestanden. »Nun, das werde ich nur herausfinden können, wenn ich es versuche.«

In diesem Augenblick klopfte es an der Tür. Eberhard runzelte die Stirn. »Wer ist denn das nun wieder?«, fragte er verärgert. »Herein!«, rief er, da öffnete sich auch schon die Tür. Elisabeth trat ein. Wie immer war sie nach der letzten Pariser Mode gekleidet, trug einen auffälligen Hut und eilte mit raschen Schritten auf Eberhard und Amelie zu. »Wie schön, dich wiederzusehen, Eberhard.« Dieser schloss sie in die Arme und hauchte ihr links und rechts ein Küsschen auf die Wange.

»Was für eine wunderbare Überraschung«, sagte er, seit jeher dem Charme Elisabeths hilflos ausgeliefert, und bat sie mit einer Handbewegung, Platz zu nehmen.

»Elisabeth, was machst du denn hier?« Amelie war perplex.

»Nun, meine Liebe.« Elisabeth wandte sich Amelie zu. »Wir haben doch gestern besprochen, dass ich dich erstens auf der Reise nach Wien begleiten werde und dass ich zweitens einen Eisenbahnwaggon voll mit Medikamenten und Verbandszeug mitnehmen möchte. Und genau deshalb bin ich hier. Ich habe gerade mit dem Leo Traun in Wien telefoniert und mit ihm besprochen, was am dringendsten gebraucht wird. Er war übrigens sehr erfreut, von mir zu hören.« Elisabeth lächelte. »Ein wahnsinnig netter Kerl, der Pepi Traun. Und deswegen bin ich nun zu dir gekommen, um dir möglichst viele der gewünschten Dinge abzuluchsen.« Elisabeth grinste Eberhard frech an.

Eberhard konnte nicht anders, als zurückzugrinsen. Elisabeths Charme war sprichwörtlich. »Nun, ich werde sehen, was ich tun kann. Aber herzaubern kann ich das Material natürlich auch nicht.«

Elisabeth hatte sich inzwischen eine Tasse Kaffee eingeschenkt und eine Zigarette angezündet. Sie saß in dem Sessel, den Eberhard zuvor freigemacht hatte. »Davon kann keine Rede sein.« Elisabeth nahm einen Schluck Kaffee und zog an ihrer Zigarette. »Wie du ja weißt, bin ich einigermaßen begütert. Ich kann also die gewünschten Dinge bezahlen. Mir geht es nur darum, dass du sie besorgst. Schließlich verfügst du über die dafür notwendigen Kontakte.« Elisabeth lehnte sich zurück. »Wirst du das für mich tun?«

Eberhard lächelte. »Aber sehr gerne, meine Liebe. Du weißt, für dich würde ich fast alles tun.«

»Na wunderbar«, Elisabeth trank ihre Kaffeetasse leer und erhob sich. »Dann werde ich mich jetzt mal um unsere Reise nach Wien kümmern. Wir werden den Nachtzug nehmen. Ich habe Leo Traun versprochen, dass wir ein paar Tage bei ihm logieren.«

Amelie erhob sich ebenfalls. »Aber ich sollte doch am 25. August in der Romanija sein«, gab sie zu bedenken.

Elisabeth machte eine abschätzige Handbewegung. »Das habe ich alles mit dem Leo Traun geklärt«, meinte sie. »Von Wien weg wirst du mit einem Truppentransporter reisen. Der fährt aber erst am 26. August von Wien aus ab. Es ist also alles geklärt.«

## *Kapitel 5*

Am Tag darauf betraten Amelie und Elisabeth den Nachtzug, der sie nach Wien bringen würde. Ihr Gepäck war bereits verstaut, und im letzten Waggon des langen Zuges waren Medikamente und Verbandszeug bis zur Decke gestapelt. Amelie hatte sich weder von ihrem Vater noch von Friedrich Görtz verabschiedet. Zu sehr hatte das Verhalten der beiden Männer sie verletzt und verärgert.

Am selben Abend saßen sowohl Dr. Friedrich Görtz als auch Dr. Michael von Liebwitz in ihren jeweiligen Arbeitszimmern und waren tief in Gedanken versunken. Görtz hatte einen langen Tag im Operationssaal hinter sich. Er war zutiefst erschöpft. Immerhin, das konnte er sich sagen, waren alle Operationen an diesem Tag gut verlaufen. Es hatte weder Komplikationen noch Todesfälle gegeben. Bei Todesfällen dachte er natürlich sofort wieder an Amelie und die Patientin, die bei der Blinddarmoperation verstorben war.

Friedrich befand sich in seinem winzigen Arbeitszimmer im Curias-Krankenhaus. Lediglich ein Schreibtisch, sein Stuhl und ein Besuchersessel hatten in dem winzigen Raum Platz. Zwei Wände waren vom Boden bis zur Decke mit Bücherregalen bedeckt. Auf dem Schreibtisch stand eine grün beschirmte Lampe, die einzige Lichtquelle im Raum. Sie beleuchtete eine aufgeräumte Schreibtischplatte, auf der sich lediglich ein Telefon, ein Messingaschenbecher sowie ein Füllfederhalter befanden. Müde hatte Friedrich den Kopf in die Hände gestützt. Und dachte an Amelie. Natürlich dachte er an Amelie. Schließlich dachte er seit Monaten in jeder freien Minute an sie. Seit seine Verlobte, Editha Sommerfeld, eine bekannte Berliner Frauenrechtlerin und Freundin Amelies, sich von ihm getrennt hatte, dachte er nur mehr an Amelie. Editha hatte, viel früher als er, festgestellt, dass er Amelie liebte. Mit dieser Erkenntnis und nach einem langen Gespräch waren die beiden mehr oder weniger einvernehmlich getrennte Wege gegangen. Gesagt hatte er seiner Kollegin und Freundin nichts von seinen Gefühlen. Er hatte sich schlicht und einfach nicht getraut, ihr von seiner Liebe zu erzählen.

»Und nun ist es zu spät«, seufzte er. Er bereute den Streit, den er mit Amelie vor einigen Tagen gehabt hatte, bitterlich. Ich hätte ihr zuhören sollen, schalt er sich in Gedanken. »Ich hätte begreifen müssen, unter welch starkem Druck Amelie gestanden hat, wie ausweglos ihr die Situation in Berlin erschien.«

Friedrich griff in seine rechte Schreibtischschublade und entnahm ihr einen kleinen silbernen Flachmann. Nach einem tiefen Schluck, der Flachmann war mit feinstem französischem Cognac gefüllt, lehnte er sich in seinem Stuhl zurück. Und nun ist sie fort! Er machte sich fürchterliche Sorgen um seine Freundin und deren Geschick, das sie nun mitten ins Kriegsgeschehen führen würde. Er nahm noch einen Schluck aus dem Flachmann. »Das sollte ich auch lieber wieder lassen«, dachte Friedrich. »Ich darf auf keinen Fall die Kontrolle verlieren.« Wieder barg er den Kopf in den Händen.

Am Nachmittag war der Krankenhausdirektor bei ihm gewesen, um ihm mitzuteilen, dass Amelie nach Bosnien gehen würde und ihre Stelle bis zu ihrer Rückkehr nur temporär nachbesetzt werden sollte. »Temporär nachbesetzt?«, hatte Friedrich sarkastisch gefragt. »Und mit wem?« Viele Ärzte hatten sich von der Kriegsbegeisterung, die in Berlin herrschte, anstecken lassen und die Krankenhäuser verlassen.

»Machen Sie sich vorläufig keine Gedanken«, hatte der Krankenhausdirektor gesagt. »Wir werden schon irgendwie durchkommen.«

»Ha«, hatte Friedrich gemurmelt. »Irgendwie durchkommen!« Da war Eberhard von Clausenburg allerdings bereits gegangen.

Hoffentlich wird Amelie diese Zeit im Krieg gesund überstehen, dachte Friedrich. Er würde ihr einen langen Brief an das Frauenkrankenhaus in der Romanija, an dem sie stationiert sein würde, schreiben. Um sich bei ihr zu entschuldigen und ja – um ihr seine Liebe zu gestehen und sie zu fragen, ob sie ihn heiraten möchte. Doch diesen Gedanken verwarf er sofort wieder. Nein, von seiner Liebe würde er nichts in seinem Entschuldigungsbrief schreiben. Dafür würde Zeit sein, wenn Amelie zurückgekehrt war. Jetzt würde er sie damit wahrscheinlich nur überrumpeln und seine Chancen bei ihr dadurch verschlechtern. Durch diese Überlegungen wieder in eine etwas bessere Laune versetzt, erhob sich Friedrich, nahm Hut und Mantel vom Garderobenständer neben der Tür, löschte die Schreibtischlampe und ging nach Hause.

Zur selben Stunde saß auch Michael von Liebwitz in seinem Arbeitszimmer. Neben ihm stand eine hübsch geschliffene, halb leere Kristallkaraffe, ein gut gefülltes Glas mit Eis und Whisky. Auch Michael machte sich große Sorgen um seine Tochter. Sein Praxiszimmer war unaufgeräumt und staubig. Schon lange hatte er hier keine Patienten mehr empfangen. Nachdem Amelie den Abschluss als Chirurgin geschafft hatte, hatte er versucht, sich zusammenzunehmen, um für seine Tochter da zu sein. Allein beim Vorsatz war es geblieben. Seit seine geliebte Ehefrau Luise im Weibergefängnis in der Barnimgasse an Diphtherie verstorben war, hatte er jeden Halt im Leben verloren. Man hatte seine Frau des illegalen Schwangerschaftsabbruchs beschuldigt, sie verhaftet und eingeliefert. Im Gefängnis in der Barnimgasse hatte sie nur wenige Wochen überlebt, zu einem Gerichtsverfahren war es gar nicht erst gekommen. Michael vermisste seine Frau unendlich, mit ihr hatte er den Sinn in seinem Leben verloren. Seit ihrem Begräbnis trank er jeden Tag, immer Hochprozentiges und immer so viel, bis er die traurigen Gedanken endlich zum Verstummen bringen und einschlafen konnte. Manchmal gelang das auch nicht. Dann geisterte er die ganze Nacht durchs Haus und verletzte sich nicht selten, weil er in eine Art Trauerraserei geriet.

An diesem Abend hatte Michael von Liebwitz noch nicht so viel getrunken, dass er vollkommen betrunken war. Vielmehr war er in einer geistigen Verfassung, die es ihm erlaubte, mit sich selbst streng ins Gericht zu gehen. Was hatte er nur getan? Ich hab meine Tochter ja regelrecht aus dem Haus getrieben, warf er sich vor. Er hätte ihr zuhören sollen. Stattdessen hatte er sie angeschrien.

In Michaels Arbeitszimmer war es düster. Nur ein dreiarmiger, silberner Kerzenleuchter warf flackerndes Licht über den Schreibtisch. Meist betrank er sich abends in Luises Salon, weil er sich dort seiner Frau nahefühlte. Heute aber hatte er sich in sein Praxiszimmer zurückgezogen, um zu trinken und an seine Tochter zu denken. Und an seine tote Ehefrau. Hin und her ging es in seinem Kopf. Einmal war ihm sogar, als würde Luise zu ihm sprechen. Sie machte ihm Vorwürfe, weil er Amelie mit ihren Sorgen und Nöten im Stich gelassen habe. »Ich weiß doch«, stammelte er und trank sein Glas leer.

»Und das wievielte Glas ist das heute?« Michael hörte Luises Stimme ganz deutlich.

»Was weiß ich!«, murmelte er.

»Du weißt, dass du so nicht weitermachen kannst, du ruinierst dir deine Gesundheit. Willst du etwa sterben und Amelie ganz allein lassen?« Luises Stimme in Michaels Kopf war lauter geworden.

»Ach um Himmels willen«, rief er und fegte Whiskykaraffe und Glas vom Tisch. »Ich weiß doch auch, dass es so nicht weitergehen kann.« Er sank wieder in seinem Sessel zusammen und flüsterte: »Ich habe meine Tochter alleingelassen, das muss ich wiedergutmachen.«

»Na, mit deiner Trinkerei wird dir das sicher nicht gelingen«, sprach wieder Luises Stimme in Michaels Kopf.

»Das weiß ich doch auch«, stöhnte Michael. »Aber ich habe einfach keine Ahnung, wie ich das anfangen soll.« Voller Selbstmitleid blickte er auf die Whiskykaraffe, die auf dem dicken Teppich gelandet war. Sie war heil geblieben, aber der Whisky war herausgeflossen.

»Was soll ich nur tun?« Michael war angetrunken, müde und traurig. Auch er stützte nun, wie sein Freund und Kollege Görtz in seinem Büro, erschöpft den Kopf in die Hände.

»Aber nicht heute«, murmelte er, »nicht heute. Heute kann ich nicht mehr.« Langsam ließ er den Kopf auf die Tischplatte sinken. »Morgen ist schließlich auch noch ein Tag.«

# *Kapitel 6*

Ohne zu ahnen, was in ihrem Vater und in Friedrich vorging, saß Amelie in einem luxuriös ausgestatteten Schlafwagenabteil des Zuges von Berlin nach Wien. Edles Teakholz, warme Blautöne und Kristallleuchten machten das Abteil zu einem überaus gemütlichen Zimmer, in dem sich gut eine Reise tun ließ. Als Amelie eingetreten war, hatte sie zwei bequeme Sessel vor sich gehabt, die mit weichem, graublauem Samt bezogen waren. Dazwischen schimmerte ein auf Hochglanz poliertes Teakholztischchen. An den Wänden hingen Glaskugeln, in die filigrane Muster geätzt waren und die ein warmes, angenehmes Licht verbreiteten. Den Boden bedeckte ein dicker, blauer Teppich mit goldenem Rankenmuster. »Elisabeth, du verstehst es wirklich zu reisen«, lächelte Amelie, die nichts anderes erwartet hatte. Ihre Tante reiste, lebte, aß und trank immer nur vom Feinsten.

»Aber natürlich, du weißt doch, ich reise am liebsten so bequem wie möglich.« Elisabeth lächelte ihre Nichte an.

»Und wo werden wir schlafen?« Amelie sah sich suchend um. »Du wirst staunen! Später wird der Schaffner kommen und diese wunderbaren Sitze in noch viel bequemere Betten verwandeln. Und neben unserem Abteil ist ein kleines Badezimmer, einzig und allein für uns.« Elisabeth machte es sich auf ihrem Sitz bequem und strich über ihr tizianrotes Haar. Sie trug ein dunkelgrünes Reisekleid aus festem Stoff, dazu edle schwarze Stiefelletten. Den wagenradgroßen Hut hatte sie abgesetzt und in der Gepäckablage verstaut. Amelie dagegen trug ihre übliche »Uniform«: weiße Bluse, grauer, langer Rock, Haare zum Knoten geschlungen, kleines schwarzes Kapotthütchen und natürlich Glacéhandschuhe. Amelies Magen knurrte laut. Peinlich berührt schlug sie die Hand vor den Mund.

»Aber Amelie«, sagte Elisabeth. »Das ist doch kein Grund, sich zu schämen. Wir haben einen langen Tag hinter uns. Und nun werden wir uns in den Speisewagen begeben, um unseren Hunger zu stillen. Der Koch in diesem Zug ist ein Künstler!« Sie erhob sich. »Lass uns in den Speisesaal gehen.«

Amelie tat es ihrer Tante gleich. Gemeinsam schritten sie in den nächsten Waggon. Auch dieser Wagen war verschwenderisch ausgestattet. Den Boden bedeckte hier ein weicher, roter Teppich, auf dem ihre Schritte unhörbar blieben. Die Wände waren mit hellroter Seide bespannt. Mit genügend Abstand zueinander fanden sich bequeme Fauteuils vor glänzend polierten Tischen. Gedeckt war mit Silberbesteck. Gestärkte Servietten lagen bereit. Beleuchtet wurde der Speisewagen mithilfe von weißen Lichtkugeln, die an langen Messingstäben hingen und eine angenehme, intime Stimmung erzeugten.

Amelie drückte auf einen kleinen Knopf, der im Fensterrahmen neben ihrem Tisch angebracht war. Sekunden später stand ein in einen Frack gekleideter Kellner vor ihnen. Er verneigte sich. »Gnädige Frau Gräfin und gnädiges Fräulein Dr. von Liebwitz. Herzlich willkommen im Expresszug nach Wien. Darf ich Ihnen ein Glas Champagner servieren?«

Elisabeth lächelte huldvoll und nickte. »Aber sehr gern.« Der elegante Kellner entschwand.

»Woher weiß der, wer wir sind?« Amelie blickte Elisabeth erstaunt an.

»Nun, meine Liebe, wenn jemand wie ich einen Schlafwagen bucht, weiß der Zugschaffner natürlich Bescheid und instruiert das Personal entsprechend«, sagte sie grinsend. »Das macht das Leben angenehm. Findest du nicht?«

Amelie konnte nur lächeln, sagte aber nichts dazu. Sie bekam auch gar keine Gelegenheit mehr, denn kaum stand der Eiskübel mit dem Champagner neben ihrem Tisch, waren auch schon die beiden Gläser eingeschenkt.

Elisabeth hob ihr Glas. »Ich wünsche dir von Herzen alles Gute für deinen Einsatz in Bosnien. Mögest du gesund und um viele Erfahrungen reicher wieder nach Berlin zurückkommen.«

Amelie dankte, und die beiden tranken einen Schluck des hervorragenden *Moët et Chandon*.

»Was wünschen die Damen zu speisen?«, fragte Francois, der Kellner. Er hatte sich vorgestellt, als er die beiden Damen begrüßt hatte.

»Wir wünschen Flusskrebse, viele, viele Flusskrebse«, sagte Elisabeth und blickte Amelie an. »Wie wäre es danach mit einem Rinderbraten?« Amelie stimmte zu und der Kellner enteilte.

Nach einem vorzüglichen Essen lehnten Elisabeth und Amelie satt und zufrieden in ihren Fauteuils.

»Was, denkst du, wird dich in Bosnien erwarten?«, fragte Elisabeth schließlich. »Hast du keine Angst?«

Amelie wägte einen Augenblick ab. »Um ehrlich zu sein, ich weiß es nicht genau, also habe ich auch keine Angst«, setzte sie an. »Ich werde am Frauenspital Katarina Kosača-Kotromanić in der Romanija stationiert sein, eine ganze Ecke weg von der Front. Und ich werde meine Kenntnisse in der Frauenheilkunde vertiefen können. Angesichts meiner Situation in Berlin hat mich das sehr gereizt.« Sie drehte versonnen ihr Cognacglas in den Händen. »Weißt du«, begann sie wieder. »In den letzten Wochen und Monaten hatte ich zunehmend das Gefühl, immer mehr eingeengt zu werden. Ich sah überall nur noch Probleme. Die Klinik, mein Vater, dann diese schrecklich schiefgegangene Operation. Ich musste da einfach raus.«

Elisabeth nickte. »Das kann ich gut verstehen«, sagte sie und zog an ihrer Zigarette, die natürlich wieder in ihrer überdimensionierten, elfenbeinernen Zigarettenspitze steckte. »Aber meinst du nicht, die Probleme werden immer noch da sein, wenn du wieder nach Berlin zurückkommst?«

»Das kann schon sein«, gab Amelie heftiger zurück, als sie es beabsichtigte. »Aber vorerst sind sie in Berlin geblieben, und ich breche zu neuen Ufern auf.«

»Alles gut, Amelie, du musst mich nicht gleich anmosern«, sagte Elisabeth begütigend. »Ich verstehe dich ja, und ja, manchmal kann ein harter Schnitt wieder Klarheit ins Leben bringen. Wollen wir nun langsam zu Bett gehen?« Amelie nickte, und die beiden Frauen erhoben sich.

Als sie in ihr Abteil zurückkamen, staunte Amelie. Anstelle der gemütlichen Sitzgruppe von vorhin standen nun zwei mit weißen Seidenlaken bezogene Betten im Abteil. »Na, was habe ich dir gesagt?« Elisabeth lachte über Amelies erstauntes Gesicht. »Wir werden selig schlummern und morgen um zehn Uhr in Wien eintreffen.«

»Mit dir zu reisen macht wirklich Spaß«, grinste Amelie. »Bestimmt wird mein Bett im Krankenhaus in der Romanija nicht halb so gemütlich sein.«

»Das denke ich auch, also genieße es, solange du kannst. In Wien werden wir übrigens bei Leo Traun in seinem Stadtpalais wohnen. Er hat uns eingeladen, und ich habe mit Freuden zugesagt. Es wohnt sich himmlisch in seinem Haus.«

Amelie zog eine Augenbraue hoch.

»Nicht, was du denkst«, wehrte Elisabeth ab, »seine Frau Franziska und ich sind gute Freundinnen, wir waren gemeinsam im Mädchenpensionat.«

»Das klingt interessant. Ein Stadtpalais.« Amelie gähnte. »Nun aber gute Nacht, Elisabeth. Ich bin todmüde.« Sie zog ihr Nachthemd an, wusch sich und putzte sich die Zähne in dem eleganten kleinen Badezimmer, das zu ihrem Abteil gehörte. Kaum hatte Amelie ihren Kopf auf das weiche Daunenkissen ihres Reiselagers gebettet, war sie auch schon eingeschlafen.

Dennoch war es eine unruhige Nacht. Elisabeth hatte ihr Buch gerade weg- und sich zum Schlafen hingelegt, da hörte sie Amelie laut stöhnen, ein paar Worte vor sich hinmurmeln und schließlich laut »Nein, aufhören!« schreien. Elisabeth stand auf, trat an Amelies Bett und rüttelte die Nichte sanft an der Schulter. Diese fuhr aus dem Schlaf hoch und sah ihre Tante verständnislos an. »Was … was ist denn los?«, murmelte sie verschlafen. »Sind wir schon da?«

»Aber nein, meine Liebe, du hattest offenbar einen Alptraum, und ich habe dich geweckt.«

»Ach so«, Amelie ließ sich zurück in die Kissen sinken. »Ich habe wieder einmal von dieser vermaledeiten Operation geträumt. Fast jede Nacht wiederhole ich meinen Fehler und muss zusehen, wie meine Patientin stirbt.«

»Ach mein armes Kind, das setzt dir wohl übel zu?«, fragte die besorgte Tante.

»Na, was meinst du denn?«, fauchte Amelie, jetzt wieder wach. »Denkst du, es macht mir Spaß, meine Patientinnen umzubringen?« Unwirsch sah sie Elisabeth an.

»Aber natürlich nicht«, Elisabeth hob begütigend die Hände. »Ich wollte doch nur …« Sie wusste nicht, was sie sagen sollte.

»Ach, ist schon gut«, sagte Amelie. »Es tut mir leid, ich wollte dich nicht anherrschen. Lass uns lieber wieder schlafen.« Sie drehte sich auf die Seite und bettete den Kopf auf die Hände.

»Wirst du denn jetzt wieder einschlafen können?«, fragte Elisabeth besorgt.

Amelie seufzte. »Ich denke schon«, murmelte sie, drehte sich auf den Bauch, vergrub den Kopf im Kissen – und war schon wieder tief und fest eingeschlafen. Auch Elisabeth seufzte. Ob ihre Nichte, die in Berlin so viele Probleme zurückgelassen hatte, wohl die richtige Entscheidung getroffen hatte? Oder würde in Bosnien alles nur noch schlimmer werden? Noch lange Zeit wälzte Elisabeth sich hin und her, bevor endlich auch sie in einen tiefen Schlaf sank.

## *Kapitel 7*

Irgendwo klingelte etwas hartnäckig. Amelie warf sich in ihrem Bett herum und drückte sich das Kissen auf die Ohren. Schließlich gab sie auf und fragte: »Wer macht denn um diese Zeit so einen Wirbel?«

Elisabeth, längst wach und bereits mit ihrem Morgenrock bekleidet, lachte Amelie an: »Meine Liebe, das ist mein Wecker, warte, ich stell ihn schnell ab. In zwei Stunden werden wir in Wien sein. Ich dachte, wir frühstücken vorher noch gemütlich und haben dann genügend Zeit, uns ausgehfertig zu machen.«

Amelie lächelte nicht. Sie blickte vielmehr ein wenig grimmig drein. »Ach so«, murmelte sie. »Aber wenn wir zum Frühstück gehen, müssen wir uns doch jetzt gleich fertig machen«, sie gähnte ausgiebig und streckte sich.

»Aber nein«, widersprach Elisabeth. »Wir werden nämlich unser Frühstück hier im Abteil genießen.« Sie drückte auf einen kleinen Knopf, der in die Fensterbank eingelassen war. Kurz darauf klopfte es und ein properer Schaffner öffnete die Abteiltür.

»Guten Morgen, die Damen, ich hoffe, Sie haben wohl geruht.« Ohne eine Antwort abzuwarten, fuhr er fort: »Wünschen Sie Frühstück?«

Elisabeth nickte gnädig. »Bitte! Eier, Schinken, Kaffee, Orangensaft, Toast, Butter, Marmelade und ein paar frische Croissants, bitte.«

Amelie staunte ihre Tante wieder einmal an. Sie war vorher noch nie im Schlafwagen gereist und fand den Luxus, mit dem sie auf dieser Reise umgeben war, einfach unglaublich.

»Sehr wohl, gnädige Frau Gräfin. Wird sofort serviert.« Der Schaffner verschwand und Amelie platzte heraus: »Der kennt dich auch?«

»Aber ja, der Schorsch fährt schon seit vielen Jahren in diesem Zug, und ich bin schon oft damit gereist. Da lernt man sich eben kennen.«

Zwei Stunden später kreischten die Bremsen des Zuges. Wien war erreicht. Amelie war aufgeregt, sie war zum ersten Mal hier und neugierig auf die Stadt. Als sie auf den Perron traten, kam ihnen bereits ein ausgesprochen elegant gekleideter Herr entgegen. »Leo!«, rief Elisabeth. »Wie schön, dass du uns abholst!«

Der elegante Herr küsste Elisabeth die Hand und blickte dann Amelie an. »Sie sind also Fräulein Dr. von Liebwitz«, meinte er mit einer angenehmen Baritonstimme. »Ich freue mich außerordentlich, Sie endlich persönlich kennenzulernen.« Er küsste auch Amelies Hand. »Ich habe mir erlaubt, euch in meinem Stadtpalais einzuquartieren. Das ist im ersten Bezirk, am Stock im Eisen Platz. Die Kutsche wartet bereits.«

Das Palais von Leopold von Traun war beeindruckend, groß, mit einer üppig verzierten Fassade und einem breiten Eingangstor, durch das nun die Kutsche mit Elisabeth, Amelie und dem Hausherrn einfuhr. Rechts im Innenhof befand sich eine gläserne Doppeltür, in die kunstvolle Muster geätzt waren.

Ein Diener erwartete sie. »Lajos«, sagte von Traun. »Das sind meine angekündigten Gäste, Gräfin Elisabeth von Radestock und Fräulein Dr. Amelie von Liebwitz. Ihre Zimmer sind hergerichtet?«

Lajos, der erste Hausdiener bei den von Trauns, nickte und verneigte sich vor den beiden Damen. »Herzlich willkommen, wenn ich mir erlauben darf. Darf ich die Damen bitten, mir zu folgen?« Er rief ins Haus: »Bertel, komm sofort her und bring das Gepäck unserer Gäste hinauf!«

Ein junger Mann, fast noch ein Junge, erschien in der Glastür, die zum Wohnbereich des Palais führte. »Halten zu Gnaden«, stammelte er. »Bin schon da.«

Er schnappte sich einige Teile von Elisabeths Gepäck, das wie immer sehr reichlich vorhanden war, und begann, die Treppe in den zweiten Stock hochzusteigen. Lajos rief noch zwei weitere junge Diener herbei. Schließlich waren alle Gepäckstücke unterwegs in die Gästezimmer.

Das Foyer, das sie durch die geätzte Glastür betreten hatten, beeindruckte Amelie. Eine schneeweiße Marmortreppe mit blau lackiertem Eisengeländer führte in einen Halbstock, einen weiten, dielenartigen Raum, dessen Boden ebenfalls aus glänzendem Marmor bestand. In die Wand gegenüber des Treppenaufgangs war ein Bücherregal eingelassen, das sich über die gesamte Raumhöhe von mehr als vier Metern erstreckte. Unter dem Aufgang der Treppe, die in den ersten Stock führte, befand sich ein großer, barocker Kamin. Und in der Mitte des Raums, auf einem blauen, mit Ranken verzierten Perserteppich, lud eine mit blauer Seide bezogene Sitzgruppe, die um einen hübschen Intarsientisch gruppiert war, zum Verweilen ein. Von der hohen Decke hing ein riesiger Kronleuchter, dessen Kristalle von der Sonne, die aus zwei Oberlichtern in den Raum schien, in allen Regenbogenfarben funkelten. Ein diskret an die Wand geschobener Barwagen und ein Ohrensessel, der direkt neben der raumfüllenden Bücherwand stand, vervollständigten das hübsche Ensemble.

»Was für ein wunderschöner Raum«, staunte Amelie. »Halten Sie sich oft hier auf?«

Leopold von Traun lächelte. Er kannte die Reaktion auf die »Diele«, wie sie von den Bewohnern des Palais genannt wurde. »Ich bin sehr oft hier«, gab er zur Antwort. »Vor allem nachts. Dann plage ich zwar die Dienstboten, die vor dem Schlafengehen noch einmal Feuer im Kamin machen müssen, es wäre sonst hier ziemlich kalt, aber ich sitze gerne spät hier und lese und denke nach.« Leopold von Traun wandte sich zum Kamin. »Eigentlich ist mir dies hier alles ein klein wenig zu protzig. Aber es wurde von Jakob Prandtauer eingerichtet, demselben Architekten, der auch für die Gestaltung von Stift Melk verantwortlich war. Zu seinen Ehren lassen wir den Raum, wie er ist, und verändern nichts.«

Erst jetzt fiel Amelie auf, dass die Seidenbezüge der Möbel ein bisschen abgeschabt waren, am Kronleuchter ein paar Kristalle fehlten und die Messingleuchter zwar auf Hochglanz poliert, aber etwas abgegriffen wirkten. Die Bücherwand war jedoch nach wie vor wunderschön. Sie trat darauf zu und zog aufs Geratewohl einen Band aus dem Regal.

»Na, das passt ja«, sagte sie trocken, legte das Buch auf den Intarsientisch und schlug es auf. *Vom Kriege, Carl von Clausewitz*, stand auf dem Vorsatzblatt. Leopold von Traun lächelte traurig. »Ja, das habe ich in den letzten Tagen und Wochen immer wieder in der Hand gehabt.«

»Wie steht es denn an der Front in Serbien?«, mischte sich Elisabeth ein.

»Vorerst ganz gut«, antwortete von Traun. »Bislang konnte die k. u. k. Armee zwar noch keinen Sieg gegen die Serben verbuchen, aber immerhin einiges an Gelände gewinnen. Wir im Hauptquartier sind jedenfalls ganz zufrieden.«

Amelie glaubte ihm kein Wort. Natürlich berichtete die Presse euphorisch von den Taten der kaiserlich-königlichen Armee, aber Amelie hatte etwas in den Augen des Generalstabsarztes gesehen, das ihr nicht gefiel. Ausnahmsweise allerdings fragte sie nicht nach. Ich werde am Abend Gelegenheit haben, Einzelheiten zu erfahren, dachte sie.

Von Traun öffnete wieder den Mund, um noch etwas zu sagen, als plötzlich eine diskret in der dem Kamin zugewandten Wand eingebaute Tür aufging und ein kleines, bellendes, braun-weißes Bündel auf Amelie zufegte, ihr direkt in die Arme sprang und begann, hingebungsvoll ihr Gesicht abzuschlecken.

»Huh!«, machte Amelie und hielt das zappelnde Tier auf Augenhöhe von sich.

»Ah, und nun lernen Sie auch den Chef des Hauses kennen«, schmunzelte Leopold von Traun. »Das ist Emil, ein englischer Beagle. Er kam vor einigen Monaten als Welpe zu uns und hat inzwischen das gesamte Haus, einschließlich meiner Wenigkeit, unter seiner Pfote.«

Der kleine Hund leckte Amelie begeistert übers Gesicht, wuffte dann zweimal, rollte sich in ihren Armen zusammen und schlief ein. Die großen, seidigen Schlappohren reichten von seinem hübschen Köpfchen fast bis zu Amelies Händen.

»Wo haben Sie denn diesen süßen Kerl her?«, fragte sie mit leuchtenden Augen.

»Ein Freund, General im englischen Militär, hat ihn mir mitgebracht, als er kürzlich hier bei mir zu Besuch war. Er ist hinreißend, nicht?«

»Das ist er wahrlich.« Amelie blickte auf den kleinen, schlafenden Hund in ihren Armen.

»Und das ist also ein Beagle?«

»Ja«, antwortete Traun. »Eine uralte, britische Hunderasse, die ursprünglich für die königliche Jagd gezüchtet wurde und bereits im Mittelalter erstmals Erwähnung in diversen Chroniken fand. Ich habe den kleinen Kerl eigentlich meinem Bruder geschenkt, damit der auch mal vor die Tür kommt, aber mittlerweile betrachtet Emil das ganze Haus als sein Eigentum.«

»Ihr Bruder?«, fragte Elisabeth, die an Amelie herangetreten war und eines der seidigen Ohren des Hundes streichelte.

»Ja, er wohnt hier hinter der Tür, aus der Emil gerade herauskam. Er ist begeisterter Altphilologe und sitzt den ganzen Tag und nicht selten auch die Nacht über in seiner Studierstube. Emil zwingt ihn dazu, wenigstens zweimal am Tag das Haus zu verlassen. Außerdem leistet er meinem einsiedlerischen Bruder Gesellschaft und bringt ihn mit seinen Kapriolen zum Lachen.«

Als hätte der kleine Hund das gehört, sprang er aus Amelies Armen auf den Boden, setzte sich und blickte die Anwesenden mit seinen großen, braunen Augen bittend an.

»Was möchte er denn?«, lachte Amelie.

»Oh, bestimmt etwas zum Fressen. Er ist der verfressenste Hund, der mir je begegnet ist«, grinste Traun und zog einige Speckwürfel aus seiner Rocktasche, um sie dem Hund zuzuwerfen, der sie aus der Luft pflückte. »So, mein Kleiner, jetzt mach dich aber lieber wieder zu Karl auf und hilf ihm bei seinen Übersetzungen.« Von Traun öffnete die versteckte Seitentür und schob das Hündchen mit Nachdruck hinein.

»So einen niedlichen kleinen Gefährten hätte ich auch gern«, seufzte Amelie. »Aber für die nächste Zeit wird dies wohl ein Traum bleiben.«

»Ja, er ist schon so etwas wie der gute Geist des Hauses geworden«, stimmte von Traun zu. »Sogar unsere gestrenge Köchin hat ihn ins Herz geschlossen und füttert ihn täglich mit Leckerbissen; wir müssen wirklich aufpassen, dass er nicht dick wird.«

Als sie den zweiten Stock des prächtigen Palais erreichten, schlug von Traun vor: »Bevor ihr eure Zimmer bezieht, nehmen wir aber noch einen Begrüßungsschluck.«

»Ist das nicht ein bisschen früh?«, fragte Amelie, die sich nach all diesen ersten Eindrücken eigentlich am liebsten in ihr Zimmer begeben hätte und in Ruhe angekommen wäre.

»Aber nein.« Traun läutete und ein hübsches, dunkelblondes Dienstmädchen in schwarz-weiß gestreiftem Kleid und weißem Häubchen erschien. »Lina, bitte bring uns Kaffee.« Lina nickte, knickste und verschwand. »Ich hatte nicht an Alkohol gedacht, verehrtes Fräulein Dr. von Liebwitz«, lächelte von Traun. »Aber ein bisschen kennenlernen möchte ich Sie schon, bevor Sie weiterreisen.«

Amelie wurde rot und folgte von Traun schweigend durch eine hohe, weiß lackierte Doppeltür, die mit vergoldeten Ranken geschmückt war. Dieser von Traun imponierte ihr irgendwie, etwas, das höchst selten geschah. Groß gewachsen, mit sehr kurz geschnittenem, grauem Haar, trug der Mittvierziger sein Gesicht glattrasiert. Das war sehr ungewöhnlich, denn für einen Mann in seiner Position war eigentlich ein »Knebelbart«, wie ihn auch Kaiser Franz Joseph trug, fast Pflicht. Leopold von Traun gefiel der jungen Ärztin, auch wenn sie sicher war, dass er sie und Elisabeth, was den Verlauf des Krieges betraf, angelogen hatte.

Kurze Zeit später saßen Elisabeth, Amelie und von Traun in einem hinreißend eingerichteten Salon, in dem barocker Stil und die Farben Rot, Creme und Gold dominierten. Die Wände waren mit rotseidenen Tapeten bespannt, die Wandlampen aus Messing waren reichlich verziert und von der Decke hing ein riesiger Kronleuchter, in dessen vielen Kristallen sich die Vormittagssonne brach, die durch die deckenhohen Fenster in den Raum fiel. Anders als in der »Diele« war hier alles wunderbar in Schuss, vom Stoff der Bezüge bis zu den Lampen und den Bildern in schweren Goldrahmen, die die Wand zierten.

Amelie saß in einem mit cremefarbener Seide mit goldenen Streifen bespannten Sessel und war neugierig auf den berühmten Wiener Kaffee, von dem sie schon viel gehört hatte. Als sie an ihrer Tasse nippte, verschluckte sie sich beinahe. »Der ist aber stark«, hustete sie.

»Ja, nicht wahr – unser Wiener Kaffee weckt Tote auf.« Leopold von Traun lächelte zufrieden. »Wie war die Reise?«, fragte er dann.

»Ach, wunderbar«, antwortete Elisabeth. »Wir haben sie sehr genossen.«

»Auf der nächsten Etappe wird es wohl weniger komfortabel sein«, warnte von Traun. »Sie reisen in zwei Tagen mit einem Truppentransport via Eisenbahn nach Sarajevo. Das wird etwa drei Tage dauern. Dort werden Sie umsteigen müssen, weil die Spurweite der Eisenbahn Richtung Bosnien eine andere ist als bei uns. Eine Schmalspurbahn bringt Sie dann direkt in die Romanija. Das Lazarett und das Krankenhaus dort sind über einen kleinen Bahnhof an die Eisenbahn angeschlossen.«

»Ach was«, sagte Elisabeth mit einer wegwerfenden Handbewegung. »Das wird bestimmt aufregend. Was meinst du denn dazu, Amelie?«

Doch Amelie antwortete nicht. Sie blickte versonnen aus dem Fenster. »Was ist das da draußen für ein merkwürdiges Gebilde?«, fragte sie dann Leopold von Traun.

»Was meinen Sie? Ach, Sie blicken auf den ›Stock im Eisen‹. Ja, damit hat es eine ganz eigene Bewandtnis.« Der Generalstabsarzt stand auf, trat ans Fenster und winkte Amelie herbei. »Der ›Stock im Eisen‹ stammt aus dem Mittelalter. Es handelt sich um ein Stück einer uralten Zwieselfichte, in die, von alters her, als Glücksbringer Nägel eingeschlagen wurden.«

»Faszinierend«, murmelte Amelie. »Aus welchem Jahr stammt das Holz denn?«

»Ganz genau wissen wir es nicht«, erwiderte von Traun. »Aber es wird vermutet, dass der ›Stock im Eisen‹ 1533 hier aufgestellt wurde.«

Die beiden nahmen wieder Platz. Elisabeth blickte Amelie an. »Hast du gehört, was der Leo gesagt hat?«, fragte sie, leicht indigniert. »Wie deine Reise weitergehen soll?«

Amelie hatte schon ein wenig Spundus vor der Weiterreise, wusste sie schließlich, dass es sich nicht um eine Urlaubsfahrt, sondern um eine Reise ins Unbekannte handelte. »Ich kann auch ganz gut ohne Komfort leben«, sagte sie und nahm voller Begeisterung noch einen Schluck Kaffee. »Also, allein dafür lohnte sich die Reise schon.« Sie lehnte sich in ihrem bequemen Sessel zurück.

»Dann bin ich beruhigt«, meinte von Traun und zündete sich eine *Virginier* an, jene schwarze, dünne Zigarre, die grauenhaft stank und in Wien besonders beliebt war. »Die Damen erlauben?« fragte er, nachdem er sich die Zigarre bereits angezündet hatte.

»Bisschen unhöflich von Ihnen, uns erst zu fragen, wenn das Ding schon brennt, oder?« Elisabeth, die selbst so gerne rauchte, zeigte sich indigniert. Allerdings war der Geruch dieser *Virginier*-Zigarren tatsächlich besonders übel.

Erschrocken machte Leopold von Traun die Zigarre wieder aus. »Natürlich, gnädigste Gräfin, wie gedankenlos von mir. Heute Abend werden wir im Sacher soupieren«, sagte er dann. »Nach dem Souper darf ich Sie, verehrtes Fräulein Dr. von Liebwitz, in unser Ärztehaus bitten, wo wir mit einigen meiner Kollegen aus der medizinischen Militärverwaltung die wichtigsten Informationen zu Ihrer Mission besprechen werden.«

»Ach, das wird sicher interessant«, freute sich Amelie.

Leopold von Traun räusperte sich. »Ja, na ja. Das Thema Frauen in der Medizin ist auch hier noch recht umstritten. Allerdings haben die Herren inzwischen eingesehen, dass es ohne Ärztinnen in Bosnien nicht gehen wird. Aber kränken Sie sich bitte nicht, liebes Fräulein Dr. von Liebwitz, wenn die eine oder andere abfällige Bemerkung kommt.«

Amelie lachte laut. »Glauben Sie mir, Herr Generalstabsarzt, abfällige Bemerkungen bin ich aus meiner Ausbildung gewohnt. Ich musste mir damals ein dickes Fell wachsen lassen.«

Erleichtert atmete von Traun aus. »Das ist gut. Außer mir werden noch die Kollegen Dr. Bieber, Medizinalrat Hansa und Professor Alt unserer Sitzung beiwohnen.«

Amelie hatte von dem berühmten Bau der k. u. k. Gesellschaft der Ärzte zu Wien bereits gehört, vor allem von der Bibliothek, und konnte es kaum erwarten, das Gebäude in der Wiener Frankgasse in Augenschein zu nehmen.

»Solange schlage ich den Damen vor, sich ein wenig auszuruhen«, beendete Leopold von Traun seine kleine Ansprache. »Am Nachmittag habe ich für Sie beide eine Fiakerfahrt geplant.«

»Ach, wissen Sie«, sagte Amelie. »Ich würde viel lieber ins Allgemeine Krankenhaus gehen und mir verschiedene Abteilungen ansehen, als mit einer Kutsche durch die Stadt zu fahren.«

»Typisch«, schmunzelte Elisabeth. »Sehenswürdigkeiten interessieren dich nicht, aber Kranke und Operationen, Eiter, Blut und Tod willst du dir unbedingt ansehen.«

Amelie lachte. »Du kennst mich doch, Elisabeth, alles, was mit Medizin zu tun hat, finde ich faszinierend. Und gerade Wien, wo so viel Medizingeschichte geschrieben wurde und wird, interessiert mich natürlich brennend.«

»In Ordnung«, erklärte von Traun. »Dann lassen Sie mich bitte kurz einen Anruf tätigen, damit jemand Sie im Allgemeinen Krankenhaus in Empfang nehmen kann. Und Sie, liebste Gräfin, darf ich auf der Fiakerfahrt begleiten.«

Elisabeth nickte huldvoll. Leopold von Traun ging in sein Arbeitszimmer, um seine Kollegin Dr. Gerda Laimer anzurufen. Die Ärztin tat als Gastärztin Dienst auf der chirurgischen und der internen Station im Allgemeinen Krankenhaus und würde Amelie sicherlich gerne herumführen.

»Ob ich mir noch einen Schluck von diesem wundervollen Lebenselixier gönnen darf?«, fragte Amelie ihre Tante. »Ich habe noch nie im Leben solch wunderbaren Kaffee getrunken.«

»Aber natürlich, ich denke nicht, dass Leo etwas dagegen hat«, erwiderte Elisabeth, griff nach dem Silberkännchen und schenkte Amelies Tasse noch einmal voll. »Aber pass auf, dass du mit dem vielen Koffein nicht hibbelig wirst.«

»Keine Sorge, liebe Tante«, scherzte Amelie. »Der Kaffee macht mich nicht hibbeliger, als ich es schon bin. Ich bin sehr neugierig auf das berühmte Allgemeine Krankenhaus.«

Elisabeth seufzte. »Einmal möchte ich so eine Begeisterung bei dir sehen, wenn wir in die Oper gehen«, meinte sie gespielt verzweifelt. Sie lächelte aber dabei.

Leo von Traun trat wieder in den Salon. »Es ist alles arrangiert«, sagte er. »Frau Dr. Gerda Laimer erwartet Sie beim Eingang in der Spitalgasse. Sie wird Ihnen die Chirurgie, die

Infektionsstation und die Station für Innere Medizin zeigen. Und wir beide«, er wandte sich Elisabeth zu. »Wir werden nun unseren Fiaker besteigen, der bereits vor der Tür wartet, und eine kleine, feine Besichtigungstour machen.«

Amelie fragte: »Wie komme ich denn nun ins Krankenhaus?«

»Meine Liebe, für Sie habe ich ebenfalls einen Fiaker bestellt. Kommen Sie doch mit uns hinunter. Der Kutscher ist instruiert. Und bitte vergessen Sie nicht, meine Damen: Heute Abend um 19 Uhr sehen wir einander im Hotel Sacher. Ich habe für uns ein Séparée reserviert.«

»Dann sollten wir uns auf den Weg machen«, sagte Elisabeth. »Schließlich müssen wir früh genug zurück sein, um uns für den Abend umzuziehen. Das gilt übrigens auch für dich, Amelie.«

»Umziehen?«, fragte die Angesprochene erstaunt. »Aber warum soll ich mich denn umziehen?«

»Das Sacher ist eines der feinsten Häuser der Stadt, selbstverständlich musst du dich für unser Souper entsprechend kleiden«, meinte Elisabeth.

»Aber das geht nicht.« Amelie schüttelte den Kopf.

»Und wieso soll das nicht gehen?« Elisabeth war ratlos.

»Na, weil ich kein Abendkleid dabeihabe. Ich fahre schließlich in den Krieg und nicht auf eine Vergnügungsreise.«

Elisabeth war fassungslos. »Aber du kannst doch nicht ohne Abendgarderobe verreisen, liebes Kind!« Diese Titulierung verbot sie sich normalerweise, jetzt allerdings war sie ihr herausgerutscht.

»Ich sehe das ein wenig anders.« Amelie versuchte, gelassen zu bleiben. »In der Romanija werde ich wohl kaum fein dinieren gehen. Da brauche ich ganz andere Kleidung.«

Bevor Elisabeth erneut etwas erwidern konnte, sprach Leo von Traun: »Meine Damen, kein Grund zur Aufregung. Meine liebe Frau hat etwa Ihre Statur, gnädiges Fräulein, sie wird Ihnen sicherlich gerne etwas leihen.«

»Na zum Glück«, entfuhr es Elisabeth. »Sonst hätten wir das Souper wohl sausen lassen müssen.«

Amelie seufzte tief. »Lieber Herr Generalstabsarzt, das ist reizend von Ihnen. Darf ich Ihre Frau Gemahlin vor unserer Abfahrt noch begrüßen?«

»Aber selbstverständlich«, sagte von Traun. »Sie wartet unten und wird mich und die Gräfin auf unserer Rundfahrt begleiten.«

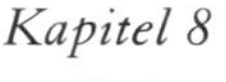

## *Kapitel 8*

Als der Fiaker mit Amelie im Fond vor dem Spitalgasseneingang des Allgemeinen Krankenhauses stehen blieb, wartete sie nicht ab, bis der Kutscher ihr den Schlag öffnete. Sie stieß die Kutschentür selbst auf, sprang aufs Trottoir und hielt Ausschau nach Dr. Laimer. Der Kutscher schüttelte missbilligend den Kopf. »Diese Deutschen«, murmelte er. »Imma muas olls so schnö geh'.«

Amelie ignorierte die Bemerkung und bat: »Könnten Sie mich hier bitte um fünf Uhr wieder abholen?«

Als der Kutscher nickte, drückte Amelie ihm ein Trinkgeld in die Hand, was diesen gleich freundlicher stimmte, und ging auf das große Rundbogentor in der Spitalgasse zu, das auf das Gelände des Allgemeinen Krankenhauses führte. Schon erblickte sie eine rundliche, dunkelhaarige Frau in einem weißen Arztkittel.

»Sind Sie Dr. Gerda Laimer?«, fragte sie.

»Dann müssen Sie Dr. Amelie von Liebwitz aus Berlin sein.« Die kleine Gestalt lächelte Amelie freundlich an. Sie hatte strahlend blaue Augen, dunkles, zu einem Knoten gestecktes Haar und ein freundliches Lächeln, bei dem neben ihren Mundwinkeln zwei Grübchen entstanden. »Es freut mich sehr, Sie kennenzulernen.« Gerda Laimers Augen leuchteten und Amelie verspürte ein leises Ziehen in ihrem Inneren. Die junge Ärztin war Amelie auf Anhieb sympathisch.

»Ebenso. Ich bin nur kurze Zeit in Wien und möchte so gerne einmal das berühmte Allgemeine Krankenhaus besichtigen.«

Die beiden Ärztinnen schüttelten einander die Hände.

»Ihre Neugierde freut mich sehr«, sagte Gerda Laimer. »Ich werde Sie zuerst einmal durch einige unserer Höfe führen. Dann besichtigen wir die Station für Chirurgie, auf der ich derzeit tätig bin und im Anschluss daran die Station für Innere Medizin, auf der ich demnächst sein werde.«

Die großen Außengebäude des Krankenhauses schlossen eine weitläufige Parklandschaft ein, in der viele verschiedene schneeweiß gestrichene Gebäude standen.

»Das Haus wurde von Kaiser Joseph II. gegründet«, erläuterte Gerda Laimer. »Zuvor stand an dieser Stelle ein großes Armenhaus. Dem Kaiser lag die Versorgung der Kranken Wiens aber sehr am Herzen. Also wurde 1784 das vom Architekten Matthias Gerl gestaltete Allgemeine Krankenhaus eröffnet. Es galt damals als eines der modernsten Häuser seiner Zeit.«

Amelie sah sich interessiert um. Da fiel ihr Blick auf ein seltsames rundes Gebäude, das etwas abseits der anderen Pavillons auf einem kleinen Hügel stand. »Und was ist das?«

»Ach ja«, grinste Gerda Laimer. »Das ist der berühmte Wiener Guglhupf.«

»Der Gugl… was?«, fragte Amelie.

»Der Guglhupf, so nennen ihn die Wiener seiner runden Form wegen. Früher waren in dem Turm Geisteskranke untergebracht. Aber das Gebäude ist schon seit 1869 aufgelassen. Jetzt wohnen Schwestern und Ärzte aus dem Krankenhaus darin.«

Amelie sah der jungen Ärztin sofort an, wie wohl sie sich hier fühlte. Und auch sie blickte das Gebäude noch immer versonnen an. »Ich glaube, ich habe einmal etwas über diesen Turm gelesen«, meinte sie dann. »War das nicht auch so ein wichtiges Anliegen des Kaisers?«

»Das stimmt, Kaiser Joseph der Zweite war an Wissenschaft und Krankenbehandlung sehr interessiert und ließ hier eine für die damalige Zeit hochmoderne Einrichtung für Menschen mit Geisteskrankheiten errichten. Mittlerweile allerdings befindet sich die Psychiatrie in Michelbeuern, das ist ein Stadtteil Wiens, der hier in der Nähe liegt.«

»Sie kennen sich ja wirklich hervorragend aus«, meinte Amelie. »Das ist beeindruckend.«

»Ach, wissen Sie«, erwiderte Gerda. »Ich hab mich schon immer für Medizingeschichte interessiert, da lag es nahe, hier im Haus anzufangen.«

»Wo haben Sie studiert?«, fragte sie neugierig.

»Na hier, in Wien«, antwortete Gerda. »Immerhin dürfen in Österreich Frauen seit 1901 Medizin studieren. Ich wurde 1890 hier in Wien geboren und habe 1908 mein Studium an der Alma Mater Rudolfina aufgenommen.«

»Genauso wie ich«, freute sich Amelie. »Allerdings durften wir Frauen in Preußen tatsächlich erst ab 1908 das Medizinstudium absolvieren. Und stellen Sie sich vor, meine beste Freundin und ich – wir waren die einzigen beiden Frauen, die damals diesen Schritt wagten.«

»Bestimmt haben Sie es da nicht leicht gehabt«, mutmaßte Gerda Laimer.

»Nein, leicht hatten wir es wirklich nicht.«

»Und wollten Sie schon immer Chirurgin werden?«, fragte Gerda. »Dr. von Traun hat mir davon erzählt.«

»Ja, schon seitdem ich das erste Mal in einem Operationssaal stand. Das war übrigens in New York.«

»Interessant.« Gerda war beeindruckt. »Wir müssten uns zusammensetzen und unsere Erfahrungen austauschen.«

»Das wäre schön«, meinte auch Amelie. »Aber leider reise ich in zwei Tagen weiter in die Romanija.«

»Ach, Sie sind dem Appell gefolgt, der Ärztinnen nach Bosnien ruft? Na, Sie sind mutig!«

»Das wird sich noch zeigen«, wiegelte Amelie ab. »Bislang bin ich ja noch nicht dort.«

»Doch, bestimmt. Aber sehen Sie? Da ist schon der Eingang zur Chirurgie.«

Die beiden Frauen standen vor der Tür eines lang gezogenen, zweistöckigen Gebäudes. Rechts von ihnen befand sich eine breite Einfahrt für die Krankenwagen. Über der Tür zur chirurgischen Station stand in Messinglettern geschrieben: *II. Chirurgische Abteilung, Professor Oskar Föderl.*

»Wollen wir hineingehen?«, fragte Gerda. »Der Chef ist heute nicht mehr da, aber es finden noch einige Operationen statt. Auch ein paar verwundete Soldaten werden hier behandelt.« Gerda öffnete die Tür, und die beiden Frauen traten ein.

Das Erdgeschoss des Hauses bestand aus einem langen, mit Linoleum belegten Gang, von dem verschiedene Zimmer abzweigten.

»Hier sind die Büros der Ärzte«, erklärte Gerda. »Ich habe keins, weil ich nur Gastärztin bin und kein Gehalt beziehe. Ich halte mich meist im Ärztezimmer im zweiten Stock auf.«

»Puh«, machte Amelie. »Sie arbeiten unbezahlt und haben noch nicht mal ein eigenes Zimmer?« Aber eigentlich tat sie erstaunter, als sie es war. Sie wusste, die Chirurgie war noch immer fest in Männerhand, Frauen waren im schneidenden Fach gar nicht gern gesehen.

Gerda lächelte nur. »Nächste Woche wechsle ich als Assistenzärztin in die Abteilung für Innere Medizin. Meine erste bezahlte Stelle als Ärztin, stellen Sie sich vor!«

Die beiden Ärztinnen besichtigten einige Patientenzimmer, in denen ausschließlich Männer lagen. Frauen, die chirurgische Eingriffe benötigten, waren in der I. Chirurgischen Klinik untergebracht. Einige der Patienten, die mit Verbänden über Kopf oder Bauch, mit eingegipsten Beinen oder Armen in den Betten lagen, lächelten freundlich. Andere drehten sich weg oder rollten mit den Augen.

»Nicht nur Ärzte haben Vorurteile«, merkte Gerda an. »Das sehen wir auch oft bei Patienten.«

Amelie erwiderte nichts. Sie blickte sich bewundernd in dem Patientenzimmer um, in dem sie gerade waren. »Sehr schön«, sagte sie. »Sauber, viel frische Luft und gut geführte

Fieberkurven.« Sie war an eines der Betten getreten und hatte die am Fußende des Bettes in einem Metallrahmen steckende Akte des Patienten herausgenommen. »Eine Blinddarmoperation«, bemerkte sie in den Unterlagen blätternd. Dann wurde sie blass.

»Was haben Sie denn?«, fragte Gerda. »Ist Ihnen nicht gut, wollen Sie sich setzen?« Sie fasste nach Amelies Arm.

Diese blickte auf, als wäre sie in Gedanken meilenweit weg gewesen. »Ach nein«, murmelte sie. »Alles in Ordnung.«

Gerda Laimer war anderer Ansicht. »Wissen Sie was, setzen wir uns noch ein wenig in den Park? Es ist so ein schöner Tag.«

Zustimmend nickte Amelie. Vorerst hatte sie genug von der Besichtigung.

Unter einer weit ausladenden Linde stand eine schmiedeeiserne Bank, auf die sich Amelie und Gerda niederließen. Gerda bot Amelie eine Zigarette an, die diese dankbar annahm.

Viele Patienten hielten sich im Park auf. »Das ist hier so wie im Curias in Berlin«, sagte Amelie schließlich, den Zigarettenrauch ausstoßend. »Unser Krankenhausdirektor, Eberhard von Clausenburg, vertritt die These, dass frische Luft und der Aufenthalt im Freien für die Genesung sehr förderlich sind.«

»Das stimmt ja auch«, pflichtete Gerda ihr bei. »Aber«, sie verstummte kurz und wagte es dann doch: »Wollen Sie mir nicht erzählen, was gerade oben im Patientenzimmer los war?«

Amelie blickte Gerda an. Sie mochte die Kollegin, die so offen auf sie zugegangen war, und fühlte sich zu dem unbefangenen Wesen an ihrer Seite hingezogen. »Ach, eine Eroberung ante portas?«, witzelte ihre innere Stimme. Unwirsch schüttelte Amelie den Gedanken ab.

Sie seufzte tief, zog noch einmal an ihrer Zigarette und begann zu erzählen, was in Berlin vorgefallen war, warum sie nun hier war und nach Bosnien ins Kriegsgebiet wollte.

Gerda hörte aufmerksam zu. »Das ist schlimm«, sagte sie dann. »Mir ist bis jetzt kein so böser Fehler unterlaufen. Aber ich bin sicher, das kommt noch. Manchmal ist es schon hart, als Frau Ärztin zu sein. Man ist ja nie nur Medizinerin, da gibt es immer noch andere Verpflichtungen, die Familie oder ein Mann. Als Frau in der Medizin muss man schon sehr viel innerliche Kraft haben.«

Amelie wandte sich ihr dankbar zu. »Genau. Meine Kollegen in Berlin können unbeeinflusst ihrer Arbeit nachgehen, weil ihnen Familie oder Ehefrau alles abnehmen. Bei uns sieht das ganz anders aus. Deswegen erschien mir auch der Aufruf nach Bosnien wie ein Ausweg. Dort bin ich erst mal weg aus dem Geflecht aus Arbeit, Familie und den damit einhergehenden Problemen.«

Eine Weile saßen die beiden Frauen schweigend auf der Bank, rauchten noch eine Zigarette und dachten nach. Schließlich zog Amelie ihre Uhr aus ihrem Ridikül und erschrak. »Du liebes bisschen«, rief sie, »es ist ja schon fast fünf Uhr. Ich muss augenblicklich zurück ins Palais Traun.«

Sie sprang auf und wollte schon zum Ausgang zur Spitalgasse laufen, da hielt sie inne und streckte Gerda Laimer ihre Hand entgegen. »Vielen, vielen Dank für den interessanten Nachmittag«, sagte sie lächelnd zu der rundlichen, kleinen Ärztin. »Es war wahrhaftig erhellend. Darf ich Ihnen aus der Romanija schreiben?«

»Aber selbstverständlich.« Gerda war begeistert. »Ich hatte gehofft, dass wir in Verbindung bleiben könnten.« Die beiden schüttelten sich die Hände. Plötzlich beugte Amelie sich vor und küsste Gerda spontan auf beide Wangen. Dann raffte Amelie ihren Rock undamenhaft hoch und rannte los.

Tatsächlich stand der Fiaker bereits vor dem Tor und tippte freundlich mit der Hand an seinen Hut, als er Amelie außer Atem auf sich zulaufen sah. »Na, pressiert's Ihnen?«, rief er lachend.

»Ich weiß zwar nicht, was das heißt«, keuchte Amelie, »aber

ich habe es eilig. Bitte fahren Sie so schnell wie möglich ins Palais Traun!« Sie riss den Schlag auf, sprang ins Innere der Kutsche und lehnte sich nach Luft schnappend in die Kissen.

## *Kapitel 9*

Zwei Stunden später betrat Amelie mit Elisabeth, Leopold von Traun und seiner Frau Franziska das Hotel Sacher, eine der ersten Hoteladressen Wiens. Ein kleiner Page kam ihnen sofort entgegen. »Herr von Traun, Frau von Traun, wie schön, Sie wieder einmal bei uns zu sehen. Darf ich Sie an Ihren Tisch bitten?«

In diesem Moment trat eine imposante Gestalt hinter der Hotelrezeption hervor. »Guten Abend«, begrüßte sie eine Frau mit tiefer Stimme. »Frau von Traun, Herr von Traun, wen haben Sie uns denn da mitgebracht?«

Anna Sacher war in Wien eine Legende. Nach dem Tod ihres Mannes und Begründers des Hotels Sacher hatte sie die Leitung des Nobelhotels übernommen und prägte seither das Etablissement mit ihrer unverwechselbaren Persönlichkeit. Man sah sie niemals ohne Zigarre und ohne mindestens zwei französische Bulldoggen, die ihr um die Beine wuselten. Auch jetzt wurde sie links und rechts von zwei entzückenden, schwarzgrauen Hunden flankiert.

»Das sind Dr. Amelie von Liebwitz und Gräfin Elisabeth von Radestock, ihre Tante«, beeilte von Traun sich, die beiden Damen vorzustellen. »Sie sind meine Gäste. In zwei Tagen wird Fräulein Doktor von Liebwitz ins Kriegsgebiet in die Romanija weiterreisen, wo sie als Ärztin Dienst tun wird.«

Anna Sacher musterte Amelie von Kopf bis Fuß. Dann lächelte sie. »Sehr interessant. Dann wollen wir Sie in der verbleibenden Zeit noch ein wenig verwöhnen. Franz!«, rief sie ansatzlos. Ein Oberkellner in Frack und weißen Handschuhen stand wie aus dem Boden gewachsen vor ihnen. »Bringen Sie die Herrschaften ins besondere Séparée«, trug sie ihm auf. »Sie sind heute Abend meine Gäste.«

Die beiden Bulldoggen sprangen um Anna Sacher herum und gaben eigenartige Quietschgeräusche von sich. »Ruhe! Tips und Taps!«, befahl die Prinzipalin und schritt ihren Gästen voran, ohne auf die Proteste Leopold von Trauns zu hören.

Das Séparée war zum Garten gelegen und bot einen schönen Ausblick. Die gepolsterten Bänke waren mit rotem Samt überzogen. Auf dem Tisch und den Fensterbänken waren mehrarmige, silberne Leuchter entzündet worden.

»Meine Lieben.« Anna Sacher, die Zigarre in einer goldenen Spitze haltend, klang geradezu feierlich. »Darf ich Ihnen ein Überraschungsmenü präsentieren?« Man stimmte allgemein zu und genoss als Aperitif ein Glas Champagner.

»Das Essen war einfach wundervoll«, sagte Elisabeth nach dem dreigängigen Menü und lehnte sich auf ihrer Polsterbank zurück. »Das Sacher ist wirklich immer wieder einen Besuch wert.«

»Und?«, fragte Amelie neugierig. »Gibt es zum Nachtisch Sachertorte?«

»Du Leckermaul«, schimpfte Elisabeth liebevoll.

»Aber natürlich, wertes Fräulein Dr. von Liebwitz«, beteuerte Traun. »Ohne eine Sachertorte wäre dies hier ja kein vollständiger Besuch.«

Amelie seufzte und sagte: »Wer weiß, wann ich wieder einmal etwas so Leckeres zu essen bekomme? Da muss ich die Gelegenheit schon nutzen.«

Leopold, seine Frau Franziska, eine schlanke, hochgewachsene, hübsche Blondine, und Elisabeth lachten Amelie an. Kurze Zeit später wurden kleine Tassen mit starkem Mokka und die geforderte Sachertorte mit Schlagobers auf den Tisch gestellt. Amelie stieß die Kuchengabel in die Torte und kostete. »Einfach wunderbar«, sagte sie mit vollem Mund. »Das Warten hat sich wirklich gelohnt.«

Nur wenig später verließen Leopold von Traun und Amelie den gemütlichen Tisch im Sacher-Séparée und stiegen in einen Fiaker, um ins Ärztehaus in die Frankgasse zu fahren. Franziska und Elisabeth dagegen hatten sich dazu entschlossen, ins Palais Traun zurückzukehren und noch einen Schlummertrunk zu nehmen.

Amelie lächelte im Fiaker vor sich hin. »Was amüsiert Sie denn so, verehrtes Fräulein Dr. von Liebwitz?«, fragte Leopold.

»Ach«, meinte diese. »Ich weiß, das gehört sich nicht, weil ich die Jüngere bin, aber könnten wir dieses *Fräulein Dr. von Liebwitz* nicht lassen? Sagen Sie doch bitte einfach Amelie zu mir.«

Leopold von Traun lächelte. »Stimmt, eigentlich hätte ich Ihnen das Du anbieten müssen, aber sei es, wie es ist, ich sage gern du und Amelie zu dir.« Er ergriff Amelies Rechte und hauchte einen Kuss darauf.

»Wunderbar«, antwortete Amelie. »Und bist du ein Leo oder ein Leopold?«

»Meine Freunde nennen mich Leo«, sagte von Traun.

»Also, Leo«, begann Amelie. »Was wird mich denn nun im Haus der Ärzte erwarten? Abgesehen von der wundervollen Bibliothek, von der ich gehört habe.«

Leo lehnte sich in die Ecke seines Sitzes und blickte Amelie nachdenklich an. »Nun, da haben wir zuerst einmal Dr. Hans Bieber, er ist für die Versorgung der Lazarette mit Material zuständig – vom Skalpell über Medikamente bis hin zu Verbandsmaterial und Bettwäsche.«

»Und wie ist er so, der Herr Dr. Bieber?«

Leo überlegte ein Weilchen. »Ein sehr guter Organisator ist er – und ein freundlicher, aufgeschlossener Mediziner. Er ist mit einer unserer ersten Ärztinnen verheiratet. Dr. Dora Bieber arbeitet als niedergelassene Frauenärztin in Favoriten, einem der ärmsten Bezirke hier in Wien. Sie setzt sich sehr für Frauenrechte ein und Bieber unterstützt sie. Von ihm hast du also nichts zu fürchten. Eher im Gegenteil, er und seine Frau waren maßgeblich an dem Aufruf für Ärztinnen, die nach Bosnien gehen sollen, beteiligt.«

»Das klingt gut – und wie sind die beiden anderen Herren?« Amelie hatte sich ebenfalls bequem zurückgelehnt. Es war fast dunkel im Fiaker, nur die Straßenlaternen, an denen sie vorbeifuhren, warfen immer wieder Lichtstrahlen ins Innere des Wagens.

»Nun, Medizinalrat Hansa ist ein Mediziner alter Schule. Er hält absolut nichts vom Frauenstudium und lässt sich auch durch jene Ärztinnen, die nun seit Jahren hier in Österreich ordinieren oder im Krankenhaus hervorragende Arbeit leisten, nicht umstimmen. Er ist ein großer Bewunderer des verstorbenen deutschen Psychiaters Paul Julius Möbius …«

Amelie unterbrach ihn. »Ach Himmel, der schon wieder«, stöhnte sie. »Das Machwerk dieses Mannes wird also immer noch gelesen?«

Leo nahm ihr die Unterbrechung nicht krumm. »Ja«, lächelte er. »*Über den physiologischen Schwachsinn des Weibes* wird auch hierzulande immer noch gerne gelesen. Ich finde das Bändchen unterirdisch schlecht, aber es gibt nach wie vor Kollegen, die sich gerne und häufig darauf berufen.«

»Das ist wirklich lästig«, meuterte Amelie. »Seine Argumentation wurde doch gar durch die medizinische Forschung schon teilweise widerlegt.«

»Aber natürlich«, gab Leo zur Antwort. »Allerdings wollen manche Menschen eben am liebsten das glauben, was ihre eigene Meinung untermauert.«

»Du unterstützt seine Thesen aber nicht, oder?« Amelie blickte Leo misstrauisch an.

»Aber natürlich nicht, meine Liebe. Ganz im Gegenteil. Ich halte es für großartig und wichtig, dass endlich auch Frauen die Medizin erobern. Das eröffnet neue Perspektiven und Herangehensweisen. Und das ist nur gut für das Fach. Wie hat dir übrigens Gerda Laimer gefallen?«

»Eine großartige Frau«, schwärmte Amelie. »Ich glaube, sie wird einmal eine hervorragende Internistin werden. Wir haben uns sehr gut unterhalten heute Nachmittag.« Dann machte sie eine wegwerfende Handbewegung. »Aber was ist nun mit Professor Alt? Klingt auch, als wäre das schon ein älteres Exemplar.«

»Ach«, Leo seufzte. »Medizinalrat Alt ist ein sehr guter Freund von mir. Er war lange Zeit gegen das Frauenstudium, aber nach vielen Diskussionen habe ich ihn vom Gegenteil überzeugen können. Er hat eine große Praxis für Chirurgie auf der Wieden hier in Wien, und stell dir vor, er möchte sie, wenn er in ein paar Jahren in Pension geht, einer Frau übertragen.«

»Vom Saulus zum Paulus, wie?« Amelie schien am »Damaskuserlebnis« von Professor Alt zu zweifeln.

»Ein bisschen stimmt das wohl«, meinte Leo. »Aber der alte Herr hat sich an der Aktion zum Aufruf für Ärztinnen in Bosnien beteiligt. Er mag vielleicht nicht hundertprozentig überzeugt sein, aber er hat die Notwendigkeit von Frauen in der Medizin und speziell jetzt von Ärztinnen in Bosnien eingesehen. Ich bin mir sicher, ihr werdet gute Freunde werden. Mit seinem Rauschebart und dem dicken Bauch sieht er ein bisschen wie der heilige Martin aus. Und sein Lächeln ist äußerst einnehmend.«

Amelie lachte. »Also werde ich einen engagierten, jungen Arzt, einen Frauenfeind und einen Heiligen kennenlernen?«, fragte sie.

»Das hast du gut zusammengefasst. Ah schau, wir sind schon da.«

Der Fiaker war vor einem lang gestreckten, im Neorenaissance-Stil errichteten Gebäude zum Stehen gekommen. Der Kutscher öffnete den Schlag, Leo und Amelie stiegen aus. Amelie bewunderte die Fassade des Hauses, auf der im ersten Stock Statuen von Apollo, Asklepios, Hygieia und Minerva ausgestellt waren. »Beeindruckend«, murmelte sie. »Es heißt doch auch Theodor-Billroth-Haus, nicht?«, fragte sie.

»Das ist richtig«, antwortete Leo. »Der große Chirurg hat den Bau des Hauses angeregt, deswegen wurde es nach ihm benannt.«

Sie betraten das Haus durch eine wuchtige, breite Holztür. Eine zweite Tür mit geätzten Glasscheiben führte ins große Foyer des Hauses. Amelie blieb stehen, drehte sich einmal um die eigene Achse und bewunderte den auf Hochglanz polierten Terazzoboden, das Eisenrankengeländer, das in den ersten Stock führte, und die Arkaden und Pilaster, mit denen das Vorhaus und das Vestibül geschmückt waren.

»Wirklich wunderschön«, meinte sie dann und fragte: »Und wo ist die Bibliothek? Die möchte ich unbedingt sehen.«

»Darf ich dich noch um ein bisschen Geduld bitten?« Leo hatte begonnen, die breite Marmortreppe emporzusteigen. »Wir treffen uns in einem der Konversationszimmer im zweiten Stock. Ich glaube, die Herren warten schon.« Lautlos war der Portier, der seine Loge links vom Eingang hatte, auf sie zugetreten. »Guten Abend, Herr Dr. von Traun, mein Fräulein!«

Amelie fuhr zusammen, sie hatte den Mann nicht gehört. »Müssen Sie sich so anschleichen?«, fuhr sie ihn an.

»Halten zu Gnaden, gnädiges Fräulein, ich hab mich nicht angeschlichen. Ich geh halt leise.« Der ältere Herr mit dem Kaiserbart schaute beleidigt.

»Aber Herr Paul«, begütigte Leo. »Mein Gast hat Sie wohl wirklich nicht gehört.« Amelie entschuldigte sich betreten.

»Die Herren sitzen im zweiten Konversationszimmer oben links neben der Billrothbüste«, sagte der wieder versöhnte Portier und wies ihnen den Weg.

Eine Glastür mit schönen Jugendstilornamenten führte in jenes Zimmer, in dem die Besprechung stattfinden sollte. »Jetzt hast du mir gar nicht gesagt, wofür die beiden anderen Ärzte im Medizinalwesen des Militärs zuständig sind«, flüsterte Amelie, als Leo die Tür öffnete.

»Ach ja, also Medizinalrat Hansa ist für die Vorschriften zu Hygiene und Infektionsprophylaxe und -bekämpfung zuständig, Professor Alt schult unsere Militärärzte in Kriegschirurgie.«

Sie betraten den gemütlich eingerichteten Raum mit einer tiefdunklen Holztäfelung und ebenso dunklen Ledersesseln neben mehreren Rauchtischchen. Es gab elektrisches Licht. Ein kleiner Kronleuchter aus Messing sorgte für eine gemütliche Stimmung.

»Ah, da bist du ja, Leo«, begrüßte ein schlanker, junger Mann die beiden Gäste. »Und du hast Fräulein Dr. Amelie von Liebwitz mitgebracht.« Dr. Hans Bieber, um den es sich zweifelsohne handelte, hatte sich aus seinem Lederfauteuil erhoben und kam auf die beiden zu. Bieber war groß, sicher über einen Meter achtzig, und trug seine kurzen, schwarzen Haare aus dem Gesicht gekämmt. Eine dunkle Brille saß auf seiner Nase, die die Augen dahinter klein wirken ließ. Er küsste Amelie die Hand und führte die beiden zu den zwei anderen Herren, die nun ebenfalls aufstanden.

Ein eher kleiner, untersetzter Mann, der einen gewaltigen Bauch vor sich hertrug und mit der linken Hand unablässig seinen grauweißen Rauschebart streichelte, blinzelte Amelie unfreundlich an. »Guten Abend, gnädiges Fräulein«, sagte er mit schnarrender Stimme, »Sie wollen also nun in Bosnien Ärztin spielen?«

Na, das fing ja hervorragend an. Wo bin ich hier nur gelandet?, dachte sie. Laut sagte sie: »Von Spielen kann wohl keine Rede sein, Herr ...?«

Der Angesprochene antwortete: »Medizinalrat Hansa, gnädiges Fräulein. Ich bin für Infektiologie und Hygiene in den Feldlazaretten zuständig. Und ich glaube nicht, dass diese Arbeit etwas für zarte Frauenhände ist, die doch viel eher ein

Kindlein schaukeln und sich um ihren Ehemann kümmern sollten.«

Amelie versuchte, ruhig zu bleiben. »Du hast es doch gewusst«, summte die Stimme in ihrem Kopf. »Reg dich jetzt bloß nicht auf. Denk an dein Ziel, lass dich nicht ärgern.«

Ausnahmsweise einmal hörte Amelie auf ihre innere Stimme, zwang sich zu einem Lächeln und antwortete freundlich: »Da mögen Sie, was viele Frauen betrifft, sicherlich recht haben, Herr Medizinalrat Hansa. Aber meine zarten Hände wühlen eben lieber in Eingeweiden, nehmen Blut ab und messen Fieber.«

Hansa blieb nichts anderes übrig, als gute Miene zum bösen Spiel zu machen, und lächelte ebenfalls, wenn auch etwas verkniffen.

Der dritte im Bunde, Professor Alt, war eher klein und zierlich gebaut. Er trug einen schwarzen Anzug mit Weste, an der eine Uhrenkette befestigt war, hatte eine Glatze und abstehende Ohren und trug, ebenso wie Hansa, einen langen Bart, wenn dieser auch schlohweiß war. Tatsächlich erinnerte er Amelie ein bisschen an den heiligen Martin. Auch er begrüßte Amelie. »Herzlich willkommen, liebes Fräulein Dr. von Liebwitz. Mein Name ist Medizinalrat Ludwig Alt und ich bilde die Ärzte aus, die sich an die Front melden. Das ist nämlich eine ganz andere Arbeit als jene in Klinik und Praxis.«

»Wollen wir uns setzen?«, fragte Leo von Traun. »Es gibt schließlich einiges zu besprechen, oder?«

Erst als Amelie sich in einem der bequemen Ohrensessel niedergelassen hatte, setzten sich auch die Herren.

Leo übernahm den Vorsitz. »Sehr verehrtes Fräulein Dr. von Liebwitz, meine Herren, ich habe sie heute hierher ins ehrwürdige Billrothhaus gebeten, um unseren Gast über die wichtigsten medizinischen Gegebenheiten in der Romanija zu informieren. Auch wenn Sie, Fräulein Dr. von Liebwitz, nicht an der Front und wohl nur selten im Lazarett tätig sein werden, sondern sich vielmehr um die«, er räusperte sich, »käuflichen Damen kümmern werden, werden Sie es mit Sicherheit auch mit kranken und verletzten Soldaten zu tun bekommen. Das lässt sich wohl nicht vermeiden. Auch ist die medizinische Versorgung selbst in der Etappe anders organisiert als in medizinischen Einrichtungen hier in der Heimat. Ich habe Sie deshalb heute hierhergebeten, meine Herren, weil Sie in der militärärztlichen und pflegerischen Versorgung unserer Soldaten an den Fronten dieses Krieges die wichtigsten Funktionen innehaben.« Er wandte sich Alt zu. »Sie, lieber Herr Professor, möchten Sie unser Fräulein Doktor vielleicht über die Schulungsmaßnahmen informieren, die unsere Ärzte absolvieren müssen, bevor sie an die Front dürfen?«

Professor Alt, der Amelie gegenübersaß, blickte sie freundlich an. »Jeder Arzt, der sich an die Front meldet, absolviert zuvor einen mehrwöchigen Lehrgang in unserer Elisabethkaserne, in der ein ausgewähltes Kollegium – unter anderem auch mein verehrter Kollege Hansa«, er verneigte sich im Sitzen leicht vor Hansa, »die Kollegen auf das, was auf sie zukommt, so gut wie möglich vorbereitet.« Hansa lächelte geschmeichelt. »In Ihrem Fall, liebes Fräulein Doktor, wird das nicht notwendig sein, weil Sie zum einen in der Etappe arbeiten und zum anderen sich in erster Linie um die dort ›stationierten‹ Frauen kümmern werden. Dennoch sollten Sie einige Dinge wissen.« Alt räusperte sich, nahm einen Schluck aus seinem Sherryglas und fuhr fort. »In der Romanija gibt es neben einem Frauenkrankenhaus auch ein Lazarett, in dem jene Soldaten behandelt werden, die man am Verbandsplatz direkt an der Front erstversorgt. Wir haben derzeit fünf Ärzte, die in diesem Lazarett tätig sind, drei Chirurgen und zwei Fachärzte für Innere Medizin, die sich um jene armen Schweine kümmern.«

Amelie lauschte interessiert. Die Zigarette, die sie im Aschenbecher abgelegt hatte, verglomm ohne Beachtung.

»Dieser Krieg entwickelt sich anders als frühere kriegerische Auseinandersetzungen. Der Feind verfügt teilweise über

Waffen, die in unserer Armee noch keine Anwendung finden, und die Verletzungs- und Todesrate ist hoch.« Wieder räusperte sich Alt. »Diese neuen Waffen, zu denen wir etwa Granaten und Mörser zählen, verursachen zum Teil unglaubliche Verletzungen, etwa im Gesicht, an den Extremitäten und im Bauchraum der Soldaten. Das ist oft nicht leicht auszuhalten. Da brauchen Sie einen starken Magen.«

Alt schwieg und Amelie fühlte sich zu einer Antwort herausgefordert. »Gewiss haben Sie recht, Herr Professor«, sagte sie. »Ich habe auch durchaus ein wenig Respekt vor dem Anblick solcher Verletzungen, aber wie Sie ganz richtig sagen, wird mein Hauptarbeitsgebiet wohl im Frauenkrankenhaus liegen, wo ich mich um ganz andere Probleme kümmern werde.«

»Ganz recht, ganz recht«, stimmte Alt ihr zu. »Ganz vermeiden lassen werden sich solche Begegnungen aber gewiss nicht. Schließlich könnte es durchaus möglich sein, dass einer der Ärzte im Lazarett einmal ausfällt und Sie einspringen müssen.«

Amelie schluckte. Daran hatte sie noch gar nicht gedacht. Laut sagte sie: »Ich bin zuversichtlich, auch derartige Situationen meistern zu können.«

»Bist du dir da sicher?«, fragte ihre innere Stimme hämisch. »Nach der Blinddarmoperation? Na, ich weiß nicht.«

Sei doch still, zischte Amelie in Gedanken. Sie würde nach Bosnien reisen und es schaffen.

»Auch ich bin davon überzeugt«, sagte Alt schmunzelnd. »Wer als eine der ersten Frauen in Berlin nicht nur ein Medizinstudium erfolgreich absolviert, sondern sogar die Ausbildung zur Chirurgin geschafft hat, bringt bestimmt alle Voraussetzungen mit, um ihre Aufgaben hervorragend zu erledigen.«

Amelie war erleichtert. Immerhin drei der anwesenden vier Ärzte schienen auf ihrer Seite zu stehen. »Wir sollten allerdings eines nicht vergessen«, schnarrte plötzlich Medizinalrat

Hansa. »Die Verbandsplätze an der Front wie auch die Lazarette in der Etappe sind eine wahre Brutstätte für Infektionskrankheiten. Die Hygiene lässt zudem vielfach zu wünschen übrig. Sie werden sich sehr in Acht nehmen müssen, Fräulein Dr. von Liebwitz«, er sprach sie zum ersten Mal mit ihrem Doktortitel an, den er allerdings sarkastisch betonte, »dass Sie sich nicht selbst oder gar Ihre Patientinnen mit Typhus, Fleckfieber, Cholera oder anderen – nun sagen wir mal – unaussprechlichen Krankheiten anstecken werden.« Hansa lächelte hämisch.

Jetzt reichte es Amelie. »Sehr verehrter Herr Professor Hansa«, sagte sie schneidend. »Die Vorschriften für Hygiene sind mir wohlbekannt, und ich werde alles daran setzen, diese auch in der Romanija anzuwenden. Was ansteckende Erkrankungen betrifft, habe ich mich bereits über die wichtigsten Maßnahmen informiert, um Infektionen einzudämmen, die betroffenen Patienten zu isolieren und mich auch selbst davor zu schützen. Die notwendigen Impfungen habe ich bereits erhalten.«

Leopold von Traun lächelte in sich hinein, ohne ein Wort von sich zu geben. Aber sein Blick schien zu sagen, dass er glaubte, Medizinalrat Hansa habe in Amelie eine würdige Gegnerin gefunden.

»Sie haben ja keine Ahnung«, brauste Hansa auf. »Wir kämpfen an der Front und in unseren Lazaretten nicht nur gegen den menschlichen Feind. Vielmehr haben wir alle Hände voll damit zu tun, unsere Soldaten vor den Geiseln der Menschheit, wie Malaria, Typhus und Cholera, zu bewahren. Und da kommen Sie daher und meinen, Sie wüssten schon alles. Na, Sie werden schon noch sehen, wie weit Sie mit Ihrem angelesenen Wissen kommen werden. Sie werden schon sehen!« Hansa war laut geworden. Nun ließ er sich mit einem tiefen Seufzer an die Rückenlehne seines Sessels fallen und ergriff schnaubend sein Whiskyglas.

»Nun«, begann Amelie betont leise und gefasst. »Selbstverständlich konnte ich mich noch nicht selbst von der Situation in den Lazaretten überzeugen, ich reise ja erst in einigen Tagen. Dennoch traue ich es mir zu, dort gute ärztliche Hilfe zu leisten.« So einfach wollte Amelie sich nicht provozieren lassen.

Nun schaltete sich Hans Bieber ein. »Ich bitte Sie, verehrter Kollege Hansa, wir wollen unsere bislang einzige Ärztin, die wir in die Romanija schicken können, doch nicht verschrecken.« Er lächelte Amelie freundlich an.

Hansa brummte nur irgendetwas in seinen Rauschebart.

Auch Professor Alt meinte: »Sie haben sicher recht, Kollege Hansa, die Situation ist schwierig, herausfordernd und erscheint manchmal direkt unlösbar. Dennoch hat sich Fräulein Dr. von Liebwitz bestimmt nicht aus reiner Neugierde auf diese Position beworben, sondern wird – schon durch ihre ärztliche Erfahrung – wissen, dass das, was auf sie zukommt, nicht leicht sein wird.«

»Das wird wohl so sein«, brummelte Hansa. Mehr ließ er sich zu diesem Thema jedoch nicht mehr entlocken. Er zündete sich eine *Virginier* an und stieß große Rauchwolken aus, die die Anwesenden einhüllten.

»Diese Zigarren riechen wirklich gewöhnungsbedürftig«, sagte Amelie.

»Ja, unsere *Virginier* sind nichts für schwache Gemüter«, lachte Leo, der ebenfalls begann, den Raum mit dem Duft der langen, dünnen, schwarzen Zigarre einzunebeln.

Hans Bieber blickte ärgerlich drein. »Können wir wohl wenigstens ein Fenster öffnen«, sagte er. »Wir wollen unseren Gast schließlich nicht ersticken.« Das Konversationszimmer verfügte an zwei Seiten über Fenster, die Bieber nun weit öffnete. Gleich war die Luft besser.

»Ach, wissen Sie«, sagte Amelie mit einer wegwerfenden Handbewegung. »Im Krankenhaus riecht es oft noch viel schlimmer, da stört mich der Rauch von ein paar stinkigen Zigarren eher nicht.« Sie lächelte in die Runde. Sie musste zugeben, die Aufmerksamkeit aller Anwesenden gefiel ihr. »Abgesehen von dem, was ich schon erfahren habe, möchte ich gerne wissen, wie der militärärztliche Dienst eigentlich organisiert ist. Darüber konnte ich in der medizinischen Bibliothek in Berlin kaum etwas finden. Herr Generalstabsarzt«, sie blickte Leo an. »Klären Sie mich doch bitte auf.«

Leopold von Traun nickte, erhob sich und ging zu einer Tafel, die an der gegenüberliegenden Seite des Raums angebracht war. »Ich möchte nicht allzu weit ausholen, aber ich habe hier ein kleines Schaubild für Sie vorbereitet, das Ihnen einen Eindruck vermitteln soll.«

Er zog das Tuch, das die Tafel verhüllte, herunter und nahm einen Zeigestock in die Hand. Er deutete auf eine Position am oberen Ende des Schaubilds. »Der oberste Militärarzt für das gesamte kaiserlich-königliche Heer ist der General-Oberstabsarzt, das ist meine Wenigkeit.« Leo lächelte Amelie freundlich an. »Aber das wissen Sie auch bereits.« Amelie nickte. »Unter dem General-Oberstabsarzt dienen für das gesamte Heer mehrere Generalstabsärzte, die teilweise an der Heimatfront und teilweise direkt im jeweiligen militärischen Hauptquartier tätig sind.« Leo von Traun holte Luft. »Drei dieser Generalstabsärzte sehen Sie hier.« Er deutete auf Bieber, Hansa und Alt. »Die im Feld und in den Etappen-Lazaretten tätigen Oberärzte sind Oberstabsärzte 1. und 2. Klasse.« Dann grinste Leopold von Traun. »Und jene armen Schweine, die letztlich die ganze Arbeit machen« – auch Amelie lächelte jetzt – »das sind unsere Stabsärzte, das ist auch der Rang, den Sie einnehmen werden. Also natürlich *Stabsärztin*.«

Leo lächelte. Er erläuterte noch einige andere Positionen, erklärte, dass die Pflege hauptsächlich von kirchlichen Orden gestellt würde, und gab einen kurzen Abriss über die Hierarchie im Frauenkrankenhaus, in dem sie tätig sein würde. »Da wir, also die k. u. k. Militärverwaltung dieses Haus übernommen haben, herrscht dort die gleiche Rangordnung wie in den Lazaretten«, sagte von Traun zum Abschluss. »Sie, liebes

Fräulein Dr. von Liebwitz, werden also hier wie dort als Stabsärztin angesprochen. Sie haben die volle Verantwortung für Ihre Patientinnen und eventuelle Patienten und müssen auch keine Rücksicht auf die Wünsche der von Ihnen behandelten Erkrankten und Verletzten nehmen. Als Militärärztin haben Sie jedwede Entscheidungsgewalt über notwendige Behandlungsschritte.«

Amelie schwirrte der Kopf. Die Ränge, die ihr Leopold von Traun hier erläutert hatte, waren nicht leicht zu überblicken.

»Schauen Sie sich am besten noch die einzelnen Schulterstücke und Ausrüstungsteile unserer Armee an, ich werde Ihnen dazu morgen Unterlagen zur Verfügung stellen. Dann werden Sie es leichter haben, wenn Sie angekommen sind.« Der Generalstabsarzt setzte sich wieder und wies mit der Hand auf Hans Bieber.

»Lieber Hans«, hob er an. »Nun sind Sie an der Reihe, das diffizile Problem der Versorgung zu erläutern.«

Hans Bieber nickte eifrig. »Um alle Lazarette und Verbandsplätze ausreichend mit Material versorgen zu können, ist es notwendig, immer über den aktuellen Frontverlauf und die militärischen Aktivitäten informiert zu sein«, begann er. »Die Militärverwaltung lässt, wo immer möglich, Telefon- und Telegrafenverbindungen einrichten, damit so rasch wie möglich gemeldet werden kann, wo was gebraucht wird. Sie können sich vorstellen, dass das nicht immer einfach ist. Wie unser verehrter Kollege Hansa nicht müde wird zu betonen, sind es vor allem Seuchen, die uns Schwierigkeiten bereiten. Wir richten derzeit Infektionseinheiten an der Front und in der Etappe ein, um dieses Problem in den Griff zu bekommen.«

Amelie nickte. »Meine Tante Elisabeth hat einen ganzen Eisenbahnwaggon voller dringend benötigter Medikamente packen lassen, der mit mir in die Romanija reisen wird.«

»Wunderbar«, freute sich Hans Bieber. »Das ist großartig.«

»Und ich habe mich ebenfalls ausreichend mit wichtigen Medikamenten und Behandlungsinstrumenten eingedeckt, die ich bereits vorausgeschickt habe«, fuhr Amelie fort. »Meiner Weiterreise scheint also nichts mehr entgegenzustehen.« Sie blickte sich fragend um. Professor Alt lächelte unverbindlich, Hansa schaute sie grantig an und Hans Bieber strahlte.

»Nun, meine Dame, meine Herren«, sagte Leopold von Traun. »Ich denke, wir konnten die wichtigsten Dinge besprechen, die die Arbeit von Dr. Amelie von Liebwitz in der Romanija betreffen. Ich darf die Runde daher aufheben.«

Er stand auf, Amelie tat es ihm gleich. »Dann dürfen wir uns jetzt verabschieden«, sagte der Generalstabsarzt, als die anderen drei Ärzte verlauteten, dass sie noch etwas zu besprechen hätten. Die Herren küssten Amelie mehr oder weniger freundlich die Hand, dann verließen Leo und sie das Konversationszimmer.

»Darf ich jetzt endlich die Bibliothek sehen?«, fragte Amelie.

»Ja, aber bist du denn nicht zu müde?«

Leopold wunderte sich über die schier unerschöpfliche Energie, die Amelie zu haben schien. »Aber nein, ich bin gar nicht müde«, antwortete sie. »Im Gegenteil.«

Leopold führte Amelie über das Stiegenhaus in den ersten Stock, der zur Gänze von einer prachtvollen Bibliothek eingenommen wurde. Über zwei Etagen verliefen hölzerne Bücherregale, die in der Mitte über eine Galerie begehbar waren. Im unteren Geschoss standen mehrere Reihen mit schön geschwungenen Holztischen und Stühlen, die jeweils von einer grünen Bibliothekslampe erleuchtet wurden.

»Hier kann man sich stundenlang zurückziehen, um die neuesten Veröffentlichungen zu lesen«, erklärte Leo. »Unser Bibliothekar ist enorm umtriebig und schafft die interessantesten Bücher und Zeitschriften heran.«

Amelie war begeistert. »Die Bibliothek ist großartig«, sagte sie und drehte sich einmal um sich selbst. »Hier würde ich gern einmal einige Tage verbringen.«

»Das kannst du sicherlich«, meinte Leo. »Du wirst ja auch mal Urlaub haben. Und du bist jetzt bereits ganz herzlich dazu eingeladen, bei mir in Wien zu Gast zu sein.«

»Vielen Dank!« Amelie strahlte. »Das werde ich ganz sicher in Anspruch nehmen.«

## *Kapitel 10*

Der Zug war vollgestopft mit Soldaten. Sie hingen aus den Fenstern, um ihren Liebsten noch einmal zu winken, drängten sich in den Gängen und füllten die Abteile bis auf den letzten Platz. Der Tag ihrer Reise ins Unbekannte war für Amelie gekommen.

Extra für sie hatte man einen Salonwagen an den Truppentransporter angekoppelt, damit sie es auf ihrer Fahrt nach Sarajevo bequem hatte. Amelie war das gar nicht recht gewesen. »Ich möchte keine Extrawurst«, hatte sie gesagt. »Ich will bei den Truppen mitfahren.«

Aber diesen Zahn hatte Leo ihr rasch gezogen. »Die Reise dauert viele Stunden«, hatte er erklärt. »Du musst ohnehin im Sitzen schlafen, weil der Salonwagen nur Sessel hat. In der ›Holzklasse‹ würdet ihr total gerädert ankommen, was nicht Sinn der Sache sein kann.« Schweren Herzens hatte Amelie eingesehen, dass dies die bessere Variante war, und eingewilligt.

Gestern war noch der Transportwagen mit den Medikamenten, dem Verbandsmaterial und den Instrumenten an den Zug angekoppelt worden und nun sollte es jeden Augenblick losgehen. Der Perron am Südbahnhof war schwarz vor Menschen. Amelie hatte sich mit einer innigen Umarmung von Elisabeth verabschiedet.

»Mein liebes Kind.« Elisabeth hatte sich mit einem Spitzentüchlein die Augen betupft. »Bitte gib gut auf dich Acht und komme gesund wieder. Ich werde viel an dich denken und dir oft schreiben. Tu mir den gleichen Gefallen, ja?«

Amelie hatte Elisabeth noch nie so gerührt gesehen. Auch

sie selbst hatte mit den Tränen gekämpft. »Natürlich, liebste Elisabeth, ich schreibe dir, so oft ich kann. Sende mir bald deine Adresse in Argentinien. Es geht ja wohl demnächst los mit deiner Reise, oder?« Elisabeth hatte genickt und Amelie noch einmal fest an sich gedrückt. »So, jetzt muss ich aber einsteigen, sonst fährt mein Zug noch ohne mich ab«, hatte Amelie dann gesagt, sich aus der Umarmung gelöst und war eingestiegen. An ihrem Platz angekommen, blickte sie neugierig aus dem Fenster und beobachtete das Spektakel am Bahnsteig.

Die Rufe auf dem Bahnsteig drangen selbst hier im Zug noch an ihr Ohr: »Auf Wiedersehen!«, »Komm gesund wieder!« und »Keine Sorge, bis Weihnachten ist der Krieg vorbei!« Manche der Soldaten trugen Blumenkränze im Haar, viele Mütter, Ehefrauen und Kinder weinten, weil sie von ihren Liebsten Abschied nehmen mussten. Amelie, in Gedanken noch bei ihrem Abschied von Elisabeth, kämpfte mit ihrer Rührung.

Plötzlich ertönte ein schriller Pfiff – und der Zug setzte sich in Bewegung. Langsam schnaufte der lange Zug, der von einer Dampflok gezogen wurde, aus dem Bahnhof. Rund dreißig Stunden würde die Fahrt dauern, mit nur wenigen Aufenthalten.

So hielt der Zug an diesem Abend in Linz. Die Soldaten verbrachten die Nacht auf dem Bahnhof. Amelie dagegen wurde in einem netten, kleinen Hotel in der Stadt untergebracht. Abends machte sie nach dem Essen noch einen Spaziergang durch die kleine Stadt. Ein wenig die Beine auszustrecken tat ihr gut. Der Sommerabend war lau, sie hatte im Zug einige Stunden geschlafen und fühlte sich nun frisch und ausgeruht. Wenn sie es nicht besser wüsste, hätte diese Reise auch ein Urlaub sein können. Nur die Länge der Fahrt zog sich etwas beschwerlich dahin. »Was derf i eana bringa?«, fragte der Wirt, der seinem Geschäft alle Ehre machte. Seine blaue Schürze spannte über einem prallen Bauch, das Gesicht war mit roten

Äderchen überzogen. Klare Hinweise darauf, dass der Mann sein Essen und seinen Wein mochte.

»Bitte?«, fragte Amelie. Sie hatte kein Wort verstanden.

»Was möchten Sie trinken?«, wiederholte der Wirt mühevoll auf Hochdeutsch.

»Was empfehlen Sie denn?«

»An weißen Spritzer, wenn ich bitten darf.«

»Und was ist das?«

Der Wirt schüttelte ungeduldig den Kopf über diese seltsame junge Dame, die da ganz allein und ohne Herrenbegleitung in seiner Gaststube saß. »Wartens, gnädiges Fräulein, i bring eana an, dann segns scho.« Schweigend nickte Amelie mit dem Kopf und fragte sich, was ihr wohl nun serviert werden würde. Kurze Zeit später stand ein Glas mit Weißwein und Sodawasser vor ihr. Sie kostete.

»Ah«, meinte sie dann, »das ist eine Weinschorle, sehr lecker.« Der Wirt brummte nur und ging wieder hinter seine Schank.

Die Reise ging am folgenden Morgen um acht Uhr weiter und an diesem Ablauf änderte sich auch am nächsten Tag nichts. Schließlich, es war der dritte Tag der Zugreise, sah Amelie beim Blick aus dem Fenster Häuserzeilen, die immer mehr wurden.

Mit einem lauten Pfiff fuhr der Zug in den Bahnhof von Sarajevo ein und hielt. Es klopfte an der Tür und ein schneidiger Oberst betrat auf Amelies »Herein!« das Abteil.

»Gnädiges Fräulein, wir sind soeben angekommen«, verkündete der große, schlanke, schwarzhaarige Mann ein bisschen großspurig. Amelie musste sich ein Lächeln verkneifen. »Sie sind für die kommenden zwei Tage im Hotel Europa im Stadtzentrum untergebracht. Draußen wartet bereits ein Wagen.«

»Und was geschieht mit dem Waggon, in dem die medizinischen Materialien untergebracht sind?«, wollte Amelie wissen.

»Nun«, sagte der Mann, der sich als Oberst Wagner vorgestellt hatte, »in den kommenden zwei Tagen wird alles, was sich in den Zügen befindet, in Schmalspurwaggons verladen. Unsere Soldaten werden dabei kräftig mithelfen. Und übermorgen reisen wir dann mit der Schmalspurbahn nach der Romanija.«

»Und wie lange werden wir mit dieser Schmalspurbahn unterwegs sein?«, fragte Amelie.

»Ach, nur noch kurz, es sind wohl etwa acht Stunden.« Der Oberst grüßte und verließ den Salonwagen.

Zwei Stunden später trat Amelie aus dem großzügig geschnittenen Eingangsbereich des Hotels Europa. Die Sonne schien von einem strahlend blauen Himmel. Rund um den Platz stand ein hübsches, schmales Haus neben dem anderen. Einzig die vielen Soldaten störten das friedliche Bild.

Die werden wohl alle von hier in die Kriegsgebiete transportiert, dachte Amelie gedankenverloren.

Die zwei Tage in Sarajevo vergingen schnell, fast zu schnell für Amelies Begriffe. Schon saß sie wieder im Zug, diesmal in einem einfachen Waggon mit Holzbänken. Hier wurden die Soldaten nicht fröhlich verabschiedet, im Gegenteil. Es flogen ein paar Steine von den Stadtbewohnern, es wurde geschimpft und geflucht. Alle waren froh, als der Zug die Grenzen von Sarajevo hinter sich gelassen hatte.

## *Kapitel 11*

ROMANIJA, BOSNIEN 1914

Ein lautes Hämmern an der Tür ließ Amelie aufschrecken. Sie setzte sich ruckartig im Bett auf und versuchte, sich zu orientieren. Durch ein Fenster strömte helles Sonnenlicht ins Zimmer. Wieder hämmerte es energisch an der weiß lackierten Tür. Amelie blickte sich verschlafen um. Ein kahles Zimmer, weiß gestrichene Wände, ein einfacher Holztisch mit zwei Stühlen am Fenster, ein paar Haken an der Wand – mehr gab es nicht. Siedend heiß fiel ihr ein, wo sie sich befand. Sie war in der vorherigen Nacht in der Romanija eingetroffen, einem umkämpften Gebiet rund zwanzig Kilometer östlich von Sarajevo. Amelie schüttelte den Kopf – wieder wurde heftig an die Tür geklopft. Dazu dröhnte diesmal auch eine männliche Stimme in das kleine Zimmer: »Fräulein Stabsärztin, Fräulein Stabsärztin. Sie müssen bitte aufstehen!«

Amelie erhob sich aus ihrem Bett, schnappte sich ihren Schlafrock, der quer über dem Fußende lag, und schritt zur Tür. »Guten Morgen«, sagte sie verschlafen. »Was wollen Sie denn von mir?«

Vor ihrer Tür stand ein Mann in der Uniform der kaiserlich-königlichen österreichischen Armee in blauem Waffenrock, mit Säbel und Feldkappe.

»Guten Morgen«, der Mann salutierte. »Sie sind doch Fräulein Doktor von Liebwitz, nicht?«

»Ja, die bin ich. Und Sie sind?« Amelie versuchte vergeblich, ihre wilde Haarflut zurückzustreichen, und ließ es dann mit einem Seufzer sein. Auch Fähnrich Huber war die Lockenpracht aufgefallen, er ließ sich jedoch nichts anmerken, ganz der brave Soldat, der er war.

»Ich bin Fähnrich Gustav Huber und soll Sie zu Oberstabsarzt Dr. Heinrich Unterberger bringen.«

Amelie gähnte noch einmal ausgiebig, wandte sich dann ab, warf dem Fähnrich über die Schulter ein »Ich bin in fünf Minuten fertig« zu und schloss die Tür.

In Windeseile schlüpfte sie in Hosen und Pullover, zog einen Arztkittel über das Ensemble, steckte ihr Haar hoch und zog sich ihre Schuhe an. Kurz tauchte sie die Hände in die Waschschüssel am Fenster, benetzte ihr Gesicht und putzte sich rasch die Zähne. Zwei Minuten später trat sie auf den Gang des Hospitals, in dem sie untergebracht war, und auf Fähnrich Huber zu. Man hatte ihr gestern Abend nach ihrer Ankunft nur rasch ihr Zimmer in dem großen Krankenhaus gezeigt und sie dann zum Schlafen allein gelassen. Jetzt bin ich also hier, dachte sie. Sie war gespannt, was sie nun erwarten würde.

## *Intermezzo*

### WIEN, 1950

Amelie leerte ihr Glas und blickte auf die Uhr. »Ich denke, wir sollten langsam aufbrechen. Der Kellner möchte wohl auch nach Hause gehen.«

Ernst warf einen Blick zur Tür und sah, wie sich dort tatsächlich der dicke Kellner herumdrückte. »Da hast du wohl recht«, sagte er. »Ober, zahlen bitte!«

Eilfertig kam der Kellner mit der Rechnung, die er bereits in den Händen parat hielt. »Gnädiger Herr«, meinte er und reichte Ernst die Rechnung, der sie bezahlte. »Gnädiges Fräulein«, der Kellner stellte sich hinter ihren Stuhl, damit Amelie aufstehen konnte.

»Vielen Dank, Franz«, lächelte Amelie, »der Abend hier wird mir für immer im Gedächtnis bleiben.«

Als die beiden vor die Tür des Restaurants traten, brannten nur wenige Straßenlaternen.

»Soll ich dir ein Taxi rufen?«, fragte Ernst.

»Das ist eine hervorragende Idee. Ich wüsste sonst wohl nicht, wie ich im Dunkeln ins Hotel zurückfinden sollte. Magst du mitkommen?«, fragte sie dann leise.

»Was, etwa ins Hotel?« Ernst staunte.

»Ja, ins Hotel.« Amelie sprach leise und klang ungeduldig.

»Aber, aber …«, stotterte Ernst. »Bist du dir sicher?«

»Ja, bin ich. Aber du sollst dich natürlich nicht gezwungen fühlen.« Amelie wurde unsicher. Sie hatte lange darüber nachgedacht, ob sie Ernst wirklich mit auf ihr Zimmer nehmen sollte. Schließlich hatte sie seinen Heiratsantrag noch nicht mit einem Ja beantwortet. Sie war auch nach wie vor nicht sicher, ob sie das jemals tun würde. Allerdings hatte sie sich zweifelsohne wieder ein bisschen in ihren Liebsten aus vergangenen Tagen verliebt – und wollte nun die Nacht mit ihm verbringen.

»Ich fühle mich nicht gezwungen, ganz und gar nicht«, beeilte sich Ernst zu sagen. »Im Gegenteil, ich freue mich sehr, dich begleiten zu dürfen.«

Amelies Suite im Hotel Sacher war groß, sie bestand aus einem Salon und einem Schlafzimmer, sogar ein Bad mit Badewanne war vorhanden. Die Zimmer waren mit verschwenderischem Luxus ausgestattet, das große Bett im Schlafzimmer hätte bequem vier Leuten Platz geboten. Vorerst allerdings setzten sich Amelie und Ernst in den Salon.

»Möchtest du etwas trinken?«, fragte Amelie, nun doch wieder ein bisschen schüchtern geworden.

»Nein«, antwortete Ernst. »Ich bin nicht durstig. Aber ich würde dich schrecklich gerne küssen.«

Amelie wurde rot. »Sechzig Jahre und wird rot wie ein Backfisch«, kicherte ihre innere Stimme. Sie brachte sie zum Schweigen, indem sie sich zu Ernst hinüberneigte und leise sagte: »Dann tu es doch!«

Ernst schloss sie in die Arme und begann, federleichte Küsse auf ihre Lippen, Wangen und Augen zu hauchen. Schließlich verschloss er ihren Mund mit seinem und fing an, mit der Zungenspitze ihre Unterlippe zu streicheln. Amelie reagierte und bald versanken sie in einer innigen Umarmung und einem Kuss, der nicht enden wollte. Ungeduld erfasste sie. Auf dem Weg ins Schlafzimmer fiel ein Kleidungsstück nach dem anderen. Als sie sich nackt gegenüberstanden, blickten sie einander aufmerksam an.

»Du bist noch genauso schön wie früher.« Ernst sah sie voller Begehren an. »Du hast dich kein bisschen verändert.«

Auch Amelie ließ ihren Blick über Ernsts Körper schweifen. Da war die große Narbe auf seinem Bauch und seinem linken Bein – seine Verletzungen aus dem Krieg, die Amelie operiert hatte. Groß, ungebeugt und schlank war Ernst noch immer, das Alter stand ihm gut. Nach einem tiefen Blick in seine Augen trat Amelie einen Schritt auf ihn zu, sie nahmen einander in die Arme. Sie spürte Ernsts Verlangen, das an ihren Bauch drückte, und kicherte leise. »Wie schön«, murmelte sie. »Du freust dich offenbar, bei mir zu sein.«

»Frech wie eh und je«, murmelte Ernst in ihr Haar. Doch er lachte auch dabei. Sie sanken auf das breite Bett und verloren sich ineinander. Wieder und wieder drang Ernst in sie ein, küsste jede Stelle an ihrem Körper und erreichte mit ihr gemeinsam den Höhepunkt. Auch Amelie erkundete Ernsts Körper aufs Neue und streichelte und küsste jede Stelle, die sie erreichen konnte. Sie schenkten einander ihre Liebe und genossen es, endlich wieder zusammen zu sein. Die Nacht schien nicht zu enden. Als Amelie zum dritten Mal zum Höhepunkt kam und Ernst sich gleichzeitig in ihr verströmte, schmiegte sie sich leise stöhnend an ihn. Es klang zutiefst zufrieden. Ernst löste sich von ihr und legte sich neben sie.

Schließlich bettete Amelie ihren Kopf auf seine Brust. Plötzlich konnte sie die Augen kaum noch offen halten. »Wie wunderbar das alles ist«, flüsterte sie ins nächtliche Dunkel. »Wie wunderbar, dass wir uns wieder getroffen haben.«

Noch während sie diese Worte murmelte, war sie auch schon eingeschlafen. Ernst hielt sie die ganze Nacht in seinen Armen, schlief fast gar nicht, sondern betrachtete die Frau, die er mehr als alles andere auf der Welt liebte und die nun in seinen Armen ruhte. Als Amelie erwachte, drehte sie sich in Ernsts Armen und blickte in seine Augen.

»Guten Morgen«, flüsterte sie. »Hast du gut geschlafen?«

Er grinste sie an. »Sehr gut«, log er. »Das Gefühl, dich endlich wieder in den Armen zu halten, hat mich regelrecht beflügelt.« Er küsste sie auf die Stirn. »Magst du aufstehen?«

»Eigentlich nicht«, murmelte sie. »Aber ein Frühstück wäre schön.«

Ernst erhob sich aus dem Bett und ging zum Zimmertelefon, um das Gewünschte zu bestellen. Als er aufgelegt hatte, streckte Amelie die Arme nach ihm aus.

»Komm wieder ins Bett«, verlangte sie. Ernsts Körper reagierte sofort auf ihre Aufforderung, und Amelie grinste breit. »Ah, also nicht nur dein Kopf ist schon wach«, lästerte sie, zog ihn in ihre Arme und überließ sich erneut dem Liebesspiel.

Beim gemeinsamen Frühstück im Salon ihrer Hotelsuite hingen beide ihren Gedanken nach. Amelie plagte ein wenig das schlechte Gewissen. Schließlich hatte sie in Boston ihre Lebensgefährtin, Dr. Katherine Porter, zurückgelassen. Es war ein harter Schnitt gewesen, als sie ihrer liebsten Freundin mitgeteilt hatte, sie würde für einige Zeit nach Berlin gehen. Katherine hatte sich in den Monaten zuvor allerdings schon immer weiter von Amelie entfernt. Den Grund dafür hatte sie ihr nicht nennen wollen, sosehr Amelie auch nachgebohrt hatte.

Dann, kurz bevor sie sich dazu entschlossen hatte, nach Berlin zu fahren, war es zu einem hässlichen Streit gekommen. Amelie war nach einem langen Arbeitstag nach Hause zurückgekehrt und hatte Katherine weinend im Wohnzimmer ihres gemeinsamen Hauses vorgefunden.

»Katherine, aber was ist denn los?« Sie hatte versucht, die Freundin in den Arm zu nehmen, diese hatte allerdings abgewehrt, den Kopf auf den Schreibtisch gestützt und weiter geweint. Amelie bat, schmeichelte und drohte. Katherine war nichts zu entlocken gewesen. Schließlich war Amelie zornig geworden: »Wenn du mir nicht sagst, was dich quält, dann kann ich dir auch nicht helfen!« Sie war aufgeregt im Wohnzimmer auf und ab gelaufen.

Katherine hatte den Kopf gehoben, Amelie mit müden, verweinten Augen angesehen und gesagt: »Du kannst mir nicht helfen, niemand kann das.«

Amelie war völlig ratlos gewesen. Eine ratlose Amelie war eine hilflose Amelie und so hatte sie ihre Lebenspartnerin angeschrien: »Das kannst du doch gar nicht wissen, sag mir doch endlich, was los ist!«

Doch Katherine hatte sie nur traurig angesehen, sich erhoben und war in ihr gemeinsames Schlafzimmer verschwunden. Sie war auch später nicht wiederaufgetaucht. Amelie hatte im Gästezimmer übernachtet und war immer wieder aufgewacht und hatte gegrübelt, was denn mit Katherine los sein könnte. Sie verstand die Freundin nicht mehr. Eine so lange Zeit waren sie gemeinsam durch dick und dünn gegangen. Gut, der Sex war schon lange nicht mehr so aufregend wie in ihren Anfangszeiten. Aber sie hatten einander sehr lieb, waren die besten Freundinnen und führten gemeinsam ein gutes Leben, oder? Amelie hatte sich unruhig im Bett hin und her geworfen. Schon seit Monaten war Katherine so komisch. Auch Felicitas, Amelies Tochter, die seit einigen Jahren in London eine Praxis als Frauenärztin führte, hatte sie bei ihrem letzten Besuch, einen Monat zuvor, darauf aufmerksam gemacht.

Auch am nächsten Morgen war Katherine nicht aus ihrem Schlafzimmer aufgetaucht. Amelie hatte Kaffee gekocht und an die Tür gepocht. »Guten Morgen, Katherine, möchtest du einen Kaffee?«, hatte sie versucht, wieder mit der Freundin ins Gespräch zu kommen. Aber kein Laut war aus dem Schlafzimmer gedrungen.

Amelie hatte genug. Sie stellte die Kaffeetasse vor die Schlafzimmertür, drehte sich um und wollte eben zurück in die Küche gehen, als das Telefon läutete.

»Hier ist Berlin«, schallte es aus dem Hörer, »Ihr Hausmeister am Alexanderplatz.«

Amelie war überrascht gewesen. Sie hörte sonst kaum etwas aus ihrem Vaterhaus in Berlin, das sie – auch nach dem Tod ihres Vaters – nicht hatte verkaufen wollen. Ein Hausmeisterehepaar hielt das Gebäude instand, das auch den Weltkrieg ohne Bombenschäden überlebt hatte.

»Es wäre gut, wenn Sie mal herkommen würden, um nach dem Rechten zu schauen«, hatte Herr Schalke, der Hausmeister, gesagt. »Außerdem ist vor einigen Tagen ein Brief aus Wien für Sie eingetroffen, der sehr wichtig aussieht.«

Amelie hatte kurz nachgedacht und dann gesagt: »Sie haben recht, Herr Schalke, es wird Zeit, dass ich wieder einmal nach Hause komme. Und der Zeitpunkt passt auch.« Rasch hatte sie einen Termin für ihre Ankunft vereinbart und aufgelegt. Erneut war sie zur Schlafzimmertür zurückgekehrt. Diesmal allerdings beschränkte sie sich nicht aufs Klopfen. Sie trat einfach ein. Katherine stand vor dem Schrank und zog gerade den Kragen ihrer Bluse zurecht. »Du bist ja auf«, sagte Amelie erstaunt.

»Ja«, antwortete Katherine wortkarg. Sie knöpfte ihre Ärmelmanschetten und drehte sich dann zu Amelie um. Ihr schönes Gesicht wirkte sorgenvoll und streng zugleich. Amelie wollte sie erneut in die Arme nehmen, doch Katherine wies sie zurück. Amelie erschrak. Gleichzeitig kam ihr Jähzorn wieder zum Vorschein.

»Gut«, sagte sie laut. »Da du offensichtlich wunderbar auf mich verzichten kannst, wirst du das in Zukunft auch können. Ich reise nach Berlin.«

Katherine wirkte erschrocken. »Du verlässt mich?«

»Sei doch nicht so theatralisch«, antwortete Amelie böse. »Ich werde einige Wochen in Berlin sein. Ich muss mich um mein Elternhaus kümmern. Inzwischen kannst du dir ja überlegen, ob du noch weiter mit mir zusammen sein willst.«

Kurz darauf meldete Amelie ein Gespräch nach London, zu ihrer Tochter Felicitas, an.

»Guten Morgen, Mama«, kam die muntere Stimme ihrer Tochter aus dem Hörer. »So früh schon ein Anruf? Ist etwas passiert?«

Amelie hatte sie beruhigt. »Nein, es ist nichts passiert. Aber ich muss für einige Zeit nach Deutschland reisen, das wollte ich dir nur sagen.«

»Geht es um das Haus am Alexanderplatz?« Felicitas rollte das »R« auf drollige Weise. Amelie musste lachen. »Ja, mein Hausmeister hat mich angerufen, es ist wohl einiges zu erledigen.«

»Wie lange wirst du weg sein?«, fragte Felicitas.

»Ein paar Wochen, ich weiß es nicht genau, ich werde dir schreiben, in Ordnung?«

»Ist gut. Du, Mama, du hast mich gerade dabei erwischt, wie ich aus dem Haus wollte. Ist noch irgendetwas?«

»Ja«, antwortete Amelie prompt. »Könntest du an einem der nächsten Wochenenden mal nach Boston kommen und dich ein bisschen um Katherine kümmern? Sie benimmt sich in letzter Zeit irgendwie seltsam, und ich komme gar nicht an sie heran. Du würdest mir einen großen Gefallen tun, wenn du sie in meiner Abwesenheit ein bisschen aufmuntern könntest.«

»Das will ich gerne tun. Ist sie da? Dann können wir gleich etwas vereinbaren.«

»Im Augenblick geht es nicht.« Amelie wollte das Telefongespräch mit ihrer Tochter beenden. »Und du musst ja auch in deine Praxis. Aber ruf sie doch am Abend an, ja?«

»In Ordnung, Mom«, sagte Felicitas. »Und gute Reise.«

Ein sanftes Rütteln an ihrem Arm riss Amelie aus ihren Gedanken. »Na, du warst aber jetzt ganz weit weg«, sagte Ernst und lächelte sie liebevoll an. Ruckartig kam Amelie wieder in der Gegenwart an. Sie saß hier in Wien im Hotel Sacher und frühstückte mit dem Mann, der einst ihre große Liebe gewesen war.

Gedankenvoll blickte sie ihn an. »Es war sehr schön heute Nacht«, sagte sie dann.

Ernst lächelte strahlend. »Das finde ich auch!« Er zog sie an sich und küsste sie sanft auf die Stirn. »Aber jetzt gehen dir wohl viele Gedanken durch den Kopf, wie?«

Amelie zögerte. »Das ist richtig. Es gibt da so einiges, was ich dir erzählen muss. Manches davon wird dich vielleicht schockieren.«

»Ist es so schlimm?«, schmunzelte Ernst. »Na, ich kann mir vorstellen, dass dein Leben auch nach dem großen Krieg abenteuerlich weiterging. Wollen wir später darüber sprechen? Wir könnten uns um drei Uhr zu einem Spaziergang treffen?«

»Sehr gern«, antwortete Amelie, umarmte Ernst noch einmal fest und küsste ihn zum Abschied.

Einige Stunden später schritten die beiden Arm in Arm über den Ring und genossen den warmen Sonnenschein. Ernst nahm den Faden wieder dort auf, wo er ihn am Abend zuvor losgelassen hatte. »Wie hast du denn dann weitergemacht in deinen ersten Tagen in der Romanija, damals 1914?«, fragte er und geleitete sie zu einer Bank, auf der sie sich niederließen.

## *Kapitel 12*

ROMANIJA, 1914

Ein lautes »Guten Morgen, Fräulein Dr. von Liebwitz!« riss Amelie aus ihren Gedanken. Sie schrak zusammen.

»Entschuldigen Sie, Herr Oberstabsarzt Unterberger, ich war mit meinen Gedanken gerade ganz woanders.« Amelie lächelte den groß gewachsenen, schlanken Herrn freundlich an, der ihr nun in einem Büro in dem Frauenkrankenhaus gegenüberstand, in dem sie von nun an tätig sein sollte.

»Das merkt man«, knurrte Unterberger. »Bitte nehmen Sie Platz, Fräulein Stabsärztin. Möchten Sie vielleicht eine Tasse Kaffee?«

Amelie bejahte begeistert. Ein Schluck Kaffee würde ihre Lebensgeister wecken.

Das Büro des Oberstabsarztes war karg eingerichtet. Ein großer, quadratischer Raum mit einem abgetretenen Dielenboden, der Platz bot für einen einfachen grauen Schreibtisch, jeweils einen Sessel davor und dahinter und einen Aktenschrank. Große Fenster zeigten hinaus auf das Feldlazarett. Der Oberstabsarzt selbst passte in dieses Umfeld. In makelloser Uniform, die Haare sehr kurz geschnitten, aus dem Gesicht gekämmt und mit dem üblichen »Franz-Joseph-Bart« wirkte der Fünfzigjährige ebenso schmucklos wie sein Büro.

Amelie entschuldigte sich nochmals: »Es tut mir leid, Herr Oberstabsarzt, ich kam gestern erst spätnachts hier an, und Ihr Fähnrich hat mich aus dem Tiefschlaf gerissen.«

Oberstabsarzt Unterberger lächelte knapp. »Schon gut, wertes Fräulein Doktor. Bestimmt ist es nicht leicht, sich so plötzlich hier im Kriegsgebiet einzufinden.« Er lehnte sich in seinem Stuhl zurück, als es klopfte. Fähnrich Gustav Huber brachte ein Tablett, auf dem sich Kaffeekanne, Tassen, Milch und Zucker befanden.

Amelie atmete verstohlen den Duft des Kaffees ein. So nötig wie heute hatte sie den Koffeinschub lange nicht gebraucht. Fähnrich Huber stellte das Tablett auf dem Tisch ab, goss die Tassen voll, bot Amelie Milch und Zucker an, was sie dankend ablehnte, und entfernte sich dann auf einen Blick Unterbergers wieder aus dem Raum.

»Sie sind also unserem Aufruf gefolgt«, setzte Unterberger an. »Ungewöhnlich für eine Deutsche. Eigentlich suchten wir ja österreichische Ärztinnen.«

Amelie verstand die Aufforderung zur Erklärung. Sie trank einen Schluck von dem wirklich sehr guten Kaffee, richtete sich gerade auf und sagte: »Ich habe davon in der *Berliner Morgenpost* gelesen. Da meine Situation in Berlin gerade ein wenig schwierig war und mich die Aufgabe sehr interessierte, habe ich mich gemeldet.«

»Schwierig«, murmelte Unterberger. »Was meinen Sie denn damit?«

»Mir ist bei einer Operation ein Fehler unterlaufen, der zum Tod meiner Patientin führte«, gab Amelie offen zu. »Ich möchte im Augenblick nicht operieren, da kam mir der Aufruf ganz recht.«

»War der Fehler Ihre Schuld?«, fragte Unterberger, der sich gerade eine Zigarre ansteckte.

»Ja«, gab Amelie unumwunden zu. »Ich war total übermüdet, rutschte mit dem Skalpell ab und öffnete eine Arterie. Die Patientin verblutete innerhalb weniger Minuten.«

»Hm«, machte Unterberger und paffte an seiner Zigarre. Dichte, übelriechende Rauchwolken stiegen um ihn herum auf und Amelie in die Nase. »Ihre Ehrlichkeit ehrt Sie.«

Er setzte seine Kaffeetasse auf den Unterteller zurück und dämpfte seine Zigarre aus. Amelie versuchte, ein Würgen zu unterdrücken, was ihr nicht ganz gelang. »Liebes Fräulein

Doktor«, sagte Unterberger, dem das nicht entging. »Haben Sie heute schon etwas gegessen?«

»Nein«, antwortete Amelie, die sich bemühte, an den Rauchwolken vorbei zu atmen.

»Das hätte ich mir eigentlich denken können.« Unterberger läutete eine Glocke an seinem Arbeitstisch. Kurz darauf klopfte es und Fähnrich Huber trat ein. Er salutierte. »Bringen Sie uns ein Frühstück, unser Fräulein Doktor hier kann wohl nicht mit leerem Magen ihre Arbeit aufnehmen«, schnarrte Unterberger.

»Sehr wohl«, antwortete der Fähnrich und entschwand, das Gewünschte zu holen.

»Und hier auf diesem Stockwerk sind die Frauen aus den«, Unterberger hüstelte, »Feldbordellen untergebracht, die unter Geschlechtskrankheiten leiden.«

Amelie blickte sich um. Sie stand in einem kurzen Gang im ersten Stock des Krankenhauses, von dem links und rechts jeweils zwei Zimmer abgingen. Die Türen zu den Räumen standen offen.

»Wollen wir in eines der Zimmer hineinschauen?«, fragte sie.

»Gehen Sie nur«, meinte Unterberger. »Die Damen mögen es gar nicht, wenn wir Ärzte ihre Krankenzimmer betreten.«

Amelie trat allein in das erste Zimmer links ein. Es war mit drei Betten möbliert. Alle drei waren belegt.

Von draußen murmelte Unterberger etwas, aber seine Stimme klang nur dumpf an Amelies Ohren. Sie trat wieder auf den Gang und blickte Unterberger fragend an.

»Die drei Patientinnen in diesem Krankenzimmer leiden an Syphilis«, wiederholte Unterberger. »Wir behandeln sie mit Neosalvarsan, sie befinden sich bereits auf dem Wege der Besserung.«

Die drei Frauen blickten Amelie, die nun zurück in das Krankenzimmer schritt, mit ängstlichen Augen entgegen.

Sie grüßte sie freundlich mit »Dobro jutro!«, was die Frauen sichtlich überraschte. Doch Amelie hatte sich gut auf ihre Reise vorbereitet und in den vergangenen vier Wochen eifrig Bosnisch gelernt. Mittlerweile konnte sie sich einigermaßen verständigen, wenn sie sich auch noch nicht fließend unterhalten konnte.

»Dobro jutro«, kam es leise aus den Betten zurück. Jung waren sie, die kranken Frauen. Kaum eine schien älter als zwanzig Jahre zu sein. Im ersten Krankenbett lag eine Frau, deren dunkles, fast schwarzes Haar zu einem langen Zopf geflochten auf ihrer Brust lag.

Amelie lächelte sie freundlich an und fragte: »Wie ist Ihr Name?« Sie fasste sanft nach dem Handgelenk der Frau und fühlte ihren Puls. Er ging schnell.

»Mein Name ist Anna«, sagte die Frau auf Deutsch mit starkem Akzent. Sie hatte sehr große dunkelbraune Augen in einem schmalen Gesicht. Ihre ganze Person wirkte überzart, die Bettdecke wölbte sich kaum über ihre schmale Gestalt.

»Sie sprechen Deutsch?«, fragte Amelie und schimpfte sich im Geiste. Natürlich sprach sie Deutsch, schließlich arbeitete sie in einem Feldbordell für österreichische Soldaten. »Wie geht es Ihnen?«, schob Amelie daher schnell nach.

»Es geht ganz gut«, antwortete Anna. »Entlassen mich schon übermorgen.«

»Das ist gut. Und wo gehen Sie dann hin?«, fragte Amelie.

Anna blickte sie verständnislos an. »Das weiß ich nicht.«

Amelie schüttelte den Kopf. Das fing ja gut an. »Haben Sie kein Zuhause, wo Sie hinkönnen?«

»Nein.« Tränen schossen Anna in die Augen. »Entehrt, Vater schlägt mich tot, wenn ich nach Hause gehe.«

Amelie musste sich kurz abwenden. So lief das also hier. »Wie sind Sie hier gelandet?«, fragte sie leise.

»Gelandet? Was heißt?«

»Wie sind Sie hierhergekommen?«

»Waren Soldaten, kamen in Dorf und fragten nach Mädchen. Sagten, sie brauchen Putzfrauen. Ging ich mit, weil Familie arm.«

»Und erst hier wurde Ihnen klar, was los war?« Amelie war entsetzt, sie hatte nicht gewusst, wie perfide die Armee mit diesen Frauen umging.

»Ja«, antwortete Anna. »Erst hier, musste bleiben, konnte nicht mehr weg.« Sie weinte leise. »Jetzt zu spät, kann nicht mehr heim.«

»Ich werde Ihnen helfen«, versprach Amelie, ohne zu wissen, wie sie das anstellen sollte. »Ich komme bald wieder.« Sie legte Annas zarten Arm, den sie immer noch gehalten hatte, auf die Bettdecke und trat an das nächste Bett.

Am Ende des Vormittags hatte sie mit allen zwölf Frauen, die in den Betten der Syphilis-Station lagen, zumindest kurz gesprochen und war heillos entsetzt. Sie ließ sich auf einer der Treppenstufen nieder, die hinunter zu den Büroräumlichkeiten führten, und schlug die Hände vors Gesicht.

»Na, was hast du denn erwartet?«, fragte hämisch ihre innere Stimme. »Fröhliche Huren, die sich mit Freuden den Soldaten hingeben?« Natürlich hatte sie das nicht. Und natürlich war sie bereits früher mit Prostitution konfrontiert worden, in Berlin. Aber diese Frauen hier brachen ihr fast das Herz. »Ich muss etwas tun«, sagte sie laut zu sich selbst und erhob sich, um das Büro des Oberstabsarztes aufzusuchen.

»Herr Dr. Unterberger«, setzte sie an, als sie das Zimmer des Arztes betrat.

»Herr Oberstabsarzt, wenn ich bitten darf«, kam die geknurrte Antwort.

Amelie schüttelte kurz den Kopf und begann dann erneut: »Herr Oberstabsarzt. Ich möchte jetzt gern die übrigen Krankenzimmer und sonstigen Einrichtungen des Krankenhauses besichtigen.« Sie blickte Unterberger an.

»Aber natürlich. Dennoch muss ich Sie bitten, auf meine Gesellschaft zu verzichten, ich werde Ihnen stattdessen einen unserer Ärzte aus dem Lazarett zur Seite stellen. Dr. Jens Trojahn hat mitgeholfen, das Krankenhaus für unsere Bedürfnisse umzugestalten, er wird Ihnen all Ihre Fragen beantworten können.« Unterberger betätigte die kleine Glocke auf seinem Schreibtisch und Fähnrich Huber trat herein. »Holen Sie Dr. Trojahn, Fähnrich. Er soll unser Fräulein Dr. von Liebwitz durch das Krankenhaus führen.«

Kurze Zeit später stand Jens Trojahn in der Tür, ein schmaler, hochgewachsener Mann mit Menjoubärtchen, einem Schmiss auf der linken Wange und Brille, der einen sehr ernsten Eindruck vermittelte. Er wollte Amelie die Hand küssen, doch sie hinderte ihn daran und schüttelte seine Rechte. »Wir sind ja Kollegen hier«, sagte sie.

Jens Trojahn musterte sie zunächst nur nachdenklich. »In Ordnung«, gab er sich dann zufrieden. »Darf ich Sie bitten?«

Im zweiten Stock befanden sich ein Kreißsaal und zwei Zimmer. »Hier entbinden wir die Damen«, erklärte er, die Tür zum Kreißsaal öffnend. Ein Bett, ein fahrbarer Wagen mit Instrumenten, eine große Leuchte über dem Bett, ein Terrazzoboden. Der Raum war fensterlos und wirkte kalt. Amelie trat ein, ging zum Gebärtisch und betrachtete die Instrumente, die daneben aufgereiht lagen.

»Sehr angenehm ist es hier nicht«, bemerkte sie.

»Natürlich nicht«, antwortete Trojahn mit einer Selbstverständlichkeit, die Amelie erschrak. »Die Frauen sollen hier ihre Kinder bekommen und dann so rasch wie möglich gesunden, um wieder arbeiten zu können.« Trojahn sagte dies ohne jegliche innere Bewegung. »Wir sind hier kein Erholungsheim.«

»Und was geschieht mit den Neugeborenen?«, fragte Amelie.

»Die werden ins nächstgelegene Waisenhaus gebracht. Aber warum interessiert Sie das?«, fragte Trojahn erstaunt.

»Warum dürfen die Frauen denn die Babys nicht behalten?« Amelie ging nicht auf Trojahns Bemerkung ein. Sie waren inzwischen wieder vor die Tür getreten und standen den beiden

Krankenzimmern gegenüber, in denen die kürzlich entbundenen Mütter sich erholten.

»Na, weil sie doch arbeiten müssen.« Trojahn verstand sichtlich nicht, worauf Amelie anspielte.

»Aber Sie können ihnen doch nicht einfach ihre Kinder wegnehmen?«

»Sehen Sie, Fräulein Collega«, setzte Trojahn an. »Die meisten dieser Frauen wollen die Kinder gar nicht. Viele von ihnen sind recht gefühlsarm und machen sich gar nicht viel daraus, wenn wir die Kleinen wegbringen.«

Amelie war zutiefst entsetzt. »Aber wie kommen Sie denn darauf? Bestimmt weinen die Mütter und wehren sich, wenn Sie ihnen die Babys wegnehmen.«

Trojahn machte eine abschätzige Handbewegung. »Ja, manche weinen«, meinte er. »Aber meistens nehmen wir ihnen die Kinder, wenn sie schlafen. Und dann sind sie eben einfach weg.«

Amelie schluckte schwer. »Und das nehmen die Frauen einfach so hin?«

»Im Normalfall ja, sie weinen halt und rufen nach ihnen, aber das gibt sich in der Regel nach einiger Zeit. Es sind keine sehr mütterlichen Frauen«, schloss Trojahn seine Ausführungen.

Amelie lag eine Bemerkung auf der Zunge, die die Art, wie die Frauen in den »Dienst« in die Feldbordelle gepresst wurden, beschrieb, schluckte sie aber hinunter. »Und was geschieht mit der Milch? Die Frauen werden ja wohl einen Milcheinschuss haben nach der Entbindung?«

Wieder blieb Trojahn kalt und unbeteiligt. »Wir binden ihnen die Brüste ab, das ist zwar schmerzhaft, lässt aber die Muttermilch nach wenigen Tagen versiegen.« Ohne ihre Antwort abzuwarten, öffnete Trojahn die erste der beiden Krankenzimmertüren. Vier Betten standen darin. In allen vieren lagen Frauen, die ihr Kind bereits bekommen hatten. Sie waren blass, bis auf den noch geschwollenen Leib mager und sahen traurig aus. Amelie trat in den Raum und wollte eine der Frauen ansprechen. Plötzlich allerdings drehten alle vier Frauen sich auf die Seite, weg von ihr, und schlossen die Augen.

»Die Frauen reden nicht gerne mit uns«, sagte Trojahn laut. »Wir sind für sie der Feind.«

»Und das überrascht Sie?« Diesmal konnte Amelie sich nicht zurückhalten. »Sie haben ihnen immerhin ihre Kinder weggenommen.«

»Jetzt sind ja Sie da«, kommentierte Trojahn süffisant, »mal sehen, wie die Damen auf Sie reagieren, wenn Sie ihnen ihre Neugeborenen abnehmen.«

»Das werde ich ganz bestimmt nicht tun«, entfuhr es Amelie.

»Na«, meinte Trojahn. »Bislang hatten wir große Schwierigkeiten, den Frauen bei den Entbindungen beizustehen. Meist musste eine alte Hebamme aus dem nahegelegenen Dorf kommen, weil diese *Damen*«, er betonte das Wort sarkastisch, »Männer nicht gerne an sich heranlassen.«

Amelie wiederholte: »Und das überrascht Sie?«

»Nein, das hat nicht direkt etwas mit uns zu tun«, wischte Trojahn ihren Einwand vom Tisch. »Die Frauen sind Musliminnen und wollen einfach von Männern nicht behandelt werden.«

Amelie wandte sich um und verließ das Krankenzimmer. Innerlich schäumte sie. »Und das kann nicht vielleicht daran liegen, dass die gleichen Ärzte, die sich an ihnen zu schaffen machen und ihnen die Kinder wegnehmen, auch die sind, denen sie in den Bordellen ihre Dienste zur Verfügung stellen müssen?«, platzte es aus ihr heraus.

»Aber ich darf doch bitten, Fräulein Collega«, wehrte Trojahn ab. »Ich zum Beispiel bin verheiratet und gehe nie ins Bordell. Außerdem hat unser Feldbordell zwei Stockwerke. Im Erdgeschoss arbeiten die Mädchen für die einfachen Soldaten, im ersten Stock jene für die Offiziere.«

»Und was ist mit den Frauen, die schwanger werden?« Amelie bohrte nach.

»Auch für die wird gesorgt. Im Stockwerk für Offiziere kommt dies aber nur ganz selten vor, weil wir unsere Offiziere dazu anhalten«, er räusperte sich, »Überzieher zu benutzen.«

Amelie blickte ihn sprachlos an.

»Das legen wir natürlich auch unseren einfachen Soldaten nahe«, setzte er ungerührt fort. »Aber die halten sich nicht gerne daran.«

»Sagen Sie ihnen denn auch, dass sie damit Geschlechtskrankheiten verhindern können?«, fragte Amelie scharf.

»Aber natürlich, Fräulein Dr. von Liebwitz, das tun wir. Aber was erwarten Sie denn von Bauern und einfachen Fabrikarbeitern, die das Gros unseres Heeres bilden? Viele von ihnen verstehen einfach nicht, was wir von ihnen wollen.«

»Gibt es denn Schulungen? Unterrichten Sie die einfachen Soldaten?«

»Aber natürlich, wir haben auch Merkblätter und Broschüren. Aber wir sind hier im Krieg, verehrtes Fräulein Doktor. Häufig kommen unsere Soldaten kaum zum Lesen dieser Vorschriften.«

Aber zum Vögeln kommen sie schon, dachte Amelie despektierlich, sprach das aber nicht laut aus. »Haben Sie noch andere Abteilungen hier?«, fragte sie schließlich, um die schreckliche Besichtigung möglichst schnell zu beenden.

»Ja, es gibt noch eine kleine Abteilung, in der unsere Unfallpatienten untergebracht sind«, antwortete Trojahn. »Die ist ganz oben unter dem Dach.«

»Unfallpatienten?«, fragte Amelie verständnislos.

Trojahn suchte nach Worten. »Nun, manchmal erleiden die Damen eben Unfälle«, stotterte er ausweichend.

»Es handelt sich also um Patientinnen, wahrscheinlich ebenso Prostituierte aus den Bordellen?«, fragte Amelie unumwunden.

»Ja, es sind Frauen, die eben, hm …« Trojahn sprach nicht weiter.

»Was sollen denn das für Unfälle sein?«, bohrte Amelie misstrauisch nach. Die beiden waren inzwischen die Stufen bis ins Dachgeschoss hochgestiegen. Hier waren nur wenige, hochgelegene kleine Fenster eingebaut, es war ein bisschen düster.

»Nun ja, wissen Sie, manche Soldaten sind eben ein bisschen unbeherrscht«, murmelte Trojahn. Zum ersten Mal sah Amelie ihn verlegen.

»Unbeherrscht?« Ihr schwante Übles. »Jetzt reden Sie schon!«

»Manche schlagen eben gern zu.« Trojahn blickte Amelie an. »Ich finde das auch nicht gut«, fühlte er sich bemüßigt zu sagen. »Aber wir können es eben nicht verhindern.«

Amelie klopfte kurz an eine der zwei Türen und öffnete sie. Hier waren unter Dachschrägen lediglich zwei Betten untergebracht. Im ersten Bett lag eine Frau, deren eingegipstes Bein von einem Kran über dem Bett hochgehalten wurde. Ihr Gesicht war blau und grün geschlagen, einen Arm trug sie in einer Schlinge. Oben an der Stirn fehlte ein ganzes Haarbüschel. Als Amelie genauer hinschaute, blitzte etwas wie Zorn in den Augen der verprügelten Frau auf. Gut, war Amelies erster Gedanke. Sie fragte: »Wie heißen Sie?«

Die Frau antwortete leise: »Ich heiße Maja.« Sie hatte ungewöhnliche, hellblaue Augen, die aus den zugeschwollenen Höhlen blitzten.

»Wissen Sie, wer Ihnen das angetan hat?«

Die Frau schloss kurz die Augen und blinzelte dann zweimal heftig.

»Bitte, wenn Sie es wissen, sagen Sie es mir. Ich werde versuchen, Ihnen zu helfen.«

Doch die Patientin sagte nichts und wandte den Blick ab.

Die Frau im Nebenbett wies Brandwunden im Gesicht auf und hatte heftige blaue Flecken an den unbedeckten Armen.

Was unter der Bettdecke verborgen liegen mochte, wollte Amelie sich gar nicht erst vorstellen.

»Das ist doch …« Ihr fehlten die Worte, was nur äußerst selten geschah. »Wer hat das diesen Frauen angetan? Ermittelt die Militärpolizei gegen diese Täter?« Unwirsch fuhr sie zu Trojahn herum.

Dieser zuckte nur die Schultern. »Meist können wir nicht mehr feststellen, wer es war, weil die Männer oft schon zurück an der Front sind, wenn wir die Frauen auffinden. Die Frauen schämen sich sehr und gehen in der Regel nicht von selbst ins Krankenhaus.«

Wieder wusste Amelie nicht, was sie sagen sollte. Sie trat erneut an das Bett der Frau mit dem zerschlagenen Gesicht. Zuerst zuckte die Patientin vor ihr zurück. Als sie aus ihren verschwollenen Augen schließlich erkennen konnte, dass eine Frau an ihrem Bett stand, beruhigte sie sich etwas.

»Sprechen Sie Deutsch?«, fragte Amelie leise.

»Ein bisschen«, flüsterte die Patientin.

»Wie geht es Ihnen?«, fragte sie auch diese Patientin.

»Es geht schon«, antwortete die Frau, immer noch flüsternd.

Erst jetzt entdeckte Amelie eine weitere Reihe blauer Flecken, die sich rund um den Hals der geschundenen Frau zogen. »Sie wurde auch gewürgt?«

»Unglücklicherweise ja«, antwortete Trojahn. »In diesem Fall haben wir den Täter auf frischer Tat ertappt.«

»Und was geschah mit ihm?«

»Was meinen Sie?«

»Wurde er unter Arrest gestellt?«

»Nein, er wurde sofort zurück an die Front geschickt.«

Amelie legte vorsichtig die Hand auf die Stirn der Frau. »Ich will Ihnen nicht wehtun«, sagte sie leise zu ihr.

Trojahn zupfte an Amelies Ärmel. »Bitte«, sagte er. »Lassen Sie doch. Sie können ohnehin nichts tun.«

Amelie riss sich von Trojahn los und wandte sich wieder der Frau zu.

»Mann war zornig«, äußerte sich die Frau. »Hat mich geschlagen.«

Trojahn versuchte erneut, Amelie vom Bett der Frau wegzuziehen. »Jetzt lassen Sie doch«, sagte er. »Sie können hier nichts tun, außer dabei zu helfen, die Frauen wieder gesund zu machen.«

Amelie lächelte der Patientin aufmunternd zu. »Ich sehe bald wieder nach Ihnen«, versprach sie und drehte sich zu Trojahn um. »Na, Sie machen es sich leicht. Wir sollen die Frauen also einfach heilen und dann wieder ins Bordell schicken? Damit der nächste Mann sie zusammenschlagen kann?« Sie war zornig.

»Hören Sie«, begann Trojahn. »Sie sind heute den ersten Tag hier. Ich bitte Sie darum, erst einmal ein paar Tage hier zu arbeiten, bevor Sie sich ein Urteil erlauben!« Er war sichtlich erregt, sein Gesicht war rot und er atmete schwer. »Was haben Sie denn gedacht, wo Sie hier hinkommen? In ein Erholungsheim? Wir sind im Krieg, Madame, da gibt es eben immer auch Kollateralschäden.« Er verschränkte die Arme vor der Brust und blickte sie von oben herab an.

»Sie nennen das Kollateralschäden?« Amelie richtete sich zu ihrer vollen Größe von einem Meter siebzig auf und sah Trojahn direkt in die Augen. Inzwischen hatten sich die beiden Frauen in ihren Betten aufgesetzt und verfolgten die Auseinandersetzung der beiden Ärzte.

»Ja«, Trojahn gab sich lässig. »Im Krieg geht es eben grausam zu. Das betrifft nicht nur die Soldaten, sondern auch die Frauen, die im Feldbordell Dienst tun.« Er wandte sich ab. »Wollen wir nun wieder hinuntergehen? Ich möchte Ihnen Ihr Büro zeigen.«

Amelie rief sich zur Ordnung. Sie müsste erst einmal alles kennenlernen. Es brächte gar nichts, wenn sie sich gleich völlig unbeliebt machen würde. Wenn sie wirklich helfen wollte, musste sie das ganz vorsichtig angehen. Zum ersten Mal wurde Amelie so richtig bewusst, wo sie gelandet war und dass sie hier wohl in ein enges Korsett eingespannt sein würde. »Ich werde mich schon durchzusetzen wissen«, murmelte sie ganz leise vor sich hin und folgte Trojahn die Treppen ins Erdgeschoss hinunter.

Ihr Büro, das gleichzeitig auch als Sprechzimmer dienen würde, war zweckmäßig eingerichtet: Ein großer Schreibtisch stand unter dem bodentiefen Fenster, das zu einer Blumenwiese hinausging. Die Wände waren weiß gekalkt. Gegenüber vom Schreibtisch stand eine Untersuchungsliege. An der der Tür gegenüberliegenden Wand fand sich die notwendigste Laborausrüstung. Die letzte Wand war vollgestellt mit Fläschchen und Packungen mit Medikamenten und Instrumenten, die sie zur Untersuchung und Behandlung der Frauen benötigen würde.

Sie inspizierte gerade ihren Schreibtisch, als plötzlich die Tür aufflog. »Wir kriegen mehrere Schwerverletzte, Stabsarzt Trojahn«, rief ein bulliger Sanitäter. »Bitte kommen Sie sofort ins Lazarett.«

»Bin unterwegs«, sagte Trojahn, der Sanitäter verschwand, wohl um beim Transport der Verwundeten zu helfen. »Ich muss Sie verlassen, Sie sehen ja, die Pflicht ruft. Sie können sich ja einstweilen hier einrichten. Visite ist dann um 17 Uhr.«

Schon war der Arzt verschwunden und Amelie an ihrem neuen Arbeitsplatz allein. Doch ihre Neugierde war entfacht, kurzerhand folgte sie Trojahn, der schnell Richtung Ausgang lief. Das Lazarett lag direkt vor dem Krankenhaus, eine Ansammlung von mehreren großen grünen Zelten, auf denen jeweils ein rotes Kreuz im weißen Kreis gedruckt war. An den Rändern des großen Platzes reihte sich eine Baracke an die nächste. Schilder an den Türen wiesen auf ihre Funktion hin. Es gab Baracken für Frischoperierte, für infektiöse Patienten und für Schwestern und Sanitäter. Augenblicklich herrschte Chaos auf dem Platz. Eine lange Reihe von Verletzten lag auf Bahren auf dem Boden, mehrere Ärzte und Sanitäter eilten zwischen den verletzten Männern hin und her.

»Der hier ist tot«, rief einer der Sanitäter.

»Dann bring ihn hinter das Haus in die Leichenhalle«, antwortete einer der Ärzte.

»Der hier schafft es wahrscheinlich auch nicht, er blutet wie ein abgestochenes Schwein.«

Ein älterer Arzt, der einen blutverschmierten weißen Kittel trug, untersuchte einen Mann, dessen Gesicht völlig verbrannt und dessen linkes Bein beinahe abgerissen war. »Der hier muss augenblicklich operiert werden, wenn er überleben soll.« Er erhob sich und machte zwei Sanitätern Platz, die den Mann aufhoben und in ein Zelt trugen, das mitten auf dem Platz stand. Daneben standen noch vier weitere Zelte.

Amelie stand wie gebannt da. Das Geschehen war offensichtlich nur auf den ersten Blick unübersichtlich und chaotisch, jeder schien hier zu wissen, wo er gebraucht wurde. Sehr rasch leerte sich der Platz mit den Verletzten.

»Es gibt hier fünf Operationszelte«, sagte plötzlich eine Stimme neben ihr. »Hinter dem Krankenhaus befindet sich die Leichenhalle.«

Amelie, die den Mann nicht hatte kommen hören, schrak zusammen.

»Entschuldigen Sie bitte.« Der Mann, dem weißen Kittel nach ein Arzt, reichte ihr die Hand. »Ich bin Stabsarzt Heigl. Ich bin seit Kriegsbeginn hier im Lazarett.«

Amelie schüttelte die dargereichte Hand und stellte sich ebenfalls vor. »Ah«, sagte Heigl, der mittelgroß und kompakt gebaut war, vielleicht dreißig Jahre alt. Er hatte braunes Haar, das er streng zurückgekämmt trug, und einen dichten Schnurr- und Backenbart. »Sie sind die Ärztin, die sich um unsere Bordellfrauen kümmern soll, nicht wahr?«

»Das bin ich. Und für meinen ersten Tag hier habe ich schon erschreckende Dinge gesehen.«

»Das glaub ich Ihnen.« Heigl schlug den Arztmantel zurück, der mit Blut und Dreck verschmiert war, und grub in der Innentasche seiner Uniformjacke nach seinen Zigaretten.

»Wann sind Sie denn angekommen?« Er zündete sich und ihr jeweils eine Zigarette an.

»Gestern, spät in der Nacht«, antwortete Amelie. »Man hat mir mein Zimmer gezeigt, ich habe nur das Nötigste ausgepackt und bin sofort schlafen gegangen.« Sie zog an ihrer Zigarette. »Und heute Morgen weckte mich Fähnrich Huber und brachte mich gleich zu Oberstabsarzt Unterberger. Dr. Trojahn war es dann, der mir das Krankenhaus und die Patientinnen gezeigt hat.«

»Starker Tobak, wie?«, fragte Heigl. »Ich kann mir vorstellen, dass das alles hier nicht einfach zu verkraften ist.«

»Ach was«, antwortete Amelie wegwerfend. »Ich bin von Berlin einiges gewöhnt. Dennoch schockiert mich das Schicksal dieser Frauen. Sie haben es sich schließlich nicht ausgesucht, hier zu sein.«

»Das stimmt«, antwortete Heigl. »Ich stehe dieser Idee des Feldbordells auch nicht gerade begeistert gegenüber. Aber ich denke, wir brauchen diese Frauen auch. Die Soldaten, die von der Front kommen, brauchen ein wenig Erholung. Wenn sie bei einer Frau liegen dürfen, hilft ihnen das, das Grauen der Schlacht ein bisschen zu vergessen.«

»Das mag schon sein.« Amelie war nicht überzeugt. »Dennoch ist es nicht rechtens, dass die Frauen hier mit Geschlechtskrankheiten angesteckt oder gar übel zusammengeschlagen werden.«

»Ach, liebe Frau Kollegin«, setzte Heigl an und drückte seine Zigarette unter seinem Stiefelabsatz aus. »Was glauben Sie, was wir Ärzte alles versuchen, um die Männer zu mehr Sexualhygiene zu bewegen? Wir verteilen sogar Präservative! Es gibt Strafen, wenn wir Männer dabei erwischen, wie sie ohne Überzieher mit einer dieser Frauen kohabitieren. Aber ich frage Sie: Wie sollen wir das kontrollieren?«

Amelie spürte erneut die Wut in sich aufflammen, hielt sich aber zurück. Heigl schien ein freundlicher Arzt zu sein, sie wollte es sich nicht auch gleich mit ihm verderben. »Man könnte Aufpasser vor die Zimmer stellen«, war ihre Antwort. »Die müssen jedem Mann ein Kondom in die Hand drücken.«

»Das klingt erst mal nach einer guten Idee«, antwortete Heigl skeptisch. »Aber erstens: Wer sagt uns, dass die Männer das Kondom nicht einfach einstecken oder wegwerfen würden? Und zweitens: Wo sollen wir denn das Personal hernehmen, das vor den Zimmern Wache hält?«

Amelie nickte gedankenverloren. »Irgendwie muss das doch gehen!« Sie wollte unbedingt eine Lösung für das Problem finden.

Heigl blieb skeptisch. »Vielleicht fällt Ihnen ja eine probate Möglichkeit ein, wenn Sie erst einmal eine Weile hier sind.« Er lächelte sie offen an. »Ich muss jetzt wieder operieren«, sagte er dann und reichte Amelie die Hand. »Wenn Sie mögen, hole ich Sie später zum Abendessen ab, da kann ich Sie auch gleich Ihren anderen Kollegen vorstellen.«

»Danke, das nehme ich sehr gern in Anspruch«, antwortete Amelie.

Heigl eilte zu einem der Operationszelte. Amelie blickte auf ihre Uhr. Es war gerade drei Uhr nachmittags. Genug Zeit, um sich bis zur Visite um 17 Uhr einzurichten und ihr Sprechzimmer in Besitz zu nehmen. Außerdem wollte sie sich unbedingt das vielgenannte Feldbordell anschauen und die Frauen dort kennenlernen. Aber das würde sie wohl auf morgen verschieben müssen.

## *Kapitel 13*

Als sie wieder erwachte, dämmerte der nächste Morgen herauf. Sie war eingenickt und hatte offenbar den gestrigen Abend und die ganze Nacht verschlafen. Amelie setzte sich im Bett auf. Sie war nach wie vor voll bekleidet, lediglich ihre Schuhe hatte sie ausgezogen, als sie sich direkt nach dem Abendessen auf das Bett gelegt hatte. Ihr Haar hatte sich aus dem strengen Knoten gelöst und hing ihr in zerzausten Strähnen um den Kopf. Ein Blick auf die Uhr sagte ihr, dass es fünf Uhr dreißig morgens war. »Du liebe Güte«, murmelte sie und stand auf.

Ein dienstbarer Geist hatte ihr eine Schüssel mit frischem Wasser gebracht. Nach der langen Zugreise fühlte sie sich schmutzig, zog sich aus und wusch sich am ganzen Körper mit einem Schwamm. Man hatte ihr die Uniform eines Stabsarztes zugeteilt, die sie nun anzog. Die Montur bestand aus grauen Hosen, einem ebenso feldgrauen Hemd und einer dicken grauen Jacke, die sie derzeit aber nicht brauchte. In der Romanija herrschte noch immer große Sommerhitze. Nur die Schuhe, feste braune Treter mit Schnürsenkeln, waren ihre eigenen. Auf der Brusttasche ihres weißen Kittels, den sie zuletzt überzog, war zu lesen: Stabsärztin Dr. Amelie von Liebwitz.

Sie setzte sich auf den einzigen Stuhl vor dem Fenster und versuchte, ihre sich sträubenden Haare zu bändigen. Schließlich fasste sie diese auf dem Hinterkopf zusammen und steckte sie zu einem Knoten auf. Sie wusste, dass die Morgenvisite um sieben Uhr begann, und hoffte, vorher wenigstens noch eine Tasse Kaffee in den Magen zu bekommen. Als sie den Gang betrat, stieß sie fast mit Fähnrich Huber zusammen.

»Entschuldigen Sie, Fräulein Stabsärztin«, sagte Huber. »Ich wollte Sie gerade zum Frühstück abholen.«

»Großartig!« Amelie folgte ihm in die Offiziersmesse, die in einem großen grauen Zelt untergebracht war. Die Mannschaften erhielten ihre Mahlzeiten in einem eigenen Zelt. Fähnrich Huber schlug die Zeltklappe zurück und ließ sie vorgehen.

Das Messezelt war mit Holztischen und Bänken möbliert. An einer Wand schenkten mehrere Soldaten Kaffee aus und füllten Blechteller mit Eiern, Brot und Butter. Amelie begab sich schnurstracks zum Kaffeeausschank. Mit einer gut gefüllten Tasse und einem übervollen Teller bahnte sie sich schließlich einen Weg durch die Menge der Offiziere und Ärzte, bis sie Alexander Heigl sah, der mit zwei anderen Ärzten, denen sie bisher noch nicht begegnet war, an einem Vierertisch saß.

»Guten Morgen«, grüßte sie freundlich. »Ist hier noch frei?«

Die drei Männer sprangen von ihren Bänken auf und grüßten. »Das ist Fräulein Stabsärztin Dr. Amelie von Liebwitz«, erklärte Heigl seinen beiden Kollegen. »Sie wird das Frauenkrankenhaus betreuen.«

Die beiden Ärzte schauten Amelie verblüfft an. »Also tatsächlich eine Kollegin«, murmelte der kleine gedrungene Mann mit kurz geschorenem blondem Haar und glatt rasiertem Gesicht. Seine Augen waren von vielen kleinen Fältchen umgeben, als würde er viel lachen. Auf seiner Stupsnase balancierte eine Nickelbrille. »Ich bin Stabsarzt Dr. Lorenz Auerbach«, stellte er sich vor und reichte ihr die Hand. »Ich freue mich auf die Zusammenarbeit mit Ihnen.«

Amelie lächelte, drückte dem freundlichen Arzt die Hand und erwiderte: »Ich bin ausschließlich für das Frauenkrankenhaus zuständig, eine Zusammenarbeit ist daher wohl kaum in Aussicht.«

Nun meldete sich auch der Dritte im Bunde zu Wort. »Sie

sind also die Ärztin, die sich freiwillig für diesen Dienst hier gemeldet hat?« Er starrte sie an, als sei sie ein Wunderwesen.

Amelie blickte ihn erstaunt an. »Wieso?«, fragte sie. »Haben Sie denn noch niemals eine Ärztin gesehen?«

»Na ja«, schnarrte der mittelgroße, schlanke Mann, der einen Kaiserbart trug und sein dunkles Haar in die Stirn gekämmt hatte. »Ich habe immerhin schon davon gehört. Bei uns in Österreich dürfen die Weib…«, er unterbrach sich und wurde rot. Er setzte erneut an. »In Österreich ist das Medizinstudium für Frauen schon seit 1901 erlaubt. Es ist mir daher nichts Unbekanntes, auch mit Kolleginnen zu arbeiten.«

»Und Sie sind?«, fragte Amelie forsch.

»Entschuldigen Sie bitte, mein Name ist Stabsarzt Dr. Kurt von der Nieden.« Der Arzt war errötet. »Sie werden im Frauenkrankenhaus sicherlich schon sehnlichst erwartet. Meine Erfahrungen dort haben mich gelehrt, mich lieber auf meine kriegschirurgischen Kenntnisse zu beschränken.«

»Na sicher«, meldete sich Amelies innere Stimme zu Wort. »Der ist bestimmt total glücklich über dein Erscheinen hier.« Im Stillen stimmte Amelie ihrer Stimme zu. Laut sagte sie: »Nun, wie Sie vielleicht wissen, wurden Ärztinnen für die Etappe hier händeringend gesucht, da habe ich mich eben gemeldet.«

Der Offizier brannte sich eine Zigarre an und schwieg. Alexander Heigl lächelte Amelie an: »Und, haben Sie gut geschlafen in Ihrer ersten Nacht hier?«

Amelie lachte. »Ja, viel zu gut. Ich hatte mich gestern am frühen Abend hingelegt, um mich ein wenig auszuruhen, und habe prompt bis heute Morgen geschlafen. Die Reise war wohl doch anstrengender, als ich gedacht hatte.« Sie hatte ihren gut gefüllten Teller geleert und trank nun den letzten Schluck Kaffee. Schließlich warf sie einen Blick auf ihre Armbanduhr. Es war kurz vor sieben Uhr früh. »Jetzt beginnt die Visite im Krankenhaus. Ich muss los.«

Amelie erhob sich, nickte den drei Ärzten zu und ging aus dem Zelt. Draußen schien bereits die Sonne von einem strahlend blauen Himmel, ein leichtes Lüftchen wehte und die Vögel hatten ihr Morgenkonzert begonnen.

»Wenn man es nicht besser wüsste, könnte man glauben, wir sind hier im Frieden«, sprach eine Stimme Amelie von hinten an.

Sie drehte sich um. »Ah, Dr. Heigl, müssen Sie auch schon zur Visite?«

»Ja, im Lazarett werden jetzt die Nachtschwestern abgelöst und die Visite beginnt. Und, hat Ihnen Ihr Frühstück geschmeckt?« Die Frage klang durchaus mehrdeutig.

»Der Kaffee war hervorragend«, antwortete Amelie. »Und die Gesellschaft war – nun, zumindest interessant.« Heigl lachte auf.

»Ich wollte mich soeben auf den Weg ins Spital machen.« Sie machte drei Schritte auf den breiten Krankenhauseingang zu. Heigl hob zum Abschied den Arm und betrat das erste Krankenzelt. Derweil stand Fähnrich Huber bereits im Erdgeschoss vor der Tür von Oberstabsarzt Unterberger und erwartete sie.

»Wer nimmt alles an der Visite teil?«, fragte sie.

»Na, nun, da Sie da sind, Sie und eine Krankenschwester. Die Ärzte sind in den Krankenzimmern nicht gern gesehen, es war in den vergangenen Tagen immer ein Kampf, wenn es um Verbandswechsel, Untersuchungen und Ähnliches ging.«

Amelie erschrak ein bisschen. »Ich bin also ganz allein?«

»Ja, Fräulein Doktor, es tut mir leid. Aber nächste Woche soll eine zweite Ärztin hier eintreffen. Dann werden Sie es leichter haben.« Der Fähnrich zuckte leicht zusammen, als sich hinter ihm die Bürotür öffnete und Oberstabsarzt Unterberger heraustrat. Auch er war in makellos gestärkter Uniform und zog sich im Gehen noch einen strahlend weißen Kittel an. »Guten Morgen, Fräulein Stabsärztin«, brummte er. »Hat Fähnrich Huber Sie schon über das Prozedere informiert?«

Amelie nickte. Vor dem Oberstabsarzt würde sie sich ihre Unsicherheit auf gar keinen Fall anmerken lassen. »Mir wurde gesagt, dass mich eine Krankenschwester bei der Visite begleiten würde. Wo ist sie denn?«

In diesem Augenblick fegte eine kleine, blonde, zierliche Schwester aus dem Eingangsportal direkt auf Amelie zu. »Entschuldigen Sie«, keuchte sie. »Ich bin Schwester Martina Tobler von den Rotkreuzschwestern aus München. Ich bitte um Entschuldigung für die Verspätung.«

All das sprudelte in einem einzigen Wortschwall aus der jungen Person heraus, die vor Amelie zum Stehen gekommen war. Amelie verbiss sich ein Lachen, wartete ein wenig ab, bis Schwester Martina wieder zu Atem gekommen war, und begrüßte sie dann freundlich. »Sie werden mich heute auf der Visite begleiten?«, fragte sie dann.

»Ja«, keuchte Schwester Martina.

»Ich bin Ihnen als persönliche Adjutanz zugeteilt.«

»Gut zu wissen, dann wollen wir gehen.« Amelie wollte sich schon abwenden, um in den ersten Stock hochzusteigen, als Unterberger laut sagte: »Halt, so schnell geht das aber nicht, Schwester Martina.«

Der kleine Wirbelwind drehte sich zu dem sie turmhoch überragenden Oberstabsarzt um. Kleinlaut sagte sie: »Ich bitte vielmals um Entschuldigung, Herr Oberstabsarzt.«

So kleinlaut und zerknirscht wirkte sie, dass selbst der gestrenge Oberstabsarzt ein Lächeln kaum unterdrücken konnte. »Ist gut«, brummte er. »Aber das kommt nie wieder vor, verstanden?«

Die kleine Krankenschwester legte die Hand an ihr Häubchen, salutierte scherzhaft und sagte: »Nie wieder, ich verspreche es, Herr Oberstabsarzt.«

Dieser lächelte nun wirklich übers ganze Gesicht. Um Selbiges nicht völlig zu verlieren, wandte er sich mit einem »Nun aber an die Arbeit« von den beiden Frauen ab und verließ das Haus.

»Wollen wir?« Amelie zeigte mit der Hand zu den Treppen. Schwester Martina nickte, und gemeinsam stiegen sie in den ersten Stock hoch, um die an Syphilis erkrankten Frauen zu visitieren.

»Seit wann sind Sie denn hier, Schwester Martina?«, fragte Amelie.

»Seit sechs Wochen. Ich bin ja so froh, dass Sie hier sind, Fräulein Stabsärztin. Die vergangenen Wochen waren sehr hart für mich.«

»Das kann ich mir vorstellen«, antwortete Amelie und ging auf die Tür des ersten Krankenzimmers zu. »Und bitte, sagen Sie doch Amelie zu mir.«

Schwester Martina machte ein erschrockenes Gesicht. »Aber das kann ich nicht, wenn der Herr Oberstabsarzt das hört, wird er mich schelten.«

»Aber wieso denn?« Amelie verstand nicht.

»Die Militärs halten sich sehr streng an ihre Rangbezeichnungen«, erklärte Martina.

Amelie nickte nachdenklich. »Dann machen wir es so: Wenn wir allein sind oder bei Patientinnen, nennen Sie mich ruhig Amelie. Wenn andere Militärs dabei sind, sprechen Sie mich mit Fräulein Stabsärztin an, einverstanden?«

Martina stimmte begeistert zu. »Endlich muss ich hier nicht mehr allein unter Männern arbeiten. Jetzt mit einer Ärztin an Bord, wird bestimmt einiges leichter. Sie machen sich keine Vorstellungen, welche Kämpfe wir hier im Krankenhaus in den vergangenen Wochen ausgetragen haben.«

»Wir werden später in meinem Dienstzimmer einen Kaffee zusammen trinken, dann können Sie mir ja erzählen, was hier los war, bevor ich angekommen bin.« Amelie wischte sich über die Stirn. Trotz der frühen Stunde herrschte bereits große Hitze im Krankenhaus. »Es ist so heiß hier, das kann nicht gut für die Patientinnen sein.«

»Im Lauf des Tages wird es noch heißer. Ich öffne immer überall die Fenster, aber derzeit steht die Luft, und die Patientinnen leiden.« Schwester Martina trat an das Bett der ersten Patientin und reichte Amelie das Krankenblatt.

»Dobro jutro«, begrüßte Amelie die Patientin, die sie bereits am Vortag kennengelernt hatte.

»Dobro jutro«, antwortete Anna höflich.

»Wie geht es Ihnen heute Morgen?« Amelie reichte Martina das Krankenblatt zurück und zückte ein Fieberthermometer. Sie untersuchte die Patientin vorsichtig und wies Martina an, alles, was sie ihr sagte, ins Krankenblatt einzutragen.

»Das schaut alles sehr gut aus«, sagte sie langsam zu Anna. »In einigen Tagen können wir Sie entlassen. Nur das Medikament müssen Sie dann noch eine Woche lang einnehmen.«

»Und wo soll ich dann hin?« Anna blickte Amelie fragend an. Martina, die alle Eintragungen ins Krankenblatt gemacht hatte, steckte es wieder in die Halterung am Ende des Bettes. Amelie setzte sich an den Rand der Matratze, auf der die Patientin lag, und nahm deren Hand. »Jetzt werden Sie erst einmal gesund, und dann überlegen wir uns etwas, in Ordnung?«

Anna sah vertrauensvoll zu Amelie auf und nickte.

»Ich bringe in Kürze das Frühstück«, sagte Schwester Martina und ging mit Amelie zum nächsten Bett.

Nach den Syphilis-Patientinnen versorgte Amelie die Frauen im zweiten Stock, die vor Kurzem Babys zur Welt gebracht hatten. Sie lagen stumm in ihren Betten, offensichtlich froh über die Gegenwart einer Ärztin, aber dennoch misstrauisch. Während Amelie die Patientinnen untersuchte, versuchte sie, mit ihnen ins Gespräch zu kommen. Antworten auf ihre Fragen erhielt sie allerdings nicht. Als sie am letzten Bett im dritten Zimmer angekommen war, fand sie die frisch Entbundene sehr blass vor. Auf ihrer Stirn stand Schweiß und ihr langes schwarzes Haar war ebenfalls schweißdurchtränkt.

»Wann war zum letzten Mal jemand bei dieser Patientin?«, fragte sie Schwester Martina.

»Gestern Morgen«, sagte diese. »Als die letzte Visite durch Stabsarzt Dr. Trojahn durchgeführt wurde.«

»Und da ist ihm nichts aufgefallen?«

»Die Patientin lag zu dieser Zeit im Kreißsaal und brachte dort ihr Kind zur Welt. Nachdem sie wieder in ihr Zimmer gebracht wurde, hat wohl niemand mehr nach ihr gesehen.« Schwester Martina war kleinlaut. »Normalerweise mache ich am Abend noch eine Runde und sehe bei den Patientinnen nach dem Rechten. Aber gestern hat mir Stabsarzt Dr. Trojahn ausdrücklich befohlen, abends Medikamente einzusortieren und Inventarlisten zu erstellen. Da bin ich nicht mehr dazu gekommen.«

Amelie schlug die Decke der frisch entbundenen Frau zur Seite und erschrak. Die Patientin schwamm förmlich in ihrem eigenen Blut. »Holen Sie mir sofort ein Spekulum«, befahl sie. »Kennen Sie sich mit Geburten einigermaßen aus?«

Die Schwester nickte. »Dann holen Sie bitte alles, was wir brauchen, aus dem Kreißsaal, damit wir die Blutung stillen können.«

Schwester Martina rannte los, in der Zwischenzeit bat Amelie die Frau, vorsichtig die Beine zu spreizen, damit sie sie untersuchen konnte. Die Frau reagierte nicht. Sie war nicht mehr bei Bewusstsein. Amelie verlor keine Zeit. Sie zog und schob die Patientin auf die Seite, so dass ihre Beine auf einer Seite über den Bettrand baumelten, dann hob sie mit einer Hand das linke Bein so weit wie möglich an und fasste mit der anderen Hand in die Scheide der Frau. Ein weiterer Blutschwall kam aus der Vagina der Patientin.

»Der Uterus hat sich nicht kontrahiert«, rief sie Schwester Martina zu, die eben – beide Hände voller Instrumente – das Zimmer wieder betrat. »Wir müssen sie sofort operieren.«

Schwester Martina legte die Instrumente neben dem Bett der Patientin ab und rannte erneut los, um eine Bahre zu holen. In der Zwischenzeit hob Amelie die federleichte Patientin an, deren Kopf haltlos hin und her pendelte. Als Schwester Martina mit einem Sanitäter und einer Bahre wiederkam, betteten sie die kranke Frau auf die Liege. Der Sanitäter schob die Bahre, und gemeinsam eilten sie, so schnell sie konnten, in Richtung Operationssaal. Eine Spur von Bluttropfen säumte ihren Weg. Im Operationssaal angekommen, hob der Sanitäter die Kranke auf die Operationsliege und verschwand. Schwester Martina stand bereits im Vorraum und schrubbte sich die Hände. Amelie folgte ihrem Beispiel. Kurz darauf leitete Schwester Martina kundig die Äthernarkose ein, und Amelie fasste nach einem Skalpell.

In großer Geschwindigkeit öffnete sie den Bauch der Patientin. »Tatsächlich, die Gebärmutter hat sich nicht zusammengezogen und blutet weiterhin«, stellte sie fest, als sie einen Blick auf jenes Organ warf, das bis gestern noch ein Baby beheimatet hatte. »Ich muss die Gebärmutter entfernen, sonst stirbt sie.«

Mit einigen wenigen Schritten holte sie den Uterus aus dem Bauch der Frau, vernähte Arterien und Venen und schloss den offenen Bauch der Frau wieder.

»Sie sind ganz schön schnell«, stellte Schwester Martina fest. »Ich glaube, Sie haben dieser Frau soeben das Leben gerettet.«

Amelie schloss die letzte Naht und richtete sich auf. »Es musste schnell gehen. Wir hätten sie sonst verloren.« Sie legte den Nadelhalter hin und beugte sich hinunter zum Gesicht der Patientin, das ganz langsam wieder Farbe bekam. »Sie können die Narkose jetzt ausschleichen«, wandte sie sich an Schwester Martina.

»Das habe ich schon getan, als Sie die letzten Nähte gesetzt haben«, antwortete diese. »Sie müsste jeden Augenblick aufwachen.«

Amelie blickte die Krankenschwester anerkennend an. »Das haben Sie hervorragend gemacht.«

Schwester Martina wurde rot. »Ich möchte nach dem Krieg gern Medizin studieren«, erklärte sie. »Als Vorbereitung lese ich an Lehrbüchern, was ich kann. Außerdem hat mir Stabsarzt Dr. Trojahn bei mehreren Operationen im Lazarett genau gezeigt, wie das geht.«

Schwester Martina wusch die Patientin, gemeinsam hüllten sie sie in ein sauberes Nachthemd. Während sie die Bahre wieder in das Krankenzimmer zurückschoben, fragte Amelie: »Stabsarzt Trojahn hat Ihnen das alles gezeigt?«

»Aber ja«, antwortete Schwester Martina. »Er ist sehr freundlich, wenn man sich für sein Fachgebiet interessiert.«

Amelie schüttelte leicht den Kopf. »Das kann ich fast nicht glauben. Gestern, als er mir das Krankenhaus zeigte, war er nicht gerade freundlich.«

Schwester Martina öffnete die Zimmertür der Patientin. »Bis Sie gekommen sind, hatte er die Leitung über das Krankenhaus inne. Es passt ihm gar nicht, eine Frau vor die Nase gesetzt zu bekommen.«

Amelie nickte. »So etwas habe ich mir schon gedacht.«

Martina begann rasch, die blutigen Laken vom Bett der Patientin zu entfernen, das darunterliegende Gummilaken zu reinigen und das Bett frisch zu beziehen.

»Sie sind ja ein richtiger Wirbelwind«, lachte Amelie. »Ich bin sehr froh, eine so fähige Pflegerin hier an meiner Seite zu wissen.«

Gemeinsam hoben sie die Patientin von der Trage ins frisch überzogene Bett. Amelie prüfte noch einmal die Einlage der Patientin und stellte erleichtert fest, dass sie kaum noch blutete. In diesem Moment schlug die Frau die Augen auf und würgte. Schwester Martina eilte sofort an ihre Seite und hielt ihr eine Nierenschale vor den Mund. Kerima erbrach sich kurz und heftig.

»Ganz ruhig«, sagte Amelie. »Übelkeit nach einer Äthernarkose ist ganz normal.«

Kerima legte erschöpft den Kopf zurück in die Kissen.

»Kerima«, sagte sie zu der Frau. »Können Sie mich verstehen?«

»Ja, ein wenig«, antwortete die Patientin verschlafen.

»Ich musste Sie operieren«, begann Amelie. »Sie haben nach der Entbindung sehr stark geblutet und wären beinahe gestorben.«

Kerima blickte Amelie fragend an. In diesem Augenblick begann Schwester Martina in fließendem Bosnisch, der Patientin zu erklären, was vorgefallen war. Amelie staunte. »Bosnisch können Sie auch?«, fiel sie ihr ins Wort.

»Ja, meine Mutter ist Bosnierin. Sie hat meinen Vater, einen Münchner Stoffhändler, auf einer seiner Reisen kennengelernt. Die beiden haben sich verliebt und sich gemeinsam in München niedergelassen.« Martina schob vorsichtig das Kissen unter Kerimas Kopf zurecht. »Und meine Mutter hat darauf bestanden, mich zweisprachig zu erziehen.«

Wieder sprach sie mit Kerima, die augenscheinlich zu verstehen begann, was mit ihr passiert war. Sie hatte Tränen in den Augen und sagte rasch etwas zu Martina.

»Sie sagt, es ist vielleicht besser so, wenn sie keine Kinder mehr bekommen kann«, übersetzte Martina. »Sie wurde hier ins Feldbordell gebracht und kann nirgends anders mehr hin.«

Amelie schüttelte traurig den Kopf. »Es ist furchtbar, diese Geschichten zu hören«, meinte sie. »Irgendetwas müssen wir doch für diese Frauen tun können.«

Schwester Martina wiegte den Kopf. »Ich wüsste nicht was. Sobald sich die Frauen hier von ihrer Entbindung erholt haben, müssen sie zurück ins Bordell.«

Amelie wurde ganz übel bei dem Gedanken. Dennoch sagte sie nichts. Sie würde erst einmal genauer nachdenken müssen, bevor sie bei den Frauen möglicherweise unmögliche Hoffnungen weckte.

Am Abend saß Amelie in ihrem Dienstzimmer. Schwester Martina hatte soeben Feierabend gemacht, im Zimmer war es noch hell, die Abendsonne sandte ihre Strahlen zum Fenster auf der Westseite des Raums herein. Dennoch hatte Amelie ihre grün beschirmte Schreibtischlampe entzündet und arbeitete sich durch die Krankenakten dieses Tages. Zwei von den Patientinnen mit Syphilis würde sie in drei Tagen entlassen können, ihr Heilungsverlauf war gut. Wenn der Wassermann-Test negativ war, durfte sie sie wieder entsenden. Aber wohin? Wahrscheinlich in ein ungewisses Schicksal, denn Frauen, die sich bei ihren Freiern mit Syphilis angesteckt hatten, wurden nicht zurück ins Bordell gebracht. In vielen Fällen endeten sie in der nächsten größeren Stadt in einem anderen Bordell.

Die Patientin, deren Gebärmutter sie entfernt hatte, erholte sich bisher gut. Bei den anderen frisch Entbundenen hatte es bislang keine Komplikationen gegeben.

Amelie lehnte sich in ihrem unbequemen Schreibtischstuhl zurück. Sie war erst zwei Tage hier in diesem Etappenlager und hatte schon mehr von dem gesehen, was Menschen einander antun konnten, als in den vergangenen Jahren. Gedankenverloren blickte sie aus dem Fenster und nahm einen Schluck aus ihrer Kaffeetasse. Sie hatte Nachtdienst, brauchte also jede Hilfe, um bis zum Morgen durchzuhalten. Es klopfte an der Tür.

»Herein!«, rief Amelie. Die Tür tat sich auf und Dr. Jens Trojahn trat in ihr Dienstzimmer, gefolgt von einer Nonne in schwarzem Habit.

»Guten Abend«, grüßte Trojahn, offensichtlich gut gelaunt. »Wie geht es Ihnen, Fräulein Collega?«

Amelie war erstaunt. Nach der gestrigen Auseinandersetzung hatte sie unfreundlichere Töne erwartet. »Guten Abend, Herr Dr. Trojahn, wen bringen Sie mir da?«

Die Nonne war einen Schritt hinter dem Arzt stehen geblieben.

»Ihre Nachtschwester, wen sonst?«, gab Trojahn zurück, wieder ganz der herablassende Stabsarzt.

»Aber sie ist eine Nonne«, entfuhr es Amelie.

»Das haben Sie gut erkannt«, antwortete Trojahn spöttisch. »Wir haben eine ganze Reihe von Krankenschwestern aus geistlichen Orden hier bei uns. Das hier ist Schwester Agathe, sie ist Salesianerin, ein Orden, der weithin für seine ausgezeichnete Krankenpflege bekannt ist.«

Schwester Agathe war groß und schlank, fast so groß wie Amelie. Sie hatte ein schmales, knochiges Gesicht, dem man die Entbehrungen, die ihr Orden ihr abverlangte, deutlich ansah. »Guten Abend, Fräulein Stabsärztin«, grüßte die Nonne freundlich.

»Auch Ihnen einen guten Abend«, antwortete Amelie. In den Schwesternbaracken war sie noch nicht gewesen und kannte daher bis auf Schwester Martina noch keine der Krankenpflegerinnen im Lazarett.

»Hätten wir unsere geistlichen Schwestern nicht, so wären wir im Lazarett verloren«, sagte Trojahn und blickte Schwester Agathe bewundernd an. Diese schlug die dunkelblauen Augen nieder und wurde rot.

Amelie, die zuvor noch nie mit geistlichen Schwestern zusammengearbeitet hatte, deutete auf die beiden Stühle vor ihrem Schreibtisch. »Bitte nehmen Sie Platz!«, bat sie und fragte, ob etwas zu trinken gewünscht sei. Sowohl Trojahn als auch Schwester Agathe lehnten ab. Trojahn holte seine Tabatiére aus seiner Kitteltasche und bot auch Amelie eine Zigarette an. Na, dann rauchen wir eben eine Friedenspfeife, dachte sie sich und nahm die Zigarette dankend an. Auch Schwester Agathe nahm eine der angebotenen Zigaretten.

»Sie dürfen rauchen?«, entfuhr es Amelie. Sie war nicht konfessionell erzogen worden und hatte vom Katholizismus so gut wie keine Ahnung.

Schwester Agathe lächelte fein. »Der liebe Herr Jesus wird es mir verzeihen«, meinte sie fromm und ließ sich ihre Zigarette von Trojahn entzünden. Dann sagte sie nichts mehr.

Amelie blickte Jens Trojahn an, der nach einem offensichtlich langen Tag im Lazarett und in den Operationszelten ziemlich abgekämpft aussah. Sein Kittel war von Blut und Dreck verschmiert, sein Haar zerzaust und seine Brille saß schief auf seiner langen Nase. Um das Schweigen zu brechen, wandte Amelie sich erneut Schwester Agathe zu: »Sie werden also hier die Nachtwache halten?«

»Ja«, antwortete diese kurz. »Ich werde mich im ersten Stock aufhalten, da ist ein Tisch für mich vorgesehen. Alle zwei Stunden werde ich meine Runde bei den Patientinnen machen.«

»Ist das Ihr erster Nachtdienst hier im Frauenkrankenhaus?«, fragte Amelie.

»Ja, bislang habe ich in den Krankenbaracken der Soldaten Dienst getan.« Agathe schien sich ein wenig unwohl zu fühlen. »Gestern wurde ich für die nächsten Monate hierher ins Krankenhaus versetzt.«

»Warum hat man Sie denn mir zugeteilt?« Amelie nahm einen Zug von ihrer Zigarette und versuchte, auf ihrem Stuhl eine bequeme Position zu finden. Sie war müde und schaute ihrem Nachtdienst durchaus mit gemischten Gefühlen entgegen. In den nächsten Tagen würde sie vormittags im Krankenhaus Dienst tun, nachmittags konnte sie sich – laut Oberstabsarzt Unterberger – ausruhen. In der Nacht hatte sie dann wieder Dienst.

»Nun«, begann Schwester Agathe. »Ich habe mir diese Versetzung gewünscht, weil ich dachte, die Frauen hier benötigen vielleicht nicht nur medizinischen, sondern auch geistlichen Beistand. Den möchte ich ihnen anbieten.« Die Nonne saß kerzengerade auf ihrem Stuhl. Ihr Rücken berührte die Stuhllehne nicht.

»Ob sich die jemals bequem hinsetzt?«, ätzte Amelies innere Stimme, doch sie beachtete sie nicht. »Geistlichen Beistand«, sagte sie. »Aha. Und wie haben Sie sich das vorgestellt?«

»Nun, ich werde mit den Frauen beten und ihnen Trost spenden.« Die Nonne klang salbungsvoll. »Wissen Sie, es sind eben gefallene Frauen, denen keineswegs ein Platz im Himmel sicher ist. Ich muss mit ihnen beten und ihnen klarmachen, dass sie ihre Sünden bereuen und wieder auf den rechten Weg finden müssen.«

In Amelie regte sich Zorn. Sie versuchte dennoch, ruhig zu bleiben, und fragte: »Sie halten unsere Patientinnen hier also für *gefallene Frauen*?«

»Ja, denn sie sind von Gottes Weg abgefallen und sündigen.« Schwester Agathe wirkte vollkommen überzeugt.

»Liebe Schwester Agathe«, begann Amelie, atmete dann tief durch und setzte fort: »Sie wissen schon, dass die Frauen, die hier ihren sogenannten ›hygienischen Dienst‹ verrichten, keineswegs freiwillig in das Feldbordell gekommen sind?«

»Nun ja«, antwortete Schwester Agathe, »gezwungen hat man sie wohl kaum.«

Amelie konnte es nicht fassen. Sämtliche Patientinnen hier in diesem Krankenhaus wirkten so, als seien sie keinesfalls aus freien Stücken in diese Situation geraten. Sie dachte kurz an die zerschlagenen Körper der Frauen, die in den Dachstuben ihre Verletzungen auskurierten. »Jetzt hören Sie mir einmal sehr genau zu«, begann sie laut.

Trojahn fühlte sich bemüßigt, sich einzumischen: »Aber liebes Fräulein Collega …«

Aber Amelie unterbrach ihn sofort. »Hören Sie mir genau zu, Schwester Agathe«, setzte sie fort. »Die Frauen hier wurden mit falschen Versprechungen gelockt, teilweise einfach entführt. Sie werden gezwungen, hier im Feldbordell zu arbeiten, und oft genug tragen sie dabei erhebliche Schäden davon. Von Sünde kann hier wohl keine Rede sein.«

Schwester Agathe wirkte indigniert. »Aber …«

»Nichts aber«, fuhr Amelie ihr über den Mund. »Ich leite dieses Krankenhaus«, hielt sie fest. »Das heißt, ich bestimme, was Sie hier tun dürfen oder nicht. Sie werden also bitte schön Ihr Beten auf Ihre private Zeit verschieben und hier für unsere Frauen ausschließlich pflegerisch tätig sein.« Wieder wollte Trojahn sich einmischen. Amelie ließ es nicht zu. »Wenn – und nur ausdrücklich dann – eine Frau um geistlichen Beistand bittet, werde ich versuchen, einen islamischen Geistlichen aufzutreiben. Denn unsere Patientinnen hier sind Musliminnen und haben – mit Verlaub – mit dem katholischen Glauben nichts am Hut. Ansonsten will ich hier nichts von Beten und Sünden und Hölle hören, haben Sie mich verstanden, Schwester Agathe?«

In den Augen der Nonne schien etwas wie Zorn aufzublitzen, aber sie beherrschte sich. »Selbstverständlich, Fräulein Stabsärztin, ganz wie Sie es wünschen.«

Jens Trojahn raffte sich noch einmal auf, etwas zu sagen. »Fräulein Collega, nun seien Sie doch nicht so streng zu unserer Nachtschwester«, meinte er begütigend. »Geistliche Hilfe zu leisten ist für unsere Nonnen ebenso wichtig wie die weltliche Pflege.«

Amelie war kurz davor, aufzuspringen und Trojahn die Tür zu weisen. »Das wäre aber unklug«, warnte sie ihre innere Stimme. »Immerhin musst du mit dem Mann auch weiterhin in irgendeiner Form zusammenarbeiten.« Also wandte sich Amelie mit einem Lächeln, das hoffentlich nicht allzu aufgesetzt wirkte, Trojahn zu. »Ihre Ehrerbietung für die zweifellos hervorragende Pflegeleistung geistlicher Schwestern in allen Ehren, Herr Dr. Trojahn, aber ich bleibe dabei. Hier im Haus sind vor allem Medizin und unterstützende Pflege gefragt«, meinte sie so konziliant, wie es ihr eben möglich war.

»Bitte«, wandte sie sich wieder an die geistliche Schwester. »Gehen Sie nun hinauf an Ihren Tisch. Es ist alles vorbereitet. Sie finden auch die Krankenakten vor. Wenn Sie Fragen haben, wenden Sie sich bitte jederzeit an mich. Ich werde in einer Stunde meine erste Runde machen, Sie können mich gerne begleiten.«

Schwester Agathe sagte nichts, nickte aber unverbindlich. Dann erhob sie sich und verließ den Raum mit einem »Gelobt sei Jesus Christus«. Amelie atmete leise aus. Sie war sich ganz und gar nicht sicher, ob sie mit dieser Nonne zusammenarbeiten können würde.

Jens Trojahn räusperte sich. »Sagen Sie mal, haben Sie eigentlich was gegen Religionen?«, fragte er dann ziemlich grob.

»Ich glaube nicht, dass meine Einstellung zum Glauben von Interesse für Sie sein könnte«, antwortete Amelie frostig. »Wenn Sie mich jetzt bitte entschuldigen wollen, ich habe zu arbeiten.«

Trojahn erhob sich, grüßte knapp und verließ Amelies Dienstzimmer. »Na das kann ja heiter werden«, murmelte sie vor sich hin. Dann widmete sie sich wieder ihren Krankenakten.

Als sie eine Stunde später in den ersten Stock hinaufstieg, um ihre Runde bei den Kranken zu machen, lag Schwester Agathe vor ihrem Tisch auf den Knien, ihren Rosenkranz in den Händen, und betete inbrünstig – und laut. Amelie räusperte sich heftig, um die Nonne auf sich aufmerksam zu machen. Schwester Agathe fuhr zusammen und wandte sich zu Amelie um. Dann erhob sie sich – scheinbar mühelos – von ihren Knien, stand auf.

»Ist irgendetwas vorgefallen?«, fragte Amelie.

»Nein«, antwortete die Nonne.

»Dann mache ich jetzt meine erste Runde. Wollen Sie mich begleiten?«

Die beiden Frauen suchten nacheinander die Kranken auf. Fast alle Frauen schliefen. Wegen der immer noch beinahe unerträglichen Hitze hatten sie die Decken von ihren Körpern gestrampelt und lagen in ihren dünnen Hemden da.

Schwester Agathe fuhr sich mit der Hand an den Mund. »Schamlos«, murmelte sie. »Einfach schamlos. Ich decke die Kranken zu, Fräulein Stabsärztin, ja?«

Amelie kam aus dem Kopfschütteln gar nicht mehr heraus. »Das werden Sie nicht tun«, sagte sie. »Es ist sehr heiß hier, wir werden die Frauen nicht auch noch zusätzlich in Decken hüllen, damit sie noch mehr schwitzen.«

Sie trat rasch von einem Bett ans andere, legte ihre Hand auf die Stirn jeder Kranken und maß zuletzt den Puls, den sie dann ins Krankenblatt am Bettende jeder Patientin eintrug. »So weit scheint alles in Ordnung zu sein.«

Schwester Agathe schwieg verstockt, folgte Amelie aber, als sie den ersten Stock verließ, um nach den frisch entbundenen Müttern zu sehen. Als sie jenen Raum betrat, in dem Kerima lag, die frisch operierte Patientin, der sie die Gebärmutter hatte entfernen müssen, lag diese offensichtlich fiebernd im Bett. Kerima warf sich von einer Seite auf die andere und hatte ebenfalls ihre Decke weggestrampelt.

»Sie Schmerzen«, sagte eine andere Frau, die das Bett neben Kerima hatte. Amelie wusste nicht mehr, wie die Patientin hieß, dankte aber mit einem Nicken und trat rasch an das Bett der Fiebernden. Die anderen Patientinnen im Raum zogen rasch die Decken bis ans Kinn, als sie die Nonne sahen. Schwester Agathe nickte beifällig. Sie maß Fieber und fühlte den Puls der anderen Patientinnen, während Amelie sich um Kerima kümmerte.

»So heiß«, murmelte diese, ihre Hände wanderten unruhig an ihrem Körper auf und ab.

»Haben Sie Schmerzen, Kerima?«, fragte Amelie und fühlte ihre Stirn. »Aber Sie glühen ja!« Die Ärztin war erschrocken. Offensichtlich hatte Kerima eine Infektion, sehr wahrscheinlich von der Operation. Als sie Fieber maß, stieg die Quecksilbersäule auf über 40 Grad. Mit ihrem Stethoskop hörte Amelie ihr Herz ab, es raste, ebenso wie ihr Puls.

»Wir müssen sofort etwas gegen die Infektion tun«, sagte sie laut und rief Schwester Agathe zu ihr ans Bett. »Holen Sie eine Wanne mit Wasser, wenn Sie das allein nicht schaffen, bitten Sie eine Kollegin, Ihnen zu helfen.«

In Schwester Agathe regte sich ganz offensichtlich die Krankenschwester. »Sofort«, meinte sie, raffte ihr Ordenskleid und rannte zur Tür hinaus. Inzwischen zog Amelie die Decke von Kerimas Körper und löste vorsichtig den Verband von ihrer Bauchwunde. Tatsächlich, die Wunde sonderte einen üblen Geruch ab und eiterte. Irgendein Instrument war offensichtlich nicht steril gewesen und hatte die Entzündung der Operationswunde ausgelöst. Amelie eilte selbst rasch in ihr

Arztzimmer, holte Desinfektionsmittel und neues Verbandsmaterial und begann, Kerimas Wunde abzutupfen. Kurze Zeit später war auch Schwester Agathe wieder zurück. Die magere Frau trug auf beiden Armen eine große Wanne mit kaltem Wasser. Mit einem Stöhnen stellte sie diese neben Kerimas Bett ab und richtete sich auf.

»Vielen Dank«, sagte Amelie, die immer noch die infektiöse Wunde abtupfte. »Legen Sie die Bettdecke in die Wanne und wringen Sie sie danach gut aus. Wir werden Kerima damit kühlen.«

Schwester Agathe machte sich ohne ein weiteres Wort an die Arbeit. Als Amelie die Wunde gesäubert, desinfiziert und einen frischen Verband angelegt hatte, breiteten die beiden Frauen die nasse, kühle Bettdecke über Kerima aus. »Bitte tauchen Sie die Decke alle zehn Minuten wieder ins kalte Wasser«, bat Amelie. Auf die Wunde hatte sie eine wasserdichte Auflage gebreitet, damit kein Wasser durchdringen konnte. »Das machen Sie bitte so lange, bis das Fieber gesunken ist. Ich gebe ihr noch ein Fiebermittel, dann ist die Krise hoffentlich bis zum Morgen ausgestanden.«

Schwester Agathe nickte nur stumm, holte sich einen Stuhl aus der Ecke des Krankenzimmers und nahm neben Kerima Platz.

»Beten Sie ruhig, wenn Sie wollen«, sagte Amelie versöhnlich. »Kerima kann jetzt jede Hilfe gebrauchen.«

Ein flüchtiges Lächeln huschte über Schwester Agathes Gesicht. »Ich werde mich gut um sie kümmern«, versprach sie. »Soll ich trotzdem alle zwei Stunden eine Runde machen?«

»Nein«, antwortete Amelie und strich sich eine verschwitzte Haarsträhne aus der Stirn. »Ich werde die Patientinnen-Runden bis zum Morgen übernehmen. Sollte Kerimas Zustand sich verschlechtern, holen Sie mich bitte sofort.« Die kranke Frau war ruhiger geworden. Sie lag still und atmete tief und schwer.

»In Ordnung, Fräulein Stabsärztin«, antwortete Schwester Agathe und nahm ihren Rosenkranz zur Hand.

Amelie verließ das Krankenzimmer und stieg in den zweiten Stock, wo die verletzten Patientinnen lagen. Im ersten Krankenzimmer fand sie Maja vor, die nicht schlief, sondern mit großen Augen an die Decke starrte.

»Dobro veče«, grüßte Amelie leise. »Können Sie nicht schlafen?«

Maja nickte nur und starrte weiter vor sich hin.

»Brauchen Sie vielleicht ein Schlafmittel?« Amelie flüsterte, um die Patientin im Nebenbett nicht aufzuwecken.

»Danke schön«, murmelte Maja. »Aber geht schon.«

Amelie trat an Majas Bett und nahm ihre Hand, um ihren Puls zu fühlen. Er ging ein wenig schneller als normal, bot allerdings keinen Grund, einzuschreiten.

»Hatte Alptraum«, murmelte Maja und schaute Amelie gequält an. »Mann kam und schlug mich.«

Amelie bedauerte Maja zutiefst. Sie setzte sich zu ihr ans Bett und nahm erneut ihre Hand. »Hier kann Ihnen niemand etwas tun«, sagte sie leise. »Hier sind Sie sicher. Ich hole Ihnen jetzt etwas Veronal, dann können Sie bestimmt wieder schlafen.« Maja sah sie verzweifelt an, sagte aber kein Wort.

»Ich bleibe noch bei Ihnen, bis Sie eingeschlafen sind«, versprach Amelie, nachdem sie der Patientin die Tablette gegeben hatte, und nahm wieder Platz auf ihrem Stuhl. Maja schloss die Augen. Kurze Zeit später riss sie sie wieder auf und schaute Amelie an. Als sie sah, dass ihre Ärztin noch immer an ihrem Bett saß, ließ sie die Augen wieder zufallen und schlief wenige Minuten später tief und fest.

Amelie löste ihre Hand vorsichtig aus Majas und erhob sich. Sie streckte sich, warf noch einen Blick auf das zweite Bett, in dem die Patientin ruhig schlief, und verließ den Raum. Als sie auch noch einmal nach Kerima gesehen hatte, deren Fieber gesunken war, wie Schwester Agathe ihr flüsternd mitteilte, eilte sie die Stufen hinab und ging in ihr Büro. Inzwischen war es bereits nach Mitternacht. Sie ließ sich in ihren Bürosessel fallen, der in der Zwischenzeit nicht bequemer geworden war, und schloss kurz die Augen. Da klopfte es wieder an der Tür.

»Herein!«

Die Tür öffnete sich und Oberstabsarzt Heinrich Unterberger betrat ihr Zimmer. Ihm auf dem Fuße folgte Fähnrich Huber, der offensichtlich niemals schlief und ein schwer beladenes Tablett trug. Unterberger selbst sah abgekämpft und müde aus. Er grüßte, indem er zwei Finger an seine Mütze legte.

Amelie fragte erstaunt: »Was verschafft mir denn das Vergnügen Ihres späten Besuches, Herr Oberstabsarzt?«

»Nun, ich habe Sie beim Abendessen in der Offiziersmesse vermisst und mir gedacht, Sie könnten eine kleine Stärkung gebrauchen. Darf ich mich setzen?« Unterberger lächelte.

»Aber natürlich, Herr Oberstabsarzt, bitte nehmen Sie Platz.«

Unterberger trat vor Amelies Schreibtisch und ließ sich auf dem dort befindlichen Holzstuhl nieder. »Fähnrich, stellen Sie das Tablett ab.«

Amelie, die sich ebenfalls wieder gesetzt hatte, staunte über die Köstlichkeiten, die Huber auf ihrem Tisch aufbaute. Hühnchen, Kartoffeln, frisches Gemüse und eine Flasche Rotwein. Dazu Porzellanteller, Besteck und weiße, gestärkte Servietten.

»Das ist ja der reinste Luxus. Wollen Sie nicht mitessen?«, fragte Amelie, als sie sah, dass Huber lediglich ein Gedeck aufgelegt hatte.

»Ich habe schon zu Abend gegessen, bitte bedienen Sie sich.« Das ließ Amelie sich nicht zweimal sagen. Sie merkte erst jetzt, wie ausgehungert sie war. Ohne weiteren Kommentar fiel sie über das unerwartete Abendessen her und ließ keinen Krümel übrig.

Unterberger lächelte amüsiert. »Sie haben einen gesegneten Appetit.«

Amelie grinste mit vollem Mund. »Das sagt man mir schon seit Kindertagen«, murmelte sie und schluckte. Dann hob sie ihr Rotweinglas und prostete ihrem Oberstabsarzt zu. »Wohlsein!«

Die Gläser stießen klingend aneinander. »Der Wein ist sehr gut«, sagte sie nach dem ersten Schluck.

»Oh ja, diese Gegend ist bekannt für ihren guten Wein«, erwiderte Unterberger. »Einer meiner Sanitäter hat ihn gebracht. Weiß der Himmel, wo der ihn herhat.«

Satt und zufrieden lehnte Amelie sich in ihrem Stuhl zurück. Beide zündeten sich eine Zigarette an, dann fragte Unterberger: »Und? Wie waren Ihre ersten beiden Tage hier? Konnten Sie sich schon ein bisschen einleben?«

Amelie nickte. »Es geht schon«, sagte sie. »Wenn auch manches hier schwer zu ertragen ist.«

»Was meinen Sie denn?«, fragte der Oberstabsarzt.

»Na ja«, antwortete Amelie. »Wir hatten heute hier eine schwer kranke Patientin, ich musste operieren, mich mit einer Nonne auseinandersetzen und eine andere Patientin mit Alpträumen trösten. Das Schicksal der Frauen in diesem Krankenhaus geht mir sehr nahe.« Sie wischte sich den Mund ab und nahm noch einen Schluck Wein. »Wie kann es nur sein, dass Prostitution hier als ›Dienstleistung‹ gilt, um Soldaten Entspannung zu verschaffen. Ich finde das einfach nur widerlich.«

»Glauben Sie mir«, sagte Unterberger. »Ich bin wirklich kein Freund dieses Feldbordells. Aber die Militärverwaltung schreibt es vor, und ich denke, die Männer brauchen diese Triebabfuhr auch, damit hier im Lazarett Ruhe herrscht.«

Amelie schüttelte energisch den Kopf. »Glauben Sie das wirklich?«

Unterberger schüttelte den Kopf. »Darf ich ehrlich sein?«

»Ich bitte darum.«

»Ich glaube nicht an diese Triebtheorie. Schließlich sehe ich genügend Männer, die eine Weile auf die körperliche Liebe verzichten müssen, ohne gleich durchzudrehen. Aber meine Meinung zählt nicht, leider. Ich kann rein gar nichts gegen dieses Feldbordell tun.«

»Sie wissen aber schon, wie viele der Frauen hierher in den Dienst gepresst wurden, oder?«

Unterberger errötete. »Auch diese Vorgehensweise ist mir bekannt. Ich habe mich auch massiv dagegen ausgesprochen, wurde aber einfach überstimmt. Das Feldbordell musste eingerichtet und mit Frauen versorgt werden, ich hatte dabei nichts, wirklich gar nichts mitzureden.« Man merkte Unterberger seinen Widerwillen an.

Amelie zerdrückte die kaum angerauchte Zigarette im Aschenbecher und fing an, in ihrem Dienstzimmer auf und ab zu gehen. »Wir haben allein hier im Krankenhaus zwei Dutzend Frauen, die entweder an Syphilis leiden, gerade ein Baby bekommen haben, das sie natürlich nicht behalten dürfen, oder die von Freiern übelst verprügelt worden sind.«

»Das weiß ich doch alles«, sagte Unterberger. »Aber – wenn ich so offen sein darf: Ich selbst kann nichts unternehmen, um die Verhältnisse für die Frauen zu verbessern. Wenn Sie allerdings eine Idee haben, bin ich gern bereit, Ihnen – selbstverständlich im Geheimen – alle Unterstützung zukommen zu lassen, die Sie brauchen.«

Amelie sah den guten Willen des Oberstabsarztes und lenkte ein. »Danke«, sagte sie. »Wenn mir etwas einfällt, werde ich es Sie sogleich wissen lassen.« Sie schämte sich ein wenig für ihren Ausbruch. »Entschuldigen Sie bitte, ich hätte Ihnen das nicht einfach so um die Ohren hauen dürfen. Es waren wohl einfach zu viele Eindrücke, die ich in diesen zwei Tagen gesammelt habe.« Sie setzte sich wieder und zündete sich die nächste Zigarette an. »Heute musste ich bei einer der Frauen die Gebärmutter entfernen, weil sie nach einer Entbindung nicht aufhörte zu bluten. Wissen Sie, was sie nach der Operation zu mir gesagt hat? Es sei ohnehin besser, wenn sie keine Kinder mehr bekommen könne. Es hat mir fast das Herz zerrissen.«

Auch Unterberger schluckte. Dann sah er Amelie ins Gesicht. »Werden Sie es denn aushalten? Werden Sie hierbleiben? Wissen Sie, wir brauchen Sie hier.«

Amelie nickte entschlossen. »Ja, denn erstens schmeiße ich nicht gleich beim ersten Problem hin und zweitens brauchen die Frauen hier unbedingt eine Ärztin. Es müssen sich hier vor meiner Ankunft Dramen abgespielt haben, weil eben nur Ärzte zur Behandlung zur Verfügung standen.«

Unterberger nickte. »Sie machen sich keine Vorstellung.« Auch er zündete sich noch eine Zigarette an. Als er den ersten Zug getan hatte, schien ihm etwas einzufallen. »Haben Sie mir nicht vorhin erzählt, Sie hätten heute eine Patientin operiert?«

Ruckartig hob Amelie den Kopf. »Ja, das stimmt«, murmelte sie.

»Hatten Sie denn Probleme damit?« Unterberger hatte sich auf seinem unbequemen Holzstuhl aufgerichtet.

»Nein, gar nicht«, antwortete diese. »Wie seltsam! Ich habe gar nicht daran gedacht, dass etwas schieflaufen könnte, sondern einfach nur meine Arbeit gemacht.« Sie lächelte schmal. »Scheinbar habe ich meine Angst vor dem Operationssaal gleich am zweiten Tag hier im Krankenhaus überwunden.« Amelie schüttelte erstaunt den Kopf.

»Das sind gute Neuigkeiten, nicht?«, fragte der Oberstabsarzt.

»Bei all den Problemen, die ich hier vorgefunden habe, hab ich wohl meine eigenen ganz vergessen. Ja, das ist tatsächlich eine gute Nachricht.«

Unterberger erhob sich. »Sehen Sie«, meinte er und wandte sich zum Gehen. »Es war vielleicht doch eine gute Idee von Ihnen, hierherzukommen. Ich darf mich dann jetzt zurückziehen. Gute Nacht, Fräulein Stabsärztin Amelie von Liebwitz.« Er salutierte.

Nach ihrer vierten Runde in dieser Nacht, die zum Glück ergebnislos verlaufen war, die Patientinnen schliefen alle, kehrte Amelie wieder in ihr Dienstzimmer zurück und setzte sich. Draußen begann bereits der Morgen zu dämmern, es würde wohl wieder ein heißer Tag werden. Amelie war hundemüde. Der Gedanke, jetzt noch weitere sieben Stunden Dienst tun zu müssen, setzte ihr zu. Da klopfte es wieder an der Tür. »Herein«, murmelte sie.

Die Tür ging auf und Schwester Agathe betrat den Raum. »Ich habe eben noch einmal nach unseren Patientinnen gesehen«, sagte sie, »sie schlafen alle, die Infektion bei Kerima scheint zurückzugehen.« Sie eilte an Amelies Tisch und stellte eine große Tasse Kaffee darauf ab. »Ich dachte, Sie könnten den vielleicht brauchen.«

Amelie war erstaunt. »Danke schön. Das ist wirklich freundlich von Ihnen.« Sie hob die Tasse an und nahm einen Schluck. Der Kaffee konnte Tote wecken und belebte sie tatsächlich ein wenig. »Wie lange müssen Sie noch Dienst tun in dieser Nacht?«, fragte sie.

Die Nonne hatte für sich selbst keinen Kaffee mitgebracht und stand nun, aufrecht und kerzengerade, vor Amelies Schreibtisch. »Noch eine Stunde, dann löst mich Schwester Martina wieder ab.«

»Und dürfen Sie dann schlafen gehen?«

Schwester Agathe lächelte schmal. »Nein, zuerst werde ich in die Kapelle gehen und dann Tagdienst im Lazarett tun.«

»Ist das nicht sehr anstrengend?«

»Nun, ja«, gab Schwester Agathe widerstrebend zu. »Das stimmt schon, aber wir Salesianerinnen schöpfen unsere Kraft aus unserem Herrn. Das erlaubt es uns, länger Dienst zu tun als unsere weltlichen Kolleginnen.«

Amelie wusste darauf nichts zu sagen. Sie selbst war lange Dienste im Krankenhaus gewöhnt, aber 24 Stunden hatte selbst sie nur selten in einem Stück abzuleisten gehabt. Obwohl sie mit der frömmlerischen Art der Nonne nur wenig anzufangen wusste, nötigte ihr das Pflichtbewusstsein der Schwester doch Respekt ab. »Wenn Sie mögen, können Sie Ihre Schicht bereits jetzt beenden. Ich bleibe sowieso hier und in zwei Stunden beginnt die Visite.«

Schwester Agathe lächelte dankbar und sagte: »Vielen Dank dafür, Fräulein Stabsärztin, aber das geht nicht. Ich bin dazu verpflichtet, meinen Dienst bis sieben Uhr, wenn die Visite beginnt, abzuleisten.« Leise zog sich die Nonne wieder zurück, um ihren Tisch im ersten Stock einzunehmen und weiterhin Nachtwache zu halten.

Amelie schüttelte den Kopf, als die Nonne das Zimmer verlassen hatte. Sie hätte sonst was dafür gegeben, wenn sie auch nur zwei Stunden hätte schlafen können.

## *Kapitel 14*

Am nächsten Tag machte Amelie sich gegen Mittag auf, um das Lazarett ausführlich zu besichtigen. Einen ersten Eindruck hatte sie sich schon verschaffen können. Jetzt wollte sie sich die Unterkünfte für die Patienten und das Pflegepersonal sowie die anderen Zelte und Baracken ansehen.

Das Lazarett lag direkt vor den Toren des Krankenhauses, die Operationszelte waren in der Mitte des großen Platzes aufgebaut, in der rechten Ecke befand sich die Offiziersmesse, gegenüber das Essenszelt für die einfachen Dienstränge, die Sanitäter und die Krankenschwestern. Am hinteren Ende des Platzes reihten sich mehrere Baracken aneinander, die den Krankenschwestern zugeteilt waren, und ganz vorn, direkt vor dem Haupteingang des Krankenhauses, standen dicht an dicht jene Baracken, in denen die operierten Soldaten bis zu ihrer Genesung lagen. Links hinten, ganz am Ende des großen Platzes, waren Baracken für infektiöse Patienten aufgebaut. Ruhr, Fleckfieber, Malaria und Typhus machten bereits jetzt vielen Soldaten, die von der Front zurückkehrten, zu schaffen. Diese Patienten wurden isoliert von den anderen Verletzten und Kranken untergebracht, damit sie möglichst niemand anderen ansteckten. Gepflegt wurden diese Kranken in erster Linie von geistlichen Schwestern, die rund um die Uhr in den Infektionsstationen Dienst taten, ohne Rücksicht auf die eigene Gesundheit. So weit wie möglich entfernt von den Isolierbaracken lagen die Unterkünfte der Lazarettärzte und der Sanitäter.

Insgesamt machte das große Lazarett einen sehr geordneten Eindruck, Sandwege verbanden die einzelnen Zelte und Baracken, die Latrinen waren, das wusste Amelie inzwischen, ebenso wie das Leichenzelt, hinter dem Krankenhaus aufgebaut. Auch hier galt eine rangmäßige Trennung. Es gab Latrinen für die Offiziere, zu denen Amelie sich als Stabsärztin zählen durfte, solche für einfache Dienstränge sowie Sanitäter und Krankenschwestern. Für die geistlichen Schwestern, denen ein langes, einstöckiges Holzhaus auf der rechten Seite neben dem Krankenhaus zugewiesen worden war, waren eigene Latrinen gegraben worden. Amelie freute sich jeden Tag aufs Neue über die Wasserklosetts im Krankenhaus.

Nun trat sie auf eine der Schwesternbaracken zu. Es handelte sich um einfache Blechgebäude, die jeweils Platz für sechs Schwestern boten. Sie klopfte leise an die dünne Eingangstür. »Herein«, erscholl es sogleich von drinnen.

Als Erstes fiel ihr die fast unerträgliche Hitze auf, die in der Baracke herrschte. Eine große, schlanke Krankenschwester saß auf einem der Betten und schien gerade einen Brief zu schreiben.

»Guten Tag«, grüßte Amelie.

»Guten Tag«, kam es freundlich zurück. »Sie sind doch die neue Ärztin, oder?,« fragte die dunkelhaarige Frau, die in eine blau-weiß gestreifte Schwesterntracht gekleidet war. Auf dem Kopf trug sie über den hochgesteckten Haaren ein weißes Häubchen, an der Brust der Tracht war eine Uhr festgesteckt. Ihre Füße steckten in schwarzen Florstrümpfen, die festen Lederschuhe der Frau standen vor dem Bett auf dem Boden.

»Ja, die bin ich«, sagte Amelie. »Ich habe gerade ein bisschen Zeit und wollte mir ein wenig das Lazarett ansehen.«

»Möchten Sie vielleicht einen Becher Tee?«, fragte die Schwester.

Amelie, der schon bei dem Gedanken an heißen Tee der Schweiß ausbrach, lehnte dankend ab. »Wie halten Sie es in dieser Hitze denn nur aus?«

»Ach, wissen Sie, man gewöhnt sich an alles, ich habe lange Zeit in Italien gelebt und bin des Krieges wegen zurückgekommen. Gegen einen Sommer in Sizilien ist das hier gar nichts.

Übrigens, ich heiße Silvia Martin«, stellte sie sich vor, »und gehöre zu den Rotkreuz-Schwestern, die hier Dienst tun.«

»Ich bin Amelie«, sagte diese und reichte der Krankenschwester die Hand. »Wie lange sind Sie denn schon hier?«

»Ach, seit Beginn des Krieges. Ich habe mitgeholfen, das Lazarett aufzubauen. Ich bin OP-Schwester, wissen Sie? Gerade sind keine Verwundeten zu operieren, da habe ich mich für eine halbe Stunde weggestohlen, um einen Brief an meine kleine Schwester zu schreiben. Sie will auch Krankenschwester werden.« Schwester Silvia nahm ihren Briefblock und den Stift und legte alles in ein blechernes Nachtkästchen, das neben ihrer Feldpritsche stand.

Die Baracke war äußerst spartanisch ausgestattet. An der einen Seite standen sechs Feldbetten mit grauen Decken, die so straff gespannt waren, dass man eine Münze darauf hätte springen lassen können. Neben jedem Bett barg ein blecherner Nachttisch die wichtigsten Habseligkeiten der Bewohnerinnen. Drei graue Metallspinde standen an der anderen Wand. In der Mitte des kleinen Raums schließlich war ein einfacher Holztisch mit vier Stühlen aufgestellt. Ein kleiner Holzofen stand neben dem Tisch. Beleuchten konnte man die Baracke mit einer Petroleumlampe, die auf dem Tisch platziert war. Auf jedem Nachtschränkchen gab es schließlich noch Kerzen, die auf einfache Metallteller geklebt waren.

»Karg haben Sie es hier«, sagte Amelie, der ihr eigenes Zimmer im Krankenhaus plötzlich wie der reinste Palast erschien.

»Ich bin daran gewöhnt«, meinte Silvia lakonisch, »im Schwesternheim im Krankenhaus ist es auch nicht viel wohnlicher.«

In diesem Augenblick hörte man von draußen ein lautes Hupen, einen merkwürdigen Dreiklang. »Was ist denn das?«, fragten die beiden Frauen gleichzeitig und lächelten sich an. Sie wandten sich zur Tür und traten vor die Baracke.

Es war ein Schauspiel, das sich ihnen bot. Ein wunderschöner, nachtblauer *Morris Bullnose*, ein englisches Automobil, war auf dem freien Platz vor dem Krankenhaus vorgefahren, ein offenes Zweisitzer-Coupé, das eine große Staubwolke hinter sich herzog. Hinter dem Steuer des Wagens saß ein großer Mann mit Fahrbrille, Kappe und Staubmantel, der nun mit großer Geste ausstieg. Er eilte um den Wagen herum, um die Beifahrertür zu öffnen. Zuerst erblickten vereinzelte Zuschauer, die der Motorenlärm und die Hupe angelockt hatten, zwei schlanke, seidenbestrumpfte Beine, die in hochhackigen Sandaletten steckten. Kurze Zeit später stand eine wunderschöne dunkelhaarige Frau neben dem Wagen.

»Ist das nicht Henny Porten?«, flüsterte Silvia. Tatsächlich, der große Filmstar der UFA war hier, im Lazarett in der Romanija. Und ihr Begleiter war niemand anderes als Friedrich Fehér, ihr Co-Star in der bejubelten Filmerzählung *Alexandra*, die gerade erst in den Kinos gelaufen war. Der Schauspieler blickte um sich und schwenkte seinen Hut, als er die immer größer werdende Zuschauermenge erblickte. Jubel brandete auf.

Augenblicke später trat Oberstabsarzt Unterberger aus seinem Büro und eilte auf das illustre Paar zu. »Guten Tag, liebe verehrte Frau Porten«, er küsste ihr galant die Hand. »Und lieber Herr Fehér, wie schön, dass Sie zu uns in die Etappe gefahren sind. Ist das Ihr Wagen?«

»Unterberger scheint ein bisschen nervös zu sein, so viel redet er sonst nie auf einmal«, lächelte Amelie. »Aber was machen denn die beiden Filmstars hier?«

»Sie sind zur Aufmunterung unserer kranken und verletzten Soldaten hier. Ich habe letzte Woche so etwas läuten hören«, antwortete Silvia.

Henny Porten nahm den Handkuss Unterbergers huldvoll entgegen und nickte ihm freundlich zu. Fehér dagegen schüttelte begeistert die Hand des Oberstabsarztes. »Danke für das freundliche Willkommen«, sagte er mit schwerem ungarischem Akzent. »Wir freuen uns, hier zu sein.«

Unterberger ließ Fehérs Hand los. »Wir wollen nun in mein

Büro gehen, um den heutigen Abend zu besprechen, in Ordnung?«

Die beiden Filmstars nickten.

»Fähnrich Huber!«, rief Unterberger. Dieser war wie immer sogleich zur Stelle. »Veranlassen Sie, dass den beiden Herrschaften eine Erfrischung gereicht wird.« Huber salutierte und entschwand Richtung Messezelt.

Am gleichen Abend wurde den verletzten Soldaten und dem Lazarett- und Krankenhauspersonal ein grandioses Schauspiel unter freiem Himmel geboten. Wer irgendwie laufen konnte, hatte sich auf dem großen Platz am Rande des Lazaretts versammelt, an dessen Ende eine kleine Bühne aufgebaut worden war. Henny Porten und Friedrich Fehér spielten, als ginge es um ihr Leben. Sie sprachen die berühmtesten Dialoge aus ihren letzten Filmen, sangen gemeinsam und legten am Ende einen glanzvollen Tango aufs Parkett. Für einige Stunden lang vergaßen die Soldaten den Krieg, jubelten und lachten und klatschten am Ende ohne Pause, bis die beiden noch einmal auf die Bühne traten, sich verneigten und gemeinsam das berühmte Lied »Lili Marleen« sangen. Es wurde still unter dem Sternenhimmel, als Porten und Fehér das Chanson abwechselnd interpretierten. Und es dauerte einige Sekunden, bis sich nach dem Ende des Lieds wieder Applaus erhob. Bravo-Rufe erschallten und Porten und Fehér verneigten sich immer wieder.

Doch schon am nächsten Morgen war der Spuk vorbei. Der elegante Wagen mit dem Schauspielerpaar war noch in der Nacht abgefahren. Amelie, die Nachtdienst gehabt hatte, sah die beiden davonsausen. Die verzauberten Stunden, die den Krieg eine Weile in den Hintergrund gerückt hatten, gehörten der Vergangenheit an.

## *Kapitel 15*

ROMANIJA, ZWEI MONATE SPÄTER

Es kommen viele Verletzte«, rief Oberstabsarzt Unterberger, der soeben mit einem Krad ins Lazarett eingefahren war. Er kam mit dem schweren Motorrad direkt von der Front. Seit Tagen tobte dort eine Schlacht zwischen k. u. k. Truppen und der serbischen Armee. Amelie, die nach dem Frühstück, das sie sich nach ihrem Nachtdienst gegönnt hatte, gerade zu Bett gehen wollte, lief noch einmal auf den Hof. Unterberger sprang von seinem Motorrad und lief auf eine Gruppe von Ärzten zu, die entspannt vor der Offiziersmesse standen und rauchten. Amelie gesellte sich zu ihnen und zündete sich ebenfalls eine Zigarette an.

Die vergangenen Tage und Wochen waren in der Etappe in der Romanija sehr ruhig verlaufen. Jetzt allerdings schien es eine erste Entscheidung im Serbienfeldzug zu geben.

»Generalmajor Goiginger hält den Brückenkopf bei Zvornik, und die 18. Division versucht, die serbische Division dort zurückzudrängen. Die Schlacht tobt heftig. In wenigen Stunden werden die ersten verletzten Soldaten unserer tapferen Armee hier eintreffen.« Unterberger keuchte. Er war am frühen Morgen dieses 31. Oktober an die rund 20 km entfernte Front gefahren, um sich einen Eindruck vom Kriegsgeschehen zu verschaffen, nachdem er am Abend zuvor ein Telegramm von der Heeresleitung erhalten hatte.

Jemand reichte dem Oberstabsarzt einen Blechbecher mit Wasser, das er sofort hinunterstürzte. »Wir müssen rasch alles vorbereiten«, befahl Unterberger. »Wenn die Verletztentransporte eintreffen, müssen wir sofort triagieren und operieren.« Eilig schritt Unterberger auf das Frauenkrankenhaus zu, in dem sich sein Dienstzimmer befand. Er war von Kopf bis Fuß völlig durchnässt und mit Schlamm bespritzt. Seit Tagen herrschte Regenwetter in der Romanija. Es schüttete in Strömen. Die Sandwege zwischen Zelten und Baracken des Lazaretts waren vollkommen verschlammt. In den Zelten war es zwar weitgehend trocken, die Fußböden jedoch, mit einfachen Holzbohlen belegt, mussten mehrmals täglich gewischt werden, um nicht auch dort ein Schlammchaos zu verursachen.

In seinem Schlafzimmer, das sich ebenfalls im Krankenhaus befand, wusch Unterberger sich, legte eine trockene Uniform an, kämmte den Schmutz aus seinen Haaren und rief nach Fähnrich Huber, der – wie üblich – sofort zur Stelle war. Er hatte sein Feldbett vor dem Schlafzimmer des Lazarettleiters. »Oberstabsarzt Unterberger, melde mich gehorsamst zum Dienst«, rief er.

»Gut, gut«, sagte Unterberger. »Holen Sie mir als Erstes unsere Ärztinnen«, befahl er. »Wir müssen eine Lagebesprechung abhalten.« Er betrat sein Dienstzimmer und warf über die Schulter noch zurück: »Und bringen Sie sofort eine große Kanne Kaffee und ein paar Wurstbrote.«

Fähnrich Huber enteilte, um sowohl das Gewünschte als auch die beiden Ärztinnen, die nun seit etwa zwei Monaten im Frauenkrankenhaus Dienst taten, zu holen.

Mittlerweile war die zweite Ärztin in der Romanija eingetroffen. Zu Amelies großer Überraschung stellte sich Dr. Gerda Laimer aus Wien als ihre Verstärkung heraus. Als sie am Morgen des 15. September in ihr Dienstzimmer gekommen war, um sie zu begrüßen, war Amelie sehr erstaunt gewesen, hatte sich jedoch auch gefreut. Die junge Ärztin aus Wien würde eine großartige Unterstützung sein. Amelie hatte ihr Kaffee angeboten und sie gefragt, was sie hierher verschlagen hatte.

»Ach, wissen Sie«, hatte Gerda Laimer mit ihrem charmanten Wiener Akzent gesagt. »Sie haben mich sehr beeindruckt, als Sie in Wien waren. Ich habe nach einer neuen Herausforderung gesucht, zumal mein Wechsel auf die Innere sich nicht so gestaltet hat, wie ich mir das vorgestellt hatte. Ewig wurde ich hingehalten, wenn ich wissen wollte, wie hoch mein Gehalt sein würde. Ich hatte immer noch kein eigenes Arztzimmer und wurde vom Chef der Abteilung, der nicht gerade begeistert von Medizinerinnen ist, an der kurzen Leine gehalten. Zudem konnte ich mich der Avancen einiger Kollegen kaum noch erwehren. Das hat vielleicht genervt. Da habe ich an Sie gedacht, an das, was Sie hier tun, und habe mich zum militärärztlichen Dienst gemeldet – und hier bin ich.« Amelie nickte und Gerda setzte hinzu: »Ich habe noch nicht viel von der Welt gesehen. Die Militärmedizin interessierte mich auch, wenn ich hier wohl auch eher mit kranken Prostituierten als mit Soldaten zu tun haben werde.«

Gerda zog an ihrer Zigarette und nahm einen Schluck Kaffee, den Amelie ihr angeboten hatte. »Mmh«, machte sie. »Der ist ja richtig gut.«

Amelie lächelte. »Ja, der Kaffee hier ist eine der wenigen Annehmlichkeiten, die wir bieten können. Aber sind Sie sich sicher, dass Sie wirklich hier arbeiten wollen? Es ist hart, die Dienste sind lang und gerade die Behandlung der Frauen aus dem Feldbordell wird mitunter von den Herren Kollegen massiv angefeindet.«

»Anfeindungen kenne ich, seit ich mein Medizinstudium aufgenommen habe«, lachte Gerda. »Warum sollte es hier also anders sein? Und außerdem, immerhin werde ich hier für meine Arbeit bezahlt, wenn auch schlecht. Das war letztlich auch einer der Gründe, warum ich meine Sachen gepackt habe und hierher in die Romanija gereist bin.«

»Na dann, herzlich willkommen!«, hatte Amelie gesagt und sich gleich darangemacht, einen neuen Dienstplan zu erstellen, Gerda ihre Mitarbeiterinnen vorzustellen und ihr die Probleme zu schildern, mit denen sie am häufigsten zu kämpfen hatten.

Amelie hatte zu diesem Zeitpunkt schon nicht mehr geglaubt, jemals Verstärkung zu erhalten. Seit Ende August machte sie praktisch ununterbrochen Dienst im Frauenkrankenhaus. Fast täglich wurden neue Patientinnen eingewiesen, sei es, weil sie schwanger waren, sei es, weil ihre Freier sie mit Geschlechtskrankheiten angesteckt hatten. Und natürlich kamen auch immer wieder Frauen zu ihr, die übel verprügelt worden waren.

Neben Schwester Martina, mit der sie tagsüber, und der Nonne, Schwester Agathe, mit der sie nachts arbeitete, hatte Amelie eigenmächtig drei der Frauen, die sie – als sie im Lazarett angekommen war – behandelt hatte, als Helferinnen herangezogen. Anna, die Patientin, die an Syphilis erkrankt, inzwischen aber wieder genesen war, half ihr beim Bettenmachen, Bettschüsseln entleeren und Waschen der Patientinnen. Kerima, die ihre schwere Infektion nach der Entfernung ihrer Gebärmutter ebenfalls überstanden hatte, sprach sehr gut Deutsch, sie hatte es als Kind von einer Tante gelernt. Sie konnte tippen und unterstützte Amelie bei der Bewältigung der endlosen Bürokratie, und schließlich war noch Hafija zu dem kleinen Trupp gestoßen, die sich um Amelies medizinische Instrumente kümmerte und die Behandlungsräume sauber hielt. Die kleine zarte und noch sehr junge Frau war eins der von Jens Trojahn so bezeichneten »Unfallopfer« aus dem Bordell. Sie war schlimm zugerichtet gewesen, Amelie hatte alle Hände voll damit zu tun gehabt, sie wieder auf die Beine zu bringen. Schwester Martina stand Amelie dabei treu zur Seite, sie erteilte den jungen Frauen sogar Deutschunterricht. Mit Schwester Agathe dagegen hatte es anfangs große Schwierigkeiten gegeben, obwohl diese kaum mit den drei Frauen in Berührung kam.

»Aber Sie können doch nicht diese Personen zur Hilfe im Krankenhaus heranziehen«, hatte sie sich empört. »Verstehen Sie doch«, hatte Schwester Agathe fast flehentlich zu Amelie gesagt. »Das sind gefallene Frauen, denen nur dann geholfen werden kann, wenn sie bereuen und beichten.«

»Bereuen und beichten, ja?« Amelie hatte Schwester Agathe verstimmt angeblickt. »Sie sollten inzwischen wissen, dass die Frauen, die im Feldbordell arbeiten, nicht das Geringste für ihre Tätigkeit können. Sie wurden gezwungen, dort zu arbeiten. Und man hat ihnen damit jegliche Lebensperspektive genommen.«

So schwer sich Schwester Agathe tat, die Frauen, die im Feldbordell arbeiten, zu akzeptieren, Amelie wollte inzwischen nicht mehr auf die geistliche Schwester verzichten, weil diese wirklich gute Arbeit leistete und ihr in der Nacht viel abnahm. »Wie immer Sie es auch sehen, Schwester Agathe, die Frauen sind hier, ich habe die Möglichkeit, sie zu beschäftigen nach all dem Missbrauch im Bordell. So können sie ihr Leben wieder auf eigene Beine stellen.«

Schwester Agathe hatte schließlich eingesehen, dass Widerspruch zwecklos war. So gut kannte sie Dr. Amelie von Liebwitz inzwischen dann doch. Wenn die sich einmal etwas in den Kopf gesetzt hatte, war sie nicht mehr davon abzubringen. Auch Oberstabsarzt Dr. Unterberger konnte mittlerweile ein Lied davon singen.

Einige Tage zuvor hatte Amelie sich endlich durchsetzen können und Gelegenheit gehabt, das Feldbordell aufzusuchen. Es handelte sich um eine Holzbaracke hinter dem Krankenhaus, dort, wo auch das Leichenzelt und Latrinen waren. Das Gebäude schien schnell zusammengeschustert worden zu sein und maß zwei Stockwerke. Der untere Bereich war für die Mannschaftsgrade reserviert. Im zweiten Stock durften sich die Offiziere »entspannen«. Amelie hatte sich mit Oberstabsarzt Unterberger heftig streiten müssen, um endlich die Erlaubnis für diesen Besuch zu erhalten. Er war anfangs strikt dagegen gewesen. Gegen Amelies Sturkopf war er aber schlussendlich nicht angekommen und hatte die Erlaubnis zur Besichtigung des Bordells erteilt. »Eine Bedingung stelle ich aber«, hatte der Oberstabsarzt festgehalten. »Sie werden dort nur hingehen, wenn Dr. Trojahn Sie begleitet.«

»Aber warum denn?«, hatte Amelie aufbegehrt. »Mir wird dort wohl kein Unheil drohen, oder?«

»Sehr wahrscheinlich nicht, trotzdem werde ich Sie dort nicht allein hingehen lassen.« Zähneknirschend hatte Amelie akzeptiert. Jens Trojahn war davon ebenso wenig begeistert gewesen wie Amelie, aber Befehl war Befehl.

Den Eingang zur Holzbaracke bildete lediglich eine klapprige Holztür, die Trojahn mit grimmigem Gesicht aufschob und eintrat. Amelie folgte ihm und sah im Erdgeschoss einen langen Gang, von dem links und rechts kleine Kabuffs, die durch graue Vorhänge abgeteilt waren, abgingen. In jedem dieser Kämmerchen stand bloß ein Bett. Ein paar Haken an der Wand boten die Möglichkeit, Kleidung aufzuhängen. »Hier verrichten die Mädchen ihren Dienst«, knurrte Trojahn. »In jedem Kabuff kann ein Mädchen mit einem Soldaten – nun ja – zugange sein.«

Amelie war entsetzt. Die kleinen Kämmerchen waren lediglich durch dünne Holzwände voneinander abgetrennt. Die Fußböden bestanden aus grauen, splittrigen Bodendielen und die Betten waren mit kratzigen grauen Decken bezogen. »Und wo schlafen die Mädchen?«, fragte sie Trojahn laut über die sehr eindeutigen Geräusche hinweg, die aus mehreren der Kämmerchen kamen.

»Na hier«, sagte Trojahn, nun ebenfalls lauter werdend.

»Sie haben keinen Raum, in den sie sich nach ihrer Arbeit zurückziehen können?«

Trojahn verstand offensichtlich nicht, was Amelie meinte. »Wieso?«, fragte er. »Hier sind ihre Räume«, sagte er und deutete auf die Kämmerchen links und rechts des Ganges.

Amelie verbiss sich einen weiteren Kommentar, als der Vorhang an einem der Kabuffs beiseitegeschoben wurde und ein Soldat, der sich eben noch die Hose zuknöpfte, heraustrat. Er lief dunkelrot an, als er Amelie sah. »Was macht denn die Frau hier drin?«

Trojahn war mit drei Schritten bei ihm und packte ihn am

Kragen: »Sie werden unser Fräulein Stabsärztin respektvoll grüßen. Eine solche Sprache dulde ich nicht einmal hier drinnen.«

Der Soldat, dessen Kragen im festen Griff Trojahns in seinen Hals einschnitt, keuchte: »Entschuldigung, Fräulein Stabsärztin, kommt nicht wieder vor.«

Trojahn ließ ihn los, was der Soldat zum Anlass nahm, sich eiligst vom Schauplatz seiner jüngsten Vergnügung zu entfernen.

Amelie hatte inzwischen ein paar Schritte in den winzigen Raum getan, aus dem der Soldat soeben herausgetreten war. Eine junge Frau lag auf dem Bett, als sie Amelie sah, zog sie rasch die kratzige graue Decke über sich. »Wie heißen Sie?«, fragte Amelie freundlich.

Die Frau starrte sie verdutzt an. »Was machen Sie hier?«, fragte sie dann sichtlich entsetzt.

»Ich sehe mir das Bordell an.« Amelie trat auf die Frau zu, die sich daraufhin noch tiefer in ihrer Decke verkroch. »Wie geht es Ihnen?«

»Geht mir gut«, murmelte die Frau. »Bitte gehen Sie weg.«

Doch Amelie ließ sich nicht beirren. »Hat der Soldat ein Präservativ verwendet?«, fragte sie.

»Ein Präserva... was?« Die Prostituierte verstand Amelie offensichtlich nicht.

»Einen Überzieher?«, versuchte es Amelie nochmals. »Einen Pariser?« Diesmal leuchtete so etwas wie Erkennen in den Augen der Frau auf.

»Ach so, Kondom«, sagte sie. Und dann: »Hat nicht.«

Amelie seufzte. »Sie müssen darauf bestehen, dass Ihre Freier ein Präservativ benutzen. Das schützt Sie vor Schwangerschaften und Krankheiten.«

Die junge Frau mit den schulterlangen schwarzen Korkenzieherlocken schüttelte den Kopf. »Männer wollen nicht.«

»Kann man denn den Soldaten nicht vorschreiben, dass sie Präservative benützen müssen?«, fragte Amelie Trojahn, der einen Schritt außerhalb des Kämmerchens stehen geblieben war.

»Vorschreiben können wir viel«, meinte dieser trocken. »Das bedeutet aber nicht, dass sich die Männer daran halten. Wir folgen ihnen schließlich nicht zu den Huren.«

Amelie schüttelte sich leicht. »Lass dir doch was einfallen«, brummelte ihre innere Stimme. Sicher war sie sich noch nicht, dennoch begann sie bereits, einen Plan zu entwerfen, wie sie diesen Frauen helfen konnte. Sie wandte sich zu Trojahn um. »Ich nehme an, in den anderen Kämmerchen sieht es genauso aus, oder?«

»Korrekt«, erwiderte dieser. »Wollen wir nun in den ersten Stock hinaufgehen?« Trojahn lag sichtlich viel daran, die »Besichtigung« hinter sich zu bringen.

Um in das Obergeschoss zu gelangen, musste man an einem hochgewachsenen Fähnrich vorbei, der die dicke Holztür bewachte, die in die Räumlichkeiten führte. »Stehen Sie hier die ganze Zeit Wache?«, fragte Amelie den Mann.

»Melde gehorsamst von null bis zwölf Uhr«, antwortete dieser schneidig. »Dann werde ich abgelöst.«

»Und warum müssen Sie hier stehen?«

»Na, damit sich hier keine einfachen Soldaten einschleichen«, lautete die knappe Antwort. Der Fähnrich riss die Türe auf und bat Amelie und Trojahn mit einer Handbewegung, einzutreten. Der große Raum dahinter war wie ein gemütlicher Salon eingerichtet. Auf dem Boden lagen Teppiche, ringsum standen kleine Sitzgruppen. Es gab sogar eine Bar, die die Wand gegenüber der Tür einnahm. »Aha«, meinte Amelie. »Für die Offiziere geht es also doch deutlich nobler zu als für die einfachen Soldaten.«

»Was wollen Sie denn damit nun wieder sagen?«, raunzte Trojahn.

»Ach nichts«, erwiderte Amelie und steuerte auf eine Tür zu, die links neben der Mahagoni-Bar in weitere Räume zu führen schien.

»Da können Sie nicht hinein«, rief Trojahn, eilte an ihr vorbei und stellte sich breitbeinig vor die Tür.

»Warum nicht?«, begehrte Amelie zu wissen.

»Nun, es ist so …«, stotterte Trojahn plötzlich. »Manche der Damen sind gerade bei der Arbeit.«

»Ah, Sie meinen, da sind also gerade ein paar Offiziere am Werk?«, fragte Amelie maliziös. »Wie habe ich mir die Räume hinter dieser Tür denn vorzustellen?«

Trojahn kämpfte sichtlich mit sich. »In jedem Zimmer steht ein großes Himmelbett«, antwortete er dann widerstrebend. »Dazu gibt es eine schöne Waschgelegenheit und ein Bidet.«

»Mmmh«, machte Amelie, »sogar ein Bidet, schau an.«

»Ja, die Damen sollen sich schließlich sauber halten«, gab Trojahn zur Antwort und setzte hinzu: »Können wir jetzt bitte endlich gehen?«

»Sie fürchten wohl, hier auf einen Offizier zu treffen, der eben die Dienste einer der Damen in Anspruch genommen hat.« Amelie blickte Trojahn eindringlich an.

»Das kann schon sein«, wand sich dieser. »Ich möchte Sie jetzt bitte hier herausbringen.«

Amelie nickte gnädig. »Gut, aber ich sehe schon jetzt, hier muss sich einiges ändern.«

Trojahn lief rot an. »Überhaupt nichts muss sich hier ändern. Und außerdem haben Sie hier sowieso nichts zu sagen.«

»Das werden wir ja noch sehen«, meinte Amelie kühl, doch innerlich kochte sie. Dieser Trojahn schien absolut gar kein Interesse daran zu haben, die unmöglichen Zustände im Bordell zu ändern. Offenbar war es ihm völlig gleichgültig. Und er war durchaus nicht der Einzige, der so dachte. Am vorherigen Abend, als Amelie in der Offiziersmesse zu Abend gegessen hatte, hatten auch zwei Kollegen Trojahns, Dr. Erwin Meringer und Dr. Josef Abfalter, mit Unwillen reagiert, als Amelie das Thema »Feldbordell« angesprochen hatte. Für sie war dies ein Ort, der ausschließlich der Entspannung der Soldaten zu dienen hatte, was mit den Frauen dort war, war ihnen schlicht und einfach egal. Einzig Dr. Heigl, mit dem sie sich in den vergangenen Wochen angefreundet hatte, schien ihr und den Frauen ein bisschen Verständnis entgegenzubringen. Viel beschäftigt mit den Zuständen im Feldbordell hatte allerdings auch er sich nicht. Als Amelie ihn eines Abends darauf angesprochen hatte, hatte er ihr aber immerhin aufmerksam zugehört und, das musste man ihm zugutehalten, sich wirklich entsetzt über das Schicksal dieser Frauen gezeigt.

»Sehen Sie«, hatte Amelie gesagt, »man kann das auch von einem völlig logischen Standpunkt aus betrachten. Je mehr Frauen schwanger werden, sich mit Geschlechtskrankheiten anstecken oder misshandelt werden, desto häufiger müssen neue Frauen hierhergeholt werden. Das ist doch ein ziemlich großer Aufwand, nicht?« Sie machte eine bedeutungsschwangere Pause. »Wenn wir die Männer dazu bringen, Präservative zu verwenden, können wir Schwangerschaften und Ansteckungen wirksam verhindern. Es müsste nur genau überwacht werden.«

Heigl sah Amelie erstaunt an. »Überwachen?«, fragte er. »Und wie soll das gehen?«

»Ganz einfach.« Amelie hatte sich eine Zigarette angezündet, einen Schluck ihres heißgeliebten Kaffees genommen und es sich auf der Bank der Offiziersmesse so bequem wie möglich gemacht. »Im Bordell für die Offiziere steht doch den ganzen Tag ein Mann vor der Tür«, erklärte sie ihm. »Der tut allerdings derzeit nichts anderes, als einfache Soldaten davon abzuhalten, den Raum für die Offiziere zu betreten. Warum können wir ihm nicht befehlen, jedem Offizier ein Kondom in die Hand zu drücken? Und zudem die Daten auf seiner Erkennungsmarke schriftlich festzuhalten?«

Heigl hatte verneinend den Kopf geschüttelt. »Ich glaube nicht, dass unsere Offiziere das akzeptieren werden, Fräulein Collega. Sie werden das als Eingriff in ihre Privatsphäre verstehen.«

»Sollen sie doch«, antwortete Amelie, die nach einem langen Tag im Krankenhaus erschöpft war und eigentlich nur noch in ihr Bett wollte. »Befehl ist Befehl. Wir müssen eben Oberstabsarzt Unterberger auf unsere Seite ziehen.«

»Und Sie glauben, der tut das?«

»Ich bin sogar ziemlich sicher.« Amelie wandte ihr Gesicht Heigl zu. Es war schummrig im Zelt, nur noch auf dem Tisch, an dem die beiden saßen, brannte eine Petroleumlampe. »Ich bin jetzt bereits einige Wochen hier und habe noch nie gesehen, dass Unterberger das Bordell aufsucht. Ich glaube, er ist nicht allzu begeistert von dem Laden.«

»Stimmt«, bestätigte Heigl, der seine Ellbogen auf den Tisch gestützt hatte. »Soweit ich weiß, ist er immer noch schwer in seine Ehefrau in Wien verliebt. Die beiden sind schon mehr als zwanzig Jahre verheiratet und hängen sehr aneinander. Außerdem ist er ein Mann von Ehre. Er würde das Bordell wohl tatsächlich nie aufsuchen.« Heigl trank seine Kaffeetasse leer und stand auf. »Wollen wir gleich mit ihm reden?«

Amelie schüttelte verneinend den Kopf. »Nicht heute. Ich bin todmüde und muss morgen um sieben Uhr wieder zum Dienst antreten. Für ein solches Gespräch möchte ich ausgeschlafen sein.«

Heigl nickte verständnisvoll. »Gut, dann werde ich mich aber heute noch an Fähnrich Huber wenden, um einen Termin bei unserem vielbeschäftigten Oberstabsarzt zu erhalten.« Die beiden schüttelten sich zum Abschied die Hände. Als Amelie in ihrem Zimmer angekommen war, ließ sie sich erst einmal aufs Bett fallen und atmete tief durch. Es war ein langer, wenn auch nicht sehr aufregender Tag im Krankenhaus gewesen. Zurzeit hatten sie vier Patientinnen mit Syphilis, die gut auf die Behandlung mit Neosalvarsan ansprachen, zwei Schwangere, die kurz vor der Entbindung standen, und drei Mütter, die ihre Babys zwei und drei Tage zuvor bekommen hatten. Müde erhob sich Amelie wieder von ihrem Bett und warf einen Blick auf den Tisch vor dem Fenster. Beim Hereinkommen hatte sie ihre Post, die vor der Tür zu ihrem

Zimmer gelegen hatte, einfach nur dorthin geworfen, jetzt nahm sie Platz und begann sie durchzusehen. Einer der Briefe war von Elisabeth, die inzwischen glücklich wieder in Berlin angekommen war und davon schrieb, sich demnächst auf die Schiffsreise nach Argentinien aufzumachen. Als sie den Brief geschrieben hatte, war sie gerade auf dem Weg nach Hamburg gewesen, wo ein Luxusdampfer darauf wartete, sie in ihre neue Heimat zu bringen. Plötzlich stutzte Amelie und las eine Passage des Briefes ein zweites Mal.

*Da ich mein Haus in Berlin in den nächsten Jahren wohl nicht brauchen werde, habe ich es dir überschrieben. Butler Fritz hält es inzwischen mit dem Hauspersonal in Ordnung und wird dir gerne zur Verfügung stehen, wenn du zurück nach Hause kommst.*

Das wunderschöne Haus! Amelie konnte es kaum glauben. Ihre eigene Wohnung war zwar recht schön, aber natürlich nicht mit dem kleinen Palais ihrer Tante im Grunewald zu vergleichen.

*Sollte ich in Zukunft nach Berlin reisen, wirst du mir ja bestimmt ein Kämmerchen zur Verfügung stellen, oder?*

Amelie musste lachen. Das war so typisch ihre Tante. Gleich morgen würde sie ihr einen Brief schreiben, um sich für dieses sehr großzügige Geschenk zu bedanken. Das Haus ihrer Tante in Berlin war für Amelie mit einer Menge Erinnerungen verbunden, die meisten waren schön. Sie würde mit Freuden dort einziehen, wenn der Krieg vorbei sein und sie wieder in Berlin leben würde.

Sie legte Elisabeths Brief beiseite und griff nach einem anderen. Der Absender lautete Dr. Friedrich Görtz, Curias-Krankenhaus, Chirurgische Abteilung, Am Kreuzberg 35, Berlin.

Friedrich schreibt mir?, fragte sich Amelie. Damit hatte sie nicht gerechnet, waren sie beide doch im Streit auseinandergegangen. Sie riss das Kuvert auf, entnahm ihm zwei Briefbögen und begann zu lesen.

*Liebe Amelie,*
*jetzt bist du schon fast zwei Monate fort, lebst und arbeitest im Kriegsgebiet, und ich sitze hier in Berlin und versuche, irgendwie den Krankenhausbetrieb aufrechtzuerhalten. Viele Ärzte haben sich freiwillig zum Militär gemeldet. Es gilt fast »comme il faut«, sich der Kriegsbegeisterung, die von Seiner Majestät, dem Kaiser, ausgeht, anzuschließen. Wir mussten die Geburtenabteilung schließen, in der Chirurgie sind wir derzeit nur noch zu dritt. Amelie, du fehlst. In mehr als einer Hinsicht. Wir könnten deine Fähigkeiten und Kenntnisse hier so gut gebrauchen und vermissen dich sehr. Weißt du, dass wir inzwischen auch ein Lazarett eingerichtet haben? Wir versorgen hier Soldaten, die im Feldlazarett notdürftig wiederhergestellt wurden, und versuchen, sie wieder dienstfähig zu machen. Ich halte das für eine undankbare Arbeit. Wir heilen sie hier, und dann schicken wir sie wieder an die Front, damit sie erneut zusammengeschossen werden können. Es sind grausame Verletzungen und Verstümmelungen. Zerschossene Gesichter, amputierte Gliedmaßen und gestohlene Seelen. Diese Soldaten sind oft gar nicht so schwer verletzt, leiden aber unter der sogenannten »Kriegszitterei«. Und solche Männer muss ich wieder an die Front schicken, denn sie gelten als Simulanten. Aber was schwätze ich da, das siehst du doch sicher auch täglich im Lazarett und in dem Krankenhaus, in dem du arbeitest.*

Es folgte ein Absatz, dann, offenbar einige Zeit später geschrieben, die Fortsetzung des Briefes.

*Es ist nun tiefe Nacht hier im Curias-Krankenhaus, ich habe, wie fast täglich, Nachtdienst und mir ein paar freie Minuten gestohlen. Amelie, ich möchte mich bei dir entschuldigen. Ich war ungerecht zu dir und wollte wohl nicht verstehen, was dich zu deinem Schritt in die Ferne bewogen hat. Kannst du mir verzeihen? Es wäre so schön, einen Brief von dir zu erhalten, damit ich weiß, dass es dir gut geht. Ich mache mir schwere Vorwürfe, dich bei unserem letzten Gespräch so angegriffen zu haben. Es tut mir leid.*

Wieder folgte ein Absatz. Amelie ließ den Brief sinken und dachte nach. Sie hatte Friedrich eigentlich schon längst verziehen. Sie verstand, warum er sie nicht hatte gehen lassen wollen. Sie lächelte leise, gleich morgen würde sie, wenn sie Zeit dazu fände, einen Antwortbrief an Friedrich schreiben. Sie las weiter.

*Nun ist es Morgen geworden in Berlin, und in Kürze muss ich zur Visite. Ich möchte dir nur noch schreiben, dass Eberhard von Clausenburg offensichtlich deinem Vater schwer ins Gewissen geredet hat und ihn zu einer Entziehungskur überreden konnte. Er ist jetzt in den Carlshöfer Anstalten in Ostpreußen und hat den festen Willen, seine Alkoholsucht zu besiegen. Sei also guten Mutes!*

*Es grüßt dich dein Freund Friedrich.*

Amelie freute sich sehr über den Brief, nicht zuletzt, weil scheinbar auch ihr Vater zur Vernunft gekommen war. Sie hatte, noch in Berlin, alles versucht, um ihren Vater dazu zu bewegen, das Trinken aufzugeben. Nun hatte ihr Wahlonkel Eberhard scheinbar das Unmögliche geschafft. Ihm muss ich auch schreiben, dachte sie. Aber nicht mehr heute.

Sie zog eben ihren Arztkittel aus, als es an der Tür klopfte. Auf ihr »Herein!« trat Fähnrich Huber ein, vergewisserte sich kurz, dass er sie nicht etwa im Nachthemd antraf, und legte dann grüßend die Hände an die Mütze. »Guten Abend, Fräulein Stabsärztin, Sie müssen bitte so rasch wie möglich mitkommen!«

»Aber was ist denn nun schon wieder?« Amelie hatte sich so sehr auf ein wenig Nachtruhe gefreut. »Ich wollte mich eigentlich gerade hinlegen, schließlich habe ich morgen früh wieder Dienst. Warum rufen Sie denn nicht die Kollegin, die Nachtdienst hat?«

»Die ist schon vor Ort«, antwortete Fähnrich Huber zackig. »Aber sie sagt, sie braucht Sie unbedingt.«

Amelie stutzte. Seit Gerda ebenfalls im Krankenhaus Dienst tat, hatte sich ihr Leben vereinfacht, sie hatte öfter mal Pause und konnte gelegentlich sogar eine Nacht durchschlafen. Die neue Kollegin hatte sich rasch durchgesetzt und mit ihrer freundlichen, aber bestimmten Art auch schnell das Vertrauen der Patientinnen gewonnen. Schwester Martina war ebenfalls sehr angetan von Gerda, lediglich Schwester Agathe schoss wieder einmal quer. Sie hatte Gerda Laimer vom ersten Augenblick an abgelehnt und absolvierte ihre Nachtdienste unter Gerdas Leitung nur widerwillig. Amelie hatte allerdings noch keine Zeit gehabt, diese Ablehnung zu ergründen. Auch eine weitere Krankenschwester hatten sie zur Verstärkung erhalten. Amelie hatte sich für Schwester Silvia entschieden, die sie einige Tage zuvor kennengelernt hatte. Schwester Silvia war gern bereit gewesen, ins Frauenkrankenhaus zu wechseln, nicht zuletzt deshalb, weil sie und Schwester Martina sich im Krankenhaus ein Zimmer teilten und sie so aus der Baracke im Lazarett ausziehen konnte.

Seufzend zog Amelie ihren Kittel wieder an und folgte Fähnrich Huber zur Tür hinaus. Wenn Gerda – die beiden Frauen duzten sich längst – mit einer Situation nicht fertigwurde, musste wirklich etwas Schlimmes passiert sein. Huber rannte zum Feldbordell hinter das Haus. »Was ist denn nur passiert?«, rief sie ihm nacheilend zu.

»Ich weiß es nicht genau, kommen Sie schnell«, antwortete der Fähnrich, der vor dem einfachen Holzhaus angekommen war und die Tür geöffnet hatte. Amelie trat mit wehenden Kittelschößen ein und erstarrte kurz. In dem Kabuff, gleich hinter dem Eingang zum Bordell, lag eine Frau auf dem Boden, eine zweite saß – unbekleidet und zitternd – ans Bett gelehnt. Die Frau auf dem Boden war ebenfalls nackt, von oben bis unten blutverschmiert und hatte offensichtlich schwere Kopfverletzungen. Ihr Gesicht war so zerschlagen, dass man sie kaum mehr erkennen konnte, doch Amelie sah die roten Korkenzieherlocken und wusste, es handelte sich um eine der Prostituierten für Offiziere. Auch die zweite Frau war offensichtlich schwer verprügelt worden, ihr Körper war mit blauen Flecken übersät, ihre Lippe blutete und beide Augen waren zugeschwollen. Außerdem fehlte ihr an der Schläfe ein Büschel Haare, das mit der Haut ausgerissen worden war.

»Aber was ist denn hier geschehen?«, fragte sie Gerda, die am Boden neben der ohnmächtigen Frau kniete.

»Ein Freier«, knurrte Gerda. »Oder eigentlich zwei. Ein einfacher Soldat und ein Leutnant, die häufig zu zweit hier zu finden sind. Sie suchen sich immer jeder eine Frau aus und verlangen offenbar Dinge, die diese nicht tun wollen. Daraufhin haben sie die beiden Frauen so zugerichtet.« Sie maß gerade den Puls der Frau, die auf dem Boden lag. »Sie haben ihr den Schädel eingeschlagen.« Sie deutete auf den seitlichen Bereich des Kopfes der Frau, der deutlich eingedrückt war. »Sie atmet noch, aber nur noch gerade so.«

Amelie eilte an Gerdas Seite und untersuchte die Frau ebenfalls. Tatsächlich röchelte sie noch leise, aber die Abstände zwischen den einzelnen Atemzügen wurden immer größer und ihr Herz, das Amelie abhörte, schlug nur sehr langsam. In dem kleinen Kabuff brannte nur eine Kerze, es war dunkel und eng. »Bringen Sie mehr Licht«, wies sie Fähnrich Huber an, »und holen Sie die Schwestern Martina und Silvia.«

Huber rannte, um das Gewünschte und die beiden Schwestern zu holen. Gerda hockte jetzt auf der Erde neben der rothaarigen Frau und hielt ihre Hand. Amelie bückte sich zu der anderen Frau herunter, die zwar auf den ersten Blick ebenfalls übel zugerichtet worden, aber offenbar nicht lebensgefährlich verletzt war. »Wie heißt du?«, fragte Amelie leise und nahm die Hand der Frau, um ihren Puls zu messen. Er ging schnell.

»Ich bin Valida«, antwortete die Frau leise.

»Wo tut es Ihnen am meisten weh?« Amelie hatte sich nun neben die Frau auf den Boden gesetzt.

»Hier«, antwortete Valida und deutete auf ihren Bauch.

Amelie versuchte vorsichtig, Validas Bauch abzutasten, und merkte gleich, dass dieser bretthart war. Als sie den linken Oberbauch berührte, dort, wo die Milz saß, schrie Valida auf.

»Hier hat mich der Mann geschlagen«, weinte sie. »Auch ins Gesicht.«

Das sah man auch ohne ärztliche Ausbildung. Doch Amelie strich sacht über den Arm von Valida und sagte: »Wir werden dich jetzt hinüber ins Krankenhaus bringen und uns deine Verletzungen genau anschauen. Dann werden wir sehen, wie wir dir helfen können, in Ordnung?« Valida nickte nur und ließ den Kopf hängen.

»Ich glaube, ihre Milz ist verletzt«, flüsterte Amelie Gerda zu, die immer noch bei der sterbenden Frau auf dem Fußboden saß. »Lass sie ins Krankenhaus bringen«, antwortete Gerda leise. »Ich bleibe hier, bis die Frau hier ihren letzten Atemzug getan hat. Sie sollte nicht alleine sterben.« Amelie nickte stumm.

In diesem Augenblick kehrte Fähnrich Huber zurück, den Arm voller Kerzen. Im Schlepptau hatte er Schwester Martina und Schwester Silvia. Die beiden Krankenschwestern hatten eine Trage dabei und gemeinsam luden sie Valida auf, um sie ins Krankenhaus zu bringen. »Nehmt den Hintereingang«, sagte Amelie noch. »Das geht schneller. Und bringt sie gleich in den Behandlungsraum.« Die beiden Krankenschwestern nickten, hoben die Trage an und gingen davon.

Amelie wollte ihnen folgen, als plötzlich Dr. Jens Trojahn den Schauplatz betrat. »Was ist denn hier los?«, herrschte er die beiden Frauen an.

»Ist das nicht offensichtlich?«, fragte Amelie ärgerlich. »Hier wurden heute Nacht zwei Frauen sehr schwer verprügelt. Eine der Frauen kann ich noch behandeln, sie wird gerade ins Krankenhaus gebracht, die andere wird es nicht überleben. Ein Verbrechen ist hier geschehen.«

Trojahn war einen Moment sprachlos. Dann fing er sich wieder. »Und wer soll das getan haben?«

»Das wissen wir noch nicht. Auf jeden Fall waren es wohl zwei Freier, das hat Valida, die Frau, die gerade ins Krankenhaus gebracht wird, uns berichtet.«

»Ah so, ah so«, murmelte Trojahn. »Na das kann ja heiter werden. Was ist mit der Frau hier?« Trojahn deutete auf die sterbende Frau auf dem Fußboden.

»Sie stirbt«, antwortete Gerda Laimer zornig. »Der Täter hat ihr eine tödliche Kopfverletzung zugefügt.«

»Bleiben Sie bei ihr, und Sie«, Trojahn deutete auf Amelie, »gehen ins Krankenhaus hinüber.«

Amelies Zorn wuchs. »Das, sehr verehrter Herr Stabsarzt, hatte ich ohnehin vor. Fräulein Stabsärztin Laimer wird bei der sterbenden Frau bleiben. Wie wäre es, wenn Sie, anstatt hier tatenlos rumzustehen, sich auf die Suche nach den beiden Soldaten machen würden, die dies hier angerichtet haben?«

Trojahn antwortete böse: »Das überlassen Sie bitte mir, Fräulein Stabsärztin. Das geht Sie nichts an.«

Er wandte sich um und wollte gehen, doch Amelie streckte den Arm aus und hielt ihn auf. Trojahn blickte auf Amelies Hand, als könne er es nicht fassen, dass sie ihn am Gehen hindern wollte. »Gehen Sie zu Oberstabsarzt Unterberger«, befahl Amelie mit zusammengebissenen Zähnen. »Berichten Sie ihm über das Geschehen hier und dann machen Sie sich sofort auf die Suche nach den Tätern.«

Trojahn schüttelte den Kopf. »Ich habe keine Zeit! Es kommen laufend neue Verletzte von der Schlacht. Ich muss sofort wieder zurück, um weiter zu operieren.«

»Und was machen Sie dann überhaupt hier?« Amelie war außer sich. »Wenn Sie ohnehin nichts tun wollen, dann verschwinden Sie!« Sie zitterte vor Wut.

Trojahn zog ein böses Lächeln auf. »Nun, ich hörte Schreie aus dem Bordell und dachte mir, Sie wären wohl überfordert. Deswegen kam ich her. Aber es ist ja nicht viel passiert. Die beiden Weiber sind verletzt, aber das ist doch keine große Sache. Immerhin sind es nur Huren.« Trojahn wollte sich ein zweites Mal abwenden, drehte sich jedoch noch einmal um. »Und Oberstabsarzt Unterberger hat jetzt bestimmt keine Zeit für Sie, er operiert am laufenden Band.«

Amelie hatte genug. Blind vor Wut wollte sie sich auf Trojahn stürzen. Gerda Laimer sprang gerade noch rechtzeitig auf, um ihr in die Arme zu fallen.

»Gehen Sie!«, befahl sie Trojahn. »Sofort!«

Mit einem verächtlichen »Tz, tz« verließ Trojahn das Bordell und eilte auf eines der Operationszelte zu.

»Reg dich doch nicht so auf, Amelie«, sagte Gerda und hielt die Freundin fest. »Das hat doch gar keinen Sinn. Du weißt ja, wie Trojahn ist.«

Amelie zitterte immer noch vor Wut, beruhigte sich aber in der Umarmung Gerdas etwas. »Du hast recht. Es hat keinen Sinn.« Sie klang traurig und müde. »Ich geh ins Spital hinüber zu unserer anderen Patientin.«

Als sie im Behandlungsraum angekommen war, lag Valida bereits auf der Liege und war mit einer warmen Decke zugedeckt. Schwester Martina bestückte ein Instrumententablett, während Schwester Silvia die Patientin vorsichtig mit einem Schwamm wusch, dabei umsichtig immer nur jene Körperpartie entblößend, der sie sich gerade widmete. Valida schien etwas zur Ruhe gekommen zu sein. Sie weinte nicht mehr, lag stumm da und ließ die Waschung über sich ergehen. Als sie sauber war, hüllte Silvia sie wieder in die Decke.

Amelie trat hinzu. »Wie fühlst du dich?«, fragte sie Valida leise.

»Ein bisschen besser«, antwortete diese mit starkem bosnischem Akzent. Sie war in den letzten Minuten sehr blass geworden. »Bauch tut aber immer noch sehr weh – und Bein.«

Durch ihre zugeschwollenen Augen konnte sie kaum etwas sehen, die Blutung an ihrer Lippe hatte von selbst aufgehört. Amelie wollte vorsichtig die Decke von Valida streifen, um sie eingehend untersuchen zu können. Valida wehrte sich jedoch und zog die Decke bis zur Nase hoch.

»Meine Liebe«, begann Amelie. »Ich muss dich ansehen, um festzustellen, was dir fehlt. Aber mach dir keine Sorgen, hier sind nur Frauen. Männern erlauben wir den Zutritt heute nicht.«

Valida sah immer noch ängstlich aus, ließ allerdings die Decke los. Amelie zog sie vorsichtig herunter. Valida war praktisch von Kopf bis Fuß mit blauen Flecken übersät. Ihr rechtes Bein war seltsam verdreht, und als Amelie ihren Bauch erneut untersuchte, schrie sie wieder auf. Amelie richtete sich auf. Die Milz schien aufgrund wiederholter Schläge in den Bauchraum gerissen zu sein. Valida blutete innerlich. Amelie musste etwas tun, sonst würde ihre Patientin die Verletzung nicht überleben.

Gerda Laimer betrat den Raum. »Das Mädchen mit den roten Locken ist gestorben«, sagte sie traurig. »Sie hat noch einmal versucht, die Augen zu öffnen, dann blieb ihr Herz stehen.«

Amelie schüttelte fassungslos den Kopf.

»Ich habe Fähnrich Huber dazu veranlasst, sie vorläufig ins Leichenhaus zu schaffen. Ich denke, wir sollten eine Obduktion durchführen.«

»Da hast du bestimmt recht«, meinte Amelie abwesend. »Validas Milz ist gerissen. Wenn wir nicht operieren, wird sie wohl sterben.«

»Du willst ihre Milz entfernen?«, fragte Gerda. »Etwa hier?«

»Du kannst sie gerne auch noch einmal abtasten«, antwortete Amelie. »Aber sieh sie dir doch an. Sie wird immer blasser, offenbar blutet sie in den Bauchraum. Wenn sie nicht sterben soll, dann müssen wir sie operieren.«

Gerda trat zu Valida, sprach sie leise an und betastete dann ebenfalls ihren Bauch. Wieder schrie Valida auf. »Wir sollten ihr auf jeden Fall ein starkes Schmerzmittel geben«, schlug Gerda vor. »Traust du dir die Operation denn zu?«

»Wenn du mir assistierst und eine der Schwestern die Narkose macht, müsste es gehen«, antwortete Amelie selbstbewusst. Blitzartig schoss ihr die Erinnerung an die Blinddarmoperation in Berlin durch den Kopf. »Und was machst du, wenn es wieder schiefgeht?«, höhnte die Stimme in ihrem Kopf. »Ach halt doch die Klappe!«, sagte Amelie laut.

Gerda stutzte und blickte Amelie an. »Aber ich habe doch gar nichts gesagt.«

»Oh, tut mir leid, da habe ich wohl laut gedacht«, meinte Amelie. »Wir müssen versuchen, Valida zu operieren«, lenkte sie um. »Ohne die Operation hat sie keinerlei Chance.«

Gerda nickte. Amelie hatte recht. »Sie wird sehr viel Blut verlieren«, sagte sie noch.

»Ich weiß.« Amelie versuchte, nicht ängstlich zu wirken. »Trotzdem, wir müssen es versuchen.«

Schwester Martina und Schwester Silvia schoben die Liege mit Valida in den Operationssaal des Krankenhauses. Amelie und Gerda bereiteten rasch die Instrumente vor. Das Krankenhaus war zwar an das öffentliche Stromnetz angeschlossen, nicht selten allerdings war die Stromzufuhr unzuverlässig. Außerdem zapfte auch das Lazarett seinen Strom vom Netz des Krankenhauses ab, was im Spital häufig zu Stromausfällen führte. Deshalb wurde die große Leuchte über dem Operationstisch mit Petroleum betrieben. Das roch zwar nicht besonders gut, war aber zuverlässiger als eine strombetriebene Leuchte.

Schwester Silvia platzierte sich hinter dem Kopf der Patientin, bereit, Valida eine Äthermaske über Mund und Nase zu legen. Amelie trat an das Kopfende der Operationsliege. Sie trug bereits Kittel, Maske und Handschuhe und blickte auf ihre verängstigte Patientin herab.

»Valida«, begann sie. »Wir müssen dich operieren, sonst wirst du an deinen inneren Verletzungen sterben.«

Valida weinte leise vor sich hin und sah Amelie hilflos an.

»Mach dir bitte keine Sorgen«, erklärte Amelie. »Gleich wirst du tief und fest schlafen, und wenn du aufwachst, ist alles wieder gut.«

Valida nickte schicksalsergeben und Amelie bat Schwester Silvia, die Patientin zu narkotisieren. Schwester Martina übernahm die Rolle der Operationsgehilfin. Gerda hatte sich gegenüber von Amelie platziert, um ihr, wenn nötig, helfen zu können. Draußen dämmerte es bereits, ein wolkenverhangener Morgen zog herauf, der 18. Oktober würde wohl ein kalter, regnerischer Tag werden. Schwester Martina reichte Amelie ein Skalpell. Ohne weiter nachzudenken, machte die Ärztin einen großzügigen Querschnitt über den Oberbauch und vervollständigte diesen mit einem Längsschnitt nach links oben, um zur Milz zu gelangen. Sofort zeigte sich, dass der Oberbauch Validas voller Blut war. Es quoll aus der Bauchwunde und ließ keinen Blick auf die verletzte Milz zu. Ohne Anweisungen abzuwarten, reichte Schwester Martina Kompressen an Gerda und Amelie weiter, mit der sie versuchten, das Blut aus dem Oberbauch so weit wie möglich zu entfernen. Sie arbeiteten, so schnell sie konnten. Schließlich war das Operationsfeld einigermaßen zu überblicken.

»Es ist tatsächlich die Milz«, ließ Gerda verlauten, die immer noch mit der Blutstillung beschäftigt war. »Kannst du sie herausnehmen?«

»Ich denke schon«, antwortete Amelie. »Siehst du hier den Milzhilus?«, fragte sie Gerda. »Ich werde die Blutgefäße, die die Bauchspeicheldrüse mit der Milz verbinden, nun abklemmen, halte bitte hier die Klemmen fest.« Sie deutete auf den Hilus. Schwester Martina hatte die Klemme schon in der Hand und reichte sie an Amelie weiter.

Kurze Zeit später war die Milz von der Blutversorgung abgeschnitten. »Gut gemacht«, sagte Gerda. Amelie ergriff das Skalpell, das Schwester Martina ihr reichte, und präparierte das verletzte Organ aus seiner Nische. Sie reichte es Schwester Martina weiter und überprüfte das Operationsfeld. Sie sah keine blutenden Gefäße. Alles schien in Ordnung zu sein. Amelie blickte Gerda an.

»Magst du zumachen?«, fragte sie die Kollegin.

»Gerne«, antwortete diese.

Amelie trat vom Operationstisch zurück und sagte zu Schwester Silvia: »Wenn Dr. Laimer den letzten Stich macht, nimmst du Valida die Maske ab. Sie müsste dann rasch wieder zu sich kommen.«

Tatsächlich, sobald die letzte Naht gesetzt war, schlug Valida auch schon die zugeschwollenen Augen auf. Sie schien verwirrt. Plötzlich allerdings würgte sie heftig. Geschickt hielt Schwester Silvia ihr eine Nierenschale vor den Mund, als Valida sich übergab.

»Mir schlecht«, murmelte die Patientin danach.

»Ich weiß«, sagte Amelie. »Das ist oft so nach einer Äthernarkose. Aber du hast alles gut überstanden und wirst bald wieder gesund sein.«

»Und das Bein?«, fragte Gerda. »Es scheint, als ob der Unterschenkel gebrochen ist.«

Tatsächlich war der linke Unterschenkel verdreht und angeschwollen. »Richtig, den Knochenbruch müssen wir ja auch noch richten.« Amelie hob gemeinsam mit Gerda den verletzten Unterschenkel an und richtete den gebrochenen Knochen, der zum Glück die Haut nicht durchstoßen hatte, wieder ein. Valida schrie kurz auf, war allerdings noch so benommen, dass sie gleich wieder verstummte.

»Schwester Martina«, sagte Amelie. »Bitte rühre einen Gips an und verbinde Validas Bein.« Die Schwester folgte der Anweisung.

Eine halbe Stunde später lag die Patientin in einem Krankenbett im Dachgeschoss. Sie hatte das Zimmer für sich allein. Gut zugedeckt ruhte sie in einem frisch überzogenen Bett. »Wie fühlst du dich?«, fragte Amelie, die mit Schwester Silvia das Krankenzimmer hergerichtet und die Kranke gebettet hatte.

»Ganz gut«, Valida sprach sehr leise. »Sehr müde.«

»Du hast viel Blut verloren, deswegen bist du so erschöpft«, erklärte Amelie. »Schlaf jetzt erst einmal ein wenig. Ich schaue in einer Stunde noch mal nach dir.« Sie maß noch rasch Puls und Blutdruck und war erleichtert, als beide Werte zwar niedrig, aber nicht beunruhigend waren. Jetzt durfte bloß keine Infektion auftreten. Die erste Nacht würde entscheidend sein. Während der Operation hatten sie und Gerda unter strenger Asepsis gearbeitet, die Milznische und die umliegende Region mit Antiseptika ausgewischt und auch die Naht damit behandelt.

Amelie streckte sich. Auch sie war todmüde. An Schlaf war allerdings nicht zu denken. Es war gleich sieben Uhr morgens – Amelies Tagdienst begann. Sie ließ Valida in der Obhut von Schwester Silvia, nicht ohne dieser einzuschärfen, sie sofort zu holen, wenn Komplikationen auftreten sollten, und lief in den ersten Stock, wo sie Schwester Agathe an ihrem Tisch vorfand. Sie hatte soeben ihre letzte Nachtrunde gemacht und aktualisierte die Krankenakten. »Guten Morgen, Schwester Agathe«, begrüßte Amelie die Nonne. »Ist alles in Ordnung?«

»Alles ist gut«, beruhigte Schwester Agathe. »Es gab keine Vorkommnisse während der Nacht. Sie allerdings scheinen wohl sehr beschäftigt gewesen zu sein.« Fragend blickte Schwester Agathe Amelie an.

»Ja, in diesem unseligen Feldbordell haben sich wohl zwei Männer buchstäblich ausgetobt«, berichtete Amelie der Nonne. »Eine Frau ist tot, und die andere konnten wir nur mithilfe einer Operation retten.«

Schwester Agathe bekreuzigte sich fromm und sprach ein

kurzes Gebet. »Ich wünschte, wir bräuchten dieses sündige Haus nicht«, sagte sie dann leise.

»Ich auch, ich auch«, erwiderte Amelie. »Es bringt nur Schaden, am meisten den Frauen, die dort arbeiten.« Sie verließ Schwester Agathe mit einem freundlichen Gruß und eilte in ihr Dienstzimmer. Schwester Martina und Gerda Laimer saßen vor Amelies Schreibtisch, tranken Kaffee und rauchten eine Zigarette. Auch an Amelies Platz dampfte ein Becher mit frischem Kaffee. Dankbar ließ Amelie sich in ihren Stuhl sinken. »Ihr seid Engel«, sagte sie und trank. Dann entzündete auch sie sich einen Glimmstängel und lehnte sich zurück.

Einige Minuten lang sprach keine der Frauen ein Wort. Sie waren immer noch entsetzt über die Geschehnisse der Nacht und hingen schweigend ihren Gedanken nach. »Wir müssen versuchen, die beiden Männer zu finden, die den Frauen das angetan haben«, brach schließlich Schwester Martina das Schweigen. »Es kann doch nicht sein, dass diese Bestien ungestraft davonkommen.« Die zierliche Schwester mit dem Blondschopf unter dem Häubchen war zornig und traurig zugleich. »Ich habe in den Lazaretten schon viel gesehen, auch sehr grausige Verletzungen, aber diese beiden Frauen gehen mir ans Herz«, murmelte sie in ihre Kaffeetasse.

Gerda Laimer legte die Hand auf Schwester Martinas Arm. »Uns geht es nicht anders, nicht wahr, Amelie?«, wandte sie sich an die Kollegin und Freundin.

Amelie fuhr in die Höhe. Sie war tatsächlich kurz eingenickt. »Aber ja«, sagte sie laut. »So kann das einfach nicht weitergehen. Wir müssen etwas tun.«

»Zuerst müssen wir die Leiche der anderen Frau obduzieren«, hielt Gerda fest. »Bestimmt wollen unsere Herren Ärzte das Ganze so rasch wie möglich unter den Teppich kehren und die arme Frau schnell begraben.«

In diesem Moment klopfte es an der Tür. Fähnrich Huber betrat den Raum, ohne ein »Herein!« abzuwarten. »Fräulein Stabsärztin von Liebwitz, Fräulein Stabsärztin Laimer, Sie sollen sofort zu Oberstabsarzt Unterberger ins Büro kommen.« Huber salutierte und enteilte.

Gerda blickte Amelie an. »Jetzt ist es wohl so weit«, sagte sie. »Jetzt werden wir erfahren, was bezüglich der Täter unternommen werden wird.«

Beiden Frauen war mulmig zumute. Tapfer machten sie sich auf den Weg zum Büro des Oberstabsarztes. Dr. Heinrich Unterberger sah furchtbar aus. Sein Kittel war blutverschmiert, graue Bartstoppeln zierten sein Gesicht, er wirkte blass und völlig übermüdet. Amelie und Gerda, die zwar gewusst hatten, dass eine Schlacht im Gange war und das Lazarett viele Soldaten hatte versorgen müssen, war dies in all der Aufregung der Nacht völlig entfallen. Es rief ihnen wieder ins Gedächtnis, dass sie sich hier zwar in der Etappe, aber dennoch mitten im Krieg befanden.

»Guten Morgen, meine Damen«, grüßte Unterberger schroff. »Ich habe von den Ereignissen der vergangenen Nacht erfahren und möchte Ihre Berichte hören.« Er bot ihnen keinen Platz an und setzte sich auch selbst nicht, sondern lehnte sich mit verschränkten Armen gegen die Wand hinter seinem Schreibtisch.

Amelie und Gerda erzählten abwechselnd, was in der Nacht im Bordell und im Krankenhaus geschehen war. »Wir haben Dr. Trojahn inständig gebeten, einen Suchtrupp zusammenzustellen, um die Männer zu finden, aber er hat das mit der Begründung, es seien schließlich doch nur Huren, abgelehnt«, endete Amelie und fühlte wieder Zorn in sich aufsteigen.

»Da soll doch …«, fuhr Unterberger auf. »Hat er das wirklich so gesagt?« Er stieß sich von der Wand ab und trat an seinen Schreibtisch.

»Ich habe es gehört«, bestätigte Gerda.

»Und die eine Frau ist verstorben?«, hakte Unterberger noch einmal nach.

»Ja«, antwortete Amelie knapp.

»Sie wurde so schlimm verprügelt, dass sie noch im Bordell

ihren Verletzungen erlegen ist«, ergänzte Gerda. »Wir konnten nichts tun.«

»Und Sie haben bei der anderen Patientin die Milz entfernt?«, wollte Unterberger wissen. »Es fällt mir schwer, das zu glauben.« Er zog die rechte Augenbraue hoch und blickte Amelie an.

»Ich habe diesen Eingriff in Berlin schon einige Male durchgeführt«, verteidigte sich Amelie. »Ihr Abdomen war bretthart, als ich die Milz tasten wollte, schrie die Patientin vor Schmerzen auf, und sie wurde im Laufe der Untersuchung immer blasser und ruhiger. Alles deutete auf eine Milzverletzung hin. Also habe ich sie operiert, Fräulein Stabsärztin Laimer hat mir assistiert und Schwester Silvia hat sich um die Narkose gekümmert.«

Unterberger brummelte vor sich hin. Dann nahm er endlich an seinem Schreibtisch Platz. »Bitte setzen Sie sich, meine Damen«, forderte er die beiden Ärztinnen auf. Er atmete einmal tief ein und aus und rief dann nach Fähnrich Huber.

Der arme Mensch, dachte Amelie unwillkürlich, er darf wohl nie zur Ruhe kommen.

Huber trat ein, salutierte vor Unterberger und stand still. »Huber«, setzte Unterberger an und wurde von einem gewaltigen Gähnen überrascht. Rasch schlug er die Hand vor den Mund. »Bitte entschuldigen Sie«, wandte er sich an Amelie und Gerda. »Ich habe die ganze Nacht operiert. Also, Huber, Sie werden jetzt Folgendes tun. Sie holen mir erstens Stabsarzt Trojahn in mein Büro. Und es ist mir vollkommen gleichgültig, ob er gerade operiert, schläft, isst oder scheißt.« Ungläubig blickten Amelie und Gerda einander ein. Derart unflätige Worte waren sie von dem sonst so distinguierten Oberstabsarzt nicht gewöhnt.

»Verzeihen Sie bitte«, entschuldigte sich Unterberger erneut. »Und dann holen Sie mir den Major Steininger. Und sputen Sie sich«, schickte er dem bereits davoneilenden Fähnrich hinterher und wandte sich dann wieder seinen beiden Kolleginnen zu. »Major Steininger befehligt die einfachen Soldaten, die hier im Lazarett Dienst tun. Ich werde ihn anweisen, sofort einen Trupp zusammenzustellen, der die beiden Täter ermitteln wird. Zuerst sollen die Soldaten die Mädchen in diesem Bordell«, er spuckte das Wort angewidert aus, »befragen, was sie zu den Tätern berichten können – und dann werden wir die beiden suchen lassen.«

»Ich finde Ihre Idee sehr gut«, begann Amelie vorsichtig, »aber glauben Sie wirklich, die Mädchen sagen gegen die Soldaten aus, Soldaten gar, die vielleicht schon ein- oder mehrmals ihre Dienste in Anspruch genommen haben?«

Unterberger schüttelte unwillig den Kopf, antwortete aber nicht gleich. Schließlich hob er die Achseln. »Das mag schon so sein, aber etwas anderes fällt mir im Augenblick nicht ein.«

Gerda fiel ihm fast ins Wort. »Wir Ärztinnen könnten das doch machen«, schlug sie vor. »Viele der Frauen kennen uns inzwischen und vertrauen uns, zumindest mehr als den männlichen Kollegen. Ich bin sicher, uns würden sie eher Auskunft geben als Soldaten.«

Amelie nickte Gerda zu und lächelte. »Eine großartige Idee«, sagte sie dann. »Was meinen Sie, Herr Oberstabsarzt?«

Heinrich Unterberger wiegte den Kopf hin und her. »Das könnte gehen«, meinte er nach einer Weile. »Sind Sie denn hier im Krankenhaus abkömmlich?«

»Im Augenblick haben die Schwestern alles im Griff. Und wenn etwas passiert, sind wir ja nicht weit weg«, meinte Gerda.

»Also gut. Dann werden wir es versuchen.«

Es klopfte und ein Hüne von gut zwei Metern Größe zog den Kopf ein, um sich nicht am niedrigen Türsturz zu stoßen, und trat in Unterbergers Büro. »Melde gehorsamst«, salutierte er. »Major Steininger!«

Unterberger salutierte ebenfalls. »Gut, dass Sie da sind, Herr Major. Wir haben ein diffiziles Problem zu lösen.«

Der Major, der seine dichten schwarzen Haare stoppelkurz geschnitten und seine Uniformmütze in den Händen trug, lauschte, ohne ein Wort zu sagen, Unterbergers Bericht. Über das Verhalten von Stabsarzt Dr. Jens Trojahn ließ Unterberger kein Wort verlauten. »Sie stellen mir also einen Suchtrupp zusammen«, schloss er. »Wir müssen diese Männer finden.«

»In Ordnung, Herr Oberstabsarzt«, sagte Major Steininger.

»Sie werden Ihre Suche beginnen, wenn Stabsärztin von Liebwitz und Stabsärztin Laimer mit der Befragung der Mädchen im Feldbordell fertig sind und wir hoffentlich eine Beschreibung der beiden Männer haben.«

»Da fällt mir ein«, begann Steininger. »Heute Morgen habe ich Unterleutnant Hacker gesehen, der sehr deutliche Kratzspuren im Gesicht und ein blaues Auge aufwies, die nicht von der Schlacht stammen können. Der Unterleutnant tut hier im Lazarett Dienst.«

Unterberger merkte auf. »Lassen Sie ihn von Ihren Leuten sofort festsetzen und in die Arrestzelle im Keller bringen. Ich möchte diesen Mann auf der Stelle befragen«, befahl er.

Major Steininger trat kurz vor die Tür von Unterbergers Büro, wo sein Adjutant auf seine Anweisungen wartete. Als er erneut das Büro betrat, wandte Steininger sich an Amelie und Gerda. »Stabsärztin von Liebwitz, Stabsärztin Laimer, ich stehe Ihnen mit meinem Trupp jederzeit zur Verfügung. Bitte senden Sie Fähnrich Huber zu mir, wenn Sie die Befragungen im Bordell abgeschlossen haben.« Er salutierte vor Unterberger und eilte davon.

Am Abend dieses furchtbar langen Tages saßen Amelie und Gerda in Amelies Dienstzimmer. Sie hatten es geschafft, tatsächlich alle dreißig Mädchen im Bordell zu befragen, und einiges dabei herausgefunden. Es waren traurige Erzählungen gewesen, die die beiden Ärztinnen sehr mitgenommen hatten. Unterleutnant Hacker war ihnen von mehreren Mädchen genau beschrieben worden. Es war nicht das erste Mal gewesen, dass er ein Mädchen im Bordell verprügelt hatte. Bis zur gestrigen Nacht hatte er allerdings immer aufgehört, bevor es zu gefährlichen Verletzungen gekommen war. Der zweite Mann, ganz offensichtlich ein einfacher Soldat, war ebenfalls ein Stammgast des Feldbordells, nicht ganz so brutal wie Hacker, aber auch er war immer wieder gewalttätig geworden und hatte die Mädchen geschlagen.

»Die Männer haben sich angefreundet«, hatte eines der Mädchen berichtet. Ihr Name war Naza, sie stammte aus der Gegend um die Romanija. »Dann sind sie immer zu zweit gekommen.«

Schwester Martina, die die beiden Ärztinnen zur Befragung ins Bordell begleitet hatte, hatte während des Gesprächs als Übersetzerin fungiert. »Sie haben sich immer zwei Mädchen ausgesucht«, erzählte Naza, die vielleicht siebzehn Jahre alt war, überschlank, mit langen dunkelbraunen Haaren und großen schwarzen Augen. Auch bei ihr verblasste ein Veilchen im Gesicht. »Der Soldat hat auch mich einmal geschlagen.« Sie deutete auf ihr linkes Auge. »Aber er wollte mich dann nicht mehr«, erklärte sie. »Nicht genug Leidenschaft.«

Schwester Martina bekam beim Übersetzen einen roten Kopf vor Ärger. Den Nachnamen des Soldaten wussten die Mädchen nicht. Er selbst hatte sich immer nur Bert genannt. »Ich bin der Bert, hat er immer gesagt«, berichtete Naza. »Und dabei hat er gegrinst.«

Amelie und Gerda hatten alle Informationen, die sie hatten sammeln können, Major Steininger berichtet. Dieser hatte in der Zwischenzeit Unterleutnant Hacker verhaftet und im Keller des Krankenhauses, in dem sich zwei Arrestzellen befanden, eingeschlossen. Hacker hatte versucht, sich seiner Verhaftung zu entziehen und davonzulaufen, hatte aber gegen die beiden Militärpolizisten keine Chance gehabt. Den Soldaten namens Bert fand die Truppe Steiningers ausgerechnet auf der Latrine, wo sie ihm immerhin zugestanden, sein Geschäft zu beendigen, und ihn dann ebenfalls in eine Arrestzelle einsperrten.

## *Kapitel 16*

Wir müssen unbedingt etwas für diese verletzten, kranken und geschlagenen Frauen tun!« Amelie schritt in ihrem Dienstzimmer auf und ab, aufmerksam beäugt von Gerda, Martina, Silvia und Johannes Heigl. »Es kann doch bitte nicht sein, dass wir hier täglich verprügelte Frauen so weit ›wiederherrichten‹ müssen, damit sie in diesem Bordell wieder Dienst tun können.«

Schwester Martina stimmte Amelie zu. Es war der Abend eines weiteren langen Diensttages, es war inzwischen Ende November geworden und der Prozess gegen die beiden Schläger und Mörder hatte noch immer nicht stattgefunden.

»Sie wissen«, sagte Heigl, »dass es innerhalb der kommenden zwei Wochen ein Militärtribunal geben soll?«

»Aber natürlich«, erwiderte Amelie aufgebracht. »Allerdings vertraue ich ganz und gar nicht auf eine gerechte Strafe. Immerhin zieht sich dieses Verfahren nun schon seit mehr als einem Monat hin.«

»Außerdem«, hakte nun Schwester Silvia ein. »Das Schlachtgeschehen wird immer schlimmer, täglich haben wir mehr verletzte und verstümmelte Soldaten zu versorgen, für das Krankenhaus bleibt uns doch kaum noch Zeit!« Ärgerlich war auch sie aufgesprungen.

»Und zusätzliche Kräfte bekommen wir natürlich nicht«, ergänzte Martina und legte ihrer Freundin begütigend die Hand auf den Arm, damit sie sich ein wenig beruhigte. »Schau, Silvia, es bringt ja nichts, wenn wir uns hier aufregen. Es ändert nichts an der Situation.«

Kraftlos ließ Martina sich wieder in ihren Stuhl sinken. Ihre

Uniform war verdreckt und voller Blut. Den ganzen Tag lang hatte sie – in strömendem, eiskaltem Regen – verletzte Soldaten im Lazarett versorgen müssen.

Der Serbienfeldzug der k. u. k. Armee galt praktisch als verloren, dennoch wogten die Kämpfe weiterhin ergebnislos hin und her. Das Lazarett war bis unter die Decke belegt, mittlerweile mussten sich häufig sogar zwei Soldaten ein Feldbett teilen. Und die meisten Schwestern schliefen im Krankenhaus in leeren Krankenzimmern auf dem Boden, weil immer mehr Betten im Lazarett gebraucht wurden. Auch Amelie und Gerda mussten nun häufig Dienst im Lazarett tun. Das Krankenhaus betrieben sie mittlerweile mehr oder weniger »in ihrer Freizeit«, also jener Zeit, in der sie schlafen, essen oder sich waschen sollten. Dennoch gaben die beiden Ärztinnen nicht auf. So gut sie konnten, kümmerten sie sich um die Frauen, die aus dem Bordell ins Krankenhaus gebracht wurden.

Seit jenem schrecklichen Tag, als die beiden einsitzenden Männer eine Prostituierte ermordet und eine andere beinahe ums Leben gebracht hatten, war es allerdings nicht mehr zu Schlägen gegen die Frauen gekommen. Amelie hatte, mit Unterbergers Einverständnis, zwei Männer vor dem Bordell postiert – einen unten, in den Räumen für die einfachen Soldaten, einen oben im Offiziersbordell. Die Männer schlugen sofort Alarm, wenn es zu Hilfeschreien kam. Oberstabsarzt Unterberger hatte sich dieses Zugeständnis erstaunlich leicht abringen lassen und – zu Amelies Erstaunen – sich sehr abfällig über das Feldbordell geäußert.

»Wissen Sie«, hatte er gesagt, »ich selbst verstehe das Bedürfnis, käufliche Frauen aufzusuchen, überhaupt nicht. Was soll daran schön sein, Geschlechtsverkehr mit einer Frau zu haben, die das gar nicht will?«

Unterberger, Amelie und Gerda waren in den vergangenen Monaten in der gemeinsamen Arbeit sehr zusammengewachsen und hatten sich einen offenen Umgangston miteinander angewöhnt. Der Oberstabsarzt war zum verlässlichen Partner für die Ärztinnen geworden.

Aber trotz der Wachmänner kam es weiterhin zu Schwangerschaften, und Frauen erkrankten nach wie vor an Geschlechtskrankheiten wie Syphilis und Tripper, die dann im Krankenhaus behandelt werden mussten. Frauen, die sich mit Syphilis angesteckt hatten, wurden nach der Behandlung »entlassen« und mussten sehen, wo sie bleiben konnten. Auch das war für Amelie ein großes Problem. Die Frauen, die im Bordell in der Etappe tätig waren, kamen durchwegs aus muslimischen Familien. Und die nahmen die Frauen, wenn sie aus dem Bordell weggeschickt wurden, meist nicht mehr auf. Wie Amelie inzwischen aus vielen Gesprächen wusste, galten diese Frauen für ihre Familien als »entehrt«, sie wurden aus dem Familienverband ausgestoßen. Sie standen buchstäblich vor dem Nichts.

Eine Anmerkung Gerdas brachte Amelie zurück ins Hier und Jetzt. Die verschworene Truppe, bestehend aus Johannes Heigl, Gerda Laimer, Martina Tobler, Silvia Martin und Amelie, traf sich, wann immer es möglich war, abends in Amelies Dienstzimmer, um den Tag Revue passieren zu lassen, etwas zu essen und zu besprechen, wie aufgetretene Probleme gelöst werden konnten. Heigl war der einzige männliche Arzt in der Gruppe. Er hatte Amelie von Anfang an zur Seite gestanden. Die beiden anderen Ärzte, Dr. Meringer und Dr. Abfalter, dagegen waren nach wie vor gegen den Einsatz von Ärztinnen beim Militär, wenn sie auch froh darüber waren, die lästigen Patientinnen im Frauenkrankenhaus nicht betreuen zu müssen. Wenn Amelie oder Gerda im Lazarett arbeiten mussten, so teilten die beiden Ärzte ihnen prinzipiell die schwersten Fälle mit den geringsten Erfolgsaussichten zu oder jene Patienten, die mit eiternden Wunden, Läusen und Flöhen und in einem ganz unbeschreiblichen körperlichen Zustand eingeliefert wurden. Amelie und Gerda bissen die Zähne zusammen und machten ihre Arbeit so gut sie konnten. Mittlerweile hatten auch die Schwestern, die weltlichen wie die geistlichen, eingesehen, dass sie in den beiden Ärztinnen Verbündete hatten, und unterstützten sie, wo sie nur konnten.

Langsam spielte sich eine Routine für die Ärztinnen und Schwestern ein. Täglich arbeitete eine der beiden Ärztinnen im Krankenhaus, die andere im Lazarett. Die Schwestern standen ihnen zur Seite, ohne die Arbeit mit den männlichen Ärzten zu vernachlässigen. Und die Arbeit für die Schwestern war schwer, schwerer noch als jene der Ärztinnen und Ärzte. Schwester Silvia und Schwester Martina sowie die beiden Salesianerinnen Schwester Agathe und Schwester Mathilde teilten ihren Dienst, wann immer möglich, so ein, dass sie für die beiden Ärztinnen tätig sein konnten. Und jeden Abend trafen die Schwestern und die Doktoren Heigl, von Liebwitz und Laimer zusammen, um den Tag Revue passieren zu lassen, über die Patientinnen im Krankenhaus zu sprechen und zunehmend verzweifelt zu versuchen, etwas für jene Frauen zu tun, die aus dem Bordell entlassen und ins Nichts gestoßen wurden.

## *Kapitel 17*

Es war Dezember geworden und bitterkalt, Tag und Nacht wehte ein eisiger Wind über das Lazarett, der Boden war hart gefroren, das Heizmaterial knapp geworden. Amelie saß in ihrem Dienstzimmer und wartete auf die Krankenschwestern, auf Gerda, mit der sie inzwischen dick befreundet war, und Johannes Heigl. Heute hatte sie wieder eines der Mädchen gehen lassen müssen. Sie war von ihrer Syphilis-Erkrankung genesen, und das Einzige, was Amelie ihr hatte sagen können, war, sie möge doch versuchen, in die nächste große Stadt, Sarajevo, zu kommen und sich dort eine Anstellung als Dienstmädchen zu suchen. Sie hatte ihr ein hymnisches – und von vorne bis hinten erlogenes – Leumundszeugnis ausgestellt, um ihr die Suche nach einem Arbeitsplatz zu erleichtern.

Vielleicht hilft es ja?, dachte sie müde. »Aber wahrscheinlich hilft es ganz und gar nicht«, meckerte ihre innere Stimme. »Du weißt schon, dass du sie wahrscheinlich zum Dienst im nächsten Bordell verurteilt hast, oder?«

»Ja«, stöhnte Amelie laut, »ich weiß.« Aber sie wusste einfach nicht, was sie sonst noch tun könnte.

Da flog plötzlich die Tür zu ihrem Zimmer auf und die Salesianerin Schwester Mathilde stürmte unziemlich rasch für eine Nonne herein.

»Guten Abend«, sagte Amelie erstaunt ob der Eile.

»Gelobt sei der Herr!«, antwortete Mathilde. »Ich habe gute Nachrichten.« Ganz außer Atem setzte sich Schwester Mathilde unaufgefordert auf einen der beiden Stühle vor Amelies Schreibtisch. »Haben Sie vielleicht einen Kaffee für mich?«, fragte sie keuchend.

Amelie hatte mithilfe von Schwester Silvia inzwischen einen Perkolator angeschafft und sich einen kleinen Kaffeevorrat angelegt. Die Kaffeekanne bullerte gemütlich auf dem Holzofen in der Ecke vor sich hin. Amelie schenkte der erschöpften Nonne eine große Tasse Kaffee ein.

Schwester Mathilde nahm einen Schluck, seufzte und lehnte sich in ihrem Stuhl zurück. »Stellen Sie sich vor, was heute passiert ist«, begann sie.

Amelie hielt sie zurück. »Bitte warten Sie, bis die anderen da sind«, sagte sie. »Dann müssen Sie nicht alles zweimal erzählen.«

Schwester Mathilde gehorchte und schwieg. Draußen war es bereits stockdunkel, nur der Schein zweier Petroleumlampen erhellte den Raum. Der Strom war wieder einmal ausgefallen. Das kam oft vor, weil das Lazarett seinen Strom vom Krankenhaus abzapfte, was die Leitungen oft überlastete. Inzwischen wurden auch Amelie und Gerda immer häufiger im Lazarett eingesetzt. Die Reihe an versehrten Soldaten, die täglich von der Front im Lazarett eintraf, wollte nicht mehr abreißen. Erst gestern am späten Nachmittag, es war schon dunkel, hatte Amelie mit Dr. Meringer in einem der Operationszelte einem Soldaten ein Bein abgenommen. Mitten in der Operation waren die Lichter ausgegangen. Während zwei Schwestern davongestoben waren, um Petroleumlampen herbeizuholen, standen die beiden Ärzte, Klemmen und Skalpell in den Händen, im Finstern.

»Na, liebes Fräulein Stabsärztin, wie wär's? Wollen Sie den Eingriff im Dunkeln weiterführen?« Meringer hatte hämisch gelacht. Und plötzlich hatte sie doch tatsächlich eine Hand auf ihrem Hinterteil gespürt.

»Herr Stabsarzt«, rief sie. »Ich darf doch bitten! Nehmen Sie sofort Ihre Hand da weg.«

Der Stabsarzt tat zwar, wie ihm geheißen, meckerte dazu allerdings wie eine Ziege, weil er sich vor Lachen kaum halten konnte.

»Wenn das noch einmal vorkommt, muss ich das Oberstabsarzt Unterberger melden«, erklärte sie verärgert, doch Meringer lachte nur. Kurz darauf konnten sie die Operation im Licht zweier Petroleumlampen fortsetzen.

Und auch heute Abend war einmal mehr der Strom ausgefallen. Das Licht der Petroleumlampen schien weich und vertrieb die Schatten aus Amelies Dienstzimmer.

Gerda Laimer kam herein. »Die letzte Runde ist erledigt«, sagte sie und gähnte ausgiebig, ohne sich die Hand vor den Mund zu halten. »Alle Patientinnen schlafen oder tun zumindest so. Es gab keine Vorkommnisse. Das Fieber bei der Schwangeren in Bett fünf ist gesunken.« Sie ließ sich auf den zweiten Stuhl vor Amelies Schreibtisch fallen und nahm dankend die Tasse Kaffee an, die Amelie ihr reichte. »Hast du nicht irgendetwas, womit du den Kaffee ein bisschen würzen kannst?«, fragte sie lächelnd.

Amelie blickte sie ein wenig erstaunt an: »Du hast doch Nachtdienst, oder?«

»Ja«, antwortete Gerda leicht ungehalten. »Aber ein kleiner Slibowitz im Kaffee wird meine Aufmerksamkeit schon nicht beeinflussen und mich zudem wachhalten.«

»Na gut.« Amelie schloss die rechte untere Lade ihres Schreibtischs auf, entnahm ihr eine kleine Flasche Schnaps und gab einen großen Schluck davon in Gerdas Kaffee. Schwester Mathilde sagte nichts, sie durfte keinen Alkohol trinken.

Kurz darauf trafen auch die Schwestern Silvia und Martina, Schwester Agathe und Johannes ein. Sie alle hatten sich Stühle mitgebracht, weil in Amelies Dienstzimmer lediglich drei Sitzgelegenheiten zur Verfügung standen.

»Schwester Mathilde hat gute Neuigkeiten für uns«, verkündete Amelie. »Schwester, wollen Sie?«

Schwester Mathilde benötigte keine weitere Aufforderung und fing an: »Ich habe heute Nachmittag frei gehabt und einen langen Spaziergang gemacht.«

»Puh, bei dieser Kälte?«, fragte Gerda und auch die anderen Schwestern schauderten.

»Ich gehe nun einmal gerne«, antwortete Schwester Mathilde. »Das macht mir den Kopf frei und gibt mir die Möglichkeit, in Ruhe nachzudenken.«

»Und zu beten«, setzte Schwester Agathe fromm hinzu.

»Aber natürlich«, antwortete Schwester Mathilde. »Ich habe das kleine Wäldchen südlich des Lagers durchquert, und stellt euch vor, wem ich da begegnet bin?« Die Frage war rhetorisch, daher fuhr sie gleich fort: »Einem Mönch!« Keiner erwiderte etwas auf diese Bemerkung. »Dort ist ein kleines Kloster, es sind Benediktiner, die mich gleich freundlich aufgenommen und mir im Refektorium Tee serviert haben.« Schwester Mathilde schwieg einige Sekunden lang.

»Ich will ja nicht respektlos erscheinen, Schwester Mathilde, aber was wollen Sie uns denn nun berichten?«, fragte Johannes Heigl ungeduldig, der gerade 36 Stunden Dienst hinter sich hatte.

»Ach so, ja, natürlich«, setzte Schwester Mathilde wieder an. »Also, ich habe Bruder Hugo, das ist der Vorsteher der kleinen Gemeinde, von unseren armen Mädchen erzählt, und dass wir viele von ihnen in ein völlig ungewisses Schicksal entlassen müssen.«

»Und, was hat er dazu gesagt?«, fragte Amelie, neugierig geworden.

»Nun, er hat mir erzählt, dass die Brüder ein Waisenhaus betreiben, in dem sie elternlose Kinder aus der Umgebung aufnehmen.« Wieder schwieg Mathilde.

»Jetzt machen Sie es doch nicht so spannend, Schwester Mathilde.« Gerda musste bald die nächste Runde im Krankenhaus machen. Und auch Schwester Agathe rutschte ein bisschen unruhig auf ihrem Sessel herum, weil ihr Platz im ersten Stock zurzeit unbesetzt war und sie ihre Nachtwache beginnen wollte.

»Ja, liegt das denn nicht auf der Hand?«, fragte Schwester

Mathilde. »Den armen Frauen, die hier ihre Kinder gebären, werden die Kinder doch weggenommen und nach Sarajevo gebracht, und sie sehen sie nie wieder. Ich habe Pater Hugo vorgeschlagen, dass wir die schwangeren Frauen und die Babys zukünftig zu ihm ins Waisenhaus bringen.« Mathilde blickte sich um und sah erstaunte Gesichter. »Ja, ich war auch sehr überrascht, weil es doch Mönche sind, die Frauen eigentlich eher meiden, aber Pater Hugo hat gesagt, sie hätten sich hier in ihre Zelle zurückgezogen, damit sie jenen helfen könnten, die ihre Hilfe brauchen, und es sei egal, ob das Männer, Frauen oder Kinder seien.«

»Das ist wirklich eine gute Idee«, stellte Amelie fest. »Und die Brüder wissen, von wem die Kinder sind?«

»Ja«, antwortete Mathilde. »Ich habe alles ganz genau erzählt. Mir scheint, die Brüder in diesem Kloster sind nicht so weltabgewandt wie viele andere Ordensmänner. Einige sind Priester und betreuen die umliegenden Gemeinden. Jedenfalls hat Pater Hugo zugestimmt, zukünftig die Kinder unserer Bordellmädchen aufzunehmen und auch die schwangeren Frauen, wenn wir sie denn zu ihnen bringen können. Das ist aber noch nicht alles!« Schwester Mathilde, eine kleine rundliche Frau, die sonst eher sehr ruhig war, war heute sehr aufgeregt. »Ich habe Pater Hugo auch von den Mädchen erzählt, die wir wegschicken müssen. Und er hat gesagt, dass es neben dem Gelände des Klosters ein altes, aber recht solides Haus gibt, das leer steht und groß genug wäre, einige dieser Frauen aufzunehmen.«

Johannes unterbrach sie beinahe: »Die Mönche möchten sich um unsere gefallenen Frauen kümmern?«

»Ja, es müsste natürlich eine Schwester in diesem Haus Dienst tun, die sich um alles kümmert, aber zumindest hätten die Mädchen eine Zuflucht, gerade jetzt, wo der Winter so bitterkalt über uns hereingebrochen ist«, stellte Schwester Mathilde fest. »Ist das nicht wunderbar?«

Alle stimmten ihr begeistert zu. Vor allem Amelie fiel ein

großer Stein vom Herzen. »Ich werde gleich morgen mit Oberstabsarzt Unterberger reden und ihn bitten, uns eine Schwester für dieses Haus zur Verfügung zu stellen«, freute sie sich. »Dagegen wird er bestimmt nichts haben.«

»Das glaube ich auch«, sagte Gerda. Sie alle wussten, was Unterberger von dem Bordell hielt und von der Art und Weise, wie mit den Frauen, die dort arbeiten mussten, umgegangen wurde.

»Das ist wirklich großartig, Schwester Mathilde, Sie haben die Gelegenheit erkannt und sie beim Schopfe gepackt«, anerkannte auch Schwester Agathe. »Nun muss ich aber zur Nachtwache, ich wünsche Ihnen alles Gute für Ihr Gespräch mit Oberstabsarzt Unterberger«, wünschte sie Amelie und verließ den Raum. Schwester Mathilde verschwand ebenfalls, sie musste zum Nachtgebet. Schwester Martina, Schwester Silvia, Johannes, Amelie und Gerda blieben zurück.

»Ich finde, auf diese gute Nachricht hin dürfen wir uns einen Schluck Schnaps gönnen«, meinte Johannes, was bei den anderen begeistertes Kopfnicken hervorrief. Sie stießen an und wollten sich danach eigentlich für die Nacht trennen, als es an der Tür klopfte.

»Guten Abend, Fräulein Stabsärztin«, grüßte Fähnrich Huber und nickte den anderen zu. »Ich habe Neuigkeiten für Sie«, begann er.

»Da ist heute wohl der Abend dazu«, sagte Gerda leise zu Johannes. »Hoffentlich sind es gute Nachrichten.«

Amelie forderte Fähnrich Huber mit einem Kopfnicken auf, zu berichten. »In zwei Tagen wird das Militärtribunal hier im Lager zusammentreten und über die beiden Männer, die im Keller im Arrest sitzen, Gericht halten.« Huber stand stramm.

»Das wurde aber auch Zeit«, stellte Gerda fest. Auch Johannes beugte sich interessiert vor.

»Das Gericht wird in einem der Operationszelte tagen. Es wird gerade ausgeräumt«, berichtete Huber weiter. »Sie, Fräulein Stabsärztin von Liebwitz, und Sie, Fräulein Stabsärztin Laimer, werden als Zeuginnen aufgerufen werden.«

Amelie und Gerda nickten. Sie hatten die tägliche undankbare Aufgabe, nach den Gefangenen im Keller zu sehen, der jetzt bitterkalt war und lediglich mit einem kleinen Koksofen unzulänglich beheizt wurde. Die beiden Arrestanten schnieften und husteten und beklagten sich jedes Mal bitter über ihre Gefängniszellen, wenn Amelie oder Gerda nach ihnen sahen.

»Wissen Sie, womit die Herren zu rechnen haben?«, fragte Amelie.

»Genau weiß ich es auch nicht, aber der Mord an der …« Er schluckte und wand sich verlegen. »Der Mord an der Prostituierten wird möglicherweise durch standrechtliche Erschießung geahndet. Der andere Soldat muss möglicherweise für lange Zeit in ein Militärgefängnis.«

Amelie und Gerda atmeten gleichzeitig aus. »Dann hoffen wir, dass die Richter streng sein werden«, sagte Gerda. »Wird Oberstabsarzt Unterberger ebenfalls bei dem Verfahren dabei sein?«

Fähnrich Huber nickte eifrig. »Ja, auch er wird aussagen. Er wünscht, dass die beiden Männer hart bestraft werden.«

Nach diesen Nachrichten löste sich die allabendliche Versammlung auf. »Fähnrich Huber«, sagte Amelie noch. »Können Sie mir gleich für morgen früh einen Termin bei Oberstabsarzt Unterberger besorgen?«

»Aber natürlich, gnädiges Fräulein Stabsärztin, ich werde sofort mit ihm sprechen und Ihnen dann Nachricht geben.«

Gerda, die schon an der Tür war, drehte sich noch einmal um. »Wenn möglich, sollten wir nach deinem Gespräch mit dem Oberstabsarzt gleich morgen das Kloster besuchen und mit Pater Hugo sprechen«, sagte sie. »Damit das alles rasch unter Dach und Fach gebracht werden kann.«

»Aber solltest du dich nach dem Nachtdienst nicht ausruhen?« Auch Amelie stand jetzt auf.

»Ach was, ausruhen kann ich mich, wenn ich tot bin«,

meinte Gerda lakonisch. »Ich bin unheimlich froh, sollte sich hier eine Lösung für die armen Bordellfrauen auftun.« Mit diesen Worten verließ sie den Raum, um nach ihren Patientinnen zu sehen.

Auch Johannes Heigl verabschiedete sich. »Ich möchte noch einen Brief an meine Liebste schreiben«, lächelte er.

»Na hoffentlich schläfst du über Papier und Tinte nicht ein«, neckte Amelie ihn. Sie wusste, dass er mit großer Liebe an seiner Verlobten, einer Medizinstudentin in Breslau, hing und ihr so oft wie möglich schrieb.

»Das hoffe ich auch«, lachte Johannes, winkte Amelie zum Abschied zu und ging. »Lass mir deine Liebste grüßen, unbekannterweise«, rief sie Johannes noch hinterher.

Endlich allein schloss Amelie die Tür ihres Dienstzimmers zu und begab sich in ihre Schlafkammer. Sie war todmüde, aber das war sie, seit sie sich hier in der Romanija aufhielt, eigentlich so gut wie immer. Das Arbeitspensum war fast unerträglich, aber noch hielt sie durch. Irgendwie schien ihr täglich aufs Neue Energie zuzuwachsen, die sie durch den Tag führte.

Sie setzte sich an ihren Schreibtisch, um endlich einen Brief an Friedrich zu schreiben. Viel zu lange hatte sie nichts von sich hören lassen. Friedrich dagegen schrieb eifrig, berichtete von den Zuständen im Krankenhaus in Berlin und hatte ihr in seinem letzten Brief mitgeteilt, dass ihr Vater die Trinkerheilanstalt verlassen hatte und wieder in sein Haus gezogen war. Amelie zog den Briefbogen heran und las diesen Teil noch einmal.

*Du wirst es nicht glauben, aber es ist ein ganz anderer Mann aus der Heilstätte in Ostpreußen zurückgekehrt. Er sieht gesünder, ja sogar jünger aus. Schon bald will er seine Ordination wiedereröffnen, und das erscheint mir auch notwendig. Michael braucht unbedingt wieder eine Aufgabe, und er wird dringend gebraucht. Im Scheunenviertel, aber auch in vielen anderen Gegenden Berlins macht sich langsam, aber sicher eine Lebensmittelknappheit breit. Dazu kommt, dass der Winter heuer bitterkalt ist, Heizmaterial dagegen ist knapp. Die Grippe kursiert bereits wieder und holt sich vor allem die Alten und die ganz Jungen. Ich werde mich jedenfalls freuen, wenn Dein Vater wieder ordinieren wird. Er hat mir in die Hand versprochen, auch weiterhin keinen Alkohol mehr zu trinken, und bislang hält er sich auch daran. Er hat sogar seine ehemalige Haushälterin, Frau Haller, aus ihrem Ruhestand zurückgeholt. Sie sorgt für gutes Essen, hält seinen Haushalt in Schuss und mahnt ihn, wenn er wieder anfängt, über seine Kräfte hinaus zu arbeiten.*

Gedankenverloren legte Amelie Friedrichs Brief zur Seite. Das waren tatsächlich gute Nachrichten, zumindest, was ihren Vater anging. Auch ihm hatte sie schon längst einmal wieder schreiben wollen. Mit einem Seufzer legte sie sich einen Briefbogen zurecht, nahm ihren Füller und begann ihren Brief an Friedrich.

*Lieber Friedrich,*
*es ist immer wieder eine besondere Freude, von Dir zu hören. Deine Briefe spenden mir viel Trost und geben mir Hoffnung. Was Du über Vater schreibst, klingt wunderbar. Die vergangenen Jahre haben uns ja so einige Versuche meines Vaters gebracht, mit dem Trinken aufzuhören, leider immer vergebens. Aber vielleicht – und ich hoffe wirklich, dass Du recht hast – hat diese Entwöhnungskur ihn ja wirklich zur Vernunft gebracht. Hier in der Romanija haben sich in den vergangenen Wochen die Ereignisse regelrecht überschlagen. Bestimmt weißt Du, dass die letzte Schlacht ein Fiasko war und die Generalität darüber nachdenkt, die Soldaten zu verlegen. Das würde auch für uns bedeuten, dieses Feldlazarett und das Krankenhaus zu verlassen und woanders alles wieder von Neuem aufzubauen. Ich hoffe jedenfalls, noch einige Zeit im Frauenkrankenhaus arbeiten zu können, auch wenn die Spat-*

*zen unsere mögliche Verlegung von den Dächern pfeifen. Gerade ist es uns gelungen, einiges für unsere Bordellfrauen in die Wege zu leiten. Drück mir die Daumen für unser Projekt. Du wirst es nicht glauben, es war eine geistliche Schwester, die nicht nur eine Möglichkeit gefunden hat, wie unsere Schwangeren ihre Babys behalten können, sondern auch einen Platz für jene Frauen, die von den Soldaten mit venerischen Krankheiten wie Syphilis, Gonorrhoe und Schanker angesteckt werden. Ich hatte Dir ja geschrieben, dass unsere geschlechtskranken Frauen, wenn sie ihre Krankheit in unserem Krankenhaus hier überwunden haben, aus dem Bordell »entlassen« und vollkommen auf sich allein gestellt sind. Die Frauen wissen in den meisten Fällen nicht wohin. Ihr muslimischer Glaube gibt ihnen ein, dass sie nun entehrt seien. Oft wird ihnen das auch von ihren Familien so gesagt. Sie können also nirgends hin. Du kannst Dir vermutlich vorstellen, wo sie am Ende landen. Unsere Salesianerin Schwester Mathilde hat nun eine Möglichkeit aufgetan, die gesundeten Frauen ganz hier in der Nähe unterzubringen. Und, Du wirst es nicht für möglich halten, es ist ausgerechnet die kleine Waldzelle eines Benediktinerklosters, die sich der Frauen annehmen wird. Auch schwangere Frauen und Babys können dort Hilfe und Unterkunft finden. Ich war sehr erstaunt, als Schwester Mathilde uns diese Neuigkeit heute beim Abendessen überbracht hat, aber es hört sich alles sehr gut an. Ich werde gleich morgen früh mit Dr. Unterberger sprechen, er ist – wie Du weißt – der Oberstabsarzt hier und hat keine große Freude mit dem Feldbordell. Deswegen hoffe ich, hier in ihm einen Unterstützer zu finden. Heute Abend haben wir in unserer »Verschwörerrunde« (ich hab Dir im letzten Brief davon berichtet) alles genau besprochen – morgen wollen wir dann unser »Projekt« starten. Trojahn, dieser furchtbare Mensch, wird mit Sicherheit alles dafür tun, uns daran zu hindern. Ich werde aber versuchen, ihn zu einem Gespräch mit Schwester Mathilde zu bewegen. Die kann wirklich jeden überzeugen, das glaubst Du nicht. Es ist jetzt schon fast drei*

*Uhr morgens, in vier Stunden muss ich wieder zum Dienst, deswegen schließe ich meinen Brief an Dich an dieser Stelle. Bitte grüße mir meinen Vater und bitte ihn, mir hin und wieder einige Zeilen zu schreiben. Ich möchte gerne von ihm persönlich hören, wie es ihm geht. In Liebe, Deine Amelie.*

*P. S.: Übermorgen beginnt hier ein Militärtribunal gegen zwei Soldaten, die sich böse an zwei Prostituierten vergangen haben, eine ist an den Prügeln und Grausamkeiten dieser Männer sogar verstorben. Ich hoffe auf ein hartes Urteil. Die beiden Männer sitzen bei uns im Keller im Arrest, und ich kann es kaum erwarten, sie endlich loszuwerden.*

*P. P. S.: Und grüß mir mein geliebtes Berlin. Ich freue mich so darauf, meine Stadt wiederzusehen. Aber es wird wohl noch eine sehr lange Zeit vergehen, bis wir uns dort wiedertreffen.*

Es dauerte noch einen Tag, bis Amelie endlich die Möglichkeit fand, mit Schwester Mathilde das einsame Waldkloster aufzusuchen, um mit Pater Hugo zu sprechen. Oberstabsarzt Heinrich Unterberger war von der Idee der Unterbringung der Frauen sehr angetan gewesen. Er hatte sogar Schwester Martina freigestellt, um die Frauen und Kinder in dem Haus der Mönche zu betreuen. Offiziell würde Unterberger verlauten lassen, dass sie sich im Urlaub befand, und später, ja, dann würde es heißen, sie käme nicht zurück an das Frauenkrankenhaus. Denn die Nachricht über die neue Unterbringung der kranken und schwangeren Frauen im Waldkloster konnte sich natürlich nicht verbreiten. Das Feldbordell war Teil der Etappe, wurde von den Oberen so gewünscht und musste daher bestehen bleiben, betonte Unterberger. Alles, was Amelie also tun würde, müsste unter dem Deckmantel der Heimlichkeit geschehen. »Ich verstehe«, hatte sie geantwortet. »Eine Frage noch, verehrter Herr Oberstabsarzt.«

»Bitte«, hatte dieser gesagt, schon aufstehend, weil er dringend in seinem Büro erwartet wurde.

»Ich brauche eine Krankenschwester, die die Kinder und

die Frauen, die wir bei den Mönchen unterbringen werden, betreut. Diese Schwester müsste vom Dienst hier vollkommen abgezogen werden. Das kann ich nicht allein veranlassen.«

Unterberger hatte sich noch einmal hingesetzt und eine Weile nachgedacht. »Haben Sie denn jemanden im Auge?«, fragte er dann.

»Ja«, antwortete Amelie rasch. »Ich möchte Schwester Martina vorschlagen.«

»Schwester Martina also.« Unterberger nickte. »Soweit ich weiß, beginnt in wenigen Tagen der Urlaub der Schwester.«

»Das ist richtig«, stimmte Amelie zu. »Sie hat sich aber bereit erklärt, ihren Urlaub hier im Kloster zu verbringen. Möglicherweise könnten wir verlauten lassen, sie werde aus dem Urlaub nicht mehr zurückkommen, wegen einer Krankheit oder weil sie heiratet?« Fragend blickte Amelie den Oberstabsarzt an. Der überlegte wieder eine Weile.

»Könnte gehen«, murmelte er dann. »Ja, ich glaube, das kann ich verantworten. Schwester Martina wird also in drei Tagen offiziell in Urlaub gehen, in Wirklichkeit aber ins Waldkloster übersiedeln.«

»Wunderbar!« Amelie strahlte Unterberger dankbar an. »Vielen Dank, Herr Oberstabsarzt.«

»Schon gut«, murmelte der wieder, stand auf und eilte aus dem Zelt. Gerade, als Amelie sich wieder von dieser Unterredung mit ihrem Chef auf den Weg machen wollte, trat ihr Jens Trojahn entgegen. »Na, was hatten Sie da wieder zu mauscheln mit dem Herrn Oberstabsarzt?«, fragte er unfreundlich.

»Das geht Sie nicht das Geringste an«, erwiderte Amelie und versuchte, an Trojahn vorbeizukommen.

Trojahn wirkte erschöpft. Wahrscheinlich hat er die ganze Nacht operiert, dachte Amelie. Am Vorabend waren wieder mehrere Dutzend Verletzte vom Verbandsplatz an der Front ins Lazarett gebracht worden. Der gesamte Ärztestab, abgesehen von Gerda, die im Krankenhaus Nachtdienst hatte, und Amelie, der ausnahmsweise mal vier Stunden Schlaf gegönnt waren, hatte die ganze Nacht amputiert, Bauchwunden versorgt, zerstörte Gesichter so gut wie möglich wiederhergerichtet und Patienten mit Gehirnverletzungen auf den letzten Schritten ihres Weges begleitet.

»Ach, ich denke aber schon, dass mich das was angeht«, herrschte Trojahn Amelie an und zwirbelte dabei sein Oberlippenbärtchen mit zwei Fingern seiner linken Hand. »Schließlich bin ich Unterbergers Stellvertreter.«

»Was?«, entfuhr es Amelie.

»Seit gestern bin ich offiziell der Stellvertreter von Oberstabsarzt Unterberger. Und das bedeutet, was er weiß, muss ich auch wissen.« Trojahn lächelte böse.

»Das können Sie vergessen.« So schnell ließ Amelie sich nicht ins Bockshorn jagen. »Wenn Sie wissen wollen, was ich mit dem Herrn Oberstabsarzt besprochen habe, dann müssen Sie ihn schon selbst fragen.« Erneut versuchte sie, sich an Trojahn vorbeizudrängen. Doch der packte sie entschlossen und reichlich fest an ihrem Oberarm.

»Das werden wir ja noch sehen, Sie impertinentes Weibsstück«, knurrte er, »das werden wir ja noch sehen.« Mit einem Ruck schubste er Amelie von sich, die alle Hände voll damit zu tun hatte, nicht über eine Bank zu stürzen. Zornig verließ sie die Offiziersmesse. Dieser Trojahn entwickelte sich langsam zu einer echten Gefahr für sie. »Pass nur auf, dass du ihm nicht irgendwann einmal allein in einer finsteren Ecke begegnest«, warnte ihre innere Stimme. »Wer weiß, was er dann tun wird.«

Aber das Problem mit Trojahn würde warten müssen. Sie hatte einfach zu viel anderes zu tun. Als Allererstes suchte sie Fähnrich Huber. Wie meist stand er auch heute als treuer Wachposten vor der Tür zum Büro von Oberstabsarzt Unterberger. »Guten Morgen, Fähnrich Huber«, grüßte sie freundlich. »Sagen Sie, wissen Sie, wo ich Stabsarzt Heigl finde?« Der Fähnrich schien immerzu um Oberstabsarzt Unterberger herum zu sein, dennoch schaffte er es irgendwie, immer über alles informiert zu sein, was im Lazarett und im Krankenhaus vor sich ging. Niemand wusste, wie er das machte, aber alle, die etwas brauchten oder jemanden suchten, wandten sich zuerst an Fähnrich Huber, der tatsächlich auch meistens Bescheid wusste.

»Der macht gerade Visite in den Baracken mit den frisch Operierten«, gab er sofort zur Antwort. Amelie, der es ein Rätsel war, wie er das machte, bedankte sich und eilte wieder hinaus.

Nachdem sie Heigl informiert hatte, ging sie zu jenem Operationszelt, in dem an diesem Tage das Militärtribunal stattfinden sollte. Als sie hineintrat, staunte sie kurz. Alles, was an Operationen und Medizin erinnerte, war hinausgeschafft worden. Stattdessen befand sich ein langes Podium in dem Zelt, hinter dem wohl der Richter sitzen würde. Davor war ein unbequemer Holzstuhl für die Befragung der Angeklagten und Zeugen aufgestellt worden. Dahinter einige Sitzreihen, wohl, um den Zeuginnen und Zeugen und anderen Personen Platz bieten zu können. Hinter dem Podium machte sich ein junger Soldat, wohl ein Leutnant, mit einigen Papieren zu schaffen.

»Guten Morgen«, rief Amelie vom Zelteingang.

Der Leutnant, der wohl nicht mit Besuch gerechnet hatte, fuhr herum. »Ah, guten Morgen, Schwester ...?«

»Stabsärztin Amelie von Liebwitz«, antwortete Amelie. »Ich bin eine der beiden Ärztinnen, die die zwei Opfer ärztlich versorgt haben. Das heißt, bei einer Frau konnten wir nur noch abwarten, bis sie starb.«

Der Leutnant wedelte abwehrend mit der Hand. »Das will ich gar nicht wissen, sehen Sie, ich bin der Adjutant von Richter Schulze, der jede Minute eintreffen wird. Sie werden dann beim Verfahren ja sicherlich als Zeugin aufgerufen, oder?« Der junge Mann war sichtlich aufgeregt, er war groß, schlank, blond und trug eine kleine runde Brille auf der langen Nase, die seine grauen Augen vergrößerte.

»Aber natürlich«, sagte Amelie, um Ruhe bemüht. »Bitte lassen Sie sich von mir nicht stören, ich gehe schon.« Rasch drehte sie sich um und verließ das Zelt. Richter Schulze war wohl gerade bei Oberstabsarzt Unterberger, um mit ihm die letzten Vorbereitungen für das Gerichtsverfahren zu besprechen. Sie selbst hatte heute Morgen mit Unterstützung von vier baumlangen, kräftigen Soldaten die beiden Arrestanten aus dem Keller geholt und in eine Lazarettbaracke gesperrt, wo sie sich waschen und umkleiden konnten. Unterleutnant Hacker und Korporal Gruber hatten herumgebrüllt, wie ungerecht das alles doch sei, dass sie nichts getan hätten und der Prozess eine reine Farce sei. Vor allem Hacker hatte sich furchtbar aufgeregt. »Ich bin unschuldig! Ich habe den Weibern nichts angetan!« Nach Leibeskräften hatte er sich gegen seine Verbringung in die Baracke gewehrt, und Amelie war froh gewesen, ihre »Leibgarde« um sich zu haben, die Hacker, ohne auf seine Einlassungen zu hören, aus der Zelle in die Baracke brachten.

Als die beiden Arrestanten sicher in der Baracke eingeschlossen gewesen waren, war Amelie noch rasch ins Krankenhaus geeilt, um in Zivilkleidung und einen frischen weißen Kittel zu schlüpfen. Dabei hatte sie gleich Gerda abgeholt, die die Arbeit im Spital in der Zwischenzeit in die fähigen Hände von Schwester Silvia und Schwester Martina gelegt hatte.

»Wollen wir?«, fragte Amelie ihre Freundin, die nickte. Gemeinsam schritten sie auf den provisorischen Gerichtssaal zu. Dieser hatte sich inzwischen mit Zeugen und Schaulustigen gefüllt. Am Podium hatte ein älterer Herr mit Lorgnon, in tadellos gebügelter Obersten-Uniform und sehr gerader Haltung Platz genommen. Er wurde von seinem Adjutanten und einem anderen Leutnant flankiert. Als alle saßen, wurden die Gefangenen hereingeführt. Diesmal krakeelten die beiden nicht. Sie trugen Uniformen ohne jedes Rangabzeichen.

»Sie wurden noch vor der Verhandlung degradiert«, sagte Fähnrich Huber leise.

»Geschieht den beiden recht«, flüsterte Amelie zurück. »Aber das wird hoffentlich nicht ihre einzige Strafe bleiben. Sagen Sie, wer ist denn der Mann neben dem Richter?«

»Der Mann links vom Richter ist sein Adjutant, im Zivilberuf Anwalt, ich glaube er heißt Richard Meier. Er wird die Staatsanwaltschaft vertreten.«

Amelie nickte und richtete ihren Blick auf den anderen Mann, der auf der rechten Seite des Richters saß.

»Und das ist Leutnant Ernst Berger, er wird die beiden Verbrecher als Anwalt vertreten.«

Amelie wusste, dass sich Angeklagte bei einem Militärtribunal ihren Anwalt nicht aussuchen konnten, vielmehr wurde er vom Militärgericht gestellt. Nicht selten nahmen solche Anwälte für die Angeklagten lediglich eine Alibirolle ein. Aber das war ihr egal. Sie wollte, dass die Angeklagten eine möglichst harte Strafe erhielten. Sie drehte sich zur anderen Seite und flüsterte Gerda ins Ohr: »Wenn ich die Richterin wäre, würden die beiden Monster noch heute standrechtlich erschossen werden.«

Gerdas Miene wurde noch ernster, als sie ohnehin schon war. »Das kann ich verstehen«, flüsterte sie in Amelies Ohr. »Aber ich bin trotzdem froh, dass ich Ärztin und keine Richterin bin, die sich um solches Gesocks kümmern muss.«

In diesem Augenblick klopfte Richter Schulze mit dem Hammer auf das filzüberzogene Podium vor sich. Ein junger Soldat, der wohl die Rolle des Gerichtsdieners eingenommen hatte, sprang auf und rief: »Zur Verhandlung kommt das Verfahren gegen die beiden Soldaten Peter Hacker und Bert Gruber. Ihnen wird Mord, Mordversuch und schwere Körperverletzung vorgeworfen. Der ehrenwerte Militärrichter Schulze wird die Verhandlung leiten. Ihm zur Seite stehen Militärstaatsanwalt Leutnant Meier und Militäranwalt Major Berger, der für die Angeklagten sprechen wird.« Der als Gerichtsdiener fungierende Soldat zog sich an den Rand des Zeltes zurück, wo er in strammer Haltung stehen blieb.

Richter Schulze klopfte noch einmal mit dem Hammer und sprach dann: »Hiermit eröffne ich die Verhandlung gegen die Soldaten Hacker und Gruber. Beiden Männern wurde jeglicher militärischer Rang aberkannt. Sie werden sich vor diesem Gericht für die ihnen vorgeworfenen Verbrechen verantworten müssen. Die Verhandlung ist für zwei Tage angesetzt. Wir hören zuerst den Militärstaatsanwalt Meier.«

Dieser erhob sich. »Die beiden Männer Hacker und Gruber suchten am 17. Oktober 1915 das Feldbordell hier in der Etappe auf, um sich – wie sie sagen – Erleichterung zu verschaffen.«

Amelie erinnerte sich, dass der Militärstaatsanwalt heute Vormittag in der Baracke mit den beiden Angeklagten gesprochen hatte.

»Die Männer wählten jeweils ein Mädchen. Hacker war im Offiziersbordell im ersten Stock, Gruber in den Räumlichkeiten für einfache Dienstgrade zugange. Peter Hacker schlug die Prostituierte, die er gewählt hatte, so hart, dass ihr ganzer Körper voller blauer Flecken war. Weil sie nicht aufhörte zu schreien, nahm er ihren Kopf in beide Hände und schmetterte ihn gegen das Nachtkästchen neben dem Bett. Er beschlief sie brutal und ließ die verletzte Frau allein zurück. Die Prostituierte verstarb kurze Zeit später an den schweren Verletzungen, die Hacker ihr zugefügt hatte.«

Peter Hacker war von der Anklagebank aufgesprungen und schrie wütend: »Das ist alles gar nicht wahr, ich hab nichts getan, das sind alles nur Lügen!«

Richter Schulzes Hämmerchen donnerte auf das Podium. »Ruhe!«, brüllte er. »Wenn Sie, Angeklagter Hacker, sich nicht sofort wieder hinsetzen und den Mund halten, lasse ich Sie fesseln und knebeln.« Der Richter war sichtlich aufgebracht.

»Aber es sind doch alles Lügen«, murmelte Hacker kleinlaut und setzte sich wieder hin.

»Herr Militärstaatsanwalt, bitte fahren Sie fort«, wandte Schulze sich an Meier. »Der andere Angeklagte, Bert Gruber, verfuhr mit der Prostituierten, die er sich ausgesucht hatte, ebenso wie Hacker. Er schlug sie, riss ihr Haare aus und boxte sie mehrfach in den Bauch. Nur dem beherzten Eingreifen von Stabsärztin Dr. Amelie von Liebwitz ist es zu verdanken, dass das Opfer seine Qualen überlebt hat.« Gruber saß mit gesenktem Kopf auf der Anklagebank und schwieg. »Die Staatsanwaltschaft wird in diesem Verfahren die Schuld der beiden Angeklagten lückenlos beweisen und harte Urteile fordern.«

Meier endete und nahm Platz. Hacker und Gruber lächelten höhnisch, was Richter Schulze dazu veranlasste, ihnen über seinen Zwicker einen bösen Blick zuzuwerfen. Sofort zeigten die Gesichter der beiden wieder angemessenen Ernst.

Der Anwalt der Angeklagten, Major Berger, stand nun auf, um sein Eröffnungsplädoyer zu halten. Es beschränkte sich auf wenige Worte: »Die Anschuldigungen gegen meine Mandanten sind gegenstandslos. Sicherlich sind am 17. Oktober hier im Feldbordell schlimme Dinge passiert, die jedoch nicht meinen Mandanten anzulasten sind. Das wird in diesem Prozess zweifelsfrei bewiesen werden.« Berger nickte kurz und nahm wieder Platz. »Rufen Sie jetzt Ihren ersten Zeugen auf, Staatsanwalt Meier.«

Meier erhob sich. »Ich rufe meine erste Zeugin auf, Fräulein Stabsärztin Dr. Amelie von Liebwitz.«

Amelie stand auf, schon jetzt war sie zornig, die Ausführungen des Staatsanwalts zu den Aussagen der Angeklagten ärgerten sie maßlos. »Na, was hast du denn erwartet?«, flüsterte ihre innere Stimme. »Dass sie gleich mit einem Geständnis herausplatzen?« Amelie schüttelte leicht den Kopf. Vor der Richterbank blieb sie stehen und hielt sich so gerade wie möglich.

»Sie sind Stabsärztin Dr. Amelie von Liebwitz?«, wurde sie von Meier gefragt. Amelie nickte.

»Sie müssen es laut aussprechen, damit der Stenograph Ihre Antwort notieren kann«, kam es von Richter Schulze, dessen graues Haar glatt aus dem Gesicht gestrichen war.

»Ja, die bin ich«, sagte Amelie nun laut und bemerkte zum ersten Mal einen Soldaten, der hinter dem Podium saß und alles mitstenographierte, was im improvisierten Gerichtssaal gesprochen wurde.

»Seit wann sind Sie hier in dieser Etappe tätig?«, fragte Meier.

»Ich bin Ende August hier in der Romanija angekommen und seither hauptsächlich im Frauenkrankenhaus tätig.«

»Können Sie die beiden Angeklagten für uns als jene Männer identifizieren, die sich am 17. Oktober im Feldbordell aufgehalten haben?«

»Nein«, antwortete Amelie. Im Gerichtssaal war ein kollektives »Oh!« zu hören. »Ich weiß aber natürlich, wer diese beiden Männer sind«, setzte sie hinzu, bevor der Militärstaatsanwalt dazwischenreden konnte.

»Ah ja«, machte Staatsanwalt Meier.

»Ja!« Amelie ließ sich nicht ins Bockshorn jagen. »Es handelt sich um den ehemaligen Leutnant Peter Hacker und den ehemaligen Korporal Bert Gruber.«

»Sie wissen aber nicht, ob die beiden Männer am 17. Oktober im Bordell gewesen sind?«, erkundigte sich der Staatsanwalt noch einmal.

»Das habe ich doch gerade gesagt. Man hat es mir aber berichtet. Das bedeutet, ich war zwar selbst dort zu dieser Zeit nicht zugegen, es gibt aber genügend Zeugen, die die Anwesenheit dieser ...« Amelie fing sich gerade noch rechtzeitig, »dieser Männer zu jenem Zeitpunkt bestätigen können.«

»Aha«, machte der Militärstaatsanwalt. Amelie wusste ihn nicht richtig einzuschätzen. Sie hoffte sehr, dass er an einer Verurteilung der beiden Täter interessiert war, sicher sagen konnte sie das jedoch nicht. »Berichten Sie uns nun doch, was Sie im Bordell vorgefunden haben, als man Sie am späten Abend des 17. Oktober von Fähnrich Huber dorthin holen ließ.«

Amelie holte tief Luft. »Ich wollte gerade zu Bett gehen, als

Fähnrich Huber an meine Tür klopfte. Er drang sehr darauf, ich solle ihm ins Bordell folgen.«

»Und das fanden Sie nicht merkwürdig?«, fragte Meier.

»Nein, wieso?«, fragte Amelie zurück. »Ich bin unter anderem als Ärztin hier, weil ich die Frauen, die im Bordell arbeiten müssen, medizinisch versorge. Ich dachte, es sei zu einem Unfall gekommen.«

»Aha!«, machte Meier wieder. »Fahren Sie fort.« Im Gerichtssaal hörte man hin und wieder leises Geflüster, sogar Gelächter war bei Meiers Frage kurz aufgebrandet.

»Ich zog also meinen Arztkittel wieder an und folgte Fähnrich Huber ins Bordell.« Wieder dieses leise Gekicher aus den Reihen der Zuschauer. Richter Schulze ließ seinen Hammer niedersausen. »Ruhe im Gerichtssaal. Es gibt hier ganz sicher nichts zu lachen.«

Meier nickte Schulze dankbar zu und wandte sich wieder an Amelie. »Bitte, gnädiges Fräulein Stabsärztin, fahren Sie fort.«

»Als ich in dem Haus ankam, fand ich im unteren Bereich eine sterbende Prostituierte vor, der meine Kollegin Stabsärztin Dr. Gerda Laimer zu helfen versuchte. Auf dem Boden vor dem Bett in dem winzigen Kabuff saß eine zweite Prostituierte, der man auf den ersten Blick ansah, dass man sie schwer verprügelt hatte. Beide Augen waren zugeschwollen, ihr linkes Bein stand in einem merkwürdigen Winkel ab und sie war über und über mit Blut bedeckt.« Amelies Stimme war, als sie die Geschehnisse dieses Abends schilderte, lauter geworden.

»Bitte echauffieren Sie sich nicht, Fräulein Stabsärztin«, mahnte Meier.

»Wie soll ich mich denn nicht echauffieren, wenn ich zwei fast zu Tode geprügelte Frauen sehe?«, fragte Amelie zornig. Doch ihre innere Stimme flüsterte: »Du musst dich beruhigen, sonst zeihen sie dich gleich noch der Hysterie.«

»Die Frau auf dem Boden lag sichtlich im Sterben«, fuhr sie dann, sich zur Ruhe zwingend, fort. »Ihr Schädel war ihr eingeschlagen worden, da half auch keine ärztliche Kunst mehr.« Amelie schwieg kurz, ehe sie weitersprach. »Die andere Frau, die vor dem Bett auf dem Boden saß, habe ich dann rasch untersucht und festgestellt, dass ihr linkes Bein gebrochen war. Außerdem schrie sie laut, als ich ihren Bauch abtastete, der sich bretthart präsentierte.«

Der Richter unterbrach Amelies Ausführungen. »Was bedeutet das, ein brettharter Bauch?«, fragte er.

»Wenn im Bauchraum Verletzungen auftreten, spannen sich die Bauchmuskeln an, um die verletzten Organe zu schützen«, antwortete Amelie rasch. »Wird ein solcher Bauch abgetastet, so fühlt er sich wie ein hartes Brett an.«

»Danke«, sagte Schulze, »entschuldigen Sie, Kollege Staatsanwalt. Bitte fahren Sie fort, Fräulein Stabsärztin.«

»Stabsärztin Laimer hockte auf dem Fußboden und hielt die Hand der sterbenden Frau. Ich fragte sie, ob sie mich noch brauche; als sie verneinte, bat ich Fähnrich Huber, eine Trage zu besorgen und die Krankenschwestern Martina Tobler und Silvia Martin zu holen, damit die andere Verletzte sofort ins Krankenhaus gebracht werden konnte. Das geschah dann auch.« Amelie berichtete, welche Maßnahmen sie gesetzt hatte, um der Frau zu helfen, beschrieb die Operation, die sie durchgeführt hatte, und erklärte abschließend: »Die Frau, sie heißt übrigens Naza, wird wieder gesund werden.«

»Aber die andere Prostituierte ist gestorben?«, fragte Meier.

»Ja, aber dazu kann Ihnen Stabsärztin Dr. Laimer Genaueres berichten.«

»Danke, Fräulein Stabsärztin«, beendete Militärstaatsanwalt Meier seine Befragung. »Ihre Zeugin, Herr Kollege«, wandte er sich an den Anwalt der beiden Angeklagten, Militäranwalt Berger.

»Fräulein Stabsärztin«, begann dieser, erhob sich von seinem Platz hinter dem Podium und trat auf Amelie zu, die vor dem Richtertisch stand. »Sie können also nicht einwandfrei bestätigen, dass es sich bei den beiden Angeklagten um jene

Täter handelt, die die beiden Frauen verprügelt haben sollen?« Berger stand dicht vor Amelie, die ihm ruhig ins Gesicht blickte.

»Das habe ich bereits erwähnt, Herr Militäranwalt.«

»Das bedeutet, Sie wissen gar nicht, ob die beiden Herren, Leutnant Hacker und Korporal Gruber …«

Richter Schulze unterbrach die Ausführungen des Anwalts. »Ich muss doch bitten, Herr Militäranwalt Berger. Die beiden Männer sind schon aufgrund des Verdachts, dieses Verbrechen begangen zu haben, aller ihrer militärischen Ränge entkleidet worden. Ich befehle Ihnen daher, die beiden Männer nicht mehr mit den ihnen aberkannten Titeln anzusprechen. Haben wir uns verstanden?«

»Selbstverständlich, Herr Richter«, murmelte Berger und hob erneut an. »Sie wissen also nicht, Fräulein *Stabsärztin*«, Berger betonte Amelies Rang sarkastisch, »ob die beiden Soldaten Hacker und Gruber an diesem Abend im Bordell gewesen sind?«

Amelie verneinte. Wie ihr zuvor von Oberstabsarzt Unterberger geraten worden war, fügte sie dieser Auslassung nichts hinzu.

»Das bedeutet«, fuhr Berger fort. »Sie können nichts darüber sagen, ob diese beiden Soldaten für die Prügel, die die beiden Prostituierten erhalten hatten, verantwortlich waren?«

»Nein, das kann ich nicht«, antwortete Amelie.

»Wieso behaupten Sie es dann?« Berger war noch einen Schritt weiter auf Amelie zugetreten, stellte allerdings rasch fest, dass er aus dieser Distanz zu ihr aufschauen musste, weil er eher klein geraten war. Schnell ging er wieder zwei Schritte zurück. Die beiden Angeklagten saßen auf ihrer Bank und feixten. Die Verhandlung schien ihnen regelrecht Spaß zu machen.

Richter Schulze schlug erneut mit seinem Hammer auf den Richtertisch. »Sie beide, Hacker und Gruber, werden sich augenblicklich so benehmen, wie es in einem Gerichtssaal angemessen ist. Ansonsten werde ich Sie aus dem Saal entfernen und für den Rest der Verhandlung zurück in Ihre Arrestzellen stecken lassen.«

Das wirkte. Hacker und Gruber hörten auf zu grinsen und machten ernste Gesichter. »Und Sie, Militäranwalt Berger, Sie haben diese Frage bereits in anderer Form gestellt. Ich weise sie daher zurück. Haben Sie noch andere Fragen an die Zeugin?«

Berger nickte eifrig, er wandte sich wieder Amelie zu. »Woher wollen Sie eigentlich so genau wissen, wie schwer die Verletzungen der beiden Frauen waren?«

Amelie musste sich ein Lächeln verbeißen. »Nun, Herr Militäranwalt, ich kann das so genau wissen, weil ich studierte Medizinerin und ausgebildete Chirurgin bin. Hätte ich das nicht gekonnt, hätte ich meine Examina wohl zu Unrecht mit summa cum laude abgelegt, oder?«

Berger wurde rot. »Sie sagen also«, hantelte er sich weiter, »der einen Frau wurde der Schädel eingeschlagen, wie haben Sie das festgestellt?« Er beugte sich vor.

Im Gerichtssaal herrschte erwartungsvolle Stille. Amelie sprach: »Meine Kollegin, Stabsärztin Dr. Laimer, hatte die junge Frau untersucht und einen Schädelbruch an der linken Kopfseite festgestellt.«

»Und«, fragte Berger. »Wie stellt man einen solchen Schädelbruch fest?«

Amelie verbiss sich erneut ein Lächeln, das ihr wohl als Hochmut ausgelegt worden wäre. »Die linke Kopfseite, sehr verehrter Herr Militäranwalt, war deutlich eingedrückt, was von außen gut sichtbar war. Außerdem war die Haut an dieser Stelle aufgeplatzt, man konnte die Bruchlinien am Schädel sehen. Für eine Ärztin war es also kein großes Problem, die Diagnose zu stellen.«

Berger begann, vor dem Podium auf und ab zu schreiten. »Auf ähnliche Weise, nehme ich an, stellten Sie auch die Diagnose bei der anderen Frau?«

»Ja, das tat ich.« Amelie fügte nichts hinzu. Was sollte sie auch sagen?

»Sie haben also diese Verletzungen festgestellt und die eine Verletzte zum Sterben zurückgelassen und die andere ins Krankenhaus verbracht?«

»Ich habe die sterbende Patientin keineswegs zurückgelassen, wie Sie das formulieren wollen«, jetzt geriet Amelie doch in Zorn. »Ich überließ sie den fähigen Händen von Stabsärztin Dr. Laimer. Ich selbst begleitete die andere verprügelte Frau ins Krankenhaus, um sie dort zu behandeln.«

Berger merkte, dass er hier nichts für seine beiden Mandanten ausrichten konnte, und sagte: »Danke, Fräulein Stabsärztin, Sie können nun wieder Platz nehmen.«

»Warten Sie«, mischte sich Militärstaatsanwalt Meier ein. »Ich habe noch eine Frage.«

Richter Schulze machte eine Geste in Richtung des Staatsanwalts. »Bitte, Herr Kollege.«

Meier erhob sich und trat auf Amelie zu. Diesmal war er es, der auf die Ärztin hinunterblickte. Meier war sehr groß. »Wenn Sie auch nicht bezeugen können, die beiden Männer an diesem Abend im Bordell gesehen zu haben, so können Sie doch feststellen, dass beide Frauen sehr schwer verletzt waren, oder?«

»Ja«, antwortete Amelie, wieder ruhiger geworden. »Die eine Frau lag im Sterben, die andere schwebte in Lebensgefahr.«

»Ich habe keine weiteren Fragen an die Zeugin.« Meier setzte sich wieder und Amelie machte sich ebenfalls auf den Weg zu ihrem Sitzplatz neben Gerda Laimer. Diese wurde sogleich als zweite Zeugin aufgerufen. Auch sie wurde von Militärstaatsanwalt Meier ausführlich zu den Vorgängen am Abend des 17. Oktober befragt. Und auch bei dieser Zeugin versuchte Militäranwalt Berger Punkte für seine Angeklagten zu sammeln, was allerdings nicht gelang. Denn auch Gerda Laimer berichtete sachlich von der Situation und den Verletzungen der beiden Frauen, die deutlich machten, dass hier jemand arg gewütet haben musste. »Letztlich konnte ich nichts anderes tun, als mich auf den Boden zu der sterbenden Frau zu setzen, ihre Hand zu halten und ihr Trost zu spenden. Mit meiner ärztlichen Kunst konnte ich bei der Verletzten nichts mehr ausrichten.« Man merkte Gerda an, wie betroffen sie von der Situation immer noch war. »In der Zwischenzeit hat Stabsärztin Dr. Amelie von Liebwitz die andere Verletzte ins Krankenhaus gebracht, wo ich ebenfalls hinging, als die arme Frau verschieden war, was innerhalb weniger Minuten geschah. Die Verletzungen waren einfach zu schwer.« Jetzt herrschte tatsächlich Totenstille im Zelt. Niemanden ließ kalt, was mit den beiden Frauen, wenn sie auch »nur« Prostituierte gewesen waren, geschehen war.

Es wurde noch eine ganze Reihe anderer Zeugen befragt, einschließlich jener, die Hacker und Gruber schließlich dingfest gemacht hatten. »Wie muss ich mir das vorstellen?«, fragte Militäranwalt Berger Major Steininger, der für die Festnahme der beiden mutmaßlichen Täter gesorgt hatte. »Trugen sie etwa ein rotes Teufelsmal auf der Stirn?«

Steininger stand breitbeinig vor dem Richtertisch, hatte seine Mütze abgenommen und hielt die Hände hinter dem Rücken verschränkt. »Sie trugen natürlich kein Teufelsmal«, antwortete er sehr ruhig mit seiner tiefen Stimme. »Peter Hacker hatte mehrere tiefe Kratzer im Gesicht, die auf einen Kampf hinwiesen und die er nicht ausreichend erklären konnte. Eine Schlägerei war es wohl nicht gewesen, ich habe noch nicht gehört, dass Männer, wenn sie sich schlagen, dabei ihre Fingernägel einsetzen.«

Diese Bemerkung sorgte für einige Lacher im Auditorium. Wieder sauste Richter Schulzes Hammer nieder. »Ruhe!«, rief er. »Ich bitte mir absolute Ruhe aus! Das ist ja hier keine Theatervorstellung. Wenn das so weitergeht, lasse ich den Gerichtssaal bis auf die Zeugen, die noch zu befragen sind, räumen.« Es wurde augenblicklich wieder still, niemand wollte den Fortgang des Verfahrens versäumen.

»Er konnte Ihnen also die Kratzer im Gesicht nicht erklären?«, fragte Berger sarkastisch. »Nun, vielleicht war das Liebesspiel mit einer der Hu…«, er unterbrach sich, »einer der Prostituierten eben ein wenig heftig gewesen?«

»Das erschien mir nicht so«, antwortete Steininger, der sich einfach nicht aus der Ruhe bringen ließ. »Die Kratzer waren tief und wohl kaum aus Liebesleidenschaft zugefügt worden.«

»Und das reichte Ihnen schon für eine Verhaftung?«

»Nein«, antwortete Steininger. »Natürlich nicht. Aber Hacker konnte die Kratzer nicht erklären, außerdem haben ihn mehrere Damen des Bordells als regelmäßigen Besucher des Etablissements identifiziert. Sie hatten ihn auch an diesem Abend dort gesehen.«

Berger fiel nichts mehr ein, mit dem er Steiningers Aussagen hätte desavouieren können. »Und Bert Gruber«, setzte er seine Befragung deshalb fort, um vielleicht für den anderen Angeklagten etwas Positives herauszuholen. »Wie konnte der identifiziert werden?«

Steininger straffte sich. »Auch dieser Herr wurde von mehreren Damen im Bordell identifiziert«, sagte er aus. »Zudem beschrieben zwei Zeuginnen den Mann als jene Person, die mit der verstorbenen Prostituierten aufs Zimmer gegangen war.«

Berger gab auf. Es würde später noch Zeit sein, Steiningers Aussage zu zerpflücken. Jetzt hatte er keine Fragen mehr. Auch Militärstaatsanwalt Meier begnügte sich mit einigen ergänzenden Fragen, die klarmachten, warum die beiden Männer verhaftet und angeklagt worden waren. Nach dem Verhör von Major Steininger unterbrach der Richter die Verhandlung für eine Mittagspause. »Die Verhandlung wird um 14 Uhr fortgesetzt«, sagte Schulze und schlug mit seinem Hammer auf den Tisch. Zwei Militärpolizisten legten den beiden Angeklagten sofort wieder Handschellen an und führten sie in eine leer geräumte Baracke, in der sich lediglich zwei Stühle und ein Holztisch befanden, und wo Hacker und Gruber Brot und Wasser zum Essen erhielten.

Die Verpflegung in der Offiziersmesse fiel deutlich besser aus. An einem langen Tisch hatten Richter Schulze, die beiden Militäranwälte, Oberstabsarzt Unterberger und die beiden Stabsärztinnen von Liebwitz und Laimer Platz genommen. Fähnrich Huber fungierte als Mundschenk. Es gab eine dicke Kartoffelsuppe mit reichlich Speck und Brot, Rotwein wurde ausgeschenkt. Schulze stürzte sich auf sein Mahl, als hätte er tagelang nichts gegessen. Hungrig verspeisten auch Militäranwalt Berger und Militärstaatsanwalt Meier ihre Portionen. Nur Gerda Laimer rührte mit ihrem Löffel gedankenverloren die Suppe um, während Amelie sich ausgehungert auf ihr Mahl stürzte.

Gerda musste lachen. »Was muss wohl passieren, dass es dir den Appetit verschlägt?«, fragte sie.

»Ist bis jetzt eigentlich noch nie passiert«, antwortete Amelie mit vollem Mund. Sie schluckte den Bissen Brot, den sie gerade zerkaut hatte, hinunter. »Ich bin eigentlich fast immer hungrig«, bekannte sie und tauchte den Löffel wieder in die Suppe.

»Und nimmst kein Gramm zu«, stöhnte Gerda, die allen Entbehrungen zum Trotz mit ihrer eher rundlichen Figur nicht sehr zufrieden war.

»Ach was«, machte Amelie. »Als Medizinerinnen wissen wir doch, dass jeder Organismus anders arbeitet, das ist eben einfach so.«

Gerda nickte, und auch Oberstabsarzt Unterberger, der seine Suppe mit raschen, effizienten Bewegungen vertilgte, stimmte Amelie zu. »Ja«, sagte er, sein Mahl beendend. »Es ist schon erstaunlich, wie jeder Mensch anders auf äußere Einflüsse reagiert.« Es machte ihn sichtlich froh, einmal eine kurze Weile lang nicht über den Prozess sprechen zu müssen. »Der eine isst wie ein Scheunendrescher und nimmt nicht zu. Der andere knabbert alle drei Tage lang an einer Selleriestange und kämpft sein Leben lang mit seinem Gewicht.« Unterberger legte den Löffel hin, schluckte seinen letzten Bissen Brot hinunter und trank sein Rotweinglas leer. »Wenn die Damen und Herren mich jetzt entschuldigen wollen, ich werde noch einen Rundgang durch die Baracken mit den Patienten machen, bevor ich mich wieder in unserem Gerichtssaal einfinden werde.«

Unterberger stand auf, verneigte sich und verließ die Offiziersmesse. Auch Amelie und Gerda entschuldigten sich, weil sie nach ihren Patientinnen im Krankenhaus sehen wollten.

Allein geblieben, vertieften sich Richter, Staatsanwalt und Anwalt in eine Fachdiskussion über den Prozess, die allerdings recht rasch auf die beiden Ärztinnen überging, die sie hier unerwarteterweise angetroffen hatten. »Also ich finde es gänzlich unweiblich, Frauen haben in der Medizin wirklich nichts verloren«, klagte Militäranwalt Berger. »Wo kommen wir denn da noch hin? Bald werden wir wohl auch noch Anwaltsweiber haben, nicht?«

Richter Schulze funkelte Berger böse an. »Diese beiden Ärztinnen haben uns bei der Beweisfindung sehr geholfen«, sagte er dann ruhig und hob sein Rotweinglas, um den letzten Schluck zu trinken. »Und dass die Anwaltsweiber, wie Sie sie so desavouierend bezeichnen, bald auch in Gerichtssälen auftauchen werden, begrüße ich sogar ausdrücklich.«

Berger wollte etwas Beißendes erwidern, doch der Richter kam ihm zuvor. »Meine Herren, ich muss mich nun noch ein wenig auf die Prozessfortsetzung vorbereiten. Wir sehen einander um 14 Uhr in unserem Gerichtssaalzelt wieder.«

## *Kapitel 18*

Der Nachmittag der Verhandlung versprach, spannend zu werden, sollten doch erstmals die beiden Angeklagten zu Wort kommen. Zwar hatte ihnen ihr Anwalt von einer Zeugenaussage abgeraten, aber die beiden Männer wollten unbedingt eine Aussage machen. Militäranwalt Berger, immer die Interessen der beiden Männer im Auge, hatte nach langen Verhandlungen am Vortag schließlich einer Zeugenaussage der beiden mutmaßlichen Täter zugestimmt. »Und Sie wissen auch, meine Herren, dass am Ende das Urteil ›standrechtliche Erschießung‹ stehen kann?«, hatte er seine Mandanten gefragt. Die beiden hatten genickt, Gruber allerdings deutlich zögerlicher als Hacker.

»Das passiert uns nicht«, hatte Hacker selbstzufrieden behauptet. »Was haben wir schon groß getan? Ein paar Huren haben wir ein bisschen fester angepackt, na und?« Hacker hatte keinerlei Unrechtsbewusstsein. In seiner Welt waren Prostituierte nicht mehr als Gebrauchsgegenstände, die man benutzte und dann wegwarf. Bert Gruber dagegen war ängstlich gewesen.

»Standrechtliche Erschießung?«, hatte er Berger gefragt.

»Ja, Richter Schulze gilt als strenger Mann, das kann Ihnen also durchaus passieren«, hatte Berger geantwortet.

»Aber, aber, aber …«, hatte Gruber gestottert.

»Jetzt mach dir nicht ins Hemd, Kollege«, hatte Hacker eingeworfen. »Das wird schon nicht passieren.«

Gruber hatte sich von Hacker überzeugen lassen, gab an, er wolle aussagen, schien sich aber seiner Sache immer noch nicht ganz sicher zu sein.

Es war 14 Uhr geworden. Im Lazarett war es an diesem Tag zum Glück ruhig. Die Soldaten, die in den Baracken für die frisch Operierten lagen, wurden durch die Krankenschwestern versorgt, die Infektionsbaracke war ausnahmsweise einmal leer; und es tobte an diesem Tag keine Schlacht, es musste also nicht mit Verwundeten gerechnet werden. Entsprechend viele Soldaten, Krankenschwestern und auch einige Ärzte hatten im Gerichtszelt auf den unbequemen Bänken Platz genommen, als Richter, Staatsanwalt und Verteidiger sowie die beiden Angeklagten selbst ins Zelt kamen. Hacker und Gruber sahen ein wenig verfroren aus, die Baracke, in der sie ihre Pause verbracht hatten, wurde nicht geheizt. Hacker blickte sich im Gerichtssaal um und grinste siegesgewiss. Gruber dagegen setzte sich rasch an seinen Platz vor dem Richtertisch und senkte den Kopf.

Auch Amelie verfolgte das Geschehen. Sie hatte nach ihrer Essenspause rasch nach ihren Patientinnen im Krankenhaus gesehen, Gerda tat dort jetzt Dienst. Unterstützt wurde sie von Schwester Silvia. Schwester Martina dagegen hatte neben ihr Platz genommen. »Kommt nach dem Urteil rasch wieder her«, hatten Gerda und Silvia gebeten. »Wir wollen unbedingt erfahren, welches Urteil gesprochen worden ist.« Amelie und Martina hatten genickt und waren wieder zum Gerichtssaal geeilt.

Im Zelt war es einigermaßen warm, jeweils ganz vorn und ganz hinten waren zwei Holzöfen aufgestellt und gut angeheizt worden. Dennoch trugen alle Anwesenden dicke Wintermäntel, auch Richter und Anwälte, die in graue Militärmäntel gehüllt waren, und ihnen ein eindrucksvolles Äußeres verliehen. Nur die Angeklagten trugen lediglich die Uniform einfacher Soldaten.

Richter Schulze schlug mit seinem Hammer dreimal auf den Richtertisch und eröffnete damit die Nachmittagsverhandlung. Bevor die beiden Angeklagten aussagen sollten, wurden noch einige der Prostituierten zu ihren Wahrnehmungen rund um die Ereignisse vom 17. Oktober befragt. Alle vier Frauen, die nacheinander in den Zeugenstand traten, gaben übereinstimmend an, sowohl Hacker als auch Gruber an diesem Tag im Bordell gesehen zu haben. Eine der Zeuginnen, ihr Name war Selma Babić, hatte die beiden Männer nicht nur gesehen, sie hatte im oberen Stockwerk gearbeitet und war im Salon gewesen, als Peter Hacker eingetreten war, auf ein anderes Mädchen, Hana hieß sie, gedeutet hatte und in einem der Zimmer verschwunden war.

»Ich habe gehört Schreie«, radebrechte Selma mühsam. »Mädchen hat fast die ganze Zeit geschrien.«

Militärstaatsanwalt Meier wollte wissen: »Konnten Sie verstehen, was das Mädchen, Hana, geschrien hat?«

Selma dachte eine Weile nach. »Ich glaube, sie einfach so vor Angst geschrien. Einmal ich höre ›Hilfe!‹. Aber ich mich nicht getraut, hineinzugehen.« Meier nickte und nahm wieder Platz.

Berger erhob sich. »Und könnten das nicht auch Lustschreie gewesen sein, die Sie da gehört haben?«, fragte er süffisant lächelnd.

Selma blickte sich fragend um. »Was sind Luftschreie?«, fragte sie, was im Zuschauerbereich für leises Gelächter sorgte.

Schwester Martina hob die Hand. Richter Schulze deutete mit dem Hammer auf die Krankenschwester und erteilte ihr das Wort. »Herr Richter, ich spreche Bosnisch. Wenn Sie wollen, kann ich Selma die Fragen von Militäranwalt Berger übersetzen und auch Selmas Antworten darauf.« Sie blieb stehen.

Schulze blickte sowohl Meier als auch Berger an. »Findet das Ihre Zustimmung, meine Herren?«

»Wenn die Schwester vorher vereidigt wird, habe ich nichts dagegen«, antwortete Meier. Auch Berger stimmte unter dieser Bedingung zu.

»Nun gut, Schwester«, erlaubte Richter Schulze Martina, vorzutreten. »Nennen Sie Ihren vollen Namen und Ihre Funktion hier in der Etappe für das Protokoll.«

Martina, die nun – wie die beiden Angeklagten – vor dem Richterstuhl stand, antwortete mit fester Stimme. »Mein

Name ist Martina Tobler, ich bin Rotkreuz-Krankenschwester und seit fast einem Jahr hier in der Etappe in der Romanija tätig.«

Der Richter nickte und sagte: »Setzen Sie Ihre Befragung fort, Anwalt Berger.«

Dieser begann erneut und stellte die Frage nach den möglichen »Lustschreien«, die Selma gehört haben hätte können. Martina übersetzte rasch und Selma zog die Stirn in Falten. Dann sprach sie einige Worte. Martina übersetzte: »Nach Lustschreien hat sich das nicht angehört.«

Berger setzte nach. »Aber sicher wissen konnten Sie das nicht«, bohrte er. »Sie waren schließlich nicht mit Hacker und dem Mädchen im gleichen Raum, oder?«

Martina übersetzte wieder. Diesmal wirkte Selma sichtlich ungehalten. »Ich kann unterscheiden, ob ein Mädchen Angst hat oder ob sie Freude empfindet«, gab Martina wieder.

»Und was berechtigt Sie zu dieser Einschätzung?« Berger ließ sich nicht irritieren.

Selma schüttelte langsam den Kopf und dann platzte ein ganzer Wortschwall aus ihr heraus. »Sie sagt, sie müsse nun schon mehrere Monate in dem Feldbordell arbeiten. Dabei hat sie sehr viel gehört, durchaus auch einmal Lustschreie. Sie hätte aber auch sehr viele Angstschreie vernommen, weil viele der Soldaten, auch Offiziere, die das Bordell aufsuchten, wohl großen Spaß daran hätten, den Mädchen wehzutun.« Selma saß mit gesenktem Kopf im Zeugenstand und schwieg. Berger, der wohl einsah, dass er aus dem Mädchen keine entlastenden Aussagen mehr zugunsten der beiden Angeklagten erhalten würde, entließ die Zeugin.

Militärstaatsanwalt Meier erhob sich und fragte: »Sie haben also deutlich wahrnehmbare Schmerzensschreie gehört?«

Selma nickte.

»Sie müssen laut antworten«, forderte Richter Schulze. »Fürs Protokoll.«

Das verstand Selma, und so sagte sie: »Ja.«

»Und was haben Sie dann getan?«, fragte Meier weiter.

»Gar nichts«, übersetzte Martina. »Sie hätte viel zu große Angst davor gehabt, in den Raum zu gehen, wo Hacker offensichtlich auf Hana einschlug.«

»Einspruch!«, brüllte Berger, der aufgesprungen war. »Vermutungen, nichts als Vermutungen.«

»Ich muss doch bitten«, sagte Richter Schulze. »Mäßigen Sie sich, Herr Kollege. Der Einspruch wird abgelehnt.«

Berger wollte sichtlich noch etwas sagen, wurde aber durch einen bösen Blick des Richters zum Schweigen gebracht und setzte sich wieder. Militärstaatsanwalt Meier fuhr fort: »Das kann man verstehen, wenn man den Angeklagten Hacker betrachtet und dann einen Blick auf Selma wirft.«

Selma war eine kleine, zierliche Frau, die es wohl kaum mit dem bulligen Peter Hacker hätte aufnehmen können.

Wieder sprang Berger auf. »Einspruch!«, schrie er. »Was Staatsanwalt Meier glaubt, ist hier nicht von Relevanz.«

»Stattgegeben«, sagte Richter Schulze. »Kollege Meier, bitte beschränken Sie sich auf die Fakten.«

Meier nickte und fuhr fort. »Was geschah dann?«, fragte er Selma. Selma berichtete, wie die Schreie nach einer Weile endlich aufgehört hatten, wie Hacker aus der Zimmertür getreten sei und das Bordell sofort verlassen habe. Martina übersetzte getreulich Fragen und Antworten.

»Er hatte tiefe, blutige Kratzer im Gesicht«, sagte Selma aus.

»Was haben Sie getan, als Hacker weg war?« fragte Meier.

»Ich bin in das Zimmer gelaufen und habe Hana gesehen, die gerade versuchte, aus dem Bett aufzustehen«, berichtete Selma. »Ich habe sie gestützt. Gemeinsam sind wir dann die Treppe hinuntergegangen, um Hilfe zu suchen. Als wir unten angekommen waren, ist Hana zusammengebrochen. Ein anderes Mädchen, ich glaube Rashida, ist dann ins Krankenhaus gelaufen und hat Hilfe geholt.«

Militäranwalt Meier bedankte sich und entließ die Zeugin. Im Gerichtssaal herrschte Totenstille. Die Aussage einer Augenzeugin machte das Geschehene noch abscheulicher. Nicht nur die Krankenschwestern und Amelie, sondern auch viele der im Publikum sitzenden Männer des Lazarettpersonals sahen angewidert aus.

Martina blieb, auch als Selma als Zeugin entlassen worden war, vor dem Richterstuhl stehen, um ebenfalls die Antworten der drei anderen Prostituierten zu übersetzen, die im Wesentlichen nicht viel anderes berichteten als Hana. Nur die letzte der zu Befragenden sagte Neues aus. Sie hatte beobachtet, wie Bert Gruber das Bordell betreten und was sie daraufhin bezeugt hatte. Martina musste erst einmal schlucken, ehe sie übersetzte.

»Der Mann – sie hat dabei auf Bert Gruber gedeutet«, fügte sie erklärend hinzu. »Der Mann hat gegrinst und gesagt: ›Ich bin der Bert.‹ Dann hat er sich die nächststehende Frau gegriffen und sie in eines der kleinen Verrichtungsabteile gezogen.« Martina holte tief Luft. »Dann hat er sich auf sie gestürzt, ist brutal in sie eingedrungen, hat ihr dabei büschelweise die Haare ausgerissen und ihr wiederholt ins Gesicht geschlagen.«

Wieder herrschte Totenstille im Gerichtssaal. Niemand regte sich. Amelie war schlecht, auch Martina, die immer weiter übersetzte, was die Zeugin erzählte, hielt sich scheinbar nur noch mühevoll auf den Beinen. Alle wussten, dass hier die Rede von Valida war, der jungen Frau, die nun ohne Milz und mit einem geschienten Bein drüben im Krankenhaus lag.

»Ich habe gesehen, wie Hana, auf Selma gestützt, ins Zimmer von Valida kam. Dort ist sie zusammengebrochen und hat sich nicht mehr bewegt.«

Als auch die letzte der vier Prostituierten befragt worden war, durfte Martina sich wieder setzen.

»Furchtbar, was wir da zu hören bekommen«, raunte Martina Amelie ins Ohr.

»Du hast recht, aber ich glaube, die Aussagen der Mädchen werden zu einem harten Urteil gegen die beiden Männer beitragen«, flüsterte Amelie zurück.

Schließlich, es war schon fast 17 Uhr, waren alle Zeuginnen befragt. Bevor nun Richter Schulze die beiden Angeklagten in den Zeugenstand rufen ließ, schlug er mit seinem Hammer auf das Podium und verkündete: »Nach diesen durchaus aufrüttelnden Zeugenaussagen werde ich die Verhandlung für heute vertagen. Wir beginnen morgen früh wieder um Punkt neun Uhr.«

Gemurmel kam aus dem Gerichtssaal. Peter Hacker sah sich amüsiert um, Bert Gruber dagegen schien in seinem Stuhl immer kleiner zu werden.

»Die beiden Angeklagten werden sogleich wieder in ihre Baracke verbracht, wo sie bis morgen früh zu verbleiben haben. Ich ordne an, ihnen erneut nur Wasser und Brot zum Abendessen und Frühstück zu geben. Die Verhandlung ist vertagt.« Wieder sauste der Richterhammer herab. Richter Schulze und die beiden Anwälte rauschten durch den hinteren Zelteingang hinaus. Die beiden Angeklagten wurden rasch weggebracht. Sie wehrten sich nicht, als ihnen erneut Handschellen angelegt wurden.

Amelie und Martina blieben noch einen Augenblick sitzen. Sie waren erschöpft und angewidert von dem, was ihnen hier in den vergangenen Stunden zu Gehör gebracht worden war. Schließlich berührte Amelie Martina an der Schulter. »Komm, meine Liebe, wir holen uns im Messezelt einen Kaffee und gehen dann ins Krankenhaus hinüber.«

Martina schüttelte den Kopf. »Nein, bitte, können wir den Kaffee nicht bei dir im Dienstzimmer machen? Ich möchte keinen von denen, die heute anwesend waren, heute mehr sehen.« Amelie verstand.

Im Krankenhaus machten Gerda Laimer und Schwester Agathe gerade die Abendrunde, erneuerten hier einen Verband, setzten dort eine Spritze und sprachen den Patientinnen Mut zu. Schwester Agathe, die doch am Anfang so gegen die Patientinnen im Krankenhaus eingestellt gewesen war, hatte inzwischen die Mühe auf sich genommen und – mit dem

Einverständnis ihrer Mutter Oberin – begonnen, Bosnisch zu lernen. Inzwischen konnte sie sich schon ganz gut mit den Patientinnen verständigen.

»Wir werden alles tun, um dir zu helfen«, sagte sie etwa zu Valida, die nach ihrer Milzoperation noch etwas geschwächt in ihrem Bett lag und die Decke bis ans Kinn gezogen hatte. »Wir haben einen Plan, wie wir dir helfen können. Mehr darf ich aber noch nicht verraten. Bitte vertraue uns, bald können wir dir mehr sagen.«

Valida hatte nicht alles verstanden, nickte jedoch und lächelte ein ganz kleines bisschen. Gerda schaute zu Schwester Agathe, die in ihrem schwarzen Nonnenhabit und dem weißen Gesichtsschleier wie ein Wesen aus einer anderen Welt aussah, freundlich an. »Das machen Sie gut, Schwester Agathe, ich bin sehr froh, dass Sie die Sprache unserer Mädchen lernen. Ich bin leider für andere Sprachen gänzlich unbegabt. Das hat schon meine Kinderfrau, sie war Französin, immer sehr bedauert.«

Schwester Agathe, die eigentlich immer ein ernstes Gesicht zur Schau trug, lächelte leicht. »Ich mag fremde Sprachen«, antwortete sie. »Und ich finde es schön, mit den Patientinnen reden zu können. Man lernt sich doch ganz anders kennen.« Dann schwieg sie wieder.

Amelie nickte ihr noch einmal freundlich zu und machte sich auf den Weg in ihr Dienstzimmer. Fähnrich Huber hatte, der gute Geist, der er war, schon eine Stunde zuvor eingeheizt. Mit vollen Tassen und der obligatorischen Zigarette saßen Amelie und Martina schließlich gemütlich vor dem Ofen.

»Was denkst du?«, fragte Amelie Schwester Martina. »Werden die beiden Männer zum Tode verurteilt werden?«

Martina trank beinahe gierig ihre Kaffeetasse aus und schluckte, bevor sie antwortete. »Ich bin mir nicht sicher«, antwortete sie. »Aber so wie Richter Schulze sich bislang verhalten hat, denke ich schon, dass es dazu kommen wird.«

»Ja, ich auch.« Amelie blies eine Rauchwolke in die Luft. »Wir haben wohl tatsächlich einen Richter erwischt, der es nicht als normal erachtet, wenn Prostituierte verprügelt oder sogar totgeschlagen werden. Ich finde, das ist ein richtiges Glück.«

»Ja.« Martina lehnte sich in ihrem Sessel zurück und blickte ins Licht der Kerzen, die das Zimmer schummrig beleuchteten. Der Strom war wieder einmal ausgefallen. »Was man so als Glück bezeichnet. Meinst du nicht, es sollte normal sein, so zu denken?«

Amelie lachte bitter. »*Ich* finde das schon«, betonte sie. »Aber die Mehrheit der Männer hier ist da wohl anderer Meinung.«

»Ich weiß nicht.« Martina wollte Amelie nicht zustimmen. »Stabsarzt Dr. Heigl denkt sicher auch so wie wir.« Martina gähnte herzhaft und schlug sich rasch die Hand vor den Mund.

Da war Amelie ganz Martinas Meinung. »Aber Johannes vertritt sicherlich nicht die Mehrheitsmeinung.«

»Da hast du bestimmt recht.« Martina gähnte wieder, und Amelie, die ähnlich müde war, sagte zu ihr: »Geh ins Bett, du hast heute keinen Nachtdienst, zudem ist es im Lazarett ruhig. Schlaf dich mal richtig aus. Ich will dich morgen hier nicht vor acht Uhr sehen, klar?« Sie lächelte die Krankenschwester freundlich an.

Nachdem sie ihrer Vorgesetzten eine gute Nacht gewünscht hatte, verließ Martina das Zimmer und Amelie widmete sich, nachdem sie sich eine neue Tasse Kaffee eingeschenkt und diese mit einem großen Schluck Slibowitz »gewürzt« hatte, ihren Krankenakten.

Es klopfte. Gerda kam herein. »Melde gehorsamst«, sagte sie lächelnd. »Alle Patientinnen sind versorgt, es gab keine Probleme, sogar Valida scheint sich gut zu erholen.« Amelie lächelte Gerda an.

»Dann darfst du abtreten, Fräulein Stabsärztin«, gab Amelie ebenso scherzhaft zurück. »Ich habe gerade Martina ins Bett geschickt. Ich werde heute Nacht Dienst schieben, schlaf du dich aus.«

Auch Gerda sah zu Tode erschöpft aus. Der lange Tag im Gerichtssaal hatte ihr ebenso viel abverlangt wie ihre Zeugenaussage. »Aber solltest nicht lieber du schlafen gehen?«, fragte sie trotzdem. »Schließlich bist du noch länger auf als ich.« Sie stand halb im Zimmer, halb draußen.

»Mir geht es gut«, hielt Amelie fest. »Ich bin nicht müde und habe vor, heute Nacht noch einige Briefe zu schreiben. Du kannst ruhig schlafen gehen. Sollte irgendetwas passieren, lasse ich dich ohnehin holen.«

Gerda nickte Amelie dankbar zum Abschied zu und verschwand eilig, fast als befürchte sie, Amelie könnte es sich anders überlegen.

Die Krankenakten waren nach einer halben Stunde erledigt. Amelie stapelte sie auf und legte sie in den Ausgangskorb auf ihrem Schreibtisch. Es war sehr ruhig geworden im Krankenhaus. Vor den Fenstern ihres Dienstzimmers herrschte tiefe Dunkelheit. Nur vor den einzelnen Zelten des Lazaretts brannten Laternen. Plötzlich begann es ganz sacht zu schneien. Amelie schaute verzaubert aus dem Fenster. Sie hockte sich auf die breite Fensterbank und sah dem immer stärker werdenden Schneetreiben zu. Wie es wohl Friedrich geht?, fragte sie sich, und Vater? Sie schuldete beiden noch einen Antwortbrief, was sie allerdings schon wieder seit einigen Wochen vor sich her schob.

Sie lehnte den müden Kopf an die kalte Fensterscheibe. Erneut kreisten ihre Gedanken um die Verhandlungen am heutigen Tage. Zu sehr erinnerten sie die Geschehnisse hier in der Romanija an all die Anfeindungen, denen sie während ihres Medizinstudiums in Berlin ausgesetzt gewesen war. Die sexuellen Anspielungen, die blöden Streiche, die ihre Kommilitonen ihr und Felicitas, ihrer besten Freundin, angetan hatten. Und es war durchaus nicht nur bei verbalen Beleidigungen und Sticheleien geblieben. Amelie dachte fast nie daran, wie oft sie von den Herren Studiosi angetatscht, gezwickt oder am Haar gezupft worden war. Aber heute drängte sich das alles wieder in ihr Gedächtnis. Die abscheulichen Ereignisse im Feldbordell hatten alte Wunden wieder aufgerissen.

»Na, du willst ja wohl die blöden Anmachsprüche und kleinen Berührungen nicht mit dem vergleichen, was diesen Frauen hier passiert ist?« Amelies innere Stimme klang zornig.

»Natürlich nicht«, sprach sie laut vor sich hin. Sie war niemals einer solchen Gewalt ausgesetzt gewesen und konnte sich oft auch helfen. Dennoch hatte es wehgetan und ihr Bild des Mannes nicht gerade in ein besseres Licht gerückt. »Aber genug jetzt.« Ich werde jetzt noch an meinen Vater schreiben, dachte sie, und dann die nächste Runde bei den Kranken machen. Entschlossen setzte sie sich hin, nahm einen Briefbogen und schrieb.

*Romanija, den 29. Dezember 1914.*
*Lieber Vater!*

Dann legte sie die Feder auf den Tisch und nahm noch einmal den letzten Brief ihres Vaters zur Hand.

*Ich ordiniere jetzt wieder täglich*, schrieb er. *Und ich habe viel zu tun. Die einfache Bevölkerung, jene, die etwa in Rüstungsfabriken Dienst tun, ist besonders oft Opfer von Unfällen. Ich sehe hier immer häufiger abgerissene Gliedmaßen durch falsch montierte Granaten, die in der Fabrik explodieren. Aber das ist noch nicht alles, die Tuberkulose greift in diesem Winter immer weiter um sich. Wir können kaum etwas dagegen tun. Welcher Arbeiter, welche Mutter von sechs Kindern kann es sich denn leisten, monatelang in einen Luftkurort zu fahren? Manchmal bin ich hier am Verzweifeln. Aber ich habe seit Kurzem Hilfe. Du wirst es wohl kaum glauben, aber seit einigen Monaten ist hier bei mir in der Ordination eine junge Ärztin tätig, die vor einem halben Jahr ihren Abschluss gemacht hat und sich für Armenmedizin interessiert. Die junge Dame heißt Dr. Elke Koch und stürzt sich mit Verve in die tägliche und oft frustrierende Arbeit. Besonders unsere Patientinnen schätzen die neue Ärztin sehr. Es ist eben oft einfacher für die Frauen, sich mit ihren Beschwerden einer Frau anzuvertrauen. Elke, wir duzen uns bereits, wird wohl meine Nachfolgerin werden, hier am Alexanderplatz. Und ich bin sicher, ich könnte niemand besseren dafür finden – Dich konnte ich ja leider nicht dafür gewinnen. Das ist kein Vorwurf, mein liebes Kind. Du leistest mit deiner Arbeit im Kriegsgebiet Hervorragendes, das weiß ich – und nicht nur aus Deinen Briefen.*

Amelie atmete scharf aus. Ihr Entschluss, Chirurgin zu werden, hatte Michael von Liebwitz damals gekränkt. Mittlerweile aber schien er sich damit abgefunden zu haben.

*Friedrich geht es im Curias so weit gut, er kämpft mit Engpässen an Ärzten, Medikamenten und Betten. Aber er schlägt sich wacker. Bis bald, meine geliebte Tochter. Ich freue mich schon auf Deinen nächsten Brief. Dein Vater.*

*P. S.: Ich trinke nicht. Ich gebe zu, es fällt mir manchmal schwer, aber ich halte durch. Isabella Haller wacht mit Argusaugen über mich und verwöhnt mich mit hervorragendem Essen, wenn ich abends nach Hause komme.*

Damit schloss der Brief und Amelie lächelte, griff nach der Feder und begann zu schreiben. Sie berichtete ihrem Vater die neuesten Entwicklungen aus der Romanija, ging insbesondere auf den laufenden Prozess ein. Bestimmt würde die Briefzensur wieder die Hälfte streichen, aber es half ihr, sich alles von der Seele zu schreiben.

*Wie du ja weißt*, schrieb sie, *finde ich diese Idee des »Feldbordells« degoutant. Begründet wird diese Einrichtung mit dem Argument, die Soldaten müssten ihre natürlichen Bedürfnisse befriedigen dürfen. Ich frage dich: Und dafür müssen in den Dienst gepresste Frauen herhalten? Was heißt das überhaupt,*

*»natürliche Bedürfnisse«? Komisch, dass Frauen scheinbar nicht unter solch unstillbaren Bedürfnissen leiden. Ich musste bisher jedenfalls noch nicht über einen Kollegen oder einfachen Soldaten »herfallen«, um meine ›natürlichen Bedürfnisse‹ zu befriedigen.*

Sie überlegte kurz. Waren ihre Worte ihrem Vater gegenüber zu offen? Nein, dachte sie schließlich. Sie hatte immer schon ein enges und vertrauensvolles Verhältnis zu ihrem alten Herrn gehabt und offen über alles mit ihm sprechen können. Sie setzte erneut den Füller aufs Papier.

*Verzeih meine offenen Worte*, schrieb sie. *Aber ich bin sicher, Du kannst meine Überlegungen nachvollziehen. Jedenfalls werde ich weiterhin versuchen, diesen Frauen zu helfen. Und wir haben auch schon einen Plan. Demnächst werde ich hier einen Benediktinerpater treffen, der sich dazu bereiterklärt hat, Frauen und Babys aufzunehmen. Ich werde Dir im nächsten Brief berichten, wie es um die Sache steht. Jetzt bitte ich Dich noch, mir fest die Daumen zu drücken. Morgen werden wir die Aussagen der beiden angeklagten Männer im Prozess hören. Ich wünsche mir ein strenges Urteil. Deine Dich liebende Tochter Amelie.*

*P. S.: Ich bin sehr stolz auf Dich. Du machst das alles wunderbar. Ich bin sicher, Deine neue Mitarbeiterin unterstützt Dich aufs Beste. Grüße sie mir bitte unbekannterweise. Und vergiss nicht: Es gibt keinen Grund, wieder mit der elenden Trinkerei anzufangen. Das hat für mich auch ganz egoistische Gründe. Ich möchte meinen Vater noch ein paar Jahre behalten, hörst Du?*

Nachdem sie ihre Grußworte geschrieben hatte, steckte sie den Brief ins Kuvert, adressierte ihn und legte ihn rechts auf ihren Schreibtisch, wo Fähnrich Huber ihn morgen finden und zuverlässig versenden würde.

## Kapitel 19

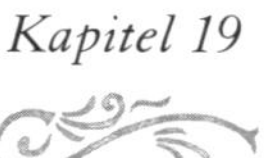

Früh am nächsten Morgen wurde der Prozess gegen die beiden Soldaten Peter Hacker und Bert Gruber fortgesetzt. Es war wieder sehr kalt, und die Angeklagten, die die Nacht in einer ungeheizten Baracke hatten verbringen müssen, zitterten sichtbar und klapperten mit den Zähnen, als sie zur Anklagebank geführt wurden. Der Zuschauerraum war heute nur schütter gefüllt. Amelie war trotz ihrer Nachtschicht anwesend, ebenso wie Schwester Silvia. Die Lazarettärzte waren lediglich durch Dr. Jens Trojahn vertreten, alle anderen standen in den Operationszelten, arbeiteten in den Infektionsbaracken oder schrieben jene Soldaten, die man notdürftig zusammengeflickt hatte, gesund, damit sie wieder an die Front geschickt werden konnten. Es war die Rede vom baldigen Umzug des Etappenlagers. Die Kampfhandlungen hatten begonnen, sich – so die letzten Nachrichten – nach Mazedonien zu verschieben. Der Krieg war in den vergangenen Monaten zum Weltkrieg geworden. In Mazedonien begannen die europäischen Großmächte ihre Stellungen zu befestigen. Amelie hatte schon verschiedentlich von einer Verlegung des Etappenlazaretts gehört, mit der wohl im Laufe der kommenden Wochen zu rechnen war. Aber noch waren sie hier. Und noch war das Urteil über die beiden Männer, die eine Frau totgeschlagen und eine andere sehr schwer verletzt hatten, noch nicht gefallen.

Richter Schulze betrat den Gerichtssaal im Zelt. Ihm dicht auf den Fersen waren Militärstaatsanwalt Meier und Militäranwalt Berger. Schulze schlug dreimal mit seinem Hämmerchen auf das Podium.

»Guten Morgen«, sagte er dann ganz unzeremoniell. »Wir eröffnen die Verhandlung gegen Peter Hacker und Bert Gruber erneut. Die beiden sind des Totschlags sowie der schweren Körperverletzung gegen die beiden Prostituierten Hana Jusic und Valida Kasun angeklagt. Wir hören heute die Aussagen der mutmaßlichen Täter. Nach der Mittagspause werden die Anwälte am Nachmittag ihre Schlussplädoyers halten. Im Anschluss werde ich das Urteil verkünden.« Schulze lehnte sich zurück und machte eine auffordernde Bewegung zu Peter Hacker. »Angeklagter Hacker, erheben Sie sich und kommen Sie in den Zeugenstand.«

Peter Hacker, heute deutlich weniger selbstbewusst, die vergangene Nacht hatte auch ihm zugesetzt, schritt zum Zeugenstand und wurde vereidigt. Militärstaatsanwalt Meier erhob sich und stellte ihm die erste Frage: »Was haben Sie am 17. Oktober gegen 16 Uhr getan, Soldat Hacker?«

Peter Hacker schwieg eine Weile, dann sagte er: »Ich war im Puff.«

Meier schüttelte sich leicht. »Das bedeutet, Sie haben das Feldbordell aufgesucht?«

»Ja.« Wortkarg war er an diesem Tag, gar nicht so übertrieben selbstbewusst, wie er sich in den Tagen zuvor gegeben hatte.

»Und was taten Sie dort?«, fragte Meier weiter.

»Na, was werd ich schon getan haben?« Diesmal blitzte kurz wieder das Grinsen in Hackers Gesicht auf.

»Beantworten Sie die Frage«, mahnte Meier.

»Ich hab mir eine Hur' genommen.«

»Und was geschah dann?«

»Na, ich hab's ihr ordentlich besorgt, die hat ganz schön gequietscht.«

»Aha«, machte Meier. »Sie haben es – um es mit Ihren Worten zu sagen – der Prostituierten also ›richtig besorgt‹. Dabei haben Sie derart auf das Mädchen eingeschlagen, dass sie eine schwere Kopfverletzung erlitten hat, nicht?«

»Einspruch!«, schrie Militäranwalt Berger. »Der Herr Anwalt kann nicht wissen, was der Angeklagte getan hat.«

»Abgelehnt«, konstatierte Schulze.

Hacker, scheinbar recht unberührt, antwortete schließlich: »Na ja, ja, ich hab sie bissl ghaut. Aber den Kopf habe ich ihr nicht eingeschlagen. Einmal ist sie halt, als ich so zugestoßen habe, recht fest mit dem Kopf ans Kopfbrett von dem Bett geknallt, da wird's passiert sein.«

Amelie musste angesichts der Kaltschnäuzigkeit des Angeklagten würgen. »Der bereut überhaupt nicht, was er getan hat«, flüsterte sie Martina zu. »Und das mit dem Kopfbrett ist hanebüchener Unsinn. Die Kopfverletzung bei Hana lag auf der Seite, wie soll das denn möglich gewesen sein?«

Das fragte sich scheinbar auch Staatsanwalt Meier. »Die Prostituierte Hana Jusic wies bei der Obduktion eine tief eingedrückte Wunde an der linken Kopfseite auf, an der sie letztlich auch verstorben ist. Das deckt sich jetzt nicht ganz mit Ihrer Beschreibung.«

»War das eine Frage, Herr Kollege?«, bellte Berger.

»Wie haben Sie der Frau die Kopfwunde zugefügt?«, fragte Meier daraufhin prompt. Hacker antwortete nicht. »Sie wollten doch unbedingt aussagen, Herr Hacker, nun tun Sie es auch!«, forderte Meier ihn auf.

»Also, es war so«, begann Hacker. »Ich hab sie ordentlich gefickt, aber die kleine Hexe hat sich …«

Richter Schulzes Hammer sauste auf das Podium. »Ich muss doch bitten, Herr Hacker, befleißigen Sie sich gefälligst einer ordentlichen Sprechweise.« Der Richter war rot im Gesicht geworden und funkelte Hacker böse an. Nicht blöd und wissend, woher der Wind wehte, setzte dieser erneut an: »Ich habe also mit der Frau Geschlechtsverkehr gehabt und war dabei sehr leidenschaftlich. Die Hure hat sich aber gewehrt, sie wollte nicht – vielleicht war mein Schwanz ihr zu groß.« Er grinste wieder.

»Sie sind unverbesserlich, Herr Hacker.« Richter Schulze

war in Rage. »Eine solche Auslassung noch und wir brechen Ihre Aussage ab.«

Hacker nickte rasch. »Also, sie wollte halt nicht«, fuhr er fort. »Hat mich gekratzt und so was alles. Da habe ich ihren Kopf genommen und ihn auf das Nachtkasterl geschmettert. Dann hat's a Ruh gebn.«

Die Stille im Gerichtssaal war fast greifbar. Zu unglaublich schien die Brutalität, mit der der Täter vorgegangen war. Berger hatte den Kopf in die Hände gelegt. Staatsanwalt Meier sagte: »Sie geben also zu, die Prostituierte Hana Jusic geprügelt und ihren Kopf auf den Nachttisch geschlagen zu haben?«

Peter Hacker sagte: »Ja, aber umbringen wollt ich sie wirklich nicht.« Er versuchte, treuherzig dreinzublicken. »Sie war ja ganz nett, die Kleine, hätt sich halt nicht so anstellen sollen.«

Meier ließ ein paar Sekunden verstreichen, bevor er wieder sprach. »Was geschah, nachdem Sie das Mädchen verlassen hatten?«

»Na, ich bin runtergegangen. Dort hab ich den Bert abholen wollen, der war nämlich mit mir ins Hurenhaus gegangen. Als ich aber das Kabuff betrat, in dem er mit der schönen Valida zugange war, hat er auf dem Bett gesessen und geheult und die Valida saß zusammengekrümmt neben ihm.«

»Was haben Sie dann getan?«

»Na, was werden wir getan haben? Wir sind so schnell wie möglich aus dem Haus verschwunden und in unsere Baracken zurückgegangen. Das Hurenweib hatte mich im Gesicht gekratzt, das tat ziemlich weh, ich wollte die Wunden säubern, wer weiß, was ich mir sonst von der noch geholt hätte.«

»Und Bert Gruber?«, fragte Meier nach.

»Was weiß ich«, murmelte Hacker, »der ist wahrscheinlich auch in seine Baracke gegangen.«

»Ich habe keine weiteren Fragen«, beendete Meier das Verhör und setzte sich wieder hin.

Dafür erhob sich nun Anwalt Berger. »Herr Hacker, in welchem Zustand befand sich Hana Jusic, als Sie sie nach Ihrer

Verrichtung verlassen haben?«, fragte er und trat auf den Zeugenstand zu.

»Ich hab geglaubt, sie schläft«, antwortete Hacker. »Sie ist so quer überm Bett gelegen und hat sich nicht mehr gerührt.«

»Sie wussten also nicht, dass das Mädchen lebensgefährlich verletzt war?«

»Aber nein.« Hacker setzte wieder seinen treuherzigen Blick auf. »Ich hab's ihr halt ordentlich besorgt und dacht, sie ist jetzt müd und schläft ein bissl.«

»Wohin begaben Sie sich danach?«

»Das hab ich doch schon gsagt, ich bin zum Bert runter und dann in meine Baracke.«

Berger schüttelte leicht den Kopf. »Haben Sie sonst noch etwas hinzuzufügen?«

»Na ja«, antwortete Hacker. »Schon. Ich mein, das war schließlich nur a Hur und ka richtige Frau.« Hacker sprach mit deutlichem Wiener Akzent. »Ja, sie is gstorbn, aber das war ja keine Absicht, und außerdem, Sie sehen doch, ich bin ein großer starker Mann.« Jetzt bemühte er sich wieder, Hochdeutsch zu sprechen. »Mir passiert's öfter, dass ich wen verletz, das ist aber gar keine Absicht.«

»Danke!«, würgte Berger seinen Klienten ab. »Sie haben genug gesagt. Ich habe keine weiteren Fragen mehr.« Auch er nahm wieder Platz.

Richter Schulze rief nun Bert Gruber in den Zeugenstand. Gruber schien ebenfalls jeden Gedanken an Selbstschutz aufgegeben zu haben und berichtete weitestgehend wahrheitsgemäß, was er Valida angetan hatte. In seiner Aussage schuldigte er jedoch Peter Hacker an: »Er hat mir gesagt, wir gehen jetzt ins Hurenhaus und packen uns ein Mädchen, und wenn's nicht will, dann machen wir sie uns halt gefügig. So a Hur kann ma ruhig hauen, hat der Hacker gesagt. Und mir hat es an diesem Tag sowieso schon greicht, den ganzen Tag bin ich von meinem Feldwebel herumgjagt worden, nur, weil ich zwei Minuten zu spät zum Morgenappell erschienen bin.«

»Und da erschien es Ihnen opportun, Ihren Zorn an einer der Prostituierten im Bordell auszulassen?«, spottete Meier.

»Was erschien es mir?«, fragte Bert Gruber, noch bevor Militäranwalt Berger einschreiten konnte.

»Sie fanden es also ganz in Ordnung, die Frau, mit der Sie kohabitiert haben, zu schlagen?«

Erneut blickte Bert drein, als hätte Meier Französisch gesprochen. »Was hab ich getan? Ich hab die Kleine halt gfickt. Und weil sie sich so gewehrt hat, hab ich sie auch bissl ghaut.«

Meier schüttelte angewidert den Kopf und beendete das Verhör. Anwalt Berger versuchte, Bert Gruber als geistig eingeschränkten, stark beeinflussbaren Charakter hinzustellen, der sich von Hacker zu dem Bordellbesuch hatte verführen lassen und von selbst nie auf den Gedanken gekommen wäre, eine der Prostituierten zu schlagen. Bert Gruber stimmte den Ausführungen Bergers zwar eifrig zu, trug aber wenig zur Klärung des Sachverhalts bei. Er schien im Zeugenstand immer kleiner zu werden.

»Was haben Sie im Anschluss an den Bordellbesuch getan?«, fragte Berger abschließend.

»Ich bin in meine Baracke gerannt«, gab Gruber zur Antwort. »Es hat mir schrecklich leidgetan, was ich gemacht hab, und … und … und …« Er sprach nicht weiter.

»Was?«, fragte Berger.

»Ich wollte nur schnell weg von Hacker, der ist doch an allem schuld.«

Hacker sprang von der Anklagebank auf und rief: »Du Lump, das hast du dir so gedacht, dass du mir alle Schuld zuschieben kannst.« Mit ein paar großen Schritten lief er auf Gruber zu und legte ihm die Hände um den Hals. »Ich werd dir schon zeigen, wer hier die Schuld trägt. Ich jedenfalls nicht.« Er drückte fest zu, Hacker war ein Riesenkerl und Gruber lief in alarmierender Geschwindigkeit blau an. Erst die beiden Militärpolizisten, die die Eingänge des Zelts bewachten, schafften es mit vereinten Kräften, Hackers Hände von Grubers Hals zu entfernen und den Tobenden mit Handschellen und Fußketten zu bändigen.

Als Hacker schließlich schön verschnürt zu Füßen der beiden Polizisten lag und der schluchzende Bert Gruber aus dem Gerichtssaal geführt worden war, schlug Schulze mehrmals mit dem Hammer auf den Tisch. Die Zuschauer waren zum größten Teil aufgesprungen. Sie hatten fassungslos den Angriff Hackers auf Gruber beobachtet. Niemand sprach. Alle standen nur da und schauten entsetzt.

Richter Schulze sah völlig entnervt aus und sagte: »Die Verhandlung ist vorerst vertagt. Wir werden nach dem Mittagessen die Plädoyers von Staatsanwalt und Anwalt hören. Ich begrenze die Zeit für diese Plädoyers auf jeweils fünf Minuten.« Beide Anwälte protestierten heftig. »Nein, mir reicht es jetzt hier mit den Faxen«, wehrte Schulze ab. »Sie haben fünf Minuten. Danach werde ich mich eine halbe Stunde lang für die Urteilsfindung zurückziehen und dieses dann spätestens um 15 Uhr verkünden.«

Jens Trojahn, der schräg vor Amelie und Martina saß, drehte sich zu den beiden um. »Na, was glauben Sie?«, fragte er grinsend. »Was für ein Urteil wird der Richter sprechen?«

»Hoffentlich ein Todesurteil«, platzte es aus Martina heraus.

»Na, das glaub ich aber nicht.« Jens Trojahn lächelte überlegen. »Es sind ja lediglich zwei Huren zu Schaden gekommen, die lassen sich leicht ersetzen. Ich schätze, die beiden Angeklagten werden mit einigen Jahren Kerker davonkommen, oder sie werden in ein Strafbataillon versetzt.«

Amelie kochte vor Wut. Die Aussagen Hackers und das Gegreine Grubers hatten ihr den letzten Nerv geraubt. »Die beiden Täter haben überhaupt kein Unrechtsbewusstsein«, schnaubte sie. »Für sie waren die beiden Frauen ja gar keine Menschen.«

Trojahn grinste weiterhin herablassend. »Nun, ob es Ihnen nun gefällt, Sie Mannweib, oder nicht, für die meisten Männer sind Huren keine Frauen, die einen großen Wert haben. In diesem Fall wird es sich sicher auf das Urteil auswirken, dass die beiden *Opfer*«, er zog sarkastische Anführungszeichen in die Luft, »wohl mit einer solchen Behandlung hätten rechnen müssen, in Hurenhäusern geht es eben nicht fein zu.«

Immer noch herablassend grinsend, drehte Trojahn sich siegesgewiss von den beiden Frauen weg und wollte das Zelt verlassen. Das aber ließ Amelie nicht zu. Ihr war der Kragen geplatzt. Hochrot im Gesicht sprang sie auf, lief um ihn herum, richtete sich zu ihrer vollen Größe auf und schlug Trojahn mit der rechten Hand fest ins Gesicht. Es knallte regelrecht.

Trojahn fuhr zusammen. »Sagen Sie mal, sind Sie vollkommen wahnsinnig geworden?« Er fasste mit seiner Hand Amelies Faust und drückte sie zusammen. »Was erlauben Sie sich eigentlich? Sie … Sie …« Offensichtlich fiel ihm keine geeignete Beleidigung ein.

Amelie wand sich. Martina, die erschrocken neben sie getreten war, versuchte Amelies Hände aus dem harten Griff Trojahns zu befreien. »Jetzt hören Sie schon auf«, zischte sie. »Sie tun ihr ja weh!«

Sie zog und zerrte an Trojahns Hand. Schließlich ließ er sie zornbebend los, drehte sich um und verließ ohne ein weiteres Wort das Zelt.

Amelie rieb sich die malträtierten Hände und rief dem enteilenden Trojahn hinterher: »Sie haben wirklich keinerlei Respekt vor uns Frauen. Was wäre, wenn Ihre Mutter in Not geraten würde und in einem solchen Bordell arbeiten müsste. Oder Ihre Schwester?«

Trojahn fuhr herum und lief auf Amelie zu. »Wie können Sie es wagen?«, brüllte er Amelie ins Gesicht, dass seine Spucke nur so flog. »Nehmen Sie nie wieder den Namen meiner Mutter oder meiner Schwester in den Mund, Sie schrecken wohl vor gar nichts zurück.« Trojahn zitterte vor Zorn, auf seiner Wange, dort, wo Amelie ihn geschlagen hatte, zeichnete sich ein deutlich sichtbarer, roter Handabdruck ab. »Das werden Sie bereuen«, fauchte er. »Ich werde sofort mit Oberstabsarzt Unterberger sprechen, und der wird Sie so schnell zurück nach Hause schicken, so schnell können Sie gar nicht schauen.«

Amelie blickte ihm ernst ins Gesicht. »Tun Sie das nur, aber ich denke, Sie werden sich wundern.« Doch da hatte Trojahn schon auf dem Absatz kehrtgemacht und war aus dem Zelt gerannt.

## *Kapitel 20*

Amelie, die vor ihrer Nachtschicht ausnahmsweise einmal freihatte, betrachtete sich im Spiegel und schüttelte sich. Sie müsste dringend mal wieder duschen. Hier im Krankenhaus gab es zwar Badezimmer, es gab auch fließendes Wasser, aber meist war dieses kalt. Und im Winter eine eiskalte Dusche zu nehmen, gehörte zu den Dingen, die ihr wirklich sehr schwerfielen. Sie war auch keine ausgesprochene Sauberkeitsfanatikerin, außer selbstverständlich dann, wenn sie mit Patientinnen arbeitete oder operierte.

Seufzend zog sie also ihre Kleidung aus, hüllte sich in ein Handtuch und machte sich mit ihrer Kulturtasche auf den Weg ins Badezimmer. Als sie eintrat, fröstelte sie. Fähnrich Huber hatte zwar auf ihre Bitte den Badeofen angezündet, das schien allerdings erst Minuten her zu sein, es war eiskalt im Raum.

Amelie drehte das Wasser der Wanne auf. Vergeblich hoffte sie auf ein bisschen Wärme. Das Wasser floss reichlich, war aber natürlich kalt. Das Badezimmer im Krankenhaus, das von den Ärztinnen und den Schwestern genutzt werden durfte, war von oben bis unten weiß gekachelt, auch der Fußboden schimmerte strahlend weiß. An einer Wand waren drei Waschbecken angebracht, darüber Spiegel. An der gegenüberliegenden Wand des lang gestreckten, fensterlosen Raumes standen zwei Badewannen auf Klauenfüßen.

Amelie atmete tief ein, warf ihr Handtuch über die Haltestange neben der Wanne und stieg unter den eiskalten Wasserstrahl. Sie prustete und zitterte und begann als Erstes, sich die langen Haare zu waschen. Nach einigen Minuten hatte sie sich einigermaßen an das kalte Wasser gewöhnt, wenn sie auch von Kopf bis Fuß mit einer dicken Gänsehaut bedeckt war. Mit schnellen, sparsamen Bewegungen seifte Amelie sich ein und wusch sich mit der Brause so rasch wie möglich wieder ab. Dann drehte sie den Wasserhahn zu und stieg aus der Wanne, schnappte sich ihr Handtuch und wickelte sich darin ein. Ihre Haare drehte sie in ein zweites Handtuch, das sie mitgebracht hatte. Sie zitterte wie Espenlaub und huschte in ihr Zimmer zurück, das – zumindest zurzeit – gut geheizt war. Zum Trocknen schlüpfte sie schnell unter ihre Bettdecke und versuchte damit, die Eiseskälte zu vertreiben.

Prompt schlief sie ein, träumte völlig wirres Zeug und schreckte hoch, als der Wecker, den sie sich vorsorglich gestellt hatte, losschrillte. Sie setzte sich ruckartig im Bett auf und gähnte. Im Zimmer war es jetzt warm, Amelie setzte sich auf die Bettkante und rubbelte sich das Haar so lange, bis es nur mehr ein bisschen feucht war. Mit einigen wenigen Handgriffen steckte sie die langen Flechten in ihrem Nacken zu einem Knoten zusammen, öffnete die Schranktür und kleidete sich an. Einen Rock hatte sie schon eine Ewigkeit lang nicht mehr getragen. Das war hier viel zu unbequem und unpraktisch. Vom k. u. k. Militär hatte sie die Uniformteile eines Militärarztes erhalten: feldgraue Hosen, weiße Hemden, eine dicke, ebenfalls feldgraue Jacke, grobe, dicke Wollsocken und ebenso dicke, wollene Unterwäsche. Die hielt zwar schön warm, war aber sehr kratzig.

Nach einem Blick auf die Uhr schnappte sie sich die getragene Wäsche und eilte aus dem Zimmer. Gleich 14 Uhr – der Prozess würde in wenigen Minuten weitergehen.

Die schmutzige Wäsche warf sie in einen Schacht im Erdgeschoss. Von dort würde diese im Keller des Krankenhauses landen, wo ihn die fleißigen Hände einiger geistlicher Schwestern aufnehmen und reinigen würden.

Als Amelie eben aus dem Haus gehen wollte, rief die tiefe

Stimme von Oberstabsarzt Unterberger sie zurück. »Kommen Sie bitte kurz in mein Büro, Fräulein Stabsärztin.«

Als Amelie Unterbergers Büro betrat, saß der Oberstabsarzt hinter seinem Schreibtisch und blickte ihr ernst entgegen. »Bitte setzen Sie sich, Fräulein Stabsärztin«, forderte er sie auf.

»Aber ich wollte gerade wieder zum …«

Unterberger unterbrach sie: »Ich weiß, aber ich muss dringend mit Ihnen sprechen.« Er schwieg einen Moment, bevor er erneut ansetzte. »Mir ist klar, dass Sie sich die Plädoyers anhören wollen, aber nur jetzt bietet sich uns die Gelegenheit, einmal über Ihr Projekt für die Frauen aus dem Bordell zu reden. Alle sind im Gerichtszelt oder im Lazarett beschäftigt. Die Gefahr, dass wir unterbrochen werden, ist daher gering. Stabsärztin Laimer macht hier im Krankenhaus Dienst, oder?«

»Ja«, antwortete Amelie, »sie wird von Schwester Silvia unterstützt.«

»Nun gut«, Unterberger faltete die Hände auf der Schreibtischunterlage. »Für Fähnrich Huber verbürge ich mich.« Der Angesprochene trat eben mit einem Tablett ein, auf dem sich Kaffeekanne, Tassen, Zuckerdose und Milchkännchen befanden. Er errötete, stellte alles auf dem Schreibtisch Unterbergers ab und ging wieder hinaus.

Unterberger schenkte Kaffee ein und reichte Amelie eine Tasse. Er wusste, dass sie ihren Kaffee ohne Zucker und ohne Milch trank. Und weil er außerdem wusste, wie gern sie eine Zigarette zum Kaffee nahm, öffnete er seine silberne Tabatiére und bot Amelie eine seiner selbst gedrehten, starken schwarzen Glimmstängel an.

»Nun, wie läuft denn unser geheimes Projekt?«, fragte er sie dann.

»Pater Hugo ist ein Goldschatz«, begann Amelie. »Er hat sein Waisenhaus für die Babys geöffnet, die im Krankenhaus demnächst zur Welt kommen werden, und unseren Frauen, die weggeschickt werden, sogar ein eigenes Holzhaus zur Verfügung gestellt.« Unterberger hörte aufmerksam zu und nickte gelegentlich. »Das einstöckige Holzhaus wurde ursprünglich für Gäste des Klosters errichtet. Es hat vier Schlafkammern und einen Wohnbereich, in dem sich die Frauen tagsüber aufhalten können.« Amelie sog den warmen Rauch ihrer Zigarette ein. »Bislang konnten wir vier Frauen – immer in der Nacht – in das Haus bringen. Sie alle waren an Syphilis oder Gonorrhoe erkrankt gewesen und sind nun wieder einigermaßen gesund. Dem Militärkommando hier in der Etappe fällt das gar nicht wirklich auf. Sie wollen ja ohnehin, dass die Frauen verschwinden, sobald sie wieder genesen sind.«

»Und wie stellen Sie diese nächtlichen ›Verschickungsaktionen‹ an?«, fragte Unterberger interessiert.

»Nun«, setzte Amelie wieder an, »meistens sprechen wir am Nachmittag davor mit der betroffenen Frau und fragen sie, ob sie ins Haus des Klosters umziehen will. Bis jetzt war das immer der Fall, die Frauen sind sehr froh, wenn wir ihnen einen Zufluchtsort anbieten können.« Sie trank einen Schluck ihres Kaffees. »Wenn die Frau sich einverstanden erklärt, bitten wir sie, ihre Sachen zu packen, und verlegen sie in unser einziges Einzelzimmer. Und ihren Bettnachbarinnen erklären wir, die Patientinnen müssten sich einer speziellen Behandlung unterziehen und deshalb verlegt werden. Damit stellen wir sicher, dass sie während der letzten Stunden im Krankenhaus nicht gestört werden. Schließlich wollen wir keine unliebsamen Fragen beantworten müssen.«

»Kommt es denn vor, dass andere Personen neugierige Fragen stellen? Personen, die nichts mit Ihrem Projekt zu tun haben?«

»Selten, wenn, dann ist es meistens Stabsarzt Trojahn, der ja vor mir das Krankenhaus geleitet hat und immer mal wieder ›vorbeischaut‹, wie er das nennt.« Amelie erinnerte sich mit Schaudern an die Szene am heutigen Mittag, bei der sie Trojahn eine Ohrfeige versetzt hatte. Einen Moment zögerte sie, ob sie Unterberger nicht von dem Zwischenfall berichten sollte, doch dann entschied sie sich dagegen. Er würde es ohnehin von Trojahn selbst erfahren.

Unterberger hatte Amelies kurze geistige Abwesenheit gar nicht bemerkt. Er hatte versonnen aus dem Fenster auf die in der Nachmittagssonne blendend weiße Schneedecke geblickt. Jetzt wandte er den Blick wieder zu Amelie: »Erzählen Sie weiter.«

»Wer auch immer Dienst hat, Gerda oder ich, macht gegen 22 Uhr die letzte Runde bei den Patientinnen«, setzte Amelie also ihren Bericht fort. »Den Rest der Nacht wacht eine unserer Nonnen über unsere Kranken und sucht die diensthabende Ärztin nur dann auf, wenn ihr Eingreifen erforderlich ist.«

»Schwester Agathe und Schwester Mathilde wissen Bescheid?«, fragte Unterberger erstaunt. Er kannte die beiden Salesianerinnen nur vom Sehen.

»Es war sogar Schwester Mathilde, die unserem Plan zur Durchführung verholfen hat. Stabsarzt Heigl unterstützt uns ebenfalls, wenn er im Lazarett abkömmlich ist.«

Unterberger nickte nur und trank einen Schluck Kaffee.

»Wenn die Luft rein ist, holen wir die Frau ab. Unten beim Eingang wartet dann immer jene Nonne, die nicht in dieser Nacht Dienst hat, und nimmt die Frau in Empfang. Gemeinsam mit Fähnrich Huber – « Amelie schlug sich vor den Mund, das hatte sie jetzt nicht sagen wollen.

Unterberger blickte Amelie ruhig an. »Ich weiß über Fähnrich Hubers Umtriebe Bescheid und unterstütze sie, machen Sie sich keine Sorgen.«

Erleichtert atmete Amelie aus. »Fähnrich Huber bringt das Mädchen dann gemeinsam mit Schwester Agathe oder Schwester Mathilde durch den Wald zum Kloster, wo dann ein Mönch auf sie wartet.«

»Wie informieren Sie denn die Mönche, wenn eine Frau ankommen soll?«, fragte Unterberger neugierig.

»Nun, eine der Nonnen eilt am Abend zuvor ins Waldkloster, meist bevor sie zum Nachtgebet muss, und informiert Pater Hugo. Der stellt dann einen Mönch ab, der unser Mädchen in Empfang nimmt.«

Unterberger nickte anerkennend. »Sie haben das wirklich gut organisiert«, sagte er lobend.

Amelie erzählte noch rasch den Rest. »Die Frau wird ins Holzhaus geführt, eine Schlafkammer wird ihr zugewiesen, dann machen sich Fähnrich Huber und die Nonne, die die junge Frau begleitet hat, so rasch wie möglich wieder auf den Heimweg.« Die letzten Worte hatte Amelie sehr schnell gesprochen. Jetzt lehnte sie sich in ihrem Stuhl zurück und atmete ein paarmal tief ein und aus.

»Und heute wollen Sie wieder eine Frau wegbringen?«

»Ja, sie hatte Gonorrhoe, wir haben sie wieder einigermaßen hergestellt und wollen sie heute spätabends hinüberbringen.«

Unterberger stellte seine Kaffeetasse auf ihren Unterteller. »Ich finde es großartig, was Sie da auf die Beine gestellt haben, Fräulein Stabsärztin, aber wir wollen all das möglichst für uns behalten, nicht?«

Amelie nickte heftig. »Ja, es reicht, wenn wir, die dieses Projekt gestartet haben, Bescheid wissen und natürlich Sie, Herr Oberstabsarzt.«

Sie wollte sich schon erheben, als Unterberger sie bat, noch einige Minuten lang sitzen zu bleiben. Zögerlich rückte er schließlich mit dem eigentlichen Grund heraus, aus dem er sie in sein Büro gebeten hatte. »Leider habe ich keine guten Nachrichten für Sie. Ihr Projekt hat ein Ablaufdatum.«

»Was heißt das denn?«, fragte Amelie stirnrunzelnd.

»Nun, wir werden spätestens im übernächsten Monat hier abrücken.«

Amelie war nicht erstaunt. Der Feldzug der k. u. k. Armee hier in der Romanija lief schlecht, das wusste sie. Alle Gebietsgewinne, die die österreichische Armee in den ersten Monaten des Krieges gemacht hatte, waren inzwischen wieder verloren. »Wohin werden wir versetzt?«, fragte sie daher.

»Derzeit schaut es nach dem Osten aus, aber wo genau, das weiß ich noch nicht.«

»Wissen Sie schon irgendetwas über die Gegebenheiten dort?« Amelie wollte vor allem wissen, ob es auch dort ein Feldbordell geben würde.

»Ja, wir nehmen praktisch die gesamte Etappe mit, das schließt leider auch das Bordell ein.«

»Werden wir denn dort auch wieder ein Krankenhaus haben?« Amelie beugte sich zu Unterberger vor.

»Das glaube ich eher nicht«, gab Unterberger zur Antwort. »Es gibt dort bereits eine Etappenstellung mit einem Lazarett. Von einem Krankenhaus weiß ich aber nichts.«

»Na das kann ja heiter werden«, murmelte sie. »Aber vorerst sind wir noch hier«, richtete Amelie sich wieder auf. »Ein paar Wochen Zeit bleiben uns ja noch.«

»So ist es«, bestätigte Unterberger und erhob sich. Er reichte ihr die Hand und Amelie ergriff sie. Dann nickte sie Unterberger noch einmal zu und verließ das Krankenhaus, um das Gerichtssaalzelt aufzusuchen.

Sie huschte auf ihren Platz in der Mitte der Zuschauerreihen und setzte sich neben Schwester Martina. »Da bist du ja endlich«, sagte diese leise. »Du hast die Plädoyers verpasst.«

»Ich weiß«, flüsterte Amelie zurück, »aber Unterberger wollte unbedingt einen Bericht von mir.«

»Ach so«, machte Martina.

»War irgendetwas Besonderes?«, erkundigte sich Amelie.

»Die Plädoyers waren recht vorhersehbar. Der Militärstaatsanwalt hat die standrechtliche Erschießung der beiden Männer gefordert. Ihr Anwalt dagegen hat sich noch einmal ausführlich darüber ausgelassen, dass im Krieg eben andere Maßstäbe gelten würden als im Frieden.«

»Was fordert der Anwalt für ein Urteil?«, fragte Amelie.

»Die beiden sollen so rasch wie möglich wieder an die Front geschickt werden.«

»Das ist alles?« Amelie war empört.

»Na ja, es könnte natürlich sein, dass sie dann fallen«, meinte Martina. »Es kann aber ebenso gut sein, dass ihnen gar nichts passiert und sie nach dem Krieg einfach wieder nach Hause dürfen.«

»Deswegen ist auch die Stimmung im Saal so angespannt«, Martina warf einen raschen Blick in die Runde.

»Na ja«, meinte Amelie. »Ich denke, die meisten Herren hier unterstützen wohl eher den Anwalt als den Staatsanwalt, oder?«

Martina wandte sich wieder ihr zu und sagte: »Scheint so, aber ich bin mir nicht sicher. Trojahn sitzt übrigens wieder da vorne und fiebert förmlich dem Urteil entgegen.«

Amelie warf einen Blick drei Reihen nach vorne. Tatsächlich, Trojahn neigte sich vor und ließ den – zurzeit leeren – Richtertisch nicht aus den Augen. In diesem Moment ging die hintere Zeltöffnung auf und Richter Schulze, nächst den beiden Anwälten, trat ein. Auch die Angeklagten, beide in Handschellen, wurden wieder hereingebracht.

Die drei hohen Gerichtsherren setzten sich an ihr Podium und Schulze ließ einmal mehr sein Hämmerchen sprechen. »Bitte erheben Sie sich.«

Alle im Zelt sprangen auf die Füße, auch die beiden Angeklagten.

»Nach den Schlussplädoyers habe ich mir lange Gedanken über das Urteil gemacht«, fing Richter Schulze an. »Wir haben es hier gleich mit mehreren Verbrechen zu tun, eines scheußlicher als das andere.«

Im Gerichtssaal war es mäuschenstill. Alles lauschte den Ausführungen von Richter Schulze.

»Wir sehen es als erwiesen an«, fuhr Schulze fort, »dass diese beiden Männer«, er deutete auf die Angeklagten, »zwei Prostituierte auf das schwerste misshandelt haben.«

Ein Raunen ging durch die Menge. Die beiden Angeklagten blickten sich kurz an, Hacker verächtlich, Gruber ängstlich.

»Auch wenn es sich bei den Opfern um gefallene Frauen

handelt«, Schulze sprach weiter, »so sind es doch Menschen. Hana Jusic ist aufgrund der ihr von Peter Hacker zugefügten Verletzungen verstorben. Valida Kasun mussten in einer schwierigen Operation die Milz entfernt und das Bein gerichtet werden. Sie wird zwar wieder gesund werden, aber wohl ihr Leben lang unter den Schlägen und der Gewalt, der sie ausgesetzt war, leiden.« Schulze schwieg eine Weile, als müsse er sich sammeln. »Wir sind im Krieg, der – das wissen wir alle – wohl seine eigenen Regeln hat. Dennoch bedeutet das nicht, dass ein Krieg es erlaubt, die elementarsten Regeln des menschlichen Zusammenseins zu brechen. Diese beiden Männer dort haben in ihrem Tun jegliches Maß verloren und sind – zumindest, was Peter Hacker betrifft – außerdem vollkommen uneinsichtig. Bert Gruber bereut seine Tat, wie er hier vor dem Gericht ausgesagt hat, das macht seine Handlungen zwar um nichts besser, hat mich in meinen Überlegungen allerdings ein klein bisschen milder gestimmt.«

Schulze schwieg erneut und ließ seinen Blick über die Menge wandern. Dann straffte er sich und sagte: »Ich verkündige daher folgende Urteile: Peter Hacker wird zum Tod durch standrechtliches Erschießen verurteilt. Ein entsprechendes Kommando wird morgen in der Früh hier in der Etappe eintreffen.«

Im Saal wurden vereinzelte Stimmen laut.

»Ruhe!«, rief Schulze und schlug mit dem Hammer auf den Richtertisch. »Bert Gruber wird zum Dienst an der Front abkommandiert. Er wird dort als Infanterist in die vorderste Reihe gestellt werden. Das Verfahren ist abgeschlossen.«

Schulze wandte sich ohne ein weiteres Wort um und verließ den Saal. Die beiden Anwälte folgten ihm wortlos. Nicht einmal ein letztes Wort hatte er den beiden Angeklagten gestattet. Diese schienen aber ohnehin nicht dazu imstande zu sein, etwas zu sagen. Hacker saß zusammengesunken in seinem Stuhl, Gruber weinte.

Amelie drehte sich Martina zu. »Das ist gut«, sagte sie. »Das ist wirklich gut. Ich bin sicher, das wird etwaige Nachahmer abschrecken.«

Drei Reihen vor ihr drehte Stabsarzt Dr. Trojahn sich zu Amelie und Martina um. »Na, jetzt haben Sie ja, was Sie wollen, nicht?«, ätzte er. »Zwei gute Soldaten werden den wilden Tieren zum Fraße vorgeworfen. Und das nur, weil zwei Huren zu Schaden gekommen sind.« Trojahn schien sich vor Zorn kaum fassen zu können.

»Ja, Herr Stabsarzt Trojahn«, sagte Amelie leise und voller Wut. »Ich bin mit dem Urteil zufrieden. Die beiden Täter müssen angemessen bestraft werden. Und das werden sie!« Sie drehte sich von Trojahn weg und verließ mit Schwester Martina das Zelt.

Massiver Schneefall hatte eingesetzt, das ganze Lazarett und das Krankenhaus waren mit dicken Schneehauben bedeckt, die Wege zwischen den einzelnen Zelten und dem Spital zu festgetrampelten Schneepfaden geworden.

»Heute werden wir Emina zu Pater Hugo bringen«, sagte Gerda zu Amelie. Die beiden Frauen hatten sich an diesem Winternachmittag eine stille Stunde gestohlen.

»Hat sie sich denn wirklich vollständig erholt?«, fragte Amelie.

»Erfreulicherweise ja«, antwortete Gerda. »Sie ist so gut wie gesund. Heute Nacht, während deiner Schicht, werden Martina und ich das Mädchen zu Pater Hugo bringen.«

»Das ist großartig.« Amelie lehnte sich zurück und zündete sich eine Zigarette an. Es war angenehm warm in ihrem Dienstzimmer, vor dem Fenster lag der Schnee meterhoch und der Ofen in der Ecke hinter dem Schreibtisch bullerte gemütlich vor sich hin. Durch scheinbar reinen Zufall war vor zwei Tagen eine riesige Holzlieferung im Lazarett eingetroffen. Endlich konnten die Krankenbaracken und die Operationszelte wieder beheizt werden. Auf Geheiß von Oberstabsarzt

Unterberger war auch das Krankenhaus mit genügend Holz versorgt worden, um die nächsten Wochen ausreichend heizen zu können.

»Wie viele Frauen wohnen denn jetzt im Haus des Waldklosters?«, erkundigte sich Amelie.

Gerda, die ebenfalls eine Zigarette rauchte, berichtete: »Derzeit haben wir fünf Frauen im Haus und ein Baby. Die Mönche kümmern sich um die Instandhaltung des Hauses, sorgen für ausreichend Essen und Heizmaterial. Und Schwester Martina kümmert sich hervorragend um unsere Frauen – und natürlich um das Baby.«

Pater Hugo hatte sich im wörtlichen Sinne als »Gottesgeschenk« erwiesen. Ohne viel Federlesens hatte er im Gespräch mit Amelie und Martina zugesagt, Frauen und – falls nötig – auch Kinder bei sich auf dem Gelände des Klosters aufzunehmen. Pater Hugo schien selbst eine Naturgewalt zu sein. Fast zwei Meter groß, mit von Lachfältchen umgebenen grünen Augen und auffallend langem rotem Haar und Vollbart war er in einer braunen Kutte mit einem breiten Lächeln auf die beiden Frauen zugeschritten, die mit ihm sein Angebot und die wichtigsten Details hatten besprechen wollen. Auf die Frage, warum er ihnen helfen wollte, hatte er schlicht geantwortet: »Weil ich es kann. Wir haben Platz, wir fühlen Mitleid mit diesen armen geschundenen Frauen, und wir wollen helfen.«

Heute Nacht nun sollte Emina, eine der schwangeren Frauen, die seit einigen Tagen im Krankenhaus lag, im Haus im Waldkloster untergebracht werden. Emina selbst stand kurz vor der Entbindung, hatte kein Zuhause mehr und wollte ihr Kind unbedingt behalten, auch wenn es von einem ihr vollkommen fremden Soldaten gezeugt worden war. »Kind kann nix dafür!«, hatte sie im Brustton der Überzeugung erklärt. »Ist jetzt meine Familie.«

Emina war schlank und sehr klein, kaum einen Meter fünfzig maß sie. Sie hatte langes, schwarzes Haar, große dunkle

Augen und einen beweglichen Mund, der sich nur zu gern zu einem Lächeln verzog. Als Amelie sie gefragt hatte, wie sie ins Bordell gelangt sei, war Eminas Lächeln aber traurig gewesen: »Vater hat mich immer geschlagen. Als Soldaten kamen, ich mir vorgestellt, als Dienstmädchen arbeiten. Dann war ich da – und nicht konnte mehr weg.«

Amelie hatte den Kopf geschüttelt. So viele dieser Frauen hatten schon vor dem Bordell kein leichtes Leben gehabt. Aber Emina hatte es irgendwie geschafft, sich ihren Optimismus zu bewahren. Dafür bewunderte Amelie sie.

Mittlerweile war sie im neunten Monat schwanger, und Gerda und sie hatten gedacht, es wäre sicherlich besser, sie bekäme ihr Kind im Waldkloster als im Krankenhaus, wo man ihr das Baby so rasch wie möglich abnehmen würde.

Spätabends holten Amelie und Schwester Agathe Emina dann aus ihrem Zimmer. Die kleine Frau hatte ihre langen Haare unter einer Kappe verborgen und sich in einen sehr weiten, langen Mantel gehüllt, der ihre Schwangerschaft gut verbarg. Leise schlichen sie aus dem Haus in die stockfinstere und eiskalte Nacht. Eine Laterne würden sie erst entzünden, wenn sie weit genug vom Lazarett entfernt waren. Amelie, wie immer in Drillichhosen, dickem Pullover und wasserundurchlässiger Jacke, hatte sich gegen die Kälte noch zusätzlich einen dicken Schal um den Hals gelegt, eine Wollmütze aufgesetzt und ihre Stiefel mit Zeitungspapier ausgepolstert. Sie fühlte sich wie ein dicker Ball. Kalt war ihr aber nicht.

Auch Schwester Agathe hatte ihren Habit gegen Hosen und Jacke getauscht, sie trug sogar Stiefel.

Leise schlichen die drei Frauen durch den Wald auf das Waldkloster zu. Als sie zehn Minuten gegangen waren, sagte Amelie: »Wir können jetzt die Laterne anzünden, es ist nur noch eine Viertelstunde zu gehen, und vom Lazarett aus kann uns nun sicher niemand mehr sehen.«

Einen Augenblick später hielten alle drei Frauen eine brennende Laterne in der Hand und konnten sich nun besser durch den dicht bewachsenen und tief zugeschneiten Wald tasten. Schon schimmerten die Gebäude des Waldklosters durch die Bäume, als Emina plötzlich einen lauten Seufzer ausstieß.

»Emina, ist alles in Ordnung?«, fragte Amelie besorgt.

»Schmerzen!«, stieß Emina hervor.

»Hast du Wehen?«

»Glaub schon«, antwortete Emina.

Amelie wägte ab. Bislang hatte Emina ein paarmal Übungswehen gehabt, die Geburt sollte erst in einer Woche sein. »Wir schaffen es zum Haus«, spornte sie Emina also an. »Es ist nicht mehr weit. Dann kannst du in ein warmes Bett schlüpfen.«

Aber Emina war steif wie ein Stock stehen geblieben. »Ich glaube, ich habe …« Sie sprach nicht weiter, aber im Licht der Laternen war deutlich zu erkennen, dass die Schwangere soeben ihr Fruchtwasser verloren hatte.

»Verdammter Mist«, entfuhr es Amelie. Schwester Agathe fuhr zusammen. Sie hatte sich mittlerweile schon an Amelies Flucherei gewöhnt, jetzt allerdings, in der dunklen Winternacht und mit einer Schwangeren, hatte sich die Nonne doch erschreckt.

»Gut, Emina«, Amelie bemühte sich um einen ruhigen Ton. »Hier, nimm meine Jacke und setz dich darauf. Ich werde rasch zum Kloster laufen und Männer mit einer Bahre organisieren, die dich dann so rasch wie möglich ins Haus bringen.«

Schwester Agathe widersprach. »Nein, Amelie, du solltest hierbleiben. Du weißt schließlich, was bei einer Geburt zu tun ist. Ich werde loslaufen und eine Bahre besorgen.«

Amelie dachte kurz nach und stimmte dann zu. Mit einer Schnelligkeit, die ihr Amelie ganz und gar nicht zugetraut hätte, rannte Schwester Agathe los.

Derweil hockte Amelie sich zu Emina und fühlte ihren Puls. Er raste.

»Wie fühlst du dich, Emina?«, fragte sie besorgt.

Emina stöhnte laut. »Tut weh«, keuchte sie.

Amelie holte ihre Uhr aus der Hosentasche und wartete die Wehe Eminas ab, dann maß sie die Zeit bis zur nächsten Wehe und erschrak, als diese bereits nach einer Minute anrollte. Das Kind würde jeden Augenblick auf die Welt kommen.

Sie atmete tief durch und sagte sehr ruhig: »Emina, dein Kindchen hat es wirklich eilig, auf diese Welt zu kommen. In wenigen Minuten wirst du pressen müssen, hast du mich verstanden?«

Emina, völlig mit ihrer Wehentätigkeit beschäftigt, nickte abwesend.

»Du musst dich jetzt auf deine Ellbogen stützen und die Beine spreizen«, befahl Amelie. Sie hatte Todesangst um die Wöchnerin und das Kind. Es war einige Grad unter null in dieser Nacht und sie hatte kaum etwas, um das Kind einzuhüllen.

Emina hatte sich, wie von Amelie angewiesen, auf die Ellbogen zurückgelehnt und die Beine gespreizt.

»Der Kopf ist schon zu sehen«, sagte Amelie, die sich selbst mit der Laterne leuchtete. »Du musst jetzt kräftig pressen, Emina.«

Vom Waldkloster her hörte Amelie Stimmen, die Mönche waren offenbar bereits unterwegs zu ihnen.

Emina presste fest und stöhnte laut. »Der Kopf ist geboren!«, rief Amelie. »Noch einmal pressen!« Amelie konnte den kleinen Kopf schon in ihre Hände nehmen.

Die junge Frau setzte ihre ganze Kraft ein und presste noch einmal. Trotz der Kälte stand ihr der Schweiß auf der Stirn. Es gab ein schmatzendes Geräusch und ein kleines Mädchen rutschte in Amelies Arme.

Das Baby hing noch an der Nabelschnur, Amelie, die weder Schere noch Messer bei sich hatte, biss die Schnur einfach durch und steckte sich das Baby unter ihr Hemd, damit es nicht völlig auskühlte.

Emina, völlig verausgabt, hatte sich auf den Rücken fallen lassen. »Ist gesund?«, murmelte sie.

»Ja, ich glaube schon«, Amelie lächelte. »Du hast ein kleines Mädchen!«

Die Stimmen und Schritte kamen näher, waren nun deutlich zu hören. »Hierher«, rief Amelie. »Kommt schnell, das Baby ist schon da!«

»Das ging aber sehr schnell.« Amelie hörte Schwester Agathe, die etwas außer Atem klang. Schon war die Nonne bei Emina und Amelie angelangt und reichte der Ärztin einen Stapel Decken.

»Wie gut, dass du daran gedacht hast, Schwester Agathe.« Amelie nahm zwei der Decken und breitete sie auf dem schneebedeckten Boden aus. »Komm, Emina, leg dich hier drauf. Die Nachgeburt muss noch geboren werden.«

Emina erhob sich stöhnend in die Hocke und wollte sich auf die Decken legen, ihr eigenes Lager war inzwischen völlig durchnässt, als die Plazenta auch schon zwischen ihren Beinen hervorschlüpfte. Dann ließ sie sich erschöpft auf die beiden Decken fallen.

»Die Plazenta ist vollständig«, murmelte Amelie. Sie holte das Baby aus ihrem Hemd. Es hatte inzwischen kräftig zu schreien begonnen. Agathe hüllte das kleine Mädchen in zwei Decken ein, steckte die Füßchen und die Händchen in die wärmenden Lagen und wollte Emina das Kind in die Arme legen.

Die Mönche hatten sich in einiger Entfernung mit der Bahre postiert und warteten auf Anweisungen. »Die Geburt ist vorüber«, rief Amelie zu den beiden Brüdern hinüber. »Bitte helfen Sie uns, Emina und das Baby auf die Bahre zu legen.«

Die Mönche trabten an, als Schwester Agathe sich plötzlich aus ihrer Hocke erhob. »Sie blutet stark«, flüsterte sie Amelie ins Ohr. »Das sieht nicht gut aus.«

Amelie sah alarmiert auf. »Wir können hier nichts weiter tun«, stellte sie fest. »Wir müssen sie und das Kind jetzt unbedingt sofort ins Haus und in die Wärme bringen.«

Die beiden Mönche legten Emina vorsichtig auf die Trage.

Die frischgebackene Mutter war leichenblass, ihre Arme hielten mit letzter Kraft ihr Baby an die Brust gedrückt. Ihre Augen waren geschlossen. Sie küsste ihr Baby auf den Kopf und murmelte auf Bosnisch: »Guten Tag, mein liebes Mädchen. Willkommen auf der Welt.« Dann fielen ihre Augen wieder zu. Zwischen ihren Beinen floss ein stetiger Blutstrom hervor und tropfte in den Schnee.

Wenige Minuten später hatten sie das kleine Holzhaus erreicht, in dem Amelies einstige Patientinnen untergebracht waren.

Amelie hämmerte an die Tür. »Mach auf, schnell«, bat sie. »Wir haben ein Baby dabei und Emina blutet stark.«

Martina öffnete die Tür und ließ die Mönche mit der Trage und die beiden Frauen ins Haus. »Kommt in die Wohnstube«, rief sie über die Schulter. »Dort ist es warm und hell.«

Wenige Minuten später lag Emina auf dem großen Tisch in der Wohnstube. Martina hielt das Baby im Arm und brachte es in die Küche, um es zu untersuchen und zu reinigen.

Emina hatte die Augen noch immer nicht geöffnet. Sie war noch blasser geworden, fast durchscheinend erschien ihr kleines Gesicht. Tiefe Augenränder hatten sich gebildet und ihre Haut spannte sich fest über den Schädel.

Gemeinsam mit Agathe zog Amelie die apathische junge Frau vorsichtig ans Ende des Tisches. Amelie spreizte Eminas Beine und tastete mit einer Hand vorsichtig nach dem Muttermund. »Scheinbar ist die Plazenta doch nicht vollständig abgegangen«, murmelte sie, während Schwester Agathe ihr aus dem kleinen Medizinschrank, den Martina im Haus eingerichtet hatte, ein Spekulum reichte. »Tatsächlich, da sind Überreste, wir müssen sie herausholen.«

Amelie richtete sich kurz auf und holte eine der vielen Laternen, die die Wohnstube erhellten. »Agathe, du musst jetzt dieses Licht zwischen Eminas Beine halten. Sei ganz vorsichtig, damit du sie nicht verbrennst, aber ich muss sehen können, was ich tue.«

Emina rührte sich nicht. Langsam und methodisch entfernte Amelie die winzigen Stücke des Mutterkuchens, die noch in der Gebärmutter waren. Bereits nach wenigen Minuten war sie fertig. »Geschafft«, sagte sie müde. »Die Blutung steht.«

Agathe, die ebenfalls gebückt und mit der Lampe in der Hand dagestanden hatte, richtete sich auf und blickte Emina ins Gesicht. Sie zögerte, dann stellte sie die Laterne ab und schritt auf das Kopfende des Tisches zu. »Ich glaube, es ist zu spät«, sagte sie traurig.

Amelie wollte es nicht glauben. »Aber das kann nicht sein, ich hab mich so beeilt.« Rasch nahm sie das rechte Handgelenk von Emina und versuchte, den Puls zu nehmen.

Nichts. Sie konnte keinen Herzschlag hören.

Amelie stellte sich ebenfalls ans Kopfende des Tisches und begann, den Puls am Hals zu tasten, auch hier kein Lebenszeichen. Emina war am Blutverlust nach der Geburt verstorben. Sie hatte kein einziges Wort mehr gesagt, war einfach eingeschlafen.

Amelie stiegen die Tränen in die Augen. Auch Schwester Agathe liefen die Tränen über die Wangen. »Sie ist jetzt bei Gott«, flüsterte sie und schlug das Kreuzzeichen.

»Mir wäre lieber, sie wäre noch hier und könnte sich über ihr Baby freuen«, gab Amelie bitter zur Antwort.

Rasch legten die beiden Frauen Emina auf dem Tisch zurecht und bedeckten sie mit einem Laken. Nur der Kopf schaute heraus.

Inzwischen waren auch die Frauen, die im Haus lebten, aufgewacht. Alle fünf standen, in ihren Nachthemden und Decken gehüllt, im Türeingang und schauten. »Emina hat es nicht geschafft«, sagte Amelie zu ihnen. »Sie hat einfach zu viel Blut verloren.«

Leises Schluchzen drang von der Tür her. Martina drängte sich vorsichtig vorbei. Sie hatte das frisch gewaschene und gewindelte Baby im Arm. Reglos blieb sie am Tisch stehen und blickte auf die tote Emina hinab. Sie sagte nichts, hielt nur das kleine Mädchen im Arm, das fest schlief.

Alle standen sie eine Weile traurig um den Tisch herum und schwiegen. Schließlich brach Amelie das Schweigen. »Wir können nicht hierbleiben«, wandte sie sich an Schwester Agathe, »man wird uns sonst im Krankenhaus vermissen, es dämmert schon.«

Tatsächlich war es draußen vor dem Fenster ein kleines bisschen heller geworden. Schwester Agathe nickte stumm. »Aber was soll mit Emina geschehen – und mit dem Baby?«, fragte sie.

Pater Hugos dröhnender Bass gab die Antwort. »Wir werden Emina hier am Klosterfriedhof mit allen Ehren bestatten. Und für das Baby brauchen wir eine Amme.« Der bärenhafte Mann war fast unbemerkt eingetreten und schaute mit traurigen Augen auf die tote Frau.

»Ich kann das machen«, meldete sich Halina. »Ich habe genug Milch für zwei Babys.«

Halina hatte einige Zeit zuvor entbunden und war in einer Nacht-und-Nebel-Aktion mit ihrem Kind zum Waldkloster gebracht worden.

»Dem Himmel sei Dank!«, sagte Martina. »Wenigstens muss das kleine Würmchen nicht verhungern.« Rasch reichte sie das schlafende Kind an Halina. »Kann sie bei dir im Zimmer bleiben?«, fragte sie.

»Natürlich, ich werde sie an Kindes statt annehmen.« Alle staunten Halina an. Es war schon schwierig genug, mit einem unehelichen Kind durchzukommen, aber mit zweien?

Amelie fragte Halina, die inzwischen recht gut Deutsch sprach: »Willst du das wirklich tun?«

»Die Kleine kann doch nichts dafür. Es wird schon irgendwie weitergehen.« Sie schaukelte das kleine Baby an ihrer Schulter. Es gab ein zufriedenes Schmatzen von sich und schlief weiter.

Damit war der Bann gebrochen. Amelie beugte sich noch

einmal über Emina und küsste sie sanft auf die Stirn. Schwester Agathe schlug das Kreuzzeichen über die Tote.

»Ich werde versuchen, heute, spätestens morgen Abend wieder vorbeizukommen und nach euch zu sehen.« Müde wandte Amelie sich ab und ging durch die Tür auf den Flur, Schwester Agathe dicht auf ihren Fersen.

Pater Hugo war ihr nachgeeilt. »Machen Sie sich keine Vorwürfe, Fräulein Doktor Amelie«, sagte er. »Sie hätten nichts tun können, was Sie nicht ohnehin versucht haben. Emina ist jetzt an einem besseren Ort.«

Amelie wandte sich ihm unwillig zu. »Und da sind Sie sich sicher?«

»Ganz sicher«, bekräftigte der Pater.

»Na dann …« Nicht besonders getröstet schritt Amelie hinaus in die Kälte.

Eine halbe Stunde später saßen die beiden Frauen in Amelies Dienstzimmer, tranken Kaffee mit Schuss und schwiegen. Amelie rauchte eine Zigarette, als Schwester Agathe plötzlich sagte: »Kann ich bitte auch eine haben?« Müde sah die Nonne Amelie an, diese händigte ihr sogleich eine aus.

Die Schwester nahm sich eine Zigarette, zündete sie an und nahm einen tiefen Zug. »Das tut gut«, sagte sie leise. »Ich weiß, wir sollen nicht rauchen, das ist schließlich ein weltlicher Genuss, dem wir abschwören, wenn wir die ewigen Gelübde ablegen. Bevor ich ins Kloster ging, hab ich aber geraucht, weißt du?«

Amelie staunte Bauklötzchen. An eine Schwester Agathe, bevor sie ihren Habit angezogen hatte, hatte sie tatsächlich noch nie gedacht.

»Ich war schon 29 Jahre alt, als ich zu den Salesianerinnen ging«, erzählte Agathe weiter. »Meine große Liebe hatte sich zu einer anderen Frau bekannt, ich war am Boden zerstört.«

Amelie blickte Agathe an und forderte sie mit einem Nicken auf, weiterzuerzählen.

»Kurz entschlossen wollte ich der Welt für immer entsagen und ins Kloster eintreten«, berichtete Agathe. »Meine Religion hat mir schon früher sehr viel bedeutet.« Wieder zog sie an der Zigarette und drückte sie dann, halb geraucht, im Aschenbecher aus. »Dazu kam der Krankenpflegedienst, zu dem ich mich berufen fühlte. Ich habe im Kloster tatsächlich eine neue Heimat gefunden«, setzte sie fort. »Nur das Rauchen, das vermisse ich immer noch.« Als sie diesmal den Blick hob, lächelte sie leise. »Und nach Ereignissen wie heute rauche ich manchmal, heimlich natürlich.«

»Und musst du das dann beichten?«, fragte Amelie neugierig.

»Aber natürlich«, seufzte Agathe. »Aber unser Pfarrer, der das Kloster in Wien betreut, raucht selbst und erlegt mir immer nur eine leichte Buße auf.« Sie lächelte wieder.

Es klopfte an der Tür, Gerda trat ein, die die Nachtschicht gehabt hatte. »Oh, Kaffee«, rief sie erfreut. »Kann ich eine Tasse davon haben?«

Amelie stand auf und schenkte Gerda einen großen Becher voll. »Warum so trübsinnig?«, fragte Gerda, als sie die beiden Frauen genauer betrachtet hatte. »Ist heute Nacht etwas passiert?«

»Das kann man wohl sagen«, meinte Amelie traurig und berichtete ihr von der abenteuerlichen Geburt im Wald und dem Tod Eminas.

Gerda seufzte. »Das ist furchtbar. Und was geschieht nun mit dem Kind?«

»Halina hat sich des kleinen Mädchens angenommen«, berichtete nun Schwester Agathe. »Sie wird es stillen und möchte es behalten.«

»Ungewöhnlich«, murmelte Gerda.

»Durchaus. Aber Halina ist ein optimistischer Mensch, sie sieht, trotz aller Schicksalsschläge, das Glas immer halb voll. Wir werden sehen, wie es weitergeht. Was war hier los?«

»Nichts weiter.« Gerda nahm einen Schluck Kaffee. »Nur

Johannes war vorhin hier. Es scheint wohl tatsächlich zu stimmen: Wir werden verlegt.«

Amelie richtete sich ruckartig auf. »Und wohin werden wir gehen?«

Gerda war blass geworden. »Na ja, besonders gute Nachrichten sind es nicht«, sagte sie zögerlich. »Wir werden an die Ostfront, genauer gesagt in die Karpaten verlegt.«

Mit einem Mal war es totenstill in dem kleinen behaglichen Raum. Keine sagte ein Wort. Schließlich riss Amelie sich zusammen. »Und wann?«, fragte sie mit belegter Stimme.

»Innerhalb der nächsten Woche«, antwortete Gerda leise.

Schwester Agathe hatte unwillkürlich nach ihrem Rosenkranz greifen wollen, den sie normalerweise am Gürtel trug. Sie war aber noch in Räuberzivil und blickte ein wenig ratlos an sich herunter. »Wie auch immer«, sagte sie plötzlich. »Ich muss zurück in meine Baracke und wieder mein Habit anlegen. Sonst fliege ich noch auf.« Rasch erhob sich die Nonne und fegte ohne Abschiedsgruß zur Tür hinaus.

## *Intermezzo*

WIEN, MAI 1950

Nach einem langen Spaziergang, der sie am Ende wieder in den Wiener Volksgarten geführt hatte, wo sie auf einer Bank Platz genommen und eine Zigarette geraucht hatten, war Amelie ins Hotel Sacher zurückgekehrt. Sie wollte sich ein wenig ausruhen und sich später für das Dinner mit Ernst im Hotel zurechtmachen. Sie hatte Ernst viel über ihre Zeit in Bosnien erzählt. Heute Abend aber nun wollte sie endlich über jene Tage sprechen, die für sie beide sehr hart gewesen waren und die einige Folgen nach sich gezogen hatten, von denen Ernst noch nichts wusste. Eine dieser Konsequenzen war ihre gemeinsame Tochter Felicitas.

Amelie hatte große Angst vor diesem Gespräch. Sie hatte Ernst damals in Russland das Leben gerettet und war – wenn auch nur für kurze Zeit – wieder eine Beziehung mit ihm eingegangen.

Was ist das wohl, das mich immer wieder, ganz egal wie viel Zeit vergangen ist, zu ihm hinzieht?, überlegte sie. Immer, wenn sie sich in solch verschiedenen Lebensabschnitten begegnet waren, flammte diese Leidenschaft für ihn wieder auf.

Amelie saß auf ihrem Hotelbett, das in der vergangenen Nacht Schauplatz dieser Leidenschaft gewesen war, und dachte nach. »Na vielleicht ist es ja der Sex!«, meinte ihre innere Stimme frech. »Schließlich hast du davon in den vergangenen Jahren nicht allzu viel bekommen, oder?«

Amelie lächelte in sich hinein. Das könnte schon sein, aber warum immer Ernst?

Sie zog die silberne Tabatiére aus ihrer Handtasche und zündete sich eine Zigarette an. Tief atmete sie den aromatischen Rauch ein. Aber wenn es nur der Sex wäre, sinnierte sie, dann müsste es ja nun nicht unbedingt Ernst sein. Seit vielen Jahren lebte sie in Boston in einer gleichgeschlechtlichen Beziehung. Es hatte – außer Ernst – eigentlich immer nur Frauen in Amelies Leben gegeben, die ihre Liebe und ihre Lust geweckt hatten. »Nein, Ernst ist etwas Besonderes«, murmelte sie vor sich hin. »Irgendwie komme ich wohl nicht von ihm los.«

»Und Felicitas spielt dabei nicht gerade eine kleine Rolle, oder?« Wieder ihre innere Stimme.

»Ach Felicitas, mein Geschenk.« Amelie dachte an ihre geliebte Tochter, die sie anfangs allein und später mit Katherine großgezogen hatte. »Meine Felicitas.« Amelie hing mit Leib und Seele an ihrer Tochter, die in einer Zeit geboren worden war, als die Voraussetzungen für ein glückliches und langes Leben nicht eben die besten gewesen waren. Und zu was für einer grässlichen Zeit sie in ihr Leben gekommen ist. Amelie schüttelte den Kopf. »Wer hätte gedacht, dass wir da lebend rauskommen werden?«

Ein weiteres Mal hatte sie an diesem Nachmittag das Thema »Tochter« vermieden, noch hatte sie nicht den Mut aufgebracht, Ernst die Wahrheit zu gestehen. »Ich werde ihm heute Abend davon erzählen«, sagte sie daher laut zu sich. Zunächst würde sie noch einmal jene gemeinsame Zeit damals Revue passieren lassen, vielleicht fiele es ihr dann leichter, Ernst endlich die Wahrheit zu sagen.

Diese Entscheidung verlieh ihr frischen Mut. Amelie erhob sich vom Bett, zog sich ein bodenlanges Kleid aus rotem Samt an und steckte ihre Haare hoch. Sie schlüpfte in passende Abendsandalen, steckte ihre Tabatiére in ihre winzige, zu den Schuhen passende Tasche und machte sich auf den Weg ins Restaurant des Hotels, in dem sie sich an diesem Abend mit Ernst treffen wollte.

Er war schon da, als sie aus dem Aufzug trat. Mit einem bewundernden Blick trat er ihr entgegen und küsste ihr die Hand. »Du siehst einfach bezaubernd aus«, sagte er und lächelte übers ganze Gesicht.

»Du musst dich auch nicht verstecken«, meinte Amelie kokett.

Ernst trug Frack und eine Ordensspange am Revers. »Wollen wir?«, fragte er und bot ihr seinen Arm. »Ich habe im Séparée für uns reserviert.«

Ein schwarz befrackter Oberkellner führte das Paar in ein kleines Speisezimmer, in dem sie ganz für sich waren, und servierte Champagner als Aperitif.

Amelie blickte sich um. »Ich habe das Sacher bei meinem ersten Besuch in Wien, bevor ich in die Romanija ging, kennengelernt. Es ist einfach ein großartiges Hotel, wenn auch die legendäre Frau Sacher nicht mehr unter uns weilt.«

Der Raum war mit gelbseidenen Tapeten ausgekleidet. Den Boden bedeckte ein weicher, heller Teppich. Mitten im Raum befand sich ein elegant gedeckter Tisch.

Amelie und Ernst nahmen auf zwei bequemen Stühlen Platz und stießen mit ihren Champagnergläsern an. Der

Raum wurde durch an den Wänden befestigte Kandelaber dezent erhellt, was eine ausgesprochen warme und angenehme Stimmung schuf. Als sie das Essen bestellt hatten, Ernst hatte sich erlaubt, ein Menü zusammenzustellen, zündete er sich und Amelie eine Zigarette an. »Ich habe heute den ganzen Tag an die Zeit damals denken müssen«, sagte er dann. »Damals habe ich wirklich gedacht, ich sehe eine Fata Morgana, die vor mir auftaucht, und werde jeden Augenblick sterben.«

»Ich weiß.« Amelie sog den Rauch ein und nahm noch einen Schluck Champagner. »Ich konnte es erst auch gar nicht glauben, dass du da mitten im Dreck lagst, schwer verletzt und kaum noch bei Besinnung.«

Sie lehnte sich in ihrem Sessel zurück, als die Tür zum Séparée aufging und der Kellner mit der Suppe erschien.

»Weißt du was?«, schlug Amelie vor. »Wir essen jetzt erst einmal in Ruhe und sprechen beim Kaffee von den schlechten alten Zeiten. Was meinst du?« Ernst stimmte zu. Beim Essen streiften sie das Thema Vergangenheit nicht. Sie berichteten sich aus ihrem Leben, Amelie erzählte von ihrer Zeit in Boston, natürlich ohne Katherine und Felicitas auch nur mit einem Wort zu erwähnen. Ernst, der eben erst von einer Konzertreise eingetroffen war, die ihn mit Schiff und Flugzeug fast um die ganze Welt herum geführt hatte, gab Anekdoten und Geschichtchen zum Besten, die er auf seiner Reise erlebt hatte. Die beiden lachten viel.

Schließlich fragte Amelie: »Und du hast nie geheiratet?«

»Doch«, gab Ernst zu. »Einmal, kurz nach dem Großen Krieg. Beate war Sängerin, ich begleitete sie anlässlich eines Liederabends auf dem Klavier und wir verliebten uns. Wir haben ein paar Wochen später geheiratet. Aber es hielt nicht an. Nach meinen Kriegserfahrungen wollte ich auf gar keinen Fall ein Kind in die Welt setzen. Beate dagegen wünschte sich nichts mehr als das. Schließlich haben wir uns – einvernehmlich und traurig – getrennt. Heute ist sie mit einem Opernsänger verheiratet und hat sechs Kinder. Stell dir das vor!« Ernst hatte seinen Suppenteller geleert und schob ihn von sich.

Amelie lächelte. »Und seit damals lebst du das Leben eines ewigen Junggesellen?«, fragte sie. »Gab es keine Frau, die bei dir den Wunsch nach einer Ehe oder vielleicht gar doch Kindern wecken konnte?«

Auch sie hatte die Suppe aufgegessen. Nur wenige Minuten später widmeten sie sich dem Hauptgang. »Nun ja, natürlich gab es Frauen in meinem Leben«, sagte Ernst ausweichend. »Aber ich kann ehrlich sagen, dass ich nie wieder eine Frau so geliebt habe wie dich. Und Kinder, nein, Kinder wollte ich auf gar keinen Fall.« Er schüttelte heftig den Kopf.

Amelie wurde ein bisschen mulmig. Sie legte ihre Gabel hin und schob den Teller mit dem ausgesprochen schmackhaften Lammkarree von sich.

»Was hast du denn?«, fragte Ernst. »Ist dir nicht gut?«

»Doch, doch, alles in Ordnung. Ich habe nur keinen Hunger mehr.« Amelie bemühte sich, Ernst ein entspanntes Lächeln zuzuwerfen.

Anstelle eines Desserts bestellten sie Kaffee und Cognac. Im hinteren Teil des Séparées waren ein Sofa, zwei Ohrensessel und ein kleines Rauchtischchen aufgestellt. Dorthin begaben sie sich jetzt und ließen sich vom Oberkellner den Kaffee servieren. Sie hatten die Couch gemieden und in den beiden Ohrensesseln Platz genommen.

»Darf es noch etwas sein?«, fragte der Oberkellner und verbeugte sich leicht.

»Nein, vielen Dank, wir haben alles, was wir brauchen«, antwortete Ernst freundlich.

Der Kellner entschwand. Stille breitete sich in dem kleinen gemütlichen Speisezimmer aus. »Wo waren wir denn vor dem Essen stehen geblieben?«, fragte Ernst stirnrunzelnd.

»Nun, ich wollte dir von meiner Ankunft in Russland erzählen, den unbeschreiblichen Umständen, die dort herrschten, und wie es dazu kam, dass ausgerechnet ich zu deiner Rettung abkommandiert wurde.«

»Ja, das fand ich damals schon seltsam, sogar in meinem Fieberwahn. Da schicken sie eine Frau zur Rettung von Soldaten direkt an die Front. Wie war denn das möglich?«

Amelie begann zu erzählen.

## *Kapitel 21*

### IN DEN KARPATEN

Amelie von Liebwitz ließ sich auf die grobe Holzbank im Offizierszelt fallen und begann, ihre schweren schwarzen Stiefel aufzuschnüren. Sie hatte sie von einem Soldaten geschenkt bekommen, der wegen einer schweren Bauchverletzung nach Hause geschickt worden war. Die »Knobelbecher« waren unbequem und drückten, aber sie waren wasserfest und gingen bis über ihre Knöchel. Abgeschrammt waren sie und schmutzig.

Es regnete seit Tagen hier im Nirgendwo der Karpaten, das vor Kurzem Amelies neues Zuhause geworden war. Die Wege zwischen Hospital, Lazarett, Offiziersmesse und Schlafbaracken hatten sich in tiefe Schlammpisten verwandelt. Und es war kalt. Der Winter, den alle, Soldaten wie Sanitätspersonal, zu fürchten gelernt hatten, sandte seine ersten Vorboten aus. Amelie fror bis ins Mark. Sie streckte die in schmuddeligen Strümpfen steckenden Füße an den kleinen Kanonenofen, der – bis obenhin mit Holz vollgestopft – wenigstens ein bisschen Wärme abgab.

»Na, Dienst zu Ende?«, fragte eine weibliche Stimme hinter ihr.

»Sieht so aus, Gerda«, antwortete Amelie. »Aber du weißt ja, es kann immer etwas passieren, und dann ist von Dienstende keine Rede mehr.«

Dr. Gerda Laimer war Amelie aus Bosnien gefolgt. Es war zuerst unklar gewesen, ob beide Ärztinnen die Verlegung mitmachen würden. Frauen im Militär wurden schließlich immer noch suspekt beäugt. Aber dann hatte die Vernunft über die Vorurteile gesiegt. Am Tag vor der Verlegung des Lazaretts aus Bosnien in die Karpaten hatte Oberstabsarzt Dr. Heinrich Unterberger Amelie und Gerda zu sich ins Büro gebeten. Der treue Fähnrich Huber hatte die Frauen aus dem Frauenhospital rufen lassen.

»Was gibt es denn?«, hatte Amelie gefragt, die gerade bei einer Schwangeren den Blutdruck gemessen hatte.

»Der Herr Oberstabsarzt möchte Sie dringend sprechen. Ich weiß nicht, warum«, hatte Fähnrich Huber geantwortet. Das war ungewöhnlich. Als Adjutant des Generalstabsarztes wusste Huber normalerweise immer ganz genau, was vor sich ging. Amelie und Gerda hatten noch rasch zwei weitere Patientinnen versorgt, dann die Kittel abgelegt und wenig später Unterbergers Büro betreten.

»Guten Tag, liebe Kolleginnen«, hatte sie der Arzt begrüßt. »Sie wissen ja, wir werden in wenigen Tagen in die Karpaten verlegt werden. Feldbordell wird es dort keines geben, dazu wird die Front zu nahe sein. Aber ich möchte Sie beide sowie die Schwestern, mit denen Sie zusammenarbeiten, dennoch bitten, mit uns zu kommen.«

Die beiden Stabsärztinnen hatten sich wortlos angeblickt. »Natürlich komme ich mit, wenn Sie das möchten«, antwortete Amelie schnell. »Und ich auch«, hatte sich Gerda angeschlossen. »Aber warum wollen Sie uns denn mitnehmen? So mancher Kollege wird sich darüber gar nicht freuen.«

Unterberger wusste genau, auf wen Gerda anspielte. »Nun, der Kollege Trojahn wird sich damit abfinden müssen«, sagte er ungerührt. »Mittlerweile sind so viele Ärzte gefallen, dass uns gar nichts anderes übrigbleibt, als alle Kräfte, die wir noch haben, zum Bleiben zu überreden.«

Amelie blickte Gerda erneut an. Als eine besondere Würdigung ihrer Arbeit konnte man das wohl nicht bezeichnen.

Als hätte er Amelies Gedanken gelesen, setzte Unterberger hinzu: »Außerdem möchte ich Sie beide wirklich nicht mehr missen. Sie, Fräulein Stabsärztin von Liebwitz, werden uns mit Ihren chirurgischen Kenntnissen ebenso unersetzlich sein wie

Sie, Fräulein Stabsärztin Laimer, mit Ihrem Wissen um die innere Medizin. Ich kann nicht verhehlen, wie froh ich über Ihre Zusage bin, den Tross in die Karpaten zu begleiten. Ich kann Ihnen nicht versprechen, dass die Situation dort in irgendeiner Form komfortabel sein wird, im Gegenteil.« Unterberger sah blass und abgekämpft aus. Man sah ihm jedes seiner 52 Lebensjahre an. »Machen Sie sich für die Abreise in einer Woche bereit.«

»Aber was wird aus dem Frauenspital?«, fragte Amelie besorgt. »Wir können die Frauen doch nicht einfach im Stich lassen.«

»Ich weiß, das ist eine sehr schwierige Situation. Ich habe bereits mit Wien korrespondiert, damit eine weitere Ärztin hierhergeschickt wird, die sich um die verbleibenden Patientinnen kümmert. Mir wurde eine Kollegin zugesagt, die in wenigen Tagen eintreffen soll.«

»Wirklich?« Amelie war erstaunt.

Auch Gerda wunderte sich. »Wo haben die Herren in Wien denn die Kollegin hergezaubert?«

Unterberger lächelte schmallippig. »Die Kollegin ist Zivilistin und hat Verwandte in der Romanija. Sie ist Österreicherin, spricht aber die Sprache und hat sich gegen ein nicht unbeträchtliches Entgelt dazu bereiterklärt, das Spital hier abzuwickeln.«

Amelie wollte ihren Ohren nicht trauen. »Abzuwickeln?«, wiederholte sie ein wenig lahm.

»Nun, wenn hier kein Feldbordell mehr ist, wird das Frauenkrankenhaus wohl auch bald keine Patientinnen mehr versorgen müssen. Das Krankenhaus wird aufgelassen. Die Kollegin wird die übrig gebliebenen Patientinnen versorgen, das Spital schließen und in ihre Heimat nach Wels in Oberösterreich zurückkehren.«

»Und was ist mit den Frauen und Kindern im Waldkloster?«, fragte nun auch Gerda. Von draußen strahlte die Sonne in den Raum und sorgte für ein wenig Wärme.

Nun verlor Unterberger langsam die Geduld. »Liebe Kolleginnen, ich habe Ihnen erlaubt, die Frauen zu behandeln und in Sicherheit zu bringen, während Sie hier stationiert waren. Nun aber muss die Sache ein Ende haben. Ich brauche Sie, und ja, ich brauche auch Schwester Martina, die ihre Schützlinge im Waldkloster versorgt. Die Unterbringung muss dann eben von den Mönchen unter Pater Hugo neu geregelt werden. Und jetzt darf ich Sie bitten, wieder an Ihre Arbeit zu gehen. Ich habe noch viel zu tun.« Solcherart entlassen, eilten Amelie und Gerda in Amelies Dienstzimmer.

»Was sollen wir denn jetzt tun?« Verzweiflung lag in Gerdas Stimme.

Amelie schüttelte den Kopf. »Ich weiß es auch nicht. Am besten, wir berufen für heute Abend ein Treffen mit den Schwestern und Alexander ein und versuchen gemeinsam eine Lösung zu finden.«

Am frühen Abend war die ganze Truppe in Amelies Dienstzimmer versammelt. Amelie hatte Fähnrich Huber gebeten, für ihre Verpflegung zu sorgen, ein Auftrag, dem dieser nur allzu gerne nachgekommen war. Er betete Amelie an, was dieser gar aufgefallen war, seine schmachtenden Blicke waren auch schwer zu übersehen. Doch weder sie noch er hatten je darüber gesprochen, und Fähnrich Huber hütete sich davor, die Ärztin von seiner Liebe in Kenntnis zu setzen. Irgendetwas hielt ihn davon ab, und so versuchte er, Amelie seine Liebe durch allerlei Hilfeleistungen und Unterstützung zu zeigen.

An diesem Abend hatte er sich selbst übertroffen. Auf Amelies Schreibtisch, den sie vorsorglich abgeräumt hatte, türmten sich Brot, Schinken und ein großer Topf mit Kartoffelsuppe. Sogar eine Flasche Rotwein hatte er auftreiben können.

»Wunderbar«, sagte Amelie, als Fähnrich Huber alles hereingebracht hatte. »Sie sind wirklich ein Zauberer, Fähnrich Huber, vielen, vielen Dank.«

Huber errötete tief, verneigte sich und ging. Kurz darauf

hatten sich Gerda, Amelie, Alexander, die Schwestern Silvia und Martina und die Salesianerinnen Agathe und Mathilde im Zimmer versammelt und stürzten sich mit großem Appetit auf die Köstlichkeiten. Schließlich fragte Amelie in die Runde: »Wisst ihr schon, dass wir in die Karpaten versetzt werden?«

Alle nickten. Unterberger war es gelungen, inzwischen sämtliche Beteiligten in Kenntnis zu setzen. »Und ich nehme an, ihr kommt auch alle mit, oder?«

Schwester Martina meldete sich zu Wort: »Ich wäre gerne hiergeblieben, um weiter die Frauen und Kinder im Waldkloster zu versorgen, aber bei Unterberger habe ich leider nur auf Granit gebissen. Ich werde morgen mit Pater Hugo sprechen, vielleicht hat er eine Idee, wie die Versorgung unserer Schützlinge weiter gewährleistet werden kann.« Martina war traurig, sie liebte die Arbeit im Waldkloster und verspürte nicht die geringste Lust, in eine neue Umgebung zu ziehen und dort wieder ausschließlich verletzte und kranke Soldaten versorgen zu müssen.

Amelie konnte die junge Krankenschwester gut verstehen, auch sie selbst zog es nicht unmittelbar in das neue Lazarett in den Karpaten, wo die Kriegshandlungen deutlich näher am Lazarett stattfinden würden. Nach Berlin wollte sie aber auch nicht zurück. Seit zwei Jahren herrschte in Deutschland eine schwere Hungersnot, in der Hauptstadt war die Situation Friedrichs Briefen zufolge inzwischen fast aussichtslos.

»Hier kann ich etwas leisten, wenn ich auch lieber weiter im Frauenkrankenhaus gearbeitet hätte«, sagte sie. »Gerda und ich werden also weiter bei der Truppe bleiben.«

Alexander Heigl meldete sich zu Wort. »Ihr wisst aber schon, dass ihr nun jederzeit gehen könntet, oder?«

Amelie und Gerda nickten und berichteten vom inständigen Wunsch Unterbergers, die beiden Ärztinnen bei der Truppe zu halten. Am Ende des Abends trennten sich Schwestern und Doktoren. Gerda und Martina wollten am Folgetag mit Pater Hugo sprechen.

Rund eine Woche später verließ das Feldlazarett samt Ärztinnen und Ärzten, Schwestern, Sanitätern, Trägern und allen anderen, die die Arbeit im Lazarett verrichteten, die Romanija in Richtung der Karpaten. Die österreichische Kollegin, die im Frauenhospital Dienst tun sollte, bis die letzte Patientin entlassen werden konnte, hatte sich als patente Person herausgestellt, noch dazu war sie Frauenärztin, so dass Amelie und Gerda die sieben verbliebenen Patientinnen guten Gewissens in ihre Hände hatten übergeben können. Und sogar für das Waldkloster hatte sich eine Lösung gefunden: Ein Schwesternorden der Benediktiner, der das Waldkloster bewirtschaftete, hatte sich bereit erklärt, zwei Nonnen zur Versorgung der Frauen und Kinder abzustellen. Sie würden auch versuchen, jene Frauen, die noch im Bordell waren, erst einmal aufzunehmen und sie später als Dienst- oder Kindermädchen in Familien unterzubringen. Der Schwesternorden galt als ebenso weltoffen wie Pater Hugo und seine Mönche und würde gut für die Mädchen sorgen.

Amelie und Gerda waren sehr erleichtert gewesen, das zu hören. Zum Abschied hatten sie das kleine Frauen- und Waisenhaus bei den Mönchen noch einmal besucht. Dabei waren Tränen geflossen, aber die Frauen und auch die Kinder, die bei den Nonnen und Mönchen untergebracht waren, hatten allesamt einen gesunden und zufriedenen Eindruck gemacht. Der Abschied war deshalb nicht allzu schwergefallen.

## *Kapitel 22*

Die Stationierung in den Karpaten nahe Polen war ein regelrechter Kulturschock gewesen. Zum einen war die Ausrüstung des Lazaretts nur als mangelhaft zu bezeichnen. Feste Baracken gab es nicht, lediglich einige Zelte waren aufgestellt worden, in denen operiert und gepflegt werden konnte. Verletzte Soldaten, die beinahe täglich ins Lazarett gebracht worden waren, konnten zum Teil mangels Plätzen dort nicht untergebracht werden, sondern mussten im Freien liegen. Verbandsmaterial, Betäubungsmittel und Operationsbesteck waren Mangelware gewesen. Vielfach hatte die Arbeit von Amelie, Gerda und ihren Kollegen lediglich darin bestanden, sterbende Soldaten zu trösten und zu versuchen, wenigstens für Decken und Wasser zu sorgen. Die Ärztinnen und Ärzte unter der Führung von Generalstabsarzt Unterberger hatten alles getan, um die Situation wenigstens ein bisschen zu verbessern. Sie hatten Patienten versorgt, operiert, die unermüdlichen Krankenschwestern bei der Pflege unterstützt und – weil Gerda sich dabei als besonders überzeugend erwiesen hatte – bei diversen Militärstellen antichambriert oder wahlweise, dafür war dann Heinrich Unterberger zuständig, gebrüllt, um mehr Nahrung, mehr Verbandsmaterial, mehr Zelte, mehr Operationsbesteck und Medikamente zu erhalten.

Tag und Nacht hatten Unterberger, Amelie, Alexander und Trojahn operiert. Die Amputationen von Armen und Beinen, die Amelie vorgenommen hatte, ließen sich kaum noch zählen. Und nicht selten brauchten sie während der Operationen die Unterstützung stämmiger Sanitäter, weil keinerlei Betäubungsmittel mehr vorhanden waren. Amelie hatte sich in dieser Zeit zu einer wahren Meisterin der Schnellamputation entwickelt. Oberstabsarzt Heinrich Unterberger hatte sie gelehrt, wie sie möglichst rasch verletzte Glieder abnehmen konnte, wenn die Patienten nicht betäubt werden konnten. Auch an diesem kalten Novembertag, der kaum richtig hell geworden war, war sie stundenlang im Operationszelt zugange gewesen. Ausnahmsweise hatten sie eine Lieferung Chloroform erhalten. Sie hatten die Patienten, denen sie Beine oder Arme hatten abnehmen müssen, wenigstens betäuben können. Bei einer schwierigen Bauchoperation war ein Patient unter dem Messer verstorben. Das geschah häufig, doch Amelie gewöhnte sich niemals ganz daran.

Wie an allen Tagen, seit sie in den Karpaten stationiert war, war es auch an jenem spät geworden. Die Uhr zeigte bereits nach 22 Uhr, als Amelie endlich ihr Zelt aufsuchen konnte. Sie setzte sich erschöpft auf einen Klappsessel in ihrer vorübergehenden Behausung und blickte sich um.

Graue Zeltwände umgaben die wenigen Quadratmeter, die sie zurzeit ihr Eigen nannte. Der Boden war mit Strohmatten bedeckt. Ein Feldbett stand in der Ecke, die Decken darauf sauber zusammengefaltet. Es war dunkel in dem kleinen Zelt. Nur eine Kerze brannte auf dem kleinen Tisch, an dem Amelie saß und in das knisternde Feuer des Kanonenofens starrte. Mit einem tiefen Seufzer streckte sie sich und löste mit einer Hand ihren schweren Haarknoten.

Sie war so unendlich müde. Und so unglaublich frustriert. Täglich stand sie am Operationstisch, amputierte Gliedmaßen, schloss Bauchwunden, nähte Schnitte und Risse an Soldatenleibern, die von der nahegelegenen Front hierher in die Etappe gebracht wurden, zu schwer verletzt, um sofort in ein Heimatspital geschickt zu werden. Viele starben, vor allem jene, die tiefe Brust- und Bauchwunden aufwiesen.

»Das Sterben hört und hört nicht auf«, brummte Amelie vor sich hin.

Seit einem Dreivierteljahr war sie nun hier, hatte alles gesehen und unglaublich viel gelernt. Aber jetzt, jetzt war sie beinahe am Ende ihrer Kräfte. In ihrer graugrünen Uniform hockte sie zusammengesunken vor dem Feuer und schüttelte ihr langes schweres Haar aus.

Der Kopf tat ihr weh, der Chignon, zu dem sie die Haare morgens zusammensteckte, zerrte an den Haarwurzeln. Ich schneid sie mir ab!, dachte sie plötzlich. »Warum soll ich hier mit langen Haaren herumlaufen?«

Es war schwer genug, wenigstens einmal in der Woche genug warmes Wasser zu bekommen, um sich notdürftig zu waschen. Mühsam erhob sie sich von ihrem Stuhl und schritt auf ihr Feldbett zu. In einem kleinen Kästchen daneben lag eine große Schere. Amelie beugte sich vor, öffnete die Schublade und entnahm ihr die Schere. Müde schleppte sie sich zu ihrem Sessel vor dem Feuer zurück. Sie hob eine Haarsträhne und setzte die Schere an.

In diesem Augenblick öffnete sich die Zeltklappe und Gerda Laimer betrat das kleine Geviert.

»Was machst du denn da?«, fragte sie entsetzt. »Willst du dir etwa die Haare abschneiden?« Mit beiden Händen fasste sie nach der Haarflut, die Amelie bis zur Taille reichte, hob sie an und vergrub ihr Gesicht darin.

Amelie erstarrte. Eine kleine Weile blieben die beiden Frauen unbeweglich, bis Gerda ihren Kopf hob. Vorsichtig legte sie die Haarflechten wieder ab und trat vor Amelies Stuhl.

»Das kannst du nicht machen, deine Haare sind doch so schön!« Gerda blickte Amelie in die müden Augen.

»Aber sie sind so lästig«, antwortete Amelie, die immer noch mit Gerdas Geste zu kämpfen hatte. »Abends schmerzt mein Kopf und kurze Haare wären auch viel praktischer.«

Gerda hockte sich vor Amelie hin. So vom Feuerschein beleuchtet, sah ihr herbes Gesicht mit der hohen Stirn beinahe lieblich aus. »Bitte, tu das nicht.« Gerda hob die Hand und strich über Amelies Gesicht. »Ich finde deine Haare so wunderschön.«

Amelie blickte Gerda ebenfalls an. Für ein paar Sekunden verloren sie sich in den Augen der anderen. Schließlich beugte Amelie sich vor und küsste Gerda sanft auf die Lippen. Gerda erwiderte den Kuss. Als ihre Lippen sich wieder trennten, lächelten sie einander an.

»Du hast es also auch bemerkt«, sagte Gerda leise.

»Aber natürlich, seit langer Zeit schon, aber du weißt ja, wie wir hier immerzu aufeinander hocken. Es ist schwer, ein paar Momente allein zu finden. Und stell dir bloß mal vor, jemand würde uns so sehen!«

Gerda stützte sich auf die Lehne von Amelies Sessel und erhob sich stöhnend aus ihrer hockenden Haltung. »Da hast du recht«, meinte sie, zog den zweiten Klappstuhl unter dem Tisch hervor und ließ sich darauf nieder.

»Und meine Haare schneide ich trotzdem ab«, sagte Amelie trotzig. »Sie sind so furchtbar unpraktisch, und du selbst trägst sie doch schon seit mindestens einem Jahr kurz geschnitten.«

Darauf wusste Gerda nichts zu erwidern, weil es stimmte. Ihr dunkles Haar umrahmte ihr Gesicht bis zum Kinn, meist trug sie es in einem kurzen Zopf nach hinten gebunden, damit es ihr nicht im Weg war. Den Spott und Hohn, den sie sich dafür von ihren männlichen Kollegen hatte anhören müssen, hatte sie milde lächelnd über sich ergehen lassen. Die konnten ja auch einfach den Kopf in den Brunnen stecken, um sich die Haare zu waschen. Gerda lächelte bei der Erinnerung daran, wie sie zum ersten Mal mit kurzen Haaren im Operationszelt aufgetaucht war.

»Kannst du mir die Haare schneiden?«, fragte Amelie nun.

»Aber natürlich, auch wenn ich es schade finde«, gab Gerda zu, stand auf, trat hinter Amelies Stuhl und fasste die langen Haare zu einem dicken Zopf zusammen. »Wie kurz willst du sie denn haben?«

»So wie du.« Amelie lehnte sich zurück und Gerda setzte die Schere an. Als der schwere Zopf fiel, verspürte Amelie kein Verlustgefühl, nur Erleichterung. Sie schüttelte die nun kurzen Haare aus und wandte sich dann im Stuhl zu Gerda um.

»Warte«, sagte diese. »Ich fassoniere sie noch ein bisschen.«

Geduldig hielt Amelie still, während Gerda die Haare, die Amelie nun knapp bis unters Kinn reichten, noch etwas begradigte. Dann legte ihre Kollegin die Schere aus der Hand und hockte sich erneut vor Amelie hin.

»Ich würde dich so gerne noch einmal küssen«, flüsterte sie leise.

»Dann tu's doch«, antwortete Amelie, lächelte und beugte sich vor.

Der Kuss steigerte sich rasch von Zärtlichkeit zu Leidenschaft. Schließlich glitt auch Amelie aus ihrem Stuhl, die beiden Frauen knieten voreinander und versanken völlig in ihrem Kuss. Endlich löste Amelie sich von der Freundin und sah ihr in die Augen.

»Bist du dir ganz sicher, dass du das willst?«, fragte sie Gerda.

Diese blickte mit leuchtenden Augen in Amelies. »Ja«, sagte sie. »Du hast ja keine Ahnung, wie lange ich mir das schon wünsche. Eigentlich hab ich mich schon bei unserer ersten Begegnung in dich verliebt. Aber woher wusstest du davon?«

Amelie lächelte. »Ich bin weder blind noch blöd«, gab sie flapsig zurück. »Und du bist nicht meine erste Erfahrung mit einer Frau.«

Gerda war auf die Fersen zurückgesunken. »Das musst du mir erzählen«, sagte sie rasch und stand auf. Die beiden Frauen nahmen wieder an dem kleinen Tisch Platz.

»Warte!« Amelie kramte in der kleinen Truhe, die am Kopfende ihres Feldbetts stand, und entnahm ihr eine kleine Flasche, die mit einer goldbraunen Flüssigkeit gefüllt war.

»Was hast du denn da?« Gerda war ungeduldig.

»Whisky«, antwortete Amelie grinsend, »den feinsten schottischen Glenfiddich.« Sie stellte die Flasche auf den Tisch und förderte zwei kleine Gläser zutage.

»Wo hast du den denn her?« Gerda hatte große Augen bekommen.

»Leopold von Traun hat ihn mir geschickt«, sagte Amelie. »Ich schreibe ihm immer mal wieder, so dass er weiß, wo ich bin. Und gelegentlich schickt er mir Pakete, mit Büchern, Zigaretten und nicht zuletzt diesem Lebenselixier.«

Generalstabsarzt Dr. Leopold von Traun war der Chef der gesamten k. u. k Militärtruppe. Er hatte Amelie auf ihren Dienst in der Romanija vorbereitet und war mittlerweile ein – wenn auch ferner – Freund geworden. Sie entkorkte die Flasche, füllte die beiden Gläser und zog schließlich sogar eine Packung Zigaretten hervor. Die Glimmstängel waren hier im Lazarett Mangelware geworden. Nur wenn Soldaten Pakete aus der Heimat erhielten, waren manchmal auch die begehrten Zigaretten darin zu finden. Sie wurden nicht nur geraucht, sondern stellten auch ein wichtiges Handelsgut dar. Getauscht wurde gegen alles: Essen, Schnaps, Stiefel und Kleidung. Amelie und Gerda aber, die gerne rauchten, litten sehr unter dem fehlenden Angebot an Zigaretten. Umso mehr freute sich Gerda nun.

Amelie reichte ihr eine Zigarette, nahm selbst eine und zündete sie an. Dann stießen sie mit ihren Whiskygläsern an und nahmen langsam und genussvoll einen Schluck.

Gerda verschluckte sich leicht. »Der ist gut – und wirklich stark«, sagte sie dann. »Und nun erzähle mir von deinen Erfahrungen mit den anderen Frauen. Ich bin sehr neugierig.«

»Das klingt ja, als hätte ich eine ganze Heerschar gebrochener Herzen hinterlassen«, lachte Amelie. »So war das nicht. Aber es gab tatsächlich zwei Frauen – eine, die mir das Herz gebrochen, und eine, die es wieder geheilt hat.«

Amelie berichtete Gerda von Felicitas, von jener fatalen Situation in der Küche ihres Elternhauses, als Felicitas sie, nachdem sie ein hochfieberndes Kind gerettet hatte, einfach geküsst hatte. »Damals wusste ich überhaupt nicht, wie ich mit dieser Situation umgehen sollte«, bekannte Amelie. »Ich habe meine allerbeste Freundin aus Kindertagen angeschrien und aus dem Haus gewiesen. Wenige Tage später ist sie dann gestorben.«

Immer noch traten Amelie Tränen in die Augen, wenn sie an ihre geliebte Freundin dachte. Gerda legte sanft den Arm auf Amelies Schulter. »Das tut mir unendlich leid«, sagte sie leise. »Wie hast du denn dieses traurige Kapitel deines Lebens überwunden?«

Amelie nahm einen Zug von ihrer Zigarette, trank noch einen Schluck Whisky und erzählte Gerda von ihrer exzentrischen Tante Elisabeth, von der Seereise nach New York, zu der diese sie eingeladen hatte, um sie auf andere Gedanken zu bringen, und von Mitzi Hübner, der jungen Sopranistin, die – als Bezahlung für ihr Ticket – für die Gäste auf dem Schiff gesungen hatte.

»Sie war umwerfend«, schwärmte Amelie. »Sie hat mich einfach vom Hocker gerissen – und mit ihr habe ich erlebt, wie schön die körperliche Liebe sein kann.«

»Warst du denn in sie verliebt?«

»Nein, aber ich hatte sie sehr gern, und letztlich hat sie mir geholfen, über meinen Kummer wegen Felicitas hinwegzukommen.«

»Und Männer gab's keine?«, fragte Gerda vorwitzig.

»Jetzt ist es aber gut«, schimpfte Amelie gutmütig. »Für heute habe ich dir wirklich genug erzählt.«

Sie erhob ihr Glas, in dem noch ein winziger Rest Whisky war, und stieß an Gerdas Glas. »Bleibst du heute Nacht bei mir?«, fragte sie leise.

»Ja, geht das denn?« Gerda blickte mit einem zweifelnden Blick auf das schmale Feldbett in Amelies Zelt.

»Das könnte eng werden. Wir müssen uns etwas einfallen lassen«, meinte Amelie dann. »Das wird sich heute aber wohl leider nicht mehr bewerkstelligen lassen.«

Gerda schüttelte betrübt den Kopf, aber auch sie hatte keine zündende Idee, wie sich auf die Schnelle ein geheimes Nachtlager inmitten des überfüllten Lazaretts finden ließe.

Nach einem innigen Gutenachtkuss verließ Gerda mit einem verträumten Lächeln auf dem Gesicht Amelies Zelt. »Wir sehen uns morgen früh«, flüsterte Gerda ihrer Freundin noch zu, dann war sie verschwunden.

Amelie war viel zu aufgekratzt, um schlafen zu gehen. Sie schenkte sich noch einen kleinen Schluck Whisky ein und setzte sich, nachdem sie noch ein wenig Holz in den Kanonenofen geschoben hatte, wieder an den Tisch. Sie stützte den Kopf in die Hände und dachte nach.

Sie war über Gerdas Annäherungsversuch nicht überrascht gewesen. Viel zu lange schon hatten sich die Gefühle der Freundin für sie angedeutet. Nun aber zerbrach sie sich den Kopf darüber, ob eine solche »besondere« Freundschaft hier im Lazarett, am Rande der Front, überhaupt möglich war. Auf gar keinen Fall durfte man sie ertappen, man würde sie in Schimpf und Schande davonjagen.

Aus dem Kopf schlagen mochte Amelie sich die Sache allerdings nicht. Denn auch sie hegte inzwischen zärtliche Gefühle für die Freundin und fand, ein wenig Liebe und Lust müsse in den schrecklichen Umständen, unter denen sie lebten und arbeiteten, erlaubt sein.

Sie schaute auf ihr schmales Feldbett hinüber, dann auf den Fußboden, der zwar mit Strohmatten bedeckt, nichtsdestoweniger allerdings nun im November viel zu kalt war, um sich darauf niederzulassen.

Ich brauche ein zweites Bett, dachte sie und ihre getreue innere Stimme raunte: »Und wenn ihr die beiden Betten zusammenstellt, wird das auffallen – außerdem werdet ihr bei der ersten Bewegung herausfallen.« Amelie gab ihrer inneren Stimme recht, aber noch nicht auf.

Schließlich glaubte sie, die Lösung gefunden zu haben. Aus Rücksichtnahme auf die beiden einzigen weiblichen Ärzte in der Truppe lagen Amelies und Gerdas Zelt etwas abseits von den anderen Unterkünften. Gab es Nachrichten für Amelie oder Gerda, wurde meist eine Schwester geschickt, die sich bereits vor dem Zelt bemerkbar machte und immer erst nach Aufforderung eintrat. Niemand, schon gar kein Mann, durfte die Zelte von Gerda und Amelie betreten, ohne dazu ausdrücklich eingeladen worden zu sein. Und sie bräuchte Schnüre, damit sie die Feldbetten vielleicht fest zusammenbinden könnten.

Erregt von dem Gedanken, mit Gerda das Bett zu teilen, öffnete sie vorsichtig die Zeltklappe ihrer Behausung und spähte hinaus. Der Vorratsschuppen, in dem die medizinischen Utensilien, aber auch Nahrung und Zelte gelagert wurden, befand sich nur wenige Meter links von ihrem Zelt.

Es war inzwischen tiefe Nacht geworden, nichts regte sich. In zwei der fünf Operationszelte flackerten noch Laternen. Auf leisen Sohlen schlich Amelie vorsichtig zu dem Schuppen. Es war beißend kalt, und sie hatte, in ihrer Aufregung, nicht daran gedacht, ihre gefütterte Jacke anzuziehen. Zitternd und ein Zähneklappern unterdrückend kam sie schließlich bei dem fest verriegelten Schuppen an.

Als Ärztin hatte Amelie einen Schlüssel, so dass ihr das Betreten des Vorratslagers keine Probleme bereitete. Sie entzündete ihr Feuerzeug und leuchtete mit dem kleinen Flämmchen, das sie mit ihrer Hand schützte, in die Ecken des Schuppens. Tatsächlich, da lag eine kleine Rolle Schnur. Auch ein zusammengeklapptes Feldbett fand sie.

Amelie nahm Schnur und Feldbett, schlich aus dem Schuppen, schloss leise das Vorhängeschloss und eilte so schnell sie konnte zurück in ihr Zelt. Zitternd legte sie sich in ihr Bett und blickte leise lächelnd in die ersterbenden Flammen.

Morgen hat Gerda die Frühvisite, ich werde mir ihr Feldbett holen und ein gemeinsames Lager basteln, dachte sie und gähnte. Bestimmt würde sie sich freuen. Mit diesem Gedanken war sie, noch ehe ihr Kopf das Kissen ganz berührt hatte, auch schon eingeschlafen.

Am folgenden Tag waren Amelie und Gerda von früh bis spät beschäftigt. Es war wieder ein ganzer Strom von Verletzten ins Lazarett gekommen, Amelie operierte wie am Fließband, während Gerda den Schwestern Anweisungen zur Entlausung der Patienten gab, bei der Reinigung der – meist völlig verdreckten – Soldaten half und Geschwüre aufstach, Verbände anlegte und Medikamente verabreichte. Gerda und ihr Schwesterntrupp hatten es sich angewöhnt, sich jeden Abend ausführlich nach Läusen und Flöhen abzusuchen, um die Parasitengefahr zu minimieren. Viele der gar nicht putzigen kleinen Tierchen übertrugen Fieberkrankheiten. Nicht selten mussten Soldaten erst einmal so gut wie möglich stabilisiert werden, bevor Amelie oder einer ihrer Kollegen sie operieren konnten.

Es war später Abend geworden, ehe Amelie und Gerda sich in Amelies Zelt wieder treffen konnten. Gerda blickte erstaunt auf das improvisierte Liebeslager, das Amelie tatsächlich am frühen Morgen zusammengebastelt hatte. Sie musste lachen.

»Dir fällt wirklich für jedes Problem eine Lösung ein«, sagte sie dann und setzte sich auf die Bettkante, was die Konstruktion leicht ins Schwanken brachte. Sie sprang wieder auf.

Amelie trat auf Gerda zu und schlang ihr die Arme um den Hals. »Wir müssen vorsichtig sein, sonst lockern sich die Schnüre, mit denen ich die beiden Betten zusammengefügt habe«, flüsterte sie in Gerdas Ohr. Diese nickte. »Und, willst du mich denn heute gar nicht küssen?«, neckte Amelie.

Gerda seufzte und presste ihre Lippen auf die der Freundin. In einer leidenschaftlichen Umarmung sanken die beiden auf das doppelte Feldbett. Es wackelte gefährlich. Aber nun konnte nichts die beiden aus ihrer Erregung reißen, rasch fielen die Hüllen und die Frauen konnten sich zum ersten Mal nackt betrachten.

Mager waren sie beide. Obwohl Gerda eher zur Rundlichkeit neigte, hatte die schlechte Verpflegung im Lazarett dafür gesorgt, dass sie alle ihre Fettpölsterchen verloren hatte, die Rippen standen bei beiden Frauen hervor und die Hüftknochen ebenso.

Amelie ließ ihre Hände auf Wanderschaft gehen. Zuerst berührte sie Gerdas Brüste, die daraufhin laut aufstöhnte. Amelie legte ihr die Hand auf den Mund. »Bitte, sei leise«, flüsterte sie. »Uns darf niemand hören.«

Gerda kicherte: »Dann fass mich nicht so an, das erregt mich maßlos.« Sie legte den Kopf wieder zurück und Amelie begann sie wieder zu streicheln, langsam schob sie ihre Hand zwischen Gerdas Beine. Sie merkte gleich, wie willkommen sie war. Gerda presste die Hand auf den Mund, um ihre Lust nicht herauszuschreien. Nur ein leises Stöhnen entkam ihrem Mund.

»Magst du das?«, fragte Amelie unschuldig, die Gerda nun zwischen ihren Schenkeln streichelte.

Gerda, die Faust noch immer im Mund, gab lediglich ein gutturales Stöhnen von sich.

»Ich nehme das mal als ein Ja«, lächelte Amelie. Dann legte sie den Mund an eine von Gerdas Brustwarzen und begann sanft daran zu saugen. Gerda begann vor Lust zu zittern. Sie hatte sich nun beide Hände vor den Mund geschlagen, stöhnte leise und wand sich vor Lust. Als ein Schauer über ihren Körper lief, löste Amelie ihre Hand und küsste die Freundin innig.

Gerda war schweißgebadet und blickte Amelie verliebt an. »Das war unbeschreiblich«, murmelte sie leise. »Aber jetzt bist du dran.«

Mit einem schelmischen Lachen beugte Gerda sich über Amelie und sorgte dafür, dass diese ebenso zitterte, stöhnte und schwitzte. Am Ende lagen die beiden Frauen einander in den Armen und blickten sich tief in die Augen. Immer wieder küssten sie sich sanft. Schließlich, draußen dämmerte bereits der Morgen, schliefen die beiden ein, um nur etwa zwei Stunden später aus dem Schlaf zu schrecken.

Amelies Wecker hatte geläutet. Sie fuhren aus dem Bett hoch, küssten sich rasch noch einmal und legten so schnell sie konnten ihre Kleider wieder an. Gegenseitig banden sie sich das Haar zum Zopf, umarmten und küssten sich. Dann schob Gerda vorsichtig die Zeltklappe auf und linste hinaus.

»Die Luft ist rein«, flüsterte sie.

»Dann geh«, wisperte Amelie zurück.

»Das war …«, begann Gerda. »Ich bin …«

Doch Amelie unterbrach sie. »Ich weiß«, sagte sie und verließ ihr Zelt. Sie hatte Morgenvisite. Gerda dagegen konnte sich noch ein paar Stunden lang in ihrem eigenen Zelt ausruhen.

In den darauffolgenden Wochen trafen sie sich so oft sie konnten in Amelies Zelt. Als das Fehlen eines Feldbetts aufgefallen war, hatte Amelie gestanden, dass sie es genommen habe.

»Aber warum denn das?«, hatte Oberstabsarzt Unterberger erstaunt ausgerufen.

Amelie war errötet. »Ich träume oft sehr lebhaft«, hatte sie Unterberger gestanden. »Und mitunter falle ich dabei aus dem Bett.«

Mit glühenden Wangen hatte sie vor Unterberger gestanden, der sich eine kurze Pause in der Offiziersmesse gegönnt hatte.

Dieser hatte schließlich herzlich gelacht. »Ich hoffe, Sie haben sich dabei noch nie verletzt?«

»Nein, verletzt wurde nur mein Stolz, und ein paar blaue Flecken habe ich bekommen.«

»Nun, in Gottes Namen«, hatte Unterberger gesagt. »Dann behalten Sie Ihr zweites Feldbett. Wir wollen doch nicht, dass Sie, weil Sie wieder so lebhaft geträumt haben, wegen einer Verletzung ausfallen, nicht?« Unterberger war ein sehr wohlwollender Chef, der auch in schwierigen Zeiten Humor bewies und seinen Untergebenen stets mit Rat und Tat zur Seite stand. Einmal mehr war Amelie froh gewesen, dass dieser Mann hier im Lazarett ihr Chef war. Mit immer noch geröteten Wangen hatte sie sich bedankt und die Offiziersmesse verlassen.

Am gleichen Abend hatte sie Gerda die ganze Geschichte erzählt, und die beiden hatten Tränen gelacht. Bislang war ihr Verhältnis zum Glück nicht aufgeflogen, sie versuchten weiterhin, so vorsichtig wie möglich zu sein, was ihnen auch gelang.

## *Kapitel 23*

Rund eineinhalb Jahre hatten sie es in diesem Lazarett in den Karpaten aushalten müssen. Mittlerweile musste kein Soldat mehr auf dem Fußboden liegen. Das Lazarett zählte fünf Operationszelte, zwanzig Zelte für die Patienten, ein Isolierzelt für jene, die an ansteckenden Krankheiten litten, und auch Schwestern und Ärzte waren in einigermaßen komfortablen Zelten untergebracht. Amelie war zwar zu Tode erschöpft, weil sie praktisch Tag und Nacht operierte, aber sie hatte sich, ebenso wie Gerda, an die harte Arbeit gewöhnt.

Dann erreichte sie eine Nachricht an diesem warmen Juliabend 1917. »Wir werden wieder verlegt«, verkündete Oberstabsarzt Unterberger ohne Umschweife, als Amelie, Gerda und die männlichen Kollegen sich in Unterbergers Zelt eingefunden hatten.

Ein kollektives Raunen ging durch die versammelte Schar. Gerüchte hatte es schon eine ganze Weile gegeben, aber niemand hatte so bald mit einer Verlegung gerechnet.

»Wohin gehen wir?«, fragte Alexander Heigl, Chirurg und praktisch seit Beginn des Krieges in den Diensten der k. u. k. Armee.

»Nach Russland«, antwortete Unterberger düster. »Der obersten Heeresleitung ist zu Ohren gekommen, dass der neue russische Kriegsminister, Alexander Kerenski, eine große Offensive plant. Wir müssen vor Ort sein, um die Verletzten zu versorgen.«

Ein bleiernes Schweigen machte sich im Zelt breit.

Ich gehe nicht mit, schoss es Amelie durch den Kopf. Ich kann nicht mehr!

Mittlerweile hatte sie alles an Verletzungen und Verstümmelungen gesehen, was der Krieg so mit sich brachte, und doch hatte sie das Gefühl, sie könne nun nicht mehr weiter. Sie wollte zurück nach Berlin.

»Ich weiß, Kolleginnen und Kollegen, es ist eine sehr harte Zeit. Aber ich kann Sie nur inständig bitten, weiter Teil der Truppe zu sein. Ich brauche Sie. Es gibt kaum noch neue Ärzte, die zum Militär gehen wollen, weil die Situation immer ausweglos erscheint. Aber dennoch wird es weiter verletzte Soldaten geben, Menschen, die unsere Hilfe dringend benötigen.«

Unterberger war in den vergangenen drei Jahren um Jahrzehnte gealtert, sein Haar war schneeweiß geworden, in das Gesicht hatten sich tiefe Falten gegraben. Man sah ihm seine Verantwortung an.

»Ich selbst bleibe natürlich«, sagte er dann. »Ich muss schließlich mit gutem Beispiel vorangehen.«

Solcherart unter moralischen Druck gesetzt, sagten schließlich auch die anderen Mediziner zu. Amelie und Gerda beugten sich ihm ebenfalls.

Als sie das Zelt des Oberstabsarztes wieder verlassen hatten und zu ihrer eigenen Unterkunft eilten, sagte Gerda: »Wie lange soll das denn noch so weitergehen? Der Krieg ist verloren, oder?«

Die beiden Frauen hielten sich über die neuesten Nachrichten über Schlachtenverläufe und Militärstrategien auf dem Laufenden. Friedrich, der in Berlin mit einem leitenden Militär befreundet war, schrieb so oft er konnte, um Amelie das Neueste zu berichten. Und auch Leopold von Traun meldete sich regelmäßig per Brief, um sie zu informieren.

»Wer weiß«, murmelte Amelie. »Angeblich hofft die deutsche Heeresleitung auf einen Separatfrieden mit Russland. Aufgrund der Februarrevolution schien sich die Situation in diese Richtung verändert zu haben. Die Kerenski-Offensive scheint die Herren in der Obersten Heeresleitung wohl eher unvorbereitet getroffen zu haben.«

Sie waren bei ihrem Zelt angelangt. »Na, unsere Habseligkeiten werden wir wohl schnell gepackt haben, was?«, meinte Gerda lakonisch.

»Wir haben ja fast nichts«, stimmte Amelie zu.

Bis auf zwei Kleidertruhen, die inzwischen ausschließlich Hosen, Hemden, dicke Strümpfe und Unterwäsche enthielten, führten die beiden Ärztinnen inzwischen kaum noch etwas bei sich. Amelie bewahrte einen dicken Packen Briefe in ihrer Truhe auf. Gerda hütete einige Bücher wie einen kostbaren Schatz.

»In einer Woche geht es also wieder weiter.« Amelie hatte sich auf die Kante ihres Feldbetts gesetzt. »Ich weiß wirklich nicht, woher ich die Kraft dazu nehmen soll.«

Gerda trat zu ihr und setzte sich neben die Freundin. Die beiden Frauen waren in den vergangenen fast vier Jahren dicke Freundinnen und schließlich auch ein Liebespaar geworden. So manches Mal hatte die eine die andere getröstet, wenn alles zu viel zu werden schien. Gemeinsam hatten sie schlimme Zeiten durchgestanden, einander gehalten, wenn alles wieder einmal zu viel geworden war, aber auch die wenigen guten Momente miteinander erlebt, wenn es etwas Besonderes zu essen gab oder sie sich gegenseitig aus Gerdas Büchern vorgelesen hatten. Und natürlich waren da die Nächte. Wann immer sie konnten, verbrachten sie diese gemeinsam und schenkten einander einige Stunden der Leidenschaft und des Vergessens. Mittlerweile kannte Gerda Amelie so gut wie sonst kaum ein Mensch. Und umgekehrt war es genauso.

Amelie lehnte sich an Gerdas Schulter.

»Du weißt, es wird irgendwie weitergehen«, murmelte Gerda in Amelies Ohr. »Und irgendwann wird auch dieser vermaledeite Krieg endlich zu Ende sein. Da bin ich mir ganz sicher.«

Amelie blieb still, hörte Gerda zu und wurde etwas ruhiger. »Musst du heute noch zur Abendvisite?«, fragte sie dann leise.

»Nein, das machen heute Trojahn und Heigl«, antwortete Gerda. »Der arme Alexander, mit Jens Trojahn zu arbeiten macht wirklich überhaupt keinen Spaß.«

Noch lange saßen sie stumm aneinandergelehnt und hingen ihren Gedanken nach. Nach Russland sollte es also gehen, ohne Wissen, was sie dort vorfinden würden, und vorläufig auch ohne auf ein Ende des Krieges hoffen zu dürfen.

## *Kapitel 24*

AN DEN UFERN DES DNJESTR/RUSSLAND

Und nun waren sie hier, mitten in der Hölle, wie Amelie es ausdrückte. Als sie, Gerda, die Krankenschwestern, die anderen Ärzte und ihr Oberstabsarzt Dr. Unterberger am Ufer des russischen Flusses Dnjestr eingetroffen waren, waren sogar sie, die nun wirklich einiges gewöhnt waren, schockiert gewesen. Ganze fünf Zelte hatten sie von einer Anhöhe aus gesehen, auf den Seitenwänden das rote Kreuz, das das Lazarett bezeichnete. Ansonsten hatten sie lediglich Schlamm und Dreck gesehen – und natürlich verletzte und kranke Soldaten, die vor den Zelten, manche nicht einmal in Decken gewickelt, vor sich hin vegetierten. Von Unterkünften für das Sanitätspersonal konnte keine Rede gewesen sein.

Ihr Tross, der Amelie und ihre Kollegen hierher an den Dnjestr gefolgt war, hatte von der ersten Sekunde an alle Hände voll damit zu tun, notdürftige Baracken zu errichten, die verletzten Soldaten zu versorgen und so rasch wie möglich Zelte aufzubauen, damit die Schwerverletzten operiert werden konnten. Mit den Erfahrungen, die Oberstabsarzt Heinrich Unterberger, Amelie, Gerda und die anderen Ärzte sowie die – mittlerweile an alles gewöhnten – Krankenschwestern in den Karpaten gemacht hatten, gelang es, innerhalb eines Tages zumindest alle Soldaten in Zelten unterzubringen, wenn auch viel zu wenige Feldbetten vorhanden waren. In den rasch errichteten Sanitätszelten mussten die meisten Soldaten auf dem kalten, harten Fußboden liegen. Auch wenn sich, angesichts der Situation im Feldlazarett, Verzweiflung breit machen wollte, so wurde versucht, diese so gut wie möglich wegzuschieben.

Amelie und Gerda waren den ganzen ersten Tag damit beschäftigt, Soldaten zu triagieren, die noch gerettet werden konnten. Heinrich Unterberger hatte, als das erste Operationszelt aufgestellt worden war, sofort begonnen, die Schwerstverletzten zu operieren, eine Tätigkeit, die sich in der Regel darauf beschränkte, verletzte Gliedmaßen zu amputieren und Bauchwunden in der Hoffnung zu schließen, die Patienten würden sich erholen. Soldaten, die Brustverletzungen davongetragen hatten, tödlichem Giftgas ausgesetzt worden waren oder mit schweren Kopfverletzungen ins Lazarett kamen, starben fast ausnahmslos. Die Truppe rund um Unterberger konnte nichts für sie tun.

Gegen 18 Uhr an diesem kalten Maitag, der nicht im Geringsten erste Vorboten eines Frühlings erkennen ließ, trafen sich Unterberger, Amelie, Gerda, Jens Trojahn und Alexander Heigl in dem Zelt, das hochtrabend als »Offiziersmesse« bezeichnet wurde, allerdings nichts weiter war als ein offener Unterstand, an dessen einer Längsseite eine provisorische Küche errichtet worden war. Amelie gähnte und machte nicht einmal den Versuch, sich die Hand vor den Mund zu halten. Gerda Laimer hatte schwarze Ringe unter den Augen und war sehr blass. Heinrich Unterberger schien sich allein durch seine Disziplin aufrecht zu halten, sein Gesicht war grau. Ein ganz ähnliches Bild boten die anderen Ärzte der Truppe. Neben Jens Trojahn und Johannes Heigl waren drei weitere sehr junge Ärzte Teil der Sanitätstruppe geworden. Amelie hatte sich ihre Namen noch immer nicht merken können. Zu viel war in den vergangenen Wochen und Monaten geschehen.

»Was machen wir eigentlich hier?«, fragte sie. »Die Zustände sind unbeschreiblich, ich habe den Eindruck, wir sitzen in einem lecken Boot und schöpfen mit unseren Händen Wasser.«

»Aber Frau Kollegin, Sie wissen doch, wir arbeiten mit dem, was wir haben. Lassen wir uns nicht unterkriegen.« Unterberger schien allerdings mehr sich selbst als den beiden Kolleginnen und anderen Ärzten Mut zusprechen zu wollen.

»Warum sind wir eigentlich hier gelandet?«, fragte nun auch Gerda.

Nachrichten verbreiteten sich zwar auch an der Front und bis in die Etappe rasch, in den vergangenen Monaten jedoch war das Sanitätskorps derart eingedeckt gewesen, dass keinerlei Neuigkeiten über den Kriegsverlauf bis zu ihnen durchgedrungen waren. Unterberger konnte sich als Chef der Truppe einen solchen Luxus natürlich nicht leisten, er musste wie immer über Frontverläufe, Truppenverlegungen und neue Einsatzpläne informiert sein.

»Der russische Kriegsminister, Alexander Kerenski, hat hier eine große Offensive begonnen. Er will damit die ausländischen Truppen aus Russland vertreiben«, erklärte Unterberger. »Wir sind hier nur wenige Kilometer von der Front entfernt. Was wir in unserem Lazarett vorgefunden haben, sind die ersten Verletzten, die diesem Angriff zum Opfer gefallen sind.«

Alexander Heigl, der nur die letzten Worte Unterbergers gehört hatte, traf eben mit einem Tablett voller Becher ein, aus denen es verheißungsvoll dampfte. Bevor irgendeiner der Anwesenden etwas sagen konnte, meinte er: »Es tut mir leid, Kaffee konnten wir nicht auftreiben, die Küchenbullen haben es aber geschafft, wenigstens heißen Tee zu kochen.«

Er verteilte die Becher an die Anwesenden. Dankbar schlossen sich die vor Kälte starren Hände um die Trinkgefäße.

»Es sind vor allem deutsche Soldaten im Lazarett«, meinte dann Gerda, »sind denn keine österreichischen Truppen hier eingesetzt?«

Wieder antwortete Unterberger: »Doch, und ich erwarte in den kommenden Tagen weitere Verletzte aus den österreichischen Truppen. Die Österreicher kämpfen zwar mit dem Mut der Verzweiflung, aber die Russen sind stärker. Im Augenblick sieht es so aus, dass die dritte k. u. k. Armee, die derzeit südlich von uns liegt, sich in die Stadt Łomnica zurückziehen muss. Wir können nur hoffen, dass die Russen sich über ihre weitere Vorgehensweise zerstreiten und die Offensive scheitert. Vielleicht führt das sogar zu Waffenstillstandsverhandlungen mit den Deutschen.«

»Das wäre großartig«, höhnte Jens Trojahn, »dann können wir den ganzen Krieg ja gleich aufgeben.«

»Finden Sie nicht, das wäre das Beste?«, fragte Amelie erzürnt. »Vier Jahre dauert dieser Krieg jetzt, glauben Sie denn wirklich, die Deutschen können ihn noch gewinnen?«

Jens Trojahn machte ein böses Gesicht. »Das ist Wehrkraftzersetzung, was Sie da betreiben, Fräulein von Liebwitz.« Wie immer weigerte sich Trojahn, Amelie mit dem ihr zustehenden Titel anzusprechen.

»Nun«, gab sie zurück. »Ich sehe hier keine Soldaten außer uns, die wir nicht kämpfen, sondern die Folgen dieser unsinnigen Schlachten einzudämmen versuchen.«

»Lassen Sie es gut sein, Trojahn«, mischte Unterberger sich ein. »Derartige Diskussionen führen zu nichts. Und derzeit sieht es ohnehin nicht so aus, als würde der Krieg ein baldiges Ende finden. Lassen Sie uns also wieder an die Arbeit gehen.«

Der Oberstabsarzt verließ das Zelt, und Amelie und Gerda, für die rasch ein kleines Zelt aufgestellt worden war, begaben sich in ihre neue Unterkunft, um wenigstens ein paar Sachen auszupacken. Ihre neue Behausung war winzig, man konnte kaum fünf Schritte gehen. Aber es standen zwei Feldbetten darin, und in der Mitte befand sich ein Kanonenofen, in dem, als Gerda und Amelie eintraten, Schwester Agathe gerade ein Feuer schürte. Die beiden Ärztinnen hatten die Nonne in den ersten strapaziösen Stunden hier am Dnjestr nicht gesehen. Aber da war sie, in ihrem schwarzen Habit, und sorgte für ein wenig Wärme.

»Vielen Dank, Agathe, das ist wirklich sehr lieb von dir«, sagte Amelie und trat an den Ofen, um sich die Hände zu wärmen. »Wo seid ihr Schwestern denn untergebracht?«

Agathe erhob sich aus ihre hockenden Haltung und streckte das Kreuz durch. »Wir haben auch Zelte erhalten, allerdings ohne Öfen, aber wir sind das ja gewöhnt.«

Auch der Nonne waren die Strapazen der vergangenen Monate deutlich anzusehen. In das feine Gesicht hatten sich Linien eingeprägt, die in der Romanija noch nicht da gewesen waren.

»Ach was«, sagte Gerda. »Wir rücken hier noch ein wenig zusammen, dann kannst du bei uns dein Lager aufschlagen.«

Doch Agathe verneinte. »Ich möchte bei meinen Schwestern bleiben«, sagte sie sachlich. »Und das bisschen Kälte macht mir nichts aus.«

Schweren Herzens ließen sie die Nonne gehen und legten sich – um die Wärme des Ofens auszunutzen – auf ihre Feldbetten, um ein wenig zu schlafen. Von fern hörten sie den Schlachtenlärm, dröhnende Mörser, Maschinengewehrfeuer, Granaten, die einschlugen. Amelie dachte an die vielen, meist sehr jungen Männer, die da vorne im Schützengraben lagen und kämpfen mussten. Sie hatte in den vergangenen Jahren viel Gelegenheit gehabt, mit verletzten Soldaten zu reden. Und es gab kaum jemanden, der ihr nicht von den schauerlichen Zuständen in den Schützengräben und vom sich endlos hinziehenden Stellungskrieg gesprochen hatte. Sie alle wünschten sich sehnlichst ein Ende des Krieges und wollten nach Hause. Ja, nach Hause, dachte auch sie und schlief über diesen Gedanken ein.

Die Arbeit im Lazarett hörte niemals auf. Täglich stand Amelie am Operationstisch und tat das Wenige, das sie tun konnte, um Leben zu retten. Allzu oft gelang das nicht. Die Verletzungen, mit denen die jungen Soldaten ins Lazarett gebracht wurden, nachdem sie am Verbandsplatz direkt an der Front notdürftig versorgt worden waren, waren in vielen Fällen einfach zu schwer. Gerda, die sich um die erkrankten Soldaten kümmerte und sich mit Ruhr, Fieberkrankheiten, vor allem aber mit Läusen und Flöhen herumschlagen musste, ging es nicht anders. Sie versorgte schwärende Wunden, die den Soldaten durch die Infektion mit Läusen und Flöhen zugefügt worden waren, und nicht selten schickte sie Patienten in den Operationssaal zu Amelie und ihren Kollegen, um tiefe eitrige Wunden zu versorgen. Die Parasitenplage schien allgegenwärtig. Jeder Soldat, der ins Lazarett gebracht wurde, musste als Erstes in die Entlausungsbaracke.

»Wir versuchen ja, uns so gut wie möglich zu schützen«, sagte sie eines Abends zu Amelie. »Und trotzdem springt das ekelhafte Viehzeug gelegentlich doch auf eine von uns über.« Gerda kratzte sich am Kopf. »Die Läuse und Flöhe sind einfach unausrottbar.«

Sie hatte wie Amelie tiefe Ringe unter den Augen und stark abgenommen, weil die Verpflegung mittlerweile praktisch nur noch aus hartem Brot und Suppe, die diesen Namen nicht mehr verdiente, bestand.

»Komm her, meine Liebe.« Amelie streckte die Arme aus. »Ich werde dich lausen.«

Gerda setzte sich vor Amelie hin, die inzwischen Gummihandschuhe angezogen und ihr eigenes Haar mit einem Tuch zurückgebunden hatte. In der Hand hielt sie einen Kamm mit sehr feinen Zinken. Ein Soldat, dem sie tatsächlich das Leben hatte retten können, hatte ihn ihr geschenkt.

»Es ist ein Pelzkamm«, hatte der Soldat, der im Zivilleben Kürschner war, gesagt. »Damit können Sie jede Laus und Nisse aus dem Haar kämmen.«

Schmal war er gewesen und blass. Eine Granate hatte ihm das linke Bein abgerissen und ihn am Bauch verletzt. Amelie hatte stundenlang operiert, um die Bauchwunde zu schließen. Und das hatte sich ausgezahlt, denn gegen alle Erwartungen hatte der Mann, Walter Gerischer war sein Name, überlebt und würde in einigen Tagen heim nach Wien zu seiner Frau reisen.

Amelie setzte sich hinter Gerda und begann, die Haare der Freundin langsam und vorsichtig durchzukämmen. Tatsächlich fand sie Läuse und Nissen, die sich an die Kopfhaut geklammert hielten.

»Wir brauchen Kresolpuder«, sagte sie und stand auf. »Du musst es über Nacht einwirken lassen und morgen schneide ich dir die Haare.«

Gerda stöhnte. Kresolpuder war ausgesprochen aggressiv. Es tötete zwar die Läuse und machte die Nissen unschädlich, allerdings brannte es furchtbar und führte zu Haarausfall.

»Ich hab den ganzen Tag die Gummikleidung getragen«, seufzte sie. »Nur einmal habe ich kurz das Kopftuch abgenommen. Das hat wohl schon gereicht, damit ich wieder einmal befallen werde.« Sie lehnte sich zurück und schloss die Augen.

In der Zwischenzeit war Amelie wieder bei ihr und verteilte das Kresolpuder großzügig auf Gerdas Kopfhaut, um es anschließend in die Haare einzuarbeiten. Dann band sie Gerdas Haar fest in ein Kopftuch ein und legte Läusekamm, Handschuhe und Kopfbedeckung in eine Schüssel mit Desinfektionsmittel.

»Morgen früh kämmen wir die Nissen aus, und dann hast du es überstanden. Heute schläfst du aber besser in deinem eigenen Bett – und vergiss nicht, morgen gleich die Wäsche, deine Kleider und dein Bettzeug in die Desinfektion zu bringen.«

Gerda nickte schwach. Es war bereits das dritte Mal, dass sie von Kopfläusen befallen war, und mittlerweile waren ihre Haare nur noch stumpfbraune Zotteln. »Schneid sie mir morgen früh einfach ganz kurz ab«, murmelte sie. »Vielleicht kann ich dann einen weiteren Befall verhindern.«

Gerda sah entsetzlich müde und traurig aus. Auch sie hatte inzwischen fast alle ihre Kräfte aufgebraucht und wollte einfach nur noch nach Hause.

Amelie trat auf ihre Freundin zu und blickte sie liebevoll an. »Halte noch ein bisschen durch«, sagte sie und nahm ihre

Hand. »Bald können wir nach Hause, da bin ich mir sicher. Es wird nicht mehr lange dauern, bis es zu einem Friedensschluss kommt.«

Gerda wischte sich energisch über die Augen und stand auf. »Du hast ja recht«, antwortete sie und straffte die Schultern. »Vom Jammern wird die Welt nicht besser.« Sie lächelte Amelie mit zitternden Mundwinkeln an. »Ich bin so froh, dass du da bist«, sagte sie zärtlich. »Ich wüsste wirklich nicht, ob ich diese Hölle hier ohne dich durchhalten könnte.«

Sie sandte Amelie einen Luftkuss, legte sich auf ihr Feldbett und begann, vor sich hinzudösen. Richtig schlafen konnte sie nicht. Ihr ganzer Kopf brannte wie verrückt vom Kresolpuder, das die Läuseplage töten sollte.

»Zum Glück waren es keine Kleiderläuse«, murmelte Amelie vor sich hin, während sie, mitsamt all ihren Kleidern, weil es im Zelt kalt war, unter ihre Decke schlüpfte und die Augen schloss. Kleiderläuse übertrugen Fleckfieber, und sie hatten erst einige Wochen zuvor mit aller Mühe eine Fleckfieberepidemie im Lazarett bekämpft.

Am nächsten Morgen erwachten Amelie und Gerda gleichzeitig. Gerda war in den frühen Morgenstunden doch noch fest eingeschlafen und hatte nicht gehört, wie Amelie im Morgengrauen kurz aus dem Zelt verschwunden und dann wieder in ihr Bett zurückgekehrt war.

»Guten Morgen!«, begrüßte Amelie ihre Freundin heiter. »Na, bist du bereit für deinen neuen Haarschnitt?«

Gerda nickte verbissen. Amelie drückte sie auf einen Hocker nieder, legte ihr einen Gummimantel um die Schultern und begann, Gerdas Haare auszukämmen. Es dauerte eine ganze Weile, bis alle Läuse und Nissen ausgekämmt waren.

»So, und jetzt wasche ich sie dir«, sagte sie, als sie fertig war.

»Mit kaltem Wasser?«, brummte Gerda. »Na wunderbar.«

Amelie schüttelte den Kopf und lächelte die Freundin an. »Nein, du Brummbär, ich bin vor Tau und Tag aufgestanden, habe Schnee geholt und auf den Ofen gestellt. Du wirst dich fühlen, als wärst du im besten Frisiersalon der Stadt.«

Tatsächlich empfand Gerda das Haarewaschen mit dem warmen Wasser als so angenehm, dass sie beinahe wieder eingeschlafen wäre.

»Soll ich sie jetzt wirklich ganz kurz abschneiden?«, drang Amelies Stimme wie von fern an ihr Ohr.

Gerda fuhr auf und schüttelte den Kopf. Wassertropfen spritzten in alle Richtungen. Amelie sprang einen Schritt zurück.

»Ja, schneid sie ab«, zuckte Gerda die Schultern. »Es hat ja doch keinen Sinn. Und sie wachsen ja wieder nach.«

Amelie ging vorsichtig zu Werke, schnitt Strähnen ab, kürzte hier und fassonierte dort. Als sie fertig war, holte sie den kleinen Handspiegel hervor, der wie durch ein Wunder sämtliche Umzüge des Lazaretts überstanden hatte, und hielt ihn vor Gerdas Gesicht.

»Siehst du, jetzt bist du nicht nur läusefrei, sondern siehst auch sehr schön aus.«

Gerda betrachtete sich im Spiegel. Ihre Haare lagen jetzt wie eine Kappe auf ihrem Kopf an und betonten ihre markanten Gesichtszüge. Tatsächlich gefiel sie sich sogar mit der neuen Frisur. Sie stand auf und nahm Amelie in die Arme.

»Ich danke dir.« Sie küsste Amelie auf die Nasenspitze. Dann lächelte sie verschmitzt. »Ich denke, ich werde mich heute Nacht bei dir revanchieren.«

Amelie lächelte ebenfalls. »Da bin ich aber gespannt«, murmelte Amelie und küsste Gerda fest auf die Lippen. »So, wir müssen uns an die Arbeit machen. Und bitte: Behalt dein Kopftuch auf, wenn du beim Entlausen der Männer hilfst, ja?« Gerda nickte und eilte davon.

Spät am Abend trafen sich die beiden Frauen wieder in Amelies Zelt. Todmüde saßen sie beieinander, wärmten sich die Hände am Ofen und tranken etwas, das im Lazarett als Kaffee bezeichnet wurde, in Wirklichkeit jedoch ein Gemisch aus gemahlenen Eicheln und Bucheckern, gestreckt mit Getreide, war.

»Aber wenigstens ist er heiß«, seufzte Gerda.

Amelie streckte sich. »Heute haben wir wieder zehn Soldaten verloren«, sagte sie dann. »Die Verletzungen waren einfach zu schwer, und viele haben absolut keine Reserven mehr, die sie für den Heilungsprozess aufwenden könnten.«

»Ja«, stimmte Gerda zu. »Unsere Fleckfieberpatienten kämpfen auch. Wir versuchen ja, sie sauber, trocken und warm zu halten. Aber viele geben inzwischen einfach auf.«

Trübsinnig starrten sie in die Flammen des Ofens.

Amelie gähnte schließlich. »Lass uns ins Bett gehen.«.

Das improvisierte Doppelbett hatte die Reise nach Russland erstaunlicherweise überstanden und diente Amelie offiziell als Schlafstatt, während für Gerda ein einfaches Feldbett in dem Zelt aufgestellt worden war. Rasch schlüpften die beiden unter die Decken. Der Ofen hatte das Zelt halbwegs erwärmt, das Wetter hatte zudem umgeschlagen. Es hatte einige Grad über null und es taute. In ihrer Umarmung schenkten Amelie und Gerda sich einander ein paar Stunden des Vergessens und schließlich schliefen sie eng umschlungen ein.

## *Kapitel 25*

Es war Dezember geworden und bitterkalt. Es schneite tagelang, ein Sturmwind wehte und man konnte sich nur mühsam von einem Zelt zum anderen bewegen. In den Operationszelten wurde zwar versucht, kräftig zu heizen, dennoch kamen die Temperaturen über 15 Grad nicht hinaus. Manchmal waren Amelies Hände beim Operieren eiskalt und ließen sich nur mühsam bewegen.

Auch die Soldaten in den Zelten, in denen sie postoperativ untergebracht wurden, froren, wenn man auch versuchte, so viele Decken wie möglich aufzutreiben und auch die Zelte zu heizen. Täglich wurde ein Trupp von Gefreiten, die zum Dienst in der Sanitätstruppe verpflichtet waren, zum Holzhacken in den nahen Wald geschickt, damit die Öfen in den Zelten den ganzen Tag über beheizt werden konnten. Es reichte dennoch nicht aus, so mancher rekonvaleszente Patient erkrankte an Fieber und starb.

Amelie hatte einmal mehr den ganzen Tag in einem der Operationszelte gestanden und Beine und Arme abgenommen, Bauchwunden untersucht und verschlossen, und sogar eine Blinddarmentzündung operiert. Ein Soldat war augenscheinlich unverletzt ins Lazarett gebracht worden, hatte sich allerdings vor Bauchschmerzen gekrümmt und hohes Fieber gehabt. Amelie hatte den geplatzten Wurmfortsatz entfernt, die Bauchhöhle mit Karbol gereinigt und es tatsächlich geschafft, dem Sensenmann diesen Kandidaten abzujagen.

Gegen acht Uhr abends war sie noch einmal durch die Zelte mit den postoperativen Patienten gegangen, hatte Fieber gemessen, Trost zugesprochen und heimlich ein paar Zigaretten verteilt. In der Offiziersmesse, in der es ebenfalls bitterkalt war, hatte sie rasch ein Stück Brot mit hartem Käse verspeist und einen Becher Tee hinuntergestürzt. Dann machte sie sich, aller Pflichten ledig, zu ihrem Zelt auf, wo sicher Gerda schon auf sie warten würde. So war es auch. Die beiden waren einander in die Arme gefallen und hatten sich leidenschaftlich geküsst.

Ohne Gerda und die Liebe, die sie zu ihr empfand, hätte sie die Situation im Lazarett wohl kaum halbwegs unbeschadet überlebt. Amelie war von Herzen froh, in dieser schlimmen Zeit eine Gefährtin gefunden zu haben.

Weihnachten kam und ging ohne besondere Feierlichkeiten. Es war viel zu viel zu tun für ein Fest. Und die Essensrationen waren nicht dazu angetan, den Heiligen Abend festlich zu begehen. Pakete und Briefe aus der Heimat waren schon lange nicht mehr eingetroffen. Nur der Strom der verletzten und kranken Soldaten riss nicht ab. Gerda, Amelie und die anderen Ärzte im Lazarett hatten immer noch alle Hände voll zu tun. Lediglich in manchen Nächten, wenn Gerda und Amelie ihr Lager miteinander teilen konnten, fanden die beiden einige Stunden, in denen sie Krieg, Dreck, Blut und Tod ein bisschen aus ihren Gedanken verdrängen konnten.

Anfang Februar 1918, der russische Winter hatte das Lazarett fest im Griff, war jeder Arzt und Sanitäter, jede Krankenschwester und Ärztin am Rande der Erschöpfung. Die innige Liebe, die Amelie und Gerda zunehmend verband, half den beiden jungen Frauen, irgendwie durchzuhalten, wenn die Kälte biss, der Magen knurrte und der Strom der verletzten Soldaten nicht abriss. Immer noch konnten sie ihre Beziehung geheim halten. Niemand hatte sie bislang entdeckt und beide hofften, das würde auch in Zukunft so bleiben. Sie schmiedeten gelegentlich sogar Pläne für die Zeit, wenn dieser unselige Krieg endlich zu Ende sein würde.

Bis zu jenem verhängnisvollen Abend, ungefähr sechs Wochen später, wähnten sie sich in relativer Sicherheit. Es war inzwischen Anfang März, die Schlachten in Russland wogten hin und her. Es kristallisierte sich allerdings immer stärker heraus, dass die Russen zurückgedrängt wurden. Da und dort wurde vernommen, es gäbe erste Gespräche über einen Separatfrieden Russlands mit Deutschland. Die bittere Kälte war gewichen, der Schnee taute vor sich hin. Die Wege zwischen den Lazaretten waren zu tiefen Schlammpisten geworden, aber wenigstens war es nicht mehr so kalt wie in den vergangenen Monaten.

Amelie war an diesem Tag sogar halbwegs guter Dinge. Sie hatte drei Soldaten operiert, die nun tatsächlich auf dem Wege der Besserung zu sein schienen. Am Nachmittag hatte sie Gerda geholfen, die einen Strom von Verletzten gemeinsam mit den bewährten Kranken- und Ordensschwestern entlauste, wusch und rasierte. Amelie blickte auf ihre Uhr, die an ihrem Kittel befestigt war. »Sollen wir eine Tasse Kaffee trinken?«, hatte sie dann Gerda gefragt, die gerade mit dem letzten Patienten fertig geworden war.

»Gute Idee!«

Später hatten sie gemeinsam in ihrem Zelt gesessen, wie immer nahe beim Ofen, denn der Frühling hier am Dnjestr schien zwar langsam Einzug zu halten, es war aber immer noch kalt. Gerda hatte Amelie Gedichte von Rilke vorgelesen. »Der Panther«, dieses wunderschöne, traurige Gedicht, hatte Amelie wie immer zu Tränen gerührt. Gerda hatte das Buch weggelegt, ihre Stirn an Amelies gelehnt und sie zärtlich geküsst, als plötzlich die Zeltplane aufgeschlagen wurde.

»So ist das also«, hörten sie jemand vom Eingang des Zeltes sagen. Die Stimme klang belustigt.

Die beiden Frauen fuhren auseinander und erblickten ausgerechnet Jens Trojahn, jenen Kollegen, der die zwei Ärztinnen immer noch vehement ablehnte, ja scheinbar zu hassen schien.

»Wir haben hier also ein Liebespaar«, süffisant kam es von Trojahns Lippen. »Das ist ja interessant.«

Er war in das Zelt getreten und lächelte die beiden Frauen hämisch an. »Na, ich bin ja gespannt, was die Oberste Heeresleitung zu diesem Pärchen sagen wird.« Trojahn hatte sichtlich Oberwasser. »Ich bin sicher, Sie werden mit Schimpf und Schande aus dem Militär gejagt.« Er grinste.

Amelie und Gerda waren bei seinem Anblick auseinandergefahren, von ihren Hockern aufgesprungen und standen nun jede an einer Seite des Ofens und blickten Trojahn erschrocken an. Doch Amelie fasste sich sogleich wieder. Von einem Jens Trojahn, das hatte sie sich schon lange geschworen, würde sie sich nicht ins Bockshorn jagen lassen.

»Ach ja?«, konterte sie im gleichen süffisanten Ton wie Trojahn zuvor. »Sie wollen uns auffliegen lassen, Herr Kollege? Sind Sie sich da ganz sicher?«

Sie trat auf ihn zu und blickte ihm kampflustig in die Augen.

Trojahn wirkte ein bisschen verunsichert. »Aber ja – es ist ja widernatürlich, was Sie hier treiben«, gab er im Brustton der Überzeugung von sich.

»Widernatürlich«, wiederholte Amelie langsam. »Und wie würden Sie dann das bezeichnen, was Sie nun schon seit Monaten mit dem Gefreiten Müller treiben? Nachts, wenn niemand zusieht? In Ihrem Zelt?«

Trojahn wurde plötzlich ganz weiß im Gesicht, seine Mundwinkel zuckten. »Woher … woher wissen Sie davon?«, flüsterte er heiser.

»Von Ihnen, verehrter Herr Kollege, Sie haben es mir gerade bestätigt.« Amelie grinste triumphierend. »Der Verdacht gegen Sie und Ihren Lieblingsgefreiten besteht allerdings schon eine ganze Weile. Es wird viel spekuliert im Lazarett. Sie sollten vorsichtiger sein.«

Gerda, die auf den Hocker neben dem Ofen gesunken war, traute ihren Ohren kaum. Sie jedenfalls hatte von einer Beziehung zwischen Trojahn und dem Sanitäter Müller nichts gewusst.

Trojahn war – und das kam bei ihm äußerst selten vor – vollkommen sprachlos. Schließlich fasste er sich. »Sie wissen gar nichts«, meinte er herablassend. »Und beweisen können Sie auch nichts.«

»Seien Sie sich da mal nicht so sicher.« Amelie wich keinen Schritt vor Trojahn zurück. »Wer weiß, ob es nicht doch irgendwelche Beweise gibt.«

Aber Amelie bemerkte, wie Trojahn unruhig mit seinem Zeigefinger gegen seinen Oberschenkel klopfte. Kein Wunder, er war homosexuell, und das war – und nicht nur beim Militär – verboten.

Tatsächlich unterhielt er eine Beziehung zum Gefreiten Müller, seit Monaten schon. Diese Beziehung hatte ihm geholfen, ebenso wie jene Amelies zu Gerda, das Leben im Lazarett zu ertragen. Aber wenn sie ihn beim Oberstabsarzt verpetzte, war alles aus. Er würde vor ein Militärgericht kommen, wer weiß, welche Konsequenzen dies nach sich ziehen würde. Auch Trojahn straffte sich nun.

»Also gut«, presste er durch die zusammengebissenen Zähne hervor. »Die Sache hier bleibt unter uns. Ich werde niemandem etwas sagen.«

»Versprechen Sie es!«, forderte Amelie. »Ich weiß, Sie sind trotz allem ein Ehrenmann und werden ein solches Versprechen halten.«

Trojahn atmete tief ein. »Ich verspreche es. Ihr Geheimnis ist bei mir sicher. Aber das Gleiche gilt für Sie, Fräulein Stabsärztin. Sie werden mir ebenfalls versprechen, niemandem etwas von meiner eventuellen Beziehung zum Gefreiten Müller zu verraten, ist das klar?«

Amelie nickte. »Warum sollte ich? Lassen Sie uns in Ruhe, dann lassen wir auch Sie in Ruhe. Schließlich tun wir nichts Böses, schaden niemandem und helfen uns damit einfach gegenseitig durch diese böse Zeit.«

Trojahn nickte zustimmend. Dann drehte er sich wortlos um und verließ das Zelt.

»Puh«, machte Gerda von ihrem Hocker beim Ofen her. »Das ist gerade noch einmal gut gegangen.« Sie wischte sich den Schweiß von der Stirn. »Aber woher hast du gewusst, dass der Trojahn mit dem Müller ...?« Den Rest der Frage ließ sie offen.

»Sicher gewusst habe ich es nicht. Aber ich habe die beiden in den vergangenen Monaten häufiger zusammen gesehen – und da fiel mir auf, wie freundlich, ja geradezu liebevoll Trojahn den Gefreiten Müller behandelte. Und einmal hab ich den Gefreiten beim Betreten von Trojahns Zelt beobachtet. Das muss natürlich nichts heißen, aber ich habe so meine Schlüsse gezogen.« Amelie zog eine Augenbraue hoch und blickte Gerda an. »Und wie du siehst, hatte ich recht.«

Gerda schüttelte den Kopf. »Jedenfalls hat uns dein Wissen vor Schimpf und Schande gerettet«, meinte sie. »Ich hab schon gedacht, mein letztes Stündchen hätte geschlagen, als er plötzlich im Zelteingang stand.«

»Wir werden in Zukunft einfach noch vorsichtiger sein«, sagte Amelie und nahm Gerda liebevoll in die Arme. »Aber wir werden uns von diesem unmöglichen Menschen sicher nicht trennen lassen. Dazu liebe ich dich viel zu sehr.«

Ein langer Kuss besiegelte dieses Versprechen.

Kurze Zeit später wurde die Zeltklappe aufgerissen und ein junger Sanitäter stand im Eingang. »Sie müssen kommen, Fräulein Stabsärztin, bitte, kommen Sie rasch.«

Amelie und Gerda fuhren aus dem Schlaf. Sie hatten die Nacht in ihren eigenen Betten verbracht, eine schlief vor, eine hinter dem Ofen.

»Was ist denn los?«, fragte Gerda und gähnte. »Wo brennt's denn?«

Der junge Sanitäter, Amelie kannte ihn, es war Trojahns Liebhaber, rief: »Fräulein Stabsärztin von Liebwitz, Sie müssen bitte sofort mitkommen. Am Verbandsplatz ist die Hölle los, wir müssen Soldaten von dort evakuieren.«

Amelie war schon aufgesprungen, ehe sie richtig erwacht war. Sie hatte in ihren Kleidern geschlafen, schnürte also nur rasch ihre Stiefel und rannte dem Gefreiten Müller nach, der dem Fuhrpark zustrebte, wenn man der Ansammlung verbeulter Sanitätswagen, Krads und Pferdewagen überhaupt einen solchen Titel zugestehen durfte.

Ausgerechnet Jens Trojahn wartete dort auf sie. »Guten Morgen, Kollegin«, grüßte er launig. »Wir müssen zum Verbandsplatz, drei Soldaten holen, die schwer verletzt sind.« Amelie gähnte noch einmal, dann trat sie auf Trojahn zu.

»Wieso werden die Soldaten denn dort nicht erstversorgt und dann zu uns gebracht?«, fragte sie.

»Normalerweise würden sie das schon.« Trojahn grinste. »Derzeit liegt aber besagter Verbandsplatz unter Feuer. Die Sanitäter und der einzige Arzt dort haben alle Hände voll damit zu tun, sich und die Verletzten zu schützen. Wir müssen sie holen.«

Amelie ärgerte sich. »Warum grinsen Sie eigentlich so dämlich?«, fragte sie dann. Aus dem Tiefschlaf gerissen, war ihr die Höflichkeit abhandengekommen.

»Nun ja«, Trojahns Grinsen wurde noch breiter. »Das ist doch mal ein richtiges Abenteuer für ein Flintenweib wie Sie, nicht?«

Amelie würdigte Trojahn keiner Antwort, schwang sich auf den Vordersitz eines Rettungswagens und wartete schweigend, bis Trojahn ebenfalls eingestiegen war und den Wagen startete. Der Gefreite Müller und ein weiterer Sanitäter sprangen auf die Ladefläche, und die Fahrt ging los.

Holpernd und stolpernd bahnte sich der knatternde Sanitätswagen seinen Weg über schlammige Wege, hopste über abgebrochene Äste und umfuhr große Steinbrocken. Je näher sie der Front kamen, desto häufiger mussten sie Granatentrichtern ausweichen, die – bis oben hin mit Wasser gefüllt –

trügerisch ihre Tiefe verbargen. Die ganze Fahrt wurde vom Lärm der Schlacht begleitet, der umso lauter wurde, je mehr sie sich dem Verbandsplatz näherten.

Ein solcher Verbandsplatz befand sich immer am Rande der Front und diente lediglich dazu, verletzte Soldaten so weit zu stabilisieren, dass sie zum Feldlazarett in der Etappe transportiert werden könnten. Meist lagen diese Plätze im Freien, lediglich ein Unterstand aus Zeltplanen bot minimalen Schutz vor Wind und Wetter.

»Dort vorne ist es«, rief der Gefreite Müller aufgeregt.

»Um Himmels willen!« Der zweite Sanitäter blickte entsetzt zum Verbandsplatz. Tatsächlich schien der Platz von russischen Soldaten förmlich umzingelt zu sein. Unter Feuer lag der Platz noch nicht, es konnte sich aber wohl nur noch um Sekunden handeln.

Trojahn trat aufs Gas und verlangte dem Sanitätswagen das Letzte ab. Mit quietschenden Bremsen hielt er das Auto unmittelbar neben dem Verbandsplatz an. Amelie, Trojahn und die beiden Sanitäter sprangen ab und wurden sofort von Soldaten mit Waffen bedroht.

»Spricht einer von Ihnen Russisch?«, flüsterte Amelie.

»Ich«, sagte der Gefreite Müller. »Meine Eltern sind seinerzeit von Russland nach Deutschland ausgewandert.«

»Finden Sie heraus, wer von den russischen Soldaten das Sagen hat«, befahl Trojahn, doch Amelie entging nicht, wie er Müller kurz die Hand auf das Schulterblatt legte.

Der kleine Sanitäter, er war erst zweiundzwanzig Jahre alt, mittelgroß und schmal gebaut, ging todesmutig auf die russischen Soldaten zu und sprach sie an. Offensichtlich überrascht, in ihrer Muttersprache adressiert zu werden, schoss keiner der Soldaten auf den Sanitäter. Einer von ihnen senkte dann seine Waffe und zeigte auf einen Mann, dessen Schulterklappen die Sterne eines Majors zierten. Eine Gasse öffnete sich vor dem Sanitäter, der zögernd auf den Major zuschritt. Gemurmel setzte ein.

Amelie war nervös und beobachtete genau, was zwischen dem Gefreiten und dem russischen Major vorging. Nur wenige Minuten später lächelte der Gefreite den Major vorsichtig an, salutierte und ging den Weg zu der kleinen Gruppe um Amelie zurück. Die Soldaten schlossen sich sofort wieder eng um den Verbandsplatz. Aber es wurde noch immer nicht geschossen.

»Was hat er gesagt?«, verlangte Trojahn augenblicklich zu wissen.

Der junge Mann blickte ihm ins Gesicht. »Er glaubt, dass unter den Verletzten ein gefährlicher Spion ist, und will diesen unbedingt gefangen nehmen. Die anderen drei Verletzten dürfen wir mitnehmen, wenn wir den einen den Russen überlassen.« Er zitterte, man sah ihm seine Angst an.

»Was heißt das, Spion?« Trojahn hatte sich vor dem kleinen Soldaten aufgebaut.

»Ich weiß es nicht, angeblich soll er für die deutsche Armee spioniert haben und tief zwischen die russischen Linien eingedrungen sein«, berichtete der Gefreite. »Es gab Gerüchte über eine neue, besonders durchschlagskräftige Waffe, die er wohl ausspionieren sollte.« Müller atmete einige Male tief durch. »Die anderen drei Verletzten sind Soldaten aus dem deutschen Kaiserreich. Sie dürfen wir mitnehmen.«

Amelie schaltete sich ein. »Und die russischen Soldaten wissen ganz sicher, wer der Spion ist?«

»Ja«, antwortete der Gefreite. »Scheinbar haben sie ihn schon eine ganze Weile lang verfolgt.«

»Trotzdem können wir ihn nicht einfach zurücklassen«, überlegte Amelie laut.

»Uns wird aber gar nichts anderes übrigbleiben«, herrschte Trojahn Amelie an. »Oder was schlagen Sie vor, wertes Fräulein Kollegin? Sollen wir uns mit Bandagen und Skalpellen bewehren und zwanzig russische Soldaten niedermähen, damit wir einen Spion retten können?« Der Sarkasmus troff Trojahn aus allen Poren.

Trotz seiner barschen Art merkte Amelie, dass auch der scheinbar so überlegene Trojahn Angst hatte. Die russischen Soldaten, die den Verbandsplatz immer noch einschlossen, beobachteten die kleine Sanitätstruppe mit Argusaugen.

Schließlich ergriff der Gefreite Müller erneut das Wort. »Ich glaube nicht«, setzte er schüchtern an, »dass wir hier irgendetwas tun können. Wir müssen den Spion wohl oder übel den Russen überlassen, wenn wir die anderen Verletzten mitnehmen wollen.«

Amelie trat einen Schritt auf den Verbandsplatz zu. Offensichtlich überrascht, wichen die umstehenden Soldaten zurück. Sie wollte einen Blick auf die Verletzten werfen, auch auf jenen Soldaten, der als Spion bezeichnet worden war. Sie trat näher, einen Schritt und noch einen, und wurde plötzlich kreideweiß im Gesicht.

Der Spion, flüsterte es in ihrem Kopf. Das gab es doch nicht, der Spion war Ernst.

Sie wollte ihren Augen nicht trauen. Ernst Szabo, einst als mittelloser Komponist in Berlin lebend, ihre erste große Liebe und ihre erste sexuelle Erfahrung mit einem Mann – er sollte ein Spion sein?

Amelie richtete sich auf. »Dieser Mann ist ganz sicher kein Spion«, sagte sie laut und wendete sich dem russischen Major zu. »Gefreiter Müller, bitte übersetzen Sie.«

Trojahn und die beiden Sanitäter sahen Amelie fassungslos an. »Ich soll was …?«, fragte der kleine Gefreite.

»Sie müssen für mich übersetzen«, wiederholte Amelie. »Der Mann ist kein Spion, ich verbürge mich für ihn.«

»Na das wird viel nutzen«, ätzte Trojahn.

Der Gefreite Müller ging langsam auf den russischen Major zu und sprach ihn sehr höflich an. Der Major hörte eine Weile zu und bellte dann einen Kommentar.

»Der Mann ist ein Spion«, übersetzte Müller. »Wir haben ihn auf frischer Tat ertappt.«

Amelie schüttelte vehement den Kopf. Sie durfte Ernst auf

keinen Fall den russischen Soldaten überlassen. »Sie müssen sich irren«, flehte sie.

»Ich irre mich nicht«, sagte da der russische Major auf Deutsch mit schwerem Akzent. »Dieser Mann ist ein Spion, ich habe ihn selbst bei unseren neuen Mörsern entdeckt, wie er versuchte, sie unschädlich zu machen.«

»Sie sprechen ja Deutsch«, stammelte Amelie.

»Ja, das tue ich, ich wurde in Leipzig erzogen«, gab der Mann zur Antwort. »Ich spreche die Sprache meiner Feinde aber nicht sehr gern.«

Amelie trat näher zu dem russischen Major und blickte ihn an. »Bitte, Herr Major, bitte überlassen Sie uns den Soldaten. Er hat ohnehin kaum eine Chance zu überleben.«

Das stimmte. Ernst hatte eine schwere Schussverletzung am Oberschenkel, die irgendjemand effizient abgebunden hatte. Noch schlimmer, durch das zerrissene Uniformhemd erkannte Amelie eine Bauchwunde.

»Bitte«, flehte Amelie. »Wenn er wirklich ein Spion ist, dann wird er nie wieder spionieren. Er wird mit hoher Wahrscheinlichkeit an seinen Verletzungen sterben.«

Der Major sah sie lange an. »Warum haben Sie ein so großes Interesse an diesem Mann?«

Amelie zögerte, sie wusste nicht, was sie sagen sollte. »Ich wollte diesen Mann vor Jahren einmal heiraten«, gab sie dann zu. »Es wurde nichts daraus, aber ich kann ihn Ihnen nicht überlassen. Bitte, bitte!« Nun sank Amelie, die stolze Amelie, tatsächlich vor dem russischen Major auf die Knie. »Bitte überlassen Sie uns den Mann, bitte.« Tränen standen in ihren Augen.

Der Major blickte die vor ihm kniende Frau an. Amelie sagte nun nichts mehr. Stumm blieb sie auf den Knien, mit gesenktem Kopf, über ihre Wangen rannen leise Tränen. Der Major war kein Unmensch, ihn rührte die Bitte der verzweifelten Frau. Dennoch, der Mann war ein Spion, er konnte wichtige Erkenntnisse haben, die sie aus ihm herauskriegen mussten.

»Sie dürfen ihn mitnehmen«, sagte er schließlich mürrisch.

Amelie hob hoffnungsvoll den Kopf.

Der Major reichte ihr seinen Arm und half ihr auf die Füße. »Aber Sie werden mir Ihr Ehrenwort geben, dass Sie ihn zu uns zurückbringen, sollte er genesen. Ich will, ja, ich muss ihn befragen.«

Amelie blickte den Major ernst an. »In Ordnung«, sagte sie rasch. »Wenn Ernst seine Verletzungen überlebt, bringe ich ihn zurück zu Ihnen. Ich gebe Ihnen mein Wort.«

Nun war ihr Ehrenwort nichts, das Amelie auf die leichte Schulter nahm. In diesem Fall allerdings dachte sie nicht im Traum daran, es zu halten. Sie würde Ernst Szabo retten und ihn ganz sicher danach nicht seinen Häschern ausliefern.

»Kommt«, rief sie Trojahn und den beiden Sanitätern zu. »Lasst uns die Verletzten in den Wagen laden. Wir können sie alle mitnehmen.«

Trojahn und die beiden Sanitäter hatten natürlich alles mit angehört. Vor allem Trojahn war völlig verblüfft von Amelies Verhalten. Stumm trat er auf die verletzten Soldaten zu und winkte die beiden Sanitäter herbei. Gemeinsam begannen sie, die Verletzten in den Rettungswagen zu laden.

Im Lazarett angekommen, wurden die Soldaten sogleich ausgeladen und erstversorgt. Um Ernst, der bewusstlos auf seiner Bahre lag, kümmerte sich Amelie persönlich. Sie betrachtete seine Beinwunde, die hoch am Oberschenkel lag, wo eine Kugel das Fleisch zerfetzt hatte. Die Wunde blutete kaum noch, weil ihm jemand am Verbandsplatz das Bein abgebunden hatte. Sie hatte allerdings Haut, Fleisch und Muskelgewebe großflächig zerstört. Zudem musste das Tourniquet bald gelöst werden, sonst wäre die Blutversorgung des Beins nicht gesichert und er würde es verlieren.

Die Bauchwunde war von Ernsts zerfetztem Uniformhemd bedeckt. Vorsichtig zog Amelie es auseinander – und atmete erleichtert auf. Es war ein Streifschuss, der die Haut und das

Unterhautfettgewebe verletzt, die inneren Organe jedoch unversehrt gelassen hatte.

Ernst war nicht bei Bewusstsein, vollkommen verdreckt, er hatte Kleiderläuse, auf seinem Kopf und im struppigen Bart wimmelte es ebenso von ungebetenen Gästen und schließlich sprang etwas aus seinem Hosenbein.

»Na großartig, Flöhe hat er auch«, stöhnte Amelie, stand auf und rief zwei Krankenschwestern herbei, die eben aus einem der Zelte traten. »Schwester Gabi, Schwester Franziska, hierher bitte.«

Die beiden Krankenschwestern hatten sich eben zum Dienst melden wollen und sagten das Amelie auch, als sie bei dem Verletzten eintrafen. »Gut, dann haben Sie sich gerade bei mir zum Dienst gemeldet«, meinte sie knapp. »Bringen Sie den Patienten sofort in die Entlausung, waschen Sie ihn und rasieren Sie ihm Haare, Körperhaare und Bart«, befahl sie streng. »Danach bringen Sie ihn in OP-Zelt Eins.«

Die Krankenschwestern, beiden waren sie wie Amelie bereits seit mehreren Jahren im Lazaretteinsatz, fackelten nicht lange, packten die Bahre und trugen sie, so schnell sie konnten, in die Entlausungsbaracke.

»Beeilen Sie sich!«, rief Amelie ihnen noch hinterher, die es immer noch nicht fassen konnte, dass sie hier, ausgerechnet in einem Lazarett in Russland, auf Ernst getroffen war. Sie hatten sich so lange nicht gesehen, sie hatte ihn tatsächlich beinahe vergessen. Nun aber stand sie wieder vor ihren Augen, die Zeit, als sie Medizinstudentin gewesen war, in Berlin.

Ernst war ein Patient gewesen, er war mit einer Blinddarmentzündung ins Curias eingeliefert worden. Danach hatte sie sich um ihn kümmern wollen, hatte ihn in seiner heruntergekommenen Wohnung im Berliner Wedding besucht – und die beiden hatten sich ineinander verliebt. Sogar schwanger war sie von ihm gewesen, hatte das Kind allerdings verloren, und dann war ohnehin alles vorbei gewesen. Ernst hatte seinen ersten großen Kompositionsauftrag erhalten und Amelie von einem Leben in einer Villenetage im Grunewald vorgeschwärmt, von den Kindern, die sie bekommen sollten, und von einer Arbeit für Amelie als Ärztin für die Reichen und Schönen. Das war nun gar nicht das gewesen, was sie, die eine der ersten Frauen gewesen war, die Medizin studieren durfte, gewollt hatte. Sie hatten sich heftig gestritten – und Amelie hatte sich von Ernst getrennt. Wiedergesehen hatten sie einander danach nicht mehr. Bis jetzt.

Amelie eilte in das Zelt, in dem die Soldaten untergebracht waren, um die sich Gerda als Ärztin für Innere Medizin kümmerte.

»Stell dir vor«, rief sie, kaum dass sie das geräumige Zelt betreten hatte.

Gerda war gerade über einen an einer Grippe erkrankten Soldaten gebeugt und hörte seine Lunge ab. Sie richtete sich auf und blickte Amelie an.

»Was ist denn?«, fragte sie. »Du bist ja ganz aufgeregt!«

Amelie eilte an mehreren Reihen mit Feldbetten vorbei, bis sie auf Gerda traf. »Du wirst es nicht glauben«, sprudelte es aus ihr hervor, ihr Gesicht vor Aufregung gerötet. »Ernst ist hier im Lazarett!«

»Ernst?«, fragte Gerda. »Welcher Ernst denn?«

Dann fiel es ihr ein. Amelie hatte ihr von ihrer ersten großen Liebe zu einem Mann erzählt und ihr berichtet, wie traurig diese Liebesgeschichte geendet hatte.

Ihr schwante Übles. »Das ist ja unglaublich«, brachte sie mühsam hervor. »War er unter den Soldaten, die ihr vom Verbandsplatz geholt habt?«

»Ja, genau.« Amelie ließ sich auf einen Hocker neben dem Bett des Soldaten fallen, dessen Lunge Gerda eben noch abgehört hatte. »Die Russen verdächtigen ihn, ein deutscher Spion zu sein. Ich hätte ihn dort fast nicht wegholen können.«

Gerda sagte nichts, sondern blickte Amelie nur traurig an.

»Was hast du denn?«, fragte Amelie verwundert. »Du schaust aus, als hätte es dir die Petersilie verhagelt.«

Doch Gerda äußerte sich nicht dazu, sondern sagte nur: »Erzähl mir doch heute Abend davon, ja? Ich habe hier noch furchtbar viel zu tun.«

Amelie nickte, erhob sich und verließ das Zelt. Sie wunderte sich über Gerdas seltsames Verhalten, brachte es jedoch in keinerlei Zusammenhang mit der Geschichte über Ernst. Rasch schlug sie den Weg zur Entlausungsbaracke ein, zog vor der Tür eine Gummischürze, Gummistiefel, Handschuhe und Mundschutz an und bedeckte ihr kurzes Haar mit einem Kopftuch. Als sie eintrat, sah sie, wie Schwester Gabi und Schwester Franziska den verletzten Ernst gerade vorsichtig abtrockneten. Kein einziges Haar war auf dem bleichen nackten Männerkörper mehr zu sehen. Er war von Kopf bis Fuß geschoren und gründlich gewaschen worden. Nun sahen seine Bauch- und seine Beinverletzung noch grausiger aus.

»Er muss sofort ins Operationszelt«, bemerkte Amelie, vergessend, dass sie genau diese Weisung erst vor ungefähr einer Stunde erteilt hatte.

»Natürlich, Fräulein Stabsärztin«, knurrte Schwester Gabi. In der Entlausungsbaracke war es warm, die Krankenschwester war hochrot im Gesicht. »Selbstverständlich, Fräulein Stabsärztin!«

Die beiden Krankenschwestern steckten den Verletzten noch rasch in einen Kittel und hoben dann die Bahre an. Amelie lief ihnen hinterher. Bevor sie das Operationszelt betrat, legte sie die Gummikleidung ab, reinigte und desinfizierte ihre Hände und band sich eine frische Maske um.

»Schwester Agathe, zum Glück bist du hier«, atmete sie auf, als sie die Nonne bereits am Operationstisch stehen sah. »Du musst mir bei einem Eingriff assistieren.«

Schwester Agathe hob den Kopf und lächelte. »Amelie, wen bringst du uns denn da?«, fragte sie, als die beiden Schwestern, Gabi und Franziska, den Kranken so vorsichtig wie möglich auf den Operationstisch hoben.

»Das ist Ernst Szabo«, berichtete Amelie. »Ich kenne ihn aus Berlin. Wir haben ihn eben vom Verbandsplatz geholt, er ist am Bauch und am Bein verletzt. Ich muss ihn sofort operieren. Haben wir noch Chloroform?«

»Nur noch einen kleinen Rest«, antwortete Agathe. »Aber ich weiß nicht, ob das für die gesamte Operationsdauer ausreichen wird.« Sie sah bekümmert aus.

Sämtliche Vorräte im Lazarett waren inzwischen auf Anschlag. Sie mussten ständig improvisieren, Schmerzmittel konnten nur sehr sparsam gegeben werden und auch eine Narkose war nur noch in Ausnahmefällen möglich.

»Egal«, rief Amelie. »Hol den Rest und bring gleich Heiner und Dirk mit.« Die beiden Männer gehörten zu den kräftigsten Sanitätern im Korps. »Wenn das Narkosemittel nicht mehr ausreicht, dann müssen die beiden ihn eben festhalten.«

Agathe enteilte. Ernst war immer noch bewusstlos.

»Ist vielleicht besser so«, murmelte Amelie vor sich hin und schob das Operationshemd, das im Rücken offen war, zur Seite.

Schon war Agathe wieder zu ihrer Rechten, hinter ihr betraten die beiden bulligen Sanitäter das Zelt.

»Heiner, Dirk, danke, dass ihr gekommen seid.« Amelie nickte ihnen zu. »Stellt euch bitte ans Kopfende. Wenn uns das Narkosemittel ausgeht, während ich operiere, müsst ihr ihn festhalten, als ginge es um euer Leben, in Ordnung?«

Der blonde Heiner und der rothaarige Dirk, beide seit Kriegsbeginn als Sanitäter tätig, hatten schon alles gesehen und alles an Widrigkeiten erlebt, was der Krieg mit sich brachte. Heiner war ein breitgesichtiger, stämmiger Bayer, den nichts so leicht aus der Ruhe bringen konnte, und Dirk war Friese, er war im Frieden Fischer gewesen und hatte sich zu Kriegsbeginn als Sanitäter zur Truppe gemeldet. Er war eher hager, aber ausgesprochen kräftig, was man ihm nicht gleich ansah.

Die beiden Männer postierten sich am Kopfende des Operationstisches, während Agathe eine Maske mit Chloroform beträufelte und sie Ernst über Mund und Nase hielt.

Amelie holte einmal tief Luft und nahm das Skalpell in die Hand. Als Erstes musste das Bein versorgt werden. Es begann schon, kühl zu werden. Aufgrund des Tourniquets, mit dem die Wunde abgebunden worden war, war der Blutfluss im gesamten Bein nur noch sehr schlecht möglich. Sie öffnete es, sofort quoll Blut aus der Schusswunde.

»Es spritzt nicht«, flüsterte sie erleichtert vor sich hin. »Die Arterie ist nicht verletzt.«

Sie erweiterte mit ihrem Skalpell den Wundkanal, während Schwester Agathe ihr die Instrumente reichte. Schließlich fischte sie mit einer Zange die Kugel aus seinem Bein und ließ sie achtlos zu Boden fallen.

»So, jetzt nähe ich den Muskel zusammen«, murmelte Amelie vor sich hin und bemühte sich, die einzelnen Schichten so zusammenzufügen, dass sie danach abheilen konnten und Ernst sein Bein wieder gebrauchen würde können.

Schwester Agathe ließ in der Zwischenzeit immer wieder Chloroform-Tröpfchen auf die Maske fallen, die Ernst in tiefer Bewusstlosigkeit hielten. Die beiden Sanitäter standen stumm wie Statuen dabei und betrachteten Amelies Tun.

»So, jetzt noch die Hautnaht.« Amelie hatte so schnell und so sorgfältig wie möglich gearbeitet.

Plötzlich zuckte der Patient auf dem Tisch.

»Schwester Agathe, du musst mehr Chloroform geben!«, rief Amelie panisch.

»Das habe ich vor zwei Minuten zum letzten Mal getan«, antwortete die Nonne leise. »Jetzt ist das Chloroform aufgebraucht.«

Sofort traten die beiden Sanitäter vor: einer hielt die Arme, der andere die Beine von Ernst fest, der nun versuchte, sich mehr und mehr zu bewegen.

»Ihr müsst ihn stillhalten«, wies Amelie sie an. »Ich muss mich jetzt seiner Bauchwunde widmen.«

Ernst stöhnte tief auf und wollte sich aufsetzen. Schwester Agathe fasste seinen Kopf und drückte ihn auf die Liege nieder.

»Bitte, Amelie, du musst so schnell arbeiten, wie du nur kannst«, flehte sie.

Die beiden Sanitäter drückten mit aller Kraft Ernsts Arme und Beine nach unten. Amelie schnitt nun auch in die Bauchwunde, säuberte die verdreckten Wundränder und überprüfte noch einmal, ob Eingeweide verletzt wurden. Zum Glück war das nicht der Fall. Die Wunde sah zwar schrecklich aus, war aber oberflächlich.

Amelie arbeitete wie der Teufel. Sie säuberte die Wunde, schnitt die Wundränder glatt, setzte an zwei Stellen eine Naht und verband die Wunde dann fest mit Gaze. Schwester Elke hatte inzwischen die Beinwunde verbunden.

»So, fertig!«, rief Amelie aus.

Schwester Agathe ließ vorsichtig Ernsts Kopf los. Der Patient hatte sich vor Schmerzen so fest auf die Lippen gebissen, dass sie bluteten, aber er hatte keinen Laut von sich gegeben. Nun, da alles vorbei war, entspannte er die Glieder, die beiden Sanitäter ließen ihn los.

»Wir bringen ihn bei mir im Zelt unter«, sagte Amelie.

Die Sanitäter und Schwestern sahen zuerst einander und dann Amelie erstaunt an.

»Jetzt macht nicht solche Gesichter«, schimpfte Amelie, die am Ende ihrer Kraft war. »Ich kenne ihn aus Berlin und hab ihn dort vor Jahren operiert. In meinem Zelt kann ich mich besser um ihn kümmern. Tragt ihn bitte dorthin, ja?«, wandte sie sich an Heiner und Dirk.

»Zu Befehl, Fräulein Stabsärztin«, sagten die beiden wie aus einem Mund und hoben die Bahre an. Ernst stöhnte laut.

»Ich weiß, ich weiß«, Amelie beugte sich zu ihrem Patienten. »Du hast Schmerzen, ich werde gleich versuchen, dir ein Schmerzmittel aufzutreiben. Sei unbesorgt. Du wirst nicht sterben.«

Ernst schlug zum ersten Mal, seit Amelie ihn gerettet hatte, die Augen auf und sah Amelie an. Seine Augen weiteten sich.

»Amelie«, krächzte er. »Aber das ist doch nicht möglich!«

»Nicht sprechen!«, befahl Amelie. »Mach die Augen zu und versuche zu schlafen. Ich sehe gleich wieder nach dir.«

Ernst gehorchte und die beiden Sanitäter trugen den verletzten Soldaten aus dem Operationszelt zu Amelies Unterkunft. Nur noch Schwester Agathe und Amelie waren nun im Operationszelt.

»Wer ist der junge Mann?«, konnte Agathe schließlich ihre Neugier nicht mehr bezwingen.

»Liebe Agathe«, setzte Amelie an, die sich gerade dem mager bestückten Medikamentenschrank hatte nähern wollen. »Ich erzähle dir gerne ein anderes Mal die Geschichte, die mich und Ernst verbindet. Jetzt muss ich aber zu ihm, um seine Schmerzen zu lindern, in Ordnung?«

Schwester Agathe, der ihre Nachfrage inzwischen peinlich war, nickte nur und öffnete den Arzneischrank.

»Hier«, sagte sie. »Ich habe hier noch eine Packung Schmerzmittel. Nimm sie mit.«

Sie reichte Amelie eine kleine Schachtel. »Ich danke dir«, Amelie nahm die Tablettenschachtel entgegen und eilte aus dem Operationszelt, nur um sofort hart mit Oberstabsarzt Unterberger zusammenzuprallen.

»Na, na, na«, tadelte dieser. »Wohin denn so eilig?«

Amelie wurde rot. »Bitte entschuldigen Sie! Ich wollte Sie wirklich nicht zu Fall bringen. Aber ich muss …«

Weiter kam sie nicht. Unterberger hielt sie am Arm fest und funkelte sie an. »Und wo wollen Sie so eilig hin?«, fragte er, ohne sie loszulassen.

»Ich habe gerade einen Soldaten operiert, und der braucht jetzt dringend Schmerzmittel«, sagte Amelie und versuchte sich aus dem Griff des Oberstabsarztes zu winden.

»Wieso ist denn dieser Patient nicht bei den anderen, die Sie vom Verbandsplatz geholt haben?«, fragte Unterberger, der Amelie weiter ohne Mühe festhielt. Die Krankenschwester Franziska hatte ihm von den Patienten erzählt, die vom Verbandsplatz gebracht worden waren, und berichtet, dass einer der Patienten von Amelie operiert werden sollte.

»Er ist …« Amelie versuchte noch immer, sich von Unterbergers Arm zu befreien. »So lassen Sie mich doch los«, platzte sie heraus. »Ich erkläre es Ihnen ja.«

Unterberger löste seinen Griff und blickte sie auffordernd an. Die beiden standen einander gegenüber wie zwei Krieger, die vorhatten, sich demnächst den Schädel einzuschlagen. Amelie atmete einmal tief ein und aus, Unterberger tat es ihr nach.

»Also, Fräulein Stabsärztin, was ist hier eigentlich los?«, fragte der Oberstabsarzt deutlich ruhiger.

»Der deutsche Soldat, den ich gerade operiert habe und der nun in meinem Zelt untergebracht ist, ist ein Freund aus meinen Berliner Studienzeiten«, antwortete sie schließlich leise.

»Ja und?« Unterberger wurde schon wieder ungeduldig.

»Außerdem verdächtigen ihn die Russen, ein deutscher Spion zu sein, und wollen ihn, sobald er wieder auf den Beinen ist, von uns zurück.«

Unterberger wiegte den Kopf. »Aha – und ist er ein Spion?«

»Ich weiß es nicht«, antwortete Amelie. »Ich kann ihn erst fragen, wenn er wieder zu sich gekommen ist.«

»Aber warum müssen Sie ihn dazu in Ihrem Zelt unterbringen? Das ist doch sehr ungewöhnlich.«

»Ich weiß, aber Sie kennen doch die Zustände in den Baracken für die Patienten. Ich möchte mich um ihn kümmern und dafür sorgen, dass er rasch wieder gesund wird.«

»Eigentlich ist das unhaltbar«, meinte Unterberger. »Dennoch werde ich es Ihnen diesmal durchgehen lassen. Aber wenn Ihr Patient zu sich kommt und sprechen kann, lassen Sie mich das sofort wissen, damit ich ihn befragen kann. Ist das klar?« Unterberger blickte Amelie fest in die Augen.

»In Ordnung«, gab Amelie zurück. »Darf ich jetzt gehen?«
Unterberger nickte barsch, und Amelie machte sich auf den Weg zu ihrem und Gerdas Zelt.

»Wo bin ich?«

Amelie, die auf dem Stuhl neben Ernsts Feldbett eingenickt war, schrak auf.

Ernst versuchte sich aufzusetzen.

»Du musst liegen bleiben.« Amelie drückte Ernst vorsichtig zurück auf die Liege. »Du wurdest verletzt. Ich habe dich operiert und nun musst du dich ausruhen.«

Ernst blickte sie mit großen Augen an. Er brauchte eine Weile, um zu begreifen, wer da mit ihm sprach.

»Amelie?«, fragte er schließlich, blinzelte zweimal, schaute sie wieder an und wiederholte: »Amelie? Was machst du denn hier?«

Er schien es ebenso wenig wie sie glauben zu können, an diesem gottverlassenen Ort ausgerechnet seine Jugendliebe wiederzutreffen.

Amelie lächelte Ernst an. »Damit hast du wohl nicht gerechnet?«, fragte sie, froh, endlich wieder die Stimme ihres Patienten zu hören.

»Nein, das kann ich wirklich nicht glauben.« Ernst versuchte erneut, sich aufzusetzen.

»Du musst liegen bleiben!«, bat Amelie ihn. »Du hast eine Bauchwunde, die in Ruhe heilen muss. Warte, ich hole dir ein Kissen, dann kannst du dich ein bisschen aufrichten.«

Sie stopfte Ernst ihr eigenes Kopfkissen unter das seine, damit er ein wenig aufrechter sitzen konnte. Eigenartig sah er aus, ihr Jugendfreund. Glatzköpfig, augenbrauenlos und leichenblass lehnte er vor ihr in den Kissen.

»Wie fühlst du dich?«, fragte sie und legte Ernst die Hand auf die Stirn.

»Als wäre ein Panzer über mich gefahren«, antwortete er leise. »Was ist passiert?«

Amelie berichtete ihm von den Geschehnissen, die zu seinem Aufenthalt im Lazarett geführt hatten. Er lauschte mit geschlossenen Augen.

»Und wie hast du den russischen Major dazu überredet, mich in deine Hände zu geben?«, fragte er schließlich.

»Das willst du gar nicht wissen«, wehrte Amelie ab, die sich nur ungern an die Situation am Verbandsplatz erinnerte.

Ernst hakte nicht nach. Er war todmüde.

»Hast du Hunger?«, fragte Amelie.

»Nein, ich glaube, ich möchte einfach nur schlafen.« Schon fielen Ernst wieder die Augen zu.

»Ist gut, schlaf noch ein Weilchen. Später versuche ich, dir etwas Suppe und Brot zu organisieren.« Amelie zog Ernsts Decke zurecht. »Ich gehe und mache meine Abendrunde.«

Eilig zog sie einen saubereren Kittel an, legte sich ihr Stethoskop um den Hals und verließ das Zelt. Draußen lief sie Gerda in die Arme, die mit einem Weidenkorb am Arm gerade auf ihr gemeinsames Zelt zusteuerte.

»Na, wohin so eilig?«, fragte sie lächelnd. »Ich habe Abendbrot mitgebracht. Stell dir vor, es ist sogar Schinken dabei – und frisches Brot.«

Gerdas Augen leuchteten. Sie hatte sich mit Heiner angefreundet, dem freundlichen Sanitäter aus Bayern, der es immer wieder schaffte, Nahrungsmittel zu besorgen. Niemand wusste, wie er das anstellte, und er selbst ließ sich dazu keine Auskunft entlocken. Allerdings war er manchmal halbe Tage lang verschwunden, was – insbesondere bei Oberstabsarzt Unterberger – schon zu heftiger Missbilligung geführt hatte. Da aber auch der Oberstabsarzt ständig hungrig war, hatte er ihn bislang nur verwarnt und drückte ein Auge zu, wenn Heiner wieder einmal wie vom Erdboden verschluckt war, um Stunden später mit Brot, Käse, Milch und Speck aufzutauchen.

»Das ist wunderbar«, freute sich Amelie. »Aber erschrick bitte nicht. In unserem Feldbett liegt ein Patient.«

Gerda war nicht überrascht. Sie hatte bereits von dem seltsamen Patienten gehört, den Amelie an diesem Nachmittag operiert hatte. Im Lazarett blieb nichts lange geheim. Schon ein Wunder, dass die Beziehung zwischen ihr und Amelie noch nicht aufgeflogen war. Trojahn schien ihr Geheimnis tatsächlich für sich zu behalten.

»Ich habe davon gehört«, sagte Gerda nun. »Ich werde auf deinen Patienten aufpassen, solange du bei der Abendvisite bist. Aber dann musst du mir unbedingt alles über diesen geheimnisvollen Mann erzählen, in Ordnung?«

Amelie, erleichtert, nicht gleich Rede und Antwort stehen zu müssen, stimmte zu und begann ihre Abendrunde.

# *Kapitel 26*

Ein voller Mond stand am Himmel, die Sterne funkelten, es war windstill und kalt. Amelie und Gerda standen vor dem Zelt, das inzwischen Amelie und ihr Patient bewohnten, während Gerda in ein eigens rasch für sie errichtetes Zelt gezogen war, und rauchten eine Zigarette, die Amelie von einem ihrer Patienten geschnorrt hatte. Die Soldaten mochten die junge Ärztin, weil sie immer freundlich war und sich, auch wenn sie müde aussah, für jeden ihrer Patienten täglich wenigstens ein paar Minuten Zeit nahm, um mit ihm zu sprechen.

Amelie nahm einen tiefen Zug von ihrer Zigarette und atmete eine Rauchwolke aus. »Das tut gut«, seufzte sie.

Gerda, die stumm neben ihr stand und ebenfalls rauchte, blickte auf. »Ja, da hast du recht«, meinte sie dann und fuhr übergangslos fort: »Du hast diesen Ernst also wirklich geliebt?« Sie blickte der Freundin in die Augen.

»Ja, das hab ich, Gerda. Eine Zeit lang dachte ich sogar, ich würde ihn heiraten.«

»Aber das verstehe ich nicht«, murmelte Gerda. »Ich dachte, du magst Frauen?«

Amelie lächelte Gerda zärtlich an. »Ach, weißt du, ich verliebe mich in den Menschen, nicht in eine Frau oder einen Mann. Meine Tante Elisabeth hat mir das einmal, als ich selbst deswegen heftig an mir gezweifelt habe, gesagt. Und ich denke, sie hat recht. Aber ich kann verstehen, wenn das für dich verwirrend ist. Ich war ja selbst recht lange deswegen verwirrt.«

»Und, wirst du dich nun wieder in deinen Ernst verlieben?«, kam es patzig von Gerda.

Amelie war erstaunt. »Du bist ja eifersüchtig«, stellte sie fest.

»Ja, natürlich bin ich eifersüchtig«, gab Gerda zurück. »Schließlich kennst du Ernst viel länger als mich, da kann man sich schon fragen, ob da eine alte Liebe nicht wieder aufflammt. Und auch wenn er derzeit wie eine bleiche, haarlose Made aussieht, so kann man doch sehen, dass dein Ernst ein gut aussehender Mann ist.«

Gerda warf ihre Zigarette zu Boden und trat sie energisch aus. »Wahrscheinlich kannst du es kaum noch erwarten, bis du dich endlich wieder in seine starken Arme werfen kannst, oder?« In ihren Augen standen Tränen.

»Aber Gerda, was hast du denn nur?« Amelie wusste nicht, wie sie mit der Situation umgehen sollte. »Habe ich dir irgendeinen Anlass gegeben, an mir zu zweifeln?«

Gerda zuckte resignierend die Schultern. »Nein«, flüsterte sie. »Aber wer weiß, das kann sich ja jeden Tag ändern.«

»Du siehst schon viel besser aus«, sagte Amelie einige Tage später zu Ernst, der sich nun im Bett aufsetzen konnte. Bauch- und Beinwunde heilten gut, es gab keine Infektion und auf dem Kopf sprossen bereits millimeterkurze Haare.

»Ich fühl mich auch viel besser«, murmelte Ernst und strich sich über die Wangen, die Amelie soeben von den ebenfalls bereits wieder wachsenden Bartstoppeln befreit hatte.

»Heute musst du mit Oberstabsarzt Unterberger sprechen«, erklärte Amelie. »Ich habe ihn in den vergangenen Tagen vertröstet, aber heute muss es sein. Wir können ihn nicht länger warten lassen.«

»Also gut«, seufzte Ernst. »Ich denke, er hat ein Recht darauf, zu erfahren, was für einen Patienten er sich mit mir eingehandelt hat.«

Amelie wusste längst, dass Ernst sich tatsächlich für das deutsche Kaiserreich als Spion betätigt hatte. Nun sollte auch der Leiter des Lazaretts davon erfahren.

»Ich muss ohnehin gleich zur Morgenvisite«, sagte Amelie nun. »Ich werde ihn dann bitten, dich aufzusuchen.«

Nur wenige Minuten später betrat Oberstabsarzt Unterberger Amelies Zelt. Immer noch blass und müde blickte Ernst ihm entgegen. Die beiden machten sich miteinander bekannt. Dann nahm der Oberstabsarzt auf einem Schemel neben Ernsts Bett Platz.

»Wie fühlen Sie sich?«, fragte Unterberger.

»Es geht mir schon sehr gut«, antwortete Ernst. »Amelie ist eine wunderbare Ärztin.«

»Das ist sie«, stimmte Unterberger zu. »Und sie hat sich zu einer hervorragenden Chirurgin entwickelt. Ohne ihre Künste hätten Sie Ihr Bein wahrscheinlich verloren.«

Die beiden Männer schwiegen einige Augenblicke lang. »Nun, Major Szabo«, sprach Unterberger Ernst dann mit seinem korrekten militärischen Rang an. »Wie ich höre, haben Sie sich bei den Russen als Spion versucht?« Auffordernd blickte er Ernst an.

»Versucht ist gut«, antwortete dieser und richtete sich auf dem Feldbett etwas weiter auf. »Ich war zwei Jahre lang als Spion bei den Russen erfolgreich. Es war einfach Pech, dass sie mich erwischten, als ich mir ihre neuen Feldhaubitzen genauer betrachten wollte.« Ernst grinste schief.

»Sie haben es ebenfalls Fräulein Stabsärztin von Liebwitz zu verdanken, dass Sie nicht an Ort und Stelle erschossen wurden.« Unterberger war aufgestanden und wanderte in dem kleinen Zelt hin und her.

»Auch das ist mir bekannt.« Ernst versuchte, Unterberger mit den Augen zu folgen.

»Und was soll nun mit Ihnen geschehen?« Der Oberstabsarzt war stehen geblieben. »Sie stehen schließlich auf unserer Seite, wir werden Sie den Russen ganz bestimmt nicht erneut ausliefern.«

Ernst atmete auf. Er war nicht ganz sicher gewesen, ob er

tatsächlich nicht ausgeliefert werden sollte. Amelie hatte nur erwähnt, dass sie dem russischen Befehlshaber ein Versprechen gegeben hatte, das sie allerdings nicht einzuhalten gedachte.

»Nun, das Beste wird sein, Sie kehren erst einmal nach Berlin zurück. Vielleicht setzt man Sie gar nicht erst wieder ein.« Unterberger war an Ernsts Bett zurückgekehrt und ließ sich wieder auf den Hocker fallen.

Draußen schien an diesem Tag die Sonne und ließ den Frühling erahnen, der bald ins Land ziehen sollte.

»Ich frage mich, ob das so eine gute Idee ist«, gab Ernst zögerlich zurück. »Der österreichische Kaiser ist tot, sein Nachfolger Karl hat sich bislang nicht gerade als fähiger Feldherr erwiesen. Außerdem habe ich gehört, dass die Russen kurz davor stehen, einen Separatfrieden mit dem Deutschen Reich zu schließen. Im Westen soll es eine letzte große Anstrengung geben, den Krieg doch noch zu gewinnen. Ich glaube, ich sollte mich den dortigen kaiserlichen Truppen anschließen.«

»Sie wollen wirklich wieder an die Front?«, fragte Unterberger ganz und gar unmilitärisch. »Reicht es Ihnen denn noch nicht?«

»Und ob es mir reicht. Aber ich bin nun einmal Soldat geworden, und ich will nicht ausgerechnet dann meinen Dienst quittieren, wenn das Kriegsglück auf Messers Schneide steht. Außerdem wird – und das wissen Sie, Herr Oberstabsarzt – jeder Soldat dringend gebraucht.«

Unterberger antwortete nicht darauf. Was sollte er auch sagen? »Darf ich Sie untersuchen?«, fragte er stattdessen.

»Sie wissen, Sie müssen mich nicht fragen.« Ernst begann, sein Hemd aufzuknöpfen.

Unterberger betrachtete die Bauchwunde, die bereits zu heilen begonnen hatte. »Das schaut sehr gut aus«, meinte er, nachdem er die Naht und die Wundränder genau begutachtet hatte. »Und nun das Bein. Können Sie schon aufstehen?«

»Ich habe es einige Male versucht, wenn Amelie nicht in der Nähe war«, sagte Ernst. »Es hat sehr wehgetan, aber ich habe tatsächlich schon einige Sekunden auf beiden Beinen gestanden.«

Unterberger schlug die Decke zurück und begutachtete ebenfalls die Schusswunde am Bein. Auch hier schien alles ordnungsgemäß zu heilen. Die Wundränder waren glatt und nicht gerötet, es gab keine Infektionszeichen. Der Oberstabsarzt legte den Verband rasch wieder an und half Ernst, sich auf dem Feldbett zurechtzulegen.

## *Kapitel 27*

Gerda und Amelie hatten seit der Auseinandersetzung, die sie Abende zuvor vor Amelies Zelt gehabt hatten, nicht mehr miteinander gesprochen. Das lag nicht an Amelie, sie hatte mehrfach versucht, mit der Geliebten ein klärendes Gespräch zu führen, aber Gerda war ihr immer wieder ausgewichen. Auch am heutigen Abend war es ihr nicht gelungen. Amelie hatte sie in ihrem Zelt besuchen und mit ihr sprechen wollen. Allerdings war Gerda nicht allein gewesen. Gleich drei Krankenschwestern, Silvia, Franziska und Gabi, hatten Gerdas Zelt frequentiert und mit ihr Karten gespielt, als Amelie eingetreten war. Ohne ein Wort zu sagen, hatte sie das Zelt also wieder verlassen und war in ihr eigenes zurückgekehrt. Inzwischen waren zehn Tage vergangen, Ernsts Heilung schritt gut voran, er konnte sogar schon aufstehen und einige Schritte gehen. Und Amelie und Gerda sprachen nur noch das Nötigste miteinander.

Am 3. März schließlich, Ernst war inzwischen fast gesund, schlug im Lazarett eine Nachricht wie eine Bombe ein. »Russland hat einen Separatfrieden mit Deutschland geschlossen!«, klang es durch die Zelte. Ein reitender Bote war gekommen und verkündete, womit schon niemand mehr gerechnet hatte.

Amelie, die sich gerade steril wusch, um einem Soldaten ein Bein abzunehmen, blieb still stehen, die tropfnassen Hände hochgehoben, wie erstarrt. »Kann das wirklich sein?«, sagte sie laut vor sich hin. »Kann es sein, dass diese Hölle nun endlich vorbei ist?«

Es nützte nichts, sie konnte sich jetzt nicht erkundigen, sie musste eine Operation durchführen. Ohne Narkosemittel. Lediglich mit der Hilfe zweier starker Sanitäter und einer Krankenschwester als Assistenz. Die Amputation des Beins des Soldaten gestaltete sich genau so, wie Amelie es erwartet hatte. Erschöpft und den Tränen nahe verließ sie schließlich den Operationssaal. Auch wenn Amelie inzwischen viele solcher Operationen durchgeführt hatte, so konnte sie sich einfach nicht daran gewöhnen, ohne Narkosemittel operieren zu müssen. Sie ertrug die Schreie kaum, und noch weniger die Kraft, mit der Patienten sich wehren konnten, die Gewalt, die notwendig war, wenn die Sanitäter den Verletzten auf dem OP-Tisch festhalten mussten.

Der verletzte Soldat hatte geschrien und geschrien, sich gewunden und gekämpft. Die beiden Sanitäter hatten alle Hände voll zu tun gehabt, den tobenden Patienten festzuhalten. Amelie hatte so schnell wie nur irgend möglich gearbeitet und war tatsächlich nach sieben Minuten fertig gewesen. Der Patient allerdings war inzwischen in Ohnmacht gefallen. Besser für ihn, dachte sie, als sie sich noch einmal die Hände wusch, um dann rasch das Messezelt aufzusuchen, der übliche Ort, um die neuesten Nachrichten zu erfahren.

»Es stimmt«, sagte Oberstabsarzt Unterberger. Auch er war noch im blutbefleckten Kittel, ebenso wie die anderen Ärzte, die sich im Messezelt eingefunden hatten.

»Jetzt müssen die Sowjets den Vertrag nur noch ratifizieren«, hatte Trojahn besserwisserisch wie immer verkündet.

»Und dann?« Die Frage kam von Alexander Heigl.

»Dann werden wir hier endlich abziehen können«, lächelte Unterberger.

»Und wo werden wir hinkommen?« Heigl gab sich mit der Antwort nicht zufrieden. Die Hände in den Kitteltaschen stand er erschöpft vor Unterberger.

»Nun, ich denke, wir werden in den Westen verlegt werden. Dort ist seit einiger Zeit eine große Anstrengung im Gange, um den Krieg doch noch gewinnen zu können.«

In Amelies Kopf machte sich ihre innere Stimme breit: »Nein, auf gar keinen Fall! Geh endlich nach Hause!« Amelie war in diesem Fall durchaus geneigt, ihrer lästigen inneren Stimme recht zu geben.

»Herr Oberstabsarzt«, setzte sie an und wandte sich Unterberger zu. »Müssen wir denn mit, wenn das Lazarett wieder verlegt wird?«

Plötzlich herrschte Stille im Messezelt. Amelie hatte jene Frage gestellt, die die anderen nicht auszusprechen gewagt hatten.

Unterberger blickte Amelie müde an. »Nein, Fräulein Stabsärztin, Sie müssen nicht mit. Ich denke, Sie alle haben in den vergangenen fast vier Jahren Unmenschliches geleistet. Ich werde der Obersten Heeresleitung daher vorschlagen, Sie zu entlassen, wenn Sie das wünschen, und Ersatz für Sie anzufordern.« Der Oberstabsarzt sah unendlich müde aus.

»Und was ist mit Ihnen?«, fragte nun Heigl. »Sie sind doch auch von Anfang an dabei.«

»Ich werde bis zum bitteren Ende bleiben.« Unterberger hob den Kopf. »Ich kann jetzt nicht aufhören. Nicht, wenn die Entscheidung über den Ausgang des Krieges so nahe ist.«

Amelie bewunderte den Oberstabsarzt insgeheim. Sie selbst wusste, sie war am Ende. Sie wollte, sie konnte nicht mehr.

»Ich will zurück nach Berlin«, flüsterte sie vor sich hin. »Wo keiner schießt und ich wieder Patienten heilen kann, nicht nur Schadensbegrenzung betreiben.«

Der Oberstabsarzt nickte ihr verständnisvoll zu. »Gehen Sie nur, Fräulein Stabsärztin. Sagen Sie Ihrem Patienten Bescheid, dass er auch nach Hause kann.«

Amelie wandte sich erleichtert um und verließ das Messezelt. Vor der Tür stieß sie beinahe mit Gerda zusammen.

»Hoppla«, sagte diese. »Wohin so eilig? Wohl wieder zu deinem geliebten Ernst, wie?«

Amelie schüttelte verärgert den Kopf. Gerda benahm sich ihr gegenüber zunehmend unerträglich. »Ja, hast du es denn noch nicht gehört?«, fragte sie. »Die Russen machen Schluss mit dem Krieg. Wir können nach Hause!«

Gerda, die bereits die Klappe zum Messezelt geöffnet hatte, blieb wie angewurzelt stehen. »Ist das denn wirklich wahr? Wir dürfen nach Hause?« Plötzlich hatte sie Tränen in den Augen.

»Ja, der Friedensvertrag muss noch von den Sowjets bestätigt werden, aber dann geht es nach Hause.«

Gerda streckte die Arme aus, als wollte sie Amelie umarmen. Doch diese hatte sich schon abgewandt und eilte zu ihrem Zelt.

Ernst, der sich mittlerweile weigerte, tagsüber im Bett zu bleiben, saß in Uniform auf einem Schemel und las in einem Buch, das Amelie ihm gegeben hatte. Es waren Gedichte von Rainer Maria Rilke. Ernst war kein großer Lyrikfreund, aber mangels anderer Lektüre hatte er sich den Gedichtband vorgenommen. Er blickte auf, als Amelie ins Zelt stürzte. »Stell dir bloß vor«, begann sie. »Es gibt einen Friedensvertrag mit Russland!«

»Was?« Ernst war aufgesprungen. »Aber dann kann ich ja, dann können wir ja …« Vor lauter Aufregung brachte er den letzten Satz nicht heraus.

»Du kannst nach Hause«, verkündete Amelie. »Und ich auch!«

Ernst eilte auf Amelie zu und schloss sie fest in die Arme. »Du«, flüsterte er, »ich kann es nicht glauben.«

Amelie ließ sich einen Augenblick lang in Ernsts Umarmung fallen. Wie angenehm war es, einmal einfach nur festgehalten zu werden.

»Ich habe es ja gewusst«, gellte da plötzlich eine Stimme vom Zelteingang. »Du hast wieder etwas mit ihm angefangen!«

Gerda stand, einer Rachegöttin gleich, im Eingang. »Wie kannst du es nur wagen?«

»Pscht!«, machte Amelie. »Sei doch um Himmels willen nicht so laut.« Sollten sie etwa jetzt, da es zwischen ihnen offenbar ohnehin aus und vorbei war, noch auffliegen?

Aber Gerda ließ sich nicht zum Schweigen bringen. »Ich war dir wohl als Lückenbüßer gut genug, aber jetzt ist ja dein großer, strahlender Held wieder da, nicht? Da ist die kleine Gerda gleich wieder abgemeldet!«

Hochrot im Gesicht stand sie da. Amelie, die sich längst aus Ernsts Umarmung gelöst hatte, eilte auf sie zu.

»Es ist nichts geschehen«, sagte sie beschwörend. »Aber hör bitte endlich auf, so zu schreien.«

Sie fasste Gerdas Arm, die sich unwillig sofort wieder losriss. Ernst stand vor seinem Schemel und schaute völlig verständnislos der Auseinandersetzung zu.

»Was ist denn …«, begann er und bekam ein einstimmiges »Jetzt nicht!« zur Antwort. Die beiden standen sich wie im Boxring gegenüber.

»Gerda«, begann Amelie wieder auf ihre Freundin einzureden. »Ernst hat mich nur umarmt, weil wir uns so über den Friedensvertrag gefreut hatten. Zwischen uns ist absolut nichts passiert!«

Doch Gerda hatte sich inzwischen derart in ihren Eifersuchtswahn hineingesteigert, dass Amelie keinen Zugang zu ihr finden konnte. Mit Tränen in den Augen funkelte Gerda Amelie an.

»Nun«, sagte sie nun deutlich leiser. »Ich werde es dir leicht machen. Ich mache Schluss mit dir. Ich will nichts mehr von dir. Fahr doch einfach zur Hölle!«

Mit diesen Worten drehte sie sich um und verließ das Zelt.

Ernst blickte Gerda nach, sein Gesicht zeigte immer noch Unverständnis.

»Magst du mir erklären, was da eben los war?«, fragte er.

Amelie, die nun ebenfalls Tränen in den Augen hatte, hatte nicht eine Sekunde lang daran gedacht, für Ernst eine Lüge zu erfinden, was ihre Beziehung zu Gerda anging. »Das werde ich, aber gib mir bitte noch ein wenig Zeit, ja? Ich werde einen Spaziergang machen, um meine Gedanken zu ordnen.« Auch sie verließ das Zelt und ließ einen ratlosen Ernst zurück.

Am Abend wurde im Messezelt gefeiert. An diesem Tag waren keine Verletzten mehr ins Lazarett eingeliefert worden. Scheinbar hatten die Russen die Kampfhandlungen bereits eingestellt. Heiner, der bayrische Sanitäter, hatte von irgendwoher echten russischen Wodka aufgetrieben, gleich mehrere Flaschen und sogar ein paar Päckchen Zigaretten, von denen er eines mit verschwörerischem Lächeln Amelie zugesteckt hatte.

»Ich weiß doch, wie gerne Sie rauchen, Fräulein Stabsärztin«, hatte er gemurmelt. »Aber verraten Sie mich bloß nicht.«

Amelie hatte traurig lächelnd den Kopf geschüttelt. Kurz war auch sie im Messezelt gewesen, hatte mehrere Wodkagläser geleert und sich dann, Müdigkeit vorschützend, zurückgezogen.

Gerda, die mit Alexander Heigl in einer Ecke des Messezelts gestanden hatte und mit ernster Miene auf ihn einredete, hatte sie den ganzen Abend ignoriert. Amelie war durcheinander. Was war hier eigentlich los? Und was war mit ihr los?

Sie verließ das Messezelt, den Kopf voll mit unbeantworteten Fragen. Draußen stand ein fast voller Mond am Himmel, die Luft war lind. Tausende Sterne funkelten. Amelie ging einige Schritte vom Messezelt weg, fasste in ihre Tasche und steckte sich eine Zigarette an. Tief sog sie den Rauch in ihre Lungen und blickte in den weiten sternenübersäten Himmel.

Was sollte nun geschehen? Sollte sie sich mit Gerda aussprechen?, fragte sie sich. Aber was kann ich ihr sagen?

Ihre innere Stimme erwachte zum Leben. »Na, ich würde damit anfangen, dass du sie liebst?«, hämte sie. »Oder tust du das etwa nicht mehr?«

Amelie legte den Kopf schief und dachte nach. »Es ist so schwierig!«, stöhnte sie laut. Ja, sie liebte Gerda noch. Aber es war kompliziert. Denn da war auch Ernst. Ernst, der ihre erste große Liebe gewesen war. Ernst, dem sie hier im russischen Nirgendwo das Leben gerettet hatte. »Was?« Amelies innere Stimme schien jetzt zu schreien. »Wechselst du einfach mal wieder die Seiten?«

Amelie trat den Zigarettenstummel in den Schlamm und machte wieder ein paar Schritte. Sie fühlte sich vollkommen verloren. Und sie fühlte sich schlecht wegen Gerda. Schließlich brach es entnervt aus ihr heraus: »Ich weiß es doch nicht!«

»Was weißt du nicht?«

Amelie fuhr zusammen und auf dem Absatz herum. Alexander Heigl stand vor ihr. »Mir wurde es im Messezelt zu voll«, sagte er und blickte sie ernst an. »Hast du eine Zigarette für mich?«

Schweigend reichte Amelie ihm die Packung und die Streichhölzer. Schwer atmend antwortete Amelie: »Ich weiß nicht, was ich tun soll.«

»Geht es um Gerda?«

»Ja, um Gerda und um Ernst Szabo.«

»Sie hat mir alles erzählt«, Alexander lächelte traurig. »Sie ist todunglücklich. Sie glaubt, du liebst sie nicht mehr, und ist vollkommen verzweifelt.«

»Sie hat dir alles erzählt?« Amelie konnte es nicht fassen. Gerda schien alle Vorsicht vergessen zu haben.

»Ja, aber mach dir keine Sorgen. Ich werde es niemandem erzählen. Was du und Gerda in eurer Freizeit getan habt, um diesen Wahnsinn hier auszuhalten, ist bei mir sicher verwahrt.« Alexander blickte Amelie an. »Aber so einfach ist es wohl nicht, oder?«

Auch Amelie sah ihrem Kollegen nun offen in die Augen. »Nein, das ist es wohl nicht. Gerda will eine Entscheidung, sie will, dass ich mich zu ihr bekenne. Aber weißt du, in ein paar Tagen werden wir von hier weg sein. Sie geht zurück nach Wien. Ich will unbedingt nach Berlin. Und dann ist da noch Ernst, der in mir alte Gefühle geweckt hat, von deren Existenz ich gar nichts mehr gewusst habe. Am liebsten würde ich einfach davonrennen.« Tränen standen jetzt in Amelies Augen.

»Ich kann dir nicht helfen, Amelie, auch wenn ich das gerne wollte.« Alexander legte einen Arm um ihre Schulter. Gemeinsam gingen sie wieder einige Schritte. »Aber ich denke, du solltest tun, was dein Herz dir befiehlt. Wir alle hier wissen nicht, ob es ein Morgen geben wird. Versuch doch mal, dich einige Monate in die Zukunft zu versetzen. Was wird dann sein? Wird es Gerda sein, die an deiner Seite steht, oder Ernst?«

Amelie blieb stehen und dachte nach. »Ganz ehrlich?«, fragte sie dann. »Ich sehe niemanden, der an meiner Seite steht, Alexander. Es macht mich wahnsinnig, nicht zu wissen, was in einigen Monaten sein wird. Ich sehne mich so sehr nach einem normalen Leben. Ich will Dienst im Curias machen, abends nach Hause gehen und ein Buch lesen. Ins Bett gehen, ohne Angst, ohne Hunger, ohne vollkommen übermüdet zu sein. Das ist alles, was ich mir wünsche. Gerda sehe ich da nicht. Das klingt furchtbar, ich weiß, aber ich will den Krieg und alles, was damit zusammenhängt, einfach hinter mir lassen.«

Alexander Heigl nickte ihr zu. »Dann weißt du ja schon, was du willst«, sagte er leise. »Und Ernst? Sieht du ihn in deiner Zukunft?«

Amelie schwieg erneut eine Weile. »Vielleicht«, sagte sie dann. »Ja, vielleicht sehe ich ihn. Aber wirklich sicher bin ich nicht.«

Alexander nahm seinen Arm von ihrer Schulter. »Geh zu ihm«, sagte er sanft. »Geh zu ihm und schau, was passiert. In ein paar Tagen kannst du hier weg. Plane nicht darüber hinaus, das hat sowieso keinen Sinn.« Er schaute Amelie traurig an.

»Was ist mit dir?« fragte Amelie. »Wieso bist du so traurig? Freust du dich denn nicht auf zu Hause?«

»Ach, weißt du, nach allem, was ich in den vergangenen vier Jahren hier erlebt habe, weiß ich nicht, ob ich in ein normales Leben zurückfinden kann. Es war einfach zu viel. Zu viel Schmerz, Angst, zu viel Leiden. Ich überlege, in das Kloster in der Romanija zurückzugehen und dort in den Konvent einzutreten.«

Amelie sah Alexander überrascht an. »Wirklich?«

»Ja, wirklich.« Er lächelte wieder. »Ich kann mir ein sogenanntes ›normales Leben‹ einfach nicht mehr vorstellen. Aber natürlich ist das alles nicht so einfach. Du weißt ja, ich bin verlobt, und brieflich wollte ich meiner geliebten Sophie nicht das Herz brechen. Ich muss also erst einmal auf jeden Fall nach Hause und mit ihr sprechen. Wie es dann weitergehen wird, weiß ich noch nicht. Wenn ich ins Kloster will, muss ich Sophie verletzen – und wenn ich Sophie heirate, habe ich Angst davor, am Leben zu verzweifeln.«

Amelie erstaunte dies wiederum nicht. Sie hatte Alexander nicht nur als ausgezeichneten Arzt, sondern auch als Mensch kennengelernt, der die Dinge nicht einfach nahm. Er hatte einen tiefen Glauben zu Gott, war dabei aber nie bigott. Er war ihr in diesen vergangenen fast vier Jahren zum Freund geworden. Und sie verstand ihn.

»Mach einfach einen Schritt nach dem anderen«, schlug sie leise vor. »Auf diese Weise wirst du vielleicht Klarheit finden. Ich wünsche es dir sehr, mein Freund.« Sie lächelte Alexander warm an. »Schreib mir nach Berlin, ja? Ich möchte dich nicht aus meinem Leben verlieren.«

Alexander nickte, umarmte Amelie kurz und gab ihr dann einen kleinen Schubs in die Richtung, in der ihr Zelt lag. »Ich sehe noch einmal nach Gerda«, rief er ihr nach. Amelie nickte und eilte fort.

Ernst wartete schon auf sie. Amelie fühlte sich nach dem Gespräch mit Alexander besser, die Wirkung des Wodkas, den sie im Messezelt getrunken hatte, schien verflogen. Sie betrat das Zelt und ließ sich seufzend auf einen Schemel sinken. Ernst hatte eingeheizt, und jetzt, wo die schneidende russische Winterkälte gebrochen war, war es tatsächlich mollig warm im Zelt.

»Wie geht es dir?«, fragte er nun.

»Ach, weißt du, eigentlich gut«, antwortete Amelie. »Aber ich denke, ich bin dir eine Erklärung schuldig.«

»Einen Moment«, bat jedoch Ernst, bevor sie fortfahren konnte, bückte sich und zog eine Flasche Wein unter seinem Schemel hervor.

Amelies Augen wurden groß. »Wo hast du die denn aufgetrieben?«

Ernst lächelte. »Meine Quelle verrate ich nicht, sonst bekommt der gute Mann aus Bayern Ärger«, sagte er grinsend.

»Natürlich, Heiner mal wieder«, sagte sie. »Ich weiß wirklich nicht, wie er das immer anstellt.«

Sie kramte zwei Blechbecher aus ihrer Truhe und stellte sie auf den kleinen Tisch zwischen den beiden Schemeln.

»Also, dann lass uns einen Schluck trinken, und ich werde dir erzählen, was alles passiert ist, bevor du in unser Lazarett gekommen bist.«

Ernst, der von Amelies Affäre mit der Wiener Sängerin Mitzi Hübner auf ihrer Reise nach Amerika gewusst hatte, zeigte sich nicht allzu überrascht von der Enthüllung, Amelie hätte eine Liebesbeziehung zu Gerda geführt. Er wusste, wie Amelie tickte, dass es für sie keine gesellschaftlichen Regeln gab, sondern sie sich nach ihrem eigenen Kompass richtete. Und eigentlich war er damit auch meistens einverstanden gewesen. Nur die Trennung, weil er nicht wollte, dass sie sich zur Chirurgin ausbilden ließ, sondern sie sich als Gefährtin und Mutter an seiner Seite wünschte, hatte er damals nicht verstanden. Aber auch das hatte sich inzwischen geändert. Er hatte gesehen, wie Amelie sich bei der Arbeit im Lazarett aufrieb, wie sehr sie sich um jeden einzelnen Patienten sorgte und wie wichtig ihr ihre Arbeit war. Inzwischen wusste er das.

In den vergangenen Tagen und Wochen hatte er Amelie häufig um sich gehabt, hatte sich mithilfe ihrer fähigen und liebevollen Pflege gut erholt und, ja, was und? All die Gefühle, die er geglaubt hatte, überwunden zu haben, die Liebe und Zuneigung, die er einst für Amelie empfunden hatte, hatten sich wieder ihren Weg an die Oberfläche gebahnt.

Amelie war verstummt. Sie trank einen großen Schluck Wein und bot Ernst eine ihrer kostbaren Zigaretten an.

»Ach, weißt du«, begann er, als er sich und ihr eine Zigarette angesteckt und die Gläser wieder vollgeschenkt hatte. »Ich kann sie verstehen, die Gerda.«

Amelie blickte ihn erstaunt an.

»Du bist nun einmal ein hinreißendes Geschöpf, Amelie von Liebwitz. Wie sollte sich jemand eigentlich nicht in dich verlieben?«

Ernst blickte Amelie mit einem leichten Lächeln an. Es war dunkel geworden, nur eine Kerze brannte auf dem kleinen Tisch zwischen ihnen. Amelies Augen waren groß und dunkel. Und sie waren auf ihn gerichtet.

»Aber du weißt doch, dass eine solche Liebe, eine Beziehung zwischen zwei Frauen, verboten ist, oder?«

»Ja, das weiß ich. Und normalerweise würde ich das wahrscheinlich auch ablehnen«, gab er zu. »Ich bin eben ein ganz normaler Mann, der sich ganz normale Vorstellungen macht, wie Männer und Frauen in dieser Welt leben sollten. Aber wie du ja ganz genau weißt, bin ich damit schon einmal gehörig auf die Nase gefallen – und ich habe dich dabei verloren.«

Amelie sagte nichts.

»Ich kenne dich, Amelie von Liebwitz«, setzte er leise fort, ohne die Augen von den ihren zu nehmen. »Du lebst, wie du magst, und du trägst auch die Konsequenzen dafür. Ich bewundere dich sehr.« Verträumt blickte Amelie Ernst in die Augen.

Der Wein, im Verein mit dem bereits genossenen Wodka, hatte sie in eine leichte, verzauberte Stimmung versetzt. Sie griff nach Ernsts Hand und drückte sie leicht. »Danke, deine Worte bedeuten mir viel.«

Ernst hob ihre Hand an seine Lippen und küsste sie zärtlich. Amelie erschauerte. Auch bei ihr hatte sich in den vergangenen Wochen ein wildes Gefühlschaos abgespielt. Mal wollte sie Gerda wieder für sich gewinnen, mal hatte ihr Herz sich Ernst zugeneigt. Im Augenblick aber, da sie ihrer Jugendliebe in dieser stillen Märznacht gegenübersaß, schien Gerda irgendwie sehr, sehr weit weg zu sein.

Ernst beugte sich vor und küsste Amelie ganz leicht und zärtlich auf die Lippen. Amelie bewegte sich nicht, sie atmete nicht einmal. Ernst stand auf, zog sie zu sich hoch und küsste sie erneut. Diesmal leidenschaftlicher, und Amelie erwachte aus ihrer Erstarrung. Sie erwiderte den Kuss ebenso leidenschaftlich. Eine Weile standen sie eng umschlungen im Zelt und küssten sich, als ob es kein Morgen geben würde. Ernsts Arme hatten sich fest um sie geschlossen, er begann sanft, ihren Rücken zu streicheln. Auch diese Geste erwiderte Amelie.

Schließlich lösten sie sich schwer atmend voneinander und blickten sich tief in die Augen. »Willst du?«, fragte Ernst leise und zärtlich. Er brauchte die Frage nicht auszuführen, Amelie verstand, was er von ihr wollte.

Einen Augenblick lang spukte Gerda noch einmal durch ihren Kopf, und ihre innere Stimme flüsterte: »Das willst du ihr wirklich antun? Was bist du für eine treulose Seele!« Aber die Ereignisse des Tages, der Alkohol, der Streit mit Gerda und das lange Gespräch mit ihrem Jugendfreund wischten alle Bedenken einfach vom Tisch.

Sie blickte Ernst in die Augen und dann nickte sie. »Ja, ich will es auch«, sagten ihre Augen.

Er nahm sie wieder in die Arme und führte sie zu ihrem Feldbett. Gemeinsam sanken sie darauf nieder und ineinander, bis alles, was rund um sie geschah, verschwand und sie sich als die Liebenden begegneten, die sie vor so langer Zeit gewesen waren.

Als sie am nächsten Morgen, immer noch ineinander verschlungen, aufwachten, sahen sie sich liebevoll in die Augen.

»Guten Morgen«, flüsterte Amelie und küsste Ernst auf die Lippen.

»Guten Morgen«, gab er zurück und erwiderte den Kuss. Aber bevor er sie umschlingen und noch ein wenig im Bett festhalten konnte, war sie schon aufgesprungen und kramte in ihren Kleidern nach ihrer Uhr.

»Ach du liebe Zeit«, rief sie dann. »Ich muss sofort los, die Morgenvisite fängt in fünf Minuten an.« Sie zog sich in Windeseile an, band die Schuhe und fuhr sich mit den Fingern durch ihren Haarschopf.

»Musst du wirklich schon gehen?«, fragte Ernst mit schmollendem Gesichtsausdruck.

»Ja«, lachte Amelie. »Ich bin ja nicht zum Vergnügen hier im Lazarett.«

Als Ernst breit zu grinsen begann, lachte sie auf. »Na gut«, sagte sie. »Nicht nur zu meinem Vergnügen.«

»Komm schnell zurück«, rief Ernst ihr hinterher, als sie geschwinden Schrittes das Zelt verließ, um nach ihren Patienten zu sehen.

Es war ruhig geworden im Lazarett. Der Separatfrieden der Mittelmächte mit Russland wirkte sich bereits aus. Es kamen keine neuen Patienten. Vereinzelt wurden bereits Zelte abgebrochen, bald würde das gesamte Lager aufgelöst werden.

Und dann kann ich endlich nach Hause, dachte Amelie.

Vor ihrem inneren Auge sah sie Berlin vor sich, die überfüllten Straßen, die wuselnden Menschen, ihre Patienten im Krankenhaus. Wie sehr sie sich danach sehnte. Bald, dachte sie, bald darf ich heim.

Sie hatte nach der Morgenvisite eine Besprechung mit Oberstabsarzt Unterberger, der wusste, wann das Lazarett hier am Ufer des Dnjestr aufgegeben werden und wie es weitergehen würde. Sie betrat das erste Zelt mit chirurgischen Patienten und machte sich an die Arbeit.

Zur gleichen Zeit eilte Fähnrich Huber mit schnellen Schritten auf Amelies Zelt zu. Er riss die Zeltklappe auf und trat ein, ohne sich anzukündigen. Ernst war bereits angekleidet, saß am Tisch und schrieb.

»Herr Szabo«, rief Huber. Ernst wandte sich um. »Herr Szabo, Sie müssen augenblicklich mitkommen. Sofort, bitte. Herr Oberstabsarzt Unterberger schickt mich. Sie müssen sofort verschwinden.«

Ernst sah Huber überrascht an. »Aber was …«, begann er.

Der Fähnrich ließ ihn nicht aussprechen. »Die Russen sind da und fordern Ihre Herausgabe. Sie wollen Sie vor ein sowjetisches Gericht stellen.«

Ernst überlief ein eiskalter Schauer. »Was?«, fragte er. »Aber wir haben doch inzwischen Frieden mit Russland?«

»Dem Major Rasumovsky ist das ganz egal«, erklärte Huber hektisch. »Der steht gerade bei Oberstabsarzt Unterberger und erklärt ihm, dass Fräulein Stabsärztin von Liebwitz ihm versprochen hat, Sie auszuliefern, wenn Sie wieder gesund sind.«

Ernst wurde bleich. Er wusste um das Versprechen, das Amelie dem russischen Major gegeben hatte, um ihn aus seiner Gefangenschaft zu befreien. Er wusste aber auch, dass Amelie im Leben nicht daran gedacht hatte, dieses Versprechen einzulösen. »Ich muss weg«, stotterte er.

»Das sag ich doch schon die ganze Zeit!« Fähnrich Huber stand wie auf glühenden Kohlen. »Kommen Sie mit. Ich habe Ihnen ein Pferd besorgt, Sie müssen augenblicklich aufbrechen.« Flehend blickte Huber Ernst an.

»Natürlich«, antwortete Ernst, griff hektisch jedoch zunächst nach einem Blatt Papier und dem stumpfen Bleistift, der auf dem Tisch lag. »Lassen Sie mich nur noch ein paar Worte an Amelie schreiben.«

Mit zitternder Hand schmierte er ein paar wenige Zeilen auf den Zettel.

*Liebe Amelie*, schrieb er auf einen Zettel, den er in einem Buch gefunden hatte. *Ich muss sofort weg. Mein Leben ist in Gefahr. Bitte reise nach Berlin, ich werde alles tun, um dich dort so bald wie möglich zu treffen.*

*In ewiger Liebe, Ernst*

Er faltete den Zettel einmal zusammen und legte ihn unter den Lyrikband, der auf dem Tisch lag. Dann stand er auf und folgte Fähnrich Huber aus dem Zelt und in eine ungewisse Zukunft.

Amelie summte leise vor sich hin, als sie sich wieder auf den Weg in ihr Zelt machen wollte. Ihren Patienten ging es durchwegs gut. Und das Gespräch mit Unterberger hatte sie zusätzlich fröhlich gestimmt.

»Wir werden das Lazarett in einer Woche abbrechen«, hatte er ihr anvertraut. »Ich gehe mit meinem verbliebenen Sanitätstrupp nach Frankreich. Sie aber werden zu einem der nächsten Bahnhöfe gebracht, um nach Hause zu reisen.«

Amelie wollte sich schon bedanken, als ihr die ernste Miene auffiel, mit der Unterberger sie ansah.

»Ich weiß allerdings nicht, wie Sie nach Hause kommen werden«, gab der Oberstabsarzt zu. »Es gibt hier im Umkreis sicher keinen regulären Bahnverkehr. Sie werden sich allein durchschlagen müssen.«

Amelie hatte heftig genickt. »Das ist mir klar«, hatte sie gesagt. »Aber irgendwie werde ich das schon schaffen.« Unterberger hatte genickt.

»Wenn es jemand schafft, dann Sie, liebe Kollegin. Davon bin ich fest überzeugt.«

»Was wird mit Fräulein Dr. Laimer?«, fragte Amelie dann.

»Sie wird mit uns nach Frankreich gehen. Vor einer Stunde habe ich mit ihr gesprochen. Sie möchte wohl bis zum bitteren Ende dabeibleiben.«

Amelie war nicht erstaunt. Es passte zu Gerda, sich in die Arbeit zu stürzen, um ihren Kummer zu vergessen. Ich muss unbedingt noch einmal mit ihr sprechen, dachte sie sich, während sie Unterbergers Hand schüttelte und dessen improvisiertes Büro verließ.

Die Sonne schien auf sie herab und wärmte schon richtig. Endlich trockneten auch die Schlammpfützen, die die Wege zwischen den einzelnen Lazarettzelten in den vergangenen Wochen erschwert hatten. Alles schien auf ein gutes Ende hinzudeuten.

»Ich kann nach Hause«, summte Amelie auf dem Weg zu ihrem Zelt vor sich hin. Vielleicht würde ja Ernst mit ihr reisen?

Doch Ernst war nicht da, als sie ihr Zelt betrat. Sie blickte sich erstaunt um. Sein Mantel war weg, ebenso seine Stiefel. Ihr Blick fiel auf den Tisch und den Lyrikband, der darauf lag. Ein Stück Papier schaute unter dem zerlesenen Buch hervor. Sie griff danach und las.

Das Papier segelte zu Boden und Amelie rannte so schnell sie konnte zurück zu Unterberger. Der war allerdings nicht in seinem Zelt. Amelie drehte sich einmal im Kreis. Wo konnte er nur sein?

Als sie Unterbergers Büro verließ, stieß sie beinahe mit einem russischen Major zusammen, der sie grob zurückstieß und auf Russisch anschrie. Sie verstand kein Wort und wollte weg von dem offenbar außerordentlich zornigen Mann. Doch wie herbeigezaubert flankierten sie plötzlich zwei weitere russische Soldaten, einer links und einer rechts, und hielten sie an den Armen fest.

»Was soll denn das?« Unmutig versuchte sie sich zu befreien. Es misslang. Schließlich hörte sie auf, sich zu winden, stand still und blickte dem russischen Major trotzig ins Gesicht. »Was wollen Sie von mir?«, fragte sie laut.

Der Russe, es war Major Rasumovsky, sie erkannte ihn jetzt, sprach sie auf Deutsch an. »Wo ist er?«, brüllte er. »Wo ist Ernst Szabo?«

Amelie kombinierte blitzschnell. Ernst war verschwunden, der Zettel sollte sie beruhigen. Er war auf der Flucht.

»Ich weiß es nicht«, sagte sie dann so ruhig es ihr möglich war.

»Das glaube ich Ihnen nicht.« Der Major war außer sich vor Zorn. »Sie haben versprochen, den Mann an mich auszuliefern, wenn er wieder gesund ist. Also, wo ist er?«

Drohend war Rasumovsky noch einen Schritt auf Amelie zugetreten. Sie roch seinen Schweiß und Tabak, als er so nahe vor ihr stand. Der Mann war abgerissen. Seine Uniform war verdreckt, und er roch nach Alkohol.

»Ich weiß nicht, wo Ernst Szabo ist«, wiederholte Amelie. »Glauben Sie mir, ich weiß es wirklich nicht.«

Rasumovsky hob drohend die Faust. Amelie versuchte zurückzuweichen, doch die beiden Soldaten hielten sie eisern fest. In diesem Augenblick eilten Oberstabsarzt Unterberger und Alexander Heigl auf sie zu.

»Lassen Sie sofort die Stabsärztin von Liebwitz los«, befahl Heigl und Unterberger schlug Rasumovsky fest auf die Schulter, um ihn abzulenken. Der große Mann fuhr herum.

»Ich bin hier, um einen deutschen Spion abzuholen.« Seine Stimme klang langsam heiser. »Und ich habe es satt, mir die Ausreden Ihrer Ärztin anzuhören.«

Alexander Heigl hatte Amelie aus den Händen der beiden russischen Soldaten befreit und war mit ihr ein paar Schritte zurückgetreten. Er reichte ihr ein schmuddeliges Taschentuch. Erst jetzt bemerkte Amelie die Spucketropfen auf ihrer Stirn, die wohl von dem zornigen russischen Major stammen mussten. Sie wischte sie energisch weg.

»Weißt du, wo er ist?«, flüsterte sie Alexander zu.

»Nein, ich habe keine Ahnung«, antwortete dieser ebenso leise.

Unterberger, der ein gutes Stück kleiner als Rasumovsky war, hatte sich vor diesem aufgebaut und blickte ihm zornig in die Augen. »Wir wissen nicht, wo Ernst Szabo ist«, sagte er bestimmt. »Als ich ihn heute Morgen aus seinem Zelt holen wollte, war er verschwunden. Und wir haben keine Ahnung, wann genau und wohin er verschwunden ist.«

Unterberger log gekonnt, doch auf seiner Stirn standen Schweißperlen und auch auf dem Rücken seines Uniformhemds zeichnete sich ein großer Schweißfleck ab.

»Das ist eine Verschwörung!«, brüllte Rasumovsky. »Das wird Folgen haben!«

Unterberger machte einen Schritt vorwärts und drängte Rasumovsky damit dazu, einige Schritte rückwärtszugehen. »Das können Sie halten, wie Sie wollen«, fuhr er den russischen Major an. »Aber jetzt verschwinden Sie hier. Der Krieg ist vorbei. Sie haben hier keinerlei Befehlsgewalt mehr.«

Rasumovsky wurde still. Er schien zu überlegen. Dann wandte er sich ansatzlos um, bellte seinen beiden Soldaten einen Befehl zu und verschwand – nicht ohne zuvor noch einmal lautstark zu versprechen, dass er wiederkommen würde und sie ihn dann erst so richtig kennenlernen würden.

Als Rasumovsky und seine beiden Begleiter ihre Pferde bestiegen hatten und davongeritten waren, atmeten Unterberger, Amelie und Alexander auf. Einen Augenblick war es ganz still. Doch dann brach Amelie das Schweigen.

»Was ist hier los?«, begehrte sie zu wissen. »Wo ist Ernst?«

Unterberger nahm vorsichtig Amelies Arm und führte sie in Begleitung von Alexander zurück in das Zelt, das ihm als Dienstzimmer diente. Dort schickte er Fähnrich Huber nach Tee und bat die beiden, sich zu setzen.

»Ich will mich nicht setzen!«, blaffte Amelie. »Ich will wissen, was hier gespielt wird!«

»Beruhige dich«, mahnte Alexander. »Setz dich einen Moment hin und hör zu.«

Amelie schnaufte empört, setzte sich dann aber hin. Unterberger hatte hinter seinem Schreibtisch Platz genommen, wenige Minuten später sah Amelie ihn dankbar an.

»Also ist es Ihnen zu verdanken, dass Ernst rechtzeitig

flüchten konnte«, stellte sie fest. »Danke, vielen Dank, Herr Oberstabsarzt.« Schon wieder stiegen ihr die Tränen in die Augen.

»Wissen Sie, wo er hinwollte?«, fragte sie dann. »Mir hat er nur geschrieben, er müsse weg und werde versuchen, Berlin zu erreichen.«

»Nein, meine Liebe, ich weiß es nicht. Wir haben ihm ein Pferd gegeben und er ist davongeritten. Und das ist gut so. Bei den Sowjets wäre er mit Sicherheit über kurz oder lang hingerichtet worden.«

Amelie senkte den Kopf. Schon wieder war alles vollkommen durcheinander. Aber immerhin, Ernst war gerettet. Und das war letzten Endes alles, was zählte.

Sie würde nach Berlin zurückkehren. Und bestimmt würde Ernst sie dort finden. Das musste einfach so sein. Sie konnten einander nicht schon wieder verlieren. Nicht, nachdem sie sich erst vor so kurzer Zeit wiedergefunden hatten. Das durfte einfach nicht sein.

## *Kapitel 28*

BERLIN, 1918

Friedrich Görtz blickte unwillig von der Krankenakte auf, die er gerade bearbeitete. »Die Sprechstunde ist schon vorbei. Kommen Sie morgen wieder«, bellte er in Richtung Tür, von der ein zaghaftes Klopfen ertönt war. Trotzdem öffnete sich die Tür und eine zerlumpte Gestalt betrat Friedrichs Dienstzimmer im nächtlich stillen Curias-Krankenhaus.

»Ich habe Ihnen doch gesagt, dass …« Der Rest von dem, was er hatte sagen wollen, blieb ihm im Hals stecken. Fassungslos blickte er zu der Gestalt, die soeben sein Zimmer betreten hatte.

»Amelie?«, fragte er ungläubig und rieb sich die Augen. Es war düster im Raum, draußen herrschte tiefdunkle Nacht und nur die Schreibtischlampe beleuchtete das Dienstzimmer.

Die Gestalt flüsterte leise seinen Namen. »Friedrich«, hörte er, dann schwankte sie.

Er sprang von seinem Schreibtisch auf und schaffte es gerade noch, Amelie von Liebwitz, denn es handelte sich tatsächlich um seine Kollegin, aufzufangen, bevor sie stürzen konnte. Vorsichtig nahm er sie auf die Arme und trug sie zu dem einzigen Sessel in seinem Dienstzimmer, von seinem Schreibtischstuhl abgesehen. Er ließ sie darauf nieder und rümpfte ein wenig die Nase. Der Geruch, der von seiner Freundin aufstieg, war beißend. Er hockte sich vor sie, die mit halb geschlossenen Augen zu ihm heruntersah.

»Amelie, ich fasse es nicht. Wie bist du …? Was hast du …?« Erneut blieben ihm die Worte im Hals stecken, angesichts der zerlumpten und offensichtlich halb verhungerten Gestalt vor ihm.

Amelie schloss die Augen.

»Nicht einschlafen!«, rief Friedrich panisch. »Warte, ich hole dir etwas zu essen und zu trinken.«

Er klingelte Sturm mit seiner Schreibtischglocke. Nur kurze Zeit später klopfte es an die Tür und auf sein ungeduldiges »Herein!« betrat Oberschwester Renate den Raum. Auch sie war vollkommen überrascht, als sie die Gestalt in Friedrichs Sessel entdeckte. »Wer ist denn das?«, fragte sie und machte ein paar Schritte auf Amelie zu. Dann erkannte sie das markante Gesicht.

»Fräulein Dr. von Liebwitz!«, rief sie erstaunt aus. »Aber wo kommen Sie denn jetzt her? Und in diesem Zustand?«

Die kleine zierliche Frau in der adretten Schwesternuniform des Curias-Krankenhauses wollte sich zu Amelie vorbeugen, doch Friedrich fasste sie am Arm. »Wir brauchen sofort etwas Tee und Suppe, vielleicht auch ein Stück Brot. Können Sie etwas holen?«, fragte er die Oberschwester dringlich.

»Ich versuche mein Bestes, Herr Dr. Görtz«, antwortete Oberschwester Renate und stürzte davon.

Inzwischen trat Friedrich wieder zu Amelie und sagte leise: »Amelie, Liebes, was ist denn nur passiert? Nach deinem letzten Brief habe ich gedacht, du hättest schon vor Wochen am Bahnhof in Berlin ankommen müssen?«

Amelie hob müde den Kopf. »Das dachte ich auch«, flüsterte sie mit rauer Stimme. »Leider verlief meine Rückreise aus Russland allerdings ein wenig abenteuerlicher.« Sie lachte heiser und hustete dann bellend.

»Kann ich bitte etwas zu trinken haben?«, fragte sie dann.

Friedrich schalt sich einen Narren, weil er nicht früher daran gedacht hatte, nahm den Wasserkrug auf seinem Schreibtisch und schenkte Amelie ein Glas Wasser ein. Sie trank durstig. »Noch eins«, sagte sie. Auch das zweite Glas trank sie in einem Zug aus.

Das Wasser schien ihre Lebensgeister zu wecken. Sie setzte sich ein bisschen aufrechter hin und schaute Friedrich an. »Ich glaube, ich brauche ein Bad«, meinte sie dann und lächelte angesichts von Friedrichs Miene. »Ich weiß nicht, wann ich zum letzten Mal aus diesen Lumpen gekommen bin.«

Friedrich wurde rot. »Aber natürlich. Sobald Oberschwester Renate zurück ist, werde ich für dich ein Bad veranlassen und ein Bett herrichten lassen. Und jetzt möchte ich mal schauen, ob du Fieber hast. Du hast ganz glänzende Augen.« Amelie nickte stumm.

Friedrich legte ihr die Hand auf die Stirn. Sie glühte. In diesem Augenblick stieß Oberschwester Renate die Tür zum Dienstzimmer auf und kam mit einem Tablett auf den Armen herein. Sie stellte eine Schale mit dünner Suppe, einen Becher mit heißem Kräutertee und zwei Scheiben Brot auf den Tisch.

Heißhungrig machte Amelie sich über das Essen her.

»Langsam«, mahnte Friedrich. »Wenn du alles so hinunterschlingst, wird es gleich wieder heraufkommen.«

Amelie hatte erbärmlichen Hunger, dennoch gab sie sich sichtlich Mühe, etwas langsamer zu essen, und trotzdem war die Schale rasch leer und das graue Brot bis auf den letzten Krümel aufgegessen.

Aufatmend lehnte Amelie sich in ihrem Stuhl zurück. »Danke schön, Oberschwester, vielen Dank.« Sie nippte an dem Becher mit Kräutertee.

»Oberschwester, bitte bereiten Sie ein Bad für das Fräulein Doktor zu und richten Sie ihr ein Bett in einem der Einzelzimmer. Fräulein Dr. von Liebwitz hat Fieber …«

»… und wahrscheinlich auch Läuse und Flöhe«, ergänzte Amelie leise.

»Ich werde mich gleich an die Arbeit machen«, sagte die Oberschwester unerschrocken und eilte wieder hinaus.

Friedrich setzte sich zurück in seinen Schreibtischsessel. Er blickte Amelie lange an. »Magst du mir erzählen, was passiert ist? Wie du wieder nach Berlin gekommen bist?«, fragte er dann leise, während er seine Pfeife mit ausgesprochen übel riechendem Tabak stopfte. Auch mit Friedrich waren die vergangenen vier Jahre nicht gerade pfleglich umgegangen. Der große, immer schon schlanke Mann wirkte nun geradezu ausgemergelt. Der »Steckrübenwinter« 1916/17 hatte ihm beinahe alle Reserven geraubt. Zudem waren seit langer Zeit viel zu wenige Ärzte am Curias tätig. Er hatte sich an seiner Arbeit für die Patienten fast aufgerieben. Im Frühjahr dieses Jahres war zudem eine Vielzahl von Grippefällen aufgetreten. Zeitweise hatten sie ganze Abteilungen für diese Patienten räumen müssen.

Amelie sah auf. »Ich will dir gerne alles erzählen, Friedrich«, sagte sie. »Aber verzeih mir bitte, wenn ich jetzt nur noch baden und dann endlich einmal wieder in einem Bett schlafen möchte.«

»Aber natürlich, wie dumm von mir«, gab Friedrich zur Antwort. »Kannst du laufen? Dann bringe ich dich jetzt ins Badezimmer.«

Amelie erhob sich langsam und machte einen vorsichtigen Schritt. Sie schwankte zwar, aber sie blieb aufrecht stehen.

»Komm, ich stütze dich«, bot Friedrich an und nahm ihren Arm.

Eine Stunde später lag Amelie, von Läusen und Flöhen befreit, sauber gewaschen und mit einem gestärkten Krankenhausnachthemd bekleidet, in einem frisch überzogenen Bett in einem der wenigen Einzelzimmer des Curias-Krankenhauses. Nur eine kleine Nachttischlampe erhellte mit ihrem freundlichen Schein den Raum. Oberschwester Renate schüttelte noch einmal die Kissen auf, maß Fieber und Blutdruck und trug alles in die Fieberkurve ein, die sie an das Ende von Amelies Bett hängte. Noch etwas anderes schrieb sie auf.

*Patientin ist im fünften Monat schwanger.*

Die erfahrene Oberschwester war beim Baden darauf aufmerksam geworden. Zwar war Amelie erbarmungswürdig abgemagert, dennoch wölbte sich ihr Bauch leicht vor. Sie hatte sie gefragt und Amelie hatte geantwortet.

»Mir ist es auch erst vor ein paar Wochen aufgefallen«, hatte sie gesagt und müde geblinzelt. »Ich wusste nicht, dass ich ein Kind erwarte, als ich das Lazarett am Dnjestr verlassen habe.«

Renate hatte sich nicht weiter dazu geäußert, nur kurz die Herztöne des Kindes mit einem Hörrohr abgehört und festgestellt, dass wohl alles in Ordnung sei.

»Wie weit sind Sie denn, Fräulein Doktor?«, fragte die Oberschwester, ohne ihre Meinung zu dieser Schwangerschaft abzugeben. Sie war eine tolerante Frau, die in ihrem langen Leben als Krankenschwester schon alles gesehen hatte, und wollte sich kein Urteil anmaßen.

»Ungefähr im fünften Monat.«

## *Intermezzo*
## WIEN 1950

»Du warst schwanger?«

Fassungslos starrte Ernst Amelie an. Auf einmal war es totenstill in dem kleinen, gemütlichen Sacher-Séparée. »Wurdest du auf deiner Flucht etwa …« Ernst rang nach Worten.

»Nein, ich wurde nicht vergewaltigt«, sagte Amelie trocken. »Ich war mit deinem Kind schwanger.«

Ernst sprang von seinem Stuhl auf und begann, in dem kleinen Raum auf und ab zu laufen. »Aber das gibt es doch nicht!«, entfuhr es ihm. »Hast du das Kind denn behalten?«

»Na, was denkst du denn?«, antwortete Amelie schroff. »Für einen Schwangerschaftsabbruch war es längst zu spät, als ich nach meiner nicht enden wollenden Flucht endlich in Berlin angelangt war. Und obwohl ich fast verhungert, fiebrig und vollkommen erschöpft zu Hause angekommen war, habe ich das Kleine nicht verloren. Meine Felicitas war zäh, sie wollte wohl unter allen Umständen auf die Welt kommen.«

Ernst, der wieder Platz genommen hatte, zündete sich eine Zigarette an und drückte auf den Klingelknopf auf dem Tisch. Augenblicke später stand ein Kellner in der Tür.

»Herr Ober, bringen Sie mir bitte einen Schnaps – oder«, Ernst verbesserte sich, »bringen Sie doch bitte gleich eine ganze Flasche und zwei Gläser.«

Der Ober verneigte sich. »Was wünschen der Herr?«, fragte er. »Wir haben Slibowitz, Marillen- oder Birnenbrand, einen sehr guten Grappa aus Sizilien oder auch einen guten russischen Wodka.«

Ernst blickte den Kellner ungeduldig an. »Bringen Sie den Wodka!«

Der Kellner verschwand und war wenige Minuten später mit einer eisgekühlten Flasche Wodka, einem Eiskübel und zwei Schnapsgläsern zurück. »Lassen Sie alles hier, wir schenken uns selbst ein«, sagte Ernst.

Der Kellner nickte und verließ den Raum. Ernst schenkte die beiden Gläser randvoll mit Wodka. Ohne auf Amelie zu warten, hob er sein Glas und trank den Schnaps in einem Zug. Dann holte er tief Luft, hustete kurz und schenkte sich nach.

Amelie, die die Szene beobachtet hatte, trank ebenfalls einen kleinen Schluck und stellte ihr Glas wieder hin. Sie hatte Schnaps noch nie gemocht. Er erinnerte sie viel zu sehr an die Trinkgelage ihres Vaters.

Ernst lehnte sich in seinem Stuhl zurück, nahm einen tiefen Zug von seiner Zigarette und sprach all die Fragen aus, die ihm durch den Kopf schossen: »Wir haben also eine Tochter? Und sie heißt Felicitas? Wo ist sie? Weiß sie, dass ich ihr Vater bin?« Er schwieg, erschöpft nach all den Fragen.

Amelie beugte sich vor und hob die Hand, um ihm über die Wange zu streichen. Ungeduldig schob Ernst die Hand fort.

»Lass mich«, raunzte er. »Beantworte bitte endlich meine Fragen. Ich glaube, ich habe ein Recht darauf.«

Nun wurde Amelie sauer. »Ein Recht?«, fragte sie empört. »Du glaubst, ein Recht auf die Antworten auf deine Fragen zu haben?« Nun hielt es sie nicht mehr auf ihrem Stuhl. »Wieso glaubst du, du hast ein Recht darauf? Als ich damals endlich wieder in Berlin angekommen war, wo warst du da? Und später, als Felicitas zur Welt gekommen ist? Ich habe nichts mehr von dir gehört. Keinen Brief, kein Telegramm, gar nichts. Ich dachte, du wärst in den Wirren des Kriegsendes verschollen oder gestorben. Ich dachte, du lebst nicht mehr. Und später? Nichts habe ich von dir gehört, gar nichts.« Sie schrie jetzt. »Du hast dich nie mehr bei mir gemeldet. Ich habe Jahre später erst von deinen Erfolgen als Komponist und Dirigent erfahren – aus der Zeitung. Von dir persönlich kam kein Wort.« Bei den letzten Worten war Amelie immer leiser geworden. »Ich habe gedacht, du willst eben nichts mehr von mir wissen. Dass wir eine Kriegsromanze gehabt hatten, und das war alles.«

Ernst blickte sie aus großen Augen an. »Bitte, setz dich wieder hin und lass uns in Ruhe darüber reden«, bat er Amelie, die tatsächlich wieder Platz und ihr Schnapsglas in die Hand nahm. Diesmal war sie es, die den Wodka mit einem einzigen großen Schluck hinunterkippte.

Lange Zeit herrschte Stille in dem kleinen Séparée. Die Kerzen flackerten. Vor den Fenstern war es stockdunkel. Amelie hatte das Gefühl, sie und Ernst seien die einzigen Menschen auf der Welt.

Schließlich ergriff Ernst wieder das Wort. »Du bist also schwanger nach Berlin zurückgekommen – was geschah dann?«, fragte er. »Und wo ist Felicitas heute? Sieht sie dir ähnlich oder mir?« Die Fragen sprudelten nur so aus ihm heraus.

»Ich kam schwanger zurück«, bestätigte Amelie. »Ich war im fünften Monat, du erinnerst dich, es war März, als wir in Russland zusammen waren, bevor du auf Nimmerwiedersehen verschwunden bist.«

Ernst machte eine ungeduldige Handbewegung. »Und weiter?«, fragte er. »Erzähl doch bitte weiter.«

Amelie beugte sich wieder über den Tisch und nahm Ernsts Hand in die ihre. Sie wusste nicht recht, wie sie fortfahren sollte.

»Oder«, setzte Ernst neu an, diesmal nahm er seine Hand nicht weg. »Erzähl mir von heute. Wo lebt Felicitas? Wie ist sie? Weiß sie, dass ich ihr Vater bin?«

Amelie nickte. »Ja, das weiß sie. Aber lass uns doch noch einmal zurückgehen, in die Zeit, als ich wieder in Berlin war, schwanger mit unserem Kind. Es gibt noch so vieles, das du nicht weißt.«

Ernst nickte, dann erhob er sich unvermittelt. »Lass uns ein paar Schritte spazieren gehen«, sagte er. »Ich brauche Bewegung, um all diese Neuigkeiten zu verarbeiten.« Er fuhr sich mit beiden Händen durchs Haar. »Das war alles ein bisschen viel, weißt du?«

Amelie verstand das nur zu gut. Auch sie tat sich schwer, all diese Erinnerungen wieder hervorzuholen und darüber zu sprechen.

»Gut«, antwortete sie. »Lass uns ein Stück gehen und ich erzähle dir den Rest.«

Als sie auf der Straße waren, hakte Amelie sich bei Ernst unter. »Du warst also im Krankenhaus«, setzte Ernst dort ein, wo er Amelie bei ihrer Erzählung unterbrochen hatte.

»Ja, endlich war mir einmal warm, ich hatte zu essen bekommen und ein Bad nehmen dürfen. Es war eine unvorstellbare Erleichterung.«

## *Kapitel 29*

BERLIN, AUGUST 1918

Zu Tode erschöpft ruhte Amelie in den Kissen. Die Augen fielen ihr zu.

»Danke schön, liebe, liebe Oberschwester«, murmelte sie. »Ich fange an, mich wieder wie ein Mensch zu fühlen.«

»Sehr gern geschehen, Fräulein Dr. von Liebwitz. Wir sind ja so froh, Sie wiederzuhaben.«

Renate war gerührt. Sie kannte Amelie, seit sie als Assistentin im Curias-Krankenhaus begonnen hatte, und schätzte sie sehr. In Amelies Ausbildungszeit hatte Schwester Renate die renommierte Krankenpflegeschule des Curias-Krankenhauses geleitet. Die war inzwischen geschlossen und Renate machte wieder Pflegedienst im Spital.

»Ich gehe jetzt, und Sie schlafen sich erst einmal aus.«

Noch einmal strich sie Amelie liebevoll über die Stirn und verließ den Raum.

Amelie blieb allein in dem dunklen Krankenzimmer zurück. Das Baby in ihrem Bauch bewegte sich, sie spürte es deutlich. Vorsichtig legte Amelie die Hand auf ihren Bauch und streichelte ihn.

»Hallo, meine Kleine«, murmelte sie. »Jetzt sind wir wieder zu Hause. Jetzt kann nichts mehr passieren. Wir sind in Sicherheit.«

Als hätte das ungeborene Baby sie verstanden, hörten die Kindsbewegungen auf. Amelie lächelte leise, schloss die Augen und schlief augenblicklich ein.

Drei Tage später war die junge Frau nicht mehr wiederzuerkennen. Blass und dünn war sie zwar noch immer, aber sie saß fieberfrei in ihrem Krankenhausbett. Die rotblonden Haare, die sie im Lazarett kurz abgeschnitten hatte, wuchsen wieder und ringelten sich bis zu ihren Ohren. Ihr Gesicht war noch immer spitz, aber nicht mehr gelblich. Und die Augen blickten wieder klar.

Als es an ihrer Krankenzimmertür klopfte, betrat Friedrich auf ihr »Herein« das Krankenzimmer und lächelte erleichtert.

»Ah, schon viel besser«, rief er. »Da sitzt wieder die Amelie, die ich kenne.«

Er trat zu ihrem Bett und gab ihr die Hand. »Wie fühlst du dich?«

»Als könnte ich Bäume ausreißen«, scherzte Amelie.

»Na, so schnell schießen die Preußen nicht«, gab er lächelnd zurück. »Aber ich denke, du kannst heute aufstehen und nach Hause gehen.«

»Wirklich?« Amelie war hocherfreut.

»Ja, du hast kein Fieber mehr, dir fehlt nichts, was nicht regelmäßiges Essen, viel Trinken und Ruhe auszukurieren vermögen. Ich habe bereits dein Dienstmädchen benachrichtigt. Sie ist gerade dabei, alles für dich herzurichten. Und Oberschwester Renate besteht darauf, dir einen Korb mit Nahrungsmitteln mitzugeben.«

Amelie lächelte befreit. »Ach, ich freue mich so auf meine eigenen vier Wände!«

Friedrich hatte inzwischen die Fieberkurve aus ihrem Halter genommen und trug nun ihr Entlassungsdatum ein. Ihre Schwangerschaft hatte er bislang noch nicht angesprochen. Viel zu viel war noch ungeklärt zwischen ihnen, das Thema wollte er erst anschneiden, wenn sie endlich Zeit zu einem ausführlichen Gespräch gehabt hätten.

»Sag mal«, brach Amelie in seine Gedanken ein. »Welchen Monat haben wir eigentlich?«

Friedrich blickte sie überrascht an. »Aber natürlich, woher solltest du das auch wissen? Wir haben heute den 10. August 1918.«

»Und? Sind wir immer noch im Krieg?«

»Ja, leider. Derzeit läuft eine große Invasion im Westen, aber es sieht nicht gut aus für Deutschland.«

»Ach, wenn dieses sinnlose Schlachten doch endlich zu Ende wäre!«, seufzte Amelie. »Vier Jahre sind doch wirklich genug.«

»Das sehe ich genauso«, antwortete Friedrich. »Ich denke, die kommenden Wochen werden eine Entscheidung und damit auch das Ende bringen.«

Amelie nickte. »Das wird auch langsam Zeit.«

Bewusst schob sie dann alle Gedanken an den Krieg und die damit einhergehenden Belastungen von sich. Du musst jetzt nach vorne sehen, dachte sie, und du musst optimistisch sein!

Amelie wusste, sie konnte sich zu einer positiven Sichtweise zwingen. Das hatte sich schon vielfach in ihrem Leben als überlebensnotwendig erwiesen. Nicht zuletzt auf der langen Reise, die sie von Odessa hierher nach Berlin geführt hatte.

Sie lächelte Friedrich an und fragte: »Und wann darf ich nach Hause gehen?«

Friedrich lachte kurz und sagte: »Die ungeduldige Amelie, du hast dich wirklich nicht verändert. Nun, wenn du dich gut genug fühlst, dann entlasse ich dich hiermit offiziell und verordne dir Ruhe und Schonung in deinem Zuhause, verstanden?«

Amelie nickte. Sie fühlte sich noch immer zu Tode erschöpft und war praktisch ständig hungrig. Das Baby in ihrem Bauch schien permanent Nahrung zu fordern.

»Komm heute Abend zum Essen zu mir«, lud sie Friedrich ein. »Dann werde ich dir von meiner abenteuerlichen Reise berichten. Aber vergiss nicht«, mahnte sie ihn zum Abschied. »Ich lebe jetzt im Palais von Tante Elisabeth.«

»Wirklich?«, fragte Friedrich erstaunt.

»Ja, sie hat 1914 einen argentinischen Rinderbaron geheiratet – stell dir vor! Und deshalb hat sie mir ihre Villa hier in Berlin geschenkt.«

Friedrich schüttelte lächelnd den Kopf. »Deine Tante ist wohl immer für eine Überraschung gut.«

Amelie gab ihm einen Zettel, auf dem sie rasch die Adresse der Villa im Grunewald, die nun ihr gehörte, notiert hatte. Friedrich nickte, küsste sie auf die Wange und verließ das Krankenzimmer. Kurze Zeit später erschien Oberschwester Renate, beladen mit einem Korb, unter dem sie schwankte.

»Guten Morgen, Fräulein Dr. von Liebwitz«, keuchte sie. »Ich habe Ihnen ein paar Lebensmittel zusammenpacken lassen.«

»Nur ein paar?«, lachte Amelie. »Es sieht aus, als hätten Sie die gesamte Speisekammer des Krankenhauses eingepackt.«

»Aber nein, es gibt ja auch nicht viel. Die Lebensmittel sind immer noch rationiert«, wehrte Renate ab. »Aber ein bisschen was für die ersten Tage konnte ich doch zusammensuchen. Verlassen Sie uns jetzt?«

»Ja, ich darf endlich nach Hause gehen.«

Amelie hatte sich inzwischen angezogen. Auch hier war Oberschwester Renate nicht untätig gewesen. Sie hatte Amelies alte Wohnung aufgesucht, um ihrer Patientin Wäsche und Kleider zu bringen.

»Draußen wartet eine Droschke«, sagte die Unermüdliche jetzt. »Die bringt Sie nach Hause. Der Fahrer ist einer meiner Cousins. Der Fahrpreis ist schon bezahlt.«

»Oberschwester, Sie sind wirklich großartig«, sagte Amelie staunend. »Ich glaube, in Wirklichkeit leiten Sie hier das Krankenhaus und nicht der Krankenhausdirektor.«

Renate lächelte leise. »So ist es ja auch«, sagte Renate fröhlich. »Aber sagen Sie es niemandem, ja?«

»Bestimmt nicht«, gab Amelie zurück, schnappte sich ihr Köfferchen und machte sich auf den Weg in ihr neues Zuhause.

Dort wurde sie von Fritz, Elisabeths Butler, formvollendet begrüßt. Else, Amelies Dienstmädchen, dagegen fiel ihr vor lauter Freude um den Hals.

»Es ist so wundervoll!«, rief sie. »Endlich sind Sie wieder zu Hause.« Dann löste sie die Umarmung, die Amelie mit Freuden erwidert hatte, und trat einige Schritte zurück. Sie nahm Amelie ihr Köfferchen und den Korb mit den Lebensmitteln ab. »Ihr Bett ist frisch bezogen, gnädiges Fräulein, und im Bad wartet eine volle Badewanne auf Sie.«

Amelie lächelte ihr Dienstmädchen warm an. »Du bist einfach großartig, Else«, bemerkte sie. »Ich werde gleich das Bad nehmen und mich dann einige Stunden hinlegen. Am Abend kommt Dr. Görtz zum Essen, meinst du, du kannst uns etwas zaubern?«

Else nickte eifrig. »Sie haben da in Ihrem Korb viele gute Dinge. Damit lässt sich bestimmt ein Abendessen zubereiten, machen Sie sich keine Sorgen.«

»Mit dir im Haus mache ich mir da keine Sorgen«, sagte Amelie und machte sich auf den Weg ins Badezimmer. »Und morgen werden wir gemeinsam frühstücken. Du musst mir alles erzählen, was dir in den vergangenen Jahren so widerfahren ist, ja?«

»Sehr gern«, gab Else fröhlich zur Antwort und trollte sich in die Küche.

## *Kapitel 30*

Schließlich war es acht Uhr am Abend geworden. Amelie, ausgeruht und in frischen Kleidern, saß in ihrem Wohnzimmer, rauchte eine Zigarette und trank aus einem Glas mit Sherry. Beides hatte sie in dem Korb, den Schwester Renate ihr mitgegeben hatte, gefunden.

»Auf Sie, verehrte Oberschwester!«, murmelte sie und hob ihr Glas einer imaginären Oberschwester entgegen.

Im Esszimmer deckte Else den Tisch. Da schellte es an der Tür. Kurz darauf meldete Butler Fritz Friedrich an, der sogleich in den Salon eintrat. Ihr Freund hielt ihr, sie konnte es kaum glauben, einen Strauß mit frischen Wiesenblumen unter die Nase.

»Wo hast du die denn her?«, fragte sie, nahm den Strauß entgegen und schnupperte. »Das riecht himmlisch«, schwärmte sie.

»Geklaut!«, gab Friedrich lächelnd zur Antwort. »Ich wollte doch nicht mit leeren Händen vor deiner Tür stehen.«

Amelie bat ihren Freund hinein. »Magst du auch einen Sherry?«, fragte sie. Friedrich nickte und Amelie schenkte ein.

»Hier duftet es aber gut«, sagte Friedrich anerkennend. »Was gibt es denn?«

»Das weiß ich nicht, Else hat mich aus der Küche verbannt, damit ich nicht in die Töpfe schauen kann«, lächelte Amelie.

Die beiden stießen mit ihren Sherrygläsern an und tranken einen Schluck, als auch schon ein Glöckchen ertönte.

»Essen ist fertig«, kam es von Else. »Ich bitte ins Esszimmer.«

»Wenn Else befiehlt, dann müssen wir ihr folgen«, sagte Amelie, und die beiden gingen zu Tisch.

»Wie hast du das nur angestellt?«, fragte Amelie das Dienstmädchen, als sie und Friedrich mit dem Essen fertig waren. Es hatte Ochsenschwanzsuppe gegeben, danach einen wunderbar zubereiteten Fisch und als Nachspeise Erdbeercreme. Jetzt saßen die beiden vor zwei Mokkatässchen mit echtem Bohnenkaffee.

Else wurde vor Freude rot. »Stellen Sie mir keine Fragen, dann erzähle ich Ihnen keine Lügen, gnädiges Fräulein«, grinste sie.

»Also gut.« Amelie gab sich mit der Antwort zufrieden. »Jedenfalls hast du mir das wunderbarste Essen seit vielen Monaten – ach was, seit Jahren – serviert. Dafür danke ich dir vielmals.« Else wurde puterrot.

»Ich darf Sie dann verlassen?« Das Dienstmädchen wandte sich zur Esszimmertür.

»Das darfst du natürlich – und ich hoffe, du hast etwas von diesem köstlichen Essen auch für dich und Fritz aufgehoben.«

Else lächelte fröhlich. »Das habe ich, gnädiges Fräulein.«

»Dann lasst es euch schmecken!«

Amelie öffnete ihre Tabatiére und bot Friedrich eine Zigarette an.

»Oh«, meinte dieser. »Echte Zigaretten! Ich rauche seit Wochen bloß noch selbst gedrehtes Kraut.« Genussvoll sog er den Rauch ein und blies ihn wieder aus. »Herrlich, so entspannt habe ich mich lange nicht gefühlt«, meinte er dann. »Jetzt musst du mir aber endlich von deiner abenteuerlichen Reise erzählen, die dich wieder zurück nach Hause geführt hat, ja?«

Amelie überlegte. »Einfach ist das nicht«, begann sie schließlich. »Es war schrecklich. Manchmal dachte ich, ich würde überhaupt nicht mehr nach Berlin kommen. Aber es gab auch Menschen, die mir geholfen haben.«

## *Kapitel 31*

### AN DEN UFERN DES DNJESTR, MÄRZ 1918

Also, Fräulein Stabsärztin von Liebwitz, wir fahren jetzt«, sagte Oberstabsarzt Dr. Unterberger. »Aber ich lasse Ihnen einen Trupp von vier Soldaten hier, die Sie nach Odessa begleiten werden. Von dort müssen Sie sich dann leider allein Ihren Weg suchen. Aber ich bin sicher, Sie schaffen das.«

Unterberger reichte Amelie die Hand. »Sie waren in den vergangenen vier Jahren eine Stütze dieses Lazaretts«, lächelte er. »Bitte lassen Sie mich wissen, wie es Ihnen weiterhin ergeht. Sie können mir postlagernd nach Rostock schreiben, wo ich wohne. Meine Frau kann mir Ihre Briefe dann weitersenden.«

Amelie standen Tränen in den Augen. »Auf Wiedersehen, Herr Oberstabsarzt, es war eine Freude und ein Privileg, an Ihrer Seite zu arbeiten.«

Fest schüttelte Amelie die dargebotene Rechte und wandte sich dann rasch ab. Von den anderen Mitgliedern des Lazaretts hatte sie sich schon mehr oder weniger freundlich verabschiedet. Dr. Alexander Heigl hatte sie sogar umarmt, er war ihr in den vergangenen vier Jahren ein guter Freund geworden. Gerda dagegen hatte durch Abwesenheit geglänzt. Amelie fand es traurig, sich nicht von ihrer ehemaligen Geliebten verabschieden zu können, gleichzeitig war sie aber auch froh gewesen. Zu unangenehm hatte sich das Ende ihrer Beziehung gestaltet.

Nun stand sie allein an der Stelle, an der sich bis vor wenigen Tagen noch das Lazarett befunden hatte. »Nun«, sagte sie laut und drehte sich zum Leutnant ihres Begleitkommandos um, »dann wollen wir uns ebenfalls auf den Weg machen.«

Der Leutnant, er hieß Kaschinski, nickte emsig und half ihr, auf den Pferdewagen zu steigen, das einzige Fortbewegungsmittel, das ihnen geblieben war. Amelie war – wie schon seit Jahren – in Uniformhemd und Hose bekleidet, außerdem trug sie ihre dicke Militärjacke, denn der Frühling in Russland war nicht gerade warm, und die Schnürstiefel, die sie nun schon so lange begleiteten. Fingerlose Handschuhe, eine dicke Wollmütze und ein langer, grauer Wollschal vervollständigten ihre Garderobe. Es war ein vergleichsweise warmer Tag in Russland.

»Wenn das Wetter hält, werden wir noch heute Odessa erreichen«, sagte Kaschinski, ein waschechter Berliner. Er war einer von Amelies Patienten gewesen und hing mit rührender Zuneigung an ihr.

Und tatsächlich sollten sie es bis Odessa schaffen. Einige Male mussten die Soldaten absteigen, um die Räder des Pferdewagens aus dem Schlamm zu befreien, aber am frühen Abend trafen sie am Bahnhof der Stadt ein. Amelie war müde, alle Knochen taten ihr weh, und sie war hungrig wie ein Wolf. Viel Verpflegung hatten sie nicht mitbekommen. Jeder Soldat, der Leutnant und Amelie hatten ein Stück Brot und eine Essiggurke erhalten, die sie in einem großen Glas mit sich führten. Leutnant Kaschinski verschlang seine Ration und eilte dann in den Bahnhof, um sich nach Zügen zu erkundigen, die sie ein Stück weiter Richtung Heimat bringen würden.

Als er zurückkam, hatte Amelie es sich, so gut es irgend ging, auf dem Wagen bequem gemacht. Ihr Kopf ruhte auf ihrer dicken Jacke, die Augen fielen ihr zu.

»Fräulein Stabsärztin!«, rief Kaschinski.

Sie murrte: »Ja, was ist?«

»Angeblich soll heute Nacht um 22 Uhr ein Zug ankommen«, begann der Leutnant seinen Bericht, »der tatsächlich bis Lemberg fahren soll.«

Amelie riss die Augen auf. »Das wäre ja großartig!«, rief sie.

»Das sind immerhin mehr als 600 Kilometer, die wir Berlin näher kämen. Und, konnten Sie Fahrkarten besorgen?«

Kaschinski nickte. »Ja, aber wir werden uns so früh wie möglich auf dem Bahnsteig einfinden müssen, wir sind nämlich bei Weitem nicht die einzigen Menschen, die heute noch hier wegkommen wollen.«

Und tatsächlich, der Bahnsteig war bereits schwarz von Menschen. Amelie konnte sich nicht vorstellen, wie sie sich mit ihren fünf Mann einen Platz im Zug erkämpfen sollte. Doch sie hatte Kaschinski und seine Männer unterschätzt. Als es endlich zehn Uhr abends geworden war und der Zug sich mit dem schrillen Pfiff seiner Lokomotive ankündigte, bildeten die fünf Männer einen Ring um Amelie und drängten sich mit den Rufen »Soldaten auf dem Weg zur Front! Soldaten auf dem Weg zur Front!« durch die Menge, die – zwar nur äußerst widerwillig, aber dennoch – Platz machte.

Dann jedoch, als sie vor der Abteiltür des Zuges angekommen waren und einsteigen wollten, drängte sich von hinten ein unwahrscheinlich dicker Mann mit einem sehr großen Koffer durch den Kordon und Amelie wurde einfach weggeschoben, zurück in die Menge. Sie rief und versuchte, sich wieder nach vorne durchzudrängen, doch es war aussichtslos. Der Zug, an dem die Menschen auch an den Außenseiten in Trauben hingen, fuhr los, und Amelie blieb allein am Bahnsteig zurück.

Friedrich holte sie in die Gegenwart zurück. »Wie furchtbar«, sagte er und sah sie mit aufrichtigem Mitgefühl an. »Da hat dann wohl deine Odyssee begonnen, oder?«

»Nicht gleich«, antwortete Amelie. »Die Nacht verbrachte ich im Wartesaal des Bahnhofs von Odessa, und am nächsten Morgen fragte ich in der Bahnhofsrestauration nach einer Mitfahrgelegenheit.«

»Gab es denn keine Züge, die am Morgen in Odessa hielten?«

»Aber natürlich gab es die, aber ich hatte keinen Pfennig mehr und damit auch keine Möglichkeit, eine Fahrkarte zu erwerben.« Amelie seufzte, als sie sich an den feuchten, kühlen Morgen in Odessa erinnerte. »Zu dieser Zeit waren in der Stadt Truppen der k. u. k. Armee stationiert. Und da ich ja schließlich immer noch Teil dieser Truppe war, machte ich mich am frühen Morgen auf zum Militärhauptquartier, in der Hoffnung, ich fände eine Möglichkeit, weiterzureisen.«

»Und das gelang nicht?«, fragte Friedrich, der sich vor Neugier in seinem Sessel weit vorgelehnt hatte.

Der Sommerabend war noch nicht ganz dunkel, ein paar Kerzen brannten auf dem Esstisch. Amelies Gesicht war dennoch nur schemenhaft zu erkennen.

»Doch, das gelang«, antwortete sie. »Ich war wahnsinnig froh, dass ich, nachdem ich mit Eduard von Böhm-Ermolli, dem Militärkommandanten, gesprochen hatte, tatsächlich im nächsten Zug mitfahren durfte. Der fuhr allerdings nur bis Chişinău.«

»Und wie ging es dann weiter?«

»Nun, in Chişinău wollte ich einen Zug finden, der mich bis Lemberg bringen würde. Das war allerdings leider nicht möglich. Es herrschte das totale Chaos«, berichtete Amelie. »Ich war hungrig und müde, also suchte ich mir zuerst einmal ein Nachtlager. Ich schlug meine Zelte im Wartesaal des Bahnhofs auf und hatte es mir eben auf einer Bank gemütlich gemacht, da sprach mich eine junge Frau an, die wohl ebenfalls auf einen Zug wartete.« Wieder tauchte sie tief in ihre Erinnerungen ein.

»Sprechen Sie Deutsch?«, fragte die junge Frau Amelie, die überrascht war, hier ihre Heimatsprache zu hören.

»Ja, ich komme ursprünglich aus Berlin«, antwortete sie.

»Ich bin aus Lemberg«, sagte die Frau, eine zarte Person mit tiefschwarzen Haaren und leuchtenden, haselnussbraunen

Augen. »Ich möchte nach Hause, zu meinen Eltern und zu meinem Verlobten.«

Amelie war neugierig. »Was haben Sie denn hier gemacht, wenn ich das fragen darf?«

»Oh, das dürfen Sie«, antwortete die Fremde lebhaft. »Ich habe hier für einen wichtigen Herrn vom Militär als Dienstmädchen gearbeitet. Er wurde allerdings vor Kurzem abgezogen. Er hat mir noch ein wenig Geld gegeben und mich nach Hause geschickt.« Sie sagte Amelie ihren Namen – Elsbetta – und auch Amelie stellte sich vor.

»Eine Ärztin, das ist aber beeindruckend«, meinte Elsbetta, nachdem Amelie ihr in aller Kürze erzählt hatte, wie sie hier in Chişinău gelandet war.

»Nun, ich hoffe, der Zug nach Lemberg kommt heute noch irgendwann.« Amelie kuschelte sich tiefer in ihre Jacke. Der Wartesaal war nicht geheizt.

»Ja, hoffentlich«, antwortete Elsbetta und fragte dann: »Haben Sie Hunger?«

»Wie ein Wolf!«, rief Amelie. »Haben Sie etwa etwas zum Essen dabei?«

Neugierig beäugte Amelie Elsbettas Tasche. Sie hatte nicht gelogen, ihr Magen knurrte und sie hätte weiß Gott was dafür gegeben, ihn mit etwas Essbarem zu beruhigen.

»Ich habe Brot, Wurst und auch etwas Milch.«

Amelie wäre der fremden jungen Frau am liebsten um den Hals gefallen, ließ es aber bleiben und nahm dankbar ein Stück Brot, etwas Wurst und einen Becher Milch von Elsbetta entgegen.

Einige Stunden später traf tatsächlich ein Zug ein, der nach Lemberg fahren sollte. Amelie und Elsbetta drängten und stießen sich rücksichtslos durch die Menge, kletterten in den erstbesten Waggon und schafften es tatsächlich, zwei Sitzplätze zu ergattern. Erleichtert ließen sie sich in die Sessel fallen. Augenblicke später fuhr der völlig überfüllte Zug los.

»Wenn wir Glück haben, sind wir morgen in Lemberg«, seufzte Elsbetta. »Dann kann ich endlich wieder nach Hause gehen.«

Amelie antwortete nicht. Sie hatte die Augen geschlossen und dämmerte vor lauter Übermüdung weg. Nach ein paar Minuten schliefen beide Frauen tief und fest.

Der Zug fuhr in stetem Tempo dahin. Vor den Zugfenstern zogen tiefe Wälder vorbei, Felder und vereinzelte kleine Weiler.

Amelie träumte von Berlin. Sie war in ihrer Wohnung und saß in ihrem Arbeitszimmer. Ihr gegenüber saß ein kleines rothaariges Mädchen, etwa vier Jahre alt. Sie sang der Kleinen einen Medizinerreim vor und das Mädchen machte begeistert mit.

»Mami«, sagte das kleine Mädchen. »Wenn ich groß bin, dann werde ich auch Ärztin, so wie du.«

Amelie lächelte im Traum, als infernalischer Lärm sie plötzlich aus dem Schlaf riss.

»Was …«, begann sie. »Was um Himmels willen ist denn los?«

Elsbetta, aus dem Schlaf erwacht wie sie, konnte nur den Kopf schütteln. »Der Zug steht«, murmelte sie mit halb geschlossenen Augen.

»Sind wir denn schon da?«

»Sicher nicht«, antwortete Elsbetta. »Wir sind irgendwo mitten auf der Strecke.«

In diesem Augenblick wurde die Abteiltür aufgerissen und eine Gruppe russischer Soldaten drängte sich, Gewehre im Anschlag, in den überfüllten Waggon.

»Die weiße Armee!«, schrie Elsbetta erschrocken auf. Amelie blickte über die Schulter. Die Soldaten brüllten irgendetwas. Sie hatte von dieser Armee gehört. Sie kämpfte gegen die Bolschewiken, wollte die Auswirkungen der russischen Revolution umkehren, war bislang aber nicht sehr erfolgreich gewesen.

Plötzlich erkannte sie eines der Wörter, die die Soldaten brüllten. »*Doctor!*«, schallte es durch den Waggon. »*Doctor!*«

In der langen Zeit, die Amelie im Lazarett in Russland verbracht hatte, hatte sie ein paar Worte Russisch gelernt und stand langsam auf.

»*Ya, Doctor!*«, sagte sie, doch niemand hörte sie. Sie nahm alle Kraft zusammen und brüllte so laut sie konnte: »*Ya, Doctor!*« Augenblicklich wurde es still im Waggon.

»*Vy Doctor?*«, fragte einer der Soldaten, offensichtlich ein Offizier, ging man nach seinen Schulterstücken und seiner arroganten Haltung.

»*Ya, Doctor*«, wiederholte Amelie. In der nächsten Sekunde, sie wusste kaum, wie ihr geschah, wurde sie von zwei Soldaten gepackt und aus dem Zug gebracht.

Wenige Sekunden später stand die ganze Gruppe der »Weißen« nebst Offizier neben ihr auf dem Bahnsteig. Der Zug pfiff und fuhr los.

»Aber …«, begann Amelie. »Halt!«

Doch der Zug dampfte schon davon. Und mit ihm all ihre Hoffnung.

Verschlafen, wie sie war, konnte sie einfach nicht begreifen, dass ihr soeben der Zug nach Lemberg vor der Nase davonfuhr und sie zurückließ. Der russische Offizier brüllte ihr irgendetwas ins Gesicht. Spucketröpfchen flogen.

Amelie schüttelte verzweifelt den Kopf. »Ich verstehe Sie nicht.«

Der Russe packte sie an ihren Mantelaufschlägen und versuchte es noch einmal, mit dem gleichen Ergebnis.

»Ich spreche kein Russisch«, sagte Amelie noch einmal. Sie blickte sich verzweifelt um. Sie war irgendwo im Nirgendwo. Lediglich ein kleiner Unterstand wies auf einen winzigen Bahnhof hin.

Der russische Offizier hielt inne, ließ ihren Mantelkragen los und radebrechte: »Du Deutsche?«

Amelie sah ihn an. »Ja.«

»Und du Doctor?« Wieder nickte Amelie.

Der Offizier bellte einen Befehl in die Reihen der Soldaten, die sich hinter ihm aufgebaut hatten. Es waren wohl zwei Dutzend Männer, die sie aus dem Zug gekapert hatten.

Ein sehr junger Mann trat vor, rotwangig, strohblond und sehr schlank. Ein freundliches Lächeln spielte um seinen Mund.

»*Wasili, foneticheskiy!*«, befahl der Offizier.

Der junge Mann nickte. »Sie sind Ärztin aus Deutschland?«, fragte er in deutscher Sprache mit einem schweren russischen Akzent.

»Ja, ich komme aus Berlin«, antwortete Amelie, froh, endlich mit jemandem sprechen zu können, der sie verstand.

»Und was machten Sie im Zug nach Lemberg?«

»Ich bin auf der Heimreise nach Berlin. Ich habe den ganzen Krieg über in verschiedenen Lazaretten gearbeitet, als Chirurgin.«

Der junge Soldat schüttelte verwundert den Kopf. »Aber Sie sind eine Frau!«, stellte er das Offensichtliche fest.

»Ja«, antwortete Amelie lakonisch. »Auch Frauen können Ärzte, sogar Chirurgen sein.«

Wasili übersetzte, der Offizier nickte und sprach wieder einige Sekunden lang.

»Der Offizier glaubt Ihnen«, sagte Wasili.

»Na wunderbar«, knirschte Amelie. »Dann darf ich jetzt vielleicht erfahren, warum Sie mich aus meinem Zug geholt und hier abgestellt haben?«

Wasili schmunzelte ob Amelies Reaktion. »Wir haben einen Kameraden mit einem verletzten Bein, der dringend versorgt werden muss«, erklärte er. »Wir sind ebenfalls hier gestrandet und können nicht weiter, solange unser Kamerad nicht laufen kann.« Der Offizier machte eine ungeduldige Handbewegung. »Wir hofften, in dem vorbeifahrenden Zug einen Arzt zu finden, was uns ja auch gelungen ist. Sie werden mit uns kommen und unseren verletzten Kameraden versorgen«, schloss Wasili.

Amelie, die einsah, dass ihr gar nichts anderes übrigbleiben würde, als dem Befehl Folge zu leisten, wenn sie hier irgendwann wieder wegkommen wollte, nickte. »Gut. Ich werde den verletzten Mann begutachten. Ich weiß aber nicht, ob ich ihm helfen kann.«

Der Offizier, der offenbar kein einziges Wort Deutsch konnte, schaute Wasili fordernd an. Dieser übersetzte. Zufrieden nickte der Offizier.

»Darf ich noch erfahren, mit wem ich es hier zu tun habe?«, fragte Amelie möglichst arrogant, um ihre Angst vor den Männern zu verbergen.

Wasili grinste jetzt ganz offen. »Wir sind Teil der Wrangel-Division der Weißen Armee und gerieten in einen Hinterhalt. Das, was Sie hier vor sich sehen, sind die Reste einer ganzen Truppe.«

Amelie blickte sich zum ersten Mal genau um. Die rund zwei Dutzend Männer vor ihr trugen abgerissene Uniformen, sie hatten unrasierte Gesichter und verfilzte, fettige Haare.

»Wir wurden zurückgelassen«, berichtete Wasili weiter. »Sobald Sie unseren Kameraden wiederhergestellt haben, wollen wir in die Richtung weiter, in der wir unsere Division vermuten.«

»Wo ist denn der verletzte Soldat?«, erkundigte sich Amelie.

Wasili, der in der Zwischenzeit alles, was er berichtet hatte, seinem kommandierenden Offizier übersetzt hatte, fuhr fort. »Dort drüben.« Wasili deutete auf ein Wäldchen. »Da ist eine Hütte, in der wir den Verletzten untergebracht haben.«

Er übersetzte Amelies Bereitschaft, die Truppe zu der Hütte zu begleiten. Der Offizier gab einen barschen Befehl, und sie schritten los. Amelie nahmen sie in ihre Mitte, als müssten sie verhindern, dass sie flüchtete, was sie mitnichten vorhatte, weil sie gar nicht wusste, wo sie war.

Nach einem anstrengenden Marsch durch den Wald kamen sie tatsächlich bei einer kleinen, aber solide gebauten Holzhütte an, aus einem der Fenster drang flackerndes Licht. Aus dem Schornstein kam Rauch. Es war zwar schon fast April in Russland, der Winter hatte das Land aber noch nicht völlig aus seinen Klauen entlassen.

Amelie musste sich bücken, um die Hütte betreten zu können. Drinnen herrschte drangvolle Enge. Auf jeder möglichen Sitzgelegenheit hatten sich Soldaten niedergelassen. Auf einer niedrigen Pritsche in der Mitte lag ein stöhnender junger Mann, dessen rechter Unterschenkel in einem merkwürdigen Winkel von seinem Knie abstand. Im Kamin brannte ein Feuer, auf dem kleinen Tisch, der vor dem einzigen Fenster stand, leuchtete eine Petroleumlampe.

»Das ist unser Patient«, erklärte Wasili unnötigerweise und wies auf den stöhnenden Mann auf der Pritsche.

Amelie bahnte sich einen Weg durch die Soldaten und hockte sich neben den Mann. Auf den ersten Blick erkannte sie, dass beide Unterschenkelknochen gebrochen waren. Die gebrochenen Enden staken aus dem Fleisch. Sie tastete vorsichtig die Umgebung der Wunde ab, was der verletzte Soldat mit einem weiteren Aufstöhnen quittierte.

Amelie erhob sich und wandte sich an Wasili, mit der Bitte, ihre Worte dem Führungsoffizier der Truppe zu übersetzen. »In meiner Arzttasche befindet sich alles, was ich brauche, um das Bein zu richten«, sagte sie ruhig. »Aber ich habe kein Desinfektionsmittel dabei. Gibt es hier Alkohol?«

Als Wasili übersetzte, schlich sich ein Lächeln auf das Gesicht des Offiziers. »Ob wir Alkohol dabeihaben? Russische Soldaten haben immer Wodka dabei«, grinste er und Wasili übersetzte. Einer der Soldaten drückte Amelie eine volle Wodkaflasche in die Hand.

»Wasili, Sie müssen mir assistieren«, wies sie den jungen Soldaten an. »Verabreichen Sie dem Mann erst einmal einen kräftigen Schluck. Schmerzmittel habe ich nämlich nicht. Und das Bein zu richten, wird sehr wehtun.«

Wasili tat wie geheißen, der verletzte Soldat setzte die Flasche an und wollte gar nicht mehr aufhören zu trinken.

Schließlich nahm ihm Amelie die nunmehr halb volle Flasche aus der Hand. Sie drehte sich mit dem Rücken zum Patienten und hockte sich vor das gebrochene Bein. Mit den Worten »Das wird jetzt wehtun!« goss sie schwungvoll eine große Portion Wodka auf die Wunde.

Der verletzte Soldat brüllte wie ein wildes Tier auf und versuchte, sich loszumachen.

»Halten Sie ihn fest«, wies sie Wasili an. »Sagen Sie Ihren Kameraden, Sie sollen Ihnen helfen. Er darf sich nicht bewegen!«

Kurz darauf hielten zwei kräftige Soldaten den Verletzten fest und Amelie konnte sich an die Arbeit machen. Mit raschen und exakten Bewegungen fügte sie die gebrochenen Knochenränder zusammen und schob sie so schnell sie konnte an ihren Platz zurück. Der verletzte Soldat rührte sich nicht mehr. Er war, umwölkt von Alkohol und von den Schmerzen, die Amelie ihm bereitete, in Ohnmacht gefallen.

Nachdem sie überprüft hatte, ob die beiden Unterschenkelknochen richtig lagen, nähte sie die Hautwunde. Danach goss sie den restlichen Wodka darüber, entnahm ihrer Tasche einige saubere Leinenstreifen und verband das Bein. Schließlich drückte sie sich eine Hand ins Kreuz und nahm dankbar Wasilis dargebotene Hand, um sich wieder aufzurichten.

»Der Mann braucht unbedingt Ruhe«, wies sie Wasili an. »Außerdem muss darauf geachtet werden, dass die Wunde sich nicht infiziert.«

Allzu große Hoffnungen hegte Amelie diesbezüglich allerdings nicht.

»Aber wir müssen weiter«, gab Wasili die Worte des Offiziers an Amelie weiter. »Wir müssen so rasch wie möglich wieder zu unserer Truppe stoßen.«

»Nun«, begann Amelie, die sich erschöpft auf eine Bank hatte fallen lassen, die einer der Soldaten für sie frei gemacht hatte, »der Mann ist für mindestens die nächsten fünf Tage nicht transportfähig. Wenn Sie ihn jetzt durch diese Wälder schleppen, wird er sterben.«

Der Offizier dachte eine Weile lang nach, dann rief er seinen Adjutanten zu sich und beriet sich mit ihm im Flüsterton. Schließlich winkte er Wasili herbei und ordnete irgendetwas an.

Wasili schüttelte zuerst den Kopf, was ihm eine schallende Ohrfeige des Offiziers einbrachte. Der Offizier brüllte ihn an. Wasili zog den Kopf ein und nickte. Schließlich stand er wieder vor Amelie und sagte: »Der Offizier sagt, er muss mit seinen Männern weiter, und bittet Sie, so lange hier zu bleiben, bis wir einen Sanitätstrupp schicken können, um den Mann in ein Lazarett zu bringen.«

Amelie schaute Wasili fassungslos an. »Sie wollen mich hier mit einem schwer verletzten Mann im Wald im Nirgendwo zurücklassen? Das kann unmöglich Ihr Ernst sein.«

Ihr schossen die Tränen in die Augen. Sie war mehr als müde, sie war total erschöpft, sie hatte Hunger und Durst und – mehr als alles andere – sie wollte nach Hause. Wasili nickte.

»Es tut mir sehr leid, aber der Offizier sagt, wenn Sie nicht mit ihm hierbleiben, dann müssen wir ihn mitnehmen.«

»Und das bedeutet seinen Tod«, seufzte Amelie, die sich mit einer Hand energisch die Augen wischte. »Also gut«, sagte sie. »Ich werde bleiben. Aber ich brauche Essen, Wasser, Feuerholz und alles an Wodka, was Sie noch in Ihren Taschen haben. Die Wunde darf sich auf keinen Fall entzünden.«

Als Wasili Amelies Worte übersetzte, murrten die Soldaten, rückten dann aber ihre Vorräte heraus. Schließlich standen sechs volle Flaschen Wodka vor Amelie. Wasili sprach wieder mit dem Offizier und kurze Zeit später war neben dem Feuer Holz für mehrere Tage aufgestapelt. Der Offizier legte einige Brote, etwas harte Wurst und Schokolade auf den Tisch. Als die Soldaten sahen, was ihr kommandierender Offizier getan hatte, kramten auch sie in ihren Rucksäcken und legten noch Brot und Wurst dazu.

»Damit werden Sie mehrere Tage auskommen«, erklärte der Offizier und Wasili übersetzte. »Bis dahin werden wir es bestimmt schaffen, Ihnen einen Sanitätstrupp zu senden.«

Amelie nickte resigniert. »Wo sind wir hier eigentlich? Und wird mich der Sanitätstrupp bis zum nächsten Bahnhof mitnehmen können?«

Wieder diskutierte der Offizier einige Minuten lang mit Wasili, der dann sagte: »Wir sind hier in den Wäldern rund um Lemberg. Und bestimmt kann der Sanitätstrupp Sie mitnehmen, wenn sie den verletzten Soldaten bergen.«

Amelie nickte, aber irgendetwas in Wasilis Gesicht machte ihr Angst. Er schien ihr nicht die ganze Wahrheit gesagt zu haben. »Sind Sie sicher?«, fragte sie ihn.

Wasili blickte kurz zu seinem Offizier, der einmal knapp nickte. »Ja, ich bin ganz sicher«, sagte er mit einem treuherzigen Lächeln. Amelie fügte sich, was sollte sie auch sonst tun.

Kurz darauf waren die Soldaten verschwunden. Sie war allein mit dem verletzten Soldaten, der Schrecken, Schmerz und Wodka ausschlief, ansonsten aber ganz gut aussah. In der Hütte war es sehr warm, Amelie spürte, wie es ihr immer schwerer fiel, die Augen offen zu halten. Schließlich wickelte sie sich in eine der zurückgelassenen Decken und legte sich vor den Kamin, um ein bisschen zu ruhen.

Immerhin bin ich schon in der Nähe von Lemberg, dachte sie.

»Ja«, antwortete ihre innere Stimme. »In der Nähe heißt aber noch nicht da. Wer weiß, ob du jemals wieder aus diesen Wäldern hinausfindest.«

Amelie schob die beängstigenden Gedanken so gut es ging weg, schloss die Augen und war kurz darauf fest eingeschlafen.

»Fünf Tage blieb ich bei dem Mann«, erzählte sie Friedrich, während die Uhr in der Ecke des Salons Mitternacht schlug.

»Und, was geschah dann?« Friedrich blickte sie neugierig an. »Ist der Sanitätstrupp eingetroffen?«

Amelie gähnte hinter vorgehaltener Hand. »Natürlich nicht. Und es war recht schnell klar, dass es auch nichts nützen würde. Der verletzte Soldat entwickelte trotz der ›Wodka-Desinfektion‹ eine schwere Infektion und starb bereits am dritten Tag, obwohl ich alles versuchte, um ihn am Leben zu erhalten.«

Sie erinnerte sich noch sehr gut daran, wie sie um das Leben des fremden Soldaten gekämpft hatte und wie aussichtslos und letztlich vergeblich dieser Kampf gewesen war.

»Am sechsten Tag ließ ich den Verstorbenen in der Hütte zurück, packte das restliche Essen ein und begann, mich durch die Wälder Richtung Lemberg durchzuschlagen.« Friedrich blickte sie aus weit aufgerissenen Augen an. »Aber woher wusstest du denn, in welche Richtung du gehen musstest?«

»Das hat mir Wasili noch erklärt, der wohl von Anfang an wusste, wie unwahrscheinlich das Eintreffen eines Sanitätstrupps war«, erklärte Amelie und gähnte wieder.

»Du bist müde«, erkannte Friedrich. »Wir sollten es für heute gut sein lassen. Ruh dich aus, ich komme morgen wieder, um nach dir zu sehen. Dann kannst du mir weiter von deiner abenteuerlichen Reise berichten.«

Amelie stand auf. »Das ist eine gute Idee, mir fallen wirklich schon die Augen zu.«

Sie klingelte und augenblicklich stand Butler Fritz in der Tür. »Dr. Görtz möchte gehen«, sagte sie freundlich. »Würden Sie wohl so gut sein und ihm eine Droschke rufen?«

»Das ist nicht nötig«, wehrte Friedrich ab. »Ich bin mit meinem eigenen Wagen da.«

Amelie reichte Friedrich die Hand, der sie an die Lippen führte und küsste. »Dann bis morgen, Friedrich. Komm gut nach Hause.«

Friedrich erwiderte den Gruß und folgte Fritz in die Diele der Villa.

»Fritz«, rief Amelie. Der Butler drehte sich um. »Sie können sich dann auch zur Ruhe begeben. Ich gehe jetzt ins Bett.« Fritz nickte und brachte Friedrich zur Haustür.

Als Amelie an diesem Abend in ihr Bett stieg – Fritz hatte ihr Elisabeths ehemaliges Schlafzimmer hergerichtet –, ging sie in Gedanken noch einmal die Stationen ihrer Flucht durch Polen durch. Wochenlang war sie unterwegs gewesen, und als sie es dann an einem Abend geschafft hatte, sich einen Schlafplatz bei einer freundlichen Bauernfamilie zu ergattern, wurde ihr zum ersten Mal so richtig bewusst, dass sie schwanger war – und sie war erst einmal entsetzt gewesen.

»Na, da haben wir wohl nicht richtig aufgepasst, Frau Doktor?«, hatte ihre innere Stimme gesagt. »Und jetzt?«

Amelie hatte ihre innere Stimme ignoriert und laut gesagt: »Schwanger oder nicht, ich will nach Hause. Über alles andere kann ich nachdenken, wenn ich endlich in Berlin und in Sicherheit bin.«

Aufgrund der wochenlangen Flucht und der mageren Kost war Amelie sehr dünn geworden, die Schwangerschaft hatte sich nur in einem ganz winzigen Bäuchlein gezeigt, das sie leicht verbergen konnte. Nach vielen Umwegen, nach Nächten voller Zweifel, nach Hunger, Durst und Not hatte sie es endlich geschafft, Frankfurt an der Oder zu erreichen. Ihre Flucht hatte sie über Krakau, Katowice, Breslau und Zielona geführt. In Frankfurt schließlich hatte eine freundliche Dame, die sie auf der Straße aufgelesen hatte, mit zu sich nach Hause genommen, ihr etwas zu essen gemacht und ihr den Weg zum Bahnhof gezeigt. Und von da aus hatte sie tatsächlich einen Zug nach Berlin gefunden und war endlich, endlich nach Hause gekommen. Erst Friedrich, der ihr gesagt hatte, an welchem Datum sie angekommen war, hatte ihr bewusst gemacht, wie lange ihre Flucht gedauert hatte. Sie war von März bis Anfang August unterwegs gewesen. Wenn sie jetzt zurückschaute, konnte sie es selbst kaum glauben. Und ebenso unglaublich fand sie, wie ihr Baby diese riskante und schwierige Reise offensichtlich wohl überstanden hatte.

Sie lag auf dem Rücken, ihr Babybauch wölbte sich nun bereits gut sichtbar, wenn sie auch insgesamt immer noch viel zu dünn war. »Hallo, meine Kleine«, sagte sie und streichelte ihren Bauch. Das Baby schien einen trägen Purzelbaum zu machen, ein Füßchen wölbte ihre Bauchdecke kurz auf. Amelie lächelte unter Tränen.

»Ich bin so froh, dass du da bist«, murmelte sie. »Wenn nur Ernst nun auch endlich nach Berlin kommen würde.« Über diesem Gedanken schlief sie ein.

## *Kapitel 32*

BERLIN, ANFANG SEPTEMBER 1918

Es werden immer mehr Kranke«, berichtete Friedrich Görtz Professor Eberhard von Clausenburg, der immer noch das Curias-Krankenhaus leitete, obwohl er inzwischen die Siebzig überschritten hatte und eigentlich schon längst hätte emeritieren können.

»Wie viele wurden heute eingeliefert?«, fragte Clausenburg seinen Oberarzt.

»Allein heute Morgen waren es 120. Unsere Krankensäle für Infektionsfälle sind voll. Wir wissen nicht mehr, wo wir die Patienten unterbringen sollen.« Friedrich Görtz raufte sich die Haare und schob die Brille, die ihm auf die Nase gerutscht war, wieder hoch.

»Was ist das nur für eine seltsame Grippe?«, fragte er.

»Wir wissen es nicht«, antwortete Clausenburg. »Wir wissen nur, dass sie in sehr vielen Fällen foudroyant und tödlich verläuft.« Auch Clausenburg war erregt, seine Wangen waren hochrot und sein spärliches, weißes Haar stand ihm zu Berge.

Seit Anfang September wütete eine Grippewelle in Berlin. Sie war praktisch über Nacht ausgebrochen und tötete die Patienten häufig innerhalb eines Tages. Der Anblick der Erkrankten und Sterbenden war erschreckend. Viele der hochfiebernden Patienten liefen blau an, rangen nach Luft, weil ihre Lungen versagten, und starben mit verzerrten Gesichtern.

Die Stadt Berlin stand der Bedrohung hilflos gegenüber. In den vielen Armenvierteln, in denen es kaum Ärzte oder anderes medizinisches Personal gab, starben die Menschen in ihren Häusern, häufig waren ganze Familien betroffen. In den Zeitungen stand zu lesen, die Grippe käme aus Spanien und wäre mit Schiffen nach Deutschland »gereist«. Andere Journalisten waren der Überzeugung, die Grippe wäre aus den USA mit Soldaten ins Land gekommen, die mithelfen sollten, endlich den Krieg zu beenden. Gerüchte machten sich in der ganzen Stadt breit.

»Stell dir vor, in Madrid liegen zwei Drittel der Bevölkerung krank im Bett«, hatte Friedrich Eberhard berichtet, als er zum täglichen Rapport beim Klinikdirektor angetreten war. »Wir glauben, die Krankheit kommt von dort.«

»Die Spanische Grippe also«, mutmaßte Clausenburg. »Und wir können den Patienten nicht helfen?«

»Kaum«, bedauerte Görtz. »Bei manchen schlagen Fiebermittel an, andere überstehen die Krankheit fast ohne unser Eingreifen. Aber die meisten Patienten sterben.«

»Wie konnte das alles nur so schnell passieren?«, fragte Clausenburg. Der alte Mann sah müde aus. Nach den langen Kriegsjahren war er zu Tode erschöpft. Der neuen Belastung durch diese eigenartige Grippe sah er sich kaum gewachsen. Er seufzte. »Nun, wir werden die chirurgische Abteilung und die Frauenklinik umwidmen«, bestimmte er und gab sich einen Ruck. »Die chirurgischen Patienten sollen in die Ziegelgasse ins Chirurgische Institut eingewiesen werden und die Frauen sollen ihre Kinder eben wieder zu Hause kriegen. Wie viele Betten werden wir dadurch für unsere Grippepatienten frei bekommen?«

Görtz rechnete kurz nach. »58 Betten. Wenn wir noch Feldbetten dazustellen, könnten wir wahrscheinlich rund 70 zusätzliche Patienten unterbringen.«

»Das ist noch immer viel zu wenig«, murmelte Clausenburg. »Haben wir denn überhaupt genügend Personal, um die Erkrankten zu versorgen?«

Görtz schüttelte müde den Kopf. »Es ist schwer. Wir sind unterbesetzt. Viele Ärzte sind im Krieg gefallen – und die Schwestern, die eben erst aus den Lazaretten zurückgekommen sind, sind erschöpft.« Görtz ließ die Schultern hängen.

Eberhard trat auf seinen Untergebenen zu. »Kopf hoch, lieber Görtz«, sagte er mit einem Optimismus, der ihm sehr schwerfiel. »Heute Nachmittag trifft sich die Gesellschaft der Ärzte, dabei sollen Maßnahmen zur Behandlung und Eindämmung der Erkrankung besprochen werden.«

Eberhard von Clausenburg setzte sich in den Stuhl hinter seinem imposanten, schwarzen Schreibtisch und bot Görtz einen Stuhl an. Dieser schüttelte den Kopf.

»Wenn ich mich jetzt setze, schlafe ich ein.« Er lief im großen Büro Clausenburgs auf und ab. »Darf ich ein Fenster öffnen?«

»Aber natürlich.«

Görtz trat zu einem der bodentiefen Fenster des Zimmers und öffnete es. Sonnenschein flutete herein. Es war ein wunderbarer Herbsttag, an dem es unvorstellbar schien, dass immer noch Krieg war und dazu eine so unbeherrschbare Krankheit aufgetreten war. Gerade jetzt, wo so viele Soldaten nach Hause zurückkehrten und dringend ärztlicher Behandlung bedurften. Gerade jetzt, wo in Berlin Armut und Hunger herrschten.

»Es scheint, als hätte sich die Welt gegen die Menschheit verschworen«, meinte Görtz mutlos und fasste sich an die Stirn.

»Geht es Ihnen nicht gut?«, fragte Clausenburg alarmiert. Er stand auf, trat auf Görtz zu und legte ihm die Hand auf die Stirn. »Aber Sie glühen ja, Görtz. Sie müssen sofort ins Bett.«

»Kommt gar nicht infrage …« Görtz' weitere Worte erstickte ein heftiger Hustenanfall.

»Keine Widerrede!« Eberhard von Clausenburg war alarmiert. Er betätigte den Klingelknopf auf seinem Schreibtisch. Als kurz darauf seine Sekretärin eintrat, befahl er ihr, zwei Krankenträger zu holen und Görtz sofort in ein Isolierzimmer zu bringen.

»Aber ich muss weiterarbeiten«, krächzte Friedrich, der inzwischen zusammengesunken in seinem Sessel saß und sichtbar zitterte.

»Nein, das müssen Sie nicht«, sagte Clausenburg. »Sie haben die Grippe, Sie müssen augenblicklich ins Bett.«

Ohne seine weiteren Proteste anzuhören, ließ Clausenburg den inzwischen hochfiebernden Görtz in ein Isolierzimmer bringen, wo Schwester Renate sich seiner annehmen würde. Müde ließ sich der Klinikdirektor wieder in seinen Schreibtischstuhl sinken, stützte die Ellenbogen auf und den schweren Kopf in die Hände. Es war einfach zu viel. Alles war einfach zu viel. Der Krieg, die Hungersnot, die Armut – und nun auch noch diese geheimnisvolle Erkrankung. Manche Berliner Zeitung hatte sogar schon über eine »Lungenpest« gemutmaßt und versetzte damit die Bevölkerung in Panik. Tief in seine dunklen Gedanken versunken hörte er seine Sekretärin nicht, die eben durch die Tür eintrat.

»Herr Direktor«, rief sie.

Clausenburg fuhr hoch. »Ja?«, schnauzte er. »Was ist denn schon wieder?«

Seine Sekretärin, Fräulein Berta Kaschitz, seit vielen Jahren in seinen Diensten, kannte ihren Chef als normalerweise ausgeglichenen und freundlichen Menschen und fuhr ein wenig zusammen. »Es ist das Telefon«, stammelte sie dann. »Fräulein Dr. Amelie von Liebwitz ist am Apparat.«

Clausenburg dankte und nahm den Hörer ab. »Amelie, meine Liebe, wie schön, von dir zu hören. Wie geht es dir?«

Fräulein Kaschitz stand noch immer in der Tür. Clausenburg deckte mit einer Hand die Sprechmuschel ab. »Ist noch was?«, fragte er, etwas freundlicher.

»Nein, also ja, ich wollte nur fragen, ob Sie vielleicht eine Tasse Ersatzkaffee haben möchten?«

Clausenburg zwang ein Lächeln auf sein Gesicht und nickte. »Vielen Dank«, sagte er und nahm die Hand wieder von der Sprechmuschel des Telefons. »Nein, nicht du, Amelie, ich habe nur kurz mit meiner Sekretärin gesprochen. Es geht dir also gut. Und dem Baby?«

»Uns beiden geht es gut«, antwortete Amelie, die in ihrem Haus im Grunewald gemütlich auf dem Sofa lag und den Telefonapparat neben sich auf den Tisch gestellt hatte. »Aber ich lese sehr beunruhigende Nachrichten in den Zeitungen. Was hat es denn mit dieser Grippe auf sich?«

Eberhard von Clausenburg lehnte sich in seinem Stuhl zurück. »Ja«, sagte er sorgenvoll. »Wir haben täglich mehr und mehr Infizierte. Es ist fast so wie im Frühjahr, als wir auch eine heftige Grippewelle hatten, aber diesmal sterben sehr viele Patienten. Es ist erschütternd, Amelie. Stell dir vor, nun hat es auch noch Görtz erwischt. Ich weiß kaum noch, wie ich dafür sorgen kann, dass alle Kranken behandelt werden, so wenige Ärzte und Schwestern haben wir. Und von den Engpässen bei der Lebensmittelversorgung mag ich gar nicht reden.«

Amelie schwieg eine Weile. Dann sagte sie: »Ich ziehe mich schnell an und komme ins Krankenhaus. Ich nehme an, meine Stelle ist noch frei?«

Clausenburg begann zu protestieren. »Aber Amelie, du bist schwanger! Du solltest zu Hause bleiben und nicht hier Patienten versorgen.«

»Papperlapapp!«, gab Amelie zur Antwort. »Ich bin im fünften Monat, dem Baby und mir geht es hervorragend. Ich sehe nicht ein, warum ich nicht noch einige Wochen lang arbeiten sollte.«

Clausenburg kannte die Dickköpfigkeit seiner Wahlnichte, zudem brauchte er wirklich händeringend Ärzte, also versuchte er nicht länger, ihr diesen Plan auszureden, sondern sagte nur: »Ist gut, Amelie, vielen Dank. Bitte komm in mein Dienstzimmer, wenn du da bist, dann können wir alles besprechen.« Nach einem gemurmelten Gruß legte er den Hörer auf.

Amelie dachte nicht lange nach, sie klingelte nach Else, um sie zu bitten, ihr Dienstkleidung herauszulegen, zog sich rasch an und bat das Dienstmädchen, mit ihr zu kommen.

»Warum soll ich denn mit ins Curias?«, fragte das Mädchen, das nun einundzwanzig Jahre alt war.

»Liebe Else«, begann Amelie, die sich noch einmal hingesetzt hatte und auch Else einen Platz anbot. »Kannst du dir vorstellen, im Krankenhaus zu arbeiten?«

Else blickte Amelie erstaunt an. »Im Krankenhaus? Als Hausmädchen?«

»Nein, schau, es ist so. Ich habe gerade mit dem Direktor des Curias-Krankenhauses telefoniert. Es fehlen Ärzte, und es fehlen Pflegekräfte. Kannst du dir eine pflegerische Tätigkeit im Curias vorstellen?«

Amelie blickte Else gespannt an. Diese legte den Kopf schief und dachte eine Weile nach. »Was müsste ich denn da machen?«, fragte sie dann.

»Nun, die Patienten waschen, sie füttern, Betten überziehen, Bettschüsseln ausleeren. Solche Dinge eben. Du würdest gut bezahlt werden, das kann ich dir versichern.«

»Aber Sie bezahlen mich doch auch gut«, gab Else zur Antwort. Dann sagte sie: »Würde ich denn mit Ihnen zusammenarbeiten?«

»Bestimmt nicht immer, aber manchmal schon. Ich würde dich in die Obhut von Schwester Renate Musil geben. Sie ist seit langer Zeit eine der besten Oberschwestern im Curias-Krankenhaus und eine gute Freundin. Sie wird dir alles beibringen – und keine Angst, sie beißt nicht.« Amelie lächelte.

»Ich kann es ja mal versuchen«, sagte Else vorsichtig.

»Das ist die richtige Einstellung.« Amelie erhob sich vom Sofa. Sie war immer noch sehr dünn, nur ihr Schwangerschaftsbauch wölbte sich schon ein wenig.

»Und haben Sie keine Angst davor, auch diese seltsame Grippe zu bekommen, wenn Sie im Krankenhaus arbeiten?« Else sah Amelie skeptisch an.

»Nein, ich werde mich eben so gut wie möglich schützen. Komm jetzt, zieh deinen Mantel an. Wir fahren los.«

Else lief in die Diele, zog den leichten Herbstmantel an, den sie von Amelie geerbt hatte, und half ihrer Herrin dann in ihren Mantel.

Im Krankenhaus angekommen, eilten Amelie und Else direkt in das Zimmer des Krankenhausdirektors. Fräulein Kaschitz kam ihnen schon an der Tür entgegen. »Wie schön, Sie sind da!«, rief sie und führte die beiden Frauen in Eberhard von Clausenburgs Zimmer.

»Sehen Sie, wer gekommen ist«, sagte die Sekretärin lächelnd und zog die Tür weit auf.

Eberhard von Clausenburg saß über den Dienstplänen für sein Krankenhaus und hob nun den Kopf. Sogleich sprang er – so elastisch wie schon lange nicht mehr – von seinem Stuhl auf. »Amelie«, rief er. »Wie schön, dich zu sehen!«

Er umarmte seine Wahlnichte. Dann fiel sein Blick auf Else. »Sie sind Else«, stellte er fest. »Amelies Hausmädchen, nicht?« Else nickte.

»Ich habe sie mitgebracht, weil ich gehört habe, wie dringend du Pflegekräfte suchst. Else ist einverstanden, Hilfsdienste zu übernehmen«, sagte Amelie.

»Das ist großartig, liebe Else.« Eberhard von Clausenburg drückte auf einen Knopf auf seinem Schreibtisch, sogleich stand Fräulein Kaschitz in der Tür. »Lassen Sie Schwester Renate zu mir ins Zimmer bitten«, sagte er. Dann wandte er sich wieder Amelie zu. »Und du bist dir wirklich sicher, dass du arbeiten kannst?«

»Ich bin ganz sicher«, antwortete Amelie. »Ich habe mich in den vergangenen drei Wochen wunderbar erholt. Else füttert mich die ganze Zeit und ich wurde schon ganz unruhig, weil ich nichts zu tun hatte.«

Eberhard musterte Amelie von Kopf bis Fuß. »Also sehr schwanger siehst du tatsächlich nicht aus.«

»Und das höre ich von einem Arzt?« Amelie grinste. »Ich bin erst im fünften Monat, es ist noch nicht viel zu sehen. Aber es bewegt sich schon.« Amelie legte kurz die Hand auf ihren

Bauch. »Ich bin gesund und wieder bei Kräften, ich will arbeiten.«

»Also gut.« Clausenburg trat wieder hinter seinen Schreibtisch. »Wie ich dich kenne, möchtest du sofort anfangen. Dein Dienst beginnt heute um 14 Uhr.«

Die Großvateruhr in Clausenburgs Dienstzimmer hatte eben halb zwei geschlagen.

»Wunderbar«, Amelie strahlte. »Wo willst du mich denn einsetzen?«

»Wir schließen soeben die Frauenklinik und die chirurgische Abteilung, um Platz für mehr Grippepatienten zu schaffen. Geh doch auf die Frauenabteilung und sprich mit Oberschwester Hildegard. Sie ist über alles im Bilde und wird dich einweisen.«

Es klopfte, die Tür ging auf und Schwester Renate betrat den Raum. »Guten Tag, Amelie«, sagte sie. »Wie schön, Sie wieder gesund zu sehen. Und Sie wollen wirklich schon wieder arbeiten?«

Amelie lächelte. »Ja, das habe ich soeben ausführlich mit Herrn Direktor von Clausenburg besprochen. Es geht mir gut. Ich kann heute noch anfangen. Und das hier ist Else.« Amelie schob ihr Dienstmädchen ein Stückchen nach vorne. »Sie hat sich dazu bereiterklärt, als Hilfspflegerin zu arbeiten. Können Sie ihr alles erklären?«

Schwester Renate blickte Else freundlich an. »Guten Tag, mein liebes Kind. Und Sie wollen uns hier unterstützen?«

»Ich werde es versuchen«, sagte Else wieder und warf Amelie einen unsicheren Blick zu. Diese nickte beruhigend.

»Dann komm mal mit mir, Else. Wir suchen dir eine Schwesternuniform und ich werde dir erklären, wie man Patienten wäscht.«

»Bei Schwester Renate bist du in den besten Händen«, beteuerte Amelie. »Wir werden uns dann später sicher sehen.«

Else nickte und verließ, im Schlepptau Schwester Renates, das Dienstzimmer von Clausenburgs.

## *Kapitel 33*

Noch am selben Tag um 22.23 Uhr starb Friedrich Görtz an der Spanischen Grippe. Amelie saß an seinem Bett und hatte während seiner letzten, schweren Atemzüge seine Hand gehalten, während Tränen über ihre Wangen gelaufen waren.

Nach der Umorganisation der Frauenabteilung und der Belegung der frei gewordenen Betten mit Grippepatienten, nachdem sie Visite und diverse Untersuchungen an ihren Patienten vorgenommen hatte, war es nach 21 Uhr gewesen. Oberschwester Hildegard, eine knochige, hochgewachsene Frau, die ihre grauen Haare zu einem Dutt aufgesteckt und unter dem Schwesternhäubchen verborgen hatte, hatte sie in den Feierabend entlassen.

»Gehen Sie nur, Fräulein Doktor. Vorerst scheint ja alles ruhig zu sein. Sie sollten sich ausruhen. Legen Sie sich doch im Ärztezimmer ein bisschen hin.«

Amelie war sehr erschöpft gewesen, aber in diesem Augenblick war eine junge Lernschwester, Amelie erinnerte sich dunkel daran, dass sie Karin hieß, in den großen Patientensaal gerannt.

»Fräulein Doktor, Fräulein Doktor«, hatte sie gerufen. »Kommen Sie schnell, Herrn Dr. Görtz geht es sehr schlecht. Ich glaube, er stirbt!«

Amelie war wie von der Tarantel gestochen herumgefahren und war so schnell in das Zimmer gelaufen, in dem Görtz lag, wie ihre müden Beine sie tragen konnten. Entsetzt war sie in der Tür stehen geblieben. Der Mann, der da in dem Krankenbett lag, hatte keinerlei Ähnlichkeit mehr mit ihrem Freund Friedrich. Das Gesicht und die Hände waren blauschwarz angelaufen. Friedrichs Augen waren zusammengepresst, sein Mund stand offen und er keuchte, rang um jeden einzelnen Atemzug, als würde er ersticken.

»Schnell«, rief sie der Lernschwester zu, »holen Sie mir alles, was ich für einen Luftröhrenschnitt benötige. Friedrich erstickt!«

Karin rannte so schnell sie konnte los. Amelie straffte sich und betrat das Krankenzimmer Friedrichs. Sie trat an sein Bett, nahm das Stethoskop, das sie um den Hals trug, und hörte Friedrichs Lunge ab.

»Er ertrinkt an der Flüssigkeit in seiner Lunge«, flüsterte sie vor sich hin, während Friedrich immer wieder nach Atem rang. »Friedrich«, rief sie. »Friedrich! Kannst du mich hören?«

Er nickte. Tatsächlich, er konnte sie hören!

»Ich habe eine Schwester losgeschickt, weil ich dachte, ein Luftröhrenschnitt könnte dir Erleichterung verschaffen. Aber ich glaube, das wird nichts nutzen.«

Friedrich war schließlich selbst Arzt und wusste, dass es seine Lungen waren, die diese Atemprobleme verursachten, und nicht eine Engstelle in der Luftröhre. Friedrich nickte mühsam.

»Ich sterbe«, flüsterte er zwischen zwei keuchenden Atemzügen.

»Nein, du stirbst gefälligst nicht«, fauchte Amelie ihren Freund an. »Das lasse ich nicht zu.«

Ein winziges Lächeln kräuselte die Mundwinkel Friedrichs. »Ich fürchte, du wirst nichts machen können«, flüsterte er. »Ich bekomme kaum noch Luft, mein Fieber ist hoch und mir tut alles weh.«

»Sprich nicht«, flüsterte Amelie. »Lieg einfach still und konzentriere dich auf deinen Atem. Bitte Friedrich, atme einfach weiter. Bitte!«

Schon da waren ihr die Tränen in die Augen geschossen. Sie hatte sich neben Friedrichs Bett gesetzt und seine schwarz verfärbte Hand in ihre warmen Hände genommen.

»Du darfst doch jetzt nicht sterben«, hatte sie geflüstert. »Jetzt, wo ich endlich wieder zu Hause bin, bei dir.«

Friedrich keuchte mehrmals angestrengt und flüsterte dann. »Ich liebe dich, Amelie. Aber das weißt du sicher längst, nicht wahr?« Seine Augen waren jetzt offen, er blickte Amelie ins Gesicht.

»Aber ja«, schluchzte Amelie auf. Sogleich beherrschte sie sich wieder. Es kostete sie übermenschliche Kraft, aber sie nahm sich eisern zusammen. »Du wirst wieder gesund werden, und dann sprechen wir darüber, in Ordnung?«

Mit der freien Hand hatte sie sich die Tränen aus den Augen gewischt. Friedrich lächelte wieder ein wenig, seine fiebrigen Augen blieben fest auf Amelie gerichtet. »Meine kleine Optimistin!«, keuchte er erstickt. »Du gibst wohl nie auf, was? Das ist einer der Gründe, warum ich dich so sehr liebe.«

Amelie schaute Friedrich nun ebenfalls in die Augen.

»Aber diesmal wird – so glaube ich – dein Optimismus nicht mehr helfen, mein geliebtes Herz. Es ist fast vorbei.«

Friedrich keuchte wieder. Die Anstrengung des Sprechens hatte ihn erschöpft. »Bleib bitte bei mir, bis es vorbei ist, ja?«

Amelie, der klargeworden war, dass Friedrich recht hatte, und der die Tränen ununterbrochen über die Wangen liefen, hielt Friedrichs Hand fest in ihrer. »Ich bleibe bei dir, bis du gehen musst«, sagte sie leise. Sie schluchzte nicht, die Tränen rannen leise einfach so herab. »Ich gehe nicht weg.«

Friedrich schloss erleichtert die Augen. Eine ganze Weile blieb sie neben ihm sitzen, hielt seine Hand, zählte seine immer langsamer werdenden Pulsschläge und blickte ihrem Freund und Unterstützer ins Gesicht. Obwohl dieses aufgrund des Sauerstoffmangels blauschwarz verfärbte Gesicht eigentlich ein grausiger Anblick sein sollte, wandte Amelie den Blick nicht ab. Unter den Verheerungen der Krankheit erkannte sie immer noch Friedrichs kluges, liebes Gesicht, ihren Freund, der sie durch ihre Ausbildung als Chirurgin begleitet, der ihr mehr als einmal buchstäblich das Leben gerettet hatte, den Menschen, dessen Briefe in die vielen Lazarette der letzten Jahre ihren Lebensgeist immer wieder aufs Neue geweckt hatten.

Sie richtete sich in ihrem Sessel auf und umfasste seine arme, schwärzlich verfärbte Hand noch einmal fester. »Schlaf ruhig, Friedrich«, sagte sie leise. »Schlaf ein. Es ist alles gut, ich bin bei dir.«

Fast so, als hätte er auf diese Worte gewartet, wurden Friedrichs Atemzüge immer langsamer und langsamer. Dann keuchte er noch einmal auf, atmete aus – und lag still. Es war 22.23 Uhr – und Friedrich Görtz war tot.

Amelie saß still da und konnte es nicht fassen. Ihr Freund war tot. Das durfte doch eigentlich gar nicht sein. Das konnte nicht sein.

In diesem Augenblick klopfte es zaghaft an der Tür und Lernschwester Karin steckte den Kopf herein. »Ich habe die Instrumente«, flüsterte sie. »Entschuldigen Sie, dass es so lange gedauert hat, aber ich konnte zuerst Schwester Hildegard nicht finden und dann …«

Amelie unterbrach sie leise. »Es ist zu spät. Herr Dr. Görtz ist vor ein paar Minuten verstorben.« Sie stand auf und tat, was sie noch nie getan hatte. Ohne irgendjemandem Bescheid zu sagen, verließ sie das Krankenhaus und fuhr nach Hause.

Einige Wochen später hatte Eberhard von Clausenburg eine Versammlung seiner verbliebenen Ärztinnen und Ärzte und der leitenden Pflegekräfte im großen Auditorium des Curias-Krankenhauses einberufen. Das Krankenhaus lief inzwischen auf Notbetrieb. Zwar wurden Menschen mit Herzinfarkten und Schlaganfällen, Krebserkrankungen und schwer erkrankte Kinder weiterhin so gut es ging versorgt. Mittlerweile waren aber fast 80 Prozent der Betten des Krankenhauses mit Grippekranken belegt. Es war knapp vor 10 Uhr, die Versammlung sollte nun beginnen und das verbliebene Grüppchen an Ärztinnen und Ärzten und Pflegekräften sah redlich verloren aus in dem großen Auditorium, in dem normalerweise Vorträge abgehalten und wissenschaftliche Neuigkeiten verkündet wurden.

Inzwischen waren nur noch fünfzehn Ärzte, vier davon weiblich, und zehn leitende Pflegekräfte im Haus, um die vielen Grippepatienten zu versorgen. Allen sah man die Mühsal der vergangenen Tage und Wochen an. Es war Anfang Oktober und der Strom der Grippepatienten nahm immer noch weiter zu, viele starben. Der Ursache der Erkrankung war man immer noch nicht auf die Spur gekommen.

»Von der Stadtregierung hört man gar nichts. Die weigern sich einfach, die Epidemie zur Kenntnis zu nehmen«, ärgerte sich Dr. Armin Haller, ein Internist, der seit vielen Jahren im Curias-Krankenhaus tätig war.

Seine Kollegin, Dr. Ella Wender, erst seit Kurzem aus der Provinz ins Curias berufen worden, stimmte ihm zu. »Ich weiß, es wird so getan, als handle es sich um eine simple Grippe, die mit Bettruhe, viel Flüssigkeit und Schonkost zu bekämpfen ist. Dabei sterben allein hier im Krankenhaus täglich zwei Dutzend Menschen.«

Amelie gesellte sich zu den beiden. Sie trug schwarz, sie trauerte um Dr. Görtz, der nun schon einen Monat lang unter der Erde lag.

»Gestern habe ich ein besonders dämliches Gedicht in der Zeitung *Der Tag* gelesen, das spielt unseren untätigen Politikern direkt in die Hände«, sagte sie und fischte eine zerknitterte Zeitungsseite aus ihrer Rocktasche. Mit spöttischer Intonation las sie die Zeilen vor, die in der gestrigen Ausgabe abgedruckt worden waren:

*»Diese fiebrigen Beschwerden*
*keimten fern im schönen Süd,*
*wo die Mandeln dicker werden*
*und die Rübe plötzlich glüht …«*

In dieser Tonart ging es noch mehrere Strophen weiter. Insgesamt ergab sich der Eindruck, die bösartige Influenza sei wohl doch nur eine leichte Grippe und nicht weiter ernst zu nehmen.

»Das ist ja wohl nicht zu glauben«, meinte Dr. Haller. »Die Herrschaften vom Berliner *Tag* nehmen die Erkrankung offenbar genauso ernst wie unsere Politiker hier in Berlin.«

Er schüttelte den Kopf und strich sich mit der Hand über sein straßenköterblondes Haar, das ihm immer wieder in die Stirn fiel. »Amelie, geht es dir denn auch gut?«, wandte er sich dann plötzlich an die Kollegin, die den Zeitungsausschnitt wieder gefaltet und in ihrer Rocktasche verstaut hatte. Amelie war jetzt im sechsten Monat ihrer Schwangerschaft, die man ihr nun auch schon deutlich ansah.

»Aber ja«, lächelte sie traurig. »Dem Baby geht es gut, und ich kann über körperliche Beschwerden auch nicht klagen.«

Über ihre seelische Befindlichkeit sprach sie lieber nicht. Sie konnte es immer noch nicht fassen, ihren lieben Freund Friedrich Görtz verloren zu haben. Und von Ernst hatte sie in den vergangenen Wochen, die sie im Krankenhaus gearbeitet hatte, kein Wort gehört.

In diesem Augenblick betrat Eberhard von Clausenburg das Auditorium, durch dessen hohe Fenster man dunkel dräuende Wolken sehen konnte. Obwohl es Vormittag war, hatte man die Lichter andrehen müssen, weil es an diesem Tag so gar nicht hatte hell werden wollen.

»Guten Morgen«, begrüßte der Krankenhausdirektor die kleine Runde. Sein versammeltes Personal hatte sich in den ersten Reihen des aufsteigenden Auditoriums niedergelassen. Clausenburg lächelte leicht. »Wie ich sehe, sind alle unsere verbliebenen Ärzte und Ärztinnen versammelt.« Er machte eine leichte Verbeugung in Richtung des Grüppchens von Ärztinnen, das sich in der ersten Reihe niedergelassen hatte. »Niemand ist krank geworden. Darüber bin ich sehr froh.«

Niemand bis auf Friedrich, dachte Amelie bitter.

»Ich habe Sie hier zusammengerufen, um zu besprechen, wie wir weiter mit dieser Grippeepidemie umgehen sollen«, setzte Clausenburg erneut an.

Dr. Haller, der immer gerne im Mittelpunkt stand, erhob sich und sagte: »Haben Sie dieses blöde Gedicht gelesen, das gestern im Berliner *Tag* abgedruckt wurde, Herr Direktor? Eine Infamie ist das.«

Clausenburg wandte sich ihm zu. »Ja, das habe ich, Herr Kollege, und genau deswegen müssen wir uns darüber klarwerden, wie wir hier im Krankenhaus weiter vorgehen sollen.«

In den nächsten Minuten sprach Clausenburg über die Anzahl der Grippepatienten, die derzeit im Curias behandelt wurden, und die wenigen Ressourcen, die sie noch für Menschen mit anderen Erkrankungen aufbringen konnten.

»Fräulein Dr. von Liebwitz«, sprach er Amelie an. »Ich möchte, dass Sie sich ab jetzt um jene Patienten kümmern, die wegen anderer Erkrankungen oder aufgrund von Unfällen bei uns eingeliefert werden.«

Amelie sprang auf und wollte protestieren. Aber Clausenburg erstickte ihren Widerspruch sofort im Keim. »Nein, liebe, verehrte Kollegin, ich kann Sie dem Risiko einer Ansteckung mit der Grippe nicht länger aussetzen. Wir müssen auch an Ihr Kind denken, nicht wahr?«

Amelie schüttelte resigniert den Kopf und setzte sich wieder hin. Ohnehin war sie schon *das* Gespräch im Krankenhaus, schwanger und unverheiratet, wie sie war. Dem musste sie nicht noch einen schlechten Ruf wegen Ungehorsams hinzufügen.

»Außerdem«, ergänzte Clausenburg, »werden wir ab jetzt alle Masken tragen, die Mund und Nase bedecken.«

Ein Raunen setzte im Auditorium ein. »Aber wir wissen doch gar nicht, wodurch die Erkrankung ausgelöst wird«, widersprach Ella Wender. »Ich habe gelesen, es soll ein Bakterium sein, sagt Dr. Pfeiffer vom Robert-Koch-Institut, aber bei unseren Kranken konnten wir dieses Pfeiffersche Bakterium bisher nur in Einzelfällen nachweisen.«

»Wir vermuten aber, dass das, was immer auch die Erkrankung überträgt, direkt von den Patienten ausgeht«, hielt Clausenburg fest. »Vielleicht atmen sie es ja aus?«

Wieder ertönte Gemurmel im Auditorium.

»Auf jeden Fall wird das Tragen einer Maske uns nicht schaden«, beschloss Clausenburg. »Zum Glück sind noch genügend Operationsmasken im Haus. Schwester Gundula, Sie sind für die Verteilung verantwortlich. Nach unserer Besprechung gehen Sie bitte alle zu unseren drei Vorbereitungsräumen für Operationen, dort erhalten Sie einige Masken, die Sie bitte täglich reinigen und hier im Hause von jetzt an immer tragen, ist das verstanden?«

Ein einhelliges »Ja, Herr Direktor« ertönte aus dem Auditorium.

An diesem Abend saß Amelie zu Hause im Salon, in dem sie so oft mit ihrer Tante Elisabeth Champagner getrunken hatte, und lehnte müde im Ohrensessel. Auch heute war wieder kein Brief von Ernst eingetroffen. Sie wusste nicht, wo er war, was er tat, ja, ob er überhaupt noch lebte.

Inzwischen müsste er doch längst hier sein, grübelte sie. »Ich verstehe nicht, was ihn aufhält?«

Ihre innere Stimme mischte sich – wie immer ungebeten – ein. »Na vielleicht ist er ja gefallen. Er wollte doch zurück zum Heer, nicht? Oder er liegt verkrüppelt in einem Feldlazarett?«

Amelie schüttelte mutlos den Kopf. »Wenn ich es doch nur wüsste«, murmelte sie und legte die Hände auf ihren Bauch. Ihr Baby trat aus. Das brachte sie zum Lächeln. »Na, wenigstens du bist immerhin noch frisch und munter«, sagte sie zu ihrem Baby, von dem sie fest überzeugt war, dass es ein Mädchen sein würde.

Schwester Renate hatte es sich nicht nehmen lassen, ein Pendel über ihren Bauch zu hängen, um das Geschlecht des

Kindes festzustellen. Amelie hatte die Krankenschwester ausgelacht, doch diese hatte sich nicht beirren lassen.

»Es pendelt im Kreis, also wird es ein Mädchen«, hatte sie gesagt und Amelie breit angegrinst. »Die wird bestimmt so stur wie Sie, da werden Sie Ihre Freude haben.«

Amelie hatte zurückgegrinst.

Sie schrak aus ihren Gedanken hoch, als es an der Tür klopfte und Else hereintrat. Sie trug die Uniform einer Pflegehelferin und sah zerzaust und abgekämpft aus.

»Guten Abend, gnädiges Fräulein«, keuchte sie. »Besser, Sie gehen heute nicht mehr ins Krankenhaus.«

»Aber warum denn nicht?« Amelie blickte Else erstaunt an und bat sie dann: »Setz dich doch erst mal hin. Ich hole dir eine Tasse Tee.«

Else wollte protestieren, fiel aber dann doch erschöpft auf das Sofa. Als Amelie mit einer Tasse und einem Teller mit Broten zurückkam, trank Else gierig zuerst den Tee und aß dann rasch drei mit Margarine bestrichene Brote.

»Danke, gnädiges Fräulein, vielen Dank«, sagte sie dann.

»Wir sind doch jetzt Kolleginnen, da muss man einander helfen«, lächelte Amelie. »Also, erzähle mir, was ist denn passiert?« Eigentlich hatte sie in dieser Nacht Dienst im Curias. »Was ist denn nur vorgefallen?«

»Menschenmengen!«, stieß Else hervor. »Alle Straßen sind verstopft. Die Menschen protestieren, weil sie Hunger haben und Angst vor der Grippe und nicht wissen, was sie tun sollen. Ich bin nur mit Müh und Not durchgekommen. Ich flehe Sie an, verlassen Sie das Haus heute nicht mehr. Es fahren auch keine Straßenbahnen mehr.« Amelie war erstaunt.

Hier im Grunewald war es den ganzen Tag still gewesen, Amelie jedenfalls hatte nichts von irgendwelchen Protesten mitbekommen.

Als hätte Else ihre Gedanken gelesen, sagte sie: »Bei uns hier bleiben die Leute zu Hause. Und wenn die Grippe sie erwischt, holen sie ihren Privatarzt. Aber in der Stadt ist die

Hölle los. Sie wissen ja selbst, wie viele Patienten wir täglich auf unseren Grippestationen zu betreuen haben und wie viele davon sterben.« Das stimmte.

Nach wie vor gab es kein wirksames Mittel gegen die Grippe. Die Patienten starben – mit oder ohne Behandlung. Manche genasen auch. Scheinbar spielte es auch hier keine große Rolle, ob sie unter medizinischer Betreuung standen oder nicht.

»Und die Stadt tut nichts«, fügte Amelie mürrisch hinzu und schlug sich leicht mit der Faust aufs Knie. Bislang waren keinerlei Quarantänemaßnahmen verhängt worden, und nur vorsichtig und verklausuliert berichteten die Berliner Zeitungen über die vielen Erkrankten, etwa in den Berliner Verkehrsbetrieben oder der Kommunalverwaltung, wo bis zu einem Viertel der Belegschaft wegen der Grippe ausgefallen war. Die Angst griff um sich. Menschen, die an der Spanischen Grippe erkrankten, waren oft morgens krank und abends tot. Die Entstellung, die die mit der Grippe einhergehende Lungenentzündung den Kranken beibrachte, sorgte zusätzlich für Angst und Panik.

»Und was macht die Polizei?«, fragte Amelie, fast ängstlich, was ihr ehemaliges Hausmädchen ihr erzählen würde.

»Die schlägt drein«, sagte Else knapp. »Sie versuchen, die Menschen auseinanderzutreiben und die sogenannten ›Aufrührer‹ zu finden. Nur gibt es die gar nicht. Die Menschen sind einfach zutiefst verzweifelt.«

»Meinst du, wir könnten eine Droschke auftreiben, die mich ins Curias bringt?«, überlegte Amelie laut. »Du weißt doch, wie dringend ich dort gebraucht werde.«

Else grinste ihre Herrin an. »Na ja«, sagte sie dann. »Ich weiß doch, dass ich Sie nicht davon abbringen kann, ins Krankenhaus zu fahren, da habe ich mit Kasper geredet.« Kasper war Fahrer im Nachbarhaus und verstand sich gut mit Else. »Er wird Sie ins Krankenhaus bringen, wenn Sie wollen.«

»Aber das ist ja großartig, Else, vielen Dank dafür. Und

du legst dich jetzt erst einmal ins Bett und schläfst dich aus. Wann hast du wieder Dienst?«

»Morgen früh um 7 Uhr muss ich wieder im Curias sein«, seufzte Else und gähnte, ohne sich die Hand vor den Mund zu halten.

»Dann geh ins Bett. Ich werde gegen 6 Uhr morgens wieder zu Hause sein, dann kannst du Kasper bitten, dich ins Krankenhaus zu fahren, in Ordnung?«

Die letzten Worte hörte Else gar nicht mehr. Erschöpft, wie sie war, hatte sie sich auf dem Sofa zusammengerollt und war tief und fest eingeschlafen. Amelie zog Else vorsichtig die Schuhe aus und breitete eine Decke über sie. Dann machte sie sich auf den Weg ins Krankenhaus.

## *Kapitel 34*

BERLIN, ENDE OKTOBER 1918

»Die Waffenstillstandsverhandlungen sollen kurz vor dem Abschluss stehen«, platzte Dr. Ella Wender in die morgendliche Besprechung zwischen Eberhard von Clausenburg, Amelie und Dr. Haller.

Amelie, die sich seit einigen Wochen um jene Patienten kümmerte, die wegen anderer akuter Erkrankungen ins Curias kamen, leitete inzwischen die gesamte – und einzige – Abteilung des Krankenhauses, in dem noch andere Patienten behandelt wurden als diejenigen, die wegen der Grippe kamen. Dr. Haller dagegen hatte vom verstorbenen Friedrich Görtz sämtliche Grippestationen übernommen und lebte praktisch im Krankenhaus. Wie durch ein Wunder hatte sich seitdem kein anderer der Ärzte und Ärztinnen, und auch keine der Schwestern mit der gefährlichen Krankheit angesteckt. Das Maskentragen, obschon mühselig, schien tatsächlich Wirkung zu zeigen. Den Auslöser der Erkrankung dagegen kannte man noch immer nicht.

Krankenhausdirektor Eberhard von Clausenburg hielt mitten im Satz inne und blickte Ella Wender streng an. »Aber das wissen wir doch schon. Gibt es einen anderen Grund, warum Sie hier in unsere Besprechung platzen?«

»Verzeihung«, bat Wender. »Aber stellen Sie sich vor, wir haben das Kind der Stedings durchgebracht. Heute Nacht war die Krisis und jetzt ist der Kleine fieberfrei.« Sie lächelte. Wender kümmerte sich vor allem um die kleinen Grippepatienten und war jedes Mal fast am Boden zerstört, wenn wieder einer von ihnen verstarb.

»Das sind tatsächlich gute Neuigkeiten, Frau Kollegin«,

sagte Clausenburg jovial. »Vielen Dank. Wenn Sie uns jetzt bitte unsere Besprechung fortsetzen lassen würden?«

»Aber natürlich«, beeilte Ella sich zu sagen, »bitte entschuldigen Sie. Ich gehe jetzt bis zum Abend nach Hause und komme dann zum Nachtdienst.«

»In Ordnung, Fräulein Dr. Wender.« Eberhard von Clausenburg sah der davonsausenden Gestalt nach und wandte sich dann wieder an Amelie und Dr. Haller.

»Leider können wir nun keine anderen Patienten mehr aufnehmen als Grippepatienten«, sagte er sorgenvoll. »Alle unsere Stationen sind überfüllt. Es ist leider nicht mehr möglich, andere Erkrankte zu versorgen.«

Amelie sah Clausenburg mit gerunzelter Stirn an. »Aber was soll denn das heißen? Wir können doch jemanden, der einen Herzinfarkt oder einen Insult oder einen Tumor hat, nicht einfach wieder wegschicken?«

Eberhard von Clausenburg wirkte verzweifelt. »Es tut mir leid, ich weiß, wie schlimm das ist, und ich habe mir die Entscheidung nicht gerade leicht gemacht«, sagte er dann, die Stirn in tiefe Falten gelegt. »Aber wir haben viel zu wenig Personal, die Grippekranken werden täglich mehr. Ich weiß mir einfach keinen anderen Rat mehr.«

Dr. Haller stimmte seinem Chef zu, was keine besondere Überraschung war, weil er das immer tat. Amelie aber wollte noch diskutieren, wurde jedoch – und das war bislang noch nie vorgekommen – von ihrem Wahlonkel mit einer Handbewegung zum Schweigen gebracht. »Es tut mir leid, Amelie, das ist mein letztes Wort. Ich finde außerdem, du solltest langsam aufhören zu arbeiten, du bist im siebten Monat schwanger, da solltest du nicht mehr mit Patienten arbeiten.«

Amelie sah Eberhard an und stellte fest, dass sie ihn diesmal wohl nicht überreden würde können. »Na gut«, sagte sie scheinbar ruhig. »Dann werde ich mich in die Praxis meines Vaters aufmachen, vielleicht kann ich ihm ja behilflich sein.«

Eberhard von Clausenburg seufzte resigniert. »Davon kann ich dich natürlich nicht abhalten«, sagte er dann leise. »Aber ich wünschte, du würdest in den kommenden Wochen zu Hause bleiben und dich schonen.«

Amelie schüttelte energisch den Kopf. »Wie soll ich mich schonen, wenn ich täglich sehe, wie krank die Menschen sind, wie verzweifelt und wie ängstlich? Du glaubst doch wohl selbst nicht, Eberhard, ich sehe da einfach tatenlos zu, oder?«

Zum ersten Mal hatte sie ihren Wahlonkel einfach mit dem Vornamen angesprochen. Eberhard erwiderte nichts mehr. Amelie stand auf, nickte Dr. Haller zu und verließ den Raum.

Tatsächlich war ihr Bauch inzwischen ziemlich groß und das Gehen ein wenig mühsam geworden. Wie gerne hätte sie sich hingelegt und ausgeruht. Aber Amelie konnte nicht zusehen, wenn rund um sie so viel Leid, so viel Angst und Tod und Trauer war. Im Foyer des Krankenhauses ließ sie sich auf einer Bank nieder. Zufällig kam Schwester Renate vorbei. Die zierliche Oberschwester sah entsetzlich müde aus, sie hatte abgenommen und war blass.

»Na, Fräulein Doktor«, rief sie, als sie Amelie sah, »ruhen Sie sich ein bisschen aus?«

»Ja, ich möchte mir draußen eine Droschke besorgen, aber ich muss erst ein paar Minuten verschnaufen«, antwortete Amelie.

»Warten Sie, das erledige ich für Sie.« Renate trat aus dem Haupteingang des Krankenhauses, der direkt an der Straße lag, steckte zwei Finger in den Mund und stieß einen schneidenden Pfiff aus. Augenblicke später hielt eine Droschke vor dem Krankenhaus an.

»Schwester Renate, Sie haben ja verborgene Talente«, staunte Amelie, die sich erhoben hatte und zur Eingangstür getreten war.

»Sie verlassen uns wohl jetzt für eine Weile«, meinte Renate. »Ich habe schon gehört, dass die Abteilung für die nicht an Grippe erkrankten Personen geschlossen wird.«

»Ja, Herr Direktor von Clausenburg hat mich beurlaubt. Ich soll mich schonen und nicht mehr arbeiten«, ätzte Amelie. »Also werde ich nun zu meinem Vater in seine Ordination am Alexanderplatz fahren und sehen, ob ich ihm behilflich sein kann.«

»Sie können wohl auch keine Ruhe geben, was?«, meinte Schwester Renate lächelnd, doch auch Sorge zeichnete sich in ihrer Miene ab.

»Genauso wie Sie, Schwester Renate, genauso wie Sie«, sprach Amelie und stieg in die Droschke.

Als sie am Alexanderplatz eintraf, musterte sie ihr Elternhaus mit kritischem Blick. Nein, es hatte sich nichts verändert. Da und dort war ein bisschen Putz abgefallen und der Garten war seit dem Tod von Amelies Mutter, Luise, die Jahre zuvor einer bösartigen Verleumdung zum Opfer gefallen und im Gefängnis verstorben war, völlig verwildert. Aber das uralte Häuschen, in gotischer Zeit neben einer ebenso alten Kirche erbaut, stand noch, trotzte den schwierigen Zeiten und erweckte in Amelie Heimatgefühle. Sie hatte noch einen Schlüssel für das Haus, aus Zeiten, als Michael von Liebwitz, der über den Tod seiner geliebten Frau einfach nicht hinwegkommen konnte und sich haltlos dem Trinken ergeben hatte. Wenn sie, meist spät in der Nacht, rasch ins Haus kommen musste. Dennoch zog sie am Klingelzug und wartete.

Der Mann, der ihr die Tür öffnete, war nicht mehr der versoffene, gealterte Mann, von dem sie sich vier, fast fünf Jahre zuvor verabschiedet hatte. Vor ihr stand Dr. Michael von Liebwitz, ihr Vater, so wie er früher gewesen war. Nur mittelgroß und stämmig strahlte der über Fünfzigjährige ein gesundes Selbstvertrauen aus und wirkte zufrieden, wenn auch überarbeitet.

»Amelie!«, rief er aus, als er seine Tochter sah. »Wie schön, dass du gekommen bist, komm doch herein!« Michael trat einen Schritt zurück und gab den Weg in die kleine dunkle

Diele frei. »Aber was machst du denn eigentlich hier – solltest du nicht zu Hause sein und dich schonen?« Amelie lächelte ihren Vater an.

Ohne ein Wort zu sagen, trat sie auf ihn zu und schloss ihn in die Arme. Und weil sie deutlich größer als ihr Vater war, küsste sie ihn mitten auf den Kopf, an die Stelle, an der sich sein graues Haar bereits lichtete.

Michael von Liebwitz fasste sich mit einem wehmütigen Lächeln an die kahle Stelle. »Ja, auch mir gehen die Haare aus«, sagte er dann, löste sich vorsichtig aus der Umarmung seiner Tochter und schob sie ein Stück von sich weg. »Du siehst gut aus, eigentlich sogar blendend. Hast du etwa meinen Rat befolgt und dich in den vergangenen Wochen ausgeruht? Ach, komm doch in Mamas Salon, da können wir Tee trinken und uns unterhalten.«

Michael fasste Amelies Arm und führte sie in jenen Raum des Hauses, in dem Luise sich am liebsten aufgehalten hatte, wenn ihre vielfältigen Pflichten als Hebamme im Scheunenviertel ihr Zeit dazu gelassen hatten.

Michael hatte nichts verändert. Die dunkelroten Samtportiere hingen, sauber gewaschen und mit silbernen Kordeln zurückgebunden, vor den Fenstern. Das von Luise heiß geliebte rote Samtsofa stand, flankiert von ebenso bezogenen Lehnstühlen, vor einem zierlichen hochglanzpolierten Nussbaumtischchen. In der Ecke tickte, so als wäre gar keine Zeit vergangen, die Barockuhr und das große Grammophon stand immer noch auf der Nussbaumkommode in der Ecke.

»Ach, alles hier drin erinnert mich an Mutter«, sagte Amelie bewegt. »Du hast alles so gelassen, wie es war. Kommst du denn damit gut zurecht?« Michael lächelte sie an.

»Mittlerweile schon«, murmelte Michael. »Ich habe in der Trinkerheilanstalt so einiges gelernt. Dazu gehört auch, die Vergangenheit hinter sich zu lassen, oder besser gesagt, sich nur die schönen Momente zu bewahren. Und bis jetzt gelingt mir das ganz gut.«

Michael von Liebwitz sprach ganz offen über die Monate, die er in einer Trinkerheilanstalt in Ostpreußen verbracht hatte. Eine leichte Zeit war es nicht gewesen, doch seit er zurück war, hatte er keinen Tropfen Alkohol mehr angerührt und seine Hausarztpraxis wieder geöffnet. Die beiden nahmen Platz, und Amelie erzählte Michael, wie sie sich in den vergangenen Wochen ganz und gar nicht geschont, sondern im Gegenteil im Curias-Krankenhaus praktisch Tag und Nacht gearbeitet hatte. Michael konnte es gar nicht glauben. »Und du hast dich nicht mit dieser verteufelten Influenza angesteckt?«, fragte er.

»Nein, erstens habe ich mich um Patienten gekümmert, die wegen anderer Erkrankungen zu uns gekommen sind, und zweitens habe ich ununterbrochen eine Maske getragen. Das war zwar nicht sehr angenehm, aber es scheint mich bislang vor einer Ansteckung bewahrt zu haben.« Amelie lächelte zufrieden und strich über ihren gewölbten Bauch. »Und der Kleinen hat meine Arbeit auch nicht geschadet, sie wirbelt manchmal in meinem Bauch herum wie ein Derwisch – vorzugsweise dann, wenn ich im Bett liege und schlafen möchte.«

»Darüber hat Luise sich auch beklagt, als sie mit dir schwanger war«, lächelte Michael wehmütig. »Babys mögen es anscheinend lieber, wenn ihre Mama in Bewegung ist. Jetzt werde ich also bald Großvater. Wann ist es denn so weit?«

»Möglicherweise wird es ein Weihnachtsbaby«, strahlte Amelie. »Der Geburtstermin ist allerdings schon für den 15. Dezember berechnet.«

»Das erste Kind kommt eigentlich nie pünktlich.« Michael, der seit Jahrzehnten im Scheunenviertel als Hausarzt tätig war und so manche Schwangere betreut hatte, wusste, wovon er sprach.

»Wir werden sehen«, sagte Amelie. »Noch habe ich ja ein wenig Zeit.«

»Und was führt dich heute Nachmittag zu mir?«, fragte Michael, nachdem er einen Klingelzug betätigt hatte. Wenige Sekunden später klopfte es kurz, dann betrat Frau Haller mit einem Teetablett den Raum.

»Amelie«, rief sie erfreut. »Das ist ja wunderbar. Wie schön, Sie zu sehen. Sie sehen gut aus und so …« Frau Haller geriet ins Stammeln.

»Und so schwanger, wollten Sie sagen, liebe Frau Haller?« Amelie erhob sich ein wenig mühsam vom Sofa und trat auf die Gefährtin ihrer Kindertage zu.

»Nun, ja«, wand sich Isabella Haller. »Ich wusste, Sie sind aus dem Krieg zurück. Aber davon«, sie deutete auf Amelies Bauch, »davon wusste ich nichts.«

Amelie nahm der Haushälterin das Tablett ab, stellte alles auf den Tisch und schenkte den Tee in hauchdünne Tassen aus Knochenporzellan. Sie lud Frau Haller ein, ebenfalls Platz zu nehmen. Dann erzählte sie ihr die ganze Geschichte ihrer Zeit im Lazarett an der russischen Grenze und ihr so jäh unterbrochenes Wiedersehen mit Ernst.

»Und Sie haben bislang noch nichts von ihm gehört?«, fragte Frau Haller bekümmert.

»Nein, kein Brief, kein Telegramm, ich habe keine Ahnung, wo er ist und was er treibt.« Amelie schaute einen Augenblick traurig vor sich hin. Dann gab sie sich einen sichtbaren Ruck und wandte sich wieder ihrem Vater zu. »Und du? Wie geht es in der Praxis? Ich nehme an, die Grippe wütet auch im Scheunenviertel, richtig?«

»Das tut sie«, seufzte Michael. »Auch ich bewaffne mich inzwischen mit einer Gesichtsmaske, wenn ich meine Patienten aufsuche und wenn ich in der Ordination sitze. Dies gilt auch für meine Kollegin Elke Koch. Ich hatte dir von ihr geschrieben. Sie ist eine wirkliche Bereicherung für die Praxis. Heute zum Beispiel macht sie die Bezirksrunde, damit ich mich ein wenig ausruhen kann.«

Isabella Haller nickte. »Ich habe festgestellt, dass Menschen, die sich auf diese Weise vor Ansteckung schützen wollen, tatsächlich viel seltener erkranken«, fuhr Michael fort. »Und natürlich wasche ich mir unermüdlich die Hände. Bislang hat mich die Krankheit verschont.« Amelie nickte zufrieden. »Dann kann ich dir also in den kommenden Wochen in der Ordination helfen, eventuell sogar Hausbesuche übernehmen?«

»Sag einmal, bist du verrückt?« Etwas von Michaels Temperament kam zum Vorschein.

»Nein, lieber Vater, ich bin nicht verrückt«, antwortete Amelie. »Aber ich werde verrückt werden, wenn ich in den kommenden zwei Monaten nur zu Hause hocken und mich ausruhen soll. Du siehst ja: Ich habe mich bis jetzt nicht mit dieser vermaledeiten Grippe angesteckt – und werde das auch in Zukunft nicht. Bitte, bitte lass mich wenigstens in der Ordination helfen, wenn du und Fräulein Dr. Koch eure Hausbesuche macht.« Flehend blickte sie ihren Vater an.

»Darüber muss ich gründlich nachdenken, Amelie. Natürlich könnte ich deine Hilfe gut gebrauchen, im Scheunenviertel ist jede zweite Familie erkrankt. Aber ich bin nicht sicher, ob du damit nicht langfristig deinem Baby schadest.«

Amelie bemerkte, dass es nun nicht sinnvoll war, weiter zu insistieren. »Gut, dann rufe mich doch bitte morgen an und gib mir deine Entscheidung bekannt. Oder, noch besser, ich bleibe über Nacht hier, dann kannst du es mir morgen beim Frühstück sagen.« Sie schaute immer noch ihren Vater an. Der wiegte den Kopf und nickte dann.

»Also gut, dein Zimmer wird Frau Haller sicher gleich herrichten, und Kleider und Waschzeug hast du ja da, oder?« Ein wenig beschämt senkte Michael den Kopf. »Aus den Zeiten, wo du mir so häufig zu Hilfe eilen musstest, nicht?«

Amelie strich ihm über die Hand. »Das ist jetzt alles vorbei, Papa«, sagte sie. »Nicht in die Vergangenheit schauen, hast du das schon vergessen?«

Michael lächelte tapfer, nickte dann aber. Frau Haller stand auf, um Amelies Zimmer zu lüften und das Bett frisch zu beziehen.

»Und dann legen Sie sich hin, Fräulein Amelie«, befahl sie streng. »Wenn Sie unbedingt weiter arbeiten wollen, müssen Sie sich unbedingt auch genügend ausruhen.«

Amelie salutierte scherzhaft. »Zu Befehl, Frau Oberfeldwebel«, lachte sie.

## *Kapitel 35*

Die nächsten Wochen verliefen relativ ruhig, und das war wörtlich zu verstehen. Es wurde immer stiller in der Stadt. Die Proteste gegen Maßnahmen oder eben keine Maßnahmen der Stadtväter hatten vollkommen aufgehört. Die Menschen in Berlin waren viel zu sehr damit beschäftigt, an der Spanischen Grippe zu sterben. Inzwischen war diese bösartige Influenza weltweit ausgebrochen, das erfuhr man aus Zeitungen. Überall war die Lage dieselbe: Die Menschen erkrankten zu Millionen, viele starben, manche erholten sich auch.

»Aber ob das auf unsere Therapieversuche zurückzuführen ist oder einfach auf den natürlichen Verlauf, das wissen wir nicht.« Amelie, ihr Vater und die junge Ärztin Elke Koch saßen nach einem langen Tag in der Ordination abends im Esszimmer von Amelies Elternhaus. Frau Haller, die sich die allergrößte Mühe gab, täglich etwas Essbares auf den Tisch zu bringen, hatte heute auch nicht mehr anbieten können als eine Gemüsesuppe, die zum größten Teil aus Steckrüben bestand. Dazu reichte sie altbackenes Brot. Zum Trinken gab es Wasser. Trotz dieses frugalen Mahls machten sich alle drei wie Verhungernde über das Essen her. Die Lebensmittelrationierungen wurden beibehalten. Isabella Haller stand täglich viele Stunden vor Geschäften an, um ihre beiden Schützlinge zu versorgen.

»Ja, es scheint, als wirke bei manchen Verläufen kein einziges unserer Medikamente«, nahm Amelie den Gesprächsfaden wieder auf. »Wir verordnen Aspirin, Chinin oder Opium. Doch ob ein Patient stirbt oder nicht, scheint davon völlig unbeeinflusst zu sein.«

Michael nickte. »Und unsere Medikamentenvorräte gehen uns auch aus. Kannst du nicht im Curias nachfragen, ob wir dort unsere Bestände auffüllen können?«

Michael von Liebwitz war in den vergangenen sechs Wochen um Jahre gealtert. Täglich war er von morgens bis abends im Scheunenviertel unterwegs, um Grippepatienten zu betreuen, meist ohne Erfolg. Die beengten Verhältnisse im Viertel, oft wohnten bis zu zehn Personen in einem Zimmer, die schlechte Hygiene und die unbelüfteten Räume förderten das Voranschreiten der Spanischen Grippe, die inzwischen ganz Berlin lahmgelegt hatte.

Draußen war es kalt und neblig, aus dem Himmel tropfte es hin und wieder. Es war mittlerweile November, es regnete fast jeden Tag, das Essen war knapp und die Beerdigung der Opfer der Grippe ging nur langsam voran. Über ganz Berlin lag eine Wolke des Verwesungsgeruchs, weil ganze Familien in ihren beengten Wohnungen an der Spanischen Grippe verstarben und tagelang niemand kam, um sie abzuholen und zu Grabe zu tragen.

»Ich bin froh über die Kälte«, sagte Amelie, die sich jedoch aufgrund des wenigen Fetts auf ihren Rippen in viele Lagen kleiden musste, um nicht zu frieren. Nur ihr schwangerer Bauch ragte stolz auf. Ihrem Baby schien es nach wie vor gut zu gehen. Es bewegte sich nur noch wenig, weil es sich bereits in das Becken abgesenkt hatte. Amelie hatte zwar ständig Hunger, aber keinerlei Schwangerschaftsbeschwerden. »Stell dir nur vor, es wäre Sommer. Der Geruch wäre nicht auszuhalten.«

Michael nickte stumm und löffelte seinen Suppenteller leer. Der Arzt, der für Amelie so lange Zeit ein Vorbild gewesen war, hatte erneut seiner Alkoholsucht den Kampf ansagen müssen. Seine täglichen Hausbesuche und die so oft wirkungslose Behandlung der Opfer der Spanischen Grippe stellten seine Widerstandskraft auf eine harte Probe. Bislang hatte er keinen Tropfen angerührt, doch Amelie und Isabella Haller machten sich große Sorgen um ihn.

»Und am schlimmsten ist, dass vor allem die jungen Leute sterben«, sagte er nun zu Amelie und schob seinen Suppenteller von sich. »Normalerweise erkranken doch viel eher die alten Leute und die kleinen Kinder, aber diesmal schlägt die Grippe geradezu verheerend bei den Jungen zu. Ich verstehe das nicht, was meinst du, Amelie?«

»Ach, ich weiß es doch auch nicht«, antwortete seine Tochter. »Aber mir scheint, bei jungen Menschen verläuft die Krankheit geradezu verheerend – und vor allem so wahnsinnig schnell. Man denke nur mal an Friedrich …«

Das stimmte. Ältere Menschen und Kinder erkrankten oft weniger schwer an der Influenza und wurden auch wieder gesund. Aber eine Unzahl junger Menschen zwischen zwanzig und dreißig Jahren erkrankte plötzlich, sehr schwer und starb schnell. Amelie und Michael blickten sich an und seufzten gleichzeitig.

»Na ja«, meinte Michael dann, »ich werde schlafen gehen, morgen ist wieder viel zu tun. Kannst du vielleicht Eberhard im Curias wegen der Medikamente anrufen? Der ist bestimmt noch im Büro.«

In diesem Augenblick schellte es an der Haustür, allerdings nicht nur einmal – da klingelte jemand Sturm.

»Da scheint es ja jemand besonders eilig zu haben«, murmelte Amelie und wollte sich schwerfällig erheben. Die Arbeit in der Ordination war nicht allzu anstrengend. Sie konnte die meiste Zeit sitzen, und ohnehin sah sie kaum noch Grippepatienten, weil diese sehr oft so schnell verstarben, dass ein Arztbesuch gar nicht mehr möglich war.

»Bleib sitzen, mein Liebes.« Michael stand auf und ging, um die Haustür zu öffnen. Sekunden später stand er mit einem breiten Lächeln im Gesicht wieder in der Tür zum Esszimmer.

»Du wirst es nicht glauben, Amelie.« Er strahlte. »Der Krieg ist aus!« Er sprang auf Amelie zu und umarmte sie unbeholfen.

»Was?«, fragte Amelie ungläubig.

»Heute wurde in Frankreich, im Wald von Compiègne, ein Waffenstillstand geschlossen«, berichtete Michael. »Der Nachbarsjunge war da, du weißt schon, der, der immer die Zeitungen austrägt.«

Friedel Krause hieß der achtjährige Nachbar, der ihnen täglich die Zeitung brachte. Er war ein unverwüstliches Berliner Gossenkind, das sogar die Spanische Grippe überstanden hatte, nachdem er einige Tage fiebrig im Bett gelegen hatte.

»Der Friedel?«, fragte Amelie ein wenig verwirrt. »Und es ist wirklich vorbei?«

»Ja!« Michael lachte jetzt und rief nach Frau Haller, um auch ihr die freudige Nachricht zu überbringen. Seit zwei Tagen war Deutschland keine Monarchie mehr. Der in Kiel ausgebrochene Matrosenaufstand hatte die Revolution ausgelöst, zur Abdankung des Kaisers und zur Ausrufung einer Republik geführt. Nun also sollte auch dieser endlose Krieg zu Ende sein?

Amelie schwirrte der Kopf. Der Krieg war endlich vorüber.

»Ist es wirklich vorbei?«, fragte sie mit ganz kleiner Stimme.

»Ja, meine liebe Tochter, dieser unselige Krieg ist vorüber. Es herrscht Waffenstillstand und bald wird es Friedensverhandlungen geben.« Michael lächelte noch immer. Amelie dagegen brach in Tränen aus.

»Aber Amelie?« Michael war erschrocken. »Warum weinst du denn?«

»Es sind wohl Glückstränen«, schluchzte seine Tochter. »Nun wird Ernst doch sicherlich bald nach Berlin zurückkommen, nicht?«

»Bestimmt«, sagte Michael begütigend und umarmte Amelie noch einmal.

Lautstarker Jubel jedoch kam nicht auf in Berlin, als sich die Nachricht von der Abdankung des ungeliebten Kaisers und das Ende des Krieges herumsprach. Immer noch beherrschte die Spanische Grippe die Stadt, immer noch starben täglich Hunderte von Menschen.

Als Amelie an diesem Abend ihr Elternhaus verließ, war sie todmüde, ihr Rücken schmerzte und ihre Füße taten weh. Der Tag des Waffenstillstands lag bereits mehr als zwei Wochen zurück. Von Frieden konnte aber keine Rede sein. Man war sich nicht einig über die richtige Form der Regierung. Immer wieder entbrannten Straßenkämpfe. Um nicht in eine solche Straßenschlacht hineingezogen zu werden, hatte Amelie sich eine Droschke gerufen, die sie sicher und schnell in die Villa von Tante Elisabeth, sie konnte das Haus noch immer nicht als ihr eigenes betrachten, bringen würde.

Else nahm sie an der Haustür in Empfang. »Guten Abend, gnädiges Fräulein«, grüßte sie und hustete.

»Guten Abend, Else, geht es dir gut?«, fragte Amelie besorgt.

»Aber ja, nur ein kleiner Schnupfen«, sagte das Mädchen. »Aber Schwester Renate hat mich nach Hause geschickt, weil ich ein bisschen Fieber habe.«

Amelies Besorgnis wuchs. »Pass auf, du legst dich jetzt ins Bett und ich komme gleich zu dir und untersuche dich, in Ordnung?«

Widerspruchslos fügte Else sich, was Amelie noch mehr besorgte, denn normalerweise war das ehemalige Hausmädchen kaum von ihren Pflichten abzuhalten. Bevor sie sich allerdings um Else kümmern konnte, musste sie noch einen Anruf erledigen. Sie begab sich in ihr Arbeitszimmer, befreite die geschwollenen Füße aus den Schuhen und ließ sich auf ihrem Schreibtischstuhl nieder, der unter ihrem Gewicht gehörig knarzte. Den Telefonhörer in der Hand, bat sie um eine Verbindung ins Curias-Krankenhaus. Sie wollte endlich Onkel Eberhard wegen einer Medikamentenlieferung für die Praxis ihres Vaters fragen.

Frau Kaschitz nahm wie üblich den Hörer ab. Sie schluchzte. Alarmiert rief Amelie: »Aber Frau Kaschitz, was ist denn, wieso weinen Sie?«

Die Sekretärin schluchzte haltlos in den Hörer, bis jemand

anderes ihr das Telefon abnahm und sprach. »Fräulein Doktor von Liebwitz, hier ist Schwester Renate«, meldete sich die Oberschwester. Auch ihre Stimme klang, als ob sie Tränen unterdrücken müsste.

»Was ist denn los, um Himmels willen?«

»Unser Herr Direktor, er …« Ein Schluchzer entrang sich Schwester Renate. »Er …«

Amelie hielt es nicht mehr aus. »Sagen Sie mir doch bitte, was los ist, Schwester Renate«, flehte sie.

»Er ist gestern Morgen an der Spanischen Grippe erkrankt und vor einer Stunde gestorben.« Ihre letzten Worte waren kaum noch zu verstehen, so sehr weinte nun auch Renate.

»Eberhard ist tot?«, fragte Amelie ungläubig, »aber das ist doch ganz unmöglich. Die Grippe rafft doch die jungen Leute fort, ältere überleben sie doch meist.«

»Das stimmt.« Renate räusperte sich und nahm sich zusammen. »Aber Ihr lieber Wahlonkel hatte ein lange nicht diagnostiziertes Lungenleiden. Er konnte der Krankheit absolut nichts entgegensetzen, und jetzt ist er nicht mehr.«

Ohne sich zu verabschieden, legte Amelie einfach den Telefonhörer auf. Ihre Hände zitterten wie Espenlaub. Ihr Mentor, ihr Freund, einer der wichtigsten Fürsprecher ihres Medizinstudiums und ihrer Ausbildung zur Chirurgin, sollte tot sein? Das konnte doch unmöglich der Wahrheit entsprechen? Oder doch?

Entschlossen griff sie noch einmal zum Telefonhörer und ließ sich mit der Direktion des Curias-Krankenhauses verbinden. Wieder hob Frau Kaschitz ab. Sie hatte sich ein wenig beruhigt und krächzte ihre Begrüßungsformel in den Hörer.

»Frau Kaschitz, ist es denn wirklich wahr?«

Die Sekretärin schluchzte erneut auf. »Ja, es ist wirklich wahr. Er ist zu Hause gestorben. Schon morgen soll das Begräbnis stattfinden.«

»Danke, Frau Kaschitz«, sagte Amelie tonlos und bat die

Sekretärin noch, sie bei Schwester Renate wegen des abrupten Abbruchs ihres Anrufs vorhin zu entschuldigen.

Zusammengesunken saß Amelie in ihrem Sessel. Jegliche Kraft hatte sie verlassen. Zuerst Friedrich Görtz und nun Eberhard von Clausenburg. Wer würde der Nächste sein? Am liebsten wäre Amelie einfach in ihrem Schreibtischstuhl sitzen geblieben, als sie plötzlich ein lautes Stöhnen hörte, gefolgt von den nicht zu verkennenden Lauten eines Menschen, der sich heftig erbricht. Amelie sprang auf die Füße und eilte, so schnell sie konnte, in Elses Zimmer, das auf dem gleichen Stockwerk lag wie ihr eigenes. Amelie hatte es ungerecht gefunden, dass Else die Nächte in einem schlecht geheizten Dienstbotenkämmerchen verbringen sollte, wo sie sich doch tagsüber – und nicht selten auch nachts – in der Pflege der Grippepatienten im Curias-Krankenhaus aufrieb, und hatte ihr das Schlafzimmer neben ihrem eigenen zugewiesen.

Else hatte sich anfangs dagegen gesträubt: »Das ist doch viel zu fein für mich.«

Aber Amelie hatte nicht nachgegeben. Sie würde niemals den Gesichtsausdruck des jungen Mädchens vergessen, als sie sich zum ersten Mal in das breite Himmelbett gelegt hatte, das mitten in ihrem neuen Zimmer stand.

»So weich«, hatte Else andächtig geflüstert und es sich dann unter der dicken Decke gemütlich gemacht. »Einfach himmlisch«, waren ihre nächsten Worte gewesen und Amelie hatte gelacht.

»Schön, dass es dir gefällt, Else. Schlaf recht gut und bis morgen.«

Jetzt war von Gemütlichkeit und himmlischen Gefühlen nichts mehr zu bemerken. Als Amelie das Zimmer betrat, konnte sie Else neben dem Bett hocken sehen. Sie hatte sich in den Nachttopf erbrochen, den sie rasch unter ihrem Bett hervorgeholt hatte. Nun liefen ihr Tränen über das Gesicht.

»Else«, rief Amelie. »Um Himmels willen, hat es dich jetzt auch erwischt?«

Sie wollte auf ihr ehemaliges Hausmädchen zueilen, doch die drehte sich so schnell sie konnte um und winkte ihre Herrin weg.

»Kommen Sie nicht näher, sonst stecken Sie sich auch noch an«, sagte sie leise und würgte wieder.

»Das werden wir ja noch sehen.« Amelie eilte zurück in ihr Arbeitszimmer, um ihre Arzttasche zu holen. Sie entnahm ihr eine Maske, um Mund und Nase zu bedecken, zog Gummihandschuhe an und riss den weißen Kittel vom Haken, der an der Innenseite der Arbeitszimmertür hing.

Wenige Minuten später war Else, trotz ihrer Proteste, wieder in ihrem Bett verstaut, und Maria, das Hausmädchen, das Amelie kurz nach Elses Antritt als Hilfspflegerin eingestellt hatte, reinigte – natürlich ebenso geschützt wie Amelie – den Raum, öffnete das Fenster und schüttelte die Kissen in Elses Bett auf.

Amelie trat auf Else zu und legte ihr die Hand auf die Stirn. »Du glühst«, stellte sie erschrocken fest.

Dunkle Schatten lagen unter den Augen des Mädchens, das Gesicht sah eingefallen aus. »Du hast dich angesteckt«, stellte Amelie fest.

»Aber du wirst nicht sterben, das lasse ich nicht zu. Du bleibst am Leben.« Amelie fragte sich, wen sie wohl überzeugen wollte, Else oder sich selbst. Sie hatte jedenfalls vor, alles zu tun, um Elses Leben zu erhalten.

Der Tod Eberhard von Clausenburgs trat in den Hintergrund. Alles andere in Amelies Leben schien in den nächsten drei Tagen zu verschwimmen, sie kümmerte sich Tag und Nacht um Else. Gelegentlich kam auch Michael, um sie in ihrem beschwerlichen Dienst wenigstens für ein paar Stunden abzulösen. Isabella Haller brachte fertig gekochte Speisen, die Amelie in den wenigen Minuten, die ihr die Pflege von Else übrig ließen, hinunterschlang. Es schien, als hätte die Welt außerhalb von Elses Zimmer aufgehört zu existieren.

Eben hatte sie ihr wieder ein fiebersenkendes Mittel verabreicht und Maria angewiesen, die Essigwickel um Elses Waden zu erneuern, als Michael von Liebwitz leise das Krankenzimmer betrat.

»Wie geht es unserer Patientin?«, flüsterte er.

»Das Fieber will nicht heruntergehen und sie halluziniert«, gab Amelie leise zurück. »Irgendetwas von einem Mann, der sie geküsst hat, ich kann die Einzelheiten nicht verstehen.«

Else warf sich in ihrem Bett hin und her. »Nein«, murmelte sie. »Nicht küssen, ich mag nicht …« Dann lag sie für einige Minuten still da, bis sie erneut zu träumen begann und sich im Bett hin und her warf.

»Kannst du sie kurz festhalten?«, bat Michael. »Ich möchte ihre Lunge abhören.«

Amelie beugte sich von rechts über das Bett und hielt Elses Arme fest, die vor sich hin brummte, aber keine Anstalten machte, sich gegen Amelies Berührung zu wehren.

Michael zückte sein Stethoskop und hörte vorsichtig Elses Lungen ab. »Scheint so, als hätte die Grippe bisher noch keine Lungenentzündung verursacht«, flüsterte er dann. »Sie hat eine Chance.«

»Aber das Fieber ist immer noch so hoch«, meinte Amelie, die Else wieder losgelassen hatte und aufgestanden war. Sie drückte sich eine Hand ins Kreuz.

»Hast du Rückenschmerzen?«, fragte Michael.

Amelie verdrehte die Augen. »Frag lieber nicht, ich habe das Gefühl, jeden Augenblick platzen zu können.«

»Bleib heute Nacht bei ihr«, sagte Michael. »Wir steuern auf die Krisis zu, wenn das Fieber heute Nacht bricht, ist sie über den Berg.«

Amelie nickte müde.

»Ich muss zurück ins Scheunenviertel, Elke vertritt mich schon den ganzen Tag«, murmelte Michael zum Abschied. »Ich komme morgen wieder vorbei, in Ordnung?«

Amelie setzte sich, nachdem ihr Vater gegangen war, an Elses Bett zurück und nahm die Hand der jungen Frau, die nun wieder tief im Fieberschlaf lag.

Die Nacht wurde schlimm. Bis gegen 2 Uhr morgens hielt das hohe Fieber an. Else war sehr unruhig, sie wälzte sich herum, manchmal schrie sie auf, als hätte sie schreckliche Schmerzen, dann wieder lag sie da wie tot. Maria, das Dienstmädchen, harrte mit Amelie aus, obwohl diese sie schon mindestens dreimal ins Bett geschickt hatte.

»Ick bleebe«, hatte sie beharrt. »Wenn Sie was brauchen, bin ick schneller als Sie.«

Dem konnte Amelie nicht widersprechen. Sie stand kurz vor der Geburt ihres Kindes und fühlte sich riesig.

»Ich setze mich nur ganz kurz in den Ohrensessel«, sagte sie zu Maria. »Mein Rücken bringt mich um.«

Das Hausmädchen hatte sofort Amelies Platz an Elses Bett eingenommen und kühlte ihr mit einem in kaltes Wasser getauchten Tuch unermüdlich Stirn und Wangen.

Amelie hatte schon den ganzen Tag ziehende Schmerzen im unteren Rücken verspürt, diesen aber kaum Beachtung geschenkt. Senkwehen, hatte sie gedacht und einfach mit der Pflege von Else weitergemacht. Als sie sich allerdings nun in den Ohrensessel niederließ, krampfte sich ihr Bauch plötzlich heftig zusammen.

»Grundgütiger«, stöhnte sie. »Meine Kleine, ich verstehe ja, du willst auf die Welt kommen, aber lass dir bitte noch ein paar Stunden Zeit.«

Das Baby in ihrem Bauch schien sie erhört zu haben, die Wehe verebbte und eine Zeit lang geschah nichts. Amelie nickte sogar ein wenig ein, bis Maria, die ähnlich wie die junge Ärztin in Maske, Handschuhen und Kittel vermummt war, sie anstupste.

»Was …«, begann Amelie und schlug die Augen auf. »Was ist denn los?«

»Else hatte gerade einen fürchterlichen Schweißausbruch, und jetzt ist ihre Stirn viel kühler«, flüsterte das Hausmädchen.

Und tatsächlich, als Amelie sich mühsam aus ihrem Ohrensessel gehievt hatte und an Elses Bett trat, fand sie diese bei Bewusstsein vor, von Kopf bis Fuß nass geschwitzt und – sie legte rasch die Hand auf Elses Stirn – fieberfrei.

»Else«, sprach sie die junge Frau an. »Else, du hast es geschafft, du wirst wieder gesund.«

Amelie lächelte Else erleichtert an. In diesem Augenblick durchfuhr sie jedoch ein so unvorstellbarer Schmerz, dass sie sich rasch mit der Hand am Bettpfosten festhalten musste, um nicht umzufallen.

Wieder eine Wehe, diesmal eine besonders heftige, konstatierte die Ärztin in Amelies Gehirn trocken, was auf der Hand lag.

»Maria«, stöhnte Amelie, »ruf sofort im Curias an und bitte Renate, zu mir zu eilen. Mein Baby kommt!«

Maria, die die ganze Nacht wie ein Fels in der Brandung über Else gewacht hatte, verlor nun die Nerven.

»Ihr Baby«, rief sie. »Aber dann müssen Sie ja … Nein, ich muss …« Kopflos rannte sie im Zimmer herum.

»Maria«, ermahnte Amelie sie scharf. Die Wehe war abgeklungen, aber die nächste kündigte sich bereits an. »Komm zu dir! Du musst mir jetzt helfen, nur noch eine kleine Weile. Ruf im Curias an und lass dir Renate geben. Sie soll sofort herkommen!«

Maria riss sich endlich zusammen und lief zum Telefon. Zum Glück war neben dem Telefon eine Liste mit allen wichtigen Telefonnummern an die Wand gepinnt. Fünf Minuten später kam sie wieder in Elses Zimmer gerannt und rief: »Schwester Renate kommt so schnell sie kann.«

Amelie stand ganz langsam auf und wandte sich zu Else, der die Augen bereits wieder zufielen. »Maria wird nun schnell dein Bett überziehen und dir ein frisches Nachthemd bringen. Solange musst du bitte noch wach bleiben, ja?«

Wieder eine Wehe. Amelie klammerte sich an den Bettpfosten und atmete tief ein und aus. Nach einer Minute, in der sie sich ausschließlich auf das Geschehen in ihrem Körper konzentriert hatte – und darauf, nicht laut aufzuschreien, sie wollte Else und Maria nicht erschrecken –, verklang auch diese Wehe.

Else blinzelte Amelie müde an. »Ist gut«, flüsterte sie und schloss die Augen.

»Ich muss mich jetzt hinlegen, mein Baby kann offenbar nicht mehr warten.« Mit zusammengebissenen Zähnen lächelte Amelie Else an. Diese schlug die Augen wieder auf und versuchte sich müde gegen die Ambitionen Marias, ihr Bett abzuziehen, zu wehren. »Bitte achte darauf, dass sie auf keinen Fall in dem durchgeschwitzten Bett und Nachthemd einschläft, sie bekommt sonst einen Rückfall.«

Maria nickte und bemühte sich, die Erkrankte neu zu betten. Amelie hoffte das Beste und begann, mit langsamen Schritten auf ihr Schlafzimmer zuzugehen. Auf der Schwelle angekommen, spürte sie einen Schwall Flüssigkeit zwischen ihren Beinen herunterlaufen. Die Fruchtblase war geplatzt.

Na gut, meine Kleine, dachte sie. Dann bringen wir es hinter uns und lernen uns kennen.

Sie setzte sich schwerfällig aufs Bett und begann, sich auszukleiden. Die Wehen kamen in Abständen von sechs Minuten, wie sie an ihrer Uhr ablas. Schließlich legte sie sich nackt auf ihr Bett.

Im Zimmer war es angenehm warm. Amelie dankte Elisabeth im Geiste für den Einbau einer Zentralheizung in ihrer Villa. Sie zog sich eine leichte Wolldecke über und begann zu warten. Auf die nächste Wehe – und auf Renate.

Die traf tatsächlich in Rekordgeschwindigkeit ein und fegte in Amelies Schlafzimmer. Es war inzwischen fast Morgen geworden. Es dämmerte bereits vor den Fenstern. »Mein liebes Kind«, rief Renate noch an der Schwelle zum Schlafzimmer aus.

Amelie fuhr hoch. Sie war tatsächlich für ein paar Minuten eingeschlafen. »Guten Morgen, Schwester Renate«, murmelte sie schlaftrunken, als eine Wehe sie überfiel, die um vieles stärker war als alle anderen bisher. Ein lautes Stöhnen entfuhr ihr.

Renate, die sich gerade noch die Zeit nehmen konnte, ihren Schwesternumhang abzulegen, trat an ihr Bett und fasste Amelies Handgelenk.

»Ihr Puls ist gut«, verkündete sie dann.

Amelie packte Renates Hand und drückte sie, so fest sie konnte. Renate unterdrückte einen Schmerzenslaut.

»Gut so«, presste die Schwester zwischen den Zähnen hervor. »Sehr gut.«

Die Wehe klang ab. Renate, die nicht nur Krankenschwester, sondern auch eine ausgezeichnete Hebamme war, rief nach dem Dienstmädchen.

»Guten Morgen, Schwester Renate«, grüßte sie die Hebamme. »Brauchen Sie etwas?«

»Koch uns einen guten, starken Kaffee«, bat sie Maria. »Den werden wir für die Anstrengungen der nächsten Stunden brauchen.«

»Stunden?«, krächzte Amelie. »Also Stunden werde ich das sicher nicht aushalten. Minuten eventuell, aber auf keinen Fall Stunden.«

»Schau«, begann Renate, »Sie sind doch Ärztin, Sie wissen doch, wie lange es bei einer Erstgebärenden dauern kann, bis das Kind auf der Welt ist.« Sie blickte Amelie lächelnd in die Augen.

»Im Moment bin ich aber keine Ärztin«, brummte Amelie, »sondern eine Gebärende, die sich wünscht, das Ganze möge möglichst schnell vorbei sein.«

»Gut so«, sagte Renate ungerührt. »Mit gemeinsamen Anstrengungen werden wir das Kind schon schaukeln.«

Maria meldete sich zu Wort. »Entschuldigen Sie, Schwester Renate, aber wir haben nur Zichorien, keinen Bohnenkaffee. Geht der auch?«

»Der geht natürlich nicht«, antwortete Renate und zog ein Päckchen echten Bohnenkaffee aus ihrer Tasche. Ein rares Gut in Kriegszeiten. Aber Renate hatte schon immer gewusst, wie sie Nahrungsmittel und andere wichtige Dinge organisieren konnte. Im Curias-Krankenhaus war sie deswegen heiß begehrt. Auch Maria starrte den Bohnenkaffee wie eine Erscheinung an.

»Ist das wirklich …?«, begann sie, doch Schwester Renate unterbrach sie.

»Ja, das ist wirklich echter Bohnenkaffee. Und nun lauf, Mädchen, und koch uns eine große Kanne davon! Du darfst dann auch eine Tasse davon haben.«

Marias Augen wurden noch größer. »Danke«, stammelte sie und lief in die Küche.

Amelie hatte sich inzwischen ein paar Minuten ausgeruht. Da kam auch schon die nächste Wehe. Sie stöhnte und versuchte, tief zu atmen.

»Wenn die Wehe abgeklungen ist, werde ich Sie untersuchen, damit wir schauen können, wie weit der Muttermund schon geöffnet ist.« Renate, die es inzwischen geschafft hatte, Amelie ihre schmerzende rechte Hand zu entziehen, stand auf und stellte sich ans Bettende. Amelie brummte in Zustimmung. Als die Wehe vorbei war, stellte sie wie geheißen die Beine auf und spreizte sie, damit Renate sie untersuchen konnte. Die Untersuchung war unangenehm, aber es tat nicht weh. Renate hatte kundige Hände.

»Fünf Zentimeter!«, verkündete die Hebamme dann vergnügt. »Es wird noch eine Weile dauern.«

Amelie stöhnte entsetzt auf. Maria kam mit dem Kaffee, von dem Amelie – Wehen hin oder her – jeden Schluck genoss. Es war einfach zu lange her, seit sie das letzte Mal echten Bohnenkaffee getrunken hatte. Auch Renate trank das schwarze Gebräu mit sichtlichem Genuss. Maria durfte sich schließlich auch eine Tasse einschenken und bekam dann den Auftrag, nach Else zu sehen.

»Der Else geht es gut, sie hat kein Fieber und sie schläft«, meldete sie kurz darauf.

»Dann leg dich jetzt ein paar Stunden hin«, riet Renate. »Du wirst später noch so einiges zu tun bekommen.«

Maria widersprach nicht und ging.

Um neun Uhr morgens war Amelies Muttermund fast vollständig geöffnet. »Es fehlt nur noch ein Zentimeter«, sagte Renate, nachdem sie Amelie wieder untersucht hatte. »Jetzt wird es schnell gehen.«

Amelie, die verschwitzt und mit rotem Kopf im Bett lag, wisperte: »Ich spüre es auch. Ich habe schon das Gefühl, ich muss pressen.«

»Jetzt noch nicht«, warnte Renate, »warten Sie auf mein Kommando. Ah, da kommt schon wieder eine Wehe. Schön atmen.«

Amelie schaute Renate böse an, gehorchte aber. »Langsam reicht es mir«, keuchte sie. »Kann denn dieses Kind nicht endlich auf die Welt kommen?«

»Bei der nächsten Wehe dürfen Sie pressen, Amelie. Sie machen das alles ganz hervorragend.«

Bislang hatte Amelie die Wehen gut bewältigt, sie hatte gestöhnt und gekeucht, gelegentlich auf den verschwundenen Ernst geflucht, aber sie hatte jede Wehe veratmet und nicht geschrien und war mit großem Eifer bei der Arbeit gewesen.

Jetzt überrollte sie die erste Presswehe. Die Sonne stand inzwischen vor dem nach Osten zeigenden Schlafzimmerfenster und schickte ihre Morgenstrahlen herein. Draußen war es klirrend kalt. Eisblumen bedeckten die Fenster. Im Zimmer allerdings war es sehr warm, Amelie schwitzte und auch Renate wischte sich gelegentlich den Schweiß von der Stirn. Eigentlich hatte sie vorgehabt, Amelie in eine dicke Decke zu hüllen und ein wenig frische Luft in den Raum zu lassen, aber dafür blieb nun keine Zeit mehr.

Amelie presste, was das Zeug hielt.

»Ich sehe schon den Kopf«, freute sich Renate. »Und er ist voller pechschwarzer Haare! Jetzt hecheln!«, befahl sie, und

Amelie hechelte gehorsam wie ein Hund. »Und jetzt wieder pressen, aber ganz sanft!«

Amelie versuchte, so sanft wie möglich zu pressen, obwohl alles in ihr danach schrie, so fest zu pressen, wie sie konnte.

Maria war soeben wieder ins Zimmer getreten. »Halt ihre Hand!«, rief Renate. »Gleich ist das Baby auf der Welt.«

Maria setzte sich vorsichtig auf den Bettrand und Amelie schnappte nach ihrer Hand und drückte sie. Maria erbleichte, gab aber keinen Laut von sich.

»Da sind die Schultern! Jetzt noch einmal kräftig pressen!«

Renate schützte mit einer Hand Amelies Damm und schon flutschte das winzige Wesen mit den pechschwarzen Haaren in die Welt – und begann sogleich zu schreien.

Amelie legte sich in die Kissen zurück und stöhnte. »Was ist es denn?«, fragte sie und ließ Marias Hand los.

»Ein wunderschönes Mädchen«, sagte Renate mit tränenerstickter Stimme. »Ein perfektes, wunderschönes Mädchen.«

Maria massierte ihre schmerzende Hand und sah staunend zu, wie Renate das Baby fachkundig abnabelte, ihm Käseschmiere und Blut abwischte und es in ein großes Handtuch wickelte.

»So«, sagte sie dann zufrieden. »Jetzt lernst du deine Mami kennen.«

Amelie machte große Augen, als Renate ihr das winzige Kind in die Arme legte. »Hallo du«, sagte sie in das zerknautschte Gesichtchen mit den zusammengepressten Augen und dem offen stehenden Mund. Vorsichtig streichelte sie ihrem Kind über die ungewöhnlich dichten schwarzen Haare. Das Baby hörte auf zu krakeelen, schlug die Augen auf und blickte Amelie an.

»Herzlich willkommen!«, schluchzte Amelie, die nun doch von ihren Gefühlen überwältigt wurde. »Wie schön, dass du da bist, ich habe schon so sehr auf dich gewartet.«

Vorsichtig schloss sie das Kleine in ihre Arme.

Renate entband die Nachgeburt, was ebenfalls ohne jede

Komplikation vonstattenging, und prüfte sie auf Vollständigkeit.

»Es ist alles in Ordnung«, sagte sie dann und wischte sich eine Träne aus dem Auge. »Ihr wunderschönes Mädchen ist gesund, und Sie sind es auch. Jetzt dürfen Sie sich ausruhen.«

In diesem Augenblick klopfte es unten heftig an die Eingangstür. Maria, die wie gebannt das Neugeborene anstarrte, reagierte nicht.

»Maria!«, rief Renate. »Da ist jemand an der Tür!«

Maria schrak zusammen, erhob sich und lief, um die Tür zu öffnen.

»Es ist ein Telegrammbote«, rief sie herauf. Wenige Sekunden später war sie wieder in Amelies Schlafzimmer. Die hielt immer noch ihr Neugeborenes im Arm und blickte es verzückt an.

»Lies du es, Renate, sei so gut«, sagte sie. Renate nahm das Telegramm entgegen, riss es auf, las und erstarrte.

Amelie, die gerade versuchte, ihr Kind zum ersten Mal anzulegen, schaute hoch. »Was ist denn?«, fragte sie. »Schlechte Nachrichten? Nun sag schon«, drängte sie, als Renate keine Anstalten machte, ihr den Inhalt des Telegramms mitzuteilen. »Ist etwas mit Ernst? Ist er tot?«

Amelie drohte, in Panik zu geraten. Wenn der Vater ihres Kindes nicht mehr lebte, was sollte sie dann tun?

Renate aber schüttelte den Kopf. »Nein«, sagte sie traurig. »Ihre Tante Elisabeth ist gestern an der Spanischen Grippe gestorben.«

Jeder im Curias-Krankenhaus kannte die exzentrische Tante Amelies, man hatte sie gemocht und geschätzt. »Was?«, entfuhr es Amelie. »Aber das kann doch nicht sein. Sie ist doch in Argentinien!«

Das Baby hatte sich inzwischen an Amelies Brust gemütlich eingerollt und trank, als würde es verdursten.

»Aua«, machte Amelie und legte das Kind neu an. »Himmel, sie hatte mir doch erst vor einem Monat einen Brief geschickt und mir von ihrem wunderbaren Leben in Argentinien mit ihrem heiß geliebten Don Juan berichtet.« Tränen stiegen in Amelies Augen. »Ich habe gar nicht gewusst, dass diese furchtbare Seuche auch in Argentinien wütet.«

»Ja, es scheint so, als sei die ganze Welt davon betroffen.« Renate legte das Telegramm beiseite und trat zu Amelie. »Hier steht, sie sei nach kurzer, schwerer Krankheit ruhig eingeschlafen. Dann steht da noch, Don Juan sei völlig am Boden zerstört.«

Amelie weinte. »Das kann doch nicht sein«, schluchzte sie. »Nicht heute, nicht an diesem wunderbaren Tag, an dem mein kleines Mädchen auf die Welt gekommen ist.« Sie schloss fest die Arme um ihre Tochter, die immer noch an ihrer Brust trank. »Nun wirst du niemals deine wunderbare Tante kennenlernen«, klagte sie. »Sie hat mir immer beigestanden, wenn ich sie brauchte.«

Das Baby löste sich mit einem Schmatzen von Amelies Brust. Renate nahm das Kleine hoch und legte es sich über die Schulter. Kurz darauf erklang ein erstaunlich lauter Rülpser. Amelie lächelte unter Tränen.

»Geben Sie sie mir wieder«, bat sie. »Ich möchte sie im Arm halten.«

»Wie soll sie denn heißen?«

Amelie putzte sich die Nase, nahm ihr Baby wieder in die Arme und sagte: »Felicitas Elisabeth. Felicitas nach meiner geliebten, verstorbenen besten Freundin und Elisabeth nach meiner Tante. Damit werden uns diese wunderbaren Frauen immer in Erinnerung bleiben.«

»Felicitas Elisabeth, das klingt wunderbar.« Schwester Renate lächelte Amelie traurig an. »Und es ist schön, dieser großartigen Frau auf diese Weise ein Denkmal zu setzen.«

Rasch wusch sie die frischgebackene Mutter und überzog gemeinsam mit Maria das Bett. Schließlich half sie Amelie, ein sauberes Nachthemd anzuziehen.

»Trinken Sie das«, bat die Hebamme und reichte Amelie ein

Glas Wasser, »und dann schlafen Sie ein bisschen. Sie müssen sich ausruhen. Ich werde Ihren Vater von der Geburt der kleinen Felicitas Elisabeth unterrichten.«

Gehorsam trank Amelie, sie fühlte eine enorme Müdigkeit über sich kommen. Ihre Augen fielen zu, sie schlief. Felicitas Elisabeth tat es ihrer Mutter wenige Sekunden später gleich und schlummerte ebenfalls ein. Renate gab Maria ein Zeichen. Das Hausmädchen deckte Amelie zu. Gemeinsam verließen die beiden Frauen das Zimmer.

## *Kapitel 36*

Am Abend dieses ereignisreichen Tages kam Michael von Liebwitz zu Besuch in jenes Haus, das nun wirklich und endgültig seiner Tochter gehörte. Er hatte die Nachricht von Elisabeths Ableben schon gehört, es aber erst einmal in den hintersten Winkel seines Gehirns verdrängt. Er würde um die Schwester seiner geliebten Frau trauern. Aber nicht jetzt, hatte er sich befohlen, als er sich zu Amelie aufgemacht hatte. Jetzt wollte er sein erstes Enkelkind kennenlernen. Außerdem hatte auch er gute Neuigkeiten, die er seiner Tochter unbedingt überbringen wollte.

Leise betrat er das Schlafzimmer. Amelie war wach und hielt ihr winziges Baby in den Armen.

»Guten Abend, meine wunderbare, tapfere Tochter«, sagte Michael und beugte sich über das Bett, um Mutter und Kind in die Arme zu nehmen. Amelie legte kurz den Kopf an die Schulter ihres Vaters.

»Na, was sagst du?«, flüsterte sie, denn Felicitas schlief, nachdem sie sie erfolgreich gestillt hatte. Selig hatte sie im Schlaf ihre Hände zu Fäustchen geballt.

»Sie ist wirklich einzigartig.« Michael war begeistert. »Und die vielen schwarzen Haare. Offensichtlich kommt sie da ganz nach Ernst, oder?«

»Wer weiß?«, flüsterte Amelie. »Vielleicht fallen sie ihr noch aus und sie wird rotblond, so wie ich?«

Felicitas schmatzte leise und drehte den Kopf auf die andere Seite.

»Magst du sie mal nehmen?«, fragte Amelie.

Michael streckte ohne ein Wort die Arme aus, in die Amelie ihre kleine Tochter legte. Er hob sein Enkelchen hoch und legte es sich vorsichtig an die Schulter.

»Sie ist ja so hinreißend.« Michael versuchte, seine Begeisterung in Worte zu fassen. »So perfekt.« Er zählte ihre Fingerchen und Zehen, die unter der Decke, in die das Baby eingehüllt war, hervorlugten. »So wunder-, wunderschön.« Michael hatte Tränen in den Augen. »Guten Tag, mein schönes Enkelkind.«

Felicitas schlief ungerührt weiter. »Leg sie in ihr Bettchen, dann können wir uns ein bisschen unterhalten«, bat Amelie und betätigte den Klingelzug, um Maria herbeizuholen.

Das Dienstmädchen erschien, als Michael seine Enkelin gerade in den Stubenwagen legte.

»Bitte bring uns Tee«, bat Amelie und setzte sich in ihrem Bett auf. »Und irgendetwas zu essen, wenn möglich.«

»Ich könnte Stullen machen«, schlug Maria vor. »Schwester Renate hat uns Brot, Margarine und ein bisschen Käse gebracht.«

»Wunderbar«, sagte Amelie, die großen Hunger hatte. »Ist Renate noch da?«, fragte sie dann.

»Ja, sie ist bei Else im Zimmer, die ist auch schon wieder ganz munter.«

»Das sind gute Nachrichten. Bring bitte auch den beiden etwas zu essen und eine Tasse Tee. Sag Renate, sie möchte noch einmal bei mir vorbeischauen, bevor sie geht, und richte Else meine Grüße aus. Wenn sie sich morgen gesund genug fühlt, soll sie zu mir kommen, ja?«

Michael, der den ganzen Tag auf den Beinen gewesen war, schlang gierig drei Scheiben Brot in sich hinein und trank drei Tassen Tee. Amelie stand ihm in nichts nach. Als die beiden schließlich satt waren, blickte Michael Amelie an.

»Ich habe gute Nachrichten für dich«, sagte er dann.

»Das wäre schön«, antwortete Amelie. »Denn schlechte gab es heute auch schon.«

»Ich weiß, ich wurde über den Tod Elisabeths informiert. Eine Schande, dass diese wunderbare Frau von dieser vermaledeiten Grippe dahingerafft wurde.« Michael schwieg kurz nachdenklich.

»Und, was hast du mir zu berichten?«, fragte Amelie ein wenig ungeduldig.

»Die Grippe geht zurück«, antwortete Michael schlicht.

»Was heißt das, die Grippe geht zurück?« Amelie wollte es gar nicht recht glauben.

»Wir haben kaum noch Neuerkrankungen, schon seit drei Tagen.« Michael stand auf. »Ich habe mich auch in einigen Krankenhäusern erkundigt, um die steht es genauso. Es scheint, als begänne diese grauenhafte Influenza endlich abzuklingen.«

Amelie konnte es gar nicht glauben. »Bist du sicher? Bitte sag, dass das wahr ist.«

»Sicher bin ich mir natürlich nicht. Wer weiß, vielleicht ist das nur die Ruhe vor dem nächsten Sturm. Aber im Moment sieht es so aus, als ginge die Epidemie endlich zu Ende.«

Es war inzwischen Mitte Dezember und die Zahl der Grippetoten hatte in den vergangenen Tagen deutlich abgenommen. Immer noch lagen viele Patienten fiebernd in den Spitälern und in ihren Häusern, aber es kamen kaum noch Neuerkrankte dazu.

»Mensch, Papa, wenn das wahr wäre …« Hoffnung flammte in Amelies Augen auf. »Wenn das stimmt, dann muss ich auch nicht mehr um Felicitas fürchten.« Hoffnungsvoll blickte sie ihren Vater an.

»Wir müssen die kommenden Tage abwarten, aber im Augenblick bin ich sehr zuversichtlich.« Michael trat ans Kopfende von Amelies Bett. »Ich werde dir in einigen Tagen wieder berichten«, versprach er. »Aber sei guten Mutes, der Krieg ist vorbei, und so, wie es im Moment aussieht, geht auch der Spanischen Grippe endlich die Luft aus. Pass gut auf dich auf, mein Kind – und natürlich auf meine hinreißende Enkelin.«

Er küsste Amelie auf den Scheitel und trat dann mit leisen Schritten an Felicitas' Stubenwagen.

»Wiedersehen, Felicitas«, flüsterte er und strich ihr mit einem Finger über die Wange. Dann verließ er das Haus.

Amelie aber lag wach in ihrem Bett und dachte nach. Jetzt, wo sie die Anstrengungen der Entbindung weggeschlafen hatte, kamen ihre Gedanken wieder in Gang. Sie hatte eine Tochter, für die sie sorgen musste. Der Vater des Kindes war verschwunden, sie war nicht verheiratet, sie würde Erklärungsbedarf haben. Unverheiratete Frauen, so die Meinung der Gesellschaft, bekamen einfach keine Kinder. Dennoch war sie nicht mutlos. Sie hatte nun ein wunderschönes, perfektes kleines Mädchen.

»Ich werde gut für dich sorgen, wie auch immer ich das anstellen werde«, flüsterte sie in Richtung Stubenwagen. »Else wird wieder gesund, Vater hält sich tapfer und wir haben ein Dach über dem Kopf – das sind doch eigentlich gute Voraussetzungen für die Zukunft.«

Aber wo war Ernst? Wieso meldete er sich nicht bei ihr? Über diesen Fragen fielen Amelie die Augen zu. Sie schlief ein.

## *Intermezzo*

### WIEN, 1950

»Die Russen haben mich doch noch erwischt, damals in den letzten Kriegstagen.« Ernst zog Amelies Arm unter den seinen, während sie die Ringstraße entlangspazierten. »Ich hatte zuerst gedacht, ich sei entkommen, aber dieser Major Rasumovsky, der war wie ein Bluthund. Weiß der Himmel, wie der mich gefunden hat. Jedenfalls, ich war schon fast in Polen und damit zumindest in einiger Sicherheit, da stöberte dieser russische Major mich mit seiner Truppe im Wald auf, wo ich mich in einer Holzfällerhütte versteckt hatte. Er konnte seinen Triumph nicht verbergen, als er mich dort fand, wobei ich wahrlich keine sehr ansehnliche Trophäe mehr war.« Ernst blickte Amelie an. »Sie haben mich dann in ein Gefängnis in Moskau gesteckt, wo ich drei Jahre lang blieb.«

Amelie sah ihn fragend an.

»Nein, ich werde dir nichts über diese Zeit erzählen, Amelie. Ich habe diese Jahre tief in mir vergraben und werde sie nie mehr hervorholen. Lass mich nur so viel sagen: Es war die schrecklichste Zeit meines Lebens.«

»Und was geschah nach den drei Jahren?«

»Sie ließen mich gehen. Den Grund dafür habe ich nie erfahren.« Ernst blieb stehen. »Wollen wir uns hier auf die Bank setzen?«

Es war weit nach Mitternacht. Die Walzerstadt lag im Dunkeln, nur vereinzelt erhellten Straßenlaternen den breiten Boulevard.

»Irgendwie habe ich mich dann doch nach Berlin durchgeschlagen, fast so wie du.« Ernst lächelte versonnen und sank neben sie auf die Bank. »Aber da warst du schon nicht mehr da. Und niemand konnte oder wollte mir sagen, wo du bist.«

Amelie nickte leise und zündete sich eine Zigarette an. »Nachdem ich auch nach Kriegsende nichts mehr von dir gehört habe, bin ich schließlich einem Ruf in die USA gefolgt. Geld hatte ich genug, Elisabeth hatte mir ihr gesamtes Vermögen vererbt. Und die politischen Entwicklungen in Deutschland erfüllten mich mit Unbehagen. Der Antisemitismus nahm geradezu monströse Ausmaße an, mein Heimatland veränderte sich auf eine Weise, die ich einfach nicht mehr ertragen konnte.« Amelie seufzte. »Das Tüpfelchen auf dem I war dann noch, dass ich keine Arbeit als Ärztin im Curias mehr bekam. Als Nachfolger meines Wahlonkels Eberhard von Clausenburg wurde ein strammer, deutschnationaler Arzt namens Dr. Adolf Wernicke bestimmt.«

»Und?«, fragte Ernst.

»Und dieser Herr kündigte mir sofort meinen Dienstvertrag. Mit der Begründung, es seien jetzt so viele Ärzte aus dem Krieg zurückgekehrt, für die müsse Platz geschaffen werden, und ich solle mich lieber als Hausfrau betätigen und mein uneheliches Balg großziehen.«

Amelie erinnerte sich noch sehr gut an diese Szene und dachte mit Schauern daran zurück. »Schließlich beschloss ich, einen Neuanfang zu wagen und wegzugehen. Ich nahm Felicitas, mein Vermögen und mein Wissen um die Medizin und verließ Deutschland, ohne zurückzublicken. Und ich nahm allen, die mich kannten, das Versprechen ab, niemandem zu verraten, wo ich mich niedergelassen hatte.«

Ernst schaute Amelie an. »Das ist dir gelungen«, sagte er dann trocken. »Ich konnte weder dich noch irgendwelche Informationen über dich ausfindig machen. Selbst dein Vater hat mir die Tür gewiesen. Lebt der werte Michael denn noch?«

»Papa ist 1933 gestorben«, sagte Amelie. »Er war bis zuletzt als Arzt im Scheunenviertel tätig. Ein Herzinfarkt hat seinem Leben ein Ende gesetzt. Bei seinem Begräbnis war eine Unmenge von Menschen, vor allem die, die er in seiner Tätigkeit als Arzt so viele Jahre lang begleitet hat. Ich war leider nicht dabei. Als ich davon erfuhr, buchte ich natürlich sofort eine Schiffspassage, aber es war mir nicht möglich, rechtzeitig nach Berlin zu kommen.«

Amelie legte den Kopf in den Nacken und betrachtete den Mond, der fast voll über einem wolkenlosen Sternenhimmel stand. »Er hat mir einen langen Brief hinterlassen. Und er hat mir mein Elternhaus überschrieben, in dem ich jetzt lebe, wenn ich in Berlin bin. Die Villa Elisabeths wurde im Weltkrieg leider zerbombt.«

»Und jetzt?« fragte Ernst. »Wie geht es jetzt weiter?« Amelie lächelte ihren Liebsten, den sie nun schon seit so vielen Jahren kannte, an.

»Jetzt werde ich meiner«, sie verbesserte sich, »unserer Tochter schreiben und von ihrem Vater erzählen. Und ich werde sie zu unserer Hochzeit einladen, was meinst du?«

Ernst sah Amelie tief in die Augen. »Ist das dein Ernst?,« fragte er dann leise.

»Mein voller Ernst«, Amelie lächelte und der Schalk blitzte in ihren Augen. »Wenn du mich noch willst?«

## *Glossar*

In den Rezensionen zu meinem ersten Buch gab es mehrmals die Anregung, ich möge doch altmodische und medizinische Begriffe erklären. Das mache ich sehr gerne (weil ich eine kleine Besserwisserin bin). Hier also die wichtigsten Begriffe aus dem Buch:

*Griechenbeisl*: ältestes, urkundlich bekanntes Gasthaus in Wien
*Fleischmarkt*: Gasse im 1. Bezirk in Wien, nahe dem Schwedenplatz
*Thonet-Stuhl*: Holzstuhl mit geflochtener Sitzfläche und Lehne, Wahrzeichen der Holzmanufaktur Thonet, gegründet 1819
*Schilling*: österreichische Währung von 1945 bis 2002
*Erdapfelschmarren*: österreichisches Gericht aus gebratenen Kartoffeln
*Apfelkren*: Apfelmeerrettich
*Appendektomie*: Entfernung des entzündeten Wurmfortsatzes am Blinddarm
*Arteria appendicularis*: Blutgefäß, das den Blinddarm mit sauerstoffreichem Blut versorgt
*Chaiselongue*: Liegemöbel ähnlich einem Sofa
*foudroyant*: sehr stürmisch und schnell verlaufend
*Backfisch*: altertümlicher Ausdruck für Teenager zwischen 14 und 18 Jahren
*Kapotthütchen*: kleiner, unter dem Kinn gebundener Damenhut
*Carl von Clausewitz (1780 bis 1831)*: preußischer Generalmajor, Militärwissenschaftler, Buchautor
*Zwieselfichte*: Nadelbaum
*Souper*: elegantes Abendessen
*Billrothhaus*: Haus der Österreichischen Gesellschaft der Ärzte, gegründet von Dr. Theodor Billroth (1829 bis 1894), berühmter österreichischer Chirurg
*pressieren*: etwas ist sehr eilig

*Medizinalrat*: in Österreich verliehener Berufstitel für Ärzt:innen
*Virginier*: lange, dünne, schwarze Zigarre, die in Österreich sehr gerne geraucht wurde
*Perron*: Bahnsteig
*kohabitieren/Kohabitation*: geschlechtlich verkehren/Geschlechtsakt
*konziliant*: verbindlich, freundlich
*Fähnrich*: militärischer Dienstgrad
*Habit*: Ordenstracht für Nonnen und Mönche
*Wassermann-Test*: Bluttest, mit dem auf das Vorhandensein von Erregern der Syphilis getestet wird
*UFA*: Universum Film AG, gegründet 1917
*Henny Porten*: Filmstar der UFA
*Friedrich Fehér*: Filmstar der UFA
*Generalmajor*: militärischer Rang
*triagieren/Triage*: Entscheidung, welche Patient:innen von knappen medizinischen Ressourcen profitieren und welche nicht
*Salvarsan/Neosalvarsan*: Arznei, die Arsen enthält, wurde vom Chemiker Dr. Paul Ehrlich entwickelt, half vor Einführung der Antibiotika gegen Syphilis
*Milzhilus*: Gefäßstiel der Milz, sorgt für die Versorgung der Milz mit Blut
*Carlshöfer Anstalten*: ehemalige Trinkerheilanstalt in der Nähe der ostpreußischen Stadt Rastenberg (1882 bis 1940)
*weicher Schanker*: Geschlechtskrankheit, wird durch das Bakterium Haemophilus ducreyi ausgelöst und verursacht schmerzhafte Geschwüre an den Genitalien
*desavouieren*: jemanden in der Öffentlichkeit bloßstellen, beleidigen
*degoutant*: ekelhaft, abstoßend
*Kandelaber*: Kerzenleuchter
*Chignon*: Aufsteckfrisur, Haarknoten, Dutt
*Tourniquet*: Aderpresse
*rekonvaleszent*: auf dem Weg der Genesung
*Séparée*: kleiner Nebenraum in einem Restaurant für ungestörte Rendezvous
*Steckrübenwinter*: 1916/1917 war die Versorgungslage in Deutschland kriegsbedingt so schlecht, dass die Haupternährungsquelle für die Bevölkerung Steckrüben waren, die normalerweise als Schweinefutter dienten

# *Nachwort*

Dieses Buch spielt zum größten Teil im Ersten Weltkrieg, der, bevor die Katastrophe des Zweiten Weltkriegs hereinbrach, als der Große Krieg bezeichnet wurde. Es ist aber natürlich kein Geschichtsbuch. Ich habe zwar versucht, mich an die korrekten Daten zu Schlachten, Kriegsverläufen etc. zu halten, mitunter musste ich mir allerdings ein paar Freiheiten nehmen, um den Lauf des Krieges Amelies Geschichte anzupassen.

Einen wichtigen wahren Kern hat die Geschichte aber. Die Historikerin Tamara Scheer erzählte mir vor einigen Jahren, dass während des Serbienfeldzugs tatsächlich händeringend nach Ärztinnen gesucht wurde, weil in den Feldbordellen viele Musliminnen waren, die sich nicht von Männern behandeln lassen wollten. Feldbordelle waren tatsächlich Teil des Militärwesens. Sie wurden als wichtig angesehen, damit Männer ihren vermeintlichen Trieben nicht ausgeliefert waren.

So hat meine fiktive Amelie jenen Frauen ein Gesicht und eine Geschichte gegeben, die, auch heute noch unbesungen und ungefeiert, in dieser Jahrhundertkatastrophe ihren Dienst taten, als die ersten Ärztinnen in der k. u. k. Armee.

Bezüglich der Spanischen Grippe fand ich ebenfalls viel Interessantes im Internet. Das Thema wird – im Lichte der Coronapandemie – ganz neu diskutiert.

Wie immer habe ich auch im Vorfeld dieses Buches unzählige Bücher gelesen, Internetseiten studiert und Geschichtsblogs konsultiert. Wer sich, so wie ich, für den Ersten Weltkrieg interessiert, findet daher nachstehend einige der Bücher, die ich gelesen, und ein paar Internetseiten, die ich zurate gezogen habe:

H. P. Willmotts »*Der erste Weltkrieg*« war eine Quelle der Inspiration.

Der Bildband vereinigt eine Gesamtdarstellung des Krieges mit umfassendem Bildmaterial. Wirklich lesenswert.

Hans Magenschab: *Der große Krieg, Österreich im Ersten Weltkrieg 1914–1918*. Dieses Buch schildert vor allem auch den Kriegsverlauf in Serbien und Bosnien, was für Amelies Zeit in der Romanija besonders wichtig war.

Eine Fülle von Wissen bieten auch die folgenden Werke:

Jörg Friedrich: *14/18 – der Weg nach Versailles.*

Niall Ferguson: *Der falsche Krieg: Der Erste Weltkrieg und das 20. Jahrhundert.*

Zwei Bücher haben mir sehr dabei geholfen, die Spanische Grippe und deren Verlauf besser zu verstehen:

Laura Spinney: *1918 – Die Welt im Fieber* – ein großartiges Buch, das die Spanische Grippe, die für alle damals tätigen Ärzt:innen und Wissenschafter:innen völlig ungreifbar war, transparent macht und beschreibt, in welchem Ausmaß und in welch relativ kurzer Zeit diese spezielle Influenza über die gesamte Welt hereinbrach.

Wilfried Witte: *Tollkirschen und Quarantäne: Die Geschichte der Spanischen Grippe* vereinigt eine äußerst umfangreiche Materialsammlung zum Thema mit einer gut erzählten Historie der Spanischen Grippe und einer ganzen Reihe neuer Quellen.

*Internetseiten zum Weiterlesen:*

https://www.mediathek.at/der-erste-weltkrieg/der-erste-weltkrieg-ausgabe-3/kriegsverlauf/die-balkanfront/: Umfangreiche Informationen und Bildmaterial zum Serbienfeldzug der k. u. k. Armee.

https://www.journal21.ch/die-laeuse-sind-fast-noch-schlimmer-als-die-italiener: Läuse, Flöhe und Infektionskrankheiten töteten mehr Soldaten als das Schlachtgeschehen im Ersten Weltkrieg.

https://www.aerzteblatt.de/archiv/168343/Erster-Weltkrieg-1914-1918-Militaermedizin-unvorbereitet-in-die-Krise: Medizinische Informationen aus dem Deutschen Ärzteblatt rund um das Thema »Militärmedizin« im Ersten Weltkrieg.

https://link.springer.com/article/101007/BF01906659: Kleiderläuse waren noch gefährliches als Kopfläuse, weil sie die Infektionskrankheit »Fleckfieber« übertrugen.

https://ub.meduniwien.ac.at/blog/?p=22237: Hier kann man nachlesen, wie viele Opfer diverse Infektionskrankheiten wie Ruhr, Typhus, Fleckfieber und andere Erkrankungen von den Soldaten im Ersten Weltkrieg gefordert hatten.

https://anno.onb.ac.at/: Ein wunderbares Archiv, in dem der/die interessierte Leser:in vor allem Zeitungen und Zeitschriften aus mehreren Jahrhunderten im Original nachlesen kann.

## *Danksagung*

An allererster Stelle möchte ich hier Petra Hartlieb danken. Sie war es, die mein erstes Buch »Die Ärztin – eine unerhörte Frau« dem Berliner Aufbau Verlag »schmackhaft« gemacht hat. Ohne sie wäre damit auch dieses zweite Buch nicht entstanden, ich dürfte mich nicht Autorin nennen – und einer meiner Lebensträume hätte sich nicht erfüllt. Vielen Dank, liebe Petra.

Die Geschichte rund um Dr. Amelie von Liebwitz im Ersten Weltkrieg dreht sich um einen wahren Kern. Tatsächlich gab es während des Bosnienfeldzugs der k. u. k. Armee im Ersten Weltkrieg Feldbordelle, in denen muslimische Prostituierte tätig waren. Diese weigerten sich, sich von männlichen Ärzten behandeln zu lassen. Um der Ausbreitung von Geschlechtskrankheiten Einhalt zu gebieten, wurden erstmals Ärztinnen in die k. u. k. Armee aufgenommen. Erfahren habe ich diese interessante Information, die im Buch eine große Rolle spielt, von der Historikerin Dr. habil Tamara Scheer – du hast mir die Idee für die Fortsetzung der Geschichte rund um Dr. Amelie von Liebwitz geliefert. Danke schön!

»Mögest du in interessanten Zeiten leben!« Diesen chinesischen Fluch scheint irgendwer wohl der ganzen Welt gewünscht zu haben, denn tatsächlich leben wir – euphemistisch ausgedrückt – in sehr interessanten Zeiten. Wir leben in einer Pandemie, viele von uns seit einer gefühlten Ewigkeit im Lockdown. Auch mir geht es natürlich so. Und mit Freundinnen telefonieren ist zwar schön – ersetzt aber kein persönliches Treffen. Das tut weh. Liebe Elke, Mareen, Tina und Konsortinnen: Ich hoffe, wir können uns bald wiedersehen – und danke für eure Ideen, Einwände, Fragen und Anregungen!

Ein Gutes hatte die Corona-Pandemie. Ich durfte nämlich durch sie Renate Musil-van Oyen kennenlernen. Renate wurde 1925 geboren, lebte jahrzehntelang in Deutschland und seit 2011 wieder in Wien. Coronabedingt durfte sie monatelang ihre Wohnung nicht verlassen, deswegen habe ich ihren Hund (ein Havaneser namens Gipsy) ausgeführt und ihr Gesellschaft geleistet. Dabei ist eine wunderbare Freundschaft entstanden. Immer noch besuche ich sie zweimal die Woche und lese ihr vor – natürlich aus diesem Buch. Sie war meine erste (und absolut hingerissene) Testleserin. Deswegen ist das Buch auch ihr gewidmet.

Besonders herzlich bedanken möchte ich mich noch bei all den Rezensent:innen, die mein Buch so positiv besprochen haben, bei den unzähligen Buchbloggerinnen, mit denen ich in Kontakt gekommen bin, bei allen, die mein Buch gelesen haben, und bei jenen, die mir über Facebook schreiben, wie sehr sie sich schon auf den zweiten Teil gefreut haben.

Und natürlich möchte ich hier auch noch meine Lektorin, Christina Weiser, vom Aufbau Verlag vor den Vorhang holen. Wir haben viel diskutiert, sie hatte es ganz sicher nicht leicht mit mir, und trotzdem hat sie es geschafft, letztlich das Beste aus mir herauszuholen. Das Buch ist jetzt viel besser, liebe Christina, vielen Dank für dein Engagement. Für alle Fehler machen Sie bitte mich verantwortlich, liebe Leser:innen.

Und – last but not least, as always: Mein Dank an mein Ehegespons Walter, im Juli waren wir 13 Jahre lang verheiratet – und ich hoffe auf mindestens weitere 30 bis 40 Jahre. Ohne dich hätte ich wohl keine Zeile geschrieben. Danke für deine Unterstützung, deine Liebe und deine wunderherrlichen Kochkünste. Ich liebe dich!